Tom Clancy

LA CAZA AL OCTUBRE ROJO

otros títulos publicados en esta colección

ROBIN COOK
Cerebro
Fiebre

JACK HIGGINS
Temporada en el infierno

STEPHEN KING
Cementerio de animales

A.J. QUINNELL
En el nombre del padre

LAWRENCE SANDERS
El décimo mandamiento
El cuarto pecado mortal

SIDNEY SHELDON
Lazos de sangre
Venganza de ángeles
Un extraño en el espejo

WILBUR SMITH
Rastro en el cielo
Tentar al diablo
Voraz como el mar

Tom Clancy

La Caza al Octubre Rojo

Título original: *The Hunt for Red October*

Traducción: Benigno H. Andrada

Diseño de la cubierta: Eduardo Ruiz
Imagen: © Four by Five

Copyright © 1984 by the United States Naval Institute. Annapolis, Maryland
© *Emecé Editores*, Barcelona 1994

Emecé Editores España, S.A
Enrique Granados, 63 - 08008 Barcelona - Tel. 454 10 72

Reservados todos los derechos.
Queda rigurosamente prohibida, sin la autorización
escrita de los titulares del "Copyright", bajo las sanciones
establecidas en las leyes, la reproducción parcial
o total de esta obra por cualquier medio o procedimiento,
incluidos la reprografía y el tratamiento informático,
así como la distribución de ejemplares mediante
alquiler o préstamo públicos.

ISBN: 950-04-1391-4

Prohibida su venta en España y México

Depósito legal: B-19.212-1994

22.024

Printed in Spain

Impresión: Romanyà-Valls, Pl. Verdaguer, 1
08786 Capellades, Barcelona

*Para Ralph Chatham,
un submarinista que dijo la verdad,
y para todos los hombres que ostentan delfines*

PRIMER DÍA

Viernes, 3 de diciembre

El Octubre Rojo

El capitán de navío de la Marina Soviética Marko Ramius vestía las ropas especiales para el Ártico que eran reglamentarias en la base de submarinos de la Flota del Norte, en Polyarnyy. Lo envolvían cinco capas de lana y tela encerada. Un sucio remolcador de puerto empujaba la proa de su submarino hacia el norte para enfrentar el canal. Durante dos interminables meses su *Octubre Rojo* había estado encerrado en uno de los diques —convertido en ese momento en una caja de cemento llena de agua— construidos especialmente para proteger de las severas condiciones ambientales a los submarinos misilísticos estratégicos. Desde uno de sus bordes, una cantidad de marinos y trabajadores del astillero contemplaba la partida de su nave con la flemática modalidad rusa, sin el más mínimo agitar de brazos ni un solo grito de entusiasmo.

—Máquinas adelante lentamente, Kamarov —ordenó. El remolcador se apartó del camino y Ramius echó una mirada hacia popa para ver el agua revuelta por la fuerza de las dos hélices de bronce. El comandante del remolcador saludó con el brazo. Ramius devolvió el saludo. El remolcador había cumplido una tarea sencilla, pero lo había hecho rápido y bien. El *Octubre Rojo*, un submarino de la clase *Typhoon*, se movía en ese momento con su propia potencia hacia el canal marítimo principal del fiordo Kola.

—Ahí está el *Purga*, comandante. —Gregoriy Kamarov señaló en dirección al rompehielos que habría de escoltarlos hacia el mar. Ramius asintió. Las dos horas requeridas para transitar el canal no iban a poner a prueba su capacidad marinera, pero sí su aguante. Soplaba un frío viento del norte, la única clase de viento norte en esa parte del mundo. El final del otoño había sido sorprendentemente benigno, y la precipitación de nieve casi insignificante, en una zona donde era habitual medirla en metros; luego, una semana antes de la partida, una fuerte tormenta de invierno había arrasado las costas de Murmansk, haciendo pedazos el *pack* de hielo del Ártico. El rompehielos no era ninguna formalidad. El *Purga* iba a apartar a un lado cualquier trozo de hielo que pudiera haber derivado durante la noche introduciéndose en el canal. No sería nada bueno para la Marina Soviética que su más moderno submarino misilístico resultara dañado por un errante pedazo de agua congelada.

El mar estaba agitado en el fiordo, revueltas sus aguas por el fuerte viento.

Las olas comenzaron a barrer la proa esférica del *Octubre*, rodando hacia atrás sobre la plana cubierta de misiles que se extendía delante de la imponente torreta negra. Las aguas estaban cubiertas por una capa de aceite proveniente de las sentinas de innumerables buques, suciedad que no habría de evaporarse en esas bajas temperaturas, y que dejaba marcado un anillo negro en las paredes rocosas del fiordo, como si fueran las huellas del baño de un desaseado gigante. Una semejanza perfectamente apropiada, pensó Ramius. Al gigante soviético poco le importaba la suciedad que esparcía sobre la superficie de la tierra, rezongó para sus adentros. Había aprendido a navegar de niño, en barcos costeros de pescadores, y sabía lo que era estar en armonía con la naturaleza.

—Aumentar la velocidad a un tercio —dijo. Kamarov repitió la orden de su comandante por el teléfono del puente. La agitación del agua se hizo más evidente cuando el *Octubre* se puso a la popa del *Purga*. El teniente de navío Kamarov era el navegador del submarino; su puesto anterior había sido el de piloto de puerto para los grandes buques de combate basados en ambos lados de la amplia ensenada. Los dos oficiales mantenían una atenta mirada sobre el rompehielos que navegaba adelante, a trescientos metros. En la cubierta de popa del *Purga* se movía un puñado de tripulantes que golpeaban el suelo con sus pies para combatir el frío; uno de ellos llevaba el delantal blanco del cocinero del buque. Querían presenciar el primer crucero operacional del *Octubre Rojo*, aunque, por otra parte, un marino haría prácticamente cualquier cosa para romper la monotonía de sus tareas.

En otras circunstancias Ramius se habría sentido irritado por el hecho de que su buque fuera acompañado en la salida —el canal era allí amplio y profundo— pero no ese día. El hielo era algo que lo preocupaba. Y en cuanto a preocupaciones, había para Ramius muchísimo más.

—Bueno, mi comandante, ¡otra vez salimos al mar para servir y proteger la *Rodina*! —El capitán de fragata Ivan Yurievich Putin asomó la cabeza a través de la escotilla —sin permiso, como era su costumbre— y trepó la escalerilla con la torpeza propia de un hombre de tierra. La diminuta estación de control estaba ya llena de gente con el comandante, el navegador y un silencioso hombre de guardia. Putin era el *zampolit*[1] del buque. Todo lo que él hacía era para servir a la *Rodina*,[2] palabra que tenía místicas connotaciones para un ruso y que, junto con V. I. Lenin, era el sustituto del partido comunista por una verdadera divinidad.

—Así es, Ivan —respondió Ramius con mejor ánimo del que realmente sentía—. Dos semanas en el mar. Es bueno salir del puerto. El marino pertenece al mar, y no allí atado, rebasado por burócratas y obreros de botas sucias. Y tendremos un poco más de calor.

---

1. Oficial político *(N. del T.)*
2. Madre Patria *(N. del T.)*

—¿Esto le parece frío? —preguntó Putin incrédulo.

Por centésima vez Ramius se dijo que Putin era el perfecto oficial político. Su voz sonaba siempre demasiado fuerte, su humor era demasiado afectado. Jamás permitía a nadie olvidar quién era él. El perfecto oficial político, Putin, era un hombre temible.

—He estado demasiado tiempo en submarinos, amigo mío. Me he acostumbrado a las temperaturas moderadas y a un piso estable debajo de mis pies. —Putin no captó el velado insulto. Lo habían destinado a submarinos después de una interrupción rápida de su primera incursión en destructores debido a los crónicos mareos; y tal vez porque no le molestaba el estrecho confinamiento a bordo de los submarinos, algo que muchos hombres no pueden soportar.

—¡Ah, Marko Aleksandrovich, en Gorkiy, en un día como éste, las flores hacen eclosión!

—¿Y qué clase de flores pueden ser ésas, camarada oficial político?

Ramius exploraba el fiordo a través de sus binoculares. Era el mediodía y el sol apenas se levantaba sobre el horizonte en el sudeste, arrojando luces anaranjadas y sombras púrpuras sobre las paredes rocosas.

—¡Pero... flores de nieve, por supuesto! —dijo Putin riendo ruidosamente—. En un día como éste, las caras de los niños y de las mujeres tienen un brillo rosado, el aliento se estira detrás de uno como una nube, y la vodka tiene un sabor especialmente agradable. ¡Ah, estar en Gorkiy en un día como éste!

«Este bastardo debería trabajar para Intourist», se dijo Ramius, lástima que Gorkiy es una ciudad cerrada a los extranjeros. Él había estado allí dos veces. Lo había impresionado como una típica ciudad rusa, llena de edificios destartalados, calles sucias y ciudadanos mal vestidos. Como en la mayoría de las ciudades soviéticas, el invierno era la mejor estación para Gorkiy. La nieve ocultaba toda la suciedad. Ramius, medio lituano, tenía recuerdos de su infancia de un lugar mejor, una población costera cuyo origen hanseático había dejado muchas filas de edificios presentables.

No era común que quien no fuera ruso puro se encontrara a bordo de —y mucho menos comandara— un navío soviético de guerra. El padre de Marko, Aleksandr Ramius, había sido un héroe del partido; un comunista convencido y dedicado, que había servido bien y fielmente a Stalin. Cuando los soviéticos ocuparon por primera vez Lituania en 1940, el padre de Marko había tenido una destacada actuación detectando disidentes políticos: dueños de tiendas, sacerdotes y todo aquel que pudiera significar problemas para el nuevo régimen. Todos ellos fueron embarcados hacia destinos que luego ni siquiera Moscú pudo definir. Cuando los alemanes invadieron, un año más tarde, Aleksandr luchó heroicamente como comisario político, y poco después habría de distinguirse personalmente en la batalla de Leningrado. En 1944 regresó a su tierra natal con la punta de lanza del Undécimo Ejército de Guardias para tomarse una sangrienta venganza sobre quienes habían colaborado con los alemanes o eran sospechosos de haberlo hecho. El padre de Marko había sido un verdadero héroe soviético... y Marko estaba profundamente avergonzado de ser su hijo. La salud de su madre se había resentido durante el interminable sitio de Leningrado. Ella murió al darlo a luz a él, y debió criarlo su abuela paterna en Lituania, mientras su padre se pavoneaba en el comité central del partido, en Vilnius, esperando su promoción a Moscú. Logró eso también, y era candidato a miembro del Politburó cuando su vida quedó interrumpida por un ataque al corazón.

La vergüenza de Marko no era total. La prominencia de su padre había hecho posible su meta de entonces, y Marko planeó tomarse su propia venganza sobre la Unión Soviética; una venganza suficiente tal vez como para satisfacer a los miles de compatriotas suyos que habían muerto aun antes que él naciera.

—Adonde vamos, Ivan Yurievich, hará todavía más frío.

Putin palmeó el hombro de su comandante. ¿Era su afecto fingido o real?, se preguntó Marko. Probablemente real. Ramius era un hombre honesto y reconocía que ese sujeto, pequeño y gritón, tenía realmente algunos sentimientos humanos.

—¿A qué se debe, camarada comandante, que usted parece siempre contento de dejar a la *Rodina* y hacerse al mar?

Ramius sonrió detrás de sus binoculares.

—Los marinos tienen sólo un país, Ivan Yurievich, pero dos esposas. Usted jamás podría comprender eso. Ahora yo estoy en camino hacia mi otra esposa, la que es fría y cruel, pero también es dueña de mi alma. —Ramius hizo una pausa. Su sonrisa se desvaneció—. Mi única esposa ahora.

Por una vez Putin guardó silencio, y Marko lo notó. El oficial político había estado allí, y había derramado verdaderas lágrimas cuando el ataúd de pino lustrado se deslizó hacia la cámara de cremación. Para Putin, la muerte de Natalia Bogdanova Ramius había sido motivo de pena, pero por encima de eso, el acto de un desaprensivo Dios cuya existencia negaba él regularmente. Para Ramius había sido un crimen, cometido no por Dios sino por el Estado. Un crimen monstruoso e innecesario, que exigía castigo.

—Hielo —señaló el vigía.

—Un bloque de hielo desprendido en el lado de estribor del canal, o tal vez un trozo del glaciar del lado este. Pasaremos bien por el claro —dijo Kamarov.

—¡Comandante! —El altavoz del puente lanzaba una voz metálica—. Mensaje del comando de la flota.

—Léalo.

—Zona de ejercicio despejada. No hay buques enemigos en la vecindad. Proceda según órdenes. Firmado, Korov, Comandante de la Flota.

—Comprendido —dijo Ramius. Se oyó en el parlante el *click* de cierre—. ¿Así que no hay *Amerikantsi* cerca?

—¿Usted duda del comandante de la flota? —preguntó Putin.

—Espero que esté en lo cierto —replicó Ramius, con una sinceridad mayor de la que podía apreciar su oficial político—. Pero usted recuerda nuestras reuniones para impartir directivas.

Putin cambió el peso de su cuerpo de un pie a otro. Tal vez estaba sintiendo el frío.

—Aquellos submarinos norteamericanos clase 688, Ivan, los *Los Ángeles*. ¿Recuerda lo que dijo uno de sus oficiales a nuestro espía? ¿Que podían acercarse furtivamente a una ballena y hacerla pedazos antes de que se diera cuenta? Me pregunto cómo obtuvo la KGB esa pequeña información. Alguna hermosa agente soviética, entrenada a la manera del decadente Occidente, demasiado flaca, como a los imperialistas les gustan sus mujeres, pelo rubio...

El comandante gruñó divertido y añadió:

—Probablemente el oficial norteamericano era un muchacho fanfarrón, que trataba de encontrar una forma de hacer lo mismo a nuestra agente, ¿no? Y estaba sintiendo los efectos de su bebida, como la mayoría de los marinos. Pero aun así, debemos cuidarnos de los norteamericanos clase *Los Ángeles* y de los nuevos *Trafalgar* británicos. Son una amenaza para nosotros.

—Los norteamericanos son buenos técnicos, camarada comandante —dijo Putin—, pero no son gigantes. Su tecnología no es tan pasmosa. *Nasha lutcha* —concluyó—. La nuestra es mejor.

Ramius asintió pensativo, diciéndose a sí mismo que los *zampoliti* deberían realmente saber algo sobre los buques que supervisaban, de acuerdo con lo establecido en la doctrina del partido.

—Ivan, ¿no le dijeron los granjeros de los alrededores de Gorkiy que es al lobo que usted no ve al que debe temer? Pero no se preocupe demasiado. Con este buque les daremos una lección, creo.

—Como dije en la Administración Política Superior —Putin palmeó otra vez el hombro de Ramius—, ¡el *Octubre Rojo* está en las mejores manos!

Ramius y Kamarov sonrieron al escucharlo. «¡Hijo de puta! —pensó el comandante—, ¡decir frente a mis hombres que él debe certificar mi capacidad de comando! ¡Un hombre que no podría gobernar un bote de goma en un día calmo! Es una lástima que no vayas a vivir para hacerte tragar esas palabras, camarada oficial político, y pasarte el resto de tu vida en el *gulag* por semejante disparate. Casi valdría la pena dejarte con vida.»

Pocos minutos más tarde el viento comenzó a aumentar haciendo rolar el submarino. El movimiento se acentuaba por la altura en que ellos se encontraban con respecto a la cubierta, y Putin presentó sus excusas para bajar. Todavía era un marinero de piernas flojas. Ramius compartió silenciosamente la observación con Kamarov, quien sonrió en completo acuerdo. Su tácito desprecio por el *zampolit* era un pensamiento sumamente antisoviético.

La hora siguiente pasó con rapidez. Las aguas se hacían cada vez más revueltas a medida que se acercaban a mar abierto, y el rompehielos empezó a balancearse en las olas. Ramius lo miraba con interés. Nunca había estado a bordo de un rompehielos; toda su carrera había transcurrido en submarinos. Éstos eran más cómodos, aunque también más peligrosos. Sin embargo, estaba acostumbrado al peligro, y los años de experiencia rendían en ese momento sus frutos.

—Boya marina a la vista, comandante —señaló Kamarov. La boya con su luz roja saltaba furiosamente entre las olas.

—Sala de control, ¿qué profundidad tenemos? —preguntó Ramius por el teléfono del puente.

—Cien metros debajo de la quilla, camarada comandante.

—Aumente la velocidad a dos tercios y caiga a la izquierda diez grados. —Ramius miró a Kamarov—.

Transmita al *Purga* nuestro cambio de rumbo... y espero que no vire al revés.

Kamarov buscó el destellador guardado bajo la brazola del puente. El *Octubre Rojo* empezó a acelerar lentamente, con la potencia de sus máquinas resistida por su mole de treinta mil toneladas. En ese momento la proa formaba un arco de agua de tres metros; las olas se deslizaban hacia atrás sobre la cubierta de misiles, estallando contra el frente de la torreta. El *Purga* cambió su rumbo hacia estribor, permitiendo que el submarino pasara sin dificultad.

Ramius miró hacia popa en dirección a los riscos del fiordo Kola. La implacable presión de imponentes glaciares los había tallado milenios antes hasta darles su forma actual. ¿Cuántas veces en sus veinte años de servicio en la Flota del Norte de la Bandera Roja había contemplado esa amplia y lisa superficie en forma de U? Ésa sería la última. De una forma u otra, él jamás volvería. ¿Cómo iría a resultar todo? Ramius admitió para sus adentros que no le importaba mucho. Quizá fueran ciertas las historias que le contaba su abuela, referidas a Dios y la recompensa por una vida buena. Así lo esperaba... ¡Qué bueno sería que Natalia no estuviera verdaderamente muerta! De cualquier manera ya no había posibilidad de volver atrás. Había dejado una carta antes de partir, en la última saca de correos que recogieron. Después de eso ya no podría regresar.

—Kamarov, transmita al *Purga*: Nos sumergiremos a las... —controló su reloj—... 13:20. El ejercicio HELADA DE OCTUBRE comienza de acuerdo con lo establecido. Queda en libertad para otras tareas asignadas. Regresaremos según lo previsto.

Kamarov trabajó con el destellador para transmitir el mensaje. El *Purga* respondió de inmediato y Ramius leyó sin ayuda las luces intermitentes de la señal: «SI LAS BALLENAS NO SE LOS COMEN. BUENA SUERTE *OCTUBRE ROJO*».

Ramius levantó de nuevo el teléfono y apretó el botón de la sala de radio del submarino. Hizo transmitir el mismo mensaje al comando de la flota, en Severomorsk. Después llamó a la sala de control.

—¿Profundidad debajo de la quilla?

—Ciento cuarenta metros, camarada comandante.

—Prepárense para inmersión. —Se volvió hacia el vigía y le ordenó que bajara. El muchacho se acercó a la escotilla. Probablemente estaba feliz de regresar a la calidez de abajo, pero se tomó unos segundos para echar una última mirada al cielo nuboso y a los acantilados que se alejaban. Hacerse a la mar en un submarino era siempre emocionante, y siempre un poco triste—. Despejen el puente. Hágase cargo del comando cuando llegue abajo, Gregoriy.

Kamarov asintió y se lanzó hacia abajo por la escotilla, dejando solo al comandante.

Ramius recorrió cuidadosamente con la mirada el horizonte, explorando por última vez. El sol era apenas visible a popa, el cielo estaba plomizo y el mar negro excepto en los blancos copetes de espuma. Se preguntó si estaría diciendo adiós al mundo. De ser así, habría preferido una visión de él un poco más alegre.

Antes de deslizarse hacia abajo inspeccionó el asiento de la escotilla, la cerró tirando hacia abajo con una cadena y se aseguró de que el mecanismo automático funcionara correctamente. Luego bajó ocho metros por el interior de la torre hasta el casco de presión; después, dos más para entrar en la sala de control. Un *michman*[1] cerró la segunda escotilla y con un fuerte impulso hizo girar la rueda de cierre hasta el tope.

—¿Gregoriy? —preguntó Ramius.

—Tablero principal cerrado —dijo secamente el navegador, señalando el tablero de inmersión. Todas las luces indicadoras de aberturas en el casco eran verdes,

---

1. Guardiamarina *(N. del T.)*

en condiciones de seguridad—. Todos los sistemas en orden y controlados para inmersión. La compensación está conectada. Estamos listos para sumergirnos.

El comandante hizo su propia inspección visual de los indicadores mecánicos, eléctricos e hidráulicos. Asintió, y el *michman* de guardia destrabó los controles de ventilación.

—Inmersión —ordenó Ramius, acercándose al periscopio para relevar a Vasily Borodin, su *starpom*.[1] Kamarov accionó la alarma de inmersión y comenzó a retumbar en el casco el estrépito de la penetrante bocina.

—Inunden los tanques principales de lastre. Ajusten los timones de profundidad. Diez grados abajo en los timones —ordenó Kamarov, con sus ojos atentos para comprobar que cada hombre de la dotación cumpliera exactamente su tarea. Ramius escuchaba cuidadosamente pero no miraba. Kamarov era el mejor marino joven que había tenido a sus órdenes, y hacía ya tiempo que se había ganado la confianza de su comandante.

El casco del *Octubre Rojo* se llenó con el ruido del aire a presión cuando se abrieron las válvulas superiores de los tanques de lastre y el agua que entraba por el fondo desplazaba y desalojaba el aire de sustentación. Era un largo proceso porque el submarino tenía muchos de esos tanques, cada uno de ellos cuidadosamente subdividido por numerosos paneles celulares. Ramius ajustó las lentes del periscopio para mirar hacia abajo y vio cómo las negras aguas se convertían fugazmente en espuma.

El *Octubre Rojo* era la nave mejor y más grande de las que Ramius había comandado, pero el submarino tenía un grave defecto. Poseía máquinas de abundante potencia y un nuevo sistema de impulsión que él esperaba que burlara y confundiera tanto a los submarinos norteamericanos como a los soviéticos, pero el buque

---

2. Oficial ejecutivo *(N. del T.)*

era tan grande que para los cambios de profundidad parecía una ballena lisiada. Lento para emerger y aún más lento para descender.

—Periscopio bajo nivel. —Ramius se apartó del instrumento después de lo que pareció una larga espera—. Abajo el periscopio.

—Pasando cuarenta metros —dijo Kamarov.

—Nivelar a cien metros. —Ramius observaba a los hombres de su dotación. La primera inmersión podía causar estremecimientos a los más experimentados, y la mitad de su dotación estaba formada por muchachos campesinos llegados directamente del centro de entrenamiento. El casco crujía y chirriaba bajo la presión del agua que lo rodeaba, y a eso llevaba tiempo acostumbrarse. Algunos pocos de los más jóvenes se pusieron pálidos, pero sin perder la rigidez de su erguida posición.

Kamarov inició el procedimiento para nivelar a la profundidad requerida. Ramius observaba con el orgullo que podría haber sentido por su propio hijo, mientras el teniente impartía con precisión las órdenes necesarias. Era el primer oficial que Ramius había reclutado. Los tripulantes de la sala de control se movieron presurosos ante las órdenes. Cinco minutos más tarde el submarino modificaba su ángulo de descenso a noventa metros y por inercia cubría los diez siguientes hasta lograr una perfecta estabilización a cien.

—Muy bien, camarada teniente. Queda usted en el comando. Disminuya la velocidad a un tercio. Ordene a los operadores del sonar que hagan escucha con todos los sistemas pasivos. —Ramius se volvió para abandonar la sala de control indicando a Putin que lo siguiera.

Y así empezó todo.

Ramius y Putin se dirigieron hacia popa, a la cámara de oficiales del submarino. El comandante mantuvo abierta la puerta para que entrara el oficial político y luego la cerró con la traba. La cámara de oficiales del *Octubre Rojo* era un ambiente amplio para un submarino, y estaba ubicada inmediatamente delante de la cocina y detrás del alojamiento de oficiales. Sus mamparos eran a prueba de ruidos y la compuerta tenía una traba porque sus diseñadores sabían perfectamente que no todo lo que allí conversaran los oficiales debía ser oído por los otros tripulantes. Tenía espacio suficiente como para que todos los oficiales del *Octubre* pudieran comer en un solo grupo, aunque por lo menos tres de ellos estarían siempre de servicio. La caja de seguridad que contenía las órdenes para el buque estaba allí, y no en el camarote del comandante, donde el hombre, aprovechando su soledad podría intentar abrirla por sí mismo. Tenía dos diales. Ramius conservaba una de las combinaciones, Putin la otra. Lo que no era del todo necesario ya que sin duda Putin conocía las órdenes de su misión. Lo mismo ocurriría con Ramius, aunque no tenía todos los detalles.

Putin sirvió té mientras el comandante controlaba su reloj de pulsera con el cronómetro montado sobre el mamparo. Faltaban quince minutos para la hora en que podría abrir la caja. La cortesía de Putin lo hizo sentir incómodo.

—Otras dos semanas de confinamiento —dijo el *zampolit*, revolviendo su té.

—Los norteamericanos lo hacen durante dos *meses*, Ivan. Por supuesto, sus submarinos son mucho más cómodos. —A pesar de su inmenso casco, las comodidades para la dotación del *Octubre* habrían avergonzado a un carcelero de un *gulag*. La dotación estaba compuesta por quince oficiales, alojados a popa en camarotes bastante decentes, y cien hombres de tropa cuyas literas estaban metidas en rincones y huecos distribuidos en la proa, delante de la sala de misiles. El tamaño del *Octubre* era engañoso. El interior de su doble casco estaba colmado de misiles, torpedos, un reactor nuclear con todo su equipo auxiliar, una enorme planta de poder diesel de complemento, y un banco de baterías de níquel-cadmio fuera del casco presurizado, que tenía diez veces las dimensiones de sus contrapartes norteamericanas. Operar y mantener la nave era una tremenda carga para una dotación tan pequeña, aunque el empleo intensivo de la automatización hacía de esa nave la más moderna de la flota de guerra soviética. Tal vez los hombres no necesitaban mejores literas. Sólo dispondrían de cuatro a seis horas diarias para hacer uso de ellas. Esa circunstancia obraría como ventaja para Ramius. La mitad de su dotación eran reclutas en su primer viaje operativo, y ni siquiera los hombres más experimentados sabían algo más. La fuerza de esa dotación —a diferencia de las occidentales— residía mucho más en sus once *michmanyy* que en sus *glavnyy starshini1*.[1] Todos ellos eran hombres que harían exactamente lo que sus oficiales les dijeran (estaban especialmente entrenados para actuar así). Y Ramius había elegido a los oficiales.

—¿Usted quiere viajar durante dos meses? —preguntó Putin.

—Lo he hecho en los submarinos diesel. El submarino pertenece al mar, Ivan. Nuestra misión es infundir el miedo en el corazón de los imperialistas. Y eso no lo lograremos atados en nuestro galpón de Polyarnyy la mayor parte del tiempo, pero no podemos permanecer más en el mar porque en cualquier período mayor de dos semanas la dotación pierde eficiencia. En dos semanas esta colección de criaturas se convertirá en una pandilla de autómatas atontados. —Ramius contaba con eso.

—¿Y eso podría resolverse adoptando lujos capitalistas? —preguntó Putin con desprecio.

—Un marxista verdadero es objetivo, camarada oficial político —replicó Ramius, saboreando el efecto de ese último argumento en Putin—. Objetivamente, aquello que nos ayude a cumplir nuestra misión es bueno; aquello que nos entorpece es malo. Se supone que la ad-

---

1. Suboficiales *(N. del T.)*

versidad debe estimular nuestro espíritu y capacidad, y no apagarlos. El solo hecho de estar a bordo de un submarino es ya un sacrificio suficiente, ¿no es así?

—No para usted, Marko —sonrió Putin sobre su taza de té.

—Yo soy marino. Los hombres de nuestra dotación no lo son, la mayoría de ellos jamás lo será. Son un conjunto de hijos de granjeros y muchachos que aspiran a ser obreros en una fábrica. Tenemos que adaptarnos a la época, Ivan. Estos chicos no son como éramos nosotros.

—Eso es cierto —convino Putin—. Usted nunca está satisfecho, camarada comandante. Supongo que son los hombres como usted los que impulsan el progreso para todos nosotros.

Ambos hombres sabían por qué los submarinos misilísticos soviéticos pasaban tan poco tiempo en el mar —apenas el quince por ciento del total— y no tenía nada que ver con las comodidades de los hombres. El *Octubre Rojo* llevaba veintiséis misiles SS-N-20 Seahawk, cada uno de ellos con ocho vehículos de reingreso para objetivos autónomos múltiples (MIRV) de quinientos kilotones, suficientes para destruir doscientas ciudades. Los bombarderos con base en tierra sólo podían volar unas pocas horas cada vez, luego debían regresar a sus bases. Los misiles basados en tierra, desplegados a lo largo de la principal red ferroviaria soviética este-oeste, se encontraban siempre en posiciones que podían ser alcanzadas por las tropas paramilitares de la KGB, para que ningún comandante de regimiento de misiles pensara de pronto en el poder que tenía en las puntas de sus dedos. Pero los submarinos misilísticos estaban —por definición— más allá de cualquier control de tierra. Su propia misión consistía en desaparecer.

Teniendo en cuenta ese hecho, Marko estaba sorprendido de que su gobierno los empleara. Las dotaciones de esas naves debían ser sumamente confiables. Y por eso salían con menor frecuencia que sus contrapar-

23

tes de occidente y, cuando lo hacían, siempre viajaba a bordo un oficial político que se mantenía próximo al comandante, una especie de segundo comandante siempre listo para aprobar o no cualquier acción.

—¿Y usted cree que podría hacerlo, Marko? ¿Navegar durante dos meses con estos muchachos campesinos?

—Como usted sabe, prefiero chicos a medio entrenar. Tienen menos que «desaprender». Entonces puedo enseñarles a ser marinos como corresponde, a mi manera. ¿Un culto a mi personalidad?

Putin rió mientras encendía un cigarrillo.

—Esa observación ya se ha hecho en el pasado, Marko. Pero usted es nuestro mejor maestro y su responsabilidad es bien conocida. —Eso era muy cierto. Ramius había enviado cientos de oficiales, suboficiales y tropa a otros submarinos, cuyos comandantes se alegraban de tenerlos con ellos. Ésa era otra paradoja: que un hombre pudiera generar confianza en el seno de una sociedad que apenas reconocía el concepto. Por supuesto, Ramius era un leal miembro del partido, hijo de un héroe del partido que había sido llevado hasta su tumba por tres miembros del Politburó. Putin agitó un dedo—. Usted debería estar al mando de una de nuestras más altas escuelas navales, camarada comandante. Su talento sería allí más útil para el Estado.

—Pero es que yo soy un marino, Ivan Yurievich, y no un maestro de escuela... a pesar de lo que digan de mí. Un hombre inteligente conoce sus limitaciones. —Y uno audaz aprovecha las oportunidades. Todos los oficiales que se hallaban a bordo habían prestado servicios antes a órdenes de Ramius, excepto tres jóvenes tenientes, que le obedecerían con tanta prontitud como cualquier mocoso *matros*,[1] y el doctor, que era un incompetente.

El cronómetro dio cuatro campanadas.

---

1. Marinero *(N. det T.)*

Ramius se puso de pie y movió el dial en su combinación de tres elementos. Putin hizo otro tanto y el comandante giró la palanca para abrir la puerta circular de la caja de seguridad. En su interior había un sobre de papel color madera y cuatro libros de claves de cifrado y coordenadas de objetivos para misiles. Ramius retiró el sobre, luego cerró la puerta e hizo girar los dos diales antes de volver a sentarse.

—Veamos, Ivan, ¿qué supone usted que nos mandan hacer nuestras órdenes? —preguntó teatralmente Ramius.

—Nuestro deber, camarada comandante —sonrió Putin.

—Naturalmente. —Ramius rompió el sello de cera del sobre y extrajo la orden de operaciones de cuatro páginas. La leyó rápidamente. No era complicada—. Y bien, debemos dirigirnos a la cuadrícula 54-90 de la grilla y reunirnos con nuestro submarino de ataque *V. K. Konovalov*. Ése es el nuevo buque que tiene bajo su comando el capitán Tupolev. Usted conoce a Viktor Tupolev, ¿no? Viktor nos protegerá de los imperialistas intrusos, y nosotros cumpliremos un tema de cuatro días de seguimiento, mientras él nos da caza... si puede —bromeó Ramius—. Los muchachos de la dirección de submarinos de ataque todavía no han resuelto cómo seguir nuestro nuevo sistema de impulsión. Bueno, tampoco lo harán los norteamericanos. Nosotros debemos limitar nuestras operaciones a la cuadrícula 54-90 de la grilla y las cuadrículas vecinas que la rodean. Eso tendría que hacer un poquito más fácil la tarea de Viktor.

—¿Pero usted no le permitirá que nos encuentre? —inquirió Putin.

—Por supuesto que no —resopló Ramius—. ¿Permitirle? Viktor ha sido alumno mío. No se da nada al enemigo, Ivan, ni siquiera en un ejercicio. ¡Con toda seguridad que los imperialistas tampoco lo harían! Mientras él trata de encontrarnos está practicando a la vez para encontrar sus submarinos misilísticos. Creo que tendrá una buena probabilidad de localizarnos. El ejercicio está limitado a nueve cuadrículas, cuarenta mil kilómetros cuadrados. Veremos qué ha aprendido desde que estuvo a nuestras órdenes... ¡Ah!, es cierto, usted no estaba conmigo entonces. Aquello fue cuando tenía el *Suslov*.

—Me parece ver cierta decepción.

—No, realmente no. El ejercicio de cuatro días con el *Konovalov* será una interesante diversión. —«Hijo de puta —dijo para sí mismo—, tú sabías de antemano exactamente cuáles eran nuestras órdenes... y conoces muy bien a Viktor Tupolev, mentiroso.» Ya era hora.

Putin terminó su cigarrillo y el té y se puso de pie.

—De manera que una vez más se me permite contemplar al maestro comandante en su tarea... de confundir a un pobre muchacho. —Se volvió hacia la puerta—. Creo que...

Ramius pateó con fuerza los pies de Putin en el preciso instante en que daba un paso para alejarse de la mesa. Putin cayó hacia atrás mientras Ramius saltaba como un resorte y aferraba la cabeza del oficial político con sus fuertes manos de pescador. El comandante bajó enérgicamente sus brazos llevando el cuello de Putin hacia el afilado borde de metal que tenía la esquina de la mesa de la cámara de oficiales. Golpeó en el punto justo. Simultáneamente, Ramius hizo una fuerte presión sobre el pecho del hombre. El movimiento fue innecesario; con un impresionante ruido de huesos el cuello de Ivan Putin se quebró, quedando cortada su médula espinal a la altura de la segunda vértebra cervical: la perfecta fractura de un ahorcado.

El oficial político no tuvo tiempo de reaccionar. Los nervios de su cuerpo, debajo del cuello, quedaron instantáneamente desconectados de los órganos y músculos que controlaban. Putin trató de gritar, de decir algo, pero su boca se abrió y cerró en un temblor sin emitir ningún sonido, excepto la exhalación del último contenido de aire de sus pulmones. Intentó tragar aire como un pez sacado del agua, pero tampoco eso pudo lograr. Luego sus ojos se alzaron hacia Ramius, enormes en la conmoción; no mostraban emoción ni dolor, sino sorpresa. El comandante lo acostó suavemente sobre el piso.

Ramius vio en el rostro un relámpago de comprensión, luego se oscureció. Se agachó para tomar el pulso de Putin. Pasaron casi dos minutos hasta que el corazón se detuvo completamente. Cuando Ramius estuvo seguro de que su oficial político había muerto, tomó la tetera de la mesa y derramó una parte de su contenido sobre el piso, cuidando que algo cayera sobre los zapatos del hombre. Después alzó el cuerpo, lo depositó sobre la mesa de la cámara de oficiales y abrió bruscamente la puerta.

—¡Doctor Petrov a la cámara de oficiales de inmediato!

El oficial médico del buque se hallaba a sólo unos pocos pasos hacia popa. Petrov llegó en contados segundos, junto con Vasily Borodin, quien había corrido desde la sala de control.

—Se resbaló en el piso donde yo había derramado mi té —jadeó Ramius mientras simulaba un intenso masaje sobre el pecho de Putin—. Traté de evitar que se cayera, pero se golpeó la cabeza contra la mesa.

Petrov apartó a un lado al comandante, hizo girar el cuerpo y se trepó a la mesa para arrodillarse encima. Le desgarró la camisa, luego controló los ojos de Putin. Ambas pupilas estaban fijas y agrandadas. El doctor palpó la cabeza del hombre, descendiendo con sus manos hacia el cuello. Allí se detuvieron haciendo presión. El doctor movió lentamente la cabeza a uno y otro lado.

—El camarada Putin está muerto. Tiene el cuello roto. —Las manos del médico se aflojaron y luego cerró los ojos del *zampolit*.

—¡No! —gritó Ramius—. ¡Estaba vivo hace un minuto! —El comandante sollozaba—. Es culpa mía. Traté de agarrarlo, pero no pude. ¡Es culpa mía! —Se dejó caer pesadamente en una silla y hundió la cara entre las manos—. Es culpa mía —se lamentaba, sacudiendo la cabeza con desesperación y luchando visiblemente para recuperar su compostura. Desde todo punto de vista, una excelente actuación.

Petrov apoyó una mano sobre el hombro del comandante.

—Fue un accidente, camarada comandante. Son cosas que ocurren, aun a los hombres de más experiencia. No fue su culpa. Realmente, camarada.

Ramius masculló un juramento, recobrando el control de sí mismo.

—¿No hay nada que pueda hacer usted?

Petrov sacudió la cabeza.

—Ni siquiera en la mejor clínica de la Unión Soviética podrían hacer algo. Cuando el cordón de la médula espinal se ha cortado no hay ninguna esperanza. La muerte es virtualmente instantánea... aunque también es completamente indolora —agregó el doctor en tono consolador.

Ramius se incorporó dejando escapar un largo suspiro, ya con el rostro compuesto.

—El camarada Putin era un buen compañero de a bordo, un leal miembro del partido y un excelente oficial. —Con el rabillo del ojo notó que los labios de Borodin hacían un expresivo gesto—. ¡Camaradas, continuaremos nuestra misión! Doctor Petrov, lleve el cuerpo de nuestro camarada al congelador. Esto es... grotesco, lo reconozco, pero él merece —y lo tendrá— un honroso funeral militar, con la presencia de sus compañeros de a bordo, como debe ser, cuando regresemos a puerto.

—¿Será informado esto al comando de la flota? —preguntó Petrov.

—No podemos. Tenemos órdenes de mantener un estricto silencio de radio —Ramius entregó al doctor un juego de órdenes de operaciones que acababa de sacar del bolsillo. No eran las que había extraído de la caja de seguridad—. Página tres, doctor.

Los ojos de Petrov se agrandaron mientras leía la directiva operacional.

—Yo hubiera preferido informar esto, pero nuestras órdenes son explícitas: Después de habernos sumergido, ninguna transmisión de ninguna clase, por ninguna causa. —Petrov devolvió al comandante los papeles—. Es una lástima, nuestro camarada hubiera deseado eso. Pero órdenes son órdenes.

—Y las cumpliremos fielmente.

—Putin no lo habría querido de otra manera —coincidió Petrov.

—Borodin, controle: de acuerdo con lo establecido en los reglamentos, voy a quitar del cuello del camarada oficial político su llave de control de misiles —dijo Ramius, mientras se metía en el bolsillo la cadena y la llave.

—Soy testigo y lo anotaré en el libro de navegación —dijo con tono grave el oficial ejecutivo.

Petrov llamó a su ayudante enfermero. Juntos cargaron el cadáver y lo llevaron hacia popa, a la enfermería, donde lo introdujeron en una bolsa especial. Luego el enfermero y un par de marineros lo llevaron de nuevo hacia proa, atravesaron la sala de control y entraron en el compartimiento de misiles. El ingreso a la congeladora se hallaba en la cubierta inferior de misiles y los hombres hicieron pasar el cadáver por la puerta. Mientras dos cocineros retiraban alimentos para hacerle lugar, el cuerpo fue depositado reverentemente en un rincón. Hacia popa, el doctor y el oficial ejecutivo hacían el inventario de los efectos personales, una copia para el archivo médico de la nave, otra para el libro de navegación, y una tercera para una caja que fue sellada y guardada con llave en la enfermería.

Más cerca de proa, Ramius se hizo cargo del comando en una deprimida sala de control. Ordenó que el submarino tomara un rumbo de dos-nueve-cero grados, oeste-noroeste. La cuadrícula 54-90 de la grilla se hallaba hacia el este.

SEGUNDO DÍA

Sábado, 4 de diciembre

El Octubre Rojo

Era costumbre en la Marina Soviética que el comandante anunciara las órdenes operativas de su buque y exhortara a la dotación a llevarlas a buen término con un verdadero espíritu soviético. Luego se colocaban las órdenes en los tableros para que todos las vieran —y se inspiraran en ellas— junto a la puerta de la Sala Lenin de la nave. En los grandes buques de superficie ésa era un aula donde se impartían clases de formación política. En el *Octubre Rojo* era una biblioteca del tamaño de un armario, cerca de la cámara de oficiales, donde se guardaban los libros del partido y otro material ideológico para que leyeran los hombres.

Ramius reveló sus órdenes al día siguiente de la partida para dar a sus hombres la oportunidad de que se adaptaran a la rutina del buque. Al mismo tiempo pronunció unas palabras de tono vehemente. Ramius era siempre bueno para eso. Había tenido mucha práctica. A las ocho, después de instalada la guardia de la mañana, entró en la sala de control y sacó algunas tarjetas de archivo de un bolsillo interior de su chaqueta.

—¡Camaradas! —comenzó, hablando por el micrófono—, les habla el comandante. Todos ustedes saben que nuestro querido amigo y camarada, el capitán Ivan Yurievich Putin, murió ayer en un trágico accidente. Nuestras órdenes no nos permiten informar esto al comando de la flota. Camaradas, dedicaremos nuestros esfuerzos y nuestros trabajos a la memoria de nuestro camarada,

Ivan Yurievich Putin..., un excelente compañero de a bordo, un honorable miembro del partido y un valiente oficial.

»¡Camaradas! ¡Oficiales y tripulantes del *Octubre Rojo*! ¡Tenemos órdenes del Alto Comando de la Flota del Norte de la Enseña Roja, y son órdenes dignas de esta nave y de su dotación!

»¡Camaradas! Nuestras órdenes consisten en efectuar las últimas pruebas de nuestro nuevo sistema silencioso de propulsión. Tenemos que poner rumbo al oeste, pasar el Cabo Norte del estado títere de la imperialista Norteamérica, Noruega, luego virar al sudoeste hacia el Océano Atlántico. ¡Pasaremos todas las redes imperialistas de sonar, y *no* seremos detectados! Ésta será una verdadera prueba de nuestro submarino y de sus capacidades. Nuestras propias naves intervendrán en un ejercicio mayor para localizarnos, y, al mismo tiempo, para confundir a las arrogantes marinas imperialistas. Nuestra misión, ante todo, es evadir toda detección, cualquiera sea su origen. ¡Enseñaremos una lección a los norteamericanos con respecto a la tecnología soviética que no olvidarán muy pronto! Tenemos órdenes de continuar hacia el sudoeste, bordeando las costas de los Estados Unidos, para desafiar y vencer a sus mejores y más modernos submarinos de caza. Continuaremos todo el camino hasta nuestros hermanos socialistas de Cuba, y seremos el *primer buque* que hará uso de una nueva y supersecreta base de submarinos nucleares que hemos estado construyendo desde hace dos años, justo bajo las narices imperialistas en la costa sur de Cuba. Ya está en camino un buque de reabastecimiento de flota para encontrarse allá con nosotros.

»¡Camaradas! Si tenemos éxito y alcanzamos Cuba sin ser detectados por los imperialistas —¡y lo haremos!— los oficiales y resto de la dotación del *Octubre Rojo* tendrán una semana —*una semana*— de licencia para visitar a nuestros fraternales camaradas socialistas en la hermosa isla de Cuba. Yo he estado allí, camaradas, y ustedes podrán comprobar que aquello es exactamente lo que han leído, un paraíso de brisas cálidas, palmeras y un fuerte sentimiento de amistad y camaradería. —Con ello Ramius quería significar mujeres—. Después de eso, regresaremos a la Madre Patria por la misma ruta. Para entonces, por supuesto, los imperialistas ya sabrán quiénes y qué somos, gracias a sus furtivos espías y sus aviones que efectúan un cobarde reconocimiento. Existe la intención de que ellos conozcan todo esto, porque nuevamente evadiremos la detección en el viaje de regreso. Esto hará saber a los imperialistas que no pueden jugar con los hombres de la Marina Soviética, que podemos acercarnos a sus costas en el momento en que nosotros queramos, ¡y que deben respetar a la Unión Soviética!

»¡Camaradas! ¡Haremos que la primera salida del *Octubre Rojo* sea una operación memorable!

Ramius levantó la mirada de su discurso preparado. Los hombres de guardia en la sala de control estaban intercambiando sonrisas. No era frecuente que un marino soviético fuera autorizado a visitar otro país, y una visita de un submarino nuclear a un país extranjero, aunque fuera un aliado, era algo que no tenía casi antecedentes. Más aún, para los rusos, la isla de Cuba era tan exótica como Tahití, una tierra prometida con playas de blancas arenas y muchachas morenas. Otra cosa era lo que sabía Ramius. Había leído artículos en el *Estrella Roja* y otros diarios del Estado sobre las delicias del trabajo en Cuba. También había estado allí.

Ramius cambió las tarjetas que tenía en sus manos. Les había dado las buenas noticias.

—¡Camaradas! ¡Oficiales y tripulantes del *Octubre Rojo*! —Ahora las malas noticias que todos estaban esperando—. Ésta no ha de ser una misión fácil. Demandará nuestros mejores esfuerzos. Debemos mantener absoluto silencio de radio, ¡y nuestras técnicas operativas deben ser *perfectas*! Las recompensas sólo llegan a quienes realmente las han ganado. ¡Cada oficial y cada tripulante de a bordo, desde su comandante hasta el más nuevo de los *matros*, deberá cumplir su deber socialista y cumplirlo bien! Si trabajamos juntos como camaradas, como los Nuevos Hombres Soviéticos que somos, tendremos éxito. Ustedes, jóvenes camaradas, que son nuevos en el mar: escuchen a sus oficiales, a sus *michmanyy* y a sus *starshini*. Aprendan bien sus roles y cúmplanlos exactamente. No hay trabajos pequeños en esta nave ni pequeñas responsabilidades. La vida de cada uno de nuestros camaradas depende de los otros. ¡Cumplan con sus obligaciones, sigan las órdenes y cuando hayamos completado este viaje serán verdaderos marinos soviéticos! Es todo.

Ramius levantó el dedo del interruptor del micrófono y puso el aparato en su encastre. No fue un mal discurso, decidió..., una gran zanahoria y una pequeña vara.

Hacia popa, en la cocina, un suboficial estaba de pie inmóvil, con un trozo de pan caliente en sus manos y mirando curiosamente el altavoz montado sobre el mamparo. Ésas no eran las órdenes que se suponía iban a recibir, ¿no? ¿Habría habido un cambio en los planes? El *michman* le indicó que continuara con sus tareas, sonriendo y bromeando ante la perspectiva de una semana en Cuba. Había oído contar muchas cosas sobre Cuba y las mujeres cubanas, y estaba deseando comprobar si eran ciertas.

En la sala de control, Ramius reflexionó en voz baja.

—Me gustaría saber si hay submarinos norteamericanos por aquí.

—Por cierto, camarada comandante —asintió el capitán de fragata Borodin, que estaba de guardia—. ¿Conectaremos la oruga?

—Proceda, camarada.

—Detener las máquinas por completo —ordenó Borodin.

—Detención total. —El cabo de guardia, un *starsina*, operó el dial del anunciador hasta la posición STOP.

Instantes después la orden quedó confirmada por el dial interior, y pocos segundos más tarde el sonido sordo de las máquinas se desvaneció por completo.

Borodin levantó el teléfono y apretó el botón de la sala de máquinas.

—Camarada jefe de máquinas, prepárese para conectar la oruga.

Ése no era el nombre oficial del nuevo sistema de propulsión. En realidad, no tenía nombre alguno como tal, sólo un número de proyecto. El apodo *oruga* había sido idea de un joven ingeniero participante en el desarrollo del submarino. Ni Ramius ni Borodin sabían por qué, pero como ocurre a menudo con esos nombres, había persistido.

—Listo, camarada Borodin —informó en respuesta el jefe de máquinas un momento después.

—Abran las tapas anteriores y posteriores —ordenó seguidamente Borodin.

El *michman* de guardia levantó la mano hacia el tablero de control y movió cuatro llaves interruptoras. Las luces de posición que se encontraban sobre cada una de ellas cambiaron de rojas a verdes.

—Las luces indican tapas abiertas, camarada.

—Conecte la oruga. Aumente lentamente la velocidad hasta trece nudos.

—Aumento lento a uno-tres nudos, camarada —respondió el jefe de máquinas.

En el casco, donde se había producido un momentáneo silencio, se oía en ese momento un nuevo sonido. Los ruidos de máquinas eran más bajos y muy diferentes de lo que había sido. Los ruidos de la planta del reactor, en su mayoría originados por las bombas que hacían circular el agua de refrigeración, eran casi imperceptibles. La oruga no empleaba gran cantidad de potencia para su funcionamiento. En el puesto del *michman*, el indicador de velocidad, que había descendido hasta cinco nudos, empezaba a aumentar en ese momento de nuevo. Delante de la sala de misiles, en un espacio pequeño destinado al alojamiento de la dotación, unos pocos hombres que dormían se movieron ligeramente en sus literas al notar a popa el ronroneo intermitente y el zumbido de los motores eléctricos a pocos metros de distancia, separados de ellos por el casco presurizado. En su primer día completo en el mar, se hallaban lo suficientemente cansados como para hacer caso omiso del ruido, y pronto se aferraron otra vez a su preciosa cuota de sueño.

—La oruga funcionando normalmente, camarada comandante —informó Borodin.

—Excelente. Timonel, ponga rumbo dos-seis-cero —ordenó Ramius.

—Dos-seis-cero, camarada. —El timonel hizo girar su rueda hacia la izquierda.

El USS Bremerton

Treinta millas hacia el nordeste, el *USS Bremerton*, con un rumbo de dos-dos-cinco, acababa de emerger desde debajo del *pack* de hielo. Era un submarino de ataque, clase 688, y había estado realizando una misión ELINT —búsqueda de inteligencia electrónica— en el Mar de Kara, cuando recibió órdenes de poner rumbo oeste hacia la Península Kola. Se suponía que el buque misilístico ruso no iba a zarpar hasta la semana siguiente, y el comandante del *Bremerton* estaba molesto ante esa última rectificación de inteligencia. Él se habría encontrado en posición para perseguir al *Octubre Rojo* si la partida se hubiese producido en la fecha prevista. Aun así, los sonaristas norteamericanos habían captado al submarino soviético pocos minutos antes, a pesar de que se hallaban navegando a catorce nudos.

—Sala de control, sonar.

El comandante Wilson levantó el teléfono.

—Aquí comandante, prosiga.

—Contacto perdido, señor. Hace unos minutos sus hélices se detuvieron y no han vuelto a ponerse en movimiento. Hay alguna otra actividad hacia el este, pero el submarino misilístico ha desaparecido.

—Muy bien. Es probable que haya disminuido mucho el régimen y esté en una lenta deriva. Pero seguiremos rastreándolo. Manténgase atento, jefe. —El comandante Wilson seguía pensando en eso mientras daba dos pasos hacia la mesa de la carta. Los dos oficiales del grupo de seguimiento y control de fuego, que habían estado conduciendo el seguimiento para el contacto, alzaron la mirada para conocer la opinión de su comandante.

—Si fuera yo, descendería hasta cerca del fondo y haría un lento círculo hacia la derecha, más o menos por aquí. —Wilson trazó aproximadamente un círculo sobre la carta, que encerraba la posición del *Octubre Rojo*—. Así que vamos a mantenernos sobre él rastreando. Reduciremos la velocidad a cinco nudos y veremos si podemos entrar y volver a detectar el ruido de la planta de su reactor. —Wilson se volvió hacia el oficial—: Reduzca la velocidad a cinco nudos.

—Comprendido, jefe.

Severomorsk, URSS

En el edificio de la Central de Correos de Severomorsk, un empleado clasificador de correspondencia observó con fastidio al conductor del camión mientras volcaba sobre su mesa de trabajo una enorme saca de loneta y se alejaba luego hacia la puerta. Llegaba tarde..., bueno, no exactamente tarde, se corrigió a sí mismo el empleado, ya que ese imbécil no había llegado a horario ni una sola vez en cinco años. Era un sábado, y le molestaba tener que estar trabajando. Hacía pocos años habían implantado en la Unión Soviética la semana de cuarenta horas. Desgraciadamente, ese cambio no había correspondido a servicios públicos tan vitales como la entrega de correspondencia. De manera que ahí estaba él, trabajando todavía en una semana de seis días... ¡y sin paga extra! Una desgracia, pensó, y lo había dicho con bastante frecuencia en su departamento, mientras jugaba a los naipes con sus compañeros de trabajo, bebiendo vodka y comiendo pepinillos.

Desató la cuerda y dio vuelta la saca. Cayeron varias bolsitas de menor tamaño. No tenía sentido apurarse. Era sólo el principio del mes y todavía le quedaban semanas para trasladar su cuota de cartas y paquetes de un lado del edificio al otro. En la Unión Soviética todos los trabajadores son del gobierno, y tienen un dicho: Mientras los patrones finjan pagarnos, nosotros fingiremos trabajar.

Al abrir una pequeña bolsa de correspondencia extrajo un sobre de aspecto oficial, dirigido a la Administración Política Principal de la Marina, en Moscú. El empleado se detuvo, palpando el sobre. Probablemente venía de uno de los submarinos basados en Polyarnyy, sobre el otro lado del fiordo. ¿Qué diría la carta?, se preguntó el clasificador, practicando el juego mental que divertía a los hombres de correos de todo el mundo. ¿Sería un anuncio de que todo estaba listo para el ataque final contra el occidente imperialista? ¿Una lista de miembros del partido que estaban atrasados en el pago de sus obligaciones? ¿O un pedido por mayor cantidad de papel higiénico? Era imposible saberlo. ¡Estos submarinistas! Eran todos *prime donne*...; hasta los conscriptos campesinos que todavía estaban quitándose la bosta de los dedos de sus pies andaban por todos lados como si fueran miembros de la elite del partido.

El empleado tenía sesenta y dos años. En la Gran Guerra Patriótica había sido tanquista, prestando servicios en un cuerpo de guardia de tanques asignados al Primer Frente Ucraniano de Konev. Ése, se decía a sí mismo, era un trabajo de hombres; entrar en acción sobre uno de esos grandes tanques de batalla y saltando de ellos para dar caza a los infantes alemanes que se escondían temerosos en sus agujeros. Cuando había que hacer algo contra esas babosas, ¡se hacía! ¿Y en qué se habían convertido en ese momento los combatientes soviéticos? Vivían a bordo de lujosos buques de línea, con abundancia de buena comida y camas tibias. La única cama caliente que él había conocido estaba sobre la tubería de escape del diesel de su tanque... ¡y había tenido que pelear para eso! Era una locura ver en qué se había convertido el mundo. En ese momento los marineros actuaban como príncipes zaristas, escribían toneladas de cartas de un lado a otro, y a eso le llamaban trabajo. Esos niños mimados no sabían lo que eran el trabajo duro y las privaciones. ¡Y sus privilegios! Cualquier palabra que volcaban en un papel era correspondencia prioritaria. Cartas lloronas a sus novias, la mayoría de ellas, y él tenía que estar allí clasificándolas a todas, un día sábado, para encargarse de que llegaran a sus mujeres... aunque no podrían tener respuesta hasta después de dos semanas. Ya nada era como en los viejos tiempos.

El clasificador lanzó el sobre, con un negligente movimiento de la muñeca, en dirección a la saca de correspondencia de superficie para Moscú, que se hallaba en el extremo opuesto de su mesa de trabajo. Pero no acertó, y el sobre cayó al piso de cemento. La carta sería colocada a bordo del tren un día tarde. Al empleado no le importó. Esa noche había un partido de hockey, el más importante de la nueva temporada, Ejército Central contra Alas. Había apostado un litro de vodka a favor de Alas.

Morrow, Inglaterra

El mayor éxito popular de Halsey fue su mayor error. Al manifestarse a sí mismo como un héroe popular de legendaria agresividad, el almirante habría de cegar a las generaciones siguientes en cuanto a sus impresionantes capacidades intelectuales y su agudo instinto de jugador para... Jack Ryan frunció el entrecejo frente a su computadora. Sonaba demasiado parecido a una disertación doctoral, y él ya había hecho una de ellas. Pensó borrar todo el párrafo del disco de memoria, pero decidió no hacerlo. Tenía que seguir esa línea de razonamiento en la introducción. Si bien era malo, servía como guía para lo que él quería decir. ¿Por qué será que las introducciones parecían ser siempre las partes más difíciles de los libros de historia? Hacía ya tres años que estaba trabajando en *Fighting Sailor*,[1] una autorizada biografía sobre el almirante de flota William Halsey. Casi todo el trabajo estaba contenido en media docena de discos que se hallaban junto a su computadora Apple.

—¿Papito? —La hija de Ryan miraba fijamente hacia arriba a su padre.

—¿Cómo está hoy mi pequeña Sally?

—Muy bien.

Ryan alzó a la niña y la sentó sobre sus rodillas, cuidando de alejar un poco la silla del tablero de la computadora. Sally conocía los juegos y programas educacionales, y a veces pensaba que eso significaba su capacitación para manejar cualquier tipo de programas. En cierta oportunidad el resultado había sido la pérdida de veinte mil palabras de un manuscrito, grabadas electrónicamente. Y una buena zurra.

Sally apoyó la cabecita contra el hombro de su padre.

—No pareces estar bien. ¿Qué le pasa a mi nenita?

—Bueno, ¿sabes, papito? Ya es casi Navidad y... yo no estoy segura de que Papá Noel sepa dónde estamos. Ahora no estamos donde estábamos el año pasado.

—¡Ah! Ya veo. ¿Y tienes miedo de que él no venga aquí?

—Ajá.

—¿Por qué no me lo preguntaste antes? Por supuesto que va a venir aquí. Te lo prometo.

—¿Me lo prometes?

—Te lo prometo.

---

1. Marino combatiente. (*N. del T.*)

—*Okay.* —Besó a su padre y salió corriendo de la habitación, para volver a mirar dibujos animados en la *telly*, como la llamaban en Inglaterra. Ryan se alegró de que lo hubiera interrumpido. No quería olvidar que debía comprar algunas cosas cuando volara a Washington. ¿Dónde estaba...? Ah, sí. Tomó un disco del cajón del escritorio y lo insertó en la computadora. Después de despejar la pantalla desarrolló la lista de Navidad, las cosas que aún tenía que conseguir. Con una simple orden, la lista fue apareciendo en la impresora que estaba al lado. Ryan cortó la página y la guardó en su billetera. El trabajo no lo atraía ese sábado por la mañana. Decidió jugar con sus niños. Después de todo, tendría que estar clavado en Washington la mayor parte de la semana siguiente.

El V. K. Konovalov

El submarino soviético *V. K. Konovalov* se deslizaba sobre el duro fondo de arena del Mar de Barents, a tres nudos. Se hallaba en la esquina sudoeste de la cuadrícula 54-90 de la grilla, y hacía ya diez horas que navegaba lentamente hacia adelante y atrás sobre una línea norte-sur, esperando que llegara el *Octubre Rojo* para el comienzo del Ejercicio HELADA DE OCTUBRE. El capitán de fragata Viktor Alexievich Tupolev se paseaba lentamente alrededor del pedestal del periscopio en la sala de control de su pequeño y veloz submarino de ataque. Estaba aguardando que apareciera su viejo Maestro, con la esperanza de poder hacerle algunas jugarretas. Había estado a las órdenes del Maestro durante dos años. Fueron dos buenos años y si bien había descubierto que su ex comandante mostraba un cierto cinismo, especialmente con respecto al partido, estaba dispuesto a testimoniar sin la menor duda sobre la capacidad y astucia de Ramius.

Y de la suya propia. Tupolev, que se encontraba en ese momento en su tercer año de comando, había sido uno de los alumnos sobresalientes del Maestro. Su nave actual era un flamante *Alfa*, el submarino más veloz que se había construido. Un mes antes, mientras Ramius se hallaba alistando el *Octubre Rojo* después de su ajuste inicial, Tupolev y tres de sus oficiales volaron para ver el submarino modelo que había sido utilizado como banco de prueba para el prototipo del sistema de propulsión. De treinta y dos metros de largo e impulsado por un motor diesel eléctrico, estaba basado en el Mar Caspio, lejos de los ojos espías de los imperialistas, y mantenido en un dique cubierto para ocultarlo de sus satélites fotográficos. Ramius había intervenido en el desarrollo de la oruga y Tupolev reconoció la marca del Maestro. Iba a ser un maldito para detectarlo. Aunque no del todo imposible. Después de seguir al modelo durante una semana alrededor del extremo norte del Mar Caspio en una lancha impulsada por un motor eléctrico, arrastrando el mejor equipo pasivo de sonar que había producido su país hasta el momento, pensó que había descubierto un punto débil. No era muy grande, pero lo suficientemente notable como para explotarlo.

Naturalmente, no había garantía alguna de éxito. Estaba compitiendo no sólo con una máquina, sino también con el capitán que la comandaba. Tupolev conocía la zona al dedillo. El agua era casi perfectamente isotérmica; no había ninguna capa térmica como para que un submarino pudiera esconderse debajo de ella. Estaban a suficiente distancia de los ríos de agua fría del norte de Rusia como para preocuparse por ollas y paredes de salinidad variable que pudieran interferir en las búsquedas de sonar. El *Konovalov* estaba equipado con los mejores sistemas de sonar producidos hasta entonces por la Unión Soviética, copiados fielmente del francés DUUV-23 y ligeramente mejorados, según opinaban los técnicos de la fábrica.

Tupolev planeó imitar la táctica norteamericana de derivar lentamente, con la velocidad mínima suficiente como para mantener el gobierno de la nave, en perfecto silencio, y esperando que el *Octubre Rojo* se cruzara en su camino. Seguiría entonces de cerca a su presa y registraría cada cambio de rumbo y de velocidad, de modo que, cuando pocas semanas después compararan los registros, el Maestro vería que su antiguo alumno había jugado su propio juego victorioso. Ya era hora de que alguien lo hiciera.

—¿Algo nuevo en el sonar? —Tupolev estaba poniéndose tenso. Le costaba mantener la paciencia.

—Nada nuevo, camarada comandante. —El *starpom* dio un golpecito en la X que marcaba en la carta la posición del *Rokossovskiy*, un submarino misilístico de la clase *Delta*, que habían estado rastreando durante varias horas en la misma zona del ejercicio—. Nuestros amigos siguen todavía navegando en un círculo lento. ¿Cree usted que el *Rokossovskiy* pueda estar tratando de confundirnos? ¿No habría arreglado el capitán Ramius para que él esté aquí, para complicarnos nuestra tarea?

La idea también se le había ocurrido a Tupolev.

—Quizá, pero no es probable. Este ejercicio fue preparado por Korov personalmente. Las órdenes para nuestra misión estaban selladas, y las de Marko también debieron estarlo. Aunque el almirante Korov es un viejo amigo de nuestro Marko. —Tupolev hizo una pequeña pausa y sacudió la cabeza—. No. Korov es un hombre de honor. Yo creo que Ramius está acercándose en esta dirección tan lentamente como puede. Para ponernos nerviosos, para que perdamos la confianza en nosotros mismos. Él sabrá que estamos dispuestos a darle caza, y ajustará sus planes convenientemente. Podría intentar entrar en la cuadrícula desde una dirección inesperada... o hacernos creer que lo hará así. Usted nunca ha prestado servicios con Ramius, camarada teniente. Es un zorro, eso, un viejo zorro de bigotes grises. Creo que vamos a continuar patrullando como estamos durante otras cuatro horas. Si hasta entonces no lo hemos detectado, cruzaremos hasta la esquina sudeste de la cuadrícula y empezaremos a trabajar hacia el centro. Sí.

Tupolev no había esperado en ningún momento que aquello fuera fácil. Ningún comandante de submarinos de ataque había logrado nunca poner en aprietos a Ramius. Él estaba decidido a ser el primero, y la dificultad de la tarea no haría más que confirmar su propia habilidad. En uno o dos años más, Tupolev se había propuesto ser el nuevo Maestro.

TERCER DÍA

Domingo, 5 de diciembre

El Octubre Rojo

El *Octubre Rojo* no tenía para sí una evolución normal del tiempo. Para la nave, el sol no se levantaba ni se ponía, y los días de la semana carecían de significado. A diferencia de los buques de superficie, que cambiaban sus relojes para adaptarlos a la hora local dondequiera que estuviesen, los submarinos generalmente utilizaban una referencia única del tiempo. Para los submarinos norteamericanos era la hora Zulu, correspondiente a la del meridiano de Greenwich. Para el *Octubre Rojo* era la hora local de Moscú, que normalmente estaba en realidad adelantada una hora con respecto a la del huso horario, para ahorrar gastos de servicios.

Ramius entró en la sala de control a media mañana. Su rumbo era en ese momento de dos-cinco-cero; la velocidad, trece nudos, y el submarino navegaba a treinta metros del fondo en el borde oeste del Mar de Barents. En pocas horas más el fondo descendería hasta una llanura abisal, permitiéndoles que tomaran una profundidad mucho mayor. Ramius examinó primero la carta y luego los numerosos tableros de instrumentos que cubrían ambos mamparos laterales en el compartimiento. Por último, hizo algunas anotaciones en el libro de órdenes.

—¡Teniente Ivanov! —dijo bruscamente al joven oficial de guardia.

—¡Sí, camarada comandante! —Ivanov era el oficial más nuevo a bordo, recientemente egresado de la Escuela Komsomol de Lenin, en Leningrado, pálido, delgaducho y ansioso.

—Voy a ordenar una reunión de los oficiales más antiguos en la cámara de oficiales. Ahora usted quedará como oficial de guardia. Ésta es su primera navegación, Ivanov. ¿Qué le parece?

—Es mejor de lo que había esperado, camarada comandante —replicó Ivanov, con una confianza mayor de la que realmente habría podido tener.

—Eso es muy bueno, camarada teniente. Es mi costumbre dar a los jóvenes oficiales tanta responsabilidad como sean capaces de ejercer. Mientras nosotros, los oficiales antiguos, estamos desarrollando nuestras charlas políticas semanales, ¡usted está al mando de esta nave! ¡La seguridad de este buque y de toda su dotación es responsabilidad suya! A usted le han enseñado todo lo que necesita saber, y mis instrucciones están en el libro de órdenes. Si detectamos otro submarino o buque de superficie me informará de inmediato e instantáneamente iniciará la maniobra de evasión. ¿Alguna pregunta?

—No, camarada comandante. —Ivanov se mantenía atento en una rígida posición de pie.

—Bien —sonrió Ramius—. Pavel Ilych, siempre recordará este momento como uno de los más grandes de su vida. Lo sé, todavía recuerdo muy bien mi primera guardia. ¡No olvide sus órdenes ni sus responsabilidades!

En los ojos del muchacho relampagueó el orgullo. Era una lástima lo que iba a ocurrirle, pensó Ramius, aún en maestro. En una primera inspección, Ivanov parecía tener la pasta de un buen oficial.

Ramius caminó rápidamente hacia popa, hasta la enfermería del submarino.

—Buenos días, doctor.

—Buenos días a usted, camarada comandante. ¿Ya es la hora de nuestra reunión política? —Petrov había estado leyendo el manual del nuevo aparato de rayos X del submarino.

—Sí, ya es hora, camarada doctor, pero no deseo que usted asista. Hay otra cosa que quiero que haga. Mientras los oficiales antiguos están en la reunión, tengo a los tres muchachos haciendo guardia en la sala de control y en las máquinas.

—¿Cómo? —Los ojos de Petrov se agrandaron. Era su primera navegación en un submarino desde hacía muchos años.

Ramius sonrió.

—Tranquilícese, camarada. Yo puedo llegar a control desde la cámara de oficiales en veinte segundos, como usted sabe, y el camarada Melekhin puede alcanzar su preciso reactor con la misma rapidez. Tarde o temprano nuestros jóvenes oficiales deben aprender a valerse por sí mismos en sus funciones. Prefiero que aprendan pronto. Quiero que usted los vigile. Sé que todos ellos tienen conocimientos necesarios como para cumplir con sus obligaciones. Pero quiero saber si tienen el temperamento. Si Borodin o yo los vigilamos, no actuarán normalmente. Y en último caso, se trata de un juicio médico, ¿no?

—Ah, usted desea que yo observe cómo reaccionan ante sus responsabilidades.

—Sin la presión que significa ser observados por un antiguo oficial de comando —confirmó Ramius—. A los jóvenes oficiales hay que darles espacio para crecer... aunque no demasiado. Si usted observa algo que le preocupe, me informará de inmediato. No debe haber problemas. Estamos en mar abierto, no hay tráfico en las cercanías y el reactor está funcionando a una fracción de su potencia total. La primera prueba para los jóvenes oficiales debe ser fácil. Busque alguna excusa para ir y venir y mantenga un ojo sobre los chicos. Hágales preguntas sobre lo que están haciendo.

Petrov rió al oír eso.

—Ah, ¿y también logrará que yo aprenda unas cuantas cosas, camarada comandante? Me contaron sobre usted en Severomorsk. Muy bien, será como usted diga.

Pero ésta será la primera reunión política que pierdo en muchos años.

—Por lo que dice su legajo, usted podría enseñar doctrina del partido al Politburó, Yevgeni Konstantinovich. —Eso significaba muy poco con respecto a su capacidad médica, pensó Ramius.

El comandante salió hacia proa, en dirección a la cámara de oficiales, para reunirse con los oficiales antiguos que estaban esperándolo. Un camarero había dejado varias tazas de té y un poco de pan negro y manteca. Ramius miró la esquina de la mesa. Hacía bastante que habían limpiado la mancha de sangre, pero él recordaba muy bien cómo era. Ésa, reflexionó, era una de las diferencias entre él y el hombre a quien había dado muerte. Ramius tenía conciencia. Antes de sentarse se volvió para cerrar y trabar la puerta a sus espaldas. Sus oficiales estaban todos sentados y en atención, ya que el compartimiento no era lo suficientemente grande como para que se mantuvieran de pie una vez que los asientos estaban desplegados.

El domingo era el día en que normalmente se desarrollaba la sesión de adoctrinamiento político cuando navegaban. Habitualmente la reunión habría sido conducida por Putin, con la lectura de algunos editoriales del *Pravda*, seguida por citas elegidas de las obras de Lenin y una explicación sobre las enseñanzas que debían recogerse de las lecturas. Era muy parecido a un oficio religioso.

Con la muerte del *zampolit* esa tarea recaería sobre el comandante, aunque Ramius dudaba de que los reglamentos previesen la clase de tema que trataría en la agenda de ese día. Cada uno de los oficiales que se encontraban en ese lugar era miembro de su conspiración. Ramius delineó los planes; se habían producido algunos cambios menores que no había mencionado a nadie. Entonces les dijo lo de la carta.

—De modo que ya no hay regreso posible —observó Borodin.

—Todos nos hemos puesto de acuerdo con respecto a nuestro curso de acción. Ahora estamos comprometidos a seguirlo. —Las reacciones de los hombres a esas palabras fueron exactamente las que él esperaba: sobrias. No podía ser de otra manera. Todos eran solteros; ninguno de ellos dejaba atrás mujer o hijos. Todos eran miembros del partido en buena situación, sus compromisos pagados hasta fin de año, sus credenciales del partido exactamente donde debían estar, «junto a sus corazones». Y cada uno compartía con sus camaradas un profundo descontento —en algunos casos un verdadero odio— con respecto al gobierno soviético.

El plan había empezado a nacer muy pronto después de la muerte de su Natalia. La ira reprimida casi inconscientemente a lo largo de toda su vida había explotado con tal violencia y pasión que debió luchar para contenerla. Una vida entera de autocontrol le había permitido ocultarlo, y toda esa vida de entrenamiento naval le dio oportunidad de elegir un propósito digno de ella.

Ramius no había comenzado todavía la escuela cuando oyó por primera vez contar a otros chicos lo que había hecho su padre Aleksandr en Lituania en 1940, y después que ese país quedara dudosamente liberado de los alemanes en 1944. Eran ésos los repetidos murmullos de sus padres. Una pequeña niña contó a Marko cierta historia que él repitió a Aleksandr, y ante el horror del muchacho que no comprendía, el padre de la niña desapareció. Por su involuntario error Marko quedó marcado como un informante. Dolido por el apodo que le adjudicaron por cometer una falta —que según el Estado no era en manera alguna una falta— cuya enormidad jamás dejó de martirizar su conciencia, nunca más volvió a informar.

En los años de formación de su vida, mientras el viejo Ramius dirigía el Comité Central del Partido Lituano, en Vilnius, el niño —huérfano de madre— fue criado por su abuela paterna, práctica común en un país asolado por cuatro años de guerra brutal. El único hijo de la mujer dejó su hogar a edad temprana para unirse a los Guardias Rojos de Lenin, y mientras él se hallaba lejos, ella se aferró a las viejas costumbres: iba a misa todos los días hasta 1940 y nunca olvidó la educación religiosa que ella a su vez había recibido. Ramius la recordaba como una anciana mujer de cabellos plateados que le relataba hermosos cuentos a la hora de ir a dormir. Cuentos religiosos. Habría sido demasiado peligroso para ella llevar a Marko a las ceremonias religiosas que nunca pudieron desarraigar del todo, pero se las arregló para que lo bautizaran católico romano tan pronto como su padre se lo entregó. Ella nunca mencionó eso a Marko. El riesgo habría sido demasiado grande. El catolicismo romano había sido brutalmente suprimido en los países bálticos. Era una religión y, cuando Marko creció, aprendió que el marxismo-leninismo era un dios celoso, que no toleraba competencia en las lealtades.

La abuela Hilda le relataba de noche historias sobre la Biblia, cada una de ellas con una lección sobre el bien y el mal, la virtud y la recompensa. Como niño, las encontraba solamente entretenidas, pero nunca habló de ellas a su padre, porque aun así, sabía que Aleksandr las objetaría. Cuando el viejo Ramius retomó el control de la vida de su hijo, esa educación religiosa se desvaneció en la memoria de Marko; si bien no la recordaba del todo, tampoco la olvidó por completo.

Siendo niño, Ramius presintió —más que pensar— que el comunismo soviético ignoraba una necesidad humana básica. En su adolescencia, las dudas comenzaron a tomar forma coherente. El Bien del Pueblo era una meta por demás loable, pero al negar el alma del hombre, una parte trascendente de su ser, el marxismo destrozaba las bases de la dignidad humana y del valer individual. Desechaba también la administración objetiva de la justicia y la medida de la ética que, pensaba él, era el legado principal de la religión a la vida civilizada. Al alcanzar la edad adulta, y desde entonces ya para siempre, Marko tuvo su propia idea sobre el bien y el mal, una idea que no compartía con el Estado. Le proporcionaba un medio para medir sus actos y los de los otros. Era algo que cuidaba bien de ocultar. Le sirvió como un ancla para su alma y, como un ancla, estaba escondida muy por debajo de la superficie visible.

Cuando siendo niño todavía luchaba con sus primeras dudas acerca de su país, nadie pudo haberlo sospechado. Como todos los chicos soviéticos, Ramius se unió a los Pequeños Octubristas, más tarde a los Jóvenes Pioneros. Desfiló en los lugares sagrados conmemorativos de batallas, con brillantes botas y bufanda color rojo sangre, y cumplió con gravedad las guardias ante los restos de algún soldado desconocido, estrechando contra su pecho una pistola ametralladora PPSh descargada con la espalda rígida frente a la llama eterna. La solemnidad de esa obligación no era accidental. Cuando niño, Marko estaba seguro de que esos valientes hombres cuyas tumbas guardaba él con tanta intensidad, habían encontrado su destino con la misma clase de desinteresado heroísmo que había visto representado en interminables películas de guerra en el cine local. Habían peleado contra los odiados alemanes para proteger a las mujeres, niños y ancianos que se encontraban detrás de las líneas. Y a la manera de los hijos de nobles de la antigua Rusia, se sintió particularmente orgulloso de ser el hijo de un caudillo del partido. El partido —lo oyó cientos de veces antes de cumplir cinco años— era el Alma del Pueblo; la unidad de Partido, Pueblo y Nación era la santa trinidad de la Unión Soviética, aunque con uno de los segmentos más importante que los otros. Su padre encajaba fácilmente en la dinámica imagen de un entusiasta miembro del partido. Severo pero justo, con frecuencia estaba ausente para Marko; era un hombre ásperamente bondadoso, que llevaba a su hijo cuantos presentes podía y se preocupaba por que gozara de todas las ventajas a que tenía derecho el hijo de un secretario del partido.

Aunque en su exterior era el modelo del muchachito soviético, interiormente Marko se preguntaba por qué aquello que aprendía de su padre y en la escuela estaba en conflicto con las enseñanzas anteriores de su niñez. ¿Por qué algunos padres se negaban a permitir que sus hijos jugaran con él? ¿Por qué cuando pasaba junto a ellos, sus compañeros del colegio susurraban *stukach*, el epíteto amargo y cruel de informante? Su padre y el partido enseñaban que informar era un acto de patriotismo, pero por haberlo hecho él una sola vez, en ese momento le volvían la espalda. Le dolían las burlas de sus compañeros, pero jamás se quejó a su padre, consciente de que eso sería una mala acción.

Algo estaba muy mal... pero, ¿qué? Decidió que tendría que encontrar las respuestas por sí mismo. Por propia elección, Marko se hizo un individualista en su forma de pensar, y así, sin saberlo, cometió el más grave de los pecados en el culto del comunismo. Manteniéndose exteriormente como el modelo del hijo de un miembro del partido, practicaba el juego cuidadosamente y de acuerdo con todas las reglas. Cumplía con sus obligaciones para con todas las organizaciones del partido, y era siempre el primer voluntario para las tareas serviciales asignadas a los muchachitos aspirantes a ingresar en el partido, actitud que él sabía era la única conducente al éxito, o al menos al bienestar, en la Unión Soviética. Se convirtió en un buen deportista. No en deportes de equipo; se destacaba en atletismo, en el que podía competir individualmente y medir el desempeño de los otros. A lo largo de los años aprendió a hacer lo mismo en todos sus esfuerzos, a observar y juzgar los actos de sus conciudadanos y autoridades con fría objetividad, detrás de un inexpresivo rostro que ocultaba sus conclusiones.

En el verano de su octavo año el curso de su vida sufrió un cambio definitivo. Cuando nadie quería jugar con el «pequeño *stukach*», él se alejaba caminando hasta los muelles de pesca de la pequeña localidad donde su abuela tenía su hogar. Una destartalada colección de viejas barcas de madera partía todas las mañanas, siempre detrás de una cortina de lanchas patrulleras conducidas por la MGB —como se conocía entonces a la KGB— con sus guardias de frontera, para recoger una modesta cosecha en el Golfo de Finlandia. Esa captura suplementaba la dieta local con las necesarias proteínas y proporcionaba un minúsculo ingreso a los pescadores. Uno de los patrones de las barcas era el viejo Sasha. Ex oficial de la Marina del zar, había intervenido en el amotinamiento de la dotación del crucero *Avrora*, contribuyendo a encender la chispa en la cadena de sucesos que cambiaron la faz del mundo. Marko no se enteró hasta muchos años después que los tripulantes del *Avrora* se habían manifestado contra Lenin, siendo luego salvajemente dominados por los Guardias Rojos. Sasha pasó veinte años en los campos de trabajo, por su participación en esa imprudencia colectiva, y sólo fue liberado al comenzar la Gran Guerra Patriótica. La *Rodina* había necesitado marinos experimentados para pilotear los barcos que entraban en los puertos de Murmansk y Archangel, donde los aliados llevaban armas, alimentos y demás pertrechos que permiten funcionar a un ejército moderno. Sasha había aprendido la lección en el *gulag*: cumplió sus obligaciones con eficiencia, sin pedir compensación alguna. Después de la guerra le concedieron una especie de libertad por sus servicios: el derecho a ejecutar durísimos trabajos bajo sospecha perpetua.

En la época en que Marko lo conoció, Sasha tenía más de sesenta años; era un hombre casi calvo, de viejos músculos flojos, vista de marino y un especial talento para relatar cuentos que dejaban al muchacho con la boca abierta. Había sido guardiamarina a las órdenes del famoso almirante Marakov, en Port Arthur, en 1906. La reputación de Marakov como patriota y hombre de mar combativo y de iniciativa —fue probablemente el marino más grande en la historia de Rusia— era tan intachable que un gobierno comunista consideró aceptable bautizar con su nombre un crucero misilístico en su memoria. Cauteloso al principio por la fama que habían hecho al muchacho, Sasha pronto vio en él algo que faltaba a los otros. El chico sin amigos y el marinero sin familia se hicieron camaradas. Sasha pasaba horas contando y volviendo a contar cómo había actuado él en el buque insignia del almirante, el *Petropavlovsk*, y participado en la única victoria rusa contra los odiados japoneses... aunque luego su acorazado se hundió y el almirante resultó muerto por la explosión de una mina cuando regresaban a puerto. Después de eso, Sasha condujo a sus hombres como infantes de marina, ganando tres condecoraciones por valor bajo el fuego. Esa experiencia —agitó seriamente un dedo al muchacho— le enseñó lo que era la estúpida corrupción del régimen zarista y lo convenció para unirse a uno de los primeros soviets navales, cuando semejante actitud significaba una muerte cierta en manos de la policía secreta del zar, la *okhrana*. El viejo le relató su propia versión de la Revolución de Octubre, desde el emocionado punto de vista de un testigo viviente. Pero Sasha fue muy cuidadoso en omitir las últimas partes.

Llevaba a Marko a navegar con él, y le enseñó los fundamentos de marinería que decidieron a un chico de menos de nueve años que su destino estaba en el mar. En el mar existía una libertad que nunca podría tener en tierra. Había en ello un encanto que emocionó al hombre que crecía dentro del niño. Había también peligros, pero en una serie de lecciones simples y efectivas que duraron todo el verano, Sasha enseñó al muchacho que la preparación, los conocimientos y la disciplina pueden vencer cualquier forma de peligro; que, enfrentado apropiadamente, el peligro no es nada que el hombre deba temer. Años más tarde, Marko solía reflexionar a menudo sobre lo valioso que había sido para él aquel verano, y se preguntaba hasta dónde podría Sasha haber continuado su carrera si no hubiera sido interrumpida por otros sucesos.

Marko habló a su padre sobre Sasha hacia el fin de ese largo verano báltico, y hasta lo llevó para que conociera al viejo lobo de mar. Ramius padre quedó tan impresionado con él y con lo que había hecho por su hijo que tomó medidas para que Sasha asumiera el mando de un barco más grande y nuevo y lo hizo adelantar en la lista de espera para un nuevo departamento. Marko llegó casi a creer que el partido podía hacer una buena obra, y que él personalmente había consumado su primera y varonil buena obra. Pero el viejo Sasha murió el invierno siguiente, y la buena obra quedó en la nada. Muchos años después Marko se dio cuenta de que no había llegado nunca a conocer el apellido de su amigo. Aún después de tantos años de fieles servicios a la *Rodina*, Sasha había sido una no-persona.

A los trece años, Marko viajó a Leningrado para asistir a la Escuela Nakhimov. Allí decidió que él también llegaría a ser un oficial naval profesional. Marko iba a sentirse atraído por la misma necesidad de búsqueda de aventuras que durante siglos había llevado al mar a tantos jóvenes. La Escuela Nakhimov era un instituto preparatorio especial para adolescentes aspirantes a la carrera del mar y que tenía una duración de tres años. En esa época, la Marina Soviética era poco más que una fuerza de defensa de costas, pero Marko tenía enormes deseos de pertenecer a ella. Su padre lo incitaba para que dedicara su vida al trabajo en el partido, prometiéndole rápidas promociones, una vida cómoda y llena de privilegios. Pero Marko quería ganar por sus propios méritos cualquier cosa que obtuviera y no ser recordado como un apéndice del «libertador» de Lituania. Y una vida en el mar le ofrecía encantos y emociones que hasta le harían tolerable servir al Estado. La Marina tenía aún una limitada tradición sobre la que se podía construir. Marko tuvo la impresión de que allí había sitio para crecer, y vio que muchos aspirantes a cadetes navales eran como él, si no inconformistas, al menos tan próximos al inconformismo como puede ser posible en una sociedad cerradamente controlada como era la suya. El joven adolescente tuvo éxito en su primera experiencia en camaradería.

Próxima la graduación, expusieron a su clase los diversos componentes de la flota rusa. Al instante Ramius se enamoró de los submarinos. En esa época eran pequeños, sucios y apestaban desde las abiertas sentinas que las dotaciones usaban a manera de letrinas. Al mismo tiempo, los submarinos eran la única arma ofensiva que tenía la Marina y, desde el principio, Marko quiso estar en el borde filoso. Había recibido bastantes conferencias sobre historia naval como para saber que los submarinos habían estado dos veces a punto de estrangular el imperio marítimo inglés, y mutilado exitosamente la economía del Japón. Eso le había causado gran placer; se alegraba de que los norteamericanos hubieran aplastado la marina japonesa que tan cerca había estado de matar a su maestro.

Egresó de la Escuela Nakhimov primero en su clase y ganador del sextante dorado por sus calificaciones en teoría de la navegación. Por ser el primero de su clase, permitieron a Marko que eligiera su futura escuela. Eligió la Escuela Naval Superior para Navegación Submarina, llamada por el Komsomol de Lenin VVMUPP, que es todavía la principal escuela de submarinos de la Unión Soviética.

Sus cinco años en la VVMUPP fueron los más exigentes de su vida, más aún porque estaba resuelto no sólo a cursar exitosamente sino a sobresalir. Durante todos los años fue primero en su clase, en todas las materias. Dedicó su ensayo sobre la significación política del poder naval soviético a Sergey Georgiyevich Gorshkov, comandante en jefe en ese momento de la Flota del Báltico y sin duda el futuro jefe de la Marina Soviética. Gorshkov dispuso que el ensayo se publicara en el *Morskoi Sbornik (Colecciones Navales)*, el principal diario naval soviético. Era un modelo de pensamiento progresista del partido, y citaba seis veces a Lenin.

En esa época, el padre de Marko fue candidato a miembro del Presidium, como se llamaba entonces al Politburó, y estaba muy orgulloso de su hijo. El viejo Ramius no era ningún tonto. Finalmente reconoció que la Flota Roja era una flor en crecimiento y que algún día su hijo tendría en ella una posición de importancia. Su influencia hizo mover rápidamente la carrera del muchacho.

A los treinta años Marko tuvo su primer comando y una esposa nueva. Natalia Bogdanova era hija de otro miembro del Presidium, cuyas obligaciones diplomáticas lo habían llevado con su familia por todo el mundo. Natalia nunca había sido una niña saludable. No pudieron tener hijos; cada uno de sus tres intentos había terminado en aborto y el último de ellos le había costado casi la vida. Era una mujer bonita y delicada, sofisticada según las pautas rusas, que pulió el pasable inglés de su marido con libros norteamericanos y británicos (políticamente aprobados, para estar seguros) que representaban por lo general el pensamiento de izquierdistas occidentales, pero también ciertas nociones de genuina literatura que incluían a Hemingway, Twain y Upton Sinclair. Junto con su carrera naval, Natalia había sido el centro de su existencia. Su vida matrimonial estaba jalonada por prolongadas ausencias y gozosos regresos, que hacían su amor aún más precioso que lo que podía haber sido.

Cuando comenzó la construcción de la primera clase de submarinos soviéticos de propulsión nuclear, Marko asistió a los astilleros para aprender cómo eran diseñados y construidos esos tiburones de acero. Pronto cobró fama de hombre muy difícil de complacer en su condición de joven inspector de control de calidad. Su propia vida —tenía conciencia de ello— dependería de la habilidad de esos soldadores y armadores, a menudo borrachos. Se transformó en un experto en ingeniería nuclear, pasó dos años como *starpom*,[1] y luego obtuvo su primer comando nuclear. Era un submarino de ataque clase *November*, el primer intento importante de los soviéticos para hacer un buque de ataque de largo alcance y de buenas condiciones de combate, para amenazar a las marinas y líneas de comunicaciones occidentales. Menos de un mes más tarde, una nave gemela sufrió un grave accidente en su reactor nuclear frente a las costas de Noruega, y Marko fue el primero en llegar al lugar. De acuerdo con lo ordenado, rescató exitosamente a la tripulación y luego hundió el submarino inutilizado para evitar que las marinas occidentales conocieran sus secretos. Cumplió ambas misiones con absoluta eficacia, un esfuerzo notable para un joven comandante. El buen desempeño era algo que siempre debía recompensarse a sus subordinados, pensaba Marko, considerándolo importante. Y el comandante de la flota en ese momento pensaba igual que él. Pronto trasladaron a Marko a un nuevo submarino de la clase *Charlie I*.

Eran hombres como Ramius los que salían a desafiar a los norteamericanos y a los británicos. Pero Marko no se hacía muchas ilusiones. Sabía que los norteamericanos tenían gran experiencia en la guerra naval; el más grande de sus propios guerreros, Jones, había servido cierta vez en la marina rusa para la zarina Catalina. Sus submarinistas eran legendarios por su capacidad y destreza, y Ramius se encontraba enfrentado contra los últimos norteamericanos que tenían experiencia de guerra, hombres que habían soportado el sudor del miedo en el combate bajo las aguas, derrotando totalmente a una marina moderna. El grave juego mortal de esconderse y buscar que él practicaba con ellos no era fácil, porque —además— tenían submarinos que se hallaban años adelante de los diseños soviéticos. Pero no pasaba tiempo sin algunas victorias.

---

[1]. Oficial ejecutivo, o Segundo Comandante. *(N. del T.)*

Ramius aprendió gradualmente a practicar el juego según las reglas norteamericanas, entrenando cuidadosamente a sus oficiales y tripulantes. Sus dotaciones alcanzaban raramente el grado de preparación que él deseaba —sigue siendo el mayor problema de la Marina Soviética—, pero mientras otros comandantes insultaban a sus hombres por sus fallas, Marko corregía las fallas de los suyos. A su primer submarino clase *Charlie* lo llamaron la Academia de Vilnius. Eso era en parte una infamia, una calumnia contra su origen medio lituano, aunque como había nacido en Leningrado, hijo de un ruso puro, su pasaporte interno lo calificaba también a él como tal. Pero fundamentalmente era un reconocimiento de que los oficiales llegaban a él a medio entrenar y lo abandonaban con aptitud avanzada y listos para un eventual comando. Lo mismo era cierto con respecto a sus tripulantes conscriptos. Ramius no permitía el desconcertante y bajo sistema del terror, normal entre los militares soviéticos. Consideraba que su tarea consistía en formar marinos, y originó una cantidad mayor de reingresos que ningún otro comandante de submarinos. Más de una novena parte de los *michmanyy* en la fuerza de submarinos de la Flota del Norte eran profesionales entrenados por Ramius. A sus camaradas comandantes de submarinos les encantaba recibir a bordo a sus *starshini*, y más de uno de éstos avanzaba a la escuela de oficiales.

Después de dieciocho meses de trabajo duro y entrenamiento intenso, Marko y su Academia de Vilnius estaban listos para practicar su juego de zorro y sabuesos. Se encontró accidentalmente con el *USS Triton*, en el Mar de Noruega, y lo acosó despiadadamente durante doce horas. Más tarde se enteró, con no pequeña satisfacción, que poco después de eso el *Triton* había sido retirado del servicio porque, se decía, la nave —excesivamente grande— no podía competir con los últimos diseños soviéticos. A los submarinos británicos y noruegos equipados con motores diesel que descubría ocasionalmente tomando aire con sus *shnorkels*[1] los hostigaba cruelmente, sometiéndolos a veces a maliciosas excitaciones de sus sonares. En cierta oportunidad llegó a dominar un submarino misilístico norteamericano, logrando mantener contacto con él durante casi dos horas, hasta que finalmente desapareció como un fantasma en las negras aguas.

El rápido crecimiento de la Marina Soviética y la necesidad de oficiales calificados cuando aún se hallaba en los comienzos de su carrera impidieron a Ramius asistir a la Academia Frunze. Éste era normalmente un *sine qua non* para continuar adelantando profesionalmente en cualquiera de las fuerzas armadas soviéticas. Frunze, en Moscú, cerca del antiguo Monasterio Novodevichiy, se llamaba así en memoria de un héroe de la Revolución. Era la escuela fundamental para todos aquellos que aspiraban al alto comando, y aunque Ramius no la había cursado como alumno, su habilidad y coraje como comandante operacional le valieron un nombramiento de instructor. Fue algo ganado exclusivamente por sus méritos, en lo que la alta posición de su padre nada influyó. Tuvo gran importancia para Ramius.

El jefe de la sección naval en Frunze se complacía en presentar a Marko como «nuestro piloto de pruebas en submarinos». Sus clases constituían una verdadera atracción, no sólo para los oficiales navales de la academia sino también para muchos otros que iban a escuchar las conferencias sobre historia naval y estrategia en el mar. Durante los fines de semana que pasaba en la dacha oficial de su padre en la localidad de Zhukova-1, escribía manuales para la operación de submarinos y el entrenamiento de las dotaciones, y especificaciones para el submarino ideal de ataque. Algunas de sus ideas habían sido lo suficientemente controvertidas como para inquie-

---

2. Equipo que se alza por sobre el nivel del agua para poder tomar aire del exterior. *(N. del T.)*

tar a su antiguo patrocinador, Gorshkov, quien era en esa época comandante en jefe de toda la Marina Soviética; pero el viejo almirante no estaba del todo disgustado.

Ramius proponía que los oficiales submarinistas trabajaran en una sola clase de buques —mejor aún, en el mismo buque— durante años, pues era lo más conveniente para que aprendieran su profesión y conocieran las capacidades de sus naves. Los comandantes avezados, sugería, no debían ser obligados a abandonar sus comandos para promoverlos a cargos que los ataban a un escritorio. En eso alababa las prácticas del Ejército Rojo, que dejaba en su puesto a un comandante de unidad tanto tiempo como él quería; y deliberadamente contrastaba su punto de vista sobre el asunto con las modalidades de las marinas imperialistas. Hacía hincapié en la necesidad de alargar los entrenamientos en la flota, de incorporar a los hombres durante tiempos más prolongados, y por mejorar las condiciones de vida en los submarinos. Algunas de sus ideas encontraron oídos bien predispuestos en el alto comando. Otras no, y así fue cómo Ramius no llegó nunca a tener su propia insignia de almirante. Pero ya en esa época no le importaba. Amaba demasiado a sus submarinos como para dejarlos alguna vez por un escuadrón, y ni siquiera por un comando de flota.

Después de terminar en Frunze, se convirtió realmente en piloto de pruebas para submarinos. Marko Ramius, en ese momento con el grado de capitán de navío, debía sacar la primera de las naves de todas las clases de submarinos, para «escribir el libro» sobre sus fortalezas y debilidades, para desarrollar todas las técnicas operacionales y las guías de entrenamiento. El primero de los *Alfas* fue suyo, y los primeros de los *Deltas* y de los *Typhoons*. A excepción de un contratiempo extraordinario con un *Alfa*, su carrera había sido una serie ininterrumpida de éxitos.

A lo largo de ella, Ramius fue el maestro de muchos oficiales jóvenes. Se preguntaba a menudo qué habría pensado Sasha, cuando enseñaba el exigente arte de operar submarinos a decenas y decenas de ansiosos muchachos. Muchos de ellos habían llegado ya a ser comandantes. Otros habían fracasado. Ramius era un comandante que se ocupaba muy bien de aquellos que le gustaban... y se ocupaba muy bien de los que no le gustaban. Otra de las razones por las cuales no llegó a ser almirante fue su constante posición negativa en cuanto a promover oficiales cuyos padres eran tan poderosos como el suyo, pero cuyas capacidades no satisfacían. Nunca aceptó favoritos cuando estaba en juego el servicio, y los hijos de media docena de altos dirigentes del partido fueron objeto de informes de calificación no satisfactorios a pesar de sus activos desempeños en las conferencias partidistas semanales. La mayoría de ellos se habían convertido en *zampoliti*. Fue esa clase de integridad la que le valió ganarse la confianza del comando de la flota. Cuando se presentaba una tarea realmente difícil, el nombre de Ramius era por lo general el primero que se consideraba para ponerlo a cargo.

También a lo largo de los años había reunido con él cierto número de jóvenes oficiales a quienes Natalia y él virtualmente habían adoptado. Eran sustitutos de la familia que Marko y su mujer no llegaron a tener. Ramius se encontró en el papel de guía de hombres que se parecían mucho a él, con dudas largamente reprimidas sobre la conducción de su país. Era un hombre a quien resultaba fácil hablar, cuando el interlocutor le había dado pruebas adecuadas de sí mismo. A quienes tenían dudas políticas y a los que se quejaban únicamente, les daba el mismo consejo: «únase al partido». Casi todos eran ya miembros del Komsomol, naturalmente, y Marko los incitaba para que dieran un paso más. Ése era el precio para hacer carrera en el mar, y, guiados por su propia vocación de aventuras, la mayor parte de los oficiales pagaba ese precio. Al mismo Ramius le habían permitido ingresar en el partido a los dieciocho años, la menor edad posible, gracias a la influencia de su padre.

Sus charlas ocasionales en las reuniones semanales partidistas eran recitados perfectos de la línea del partido. No era difícil, decía a sus oficiales con paciencia. Todo lo que tienen que hacer es repetir lo que dice el partido... cambiando sólo ligeramente las palabras. Eso era mucho más fácil que la navegación... ¡Sólo era necesario observar al oficial político para comprobarlo! Ramius adquirió fama de ser un comandante cuyos oficiales eran tanto eficientes como modelos de conformidad política. Era uno de los mejores reclutadores del partido en la Marina.

Luego murió su esposa. Ramius estaba en puerto en ese momento, lo que no era extraño en un comandante de submarino misilístico. Tenía su propia dacha en los bosques del oeste de Polyarnyy, su propio automóvil Zhiguli, el vehículo oficial y el conductor que se asignaba a todos aquellos que tenían un puesto de comando como el suyo, y otras numerosas comodidades que correspondían a su jerarquía y a su linaje. Era miembro de la elite del partido, de modo que, cuando Natalia se quejó de dolores abdominales, la concurrencia a la clínica del Cuarto Departamento —que atendía solamente a los privilegiados— había sido un error natural. Había un dicho en la Unión Soviética: Pisos de parqué, doctores *okay*. Había visto con vida por última vez a su mujer acostada en una camilla, sonriendo mientras la llevaban a la sala de operaciones.

El cirujano citado al hospital había llegado tarde, y borracho, y se tomó demasiado tiempo aspirando oxígeno puro para recuperar la sobriedad, antes de comenzar el sencillo procedimiento de quitar un apéndice inflamado. El órgano hinchado se reventó cuando el médico estaba retirando tejido para alcanzarlo. Se produjo de inmediato un caso de peritonitis, complicado por la perforación del intestino causada por el cirujano en su torpe urgencia por reparar el daño.

Trataron a Natalia con una terapia de antibióticos, pero había escasez de medicamentos. Los productos extranjeros —generalmente franceses— utilizados en las clínicas del Cuarto Departamento se habían terminado. Se los sustituyó con antibióticos soviéticos, medicamentos de «plan». Era práctica común en la industria soviética que los trabajadores ganaran bonos por fabricar bienes por sobre las cuotas establecidas, bienes que burlaban cualquier control de calidad existente en el sistema. Esa particular partida de antibióticos jamás había sido inspeccionada ni probada. *Y probablemente las ampollas estaban llenas de agua destilada en lugar de antibiótico.* Marko lo supo al día siguiente. Natalia había entrado en un profundo shock y en coma, y murió antes de que la serie de errores pudiera enmendarse.

El funeral fue apropiadamente solemne, recordaba Ramius con amargura. Estaban allí todos los camaradas de su propio comando y más de cien hombres de la Marina a quienes había brindado su amistad, junto a los miembros de la familia de Natalia y representantes del Comité Central local del Partido. Marko había estado en navegación cuando murió su padre, y como conocía perfectamente el alcance de los crímenes cometidos por Aleksandr, la pérdida había producido poco efecto. La muerte de su esposa, en cambio, no fue menos que una catástrofe personal. Poco después del casamiento, Natalia bromeaba diciendo que todo marino necesita alguien a quien regresar, y que toda mujer necesita alguien a quien esperar. Había sido así de simple... e infinitamente más complejo, el matrimonio de dos personas inteligentes que durante más de quince años habían conocido las debilidades y fortalezas de cada uno y crecido cada vez más unidos.

Marko Ramius contempló el féretro cuando rodaba entrando en la cámara de cremación con los sombríos acordes de un réquiem clásico, deseando poder rezar por el alma de Natalia, con la esperanza de que la abuela Hilda hubiera estado en lo cierto, que existiera algo más allá de esa puerta de acero y esa masa de fuego. Sólo entonces lo golpeó todo el peso de lo ocurrido: *el Es-*

tado le había robado más que su esposa, le había robado la posibilidad de mitigar su dolor con la oración, le había robado la esperanza —aunque sólo fuera una ilusión— de volver a verla alguna vez. Natalia, suave y bondadosa, había sido su única felicidad desde aquel verano en el Báltico hacía tanto tiempo. En ese momento, esa felicidad estaba perdida para siempre. A medida que pasaban las semanas y los meses, más se sentía atormentado por su recuerdo; un cierto peinado; cierta forma de caminar; cierta risa desatada en alguna calle o en una tienda de Murmansk era todo lo que necesitaba para que Natalia volviera al primer plano de su conciencia, y cuando pensaba en su pérdida dejaba de ser un oficial naval profesional.

La vida de Natalia Bogdanova Ramius se había perdido en manos de un cirujano que estaba bebiendo mientras se hallaba de turno —delito que merecía una corte marcial en la Marina Soviética—, pero Marko no pudo hacer castigar al médico. Era hijo de un caudillo del Partido y su situación se encontraba asegurada por sus propios padrinos. La vida de Natalia pudo haberse salvado con una adecuada medicación, pero no había cantidad suficiente de drogas extranjeras, y los productos farmacéuticos soviéticos no eran confiables. No se pudo hacer pagar al médico; tampoco se pudo hacer pagar a los obreros farmacéuticos... Esa idea iba y venía en su mente alimentando su furia, hasta que decidió que el Estado pagaría por ello.

Le había tomado varias semanas conformar el plan, producto del entrenamiento obtenido durante su carrera y de su capacidad de planificación. Cuando reiniciaron la construcción del *Octubre Rojo* después de un intervalo de dos años, Ramius supo que él sería el comandante. Había contribuido en el diseño de su revolucionario sistema de propulsión e inspeccionado el modelo que operó durante varios años en el Mar Caspio en absoluto secreto. Solicitó ser liberado de su comando para poder concentrarse en la construcción y puesta a punto del *Octu-*

bre Rojo y seleccionar y entrenar con anticipación a sus oficiales, lo antes posible para poder poner al submarino misilístico en total capacidad operativa. La solicitud fue autorizada por el comandante de la Flota del Norte de la Enseña Roja, un hombre sentimental que también había llorado en el funeral de Natalia.

Ramius había sabido desde un comienzo quiénes habrían de ser sus oficiales. Todos graduados de la Academia de Vilnius, muchos de ellos «hijos» de Marko y Natalia, eran hombres que debían su posición y su grado a Ramius; hombres que protestaban contra la incapacidad de su país para construir submarinos dignos de su propia preparación y habilidad; hombres que habían ingresado en el Partido como les dijeron y que luego se sintieron cada vez más insatisfechos con la Madre Patria, al comprender que el precio del progreso era prostituir las mentes y las almas, para convertirse en un bien pagado loro con chaqueta azul, en quienes cada recitado del partido era un áspero ejercicio de autocontrol. En su mayoría, eran hombres para quienes ese paso degradante no había dado frutos. En la Marina Soviética había tres caminos hacia el progreso. Un hombre podía hacerse *zampolit* y convertirse en un paria entre sus pares. O ser oficial de navegación y avanzar hacia su propio comando. O ser derivado a una especialidad en la cual podía progresar en grado y paga... pero nunca llegar al comando propio. Así era que un jefe de máquinas en un buque de guerra soviético podía tener un grado más alto que su comandante y, a pesar de ello, ser su subordinado.

Ramius observó a los oficiales que rodeaban la mesa. A muchos de ellos no se les había permitido aplicarse a la búsqueda de las metas deseadas en su carrera, a pesar de su eficiencia y de su pertenencia al partido. La menor infracción de su juventud —en cierto caso, un acto cometido a los ocho años— había sido determinante para que nunca más se tuviera confianza en dos de ellos. El oficial de misiles era judío, y aunque sus padres habían sido siempre comunistas declarados y comprometidos, ni ellos ni su hijo gozaron jamas de una confianza total. Otro oficial tenía un hermano mayor que se había manifestado contra la invasión de Checoslovaquia en 1968, con lo cual había llevado la desgracia a toda su familia. Melekhin, el jefe de máquinas, del mismo grado que Ramius, no había sido nunca autorizado a hacer su carrera hacia la meta de comandante porque sus superiores querían que fuera ingeniero. Borodin, que estaba ya en condiciones de tener su propio comando, había acusado una vez a un *zampolit* de homosexual; pero el acusado era hijo del *zampolit* jefe, en la Flota del Norte. Existen muchos caminos hacia la traición.

—¿Y qué ocurrirá si nos localizan? —especuló Kamarov.

—Dudo de que ni siquiera los norteamericanos puedan encontrarnos mientras opera la oruga. Y estoy seguro de que nuestros propios submarinos no pueden hacerlo. Camaradas, yo ayudé a diseñar este buque —dijo Ramius.

—¿Qué pasará con nosotros? —murmuró el oficial de misiles.

—Primero debemos cumplir la tarea que tenemos entre manos. Un oficial que mira demasiado lejos hacia adelante tropieza con sus propias botas.

—Estarán buscándonos —dijo Borodin.

—Por supuesto —sonrió Ramius—, pero no sabrán dónde buscar hasta que ya sea demasiado tarde. Camaradas, nuestra misión es evitar la detección. Y eso es lo que haremos.

CUARTO DÍA

Lunes, 6 de diciembre

Dirección General de la CIA

Ryan caminaba por el corredor en el último piso de la Dirección General de la CIA (Agencia Central de Inteligencia), en Langley, Virginia. Ya había pasado a través de tres diferentes controles de seguridad, ninguno de los cuales le requirió que abriera el portafolio cerrado con llave que llevaba en ese momento colgado bajo los pliegues de su abrigo color piel de ciervo, regalo de un oficial de la Marina Real Británica.

La ropa que tenía puesta era en gran parte culpa de su esposa, un costoso traje comprado en Savile Row. Era de corte inglés, ni muy conservador ni tampoco demasiado ajustado a las avanzadas líneas de la moda contemporánea. Tenía en su armario cierta cantidad de trajes como ése, prolijamente ordenados según sus colores, y que usaba con camisas blancas y corbatas rayadas. Sus únicas alhajas eran el anillo de bodas y otro de la universidad, además de un reloj digital barato pero exacto que usaba con una mucho más costosa pulsera de oro. En realidad, su trabajo consistía en ver a través de ellas, en busca de la dura verdad.

Su aspecto físico no llamaba la atención: poco más de un metro setenta y cinco y con un cuerpo ligeramente afectado en la cintura debido a la falta de ejercicio sumada al horrible tiempo que había siempre en Inglaterra. Sus ojos azules tenían una engañadora mirada distraída; se encontraba a menudo perdido en sus propios pensamientos, con el rostro en piloto automático, mientras su mente se esforzaba sumida en cantidades de datos o material de investigación para el libro que estaba escribiendo. La única gente a quien Ryan necesitaba impresionar era aquella que lo conocía: poco le importaban todos los demás. No tenía ambición por la celebridad. Su vida, según su propio juicio, era ya lo suficientemente complicada que necesitaba ser..., bastante más complicada que lo que suponía la mayoría. Tenía una esposa a la que amaba y dos hijos a los que adoraba, un trabajo que ponía a prueba su inteligencia, y suficiente independencia económica como para elegir su propio camino. Y el camino que Jack Ryan había elegido era la CIA. El lema oficial de la agencia era: La verdad os hará libres. El problema, se decía él a sí mismo por lo menos una vez al día, era encontrar esa verdad, y si bien dudaba de que alguna vez alcanzaría ese sublime estado de gracia, se enorgullecía por su capacidad en el proceso de descubrirla, de a un pequeño fragmento por vez.

La oficina del subdirector de inteligencia ocupaba una esquina completa del último piso, con vista al boscoso Valle del Potomac. Ryan tenía que pasar todavía un control más de seguridad.

—Buenos días, doctor Ryan.

—Hola, Nancy. —Ryan sonrió a la mujer. Nancy Cummings se desempeñaba como secretaria desde hacía veinte años; trabajó para ocho subdirectores y, a decir verdad, ella probablemente tenía tan buen tacto para las actividades de inteligencia como los políticos titulares del cargo que ocupaban el despacho contiguo. Era lo mismo que en cualquier gran empresa: los jefes iban y venían, pero las buenas secretarias ejecutivas duraban para siempre.

—¿Cómo está su familia, doctor? ¿Esperando la Navidad?

—Ya lo creo..., excepto que mi pequeña Sally está un poco preocupada. No está segura de que Papá Noel sepa que nos hemos mudado de domicilio, y tiene miedo de que no llegue a Inglaterra para ella. Pero lo hará —le confió Ryan.

—Es tan lindo cuando son así chiquitas... —La secretaria apretó un botón oculto—. Puede entrar, doctor Ryan.

—Gracias, Nancy. —Ryan hizo girar la manija de la puerta, protegida electrónicamente, y entró en el despacho del subdirector.

El vicealmirante James Greer estaba reclinado en el alto respaldo de su sillón de juez, leyendo un expediente. Su enorme escritorio de caoba se hallaba cubierto de expedientes apilados prolijamente, cuyos lomos estaban marcados con cinta adhesiva roja y cuyas tapas tenían diversas palabras en código.

—¡Hola, Jack! —gritó a través del salón—. ¿Café?

—Sí, gracias, señor.

James Greer tenía sesenta y seis años; era un oficial naval que había pasado la edad de retiro pero que seguía trabajando a fuerza de practicar una extraordinaria competencia, en gran parte como lo había hecho Hyman Rickover, aunque Greer era un hombre mucho más fácil para trabajar con él. Era un «potro mesteño», un hombre que había ingresado en el servicio naval como conscripto voluntario, ganando su derecho a entrar en la Academia Naval y pasando luego cuarenta años en la institución mientras hacía carrera hasta llegar al almirantazgo de tres estrellas. Fue primero comandante de submarinos y luego se entregó a una total dedicación como especialista en inteligencia. Greer era un jefe exigente, pero que protegía bien a quienes lo satisfacían. Ryan era uno de éstos.

Para desazón de Nancy, a Greer le gustaba preparar personalmente su café, con una máquina ubicada sobre un aparador que tenía detrás del escritorio y al que alcanzaba con sólo volverse. Ryan se sirvió una taza...; en realidad era un jarro sin asa, al estilo naval. Era el café tradicional en la Marina, fuerte y con una pizca de sal.

—¿Tiene hambre, Jack? —Greer extrajo una caja de pastelitos de un cajón del escritorio—. Aquí tengo algunos bollitos pegajosos.

—Bueno, gracias, señor. No comí mucho en el avión. —Ryan tomó uno con una servilleta de papel.

—¿Todavía le disgusta volar? —Greer pareció divertido. Ryan se sentó en el sillón opuesto al de su jefe.

—Supongo que tendría que ir acostumbrándome. Me gusta más el Concorde que los de fuselaje ancho. El terror dura la mitad del tiempo.

—¿Cómo está la familia?

—Muy bien, gracias, señor. Sally está en primer grado... y le encanta. Y el pequeño Jack gatea por toda la casa. Estos bollos están muy buenos.

—Son de una panadería nueva que abrió a pocas cuadras de mi casa. Paso por allí todas las mañanas. —El almirante se sentó derecho en su sillón—. Y bien, ¿qué le trae hoy por aquí?

—Fotografías del nuevo submarino misilístico soviético, el *Octubre Rojo* —dijo Ryan con naturalidad y entre sorbos.

—¡Ah! ¿Y qué quieren en retribución nuestros primos británicos? —preguntó Greer en tono de sospecha.

—Quieren espiar los nuevos equipos de ampliación de Barry Somers. No las máquinas propiamente dichas —al principio— sino el producto terminado. Creo que el trato es justo y nos conviene, señor. —Ryan sabía que la CIA no tenía ninguna fotografía del nuevo submarino. El directorio de operaciones no disponía de ningún agente en los astilleros de Severodvinsk ni hombre responsable alguno en la base de submarinos de Polyarnyy. Y lo que era peor, las filas de galpones para submarinos construidos para ocultar a las naves misilísticas, diseñados como los recintos cerrados para protección de los submarinos alemanes de la Segunda Guerra Mundial, imposibilitaban las fotografías de satélites—. Tenemos diez tomas, oblicuas a baja altura, cinco de proa y cinco de popa, y una de cada perspectiva está sin revelar, de manera que Somers pueda trabajar con ellas intactas. No estamos obligados, señor, pero dije a Sir Basil que usted lo pensaría.

El almirante dejó escapar un gruñido. Sir Basil Charleston, jefe del Servicio Secreto de Inteligencia Británico, era un maestro del *quid pro quo*; ocasionalmente ofrecía compartir recursos con sus primos ricos, y un mes más tarde pedía algo en retribución. El juego de la inteligencia se parecía a veces a los primitivos mercados de trueque.

—Para usar el nuevo sistema, Jack, necesitamos la cámara con que se tomaron las fotografías.

—Lo sé. —Ryan sacó la cámara del bolsillo de su abrigo—. Es una cámara de disco Kodak modificada. Sir Basil dice que es lo que se usará en el futuro en materia de cámaras para espías, chatita y muy buena. Ésta, dice, estaba oculta en una bolsa de tabaco.

—¿Cómo sabía usted que... que nosotros necesitábamos la cámara?

—Quiere decirme cómo sabía que Somers usa láser para...

—¡Ryan! —saltó Greer—. ¿Cuánto es lo que sabe?

—Cálmese, señor. ¿Se acuerda que en febrero yo estuve aquí para hablar sobre las nuevas posiciones de los SS-20 sobre la frontera china? Somers también estaba aquí, y usted me pidió que lo llevara hasta el aeropuerto. Mientras íbamos, él empezó a parlotear sobre su nueva gran idea en la que trabajaría cuando llegara al oeste, que para eso viajaba. Habló del tema casi todo el trayecto hasta Dulles. Por lo poco que yo entendía, deduje que dispara rayos láser a través de las lentes de la cámara para hacer un modelo matemático de las lentes. De eso, supongo, puede tomar el negativo expuesto, descomponer la imagen en... los rayos de luz originales que entraron, creo, y luego usar una computadora para pasar eso a través de una lente teórica generada por la computadora, para hacer una fotografía perfecta. Es probable que yo esté cometiendo algún error. —Por la expresión de la cara de Greer, Ryan se dio cuenta de que no era así.

—Este Somers tiene una maldita lengua larga.

—Yo le dije eso mismo, señor. Pero una vez que el tipo empieza, ¿cómo diablos hace uno para que se calle?

—¿Y cuánto saben los británicos? —preguntó Greer.

—Usted supone lo mismo que yo, señor. Sir Basil me preguntó sobre el tema, y le respondí que no era a mí a quien debía preguntar... Le expliqué: mis títulos son en economía y en historia, no en física. Le dije que necesitábamos la cámara... pero él ya lo sabía. La sacó de su escritorio y me la entregó. No le revelé absolutamente nada de esto, señor.

—Me gustaría saber con cuántas personas más se le fue la lengua. ¡Genios! Todos trabajan en sus pequeños mundos de locos. A veces, Somers parece un chico. Y usted conoce muy bien la Primera Regla de Seguridad: la probabilidad de que un secreto trascienda es proporcional al *cuadrado* del número de personas que lo conocen.

Era el aforismo favorito de Greer. Se oyó la chicharra de su teléfono.

—Greer... Está bien —colgó—. Charlie Davenport viene subiendo, por sugerencia suya, Jack. Hace media hora que debía estar aquí. Debe de ser por la nieve. —El almirante tendió una mano hacia la ventana. Había seis centímetros sobre el suelo, y se esperaban otros tres con la caída de la noche—. En esta ciudad cae un copo y todo se va al demonio.

Ryan rió. Eso era algo que Greer —un hombre del este, de los llanos de Maine— parecía no poder comprender.

—Muy bien, Jack, ¿así que usted piensa que esto vale el precio?

—Señor, hace tiempo que queríamos esas fotografías, y más con toda la información contradictoria que hemos estado recibiendo sobre el submarino. Es su decisión y la del juez, pero... sí, yo creo que valen el precio. Estas fotos son muy interesantes.

—Nosotros tendríamos que tener a nuestra propia gente en ese maldito astillero —refunfuñó Greer. Ryan no sabía cómo Operaciones había fallado en eso. Él tenía poco interés en operaciones en el terreno. Ryan era un analista. Cómo llegaba la información a su escritorio era algo que no le importaba, y ponía buen cuidado en no averiguarlo—. No creo que Basil le haya dicho algo sobre el hombre de ellos, ¿no? —Ryan sonrió sacudiendo la cabeza.

—No, señor, y yo no pregunté. —Greer asintió aprobando con un movimiento de cabeza.

—¡Buenos días, James!

Ryan se volvió y pudo ver al contraalmirante Charles Davenport, director de inteligencia naval, que llegaba arrastrando a un capitán en su estela.

—Hola Charlie. Conoces a Jack Ryan, ¿no?

—Hola Ryan.

—Ya nos conocemos —dijo Ryan.

—Él es el capitán Casimir.

Ryan estrechó las manos de ambos hombres. Había conocido a Davenport varios años antes, cuando entregaba ciertos papeles en el Colegio de Guerra Naval, en Newport, Rhode Island. Davenport le había hecho pasar un mal rato en la sesión de preguntas y respuestas. Decían que era un maldito para trabajar con él. Había sido aviador y fue separado del cuerpo de vuelo después de un accidente en una barrera de contención; también decían que aún guardaba rencor. ¿Contra quién? Nadie lo sabía realmente.

—El tiempo en Inglaterra debe de estar tan malo como aquí, Ryan. —Davenport dejó caer su abrigo naval encima del de Ryan—. Veo que se robó un sobretodo de la Marina Británica.

A Ryan le gustaba particularmente su abrigo de cierre con presillas.

—Un regalo, señor, y muy abrigado.

—Cristo, hasta parece un inglés hablando. James, tenemos que traer de vuelta a casa a este muchacho.

—Pórtate bien con él, Charlie. Tiene un regalo para ti. Sírvete un poco de café.

Casimir se deslizó por un costado para llenar un jarro para su jefe, luego se sentó a su derecha. Ryan los hizo esperar unos segundos y abrió su portafolio. Sacó cuatro pliegos, se quedó con uno de ellos y les pasó los otros.

—Dicen que ha estado haciendo ciertos trabajos muy buenos, Ryan —dijo Davenport. Jack sabía que era un hombre de actitudes cambiantes, afable por momentos, brusco instantes después. Probablemente para mantener en vilo a sus subordinados—. Y... ¡Jesucristo! —Davenport había abierto su pliego.

—Caballeros, les presento al *Octubre Rojo*, cortesía del Servicio Secreto de Inteligencia Británico —dijo Ryan con formalidad.

Los pliegos contenían las fotografías dispuestas en pares, cada uno tenía cuatro de ellas, de doce centímetros. En la parte de atrás había ampliaciones de treinta por treinta de cada una. Las fotografías habían sido tomadas desde un ángulo oblicuo y bajo, probablemente desde el borde del dique de carena donde se hallaba la nave para su reparación después de su primera sacudida de prueba. Las tomas estaban en pares, de adelante y de atrás, de adelante y de atrás.

—Caballeros, como ustedes pueden ver, la luminosidad no era buena. No hay nada extraordinario aquí. Era una cámara de bolsillo cargada con película de color, de una velocidad de 400. El primer par fue procesado normalmente para establecer los niveles de luz. Al segundo se lo trató para obtener mayor brillo, usando procedimientos también normales. El tercer par fue ampliado digitalmente para resolución color, y el cuarto fue ampliado digitalmente para resolución lineal. He dejado sin revelar negativos de cada toma para que Barry Somers pueda jugar con ellos.

—¿Cómo? —Davenport levantó fugazmente la mirada—. Esto es realmente un buen gesto de los británicos. ¿Cuál es el precio?

Greer se lo dijo.

—Páguelo. Vale la pena

—Eso es lo que dice Jack.

—Es de esperar. —Davenport rió entre dientes—. Ustedes saben que en realidad él está trabajando para ellos.

Ryan se puso tenso al oírlo. Le gustaban los ingleses, le gustaba trabajar con su comunidad de inteligencia, pero no olvidaba a qué país pertenecía. Jack respiró profundamente. Davenport se complacía en aguijonear a la gente, y si él reaccionaba, Davenport sería el ganador.

—¿Entiendo que Sir John Ryan está todavía muy bien relacionado en el otro lado del océano? —dijo Davenport prolongando el pinchazo.

El título nobiliario de Ryan era honorario. Había sido su recompensa por desbaratar un incidente terrorista que se produjo a su alrededor en el Parque de Saint James, en Londres. Era sólo un turista en ese momento, el norteamericano inocente en el extranjero, mucho antes de que lo invitaran a ingresar en la CIA. El hecho fue que, sin saberlo, impidió que asesinaran a dos prominentes figuras, y eso le había dado más publicidad que la que en realidad deseaba, pero lo había puesto además en contacto con un montón de gente en Inglaterra, en su mayoría importante. Esas conexiones lo convirtieron en un elemento lo suficientemente valioso como para que la CIA lo invitara a formar parte de un grupo de enlace británico-norteamericano. Así fue como llegó a establecer una buena relación de trabajo con Sir Basil Charleston.

—Tenemos muchos amigos allá, señor, y algunos de ellos tuvieron la suficiente amabilidad como para enviarle a usted esto —dijo Ryan con frialdad.

Davenport se ablandó.

—De acuerdo, Jack, entonces hágame un favor. Encárguese de que quien sea que nos ha dado esto se encuentre con algo en su media. Valen la pena, y mucho. Y bien, ¿qué tenemos exactamente aquí?

Para un observador no entrenado, las fotografías mostraban un submarino nuclear misilístico estándar. El casco de acero era de forma roma en un extremo y en punta en el otro. Los trabajadores que estaban de pie sobre el piso del muelle proporcionaban la escala: la nave era enorme. Tenía dos hélices de bronce en la popa, a cada lado de un apéndice plano al que los rusos llamaban cola de castor, o al menos así lo decían los informes de inteligencia. Con esas dos hélices la popa nada tenía de notable, excepto un detalle.

—¿Para qué son esas dos puertas? —preguntó Casimir.

—Humm. Es un grandote hijo de puta. —Evidentemente, Davenport no había oído—. Doce metros más largo que lo que esperábamos, según el aspecto.

—Trece metros con veinte, aproximadamente. —A Ryan no le gustaba mucho Davenport, pero el hombre conocía su oficio—. Somers puede calibrarnos eso. Y una manga mayor, dos metros más que los otros *Typhoons*. Es un desarrollo obvio de la clase *Typhoon*, pero...

—Tiene razón, capitán —interrumpió Davenport—. ¿Qué son esas puertas?

—Es por eso que he venido. —Ryan se había preguntado cuánto tiempo llevaría todo eso. Él las había notado en los primeros cinco segundos—. Yo no lo sé, y tampoco los británicos.

El *Octubre Rojo* tenía dos puertas en la proa y en la popa, cada una de unos dos metros de diámetro, aunque no eran perfectamente circulares. Estaban cerradas en el momento en que las fotos fueron tomadas y sólo se las veía bien en el par número cuatro.

—¿Tubos de torpedos? No..., hay cuatro de ellos más adentro. —Greer buscó en el interior del cajón de su escritorio y sacó una lupa. En la época de las ampliaciones por computadora, el recurso pareció a Ryan encantadoramente anacrónico.

—Usted es el submarinista, James —observó Davenport.

—Hace veinte años, Charlie. —Había cambiado su situación de oficial de línea por la de espía profesional en los primeros años de la década del sesenta. El capitán Casimir —Ryan lo notó— tenía el brevet de aviador naval y, con buen sentido, había permanecido en silencio. No era tampoco especialista nuclear.

—Bueno, no pueden ser tubos de torpedos. Tienen los cuatros normales en la proa, hacia el interior de estas aberturas..., deben de tener un metro y medio, o dos, de ancho. ¿Qué les parece la posibilidad de que sean tubos de lanzamiento para el nuevo misil crucero que están desarrollando?

—Eso es lo que piensa la Marina Real. Yo tuve oportunidad de hablar sobre el asunto con sus muchachos de inteligencia. Pero no lo creo. ¿Por qué poner un arma anti-buque-de-superficie en una plataforma estratégica? Nosotros no lo hacemos, y desplegamos nuestros submarinos misilísticos mucho más adelante que ellos. Las puertas son simétricas con respecto al eje de la nave. No sería posible lanzar un misil desde la popa, señor. Las aberturas están demasiado cerca de las hélices.

—Un dispositivo para remolque de sonar —dijo Davenport.

—Es cierto que podrían hacer eso, si detienen una hélice. Pero... ¿por qué dos? —preguntó Ryan.

Davenport le lanzó una mirada de odio.

—Les gustan las redundancias.

—Dos puertas adelante y dos atrás. Puedo aceptar que sean tubos de misiles cruceros. Puedo aceptar que sean dispositivos de remolque. ¿Pero ambos juegos de puertas exactamente del mismo tamaño? —Ryan sacudió la cabeza—. Demasiada coincidencia. Yo creo que es algo nuevo. Y eso es lo que interrumpió la construcción durante tanto tiempo. Idearon algo nuevo para este buque y se pasaron los últimos dos años modificando la configuración del *Typhoon* para acomodarlo. Fíjense además que agregaron otros seis misiles.

—Es una opinión —observó Davenport.

—Es para eso que me pagan.

—Muy bien, Jack, ¿qué cree usted que es? —preguntó Greer.

—No estoy en condiciones, señor. No soy ingeniero.

El almirante Greer observó a los presentes durante unos segundos. Sonrió y se echó hacia atrás en el sillón.

—Caballeros, aquí tenemos... ¿cuánto? Noventa años de experiencia naval en este cuarto, más este joven aficionado —señaló a Ryan—. Muy bien, Jack, usted ha logrado inquietarnos por algo. ¿Por qué trajo esto personalmente?

—Quiero enseñar estas cosas a alguien.

—¿A quién? —La cabeza de Greer se inclinó a un lado en gesto de sospecha

—Skip Tyler. ¿Alguno de ustedes lo conoce, señores?

—Yo lo conozco —asintió Casimir—. Estaba un año detrás de mí en Annapolis. ¿No está lisiado o algo parecido?

—Sí —dijo Ryan—. Perdió una pierna en un accidente automovilístico hace cuatro años. Estaba designado para el comando del *Los Ángeles* cuando un conductor borracho lo atropelló. Ahora enseña ingeniería en la Academia y trabaja mucho en consultoría con el Comando de Sistemas Navales —análisis técnicos en la observación de los diseños de sus buques—. Tiene un doctorado en ingeniería del MIT, y sabe pensar sin convencionalismo.

—¿Y qué hay de su autorización para tratar temas secretos? —preguntó Greer.

—Está autorizado para intervenir en asuntos ultrasecretos, señor, debido a su trabajo Crystal City.

—¿Alguna objeción, Charlie?

Davenport frunció el entrecejo. Tyler no formaba parte de la comunidad de inteligencia.

—¿Es el mismo tipo que hizo la evaluación del nuevo *Kirov*?

—Sí, señor, ahora que recuerdo —dijo Casimir—. Él y Saunders, en Sistemas Navales.

—Ése fue un trabajo muy bueno. Estoy de acuerdo.

—¿Cuándo quiere verlo? —preguntó Greer a Ryan.

—Hoy mismo, si usted no tiene objeción, señor. De todos modos tengo que ir a Annapolis para sacar algo de la casa y... bueno, hacer algunas compras de Navidad.

—¿Qué? ¿Algunas muñecas? —preguntó Davenport.

Ryan se volvió para mirar fijamente al almirante.

—Sí, señor, así es en realidad. Mi hijita quiere una muñequita Barbie con esquís y algunos adornos para la muñeca Jordache. ¿Usted nunca hizo de Papá Noel, almirante?

Davenport comprendió que Ryan ya no iba a aceptar más bromas. No era un subordinado que se achicara. Siempre encontraba la forma de evadirse. Intentó un nuevo camino:

—¿Le dijeron allá que el *Octubre* zarpó el viernes pasado?

—¿Cómo? —No le habían dicho nada. Ryan fue tomado desprevenido—. Creí que la partida estaba prevista para el próximo viernes.

—También nosotros. Su comandante es Marko Ramius. ¿Oyó hablar de él?

—Sólo algunas cosas a través de terceros. Los británicos dicen que es muy bueno.

—Más que eso —afirmó Greer—. Es casi el mejor submarinista que tienen, un verdadero peleador. Cuando yo estaba en la Administración de Inteligencia de Defensa teníamos un legajo considerable de él. ¿Quién le está siguiendo los pasos para ti, Charlie?

—Se designó al *Bremerton* para ese trabajo. Estaba en otra posición cumpliendo una misión de inteligencia electrónica cuando Ramius zarpó, pero se le dio la orden de dirigirse hacia allí. Su comandante es Bud Wilson. ¿Recuerda a su padre?

Greer lanzó una carcajada.

—¿Red Wilson? ¡Ése sí que era un submarinista fogoso! ¿Su chico sirve para algo?

—Así dicen. Ramius es casi lo mejor que tienen los soviéticos pero Wilson tiene un submarino 688. Hacia el fin de semana estaremos en condiciones de empezar un libro nuevo sobre el *Octubre Rojo*. —Davenport se puso de pie. Casimir se apuró a buscar los abrigos—. ¿Puedo quedarme con estas fotos?

—Supongo que sí, Charlie. Pero no las cuelgues en la pared... ni siquiera para arrojarles dardos. Y creo que usted también querrá irse, Jack, ¿no?

—Sí, señor.

—Nancy —llamó Greer por el teléfono—, el doctor Ryan necesitará un automóvil y un conductor dentro de quince minutos. Bien. —Colgó el auricular y esperó a que Davenport saliera—. No tiene sentido que se mate allí afuera en la nieve. Además, después de un año en Inglaterra es muy probable que conduzca conservando la izquierda. ¿Una Barbie con esquís, Jack?

—Usted sólo tuvo varones, ¿no, señor? Las chicas son diferentes. —Ryan sonrió—. Usted todavía no conoce a mi pequeña Sally.

—¿Es la mimada de papá?

—Así es. Y que Dios ayude al ser que se case con ella. ¿Puedo dejar a Tyler estas fotografías?

—Espero que esté en lo cierto acerca de él, hijo. Sí, que él las tenga... pero sólo si dispone de un lugar seguro para guardarlas.

—Comprendido, señor.

—Cuando usted vuelva... será probablemente tarde, por el estado en que se hallan los caminos. ¿Va a alojarse en el Marriott?

—Sí, señor.

Greer pensó un momento.

—Probablemente me quede trabajando hasta tarde. Pase por aquí antes de irse a la cama. Tal vez quiera tratar algunas cositas con usted.

—Lo haré, señor. Gracias por el automóvil. —Ryan se puso de pie.

—Vaya y compre sus muñecas, hijo.

Greer lo observó mientras se iba. Le gustaba Ryan. El muchacho no tenía miedo de decir lo que pensaba.

Eso se debía en parte a que tenía dinero y estaba casado con más dinero. Era una especie de independencia que tenía ventajas. A Ryan no se lo podía comprar ni sobornar ni intimidarlo. Podía siempre volver a escribir libros de historia con plena dedicación. Ryan había hecho su propia fortuna en cuatro años como agente de Bolsa, arriesgando su dinero personal en inversiones de alto riesgo. Obtuvo grandes ganancias y luego abandonó todo porque, decía, no había querido presionar su suerte. Greer no lo creía. Él pensaba que Ryan se había aburrido..., aburrido de hacer dinero. Sacudió la cabeza. El talento que había permitido a Ryan elegir acciones ganadoras lo volcaba él en ese momento a la CIA. Estaba convirtiéndose rápidamente en una de las estrellas entre los analistas de Greer, y sus conexiones británicas lo hacían doblemente valioso. Ryan tenía la habilidad de elegir en un cúmulo de informaciones y extraer los tres o cuatro hechos que significaban algo. Ésa era una condición sumamente rara en la CIA. La agencia todavía gastaba demasiado dinero en conseguir información, según pensaba Greer, y demasiado poco en cotejarla. Los analistas carecían por completo del supuesto *glamour* (una ilusión creada por Hollywood) de un agente secreto en un país extranjero. Pero Jack sabía muy bien cómo analizar los informes de esos hombres y los datos de fuentes técnicas. Sabía tomar una decisión y no temía decir lo que pensaba, gustara o no a sus superiores. Eso molestaba a veces al viejo almirante, pero, en general, le gustaba tener subordinados a quienes pudiera respetar. La CIA tenía demasiada gente cuya única habilidad consistía en chupar las medias.

La Academia Naval de los Estados Unidos

La pérdida de su pierna izquierda por sobre la rodilla no había privado a Oliver Wendell Tyler de su amor a la vida ni le había quitado su picaresca modalidad. Su esposa podía dar fe de ello. Después de dejar el servicio activo —hacía ya cuatro años— habían sumado tres hijos a los dos que ya tenían, y estaban trabajando en el sexto. Ryan lo encontró sentado detrás de un escritorio en un aula vacía del Rickover Hall, el edificio de ciencia e ingeniería de la Academia Naval de los Estados Unidos. Estaba calificando trabajos.

—¿Cómo estás, Skip? —Ryan se apoyó sobre un costado de la puerta. El conductor de la CIA estaba en el hall.

—¡Hola, Jack! Creí que estabas en Inglaterra. —Tyler saltó sobre su pie (era su propia frase) y cojeó acercándose a Ryan para estrecharle la mano. La prótesis de su pierna terminaba en una forma rectangular forrada de goma, en lugar de un pie postizo. Se flexionaba en la rodilla, aunque no demasiado. Tyler había sido jugador de fútbol en la línea ofensiva del All American hacía dieciséis años, y el resto de su cuerpo era tan duro como el aluminio y la fibra de vidrio de su pierna izquierda. Su apretón de manos podía hacer quejar a un gorila—. ¿Y qué estás haciendo aquí?

—Tuve que venir en avión para que me hicieran cierto trabajo y para comprar algunas cosas. ¿Cómo están Jean y tus... cinco?

—Cinco y dos tercios.

—¿Otra vez? Jean tendría que hacerte arreglar.

—Eso es lo que dice ella, pero ya me han desconectado suficientes cosas. —Tyler rió—. Supongo que estoy poniéndome al día por todos aquellos años monásticos de trabajo nuclear. Ven, acércate y toma una silla.

Ryan se sentó sobre el ángulo del escritorio y abrió su portafolio. Entregó a Tyler una carpeta.

—Tengo algunas fotografías que quiero que veas.

—De acuerdo. —Tyler la abrió—. De quién... ¡Un ruso! Y grande el hijo de puta. Es la configuración básica del *Typhoon*. Aunque tiene un montón de modificaciones. Veintiséis misiles en vez de veinte. Parece más largo. El casco un poco más achatado también. ¿Tiene mayor manga?

—Unos dos o tres metros más.

—Oí decir que estabas trabajando con la CIA. No puedes hablar de eso, ¿verdad?

—Algo así. Y tú jamás viste estas fotografías, Skip. ¿Comprendido?

—De acuerdo. —Los ojos de Tyler brillaron—. ¿Por qué quieres que no las mire?

Ryan retiró las ampliaciones de la parte posterior de la carpeta.

—Estas puertas, a proa y a popa.

—Ahaa... —Tyler las acomodó una al lado de otra—. Bastante grandes. Tienen unos dos metros más o menos, en pares atrás y adelante. Parecen simétricas al eje longitudinal. No son tubos de misiles crucero, ¿no?

—¿En un submarino misilístico? ¿Tú pondrías algo así en un submarino misilístico estratégico?

—Los rusitos son tipos raros, Jack, y diseñan las cosas a su manera. Éste es el mismo grupo que construyó la clase *Kirov* con un reactor nuclear y una planta de vapor accionada con petróleo. Humm..., hélices dobles. Las puertas posteriores no pueden ser para un dispositivo de sonar. Chocaría con las hélices.

—¿Y si inmovilizan una de ellas?

—Eso lo hacen con los buques de superficie para ahorrar combustible, y a veces con los submarinos de ataque. Operar un submarino misilístico de doble hélice con una sola debe de ser bastante difícil con este bebé. Todos los de la clase *Typhoon* parecen tener problemas de gobierno, y los submarinos que son difíciles de gobernar tienen tendencia a ser muy sensibles a las disminuciones de potencia. Terminan oscilando en tal forma que no se puede mantener el rumbo. ¿Notaste cómo convergen las puertas hacia la popa?

—No, no lo había notado...

Tyler levantó la mirada.

—¡Maldición! Debí haberme dado cuenta desde el primer momento. Es un sistema de propulsión. No debías haberme sorprendido calificando trabajos, Jack. Te convierte el cerebro en jalea.

—¿Sistema de propulsión?

—Eso lo vimos..., bueno, deben de haber pasado unos veinte años..., cuando yo asistía a la escuela aquí. Pero no hicimos nada con él, sin embargo. Es muy ineficiente.

—Bueno, háblame del tema.

—Lo llaman impulsión por túnel. ¿Tú sabes que allá en el Oeste tienen una cantidad enorme de plantas de energía hidroeléctrica? La mayoría en represas. El agua se vierte sobre ruedas que hacen girar los generadores. Ahora hay algunos pocos, nuevos, que en cierta forma invierten el proceso. Utilizando ríos subterráneos el agua hace girar impulsores, y éstos hacen girar los generadores en vez de ruedas de molino modificadas. Un impulsor es como una hélice, excepto que es el agua la que lo hace mover en vez de ser al revés. Además, hay algunas diferencias técnicas menores, pero no demasiadas. ¿Entendido hasta aquí?

»Con este diseño eso se invierte. Aspiras agua en la proa y tus impulsores la eyectan por la popa, y eso mueve el buque. —Tyler hizo una pausa frunciendo el entrecejo—. Según recuerdo, tienes que tener más de uno por túnel. Observaron esto en los primeros años de la década del sesenta y llegaron hasta la etapa del modelo, pero luego lo abandonaron. Una de las cosas que descubrieron fue que un impulsor no trabaja tan bien como varios. Cierta cuestión de presión posterior. Era un nuevo principio, algo inesperado que apareció de pronto. Terminaron usando cuatro, creo, y se suponía que iba a parecerse a los compresores de un motor de reacción.

—¿Por qué lo abandonamos? —Ryan tomaba rápidas notas.

—En gran parte por la eficiencia. Sólo puede meter cierta cantidad de agua por las tuberías por más poderosos que sean tus motores. Y el sistema de impulsión ocupaba mucho espacio. Consiguieron solucionar eso parcialmente con un nuevo tipo de motor de inducción eléctrica, creo, pero aun así terminas con una cantidad de maquinaria extraña en el interior del casco. En los submarinos no sobra mucho espacio, ni siquiera en este monstruo. La velocidad límite máxima se pensaba que sería de unos diez nudos, y eso no era suficientemente bueno ni siquiera teniendo en cuenta que eliminaba virtualmente los ruidos de cavitación.

—¿Cavitación?

—Cuando haces girar una hélice en el agua a gran velocidad, desarrollas una zona de baja presión detrás del borde de fuga de la pala. Esto puede provocar que el agua se vaporice, y eso crea una enormidad de pequeñas burbujas. Estas burbujas no pueden durar mucho bajo la presión del agua y, cuando se deshacen, el agua se precipita hacia adelante y golpea contra las palas de la hélice. Esto produce tres efectos. Primero: hace ruido, y nosotros los submarinistas odiamos el ruido. Segundo: puede causar vibración, otra cosa que no nos gusta. Los antiguos barcos de pasajeros oscilaban varias pulgadas en la popa, todo debido a la cavitación y al desplazamiento. Hace falta una fuerza de tremenda magnitud para hacer vibrar un barco de cincuenta mil toneladas; esa clase de fuerza rompe las cosas. Tercero: destruye las hélices. Las grandes ruedas sólo duraban unos pocos años. Es por eso que, antiguamente, las palas de las hélices se unían con bulones al cubo, en vez de estar fundidas en una sola pieza. La vibración es fundamentalmente un problema de los buques de superficie, y la degradación de las hélices fue superada eventualmente gracias a la tecnología metalúrgica mejorada.

»Y bien, este sistema de impulsión por túnel evita el problema de la cavitación. No la elimina totalmente sino que el ruido que produce se absorbe en su mayor parte en los túneles. Eso tiene sentido. El problema es que resulta imposible generar gran velocidad sin hacer túneles tan amplios que dejan de ser prácticos. Mientras un equipo estaba trabajando en esto, otro se dedicaba a mejorar los diseños de las hélices. La hélice típica del submarino actual es bastante grande, de manera que puede girar más lentamente para una determinada velocidad. Cuanto más lentamente giren las palas menor será la cavitación. El problema también resulta mitigado por la profundidad. La mayor presión del agua unos metros abajo retarda la formación de las burbujas.

—Entonces, ¿por qué los soviéticos no nos copian los diseños de nuestras hélices?

—Por varias razones probablemente. Tú diseñas una hélice para una determinada combinación de casco y máquinas; de modo que el hecho de copiar las nuestras no significaría que automáticamente les dieran buenos resultados. Además, mucho de este trabajo es todavía empírico. Hay siempre una suma de pruebas y errores. Es mucho más difícil, digamos, que diseñar un perfil alar, porque el corte de la sección de la pala cambia radicalmente de un punto a otro. Supongo que otra de las razones es que la tecnología metalúrgica de los rusos no es tan buena como la nuestra..., la misma razón por la cual sus motores cohete y de reacción son menos eficientes. Estos nuevos diseños requieren necesariamente aleaciones de alta resistencia. Es una especialidad muy limitada, y yo sólo conozco generalidades.

—Muy bien, ¿tú dices que éste es un sistema silencioso de propulsión y que tiene un límite de velocidad máxima de diez nudos? —Ryan quería tener esto perfectamente claro.

—Eso es aproximado. Tendría que hacer algunos modelos para computadora si queremos ajustar esas cifras. Es probable que todavía tengamos la información guardada en alguna parte en el Laboratorio Taylor. —Tyler se refería a las instalaciones para diseño del Comando de Sistemas Navales, al norte del Río Severn—. Probablemente sea todavía material secreto y tendré que sacarlo con prudencia.

—¿Cómo es eso?

—Todo ese trabajo se hizo hace veinte años. Llegaron solamente hasta los modelos de cuatro metros y medio; bastante pequeños para esta clase de cosas. Recuerdo que ya había tropezado con un nuevo principio, aquello de la presión posterior. Puede que hayan tenido otras cosas allí. Espero que hayan trabajado con algunos modelos de computadora, pero aunque lo hayan hecho, las técnicas de modelos matemáticos en aquella época eran horriblemente simples. Para duplicar hoy todo aquello, tendría que tener la antigua información y los programas de Taylor, controlarlo todo, y luego trazar un nuevo programa basado en esta configuración —dio un golpecito a la fotografía—. Una vez hecho eso, necesitaré acceso a una computadora grande para trabajarlo.

—¿Pero puedes hacerlo?

—Seguramente. Necesitaría las dimensiones exactas de este bebé, pero ya he hecho esto antes para el grupo de Crystal City. Lo más difícil es conseguir el tiempo en la computadora. Voy a necesitar una máquina muy grande.

—Yo podría arreglar probablemente que tengas acceso a la nuestra.

Tyler rió.

—No es suficiente, Jack. Éste es material especializado. Estoy hablando de una Cray-2, una de las más grandes. Para hacer esto, tienes que simular matemáticamente el comportamiento de millones de pequeñas partículas de agua, el agua que fluye sobre —y en este caso a través— el casco completo. Algo muy parecido a lo que ha hecho la NASA con el Space Shuttle (Trasbordador Espacial). En realidad, el trabajo en sí es bastante fácil... Lo difícil es la *escala*. Son simples cálculos, pero debes hacer millones de ellos por segundo. Eso significa una Cray grande, y no hay muchas de ellas por aquí. La NASA tiene una en Houston, creo. La Marina tiene algunas en Norfolk para tareas de guerra antisubmarina...; de éstas puedes olvidarte. La Fuerza Aérea tiene una en el Pentágono, me parece, y todas las demás están en California.

—¿Pero tú podrías hacerlo?

—Por supuesto.

—De acuerdo. Debes ponerte a trabajar en ello, Skip, y yo veré si puedo conseguirte el tiempo de la computadora. ¿Cuánto demorará?

—Depende de cómo esté de bien el trabajo de Taylor. Tal vez una semana. Tal vez menos.

—¿Cuánto quieres por este trabajo?

—Oh, ¡vamos, Jack! —Tyler hizo un gesto como para apartarlo.

—Skip, hoy es lunes. Si consigues darnos esa información para el viernes, hay veinte mil dólares para ti. Tú los vales, y nosotros queremos esa información. ¿De acuerdo?

—Hecho. —Se estrecharon las manos—. ¿Puedo quedarme con las fotografías?

—Puedo dejártelas si tienes un lugar seguro para guardarlas. Nadie tiene que verlas, Skip. Nadie.

—Hay una buena caja de seguridad en el despacho del superintendente.

—Está bien, pero él no deberá verlas. —El superintendente era un antiguo submarinista.

—No le gustará —dijo Tyler—. Pero está bien.

—Si protesta, haz que llame por teléfono al almirante Greer. Éste es el número. —Ryan le entregó una tarjeta—. Tú puedes encontrarme aquí si me necesitas. Si no estoy, pregunta por el almirante.

—¿Es tan importante todo esto?

—Es muy importante. Eres el primer individuo que ha dado una explicación lógica de esas portezuelas. Es por eso que vine aquí. Si tú puedes obtener un modelo de esto para nosotros, será tremendamente útil. Skip, una vez más: esto es horriblemente delicado. Si permites que alguien las vea, me cuesta la cabeza.

—Comprendido, Jack. Bueno, me has puesto un plazo; será mejor que me ponga a trabajar. Hasta luego.

Después de darse un apretón de manos. Tyler tomó un anotador rayado y empezó a escribir las cosas que tenía que hacer. Ryan dejó el edificio con su conductor. Recordó que había una juguetería subiendo por la Ruta 2 desde Annapolis; quería comprar la muñeca para Sally.

Dirección General de la CIA

Eran aproximadamente las ocho de la noche cuando Ryan volvió a la Agencia Central de Inteligencia. No tardó mucho en pasar los controles de seguridad hasta el despacho de Greer.

—Y bien, ¿consiguió la Barbie que hace surf? —preguntó Greer levantando la mirada.

—La Barbie esquiadora —corrigió Ryan—. Sí, señor. Vamos, no me diga que usted no hizo nunca de Papá Noel...

—Crecieron demasiado rápido, Jack. Hasta mis nietos han pasado ya esa etapa. —Se volvió para servir un poco de café. Ryan se preguntó si dormiría alguna vez—. Tenemos algo más sobre el *Octubre Rojo*. Parece que los rusos están desarrollando un ejercicio muy importante de guerra antisubmarina en el noroeste del Mar de Barents. Media docena de aviones de búsqueda para guerra antisubmarina, un puñado de fragatas y un submarino de ataque clase *Alfa*, todos ellos dando vueltas en círculos.

—Probablemente sea un ejercicio de detección. Skip Tyler dice que esas puertas son para un nuevo sistema de propulsión.

—¿De veras? —Greer se apoyó en el respaldo del sillón—. Hábleme del asunto.

Ryan sacó sus notas y resumió sus conocimientos sobre tecnología de submarinos.

—Dice Skip que puede crear en la computadora una simulación de su efectividad —concluyó.

Las cejas de Greer se alzaron.

—¿En cuánto tiempo?

—Tal vez para este fin de semana. Le dije que si lo terminaba para el viernes le pagaríamos. ¿Suena razonable veinte mil?

—¿Servirá de algo?

—Si consigue la información de antecedentes que necesite, tendría que ser de mucha utilidad. Skip es un tipo brillante. En el MIT no regalan los doctorados, y él estaba entre los cinco mejores de su promoción de la Academia.

—¿Vale los veinte mil dólares de nuestro dinero? —Greer era famoso por su celo para cuidar el centavo.

Ryan conocía la respuesta adecuada a eso.

—Señor, si tuviésemos que seguir en esto los procedimientos normales, contrataríamos alguno de los Bandidos Beltway... —Ryan se refería a las firmas consultoras que se habían establecido en cantidad a lo largo del camino de cintura de Washington, D.C.—. Nos cobrarán cinco o diez veces más y, con suerte, nos entregarían la información para Pascua. En esta otra forma, podríamos llegar a obtenerla mientras el submarino todavía está en el mar. Si las cosas no salen bien, señor, yo me hago responsable por los honorarios. Imaginé que usted querría la información con urgencia, y este tema es justamente para su especialidad.

—Tiene razón. —No era la primera vez que Ryan se apartaba del procedimiento normal. En oportunidades anteriores todo había salido bastante bien. Greer era un hombre a quien le interesaban los resultados—. De acuerdo, los soviéticos tienen un submarino misilístico nuevo con un sistema de propulsión silencioso. ¿Qué consecuencias puede tener eso?

—Nada buenas. Nosotros dependemos de nuestra capacidad para detectar sus submarinos misilísticos con nuestros submarinos de ataque. Diablos, fue por eso que aceptaron hace algunos años nuestra propuesta de mantenerlos alejados quinientas millas de las respectivas costas, y es también por eso que mantienen en los puertos la mayor parte del tiempo a sus submarinos misilísticos. Esto puede cambiar un poco las reglas de juego. A propósito, del casco del *Octubre*, no he visto de qué está construido.

—Acero. Es demasiado grande como para tener un casco de titanio, al menos por el costo que significaría. Usted sabe lo que tienen para gastar en sus *Alfa*.

—Demasiado para lo que han logrado. Gastar tanto dinero en un casco superfuerte y luego ponerle una planta de potencia que mete un ruido tremendo. Es estúpido.

—Puede ser. Sin embargo, a mí no me molestaría tener esa velocidad. De cualquier manera, si ese sistema de propulsión silencioso realmente anda bien, podrían ser capaces de arrastrarse hasta la plataforma continental.

—Disparo de trayectoria deprimida —dijo Ryan. Era uno de los peores teatros de guerra nuclear, en el cual, un misil basado en el mar podía ser disparado a pocos cientos de millas de su objetivo. Washington se encuentra apenas a unas cien millas aéreas del Oceano Atlántico. Aunque un misil pierde mucha precisión en una trayectoria baja y rápida, podían lanzarse varios para que explotaran en Washington en menos de cinco minutos, demasiado poco tiempo como para que un presidente pudiera reaccionar. Si los soviéticos podían matar al presidente con tanta rapidez, la desintegración resultante de la cadena de comando les daría tiempo de sobra para sacar los misiles basados en tierra... No habría nadie con autoridad para disparar. Ese escenario sería una gigantesca versión estratégica de un simple asalto, pensó Ryan. Un asaltante no ataca los brazos de su víctima... Va en busca de la cabeza—. ¿Usted cree que construyeron el *Octubre* con esa idea?

—Estoy seguro de que se les ocurrió —observó Greer—. Se nos habría ocurrido a nosotros. Bueno, tenemos allí el *Bremerton* para vigilarlo, y si esta información resulta ser de utilidad veremos si podemos hallar una respuesta. ¿Cómo se siente, Jack?

—He estado en movimiento desde las cinco y media, hora de Londres. Un largo día, señor.

—Me lo imaginaba. Muy bien, trataremos el tema de Afganistán mañana por la mañana. Vaya a dormir un poco, hijo.

—Comprendido, señor. —Ryan tomó su abrigo—. Buenas noches.

El viaje en automóvil hasta el Marriott no duraba más de quince minutos. Ryan cometió el error de encender el televisor para ver el comienzo del partido de fútbol de los lunes. Cincinnati jugaba con San Francisco, los dos mejores quarterbacks de la liga enfrentados. El fútbol era algo que echaba de menos viviendo en Inglaterra, y se las arregló para mantenerse despierto casi tres horas, antes de que el sueño lo venciera con el televisor todavía encendido.

Control del SOSUS (Sistema de Vigilancia de Sonar)

De no ser por el hecho de que todos estaban de uniforme, cualquier visitante podría haber confundido fácilmente el salón con un centro de control de la NASA. Había seis anchas filas de consolas, cada una de ellas con su propia pantalla de televisión y teclado de máquina de escribir suplementado por botones plásticos iluminados, diales, enchufes para auriculares y controles digitales y analógicos. El técnico oceanográfico jefe Deke Franklin estaba sentado frente a la consola número quince.

El salón era el Control del Atlántico del SOSUS. Se encontraba en un edificio bastante indeterminado, producto de la falta de inspiración gubernamental, que parecía una torta de varios pisos, con paredes de cemento sin ventanas, un enorme equipo para aire acondicionado sobre el techo plano, y un cartel azul con una sigla, en medio de un parque bien cuidado aunque empezaba a ponerse amarillento. Había unos infantes de marina discretamente ubicados, que hacían guardia en el interior de las tres entradas. En el subsuelo había un par de supercomputadoras Cray-2, atendidas por veinte acólitos, y detrás del edificio se veía un trío de estaciones terrestres para satélites. Los hombres de las consolas y las computadoras estaban enlazados electrónicamente por satélite y líneas terrestres al sistema SOSUS.

En todos los océanos del mundo y especialmente a caballo de los pasajes que tenían que cruzar los submarinos soviéticos para salir a mar abierto, los Estados Unidos y otras naciones de la OTAN habían desplegado grupos de receptores de sonar de muy alta sensibilidad. Los centenares de sensores del SOSUS recibían y transmitían una cantidad de información de magnitud inimaginable, y para permitir que los operadores del sistema pudieran analizarla y clasificarla fue necesario diseñar toda una nueva familia de computadoras, las supercomputadoras. El SOSUS cumplía su misión admirablemente bien. Era muy poco lo que podía cruzar una barrera sin ser detectado. Hasta los ultrasilenciosos submarinos de ataque norteamericanos y británicos eran por lo general descubiertos. Los sensores estaban colocados en el fondo del mar y periódicamente se los actualizaba; en ese momento había ya muchos que contaban con un procesador de señales propio, que preclasificaba la información a trasmitir, con lo que aliviaba la carga de las computadoras centrales y permitía una clasificación de objetivos más rápida y precisa.

La consola de Franklin, el técnico jefe, recibía informaciones de una cadena de sensores instalados frente a la costa de Islandia. Era responsable de una superficie de cuarenta millas náuticas de ancho y su sector se sobreponía con los del este y del oeste de manera que, teóricamente, había tres operadores que controlaban constantemente cualquier segmento de la barrera. Si alguno de ellos obtenía un contacto, lo comunicaba ante todo a sus operadores vecinos, luego escribía el informe de contacto en la terminal de su computadora, y éste aparecía en el tablero maestro de control en la sala de control en la parte posterior del piso. El oficial de servicio tenía suficiente experiencia en el ejercicio de su autoridad como para continuar un contacto con una amplia gama de recursos, desde buques de superficie hasta aviones antisubmarinos. Dos guerras mundiales habían enseñado a los oficiales norteamericanos y británicos la necesidad de mantener abiertas sus líneas de comunicaciones marítimas.

Aunque ese edificio y sus instalaciones —que parecían una tumba— nunca habían sido mostrados al público, y aunque nada había en ellos de lo espectacular que caracteriza a veces la vida militar, los hombres que estaban prestando servicios allí podían considerarse entre los más importantes para la defensa de su país. En una guerra, sin ellos, naciones enteras podrían perecer.

Franklin estaba echado hacia atrás en su sillón giratorio, fumando contemplativo una vieja pipa. A su alrededor el salón estaba en un silencio absoluto. Pero aunque no hubiera sido así, los auriculares de quinientos dólares que tenía colocados lo habrían aislado por completo del resto del mundo. Franklin era un técnico que había pasado los veintiséis años de su carrera en destructores y fragatas. Para él, los submarinos y los submarinistas eran el enemigo, cualquiera fuese la bandera que enarbolaban o el uniforme que pudieran lucir.

Levantó una ceja, y su cabeza casi calva se inclinó hacia un lado. Las chupadas en la pipa se hicieron irregulares. Adelantó la mano derecha hacia el tablero de control y desconectó los procesadores de señales, de manera que pudiese oír el sonido sin interferencias de computación. Pero no resultó. Había demasiado ruido de fondo. Conectó los filtros. Después intentó algunos cambios en los controles de azimut. Los sensores del SOSUS estaban diseñados de manera que proporcionaran controles de dirección a través del uso selectivo de receptores individuales, que él podía manipular electrónicamente, primero obteniendo una marcación de dirección y luego usando un receptor vecino del grupo para triangular logrando la marcación definitiva. El contacto era muy débil, pero, juzgó, no estaba demasiado lejos de la línea. Franklin interrogó a su terminal de computadora. El *USS Dallas* estaba allá arriba. *¡Te tengo!*, se dijo con una ligera sonrisa. Otro ruido llegó a sus oídos, un rumor sordo, de baja frecuencia, que sólo duró pocos segundos y luego se desvaneció totalmente. No tan silencioso, sin embargo. ¿Por qué no lo había oído antes de conectar la recepción de azimut? Dejó a un lado la pipa y empezó a hacer ajustes en su tablero de control.

—¿Franklin? —Llegó una voz por sus auriculares. Era el oficial de servicio.

—¿Sí, comandante?

—¿Puede venir a control? Quiero que escuche algo que tengo.

—Voy para allá, señor. —Franklin se levantó silenciosamente. El comandante Quentin era un ex comandante de destructores, que se encontraba en ese momento en situación de servicio limitado después de haber ganado una batalla contra el cáncer. Casi ganado, se corrigió Franklin. La quimioterapia había destruido el cáncer... con el costo de casi todo su pelo y convirtiendo su piel en una especie de pergamino trasparente. Qué pena, pensó, Quentin era realmente un buen hombre.

La sala de control estaba levantada unos cuantos centímetros con respecto al nivel del piso, de modo que sus ocupantes pudieran ver por sobre todo el grupo de operadores de turno el tablero táctico principal desplegado en la pared opuesta al salón. La sala estaba aislada del resto por un tabique de cristal, lo que permitía a sus ocupantes hablar sin molestar a los operadores. Franklin encontró a Quentin en su puesto de comando, desde donde podía intervenir en el manejo o lectura de cualquiera de las consolas del salón.

—Hola, comandante. —Franklin notó que el oficial estaba recuperando cierto peso. Ya era hora—. ¿Qué tiene para mí, señor?

—En la red del Mar de Barents. —Quentin le entregó un par de auriculares. Franklin escuchó durante varios minutos, pero no se sentó. Como mucha otra gente, tenía en su recóndito interior la sospecha de que el cáncer era contagioso.

—¡Diablos! ¡Parece que están muy ocupados allá arriba! Reconozco un par de *Alfas*, un *Charlie*, un *Tango*, y algunos buques de superficie. ¿Qué pasa, señor?

—También hay un *Delta* allí, pero acaba de emerger y detuvo sus máquinas.

—¿Emergió, jefe?

—Sí. Lo estuvieron castigando mucho con sonar activo, luego una fragata lo interrogó con un teléfono subácueo.

—Ah. El juego de adquisición, y el submarino perdió.

—Puede ser. —Quentin se restregó los ojos. El hombre parecía cansado. Estaba exigiéndose a sí mismo demasiado, y su resistencia no alcanzaba ni a la mitad de lo que debía haber sido—. Pero los *Alfas* todavía están haciendo ruidos, y ahora se dirigen hacia el oeste, como usted oyó.

—¡Oh! —Franklin calculó un instante—. Entonces están buscando otro submarino. El *Typhoon* que suponíamos iba a zarpar hace unos días, ¿puede ser?

—Eso es lo que pensé... pero tomó rumbo oeste, y la zona del ejercicio es al noroeste del fiordo. Los otros días lo perdimos en el SOSUS. Ahora el *Bremerton* anda husmeando por allí para ver si lo encuentra.

—Un comandante cuidadoso —decidió Franklin—. Cortó por completo su planta propulsora y derivó.

—Sí —coincidió Quentin—. Quiero que vaya al tablero supervisor de la barrera del Cabo Norte y vea si puede encontrarlo, Franklin. Todavía debe de tener en funcionamiento su reactor y debe de estar haciendo algo de ruido. Los operadores que tenemos en ese sector son

96

un poco jóvenes. Yo tomaré uno de ellos y lo mandaré a su sector por un rato.

—Está bien, jefe —asintió Franklin. Esa parte del equipo estaba todavía algo verde, acostumbrada a trabajar a bordo de buques. El SOSUS requería una mayor fineza. Quentin no necesitaba decirlo: él esperaba que Franklin controlara todos los tableros del equipo del Cabo Norte y que tal vez les dejara de paso unas pocas leccioncitas mientras escuchaba en sus canales.

—¿Detectó al *Dallas*?

—Sí, señor. Realmente muy débil, pero creo que lo tengo cruzando mi sector, con rumbo noroeste, hacia Toll Booth. Si conseguimos que vaya allí un Orion podríamos encerrarlo. ¿Podemos moverlo un poco?

Quentin lanzó una risita. Tampoco a él le importaban mucho los submarinos.

—No, el NIFTY DOLPHIN ya terminó, Franklin. Solamente vamos a registrarlo y se lo haremos saber al comandante cuando vuelva a casa. Pero, muy buen trabajo. Usted conoce la reputación que tiene ese submarino. Se suponía que no lo podríamos oír.

—¡Cualquier día! —dijo Franklin con desdén.

—Infórmeme lo que encuentre, Deke.

—Comprendido, jefe. Y usted cuídese, ¿eh?

QUINTO DÍA

Martes, 7 de diciembre

Moscú

No era la oficina más grandiosa del Kremlin, pero llenaba sus necesidades. El almirante Yuri Ilych Padorin llegó a su trabajo, como de costumbre, a las siete de la mañana, después del viaje desde su departamento de seis habitaciones en Kutuzovskiy Prospekt. Las amplias ventanas del despacho miraban hacia los muros del Kremlin; de no haber sido por ellos podría haber tenido una vista del río Moscú, en ese momento totalmente congelado. Padorin no echaba de menos la vista, aunque había conquistado su elevada posición comandando cañoneras fluviales cuarenta años atrás, llevando abastecimientos por el Volga hasta Stalingrado. Padorin era en ese momento el oficial político jefe de la Marina soviética. Su trabajo tenía que ver con hombres, no con naves.

Cuando entraba saludó secamente con un movimiento de cabeza a su secretario, un hombre de cuarenta años. El suboficial se puso de pie de un salto y siguió a su almirante hasta el acceso al despacho para ayudarlo a quitarse el abrigo. La chaqueta azul naval de Padorin estaba cubierta de brillantes cintas y la medalla de la estrella dorada de la condecoración más codiciada en la carrera militar soviética: Héroe de la Unión Soviética. La había ganado en combate cuando era un pecoso muchacho de veinte años que iba y venía por el Volga. Aquellos días sí que eran buenos, se decía a sí mismo, esquivando bombas de los Stuka alemanes y el fuego disperso de la artillería con que los fascistas habían tratado de interceptar a su escuadrón... Como la mayoría de los hombres, era incapaz de recordar el espantoso terror del combate.

Era un martes por la mañana, y Padorin tenía sobre su escritorio una pila de correspondencia que le aguardaba. Su asistente le llevó una tetera y una taza, la acostumbrada taza rusa: de vidrio y calzada en un soporte de metal, en ese caso de plata. Padorin había trabajado mucho y durante largo tiempo para tener esos pequeños privilegios que correspondían a su despacho. Se acomodó en el sillón y comenzó a leer; primero los informes de inteligencia, copias de documentos enviados todas las mañanas y tardes a los comandos operacionales de la Armada Soviética. Un oficial político debía mantenerse al día, saber en qué estaban los imperialistas, para poder ilustrar a sus hombres sobre esas amenazas.

Luego venía la correspondencia oficial del Comisariato del Pueblo de la Marina y del Ministerio de Defensa. Tenía acceso a toda la originada en el primero, mientras que la procedente del último había sido cuidadosamente censurada, ya que las fuerzas armadas soviéticas compartían la menor cantidad de información posible. Ese día no había demasiada correspondencia de ninguno de esos lugares. La acostumbrada reunión de los lunes por la tarde había cubierto la mayor parte de lo que debía hacerse esa semana, y casi todo lo que correspondía a Padorin estaba ya en manos de su plana mayor para su trámite. Se sirvió una segunda taza de té y abrió un nuevo paquete de cigarrillos sin filtro, hábito que había sido incapaz de dominar a pesar de un leve ataque al corazón que sufrió tres años antes. Consultó el calendario de su escritorio... Qué bueno, ninguna entrevista hasta las diez.

Cerca del fondo de la pila había un sobre de aspecto oficial, de la Flota del Norte. El número de código impreso en el ángulo superior izquierdo determinaba que procedía del *Octubre Rojo*. ¿No terminaba de leer algo sobre eso?

Padorin volvió a revisar sus despachos de operaciones. ¿Así que Ramius no se había presentado en su zona de ejercicios? Se encogió de hombros. Se suponía que los submarinos misilísticos debían ser elusivos, y el viejo almirante no se habría sorprendido de ninguna manera de que Ramius estuviera enloqueciendo a unos cuantos. El hijo de Aleksandr Ramius era una *prima donna*, con el molesto hábito de parecer estar siempre creando el culto de su propia personalidad: conservaba algunos de los hombres que él había entrenado y descartaba a los otros. Padorin reflexionaba que los rechazados para el servicio del cuerpo de comando se habían convertido en excelentes *zampoliti*, y parecían tener mayores conocimientos sobre temas de comando de lo que era normal. Aun así, Ramius era un comandante que necesitaba ser vigilado. Padorin sospechaba a veces que era demasiado marino y no suficientemente comunista. Por otra parte, su padre había sido un miembro modelo del partido y héroe de la Gran Guerra Patriótica. Por cierto, había sido bien formado, lituano o no. ¿Y el hijo? Años de desempeño perfecto y muchos años de adhesión incondicional al partido. Era famoso por sus encendidas participaciones en las reuniones y sus ensayos ocasionalmente brillantes. La gente de la rama naval de la GRU, la agencia militar de inteligencia soviética, informaba que los imperialistas lo consideraban un hábil y peligroso enemigo. Muy bien, pensaba Padorin, esos hijos de puta tienen que tener miedo de nuestros hombres. Volvió su atención al sobre.

El *Octubre Rojo*... ¡ése sí que era un nombre adecuado para un buque de guerra soviético! Lo habían llamado así no sólo por la revolución que había cambiado para siempre la historia del mundo, sino también por la Planta de Tractores Octubre Rojo. Durante muchas alboradas Padorin había mirado hacia el oeste, en dirección a Stalingrado, para ver si la fábrica estaba todavía allí, como símbolo de los combatientes soviéticos que luchaban contra los bandidos hitleristas. El sobre tenía un sello que decía Confidencial, y su asistente no lo había abierto como lo hacía con la correspondencia de rutina. El almirante tomó del cajón del escritorio su abridor de cartas. Era un objeto por el cual sentía cariño: había sido un cuchillo de servicio hacía muchos años. Cuando su primera cañonera se hundió bajo sus pies, en una calurosa noche de agosto de 1942, nadó hasta la costa y allí fue atacado por un soldado alemán de infantería que no esperaba resistencia de un marinero medio ahogado. Padorin lo sorprendió, y le hundió el cuchillo en el pecho rompiendo la hoja por la mitad mientras arrebataba la vida de su enemigo. Más tarde, un mecánico había vuelto a tornear la hoja. No era ya un cuchillo apropiado, pero Parodin no estaba dispuesto a desprenderse de un recuerdo semejante.

Camarada almirante, comenzaba la carta; pero las palabras escritas a máquina estaban tachadas y reemplazadas por otras escritas a mano: *Tío Yuri*. Ramius lo llamaba así bromeando, años atrás, cuando Padorin era oficial político jefe, en la Flota del Norte. *¡Gracias por su confianza y por la oportunidad que me han dado de comandar este magnífico buque!* Ramius debía estar agradecido, pensó Padorin. Por óptimo que fuera su desempeño, nadie otorga esa clase de comando a...

¿Qué? Padorin dejó de leer y comenzó de nuevo. Olvidó el cigarrillo que ardía en el cenicero y así llegó al final de la primera página. Una broma. Ramius era famoso por sus bromas... pero iba a pagar por ésta. ¡Maldito sea! ¡Eso era ya ir demasiado lejos! Dio vuelta la página.

Esto no es ninguna broma, tío Yuri. Marko.

Padorin se detuvo y miró hacia afuera por la ventana. El muro del Kremlin en ese lugar era una colmena de nichos que contenían las cenizas de los fieles del partido. No era posible que hubiera leído la carta correctamente. Empezó a leerla de nuevo. En ese momento las manos le temblaban.

Tenía una línea directa para hablar con el almirante Gorshkov, sin asistente ni secretarios que se interpusieran.

—Camarada almirante, habla Padorin.

—Buenos días, Yuri —dijo Gorshkov amablemente.

—Debo verlo de inmediato. Tengo aquí una situación.

—¿Qué clase de situación? —preguntó Gorshkov con cautela.

—Debemos tratarla personalmente. Voy ahora para allá. —No había forma de que pudiera hablar del asunto por teléfono: él sabía que estaba intervenido.

El USS Dallas

El sonarista de segunda clase Ronald Jones estaba en su trance habitual, según pudo notarlo su oficial de división. El joven —que había abandonado la universidad en sus primeros años— se hallaba encorvado sobre su mesa de instrumentos, con el cuerpo fláccido, los ojos cerrados y el rostro sumido en la misma expresión neutra que tenía cuando escuchaba alguna de sus muchas cintas grabadas de Bach en su costoso pasacassettes personal. Jones pertenecía a esa clase de personas que clasifican sus grabaciones según sus defectos, un tempo de piano poco suave, un solo de flauta desafinado, un corno vacilante. Escuchaba los sonidos del mar con la misma intensidad y capacidad discriminativa. En todas las marinas del mundo se mira a los submarinistas como una raza curiosa, y los propios submarinistas consideran a los operadores de sonar como seres extraños. Sin embargo, sus excentricidades estaban entre las que mejor se toleraban en el servicio militar. Al segundo comandante le gustaba relatar una historia sobre un sonarista jefe que había prestado servicios con él durante dos años; un hombre que había patrullado las mismas zonas en submarinos misilísticos a lo largo de toda su carrera. Llegó a familiarizarse tanto con las ballenas de joroba que pasaban el verano en la zona, que se acostumbró a llamarlas con distintos nombres. Cuando se retiró fue a trabajar al Instituto Oceanográfico Woods Hole, donde su talento provocaba entretenimiento, pero también respeto.

Tres años antes, mientras cursaba en la mitad de su primer año en el Instituto de Tecnología de California, habían obligado a Jones a abandonar sus estudios. Todo se debió a una broma estudiantil de aquellas que habían hecho famosos a los estudiantes del Tecnológico de California, pero que esa vez no resultó feliz. En ese momento estaba en la Marina por un tiempo, para financiar el regreso a los estudios. Su anunciado objetivo era obtener un doctorado en cibernética y procesamiento de señales. En compensación por un licenciamiento prematuro, después de recibir su título iría a trabajar al Laboratorio de Investigaciones Navales. El teniente Thompson confiaba en ello. En oportunidad de su llegada al *Dallas* hacía seis meses, había leído los legajos de todos sus hombres. Jones tenía un cociente intelectual de ciento cincuenta y ocho, el más alto en todo el submarino, y por amplio margen. Su cara era apacible y sus ojos marrones y tristes, irresistibles para las mujeres. En la playa, Jones mostraba tanta energía como para agotar a un grupo entero de infantes de marina. El teniente no podía comprenderlo; él había sido un héroe en fútbol en Annapolis. Jones era un chico flacucho que escuchaba a Bach. No tenía sentido.

El *USS Dallas*, un submarino de ataque, de la clase 688, estaba a cuarenta millas de la costa de Islandia, acercándose a su posición de patrullaje, cuyo nombre en código era Toll Booth. Estaba llegando con dos días de atraso. Una semana antes, había participado en el juego de guerra de la OTAN denominado NIFTY DOLPHIN, pospuesto en varias oportunidades a causa de que el peor tiempo sufrido en el Atlántico Norte en los últimos veinte años había demorado a otros buques que debían participar. En ese ejercicio, el *Dallas*, en equipo con el *HMS Swiftsure*, había aprovechado el mal tiempo para penetrar y destruir la formación enemiga simulada. Fue una nueva operación perfecta para el *Dallas* y su comandante, el capitán de fragata Bart Mancuso, uno de los comandantes de submarinos más jóvenes de la Marina de los Estados Unidos. Después de la misión hubo una visita de cortesía a la base del *Swiftsure*, una base de la Marina Real, en Escocia, y los marinos norteamericanos aún estaban tratando de superar los efectos de la celebración... En ese momento tenían una misión diferente, un nuevo desarrollo en el juego submarino del Atlántico. Durante tres semanas, el *Dallas* debería informar sobre el tráfico entrante y saliente de la Ruta Roja Uno.

A lo largo de los catorce últimos meses, los submarinos soviéticos más nuevos habían estado usando cierta táctica, extraña pero efectiva, para quitarse de encima a sus seguidores norteamericanos y británicos y desprenderse de ellos. En el sudoeste de Islandia, los submarinos rusos descendían velozmente a lo largo de la cordillera de Reykjanes, una especie de dedo de tierras submarinas altas que apuntaba hacia la profunda cuenca atlántica. Esas montañas, de bordes afilados como cuchillos, estaban separadas entre sí por distancias que variaban entre ocho mil metros y ochocientos, y rivalizaban en tamaño con los Alpes. Los picos se encontraban a unos trescientos metros debajo de la tormentosa superficie del Atlántico Norte. Hasta la primera mitad de la década del sesenta, los submarinos difícilmente podían acercarse a los picos, y mucho menos explorar sus miles de valles. Durante los años setenta, se habían observado buques soviéticos de investigaciones navales que patrullaban la cordillera, en todas las estaciones, con toda clase de tiempo, cuarteando y volviendo a cuartear la zona en miles de recorridos. Luego, catorce meses antes del patrullaje que cumplía en ese momento el *Dallas*, el *USS Los Ángeles* se hallaba cierta vez rastreando un submarino soviético de ataque, clase *Victor II*. El *Victor* había bordeado la costa de Islandia y aumentado su profundidad a medida que se aproximaba a la cordillera. El *Los Ángeles* lo había seguido. El *Victor* avanzaba a ocho nudos hasta que pasó en medio de los dos primeros picos submarinos, informalmente llamados los Mellizos de Thor. Casi simultáneamente adoptó su máxima velocidad y viró hacia el sudoeste. El comandante del *Los Ángeles* efectuó un extraordinario esfuerzo para seguir al *Victor* pero finalmente debió desprenderse y terminó profundamente sacudido. Aunque los submarinos clase 688 eran más rápidos que los *Victors* —a su vez más antiguos—, el submarino ruso se había limitado sencillamente a no reducir la velocidad... durante quince horas, como pudo saberse luego.

Al principio no había sido tan peligroso. Los submarinos contaban con sistemas de navegación inercial de gran exactitud, capaces de establecer la posición de un segundo a otro dentro de unos pocos cientos de metros. Pero el *Victor* estaba bordeando cerros como si su comandante hubiese podido verlos, como un avión de combate que vuela ocultándose dentro de un cañadón para evitar los misiles superficie-aire. El *Los Ángeles* no pudo mantener la detección de los cerros. A cualquier velocidad por sobre los veinte nudos tanto el sonar pasivo como el activo, incluyendo la ecosonda, se tornaban prácticamente inútiles. El *Los Ángeles* se encontró entonces navegando completamente a ciegas. El comandante informó después: era como guiar un automóvil con todos los cristales pintados, dirigiéndolo con un mapa y un cronómetro. Eso era teóricamente posible, pero el comandante pronto comprendió que el sistema de navegación inercial tenía un factor propio de error de varios cientos de metros; eso agravado por perturbaciones gravitacionales que afectaban la «vertical local», lo que, a su vez, afectaba la marcación inercial. Y lo peor todavía, sus cartas habían sido confeccionadas para buques de superficie. Se sabía que algunos objetos situados por debajo de unas pocas decenas de metros estaban señalados en las cartas con errores de miles de metros; algo que a nadie importaba hasta hacía muy poco tiempo. Las separaciones entre las puntas de los cerros habían sido cada vez menores entre sí y menores que los errores acumulados de navegación... Tarde o temprano su submarino iba a estrellarse contra la ladera de alguna montaña a más de treinta nudos. El comandante se volvió. El *Victor* pudo escapar.

Inicialmente se especulaba con que los soviéticos, de alguna manera, habían señalado una ruta especial que sus submarinos podían seguir a alta velocidad. Se sabía que los comandantes rusos eran capaces de efectuar verdaderas acrobacias de locos, y quizás estaban en ese momento confiando en una combinación de sistema inercial y compases giroscópicos y magnéticos ajustados a una determinada ruta. Esa teoría no había progresado mayormente y en pocas semanas pudo saberse con seguridad que los submarinos soviéticos que navegaban velozmente entre las montañas seguían una multiplicidad de rutas. Lo único que podían hacer los submarinos norteamericanos y británicos era detenerse periódicamente para tomar una marcación de sonar sobre las posiciones, y luego acelerar velozmente para alcanzarlos. Pero los submarinos soviéticos nunca disminuían su velocidad, y los 688 y los *Trafalgars* siempre se quedaban atrás.

El *Dallas* estaba ya en la posición Toll Booth para detectar a los submarinos soviéticos que pasaran, para vigilar la entrada del pasaje que la Marina de los Estados Unidos llamaba en ese momento Ruta Roja Uno; y para escuchar cualquier evidencia externa de algún nuevo equipo que permitiera a los soviéticos correr entre los picos de la cordillera con tanta audacia. Hasta que los norteamericanos pudieran copiarlo sólo quedaban tres desagradables alternativas: podían seguir perdiendo contacto con los rusos; podían estacionar valiosos submarinos de ataque en las salidas conocidas de las rutas; o podían instalar una línea completamente nueva del SOSUS.

El trance de Jones duró diez minutos..., más que de costumbre. Generalmente era capaz de resolver un contacto en mucho menos tiempo. El marino se echó hacia atrás y encendió un cigarrillo.

—Tengo algo, señor Thompson.

—¿Qué es? —Thompson se inclinó contra el mamparo.

—No lo sé. —Jones tomó un par de auriculares de repuesto y los alcanzó a su superior—. Escuche, señor.

Thompson era a su vez candidato a lograr una licenciatura en ingeniería eléctrica y experto en diseño de sistemas de sonar. Entrecerró los párpados mientras se concentraba en el sonido. Era un ruido sordo, muy débil y de baja frecuencia: una especie de rumor... ¿o de silbido? No podía decidirlo. Escuchó durante varios minutos y luego se quitó los auriculares y sacudió la cabeza.

—Lo capté hace media hora en el equipo lateral —dijo Jones. Se refería a un subsistema del sonar submarino multifuncional BQQ-5. Su componente principal era un domo de más de cinco metros de diámetro ubicado en la proa. El domo se usaba tanto para operaciones activas como pasivas. Una parte nueva del sistema era un grupo de sensores pasivos que se extendía hasta sesenta metros hacia abajo, cayendo desde ambos costados del casco. Era una analogía mecánica de los órganos sensoriales del cuerpo de un tiburón—. Lo perdí, lo capté de nuevo, lo perdí, volví a captarlo —siguió diciendo Jones—. No es ruido de hélices, ni ballenas ni peces. Parece más bien agua que corre por un tubo, excepto ese raro rumor que va y viene. De cualquier manera, la marcación es aproximadamente dos-cinco-cero. Eso lo sitúa entre nosotros e Islandia, de modo que no puede estar demasiado lejos.

—Vamos a ver cómo es. Tal vez eso nos diga algo.

Jones tomó de un gancho un cable con dos clavijas. Metió una de las clavijas en un enchufe en el tablero del sonar; la otra, en el enchufe de un osciloscopio cercano. Los dos hombres pasaron varios minutos trabajando con los controles del sonar para aislar la señal. Terminaron con una onda sinusoide irregular que sólo podían mantener unos pocos segundos por vez.

—Irregular —dijo Thompson.

—Sí, es extraño. Suena regular, pero no se lo ve regular. ¿Me comprende, señor Thompson?

—No, tú tienes mejores oídos.

—Eso es porque escucho mejor música, señor. Esas cosas de rock le van a destrozar los oídos.

Thompson sabía que el muchacho tenía razón, pero un graduado de Annapolis no necesita oír eso de un recluta. Sus excelentes cintas grabadas de Janis Joplin sólo le importaban a él.

—Próximo paso.

—Sí, señor. —Jones sacó la clavija del osciloscopio y la introdujo en un tablero ubicado a la izquierda del sonar, junto a la terminal de una computadora.

Durante su última inspección mayor de mantenimiento, el *Dallas* había recibido un juguete muy especial para acompañar su sistema BQQ-5 de sonar. Llamada la BC-10, era la computadora más poderosa instalada hasta ese momento en un submarino. Aunque sólo tenía el tamaño de un escritorio comercial, costaba más de cinco millones de dólares y podía realizar ochenta millones de operaciones por segundo. Utilizaba chips de sesenta y cuatro bits de muy moderno desarrollo y lo último en arquitectura de procesamiento. Su memoria podia almacenar fácilmente las necesidades de computación de todo un escuadrón de submarinos. En cinco años más, todos los submarinos de ataque de la flota tendrían una igual. Su propósito, muy parecido al del sistema mucho mayor del SOSUS, era procesar y analizar señales de sonar; la BC-10 separaba los ruidos ambientales y otros sonidos naturales producidos en el mar y podía clasificar e identificar el ruido causado por el hombre. Podía identificar a los buques con su nombre, a partir de las características particulares de los ruidos que producía cada uno, de la misma manera en que se puede identificar las impresiones digitales o vocales de un ser humano.

Tan importante como la computadora era la calidad de su programación disponible. Hacía cuatro años, un candidato al doctorado en geofísica que trabajaba en el laboratorio geofísico del Instituto Tecnológico de California había completado un programa de seiscientos mil pasos destinado a pronosticar terremotos. El problema que enfrentaba el programa estaba planteado por señal versus ruido. Y pudo superar la dificultad que tenían los sismólogos para discriminar entre ruidos eventuales —que los sismógrafos registran constantemente— y las señales extraordinarias genuinas que predicen un fenómeno sísmico.

El primer empleo que dio al programa el Departamento de Defensa fue en el Comando de Aplicaciones Técnicas de la Fuerza Aérea, para el que resultó enteramente satisfactorio en el cumplimiento de su misión de registrar actividades nucleares en el mundo, de acuerdo con los tratados de control de armamento. El Laboratorio de Ensayos de la Marina también lo adaptó para sus propias necesidades. Aunque inadecuado para las predicciones sísmicas, el programa dio muy buenos resultados en el análisis de señales de sonar. La Marina conocía en ese momento ese programa con la designación de sistema algorítmico de procesamiento de señales (SAPS).

«ENTRADA SEÑAL SAPS» —escribió Jones en la terminal de la presentación de vídeo.

«LISTO» —respondió de inmediato la BC-10.

«ADELANTE.»

«TRABAJANDO.»

Con fantástica velocidad la BC-10 recorrió los seiscientos mil pasos del programa, pasó por numerosos ciclos, eliminó sonidos naturales y se concentró en la señal anómala. Demoró veinte segundos, una eternidad en tiempos de computadoras. La respuesta apareció en la pantalla de video. Jones apretó una tecla para obtener una copia en la impresora situada a un costado.

—Hummm —Jones arrancó la página—. «SEÑAL ANÓMALA EVALUADA COMO DESPLAZAMIENTO DE MAGMA.» Ésa es la forma que tiene el SAPS de decir tómese dos aspirinas y vuelva a llamarme al final de la guardia.

Thompson rió. Teniendo en cuenta todo el revuelo que había acompañado al nuevo sistema, no era en realidad tan popular en la flota.

—¿Recuerdas lo que decían los periódicos cuando estábamos en Inglaterra? Algo sobre actividades sísmicas cerca de Islandia, como cuando hubo allí erupciones en la década del sesenta.

Jones encendió otro cigarrillo. Él conocía al estudiante que había programado originalmente ese aborto que llamaban SAPS. Un problema era que el programa tenía el horrible hábito de analizar la señal equivocada... y era imposible saberlo a base del resultado. Además, como originalmente había sido diseñado para investigar actividades sísmicas, Jones sospechaba que tenía tendencia a interpretar anomalías como actividades sísmicas. No le gustaba esa propensión que, según su opinión, el laboratorio de ensayos no había eliminado del todo. Una cosa era usar las computadoras como herramientas de trabajo y otra completamente distinta permitirles que pensaran por uno. Por otra parte, estaban siempre descubriendo nuevos ruidos en el mar que nadie había oído jamás, y muchos menos clasificado.

—Señor, la frecuencia está mal, por una cosa... Ni se acerca a lo suficientemente baja. ¿Qué le parece si intento rastrear la señal con el R-15? —Jones se refería al dispositivo de sensores pasivos que el *Dallas* llevaba a remolque a baja velocidad.

En ese preciso instante entró el capitán de fragata Mancuso, con su habitual jarro de café en la mano. Si había algo que asustaba con respecto al comandante, pensó Thompson, era su talento para hacer su aparición cuando estaba ocurriendo algo. ¿Tendría interferido con micrófonos todo el submarino?

—Pasaba por aquí —dijo con naturalidad—. ¿Qué hay de nuevo en este hermoso día? —El comandante se reclinó contra el mamparo. Era un hombre de baja estatura, un metro sesenta y cinco, que durante toda su vida había luchado para mantener su cintura, pero estaba perdiendo la batalla debido a la buena comida y la falta de ejercicio en el submarino. Alrededor de sus ojos oscuros tenía arrugas que se profundizaban siempre cuando estaba luchando con otro buque.

¿Era de día?, se preguntó Thompson. El ciclo de guardia de horas alternadas y rotativas era un buen recurso para un horario conveniente de trabajo, pero después de unos pocos cambios había que apretar el botón del reloj para saber qué día era; de lo contrario no era posible hacer anotaciones correctas en el libro de navegación.

—Jefe, Jones pescó una señal extraña en el lateral. La computadora dice que es desplazamiento de magma.

—Y Jones no está de acuerdo con eso. —Mancuso no necesitaba preguntarlo.

—No, señor, no lo estoy. No sé qué es, pero con seguridad no es eso.

—¿Otra vez está en contra de la máquina?

—Jefe, el SAPS trabaja bastante bien la mayoría de las veces, pero otras es un desastre. Comenzando por la frecuencia, que está equivocada.

—Muy bien, ¿cuál es su opinión?

—No lo sé, comandante. No es ruido de hélices, y tampoco es ningún ruido natural que yo haya oído antes. Además de eso... —Jones se sintió incómodo por la informalidad con que estaba hablando con su comandante, aun después de haber pasado tres años en submarinos nucleares. La dotación del *Dallas* era como una gran familia, si bien parecía una de esas antiguas familias de las primitivas fronteras, porque todo el mundo trabajaba terriblemente duro. El comandante era el padre, el segundo comandante —todos estaban dispuestos a aceptarlo— era la madre. Los oficiales eran los muchachos mayores, y el resto de la tripulación, los hijos menores. Lo más importante era que, si alguno tenía algo que decir, el comandante lo escuchaba. Para Jones eso significaba mucho.

Mancuso asintió pensativo, con un movimiento de cabeza.

—Bueno, siga adelante. No tiene sentido malgastar todo este costoso equipo.

Jones sonrió. Una vez había dicho al comandante, con lujo de detalles, cómo podía él convertir todo ese equipo en el mejor aparato estéreo del mundo. Mancuso le había señalado que eso no habría sido ninguna hazaña, ya que el equipo de sonar que había en esa sala únicamente costaba más de veinte millones de dólares.

—¡Cristo! —El técnico auxiliar dio un salto en su sillón—. ¡Alguien acaba de pisar muy fuerte el acelerador!

Jones era el supervisor de sonar de guardia. Los otros dos hombres de guardia notaron la nueva señal, y Jones cambió de conexión de sus auriculares hacia el equipo de remolque, mientras los dos oficiales se apartaban de su camino. Tomó un anotador y escribió la hora antes de empezar a trabajar en sus controles individuales. El BQR-15 era el equipo de sonar de mayor sensibilidad del submarino, pero esa sensibilidad no hacía falta para ese contacto.

—Santo Dios —murmuró en voz baja Jones.

—*Charlie* —dijo el técnico más joven.

Jones sacudió la cabeza.

—*Victor*. Clase *Victor*, con seguridad. Girando a treinta nudos, ruido muy fuerte de cavitación, está haciendo agujeros inmensos en el agua, y no le importa que lo sepan. Rumbo cero-cinco-cero. Jefe, tenemos buena agua alrededor de nosotros, y la señal es muy débil. No está cerca.

Era lo más próximo a una estimación de distancia que Jones podía calcular. No está cerca significaba cualquier cosa más allá de las diez millas. Volvió a trabajar con sus controles.

—Creo que conocemos a este tipo. Es el que tiene una pala de la hélice doblada; suena como si tuviera una cadena enganchada.

—Póngalo en el altoparlante —dijo Mancuso a Thompson. No quería distraer a los operadores. El teniente ya estaba tecleando la señal en la BC-10.

El altavoz montado sobre el mamparo habría tenido un precio de cuatro cifras en dólares en cualquier comercio de audio, por su claridad y perfección dinámica; como todo lo demás en los submarinos clase 688, era lo mejor que podía comprar el dinero. Mientras Jones trabajaba en los controles de sonido oyeron el ruido característico de la cavitación de las hélices, el agudo chirrido producido por la pala de hélice deformada, y el ruido sordo y profundo de la planta del reactor de un *Victor*, en su máxima potencia. El siguiente ruido que oyó Mancuso fue el de la impresora.

—Clase *Victor-I*, número seis —anunció Thompson.

—Correcto —asintió Jones—. *Vic*-seis, con rumbo cero-cinco-cero todavía. —Enchufó el micrófono a sus auriculares—. Sala de control, sonar, tenemos un contacto. Un clase *Victor*, con rumbo cero-cinco-cero; velocidad estimada del blanco, treinta nudos.

Mancuso se asomó al pasillo para dirigirse al teniente Pat Mannion, oficial de cubierta.

—Pat, hágase cargo del grupo de control y seguimiento de fuego.

—Comprendido, comandante.

—¡Un momento! —Jones levantó la mano—. ¡Tengo otro! —Hizo girar varias perillas—. Éste es un clase *Charlie*. Y el maldito va tan rápido como el otro. Más hacia el este, con rumbo cero-siete-tres, girando a alrededor de veintiocho nudos. También conocemos a este tipo. Sí, *Charlie II*, número once. —Jones se apartó uno de los auriculares de la oreja y miró a Mancuso—. Jefe, ¿los rusitos tienen carreras de submarinos hoy?

—No que yo sepa. Claro, aquí no recibimos la página de los deportes —bromeó Mancuso, balanceando el jarro de café mientras ocultaba sus verdaderos pensamientos. ¿Qué diablos estaba pasando?—. Me parece que voy a ir adelante y mirar esto un poco. Buen trabajo, muchachos.

Caminó unos cuantos pasos hacia proa y entró en el centro de ataque. La guardia normal estaba instalada. Mannion se encontraba a cargo, con un joven oficial de cubierta y siete hombres de tripulación. Un controlador de fuego de primera clase introducía en la computadora de control de fuego Mark 117 los datos que le proporcionaba el analizador de movimiento de blanco. Otro oficial estaba tomando el control para hacerse cargo del ejercicio de rastreo. Eso no tenía nada de extraordinario. Toda la guardia estaba alerta en sus tareas pero con la tranquilidad resultante de años de entrenamiento y experiencia. Mientras que las otras fuerzas armadas por rutina hacían participar a sus componentes en ejercicios contra aliados o entre ellos mismos simulando las tácticas del Bloque Oriental, la Marina tenía a sus submarinos de ataque practicando sus juegos contra la cosa verdadera... y constantemente. Los submarinistas operaban típicamente en lo que era en realidad pie de guerra.

—De manera que tenemos compañía —observó Mannion.

—No tan cerca —dijo el teniente Charles Goodman—. Estas marcaciones no han cambiado ni un pelo.

—Sala de control, sonar. —Era la voz de Jones. Mancuso respondió.

—Aquí control. ¿Qué pasa, Jonesy?

—Tenemos otro, señor. *Alfa 3*, con rumbo cero-cinco-cinco. Corriendo a todo lo que da. Suena como un terremoto, pero débil, señor.

—¿*Alfa 3*? Nuestro viejo amigo, el *Politovskiy*. Hacía tiempo que no nos encontrábamos con él. ¿Hay algo más que quiera decirme?

—Un presentimiento, señor. El ruido de éste trepida un poco, después se estabiliza, como si estuviera virando. Creo que está poniendo rumbo hacia aquí... Eso no es muy seguro. Y tenemos algún otro ruido hacia el noroeste. Es todo demasiado confuso por ahora como para que tenga algún sentido. Seguimos trabajando en eso.

—De acuerdo, buen trabajo, Jonesy. Adelante.

—Comprendido, señor.

Mancuso sonrió mientras dejaba el teléfono y miró a Mannion.

—¿Sabe una cosa, Pat? A veces me pregunto si Jonesy no tiene algo de brujo.

Mannion observó los trazos que Goodman estaba haciendo según la información de la computadora.

—Es muy bueno. El problema es que él cree que todos trabajamos para él.

—En este momento, estamos trabajando para él.

Jones era sus ojos y oídos, y Mancuso no se cansaba de agradecer de tenerlo con él.

—¿Chuck? —Mancuso se dirigió al teniente Goodman.

—Los rumbos siguen constantes en los tres contactos, señor. —Eso significaba que probablemente estuvieran navegando en dirección al *Dallas*. Significaba también que no podían obtener el dato necesario sobre distancia para una solución de control de fuego. No porque nadie estuviera deseando disparar, pero ése era el objeto del ejercicio.

—Pat, tomemos un poco de espacio en el mar. Vamos a movernos unas diez millas hacia el este —ordenó tranquilamente Mancuso. Eso obedecía a dos razones. Primero, establecería una línea de base desde la cual pudieran computar la probable distancia al blanco. Segundo, las aguas más profundas mejorarían las condiciones acústicas, abriendo para ellos las zonas distantes de convergencia de sonar. El comandante estudió la carta mientras su navegador daba las órdenes necesarias, evaluando la situación táctica.

Bartolomeo Mancuso era hijo de un peluquero que cerraba su tienda en Cicero, Illinois, cada otoño para cazar venados en la Península Superior de Michigan. Bart había acompañado a su padre en esas cacerías, mató su primer venado a los doce años y siguió acompañando a su padre todos los años hasta ingresar en la Academia Naval. Después de eso nunca más había vuelto a molestarse. Convertido ya en oficial de submarinos nucleares aprendió un juego mucho más divertido. En ese momento cazaba personas.

Dos horas más tarde sonó una campana de alarma en la radio de frecuencia extremadamente baja, en la sala de comunicaciones del submarino. Como todos los submarinos nucleares, el *Dallas* llevaba una antena de largo cable para la sintonía de frecuencias extremadamente bajas transmitidas desde Estados Unidos central. El canal tenía un ancho de banda angustiosamente estrecho. A diferencia de un canal de televisión que transmitía miles de impulsos por cuadro, y treinta cuadros por segundo, la radio de frecuencia extremadamente baja transmitía los impulsos sumamente despacio, aproximadamente una señal cada treinta segundos. El operador de turno esperó con toda paciencia mientras la información se registraba en la cinta. Cuando el mensaje quedó terminado, hizo pasar la cinta a alta velocidad y transcribió el mensaje; luego lo alcanzó al oficial de comunicaciones que lo estaba esperando con su libro de codificación.

El mensaje recibido no estaba realmente en código sino expresado en un cifrado de «una sola vez». Cada seis meses se publicaba y distribuía a cada submarino nuclear un libro que contenía transposiciones aleatorias para cada letra del mensaje. Cada grupo de tres letras de ese libro correspondía a una palabra o frase preseleccionada en otro libro. Descifrar el mensaje a mano llevó menos de tres minutos, y cuando el trabajo estuvo terminado lo llevaron al comandante, que se encontraba en el centro de ataque.

NHG	JPR
DE COMSUBLANT	A LANTSUBS EN EL MAR
YTR	OPY
MANTENERSE ATENTOS	POSIBLE
TBD	QEQ
IMPORTANTE	ORDEN REDESPLIEGUE
GER	MAL
GRAN ESCALA	INESPERADA
ASF	NME
OPERACIÓN FLOTA ROJA	EN EJECUCIÓN
TYQ	ORV
NATURALEZA DESCONOCIDA	PRÓXIMO MENSAJE ELF
HWZ	
COMUNÍQUESE SATÉLITE	

COMSUBLANT (Comandante de la Fuerza de Submarinos en el Atlántico) era el superior de Mancuso, el vicealmirante Vincent Gallery. Era evidente que el viejo estaba contemplando la posibilidad de un cambio de posiciones de toda su fuerza; nada de cosas pequeñas. El próximo mensaje de alerta, AAA —cifrado, naturalmente—, los pondría en aviso para tomar una profundidad de antena de periscopio, para recibir información más detallada desde el SSIX, sistema de intercambio de información satélite submarino, que operaba mediante un satélite geosincrónico de comunicaciones utilizado exclusivamente por submarinos.

La situación táctica se hacía cada vez más clara, aunque sus implicaciones estratégicas estaban todavía más allá de su capacidad de juicio. El desplazamiento de diez millas hacia el este les había dado una adecuada información de distancia con respecto a los tres primeros contactos y a otro *Alfa* que había aparecido pocos minutos después. El primero de los contactos, el *Vic 6*, estaba ya dentro del alcance de torpedos. Apuntaron sobre él un Mark 48, y no había forma de que su comandante pudiera saber que el *Dallas* estaba allí. El *Vic 6* era un ciervo en sus aparatos de puntería... pero no era temporada de caza.

Aunque no era mucho más veloz que los *Victors* y los *Charlies*, y diez nudos más lento que los *Alfas* más pequeños, el *Dallas* y sus gemelos podían moverse casi silenciosamente a unos veinte nudos. Eso era un triunfo de la ingeniería y el diseño, el producto de décadas de trabajo. Pero moverse sin ser detectado sólo era útil si el cazador podía al mismo tiempo detectar su presa. Los equipos de sonar pierden efectividad a medida que las plataformas que los llevan aumentan su velocidad. El BQQ-5 del *Dallas* retenía el veinte por ciento de efectividad de veinte nudos, lo que no era como para felicitarse. Los submarinos que corrían de un punto a otro a muy alta velocidad lo hacían a ciegas e incapacitados para hacer daño a nadie. Como resultado de eso, la maniobra operativa de un submarino de ataque era muy parecida a la de un soldado de infantería. Con el infante combatiente se llamaba «salte y cúbrase»; con el submarino: «corra y deslice». Después de detectar un blanco, el submarino debía desplazarse velozmente hasta la posición más ventajosa, detenerse para reafirmar el contacto con su presa y finalmente correr otra vez hasta la mejor posición de fuego. La presa del submarino también estaría moviéndose a su vez, y si el submarino podía ganar una posición frente a aquélla, sólo tendría que permanecer quieto y esperar como una pantera para lanzarse sobre su víctima.

El oficio de submarinista requería más que habilidad. Exigía instinto y el toque de un artista; una confianza de monomaniaco y la agresividad de un boxeador profesional. Mancuso tenía todas esas características. Había pasado quince años aprendiendo su profesión, observando desde su posición de joven oficial a toda una generación de comandantes, escuchando cuidadosamente las frecuentes discusiones de mesa redonda que hacían del submarinismo una especialidad muy humana, sus lecciones se transmitían de unos a otros por tradición oral.

Había pasado gran parte de su tiempo en tierra entrenándose en una variedad de simuladores computarizados, asistiendo a seminarios, comparando notas e ideas con sus pares. A bordo de buques de superficie y de aviones antisubmarinos aprendió cómo actuaba el «enemigo» —los marinos de superficie— en su propio juego de caza.

Los submarinistas tenían un lema muy sencillo: Hay dos clases de buques, los submarinos y... los blancos. ¿Qué iría a cazar el *Dallas*?, se preguntaba Mancuso. ¿Submarinos rusos? Y bien, si así era el juego y los rusos seguían corriendo por allí en esa forma, iba a ser sumamente fácil. Él y el *Swiftsure* acababan de vencer a un equipo de especialistas en guerra antisubmarina de la OTAN, hombres cuyos países dependían de su capacidad para mantener abiertas las líneas marítimas de comunicaciones. Tanto su buque como su tripulación estaban desempeñándose tan bien como se podía esperar. En Jones tenía uno de los diez mejores operadores de sonar de la flota. Mancuso estaba listo, cualquiera pudiese ser el juego. Al igual que en el día de apertura de la temporada de caza, toda otra consideración iba desapareciendo. Él en persona estaba convirtiéndose en un arma.

Dirección General de la CIA

Eran las cinco menos cuarto de la mañana, y Ryan dormitaba de a ratos en el asiento trasero de un Chevy de la CIA que lo conducía desde el Marriott hasta Langley. Llevaba ya... ¿cuánto? ¿Veinte horas? Más o menos;

tiempo suficiente como para ver a su jefe, ver a Skip, comprar los regalos para Sally y controlar la casa. La casa parecía estar en buenas condiciones. La había alquilado a un instructor de la Academia Naval. Podría haber obtenido cinco veces esa renta de cualquier otra persona, pero no quería que hubiera ninguna clase de parrandas en su casa. El oficial era un pseudopredicador, de Kansas, pero constituía un aceptable custodio.

Cinco horas y media de sueño en las pasadas... ¿treinta? Algo así; estaba demasiado cansado como para consultar su reloj. No era justo. La falta de sueño mata el buen juicio. Pero no tenía mayor sentido decírselo a sí mismo, y decírselo al almirante lo tendría aún menos.

Cinco minutos después se hallaba en el despacho de Greer.

—Lamento haber tenido que despertarlo, Jack.

—Oh, no es nada, señor —Ryan devolvió la mentira—. ¿Qué ocurre?

—Acérquese y sírvase un poco de café. Va a ser un día muy largo.

Ryan dejó caer su abrigo en el sofá y caminó unos pasos para llenar un jarro con el brebaje naval. Decidió no agregarle crema ni azúcar. Era mejor aguantarlo puro y recibir toda la fuerza de la cafeína.

—¿Hay por aquí algún lugar donde pueda afeitarme, señor?

—El cuarto de baño está detrás de la puerta, allá en el rincón. —Greer le entregó una hoja amarilla arrancada de una máquina de télex—. Mire esto.

SECRETO MÁXIMO
102200Z*****38976
ASN BOLETÍN INT
OPS MARINA ROJA
SIGUE MENSAJE

A 083145Z ESTACIONES MONITOR ASN (Agencia Seguridad Nacional) (TACHADO) (TACHADO) y (TACHADO) RE-

GISTRARON UNA EMISIÓN ELF DE INSTALACIÓN ELF DE FLOTA ROJA A SEMIPOLIPINSK XX DURACIÓN MENSAJE 10 MINUTOS XX 6 ELEMENTOS XX

MENSAJE ELF EVALUADO COMO EMISIÓN «PREP» PARA SUBMARINOS FLOTA ROJA EN EL MAR XX

A 090000Z SE REALIZÓ UNA EMISIÓN PARA «TODOS LOS BUQUES» DESDE JEFATURA FLOTA ROJA MONITOR ESTACIÓN TULA Y SATÉLITE TRES Y CINCO XX BANDAS USADAS: HF VHF UHF XX DURACIÓN MENSAJE 39 SEGUNDOS CON DOS REPETICIONES IDÉNTICO CONTENIDO HECHAS A 09100Z Y 0920000Z XX 475 GRUPOS CIFRADOS DE 5 ELEMENTOS XX

DISTRIBUIDOR DEL MENSAJE COMO SIGUE: ÁREA FLOTA DEL NORTE ÁREA FLOTA DEL BÁLTICO Y ÁREA ESCUADRÓN MEDITERRÁNEO XX NÓTESE FLOTA LEJANO ORIENTE NO AFECTADA REPITO NO AFECTADA POR ESTA EMISIÓN XX.

NUMEROSOS MENSAJES ACUSE RECIBO EMITIDOS DESDE DESTINATARIOS EN ÁREAS CITADAS MÁS ARRIBA XX SEGUIRÁ ANÁLISIS DE TRÁFICO Y ORIGEN XX NO COMPLETADO EN ESTE MOMENTO XX

COMENZANDO A 100000Z ESTACIONES DE MONITORES DE LA ASN (TACHADO) (TACHADO) Y (TACHADO) REGISTRARON AUMENTO TRÁFICO HF Y VHF EN BASES FLOTA ROJA POLYARNYY SEVEROMORSK PECHENGA TALLINN KRONSTADT Y ÁREA OCCIDENTAL MEDITERRÁNEO XX TRÁFICO ADICIÓNAL HF Y VHF ORIGINADO EN EFECTIVOS FLOTA ROJA EN EL MAR ZZ SEGUIRÁ AMPLIACIÓN XX

EVALUACIÓN: SE HA ORDENADO UNA OPERACIÓN MAYOR NO PREVISTA DE LA FLOTA ROJA EN LA QUE LOS EFECTIVOS DE LA FLOTA DEBEN INFORMAR DISPONIBILIDAD Y SITUACIÓN XX

FIN BOLETÍN
ENVIÓ ASN
102215Z
C0RTOCORTO

Ryan consultó su reloj.

—Han trabajado rápido los muchachos de la ASN, y lo mismo nuestros oficiales de guardia que han despertado a todo el mundo. —Terminó su jarro y se acercó para volver a llenarlo—. ¿Qué dice la gente de análisis de tráfico de mensajes?

—Vea. —Greer le alcanzó una segunda hoja de télex.

Ryan lo examinó.

—Es un montón de buques. Debe de ser casi todo lo que tienen en el mar. Aunque no hay mucho sobre los que están en puerto.

—Líneas terrestres —observó Greer—. Los que están en puerto pueden telefonear a operaciones de la flota, en Moscú. A propósito, ésos son todos los buques que tienen en el mar en el Hemisferio Occidental. Hasta su maldito último buque. ¿Alguna idea?

—Veamos, tenemos ese aumento de actividad en el Mar de Barents. Parece ejercicio de guerra antisubmarina de mediana magnitud. Tal vez lo están expandiendo. Aunque eso no explica el aumento de actividad en el Mediterráneo y en el Báltico. ¿No están desarrollando un juego de guerra?

—No. Hace un mes terminaron el CRIMSON STORM.

Ryan asintió con un movimiento de cabeza.

—Sí, por lo general se toman un par de meses para evaluar toda esa información... ¿y a quién le gustaría hacer juegos allá arriba en esta época del año? Se supone que el tiempo es siniestro. ¿Alguna vez han hecho un juego de guerra importante en diciembre?

—Ninguno importante, pero la mayoría de estos acuse recibo proceden de submarinos, hijo, y a los submarinos les importa un cuerno el mal tiempo que haga.

—Bueno, teniendo en cuenta algunas otras condiciones preliminares, esto parece verdaderamente amenazador. ¿No se tiene idea de lo que decía el mensaje?

—No. Están utilizando cifrados basados en computación, lo mismo que nosotros. Si los misteriosos de la

ASN han podido descifrarlos, a mí no me han dicho nada. —En teoría, la Agencia de Seguridad Nacional estaba ubicada bajo el control del director de Inteligencia Central. En la realidad no era así—. De eso se trata en el análisis de tráfico, Jack. Se intenta adivinar intenciones según quién hable con quién.

—Sí, señor, pero sucede que cuando todo el mundo está hablando con todo el mundo...

—Así es.

—¿Algo más en alerta? ¿Su ejército? ¿Voyska PVO? —Ryan se refería a la red de defensa aérea soviética.

—No; solamente la flota. Submarinos, buques y aviación naval.

Ryan se desperezó.

—De acuerdo con eso, suena como un ejercicio, señor. Pero necesitamos un poco más de información sobre lo que están haciendo. ¿Ha hablado usted con el almirante Davenport?

—Ése es el próximo paso. No he tenido tiempo. Hasta ahora sólo he podido afeitarme y encender la cafetera. —Greer se sentó y colocó el tubo del teléfono sobre el amplificador del escritorio antes de marcar su número.

—Vicealmirante Davenport. —La voz sonó cortante.

—Buenos días, Charlie, soy James. ¿Recibiste el ASN -976?

—Seguro que sí, pero no es eso lo que me hizo levantar de la cama. Nuestro Control de la Red de Vigilancia de Sonar se volvió loco hace algunas horas.

—¿Cómo? —Greer miró el teléfono y luego a Ryan.

—Sí, casi todos los submarinos que tienen en el mar metieron el pedal del acelerador a fondo, y todos a la misma hora más o menos.

—¿Qué están haciendo exactamente, Charlie? —preguntó Greer.

—Todavía estamos tratando de descubrirlo. Parece que un montón de submarinos han puesto rumbo al Atlántico Norte. Las unidades que tienen en el Mar de Noruega van a toda velocidad hacia el sudeste. Tres del

Mediterráneo occidental se dirigen también en esa dirección, pero todavía no tenemos un cuadro claro. Necesitamos unas cuantas horas más.

—¿Qué tienen operando frente a nuestras costas, señor? —preguntó Ryan.

—¿Lo despertaron a usted también, Ryan? Bien. Dos viejos *Novembers*. Uno es una mala conversión que está haciendo un trabajo de inteligencia electrónica frente al cabo. El otro está en posición frente a King's Bay aburriéndose como loco.

»Hay un submarino *Yankee* —continuó Davenport— a mil millas al sur de Islandia, y el informe inicial dice que ha puesto rumbo norte. Probablemente esté equivocado. Será el rumbo recíproco, o un error de transcripción o algo parecido. Estamos controlando. Debe de ser un bobo; más temprano navegaba con rumbo sur.

Ryan levantó la mirada.

—¿Qué se sabe de los otros submarinos misilísticos rusos?

—Sus *Delta* y *Typhoon* están en el Mar de Barents y en el Mar de Okhotsk, como siempre. No hay noticias de ellos. Claro, tenemos submarinos de ataque allá arriba, naturalmente, pero Gallery no quiere que rompan el silencio de radio, y tiene razón. De modo que lo único que tenemos por el momento es el informe sobre ese *Yankee* aislado.

—¿Qué estamos haciendo, Charlie? —preguntó Greer.

—Gallery ha enviado una alerta general a todos sus submarinos. Están a la espera, para el caso que necesitemos modificar el despliegue. Me dicen que el NORAD ha pasado a una situación de alerta ligeramente aumentada —Davenport se refería al Comando Norteamericano de Defensa Aeroespacial—. Los estados mayores de los Comandos en Jefe de las Flotas del Atlántico y del Pacífico están en sus puestos y caminando en redondo, como es de imaginar. Algunos P-3 están trabajando cerca de Islandia. Por el momento no hay mucho más.

Primero tenemos que averiguar qué es lo que se proponen ellos.

—Okay, no dejes de informarme.

—Comprendido. Si llegamos a saber algo te lo informaré, y espero...

—Lo haremos. —Greer cortó la comunicación. Agitó un dedo en dirección a Ryan—. Y usted no se me vaya a dormir, Jack.

—¿Por todo este asunto? —Ryan balanceó su jarro.

—A usted no le preocupa, ya lo veo.

—Señor, todavía no hay nada de qué preocuparse. ¿Qué hora es allá en este momento? ¿La una de la tarde? Es probable que algún almirante, tal vez el propio viejo Sergey en persona, decidiera tirarles una ejercitación a sus muchachos. Parece ser que no quedó muy conforme con los resultados del CRIMSON STORM, y tal vez decidió sacudir algunos esqueletos..., incluidos los nuestros, por supuesto. Diablos, ni su ejército ni la fuerza aérea están comprometidos en esto, y con toda seguridad que si estuvieran planeando algo feo las otras fuerzas lo sabrían. Tendremos que mantenernos atentos, pero hasta ahora no veo nada como para... —Ryan iba a decir perder el sueño—... hacernos transpirar.

—¿Qué edad tenía usted cuando sucedió lo de Pearl Harbor?

—Mi padre tenía diecinueve años, señor. No se casó hasta después de terminar la guerra, y yo fui el primer pequeño Ryan. —Jack sonrió. Greer sabía todo eso—. Y creo que usted no tenía siquiera esa edad.

—Yo era marinero de segunda en el viejo *Texas*. —Greer no había tenido oportunidad de intervenir en esa guerra. Poco después de su iniciación había ingresado en la Academia Naval. Y cuando egresó de allí y completó su entrenamiento en la escuela de submarinos, la guerra casi había terminado. Llegó a la costa japonesa en su primera operación un día después de finalizar la guerra—. Pero usted sabe lo que quiero decir.

—Ya lo creo que sí, señor, y es por eso que tenemos a la CIA y a varias otras agencias. Si los rusitos pueden engañarnos a todos nosotros, tal vez deberíamos volver a leer a Marx.

—Todos esos submarinos apuntando hacia el Atlántico...

—Estoy más tranquilo al saber que el *Yankee* ha puesto rumbo norte. Han tenido tiempo suficiente como para dar importancia a esa información. Probablemente Davenport no lo quiere creer sin que se lo confirmen. Si Ivan tuviese intenciones de jugar duro, ese *Yankee* estaría navegando con rumbo sur. Los misiles de esos viejos submarinos pueden llegar muy lejos. De manera que... nos quedamos levantados y en guardia. Por fortuna, señor, usted hace un café bastante decente.

—¿Y qué le parecería el desayuno?

—También podría ser. Si podemos terminar con el asunto de Afganistán, tal vez pueda volar de regreso maña... esta noche.

—Todavía podría hacerlo. Quizás en esta forma aprenda a dormir en el avión.

Veinte minutos más tarde les subieron el desayuno. Ambos hombres estaban acostumbrados a que fueran abundantes, y la comida era sorprendentemente buena. Por lo general, la comida de la cafetería de la CIA era bastante mediocre, y Ryan se preguntó si el personal nocturno, con menos gente para servir, podía tomarse el tiempo para cumplir bien su trabajo. O tal vez habían enviado a comprarlo afuera. Los dos hombres esperaron sentados hasta que Davenport llamó por teléfono a las siete menos cuarto.

—Hay novedades. Todos los submarinos misilísticos han puesto rumbo a puerto. Estamos rastreando bien a dos *Yankees*, tres *Deltas* y un *Typhoon*. El *Memphis* lo informó cuando su *Delta* partió de vuelta a casa a veinte nudos, después de haber estado en posición durante cinco días; luego Gallery interrogó al *Queenfish*. La misma historia... Parece que todos se van a su galpón.

Además, acabamos de recibir unas fotos de un Big Bird que pasó sobre el fiordo —por una vez no estaba cubierto de nubes— y tenemos un montón de buques de superficie que aparecen muy brillantes en la película infrarroja, señal de alta temperatura por estar levantando vapor.

—¿Qué hay del *Octubre Rojo*? —preguntó Ryan.

—Nada. Quizá nuestra información fue mala y, en realidad, no había partido. No sería la primera vez.

—¿Usted no supone que puedan haberlo perdido? —Ryan expresó su duda en voz alta.

Davenport ya lo había pensado.

—Eso explicaría toda la actividad allá en el norte, pero ¿qué hay con respecto al Báltico y al Mediterráneo?

—Hace dos años tuvimos ese susto con el *Tullibee* —señaló Ryan—, y el jefe de operaciones navales se puso tan histérico que ordenó a todo el mundo un ejercicio de rescate en ambos océanos.

—Puede ser —concedió Davenport. Después de aquel fiasco, la sangre había llegado hasta los tobillos en Norfolk. El *USS Tullibee*, un pequeño submarino de ataque, único en su clase, tenía desde hacía tiempo fama de mala suerte. En este caso la había desparramado a muchos otros.

—De cualquier manera, todo parece ahora mucho menos alarmante que hace dos horas. No estarían llamando a puerto a sus misilísticos si estuvieran planeando algo contra nosotros, ¿no es así? —dijo Ryan.

—Veo que Ryan todavía tiene su bola de cristal, James.

—Es para eso que le pago, Charlie.

—Aun así, es extraño —comentó Ryan—. ¿Por qué llamar de regreso a todos los submarinos misilísticos? ¿Alguna vez lo habían hecho antes? Y qué hacen con los que están en el Pacífico?

—Todavía no sabemos nada de ellos —replicó Davenport—. He pedido información al Comandante en

Jefe del Pacífico, pero aún no me la han traído. Y con respecto a la otra pregunta, no, ellos nunca habían llamado al mismo tiempo a todos sus submarinos misilísticos aunque de tanto en tanto hacen cambios simultáneos de posición con todos ellos. Probablemente esto sea eso mismo. Yo dije que habían puesto rumbo a sus puertos, pero no que hubieran entrado a puerto. No lo sabremos hasta dentro de un par de días.

—¿No será que están temiendo haber perdido uno? —aventuró Ryan.

—No creo en semejante suerte —se burló Davenport—. No han perdido ningún submarino de misiles después de aquel *Golf* que levantamos frente a Hawaii, cuando usted estaba en la escuela secundaria, Ryan. Ramius es un comandante demasiado bueno como para permitir que pase eso.

«También lo era el capitán Smith, del Titanic», pensó Ryan.

—Gracias por la información, Charlie —dijo Greer y colgó—. Parece que usted tenía razón, Jack. Todavía no hay nada de qué preocuparse. Vamos a pedir que nos traigan esa información sobre Afganistán... y por todos los demonios, echaremos una ojeada a la situación que pinta Charlie sobre la Flota del Norte una vez que terminemos.

Diez minutos después llegó un mensajero con un carrito desde los archivos centrales. Greer era de los que querían ver personalmente toda la información original en bruto. Eso convenía a Ryan. Había conocido a no pocos analistas que basaron sus informes en datos seleccionados y a quienes ese mismo hombre les había cortado la cabeza. La información del carrito provenía de una amplia variedad de fuentes, pero para Ryan la más significativa era la originada en intercepciones radiales tácticas efectuadas por puestos de escucha en la frontera paquistaní, y, suponía él, desde el interior mismo de Afganistán. La naturaleza y el ritmo de las operaciones no indicaban retroceso alguno, como parecían sugerirlo dos artículos recientes del *Red Star* y ciertas fuentes de inteligencia dentro de la Unión Soviética. Pasaron tres horas revisando la información.

—Creo que Sir Basil está confiando demasiado en la inteligencia política y muy poco en lo que obtienen en el terreno nuestros puestos de escucha. No sería de extrañar que los Soviets no permitan conocer a sus comandantes en operaciones lo que ocurre en Moscú, por supuesto, pero en general no veo claro el panorama —concluyó Ryan.

El almirante lo miró.

—Le pago para que me dé respuestas, Jack.

—Señor, la verdad es que Moscú entró allí por error. Sabemos eso por informes de inteligencia tanto militares como políticos. El tenor de la información es bastante claro. Desde mi punto de vista, no creo que *ellos* sepan qué quieren hacer. En un caso como éste, lo más fácil para las mentalidades burocráticas es no hacer nada. Por lo tanto, les dicen a los comandantes de campaña que continúen la misión, mientras los viejos amos del partido dan vueltas titubeando en busca de una solución y, ante todo, cuidándose los traseros por haberse metido en el lío.

—Muy bien, de modo que sabemos que no sabemos.

—Sí, señor. A mí tampoco me gusta, pero decir otra cosa sería mentir.

El almirante lanzó un bufido. Había mucho de eso en Langley, individuos de inteligencia que daban respuestas cuando ni siquiera conocían las preguntas. Ryan era todavía lo suficientemente nuevo en el juego como para confesarlo cuando no sabía algo. Greer se preguntó si esa cualidad cambiaría con el tiempo. Esperaba que no.

Después del almuerzo llegó un paquete llevado por un mensajero de la Oficina Nacional de Reconocimiento. Contenía fotografías tomadas más temprano ese mismo día en dos pasajes sucesivos de un satélite KH-11. Iban a ser las últimas fotografías de ese tipo debido a las restricciones impuestas por los mecanismos orbitales y el tiempo generalmente horrible sobre la Península Kola. El primer juego de tomas efectuadas una hora después de la emisión del mensaje FLASH desde Moscú, mostraba la flota anclada o amarrada en los muelles. En la película infrarroja se apreciaba que cierto número de buques brillaban intensamente a causa del calor interior, indicando que sus calderas o plantas motrices de turbinas a gas estaban operando. El segundo juego de fotografías había sido obtenido en el siguiente pasaje orbital, en un ángulo muy bajo.

Ryan examinó las ampliaciones.

—¡Wow! *Kirov*, *Moskva*, *Kiev*, tres *Karas*, cinco *Krestas*, cuatro *Krivaks*, ocho *Udaloys* y cinco *Sovremennys*.

—Ejercicio de búsqueda y rescate, ¿eh? —Greer miró severamente a Ryan—. Mire aquí abajo. Todos los buques tanques rápidos que tienen los están siguiendo en la salida. Eso es la mayor parte de la Flota del Norte, y si necesitan buques tanques es porque estarán afuera por un tiempo.

—Davenport pudo haber sido más específico. Pero todavía tenemos a sus submarinos misilísticos regresando. En esta foto no hay buques anfibios, sólo de combate. Y solamente los más modernos, los de mayor alcance y velocidad.

—Y las mejores armas.

—Sí —asintió Ryan—. Y todo alistado en pocas horas. Señor, si hubieran tenido esto planeado con anticipación, nosotros nos habríamos enterado. Esto debe de haber sido dispuesto hoy mismo. Interesante.

—Usted ha adoptado la costumbre inglesa de los eufemismos, Jack. —Greer se incorporó para desperezarse—. Quiero que se quede un día más.

—Muy bien, señor. —Miró su reloj—. ¿Me permite que llame por teléfono a mi mujer? No quiero que vaya al aeropuerto en el auto a buscarme a un avión en el que no voy a llegar.

—Por supuesto, y después de que termine, quiero que vaya a ver a alguien de la Agencia de Inteligencia de Defensa que trabajaba antes para mí. Averigüe cuánta información operacional están recibiendo sobre esta partida. Si esto es un ejercicio lo sabremos muy pronto, y usted todavía podrá llevar su Barbie que hace surf mañana mismo a su casa.

Era una Barbie con esquís, pero Ryan no dijo nada.

SEXTO DÍA

Miércoles, 8 de diciembre

Dirección General de la CIA

Ryan había estado antes varias veces en el despacho del director de inteligencia central para transmitir informaciones y mensajes personales ocasionales de Sir Basil Charleston a su alteza, el director general. Era más grande que el de Greer, con una vista mejor del Valle del Potomac y parecía que hubiera sido decorado por un profesional, en un estilo compatible con los orígenes del director. Arthur Moore era un ex juez de la Suprema Corte del Estado de Texas, y el salón reflejaba la influencia del sudoeste. Él y el almirante Greer estaban sentados en un sofá junto a los ventanales panorámicos. Greer hizo un gesto con el brazo a Ryan y le entregó una carpeta.

La carpeta era de plástico rojo. En los bordes tenía cinta adhesiva blanca y en la cubierta un simple rótulo de papel blanco con las palabras EYES ONLY[1] y WILLOW. Nada de eso era desacostumbrado. Una computadora ubicada en el subsuelo de la dirección general, en Langley, elegía nombres al azar con sólo tocar una tecla; eso impedía que algún agente extranjero pudiera deducir nada basándose en el nombre de una operación. Ryan abrió la carpeta y miró primero la página del índice. Evidentemente sólo existían tres copias del documento WILLOW, cada una de ellas inicialada por su

---

1 La más alta clasificación de documentos secretos. *(N. del T.)*

dueño. Ésa llevaba la inicial del propio director general. Un documento de la CIA con tres copias solamente no era muy común, y Ryan, cuya autorización para tomar conocimiento de documentos secretos estaba fijada con la calificación NEBULA, nunca había encontrado ninguno. Por las miradas graves de Moore y Greer, supuso que ellos eran dos de los oficiales con la autorización; el otro, se imaginó, era el subdirector de operaciones, otro tejano llamado Robert Ritter.

Ryan dio vuelta la página del índice. El informe era una fotocopia de algo escrito con una máquina manual, y tenía demasiadas correcciones como para haber sido hecho por una verdadera secretaria. Si no habían permitido a Nancy Cummings y a las otras secretarias ejecutivas de la elite que vieran eso... Ryan levantó la mirada.

—Está bien, Jack —dijo Greer—. Acaba de ser autorizado para conocer WILLOW.

Ryan se acomodó en su asiento y, a pesar de su emoción, empezó a leer lenta y cuidadosamente el documento.

El nombre en código del agente era en realidad CARDINAL. Se trataba del agente de mayor jerarquía, destacado en el exterior, que la CIA había tenido en su historia, esa clase de hombres sobre los cuales se construyen leyendas. CARDINAL había sido reclutado, hacía más de veinte años, por Oleg Penkovskiy. Ese hombre —ya muerto— había sido otra leyenda. En esa época era coronel en la GRU, la agencia de inteligencia militar soviética, contraparte más grande y activa de la Agencia de Inteligencia de Defensa norteamericana. Su posición le había dado acceso a una información diaria sobre todos los aspectos militares soviéticos, desde la estructura del comando del Ejército Rojo hasta la situación operacional de los misiles intercontinentales. La información que él enviaba a través de su contacto británico, Greville Wynne, era extremadamente valiosa, y los países de occidente habían llegado a depender demasiado de ella. Penkovskiy fue descubierto durante la Crisis de los Misiles en Cuba, en 1962. Fue su información, ordenada y despachada bajo gran presión y apuro, la que dijo al presidente Kennedy que los sistemas estratégicos soviéticos aún no estaban listos para la guerra. Esa información permitió al Presidente arrinconar a Khruschev cerrándole cualquier salida fácil. El famoso guiño atribuido a la serenidad de los nervios de Kennedy fue, como en muchos sucesos semejantes en la historia, facilitado por su capacidad para ver las cartas del otro hombre. Esa ventaja le había sido dada por un valeroso agente a quien nunca llegaría a conocer. La respuesta de Penkovskiy al pedido FLASH (urgente) de Washington fue demasiado precipitada e imprudente. Como ya estaba bajo sospecha, eso lo terminó. Pagó con su vida el cargo de traición. CARDINAL fue el primero que supo que lo estaban vigilando más celosamente que lo habitual en una sociedad donde se vigila a todo el mundo. Se lo advirtió a Penkovskiy... demasiado tarde. Cuando fue evidente que ya no se podía sacar al coronel de la Unión Soviética, él mismo, en persona, urgió a CARDINAL para que lo delatara. Fue la irónica burla final de un hombre valiente: que su propia muerte promocionara en su carrera a otro agente a quien él mismo había reclutado.

El trabajo de CARDINAL era necesariamente tan secreto como su nombre. Asesor de alto nivel y confidente de un miembro del Politburó, CARDINAL actuaba a menudo en su representación ante los establecimientos militares soviéticos. Por lo tanto tenía acceso a la inteligencia política y militar de primer orden. Esa circunstancia hacía que sus informaciones fuesen sumamente valiosas y, paradójicamente, muy sospechosas. Los pocos oficiales experimentados de la CIA que sabían de él consideraban imposible no pensar que, en algún lugar de la línea, no hubiera sido «dado vuelta» por alguno de los miles de agentes de contrainteligencia de la KGB, cuya única misión consiste en vigilar todo y a todos. Por esa razón, el material codificado de CARDINAL se controlaba en forma cruzada con los informes de otros espías y diversas fuentes. Pero él había sobrevivido a muchos agentes de poca monta.

En Washington, solamente conocían el nombre de CARDINAL los tres más altos directivos de la CIA. El primer día de cada mes se elegía un nuevo nombre para sus informaciones, nombre que sólo se revelaba al escalón más alto de los oficiales de la CIA y sus analistas. Ese mes, el nombre era WILLOW. Antes de pasar —de mala gana— los informes de CARDINAL a gente que no era de la CIA, todo se «limpiaba» tan prolija y cuidadosamente como los ingresos de la mafia para ocultar su procedencia. Había también una cantidad de medidas de seguridad que protegían al agente y eran exclusivas para él. Por temor a los riesgos criptográficos que pudieran desvelar su identidad, el material de CARDINAL se enviaba en mano, jamás transmitido por radio o líneas terrestres.

El propio CARDINAL era un hombre muy cuidadoso... El destino de Penkovskiy le había enseñado a serlo. Su información se encaminaba a través de una serie de intermediarios hasta el jefe de la estación de la CIA en Moscú. Había sobrevivido a doce jefes de estación; uno de ellos, un oficial retirado, tenía un hermano jesuita. Todas las mañanas el sacerdote, profesor de filosofía y teología en la Universidad de Fordham, en Nueva York, decía misa por la seguridad y el alma de un hombre cuyo nombre jamás habría de conocer. Era una explicación —tan buena como otras— de la continuada supervivencia de CARDINAL.

Cuatro veces le habían ofrecido sacarlo de la Unión Soviética, y en todos los casos se había negado. Para algunos, eso era una prueba de que lo habían «dado vuelta», pero para otros sólo demostraba que, como la mayoría de los agentes de éxito, CARDINAL era un hombre movido por algo que solamente él conocía... y, por lo tanto, como la mayor parte de los agentes exitosos, probablemente era un poco chiflado.

El documento que Ryan estaba leyendo llevaba veinte horas en el proceso de tránsito. El film había demorado cinco para llegar a la embajada de los Estados Unidos en Moscú, desde donde fue enviado de inmediato al jefe de estación. Era un experimentado agente, ex periodista del *New York Times* y trabajaba simulando ser agregado de prensa. Él reveló personalmente el rollo en su cuarto oscuro privado. Treinta minutos después de su llegada, inspeccionó la película, que tenía expuestos cinco cuadros, usando una lente de aumento y envió un mensaje prioridad FLASH a Washington diciendo que estaba en ruta un mensaje de CARDINAL. Luego transcribió el mensaje del film al papel especial en su propia máquina de escribir portátil, traduciéndolo simultáneamente del ruso. Esa medida de seguridad cumplía un doble propósito: borraba la escritura a mano del agente y, al parafrasear automáticamente la traducción, desaparecía cualquier particularidad personal de su lenguaje. Luego quemó la película hasta reducirla a cenizas, dobló el informe y lo introdujo en un estuche metálico muy parecido a una cigarrera. Ésta tenía una pequeña carga pirotécnica que debía encenderse en caso de que el estuche no se abriera como correspondía hacerlo o sufriera fuertes sacudimientos; dos mensajes de CARDINAL se habían perdido al caer accidentalmente los estuches. Después, el jefe de estación llevó el mensaje a la residencia del correo diplomático de la embajada, para quien se había reservado un asiento en un vuelo de tres horas, de Aeroflot, con destino a Londres. En el aeropuerto Heathrow el correo debió apresurarse para combinar con un 747 de Pan Am que lo llevó al aeropuerto internacional Kennedy, de Nueva York. Allí tomó el puente aéreo de Eastern hacia el aeropuerto nacional de Washington. A las ocho de esa mañana, la bolsa del correo diplomático estaba en el Departamento de Estado. Un funcionario de la CIA retiró el estuche, viajó de inmediato en auto a Langley y lo entregó al director general. Lo abrió un instructor de la rama de servicios técnicos de la CIA. El director general hizo tres copias en su máquina Xerox personal y quemó el papel del mensaje en su cenicero. Esas medidas de seguridad habían sido consideradas como ridículas por algunos de los hombres que llegaron al despacho del director general. Pero sus risas nunca duraron más que el primer mensaje de CARDINAL.

Cuando Ryan terminó de leer el informe volvió atrás a la segunda página y la releyó completa, sacudiendo lentamente la cabeza. El documento WILLOW era la confirmación más acabada de su deseo de no saber cómo llegaban a él los informes de inteligencia. Cerró la carpeta y la devolvió al almirante Greer.

—¡Cristo Santo!, señor.

—Jack, yo sé que no necesito decir esto... pero, lo que usted acaba de leer, nadie, ni el Presidente, ni Sir Basil, ni Dios en caso de que Él lo pregunte, nadie debe conocer esto sin autorización del director. ¿Comprendido? —Greer no había perdido el tono de mando de su voz.

—Sí, señor. —Ryan inclinó repetidamente la cabeza como un chico de escuela.

El juez Moore sacó un cigarro del bolsillo de su chaqueta, lo encendió y miró más allá del fuego directamente a los ojos de Ryan. Todos decían de él que en su época había sido un extraordinario agente en el terreno. Había actuado junto a Hans Tofte durante la guerra de Corea, y fue un eslabón esencial en el cumplimiento de una de las misiones legendarias de la CIA: la desaparición de un barco noruego que había estado llevando personal de sanidad y una carga de abastecimientos para los chinos. La pérdida había demorado una ofensiva china por varios meses, salvando miles de vidas norteamericanas y aliadas. Pero había sido una operación sangrienta. Todo el personal chino y todos los tripulantes noruegos desaparecieron. Usando las matemáticas simples de la guerra era un «negocio conveniente», pero el aspecto moral de la misión era otra cosa. Por esa razón —o tal vez otras— Moore había dejado poco después el servicio del gobierno para transformarse en un abogado litigante en su nativa Texas. Su carrera había sido espectacularmente exitosa, lo que le permitió progresar de rico abogado de tribunales a distinguido juez de apelaciones. Tres años atrás habían vuelto a llamarlo para la CIA, por la singular combinación de una absoluta integridad personal y una vasta experiencia en operaciones encubiertas. Bajo la fachada de un vaquero del oeste tejano —algo que jamás había sido, pero que simulaba con facilidad— el juez Moore escondía un título de Harvard en leyes y una mente ordenada en grado sumo.

—Entonces, doctor Ryan, ¿qué piensa usted de esto? —dijo Moore en el preciso instante en que entraba el subdirector de operaciones—. Hola, Bob, venga, acérquese. Acabamos de mostrar a Ryan el expediente WILLOW.

—¿Ah, sí? —Ritter empujó un sillón hacia el grupo, atrapando con toda claridad a Ryan en el ángulo—. ¿Y qué piensa de todo esto el muchacho rubio del almirante?

—Caballeros, supongo que todos ustedes consideran genuina esta información —dijo Ryan con cautela, obteniendo el asentimiento de sus oyentes—. Señor, si esta información la hubiera traído en propias manos el arcángel San Miguel, me costaría creerla..., pero si ustedes, señores, piensan que es confiable... —Ellos querían su opinión. El problema era que sus conclusiones resultaban demasiado increíbles. «Bueno —decidió—, he llegado hasta aquí dando siempre mis opiniones honestas...»

Ryan suspiró profundamente y les brindó su evaluación.

—Muy bien, doctor Ryan —asintió el juez Moore con sagacidad—. Primero quiero oír qué otra cosa puede ser, y luego quiero que usted defienda su análisis.

—Señor, la alternativa más obvia no resiste mucho examen. Además, han estado en condiciones de hacerlo desde el viernes, y no lo han hecho —dijo Ryan, manteniendo baja su voz y con inflexiones adecuadas al razonamiento. Ryan se había esforzado siempre para ser objetivo. Expuso las cuatro alternativas que había considerado, cuidando examinar cada una en detalle. No era el momento de permitir que sus puntos de vista personales influyeran en su elaboración.

Rayan habló durante diez minutos.

—Supongo que existe una posibilidad más, juez —concluyó—. Ésta podría ser una desinformación apuntada a poner en descubierto su fuente. Yo no estoy en condiciones de evaluar esa posibilidad.

—Todos hemos pensado en eso. Muy bien, ahora que ha alcanzado este punto, quisiera que nos ofreciese su recomendación operacional.

—Señor, el almirante puede informarle lo que dirá la Marina.

—Eso ya lo he tenido en cuenta, muchacho —rió Moore—. Pero... ¿qué piensa usted?

—Juez, tomar decisiones en este asunto no será fácil... Hay muchas variables, demasiadas contingencias posibles. Pero le diría que sí. Si es posible, si podemos ordenar los detalles, deberíamos intentarlo. El mayor interrogante es la disponibilidad de nuestros efectivos. ¿Tenemos cada pieza en su lugar?

Greer dio la respuesta.

—Nuestros efectivos son escasos. Un portaaviones, el Kennedy. Yo lo he controlado. El *Saratoga* está en Norfolk con un problema de ingeniería. Además, el *HMS Invincible*, que estuvo aquí para el ejercicio de la OTAN, salió de Norfolk el lunes por la noche. El almirante White, creo, al mando de un pequeño grupo de batalla.

—¿Lord White, señor? —preguntó Ryan—. ¿El conde de Weston?

—¿Usted lo conoce? —preguntó Moore.

—Sí, señor. Nuestras esposas son amigas. Yo salí a cazar con él en septiembre pasado, unas aves de Escocia parecidas a las codornices. Suena como un buen operador, y he oído decir que tiene buena reputación.

—¿Está pensando que podríamos pedir prestado sus buques, James? —preguntó Moore—. En ese caso tendremos que informarles de todo este asunto. Pero antes debemos informar a los de nuestro lado. Hay una reunión del Consejo Nacional de Seguridad esta tarde a la una. Ryan, usted prepare los papeles necesarios para la exposición... y usted mismo la desarrollará.

Ryan parpadeó.

—No es mucho tiempo, señor.

—Aquí James dice que usted trabaja muy bien bajo presión. Demuéstremelo. —Miró a Greer—. Saque una copia de los papeles de su exposición y prepárese para volar a Londres. Ésa es la decisión del Presidente. Si queremos sus buques, tendremos que decirles por qué. Eso significa una exposición ante la Primera Ministra, y eso es responsabilidad suya. Bob, quiero que confirme este informe. Haga lo que tenga que hacer, pero no comprometa a WILLOW.

—Está bien —respondió Ritter. Moore consultó su reloj.

—Volveremos a reunirnos aquí a las tres y media, según como vaya la reunión. Ryan, tiene noventa minutos. Manos a la obra.

«¿Para qué me estarán midiendo?», se preguntó Ryan. Había un rumor en la CIA según el cual el juez Moore pronto se alejaría de su cargo para ir a una cómoda embajada, quizás ante la Corte de Saint James's, una adecuada recompensa para un hombre que había trabajado duro y a lo largo de muchos años para restablecer una estrecha relación con los británicos. Si el juez se iba, era probable que su despacho fuera ocupado por el almirante Greer. Tenía las virtudes de la edad —no estaría allí demasiado tiempo— y amigos en Capitol Hill. Ritter no tenía ni lo uno ni lo otro. Se había quejado durante mucho tiempo y demasiado abiertamente de los legisladores que dejaban trascender información sobre sus operaciones y agentes en el extranjero, causando la muerte de algunos hombres, nada más que para demostrar su importancia en los círculos de los cócteles locales. Tenía también una persistente enemistad con el presidente del Comité de Selección de Inteligencia.

Considerando todo ese reordenamiento en la cumbre y su repentino acceso a nuevas y fantásticas informaciones... «¿Qué significado tiene todo esto para mí?», se preguntaba Ryan. No podía ser que lo quisieran para que fuese el futuro subdirector de inteligencia. Él sabía que estaba muy lejos de poseer la experiencia necesaria para ese cargo... aunque quizás en los próximos cinco o seis años...

Cordillera Reykjanes

Ramius inspeccionó su tablero de situación. El *Octubre Rojo* navegaba hacia el sudoeste sobre la ruta ocho, la más occidental de las exploradas, sobre lo que los submarinistas de la Flota del Norte llamaban el Ferrocarril de Gorshkov. Llevaba una velocidad de trece nudos. En ningún momento pensó que ése era un número de mala suerte, una superstición anglosajona. Se proponía mantener el rumbo y la velocidad por otras veinte horas. Inmediatamente detrás de él Kamarov estaba sentado frente al panel de gravitometría del submarino, con una larga carta enrollada detrás de él. El joven teniente fumaba un cigarrillo detrás de otro y parecía estar muy nervioso mientras marcaba la posición de la nave en la carta. Ramius no lo distraía. Kamarov conocía su trabajo, y Borodin iba a reemplazarlo dos horas después.

En la quilla del *Octubre Rojo* estaba instalado un dispositivo de gran sensibilidad llamado gradiómetro, constituido esencialmente por dos grandes pesas de plomo separadas entre sí por un espacio de cien yardas. Un sistema de computación con rayos láser medía el espacio entre las pesas con la exactitud de una fracción de ángstrom. Las distorsiones de esa distancia o los movimientos laterales de las pesas indicaban variaciones en el campo gravitacional del lugar. El navegador comparaba esos valores de extremada exactitud con los valores de su carta. Con la cuidadosa utilización de gravitómetros en el sistema de navegación inercial del buque, podía determinar la posición de la nave con una precisión de cien metros, la mitad de la longitud del bosque.

En todos los submarinos que lo admitían por sus características, se estaba instalando el sistema de sensores de masa. Ramius sabía que los comandantes más jóvenes de submarinos de ataque lo habían usado para recorrer el «Ferrocarril» a alta velocidad. Era bueno para satisfacer el ego de los comandantes, pero algo exigente para los navegadores, a juicio de Ramius. Él no necesitaba llegar a la temeridad. Tal vez la carta que envió hubiera sido un error... No, impedía arrepentimientos. Y la serie de sensores de los submarinos de ataque sencillamente no tenía la necesaria capacidad como para detectar al *Octubre Rojo* mientras mantuviera su marcha silenciosa. Ramius estaba seguro de eso. Él los había usado a todos. Llegaría adonde quería ir, haría lo que quería hacer, y nadie, ni sus compatriotas ni siquiera los norteamericanos podrían evitarlo. Era por eso que cuando oyó más temprano el pasaje de un *Alfa* a treinta millas hacia el este, se limitó a sonreír.

La Casa Blanca

El automóvil de la CIA correspondiente al juez Moore era una limusina Cadillac que venía equipada con un chofer y un hombre de seguridad armado con una pistola ametralladora Uzi disimulada debajo del tablero. El conductor dio vuelta abandonando Pennsylvania Avenue para entrar por Executive Drive. Más que una calle, esa última era una especie de playa de estacionamiento para uso de altos ejecutivos y periodistas que trabajaban en la Casa Blanca y en el Executive Office Building, «Old State», brillante ejemplo del Grotesco Institucional que se elevaba por sobre la mansión ejecutiva. El conductor entró limpiamente en una cochera VIP que se hallaba desocupada y saltó afuera para abrir las puertas, una vez que el hombre de seguridad barrió la zona con sus ojos. El juez descendió primero y se adelantó, y pronto Ryan se encontró caminando a su izquierda y medio paso atrás. Le llevó un instante recordar que ese acto instintivo era exactamente lo que le había enseñado la infantería de marina en Quantico: la forma adecuada en que un oficial joven debía acompañar a sus superiores. Ryan no pudo menos que pensar que aún era muy joven.

—¿Alguna vez estuvo aquí, Jack?

—No, señor, nunca.

Moore pareció divertido.

—Es cierto, usted es de por aquí cerca. En cambio, si fuera de otro lugar más lejos, seguramente habría hecho el viaje varias veces. —Un guardia de la infantería de marina mantuvo abierta la puerta para que pasaran. Adentro, un agente del Servicio Secreto los anotó. Moore asintió con la cabeza y continuó la marcha.

—¿Esto se hará en el Salón del Gabinete, señor?

—No. En la Sala de Situación, abajo. Es más cómoda y está mejor equipada para esta clase de cosas. Las diapositivas que usted necesita ya están allá; está todo arreglado. ¿Nervioso?

—Sí, señor, por supuesto.

—Tranquilícese, muchacho —rió Moore—. Hace tiempo que el Presidente quería conocerlo. Le gustó ese informe sobre terrorismo que usted hizo hace unos años, y además, le he mostrado otros trabajos suyos, el de las operaciones de los submarinos misilísticos rusos y el que hizo hace poco sobre prácticas gerenciales en sus industrias de armamentos. En realidad, creo que va a parecerle un hombre muy sencillo. Esté muy atento cuando le haga alguna pregunta. Va a escuchar hasta la última palabra que usted le diga, y tiene una particular habilidad para hacer la pregunta justa cuando quiere. —Moore dobló para descender por una escalera. Ryan lo siguió tres pisos hacia abajo; luego llegaron a una puerta que conducía a un corredor. El juez dobló a la izquierda y caminó hasta otra puerta custodiada por otro agente del Servicio Secreto.

—Buenas tardes, juez. El Presidente bajará en un momento.

—Gracias. Él es el doctor Ryan. Yo respondo por él.

—Bien. —El agente les indicó que pasaran.

Era mucho menos espectacular que lo que Ryan esperaba. La Sala de Situación probablemente no tenía las dimensiones de la Oficina Oval situada arriba. Tenía una costosa *boiserie* que recubría las paredes, seguramente de cemento. Esa parte de la Casa Blanca formaba parte de la reconstrucción hecha en la época de Truman. Cuando Ryan entró pudo ver a su izquierda el atril. Se hallaba al frente y ligeramente a la derecha de una mesa de forma aproximada de diamante, y detrás de aquél se encontraba la pantalla de proyección. En una nota que estaba sobre el atril decía que el proyector de diapositivas ubicado sobre la mesa ya estaba cargado y enfocado, y detallaba el orden de las diapositivas, informado por la Oficina Nacional de Reconocimiento.

La mayor parte de los asistentes se encontraban ya allí, todos los jefes del Estado Mayor Conjunto y el secretario de Defensa. El secretario de Estado, recordó Ryan, todavía estaba viajando de un lado a otro entre Atenas y Ankara, tratando de arreglar la situación en Chipre. Esa espina permanente en el flanco sur de la OTAN había explotado pocas semanas antes, cuando un estudiante griego fue asesinado por la turba minutos después de atropellar con su automóvil a un niño turco. Hacia el final del día había cincuenta personas heridas, y los supuestos países aliados se habían echado, una vez más, unos al cuello de otros. En ese momento dos portaaviones norteamericanos estaban cruzando el Egeo mientras el secretario de Estado se esforzaba por calmar ambas partes. Era sumamente trágico que dos jóvenes hubieran muerto, pensó Ryan, pero no justificaba que se movilizara por eso el ejército de un país.

También estaba junto a la mesa el general Thomas Hilton, jefe del Estado Mayor Conjunto, y Jeffrey Pelt, el asesor de seguridad nacional del Presidente, un hombre pomposo a quien Ryan había conocido años atrás en el Centro de Estudios Estratégicos e Internacionales de la Universidad de Georgetown. Pelt estaba revisando algunos papeles y mensajes. Los jefes se hallaban conversando amigablemente entre ellos cuando el comandante de la infantería de marina levantó la mirada y descubrió a Ryan. Se levantó y caminó hacia él.

—¿Usted es Jack Ryan? —preguntó el general David Maxwell.

—Sí, señor. —Maxwell era un hombre bajo, de aspecto recio, cuyo pelo corto parecía echar chispas con agresiva energía. Examinó de arriba abajo a Ryan antes de estrecharle la mano.

—Mucho gusto de conocerlo, hijo. Me agradó lo que hizo en Londres. Fue muy bueno para el cuerpo de infantería de marina. —Se refería al incidente con el terrorista en el que Ryan había estado a punto de perder la vida—. Fue muy buena esa rápida reacción suya, teniente.

—Gracias, señor. Tuve suerte.

—Cuando un oficial es bueno se supone que tiene suerte. He oído decir que tiene algunas noticias interesantes para nosotros.

—Sí, señor. Creo que les parecerá que valía la pena emplear su tiempo.

—¿Nervioso? —El general vio la respuesta y sonrió ligeramente—. Tranquilícese, hijo. Todos los que están en esta maldita cueva se ponen los pantalones igual que usted. —Dio un golpe a Ryan en el estómago con el revés de la mano y volvió a su sillón. El general susurró algo al almirante Daniel Foster, jefe de operaciones navales. Éste miró por un momento a Ryan y luego volvió a lo que estaba haciendo.

Un minuto después llegó el Presidente. Todos los que estaban en la sala se pusieron de pie mientras él caminaba hacia su sillón, a la derecha de Ryan. Dijo rápidamente algunas pocas cosas al doctor Pelt y luego miró a los ojos al director general de inteligencia.

—Caballeros, si podemos iniciar esta reunión, creo que el juez Moore tiene algunas noticias para nosotros.

—Gracias, señor Presidente. Caballeros, hemos tenido hoy un interesante desarrollo con respecto a las operaciones navales soviéticas iniciadas ayer. He pedido al doctor Ryan —que nos acompaña hoy aquí— que desarrolle la exposición.

El Presidente se volvió hacia Ryan. Éste tuvo la sensación de que lo estaba estudiando.

—Puede proceder.

Ryan bebió un trago de agua helada de la copa oculta en el atril. Tenía un comando sin cable para el proyector de diapositivas y varios punteros. Una lámpara independiente con luz de alta intensidad iluminaba sus notas. Las páginas estaban llenas de tachaduras y correcciones garabateadas. No había habido tiempo para hacer una copia en limpio.

—Gracias, señor Presidente. Caballeros, me llamo Jack Ryan, y el tema de esta exposición es la reciente actividad naval soviética en el Atlántico Norte. Antes de llegar a ese punto necesitaré informarles sobre algunos antecedentes. Confío en que sean indulgentes conmigo por unos minutos y, por favor, no duden en interrumpirme con preguntas en cualquier momento.

Ryan puso en marcha el proyector. Las luces del techo, cerca de la pantalla, disminuyeron automáticamente de intensidad.

—Estas fotografías nos han llegado por cortesía de los británicos —dijo Ryan. Ya había logrado captar la atención de todos—. La nave que ven aquí es el submarino de misiles balísticos de la flota soviética *Octubre Rojo*, fotografiado por un agente británico en su muelle, en la base de submarinos de Polyarnyy, cerca de Murmansk, en el norte de Rusia. Como pueden ver, es una nave muy grande, tiene aproximadamente ciento noventa metros de largo, una manga de veinticinco metros más o menos, y un desplazamiento sumergido de treinta y dos mil toneladas. Estas cifras son en general comparables a las de un acorazado de la primera guerra mundial.

Ryan levantó un puntero.

—Además de ser considerablemente mayor que nuestros submarinos Trident de la clase *Ohio*, el *Octubre Rojo* tiene una serie de diferencias técnicas. Lleva veintiséis misiles, en vez de los veinticuatro de los nuestros. Los primeros submarinos de la clase *Typhoon*, de los cuales fue desarrollado, sólo llevaban veinte. El *Octubre* lleva el nuevo misil balístico de lanzamiento desde el mar SS-N-20, el Seahawk. Es un misil de combustible sólido con un alcance aproximado de diez mil ochocientos kilómetros, y lleva ocho vehículos de reingreso para objetivos autónomos múltiples, MIRV, cada uno con una carga de quinientos kilotones. Es el mismo vehículo de reingreso que llevan sus SS-18, pero con menos de ellos por lanzador.

»Como ustedes pueden ver, los tubos de los misiles están ubicados delante de la torreta, y no atrás como en nuestros submarinos. Los planos de inmersión delanteros se pliegan e introducen en ranuras en el casco, en este lugar; los nuestros entran en la torreta. Tiene dos hélices, los nuestros sólo una. Y, finalmente, el casco del *Octubre* es diferente del de nuestros submarinos. En vez de tener un corte de sección cilíndrica, está marcadamente achatado arriba y abajo.

Ryan apretó el comando del proyector para mostrar la siguiente diapositiva. Se veían dos imágenes sobrepuestas, la proa sobre la popa.

—Estas fotografías nos las entregaron sin revelar. Lo hizo la Oficina Nacional de Reconocimiento. Fíjense, por favor, en estas puertas, aquí en la proa y aquí en la popa. Los británicos estaban algo desorientados con esas puertas, y por eso me permitieron traerlas, a principios de esta semana. En la CIA tampoco pudimos descubrir su finalidad, entonces se decidió consultar la opinión de un asesor de afuera.

—¿Quién decidió? —preguntó enojado el secretario de Defensa—. ¡Diablos! ¡Yo ni siquiera las he visto todavía!

—Bert, sólo las recibimos el lunes —replicó el juez Moore con tono tranquilizador—. Las dos que están en la pantalla no tienen más de cuatro horas. Ryan sugirió un experto de afuera, y James Greer lo aprobó. Y yo estuve de acuerdo.

—Su nombre es Oliver W. Tyler. El doctor Tyler fue oficial de Marina y se desempeña ahora como profesor asociado de ingeniería en la Academia Naval; además es consultor contratado del Comando de Sistemas Marítimos. Es un experto en el análisis de la tecnología naval soviética. Skip —el doctor Tyler— llegó a la conclusión de que estas puertas son las aberturas de entrada y salida de un nuevo sistema silencioso de propulsión. En este momento está desarrollando un modelo de computación del sistema, y esperamos tener su informe para el fin de semana. El sistema en sí es bastante interesante. —Ryan explicó brevemente el análisis de Tyler.

—Muy bien, doctor Ryan. —El Presidente se inclinó hacia adelante—. Usted acaba de informarnos que los soviéticos han construido un submarino misilístico que se supone será muy difícil de localizar para nuestros hombres. Me imagino que ésa no es la noticia. Continúe.

—El comandante del *Octubre Rojo* es un hombre llamado Marko Ramius. Ése es un nombre lituano, aunque creemos que su pasaporte interno define su nacionalidad como ruso puro. Es hijo de un alto dirigente del partido, y uno de los mejores comandantes de submarinos que tienen. En los últimos diez años siempre ha sido él quien sacó el primero de todos los submarinos soviéticos de cada clase.

»El *Octubre Rojo* abandonó el puerto el viernes pasado. No sabemos exactamente qué órdenes tenía pero, por lo general, los submarinos misilísticos —es decir, los que tienen los nuevos misiles de largo alcance— limitan sus actividades al Mar de Barents y zonas adyacentes, donde pueden estar protegidos de nuestros submarinos de ataque por sus aviones para guerra antisubmarina con base en tierra, sus propios buques de superficie y submarinos de ataque. El domingo, aproximadamente al mediodía, hora local, notamos un incremento de la actividad de búsqueda en el Mar de Barents. En ese momento pensamos que se trataba de un ejercicio local de guerra antisubmarina, y cuando ya terminaba el lunes pareció ser una prueba del nuevo sistema de impulsión del *Octubre*.

»Como todos ustedes saben, ayer desde muy temprano observamos un gran aumento de la actividad naval soviética. Casi todos sus buques asignados a la Flota del Norte están ahora en el mar, acompañados por todos sus buques rápidos de abastecimiento de combustible. Otras naves auxiliares de flota zarparon de las bases de la Flota del Báltico y del Mediterráneo occidental. Más inquietante aún es el hecho de que casi todos los submarinos nucleares asignados a la Flota del Norte —los más grandes— parecen haber puesto rumbo al Atlántico Norte. Esto incluye tres del Mediterráneo, ya que allí los submarinos pertenecen a la Flota del Norte y no a la del Mar Negro. Ahora creemos saber por qué ocurrió todo esto.

Ryan pasó a la siguiente diapositiva. Ésta mostraba el Atlántico Norte, desde Florida hasta el polo, con los buques soviéticos marcados en rojo.

—El día en que partió el *Octubre Rojo*, es evidente que el capitán de navío Ramius puso en el correo una carta para el almirante Yuri Ilych Padorin. Padorin es el jefe de la Administración Política Superior de su Marina. No sabemos qué decía esa carta, pero podemos ver sus resultados. Todo esto comenzó a suceder antes de cuatro horas de haberse abierto la carta. Cincuenta y ocho submarinos de propulsión nuclear y veintiocho naves mayores de combate de superficie se dirigen hacia nosotros. Es una reacción notable en cuatro horas. Esta mañana supimos cuáles eran sus órdenes.

»Caballeros, todas estas naves tienen orden de localizar al *Octubre Rojo* y, si es necesario, hundirlo. —Ryan hizo una pausa apreciando el efecto de sus palabras—. Como ustedes pueden ver, la fuerza soviética de superficie está aquí, aproximadamente a mitad de camino entre el continente europeo e Islandia. Sus submarinos, éstos en particular, están todos navegando hacia el sudoeste, en dirección a la costa de los Estados Unidos. Tomen nota, por favor, de que no hay ninguna actividad anormal en el lado del Pacífico de ambos países... excepto la información que tenemos de que los submarinos de misiles balísticos de la flota soviética de *ambos* océanos han sido llamados a sus bases.

»Por lo tanto, si bien no sabemos exactamente qué decía el capitán de navío Ramius, podemos sacar algunas conclusiones de las características de estas actividades. Parecería que ellos piensan que está navegando en nuestra dirección. Teniendo en cuenta su velocidad estimada, algo así como entre diez y treinta nudos, podría encontrarse en cualquier posición entre aquí —debajo de Islandia— y aquí, prácticamente frente a nuestras costas. Ustedes deben notar que cualquiera sea el caso, ha tenido éxito en evitar la detección de las cuatro barreras del Sistema de Control de Vigilancia de Sonar...

—Espere un momento. ¿Dice usted que han emitido órdenes a sus buques para que hundan uno de sus propios submarinos?

—Sí, señor Presidente.

El Presidente miró al director de la central de inteligencia.

—¿Esta información es confiable, juez?

—Sí, señor Presidente, la hemos considerado sólida.

—Muy bien, doctor Ryan, todos estamos esperando. ¿Qué se propone este individuo Ramius?

—Señor Presidente, según nuestra evaluación de este informe de inteligencia, el *Octubre Rojo* está intentando desertar a los Estados Unidos.

La sala quedó en completo silencio durante unos momentos. Ryan pudo oír el chirrido del ventilador de la proyectora de diapositivas mientras el Consejo Nacional de Seguridad medía el peso de lo que acababa de escuchar. Apoyó las manos en el atril para evitar que temblaran bajo la fija mirada de los diez hombres que tenía frente a él.

—Es una conclusión muy interesante, doctor —sonrió el Presidente—. Defiéndala.

—Señor Presidente, ninguna otra conclusión corresponde a la información. El factor crucial, naturalmente, es la llamada a los otros submarinos misilísticos. Nunca lo habían hecho antes. Si agregamos a esto el hecho de que hayan emitido órdenes de hundir el más moderno y poderoso de sus submarinos misilísticos, y que están buscándolo en esta dirección, se llega a la conclusión de que ellos piensan que ha dejado la reservación y se dirige hacia aquí.

—Muy bien, ¿qué otra cosa podía ser?

—Señor, Ramius podría haberles dicho que se propone disparar sus misiles. A nosotros, a ellos, a los chinos o a cualquier otro.

—¿Y usted no cree eso?

—No, señor Presidente. El SS-N-20 tiene un alcance de más de diez mil kilómetros. Eso significa que él podría haber alcanzado cualquier objetivo del hemisferio norte desde el momento en que abandonó el muelle. Ha tenido seis días para hacerlo, pero no ha disparado. Más aún, si él hubiera amenazado con lanzar sus proyectiles, habría tenido que considerar la posibilidad de que los soviéticos pidieran nuestra ayuda para localizarlo y hundirlo. Después de todo, si nuestros sistemas de vigilancia detectan el lanzamiento de misiles con armas nucleares en cualquier dirección, las cosas pueden ponerse muy tensas, muy rápidamente.

—Usted comprende que él puede lanzar sus misiles en ambas direcciones y comenzar la tercera guerra mundial —observó el secretario de Defensa.

—Sí, señor secretario. En ese caso, se trataría de un hombre completamente loco... En realidad, más de uno. En nuestros submarinos misilísticos hay cinco oficiales, que deben estar todos de acuerdo y actuar simultáneamente para disparar los misiles. Los soviéticos tienen el mismo número. Por razones políticas, sus procedimientos de seguridad con cabezas nucleares son todavía más complejos que los nuestros. Cinco o más personas ¿y todas ellas dispuestas a terminar con el mundo? —Ryan sacudió la cabeza—. Eso parece muy poco probable, señor, y, asimismo, los soviéticos no dudarían en solicitar nuesta ayuda.

—¿Usted cree sinceramente que ellos nos informarían? —preguntó el doctor Pelt. Su tono indicaba cuál era su pensamiento.

—Señor, esa pregunta es más psicológica que técnica, y yo me ocupo fundamentalmente de inteligencia técnica. Algunos de los hombres que se encuentran en esta sala han conocido a sus contrapartes soviéticas y están en mejores condiciones que yo para contestar eso. Sin embargo, mi respuesta a su pregunta es que sí. Sería la única cosa racional que podrían hacer, y si bien yo no considero a los soviéticos como enteramente racionales según nuestras pautas, ellos son racionales según las propias. No se muestran inclinados a esta clase de juego de mucho riesgo.

—¿Y quién lo hace? —preguntó el Presidente—. ¿Qué otra cosa podría ser?

—Varias cosas, señor. Podría ser simplemente un ejercicio naval mayor apuntado a establecer su capacidad para acercarse a nuestras líneas de comunicaciones y nuestra capacidad para responder, ambas cosas con avisos de pocas horas. Rechazamos esta posibilidad por varias razones. Es demasiado pronto después de su ejercicio naval de otoño, CRIMSON STORM, y están utilizando sólo submarinos nucleares; al parecer no emplean ningún submarino con motores diesel. Es muy claro que la velocidad constituye un requisito imprescindible en sus operaciones. Y, ya como aspecto práctico, no realizan ejercicios mayores en esta época del año.

—¿Y eso por qué? —preguntó el Presidente.

El almirante Foster respondió por Ryan.

—Señor Presidente, en esta época del año el tiempo es extremadamente malo allá arriba. Ni siquiera nosotros planeamos ejercicios en esas condiciones.

—Creo recordar que acabamos de cumplir un ejercicio de la OTAN, almirante —observó Pelt.

—Sí, señor, al sur de las Bermudas, donde el tiempo es mucho mejor. A excepción de un ejercicio antisubmarino frente a las Islas Británicas, todo el NIFTY DOLPHIN se realizó sobre nuestro lado del lago.

—Muy bien, volvamos a ver qué otra cosa puede estar haciendo su flota —ordenó el Presidente.

—Bien, señor, podría no ser ninguna clase de ejercicio, en realidad. Podría ser algo verdadero. Podría ser el comienzo de una guerra convencional contra la OTAN, en el que el primer paso fuera la interdicción de nuestras líneas de comunicaciones marítimas. De ser así, ellos han logrado una absoluta sorpresa estratégica y ahora la están desperdiciando porque operan en una forma tan abierta que sería imposible que nosotros no reaccionáramos. Más aún, no hay una actividad correspondiente en las otras fuerzas armadas. Tanto su ejército como su fuerza aérea —a excepción de los aviones de exploración marítima— y su Flota del Pacífico, están dedicados a sus operaciones de entrenamiento de rutina.

»Finalmente, esto podría ser un intento de provocarnos o distraernos, atrayendo nuestra atención sobre esto mientras ellos se preparan para saltar con una sorpresa en alguna otra parte. Si es así, lo están haciendo en una forma muy extraña. Si alguien trata de provocar a otro, no lo hace en sus propias narices. El Atlántico, señor Presidente, todavía es nuestro océano. Como usted puede ver en esta carta, tenemos bases aquí en Islandia, en las Azores, y hacia arriba y abajo sobre nuestras costas. Tenemos aliados en ambos lados del océano y podemos establecer superioridad aérea sobre todo el Atlántico si lo deseamos. La Marina soviética es numéricamente grande, más grande que la nuestra en algunas áreas críticas, pero ellos no pueden proyectar la fuerza tan bien como nosotros —todavía no, por lo menos— y ciertamente no pueden hacerlo justo frente a nuestras costas. —Ryan bebió un trago de agua.

»Entonces, caballeros, tenemos un submarino soviético misilístico en el mar cuando todos los otros, en ambos océanos, han sido llamados de vuelta a sus bases. Tenemos su flota en el mar, con órdenes de hundir ese submarino, y es evidente que lo están persiguiendo en nuestra dirección. Como dije antes, ésta es la única conclusión que concuerda con la información recibida.

—¿Cuántos hombres hay en el submarino, doctor? —preguntó el Presidente.

—Creemos que son unos ciento diez, señor.

—Así que ciento diez hombres han decidido desertar a los Estados Unidos de una sola vez. La idea no sería del todo mala —observó con ironía el Presidente—, pero difícilmente probable.

Ryan estaba listo para eso.

—Existe un antecedente, señor. El 8 de noviembre de 1975, la *Storozhevoy*, una fragata soviética misilística de la clase *Krivak*, intentó pasar de Riga, Latvia, a la isla sueca de Gotland. El oficial político que se hallaba a bordo, Valery Sablin, dirigió un amotinamiento de los hombres de tropa. Encerraron a sus oficiales en sus camarotes y abandonaron el muelle rápidamente. Estuvieron a punto de lograrlo. Fueron atacados por unidades aéreas y de la flota que los obligaron a detenerse cuando se hallaban a cincuenta millas de las aguas territoriales de Suecia. Dos horas más y hubieran tenido éxito. Sometieron a cortes marciales a Sablin y otros veintiséis y los fusilaron. Más recientemente, hemos tenido informes de episodios de amotinamiento en varias naves soviéticas, especialmente submarinos. En 1980, un submarino soviético de ataque, de la clase *Echo*, emergió frente a Japón. El comandante adujo haber tenido un incendio a bordo, pero las fotografías tomadas por aviones navales de reconocimiento —nuestros y japoneses— no mostraban humo ni restos dañados por el fuego que hubieran sido lanzados por el submarino. Pero los hombres de la dotación mostraban suficientes evidencias emocionales como para apoyar la conclusión de que se había producido un motín a bordo. Hemos tenido varios otros informes similares, aunque incompletos, en los últimos años. Si bien yo admito que éste es un ejemplo extremo, decididamente no faltan antecedentes a nuestra conclusión.

El almirante Foster buscó en el interior de su chaqueta y sacó un cigarro con boquilla plástica. Sus ojos brillaron detrás del fósforo.

—Bueno, señores, yo me inclino a creer que esto sea posible.

—Entonces quiero que usted nos diga a todos el porqué, almirante —dijo el Presidente—, porque yo todavía no lo creo.

—Señor Presidente, la mayoría de los motines son conducidos por oficiales, no por hombres de tropa. La razón de esto es muy simple: los hombres de tropa no saben cómo navegar el buque. Más aún, los oficiales tienen la ventaja y los antecedentes de educación como para saber que una rebelión exitosa es posible. Estos dos factores serían aun de mayor peso en la Marina soviética. ¿Acaso no es posible que sean sólo los oficiales los que estén haciendo esto?

—¿Y el resto de la tripulación los acompaña? —preguntó Pelt—. ¿Sabiendo lo que les ocurrirá a ellos y a sus familias?

Foster chupó varias veces su cigarro.

—¿Alguna vez ha estado navegando en el mar, doctor Pelt? ¿No? Imaginemos por un momento que usted está haciendo un crucero por el mundo, en el *Queen Elizabeth*, digamos. Cierto hermoso día usted se encuentra en el medio del Océano Pacífico... pero ¿cómo sabe exactamente dónde está? No lo sabe. Usted sabe lo que los oficiales le dicen. Ah, por supuesto, si usted conociera un poquito de astronomía podría ser capaz de estimar su latitud con un error de unos cientos de millas. Con un buen reloj y ciertos conocimientos de trigonometría esférica, hasta puede averiguar la longitud aproximada, también dentro de unos cientos de millas. ¿De acuerdo? Eso es un barco desde el cual usted puede ver.

»Estos hombres están en un submarino. No se puede ver absolutamente nada. Entonces, ¿qué pasa si los oficiales —ni siquiera todos los oficiales— están haciendo esto? ¿Cómo sabe la dotación lo que está ocurriendo? —Foster sacudió la cabeza—. No lo saben. No pueden. Ni siquiera nuestros hombres podrían saberlo, y los nuestros están mucho mejor entrenados que los de ellos. Los tripulantes que ellos tienen son casi todos conscriptos, no lo olvide. En un submarino nuclear, la gente se halla absolutamente aislada del mundo exterior. No hay radios —excepto las de extremadamente baja frecuencia y las de muy baja frecuencia— y lo que se recibe está todo en clave; los mensajes tienen que pasar por el oficial de comunicaciones. De modo que él tendría que estar confabulado. Lo mismo que el navegador del submarino. Utilizan sistemas de navegación inercial, igual que nosotros. Tenemos uno de ellos, de aquel *Golf* que levantamos en Hawaii. En las máquinas de ellos, la información también está en código. El cabo de guardia lee los números en la máquina y el navegador obtiene la posición consultando un libro. En el Ejército Rojo, en *tierra*, los mapas son documentos secretos. Otro tanto ocurre en la Marina. Los tripulantes no tienen oportunidad de ver las cartas ni motivo por el que deban saber dónde están. Y esto es especialmente cierto en los submarinos misilísticos, ¿no es así?

»Y además de todo eso, estos tipos son marineros trabajadores, casi autómatas. Cuando están en el mar tienen que realizar determinado trabajo, y lo hacen. En sus buques, eso significa de catorce a dieciocho horas por día. Estos chicos son todos conscriptos con un entrenamiento muy sencillo. Les enseñan a hacer dos o tres cosas... y a cumplir exactamente sus órdenes. Los soviéticos entrenan a la gente para que cumplan su trabajo maquinalmente, pensando lo menos posible. Es por eso que en los trabajos de reparaciones mayores se pueden ver oficiales que tienen herramientas en las manos. Sus hombres no tendrán ni tiempo ni inclinación para preguntar a sus oficiales qué está pasando. Cada uno cumple con su trabajo y depende de todos los demás, que deben hacer el suyo. En eso consiste la disciplina en el mar. —Foster depositó la ceniza de su cigarro en un cenicero—. Sí, señor, si usted consigue que los oficiales estén de acuerdo, tal vez ni siquiera todos ellos, esto tendrá éxito. Lograr que se pongan de acuerdo diez o doce disidentes es mucho más fácil que reunir cien.

—*Más* fácil, sí. Pero difícilmente será fácil, Dan —objetó el general Hilton—. Por Dios, tienen como mínimo un oficial político a bordo, además de los engendros de sus equipos de inteligencia. ¿Usted cree realmente que un esclavo del partido haría una cosa así?

—¿Por qué no? Usted oyó a Ryan... El motín de esa fragata estuvo originado por el oficial político.

—Sí, y desde entonces han reorganizado íntegramente ese directorio —respondió Hilton.

—Siempre tenemos tipos de la KGB que desertan, y todos buenos miembros del partido —dijo Foster. Era muy claro que le gustaba la idea de un submarino ruso desertor.

El Presidente escuchó y consideró todo lo dicho, luego se volvió en dirección a Ryan.

—Doctor Ryan, usted ha logrado persuadirme de que la situación es teóricamente posible. Ahora bien, ¿qué piensa la CIA que deberíamos hacer al respecto?

—Señor Presidente, yo soy analista de inteligencia, no...

—Yo sé muy bien qué es usted, doctor Ryan. He leído bastante de su trabajo. Me doy cuenta de que usted tiene una opinión, y quiero escucharla.

Ryan ni siquiera miró al juez Moore.

—Nos apoderamos de él, señor.

—¿Así no más?

—No, señor Presidente, probablemente no. Sin embargo, Ramius podría emerger frente a Virginia Capes en uno o dos días más, y solicitar asilo político. Nosotros debemos estar preparados para esa contingencia, señor, y mi opinión es que debemos recibirlo con los brazos abiertos. —Ryan pudo ver las cabezas de los jefes, que se movían en señal de asentimiento. Por fin alguien estaba de su lado.

—Está exponiendo su cuello en esto —observó amablemente el Presidente.

—Señor, usted me pidió una opinión. Es probable que no sea tan fácil. Esos *Alfa* y *Victor* que avanzan a toda velocidad hacia nuestra costa, es casi seguro que tienen la intención de establecer una fuerza de interdicción... con el efecto de un bloqueo de nuestra costa Atlántica.

—*Bloqueo* —dijo el Presidente—. Una palabra horrible.

—Juez —dijo el general Hilton—. Supongo que se le habrá ocurrido que esto sea un elemento de desinformación apuntado a desprestigiar la fuente que generó este informe, por más elevada que sea.

El juez Moore adoptó una sonrisa de aburrimiento.

—Sí, general, se me ha ocurrido. Si esto es un engaño, es más complejo que mil demonios. Se indicó al doctor Ryan que preparara esta exposición basándonos en que la información es genuina. Si no lo es, la responsabilidad es mía. —«Que Dios lo bendiga, juez», se dijo Ryan a sí mismo, y se preguntó al mismo tiempo cuánto tendría de confiable la fuente WILLOW. El juez continuó—: De cualquier manera, caballeros, tendremos que responder a esta actividad soviética, sea o no acertado nuestro análisis.

—¿Está esperando usted confirmación sobre esto, juez? —preguntó el Presidente.

—Sí señor, estamos trabajando en eso.

—Bien. —El Presidente se había erguido en su sillón y Ryan notó que su voz tomaba un tono resuelto—. El juez tiene razón. Tenemos que reaccionar a esto, cualquiera sea el objetivo que se proponga. Caballeros, la Marina soviética se dirige a nuestras costas. ¿Qué estamos haciendo nosotros al respecto?

El primero en contestar fue el almirante Foster.

—Señor Presidente, nuestra flota está haciéndose a la mar en este momento. Todo lo que echa humo ya ha zarpado, o lo hará antes de mañana por la noche. Hicimos volver a nuestros portaaviones del Atlántico Sur y estamos modificando el despliegue de nuestros submarinos nucleares para vérselas con esta amenaza. Esta mañana comenzamos a saturar el aire sobre las fuerzas de superficie soviéticas con aviones de patrullaje P-3C Orion, complementados por Nimrods británicos que salen de Escocia. ¿General? —Foster se volvió en dirección a Hilton.

—En este momento tenemos aviones E-3A Sentry, del tipo AWACS (sistema de vigilancia aérea), dando vueltas alrededor de ellos junto con los Orion de Dan, y acompañados por máquinas de combate F-15 Eagle provenientes de Islandia. El viernes a esta hora tendremos un escuadrón de B-52 que va a operar desde la Base Loring de la Fuerza Aérea, en Maine. Éstos van a estar armados con misiles aire-superficie Harpoon, y comenzarán a orbitar sobre los soviéticos por tandas. Nada agresivo, se comprende. —Hilton sonrió—. Sólo para que sepan que estamos interesados. Si continúan avanzando en esta dirección vamos a cambiar el despliegue de algunos efectivos tácticos sobre la costa del este y, sujeto a su aprobación, podemos activar algunos escuadrones de reserva y de la guardia nacional sin hacer mucho ruido.

—¿Y cómo podrá hacer eso tan silenciosamente? —preguntó Pelt.

—Doctor Pelt, tenemos cierto número de organizaciones de la guardia programadas para trasladarse a nuestras instalaciones Red Flag en Nellis, Nevada, a partir de este domingo, una rotación de entrenamiento de rutina. Los mandamos a Maine en lugar de Nevada. Las bases son bastante grandes y pertenecen al SAC. —Hilton se refería al Comando Aéreo Estratégico—. Tienen un buen sistema de seguridad.

—¿Cuántos portaaviones tenemos a mano? —preguntó el Presidente.

—Sólo uno por el momento, señor, el *Kennedy*. El *Saratoga* tuvo averías en una turbina principal la semana pasada, y llevará un mes reemplazarla. El *Nimitz* y el *América* están en el Atlántico Sur en este momento, el *América* regresando del Océano Índico, y el *Nimitz* navegando hacia el Pacífico. Mala suerte. ¿Podemos llamar un portaaviones del Mediterráneo occidental?

—No —el Presidente sacudió la cabeza—. El asunto de Chipre todavía está muy sensible. ¿Necesitamos realmente hacerlo? Si algo... llegara a ocurrir, ¿podemos manejar su fuerza de superficie con lo que tenemos a mano?

—¡Sí, señor! —exclamó de inmediato el general Hilton—. El doctor Ryan lo dijo: el Atlántico es nuestro océano. La Fuerza Aérea sola tendrá más de quinientos aviones asignados a esta operación, y otros trescientos o cuatrocientos de la Marina. Si empieza cualquier tipo de concurso de tiro, esa flota soviética va a tener una emocionante y corta vida.

—Vamos a tratar de evitarlo, por supuesto —dijo con calma el Presidente—. Los primeros informes de prensa salieron a la superficie esta mañana. Recibimos un llamado de Bud Wilkins del *Times*, poco antes del almuerzo. Si el pueblo norteamericano descubre demasiado pronto cuál es el alcance de esto... ¿Jeff?

—Señor Presidente, vamos a imaginar por el momento que el análisis del doctor Ryan sea correcto. No veo qué podemos hacer nosotros al respecto —dijo Pelt.

—¿Cómo? —saltó bruscamente Ryan—. Esteee... Lo siento, señor.

—No podemos robarnos un submarino soviético exactamente.

—¡Por qué no! —replicó Foster—. Diablos, tenemos bastantes tanques y aviones de ellos. —Los otros jefes aprobaron.

—Un avión, con una tripulación de uno o dos, es una cosa, almirante. Un submarino nuclear con veintiséis cohetes y una dotación de más de cien hombres es algo diferente. Por supuesto, podemos dar asilo a los oficiales desertores.

—De modo que usted dice que si esta cosa entra navegando en Norfolk —opinó Hilton—, ¡nosotros lo devolvemos! Cristo, hombre, ¡lleva doscientas cabezas de guerra! Hasta podría llegar a usar esas malditas cosas contra nosotros algún día, usted lo sabe. ¿Está seguro de que quiere devolverlas?

—General, ese material vale mil millones de dólares —dijo Pelt tímidamente.

Ryan vio sonreír al Presidente. Se decía de él que le gustaban las discusiones animadas.

—Juez, ¿cuáles son las ramificaciones legales?

—Eso es derecho marítimo, señor Presidente. —Por una vez, Moore pareció inquieto—. Yo no he tenido mayormente práctica en ese aspecto; tendría que volver a la escuela de leyes. El derecho del mar es *jus gentium*; los mismos códigos legales teóricamente se aplican a todos los países. Las cortes de derecho marítimo norteamericanas y británicas citan normalmente las leyes de uno u otro. Pero con respecto a los derechos relacionados con una dotación amotinada... no tengo idea.

—Juez, esto no se trata de amotinamiento ni piratería —aclaró Foster—. El término correcto es *baratería*, creo. Amotinamiento es la rebelión de la tripulación contra la autoridad legal. La inconducta grave de los oficiales contra el armador de la nave se llama baratería. De cualquier manera, no me parece que debamos agregar desatinadas sutilezas a una situación referida a armas nucleares.

—Podríamos, almirante —dijo el Presidente reflexionando—. Como lo expresó Jeff, éste es un bien de muy alto valor, propiedad legal de ellos, y ellos sabrán que lo tenemos. Creo que hemos estado de acuerdo en que no toda la tripulación debe de participar en esto. Si es así, los que no hayan tomado parte en el amotinamiento... o baratería, o lo que sea, querrán regresar a su casa cuando todo termine. Y nosotros tendremos que dejarlos ir, ¿no es así?

—¿Tendremos? —El general Maxwell estaba garabateando en un anotador—. ¿Tendremos?

—General —dijo con firmeza el Presidente—, nosotros no seremos —y lo repito, *no* seremos— parte si se trata de poner en prisión o asesinar a hombres cuyo único deseo es regresar a su hogar y su familia. ¿Han comprendido? —Miró a todos alrededor de la mesa—. Si ellos saben que tenemos el submarino, querrán que se lo devolvamos. Y sabrán que lo tenemos por los tripulantes que quieran volver a su casa. De todos modos, una cosa grande como es ésta, ¿cómo podríamos esconderla?

—Podríamos hacerlo —dijo Foster con frialdad—, pero, como usted dice, los tripulantes son una complicación. Supongo que tendremos oportunidad de inspeccionarlo.

—¿Usted se refiere a una cuarentena para inspección, control de navegabilidad, asegurarnos tal vez de que no están contrabandeando drogas a nuestro país? —El Presidente sonrió—. Creo que eso podría agregarse. Pero nos estamos adelantando. Hay muchas cosas que tratar antes de llegar a ese punto. ¿Qué hay con respecto a nuestros aliados?

—Hasta hace muy poco los ingleses tenían aquí uno de sus portaaviones. ¿Usted podría usarlo, Dan? —preguntó el general Hilton.

—Si ellos nos lo prestan, sí. Nosotros acabamos de finalizar ese ejercicio de guerra antisubmarina al sur de las Bermudas, y los británicos se desempeñaron muy bien. Podríamos utilizar el *Invincible*, los cuatro buques escolta y los tres submarinos de ataque. Debido a todo esto se ha llamado a la fuerza para que regrese a toda máquina.

—¿Ellos saben cómo es este asunto, juez? —preguntó el Presidente.

—No, a menos que lo hayan descubierto por sí mismos. Esta información no tiene más que unas pocas horas. —Moore no reveló que Sir Basil tenía su propio oído en el Kremlin. El mismo Ryan no sabía mucho sobre él, sólo conocía algunos rumores desconectados—. Con su permiso, he pedido al almirante Greer que esté listo para volar a Inglaterra para explicar todo a la Primera Ministra.

—Por qué no le enviamos solamente...

El juez Moore estaba sacudiendo la cabeza.

—Señor Presidente, esta información... digamos que sólo debe ser entregada personalmente. —Alrededor de toda la mesa se levantaron las cejas.

—¿Cuándo va a partir?

—Esta noche, si usted desea. Hay un par de vuelos de ejecutivos que salen esta noche de Andrews. Vuelos de congresales. —Era el acostumbrado período de vacaciones después del fin de las sesiones. La Navidad en Europa, en misiones de estudio.

—General, ¿no tenemos nada más rápido? —preguntó a Hilton el Presidente.

—Podemos sacar un VC-141. El Lockheed Jet Star es casi tan rápido como el -135, y puede estar en vuelo en media hora.

—Hágalo.

—Sí, señor, voy a llamar de inmediato. —Hilton se puso de pie y caminó hacia el teléfono.

—Juez, diga a Greer que prepare sus valijas. Una carta mía para la Primera Ministra estará esperándolo en el avión. Almirante, ¿usted quiere el *Invincible*?

—Sí, señor.

—Yo se lo conseguiré. El punto siguiente: ¿qué diremos a nuestra gente que está en el mar?

—Si el *Octubre* se limita a entrar a puerto, no será necesario pero si tenemos que comunicarnos con él...

—Si usted me permite, juez —dijo Ryan—, es muy probable que ocurra... que tengamos que comunicarnos. Es casi seguro que ellos tengan sus submarinos de ataque sobre la costa antes de que el *Octubre* llegue aquí. De ser así tendremos que prevenirlo para que se aleje, por lo menos para salvar a los oficiales desertores. Ellos han salido para localizarlo y hundirlo.

—Nosotros no lo hemos detectado. ¿Qué le hace pensar que ellos puedan? —preguntó Foster, algo ofendido ante la sugerencia.

—Almirante, ellos lo construyeron. De manera que pueden conocer cosas sobre él que les permitan localizarlo más fácilmente que nosotros.

—Es razonable —dijo el Presidente—. Eso significa que alguien deberá ir a explicar todo esto a los comandantes de la flota. No podemos transmitirlo por radio, ¿no es así, juez?

—Señor Presidente, esta fuente es demasiado valiosa como para comprometerla de cualquier manera. Eso es todo lo que puedo decir aquí, señor.

—Muy bien, alguien saldrá en vuelo. Lo que sigue: tendremos que hablar de esto con los soviéticos. Por el momento, pueden decir que están operando en aguas propias. ¿Cuándo pasarán Islandia?

—Mañana por la noche, a menos que cambien de rumbo —respondió Foster.

—Muy bien, juez, esperaremos un día, para que ellos den marcha atrás y para que nosotros podamos confirmar este informe. Quiero algo que respalde este cuento de hadas en veinticuatro horas. Si ellos no regresan antes de mañana a medianoche, el viernes por la mañana llamaré a mi despacho al embajador Arbatov. —Se volvió en dirección a los jefes de las fuerzas—. Caballeros, quiero ver planes alternativos para enfrentar esta situación, para mañana a la tarde. Nos reuniremos aquí mañana a las dos. Una cosa más: *¡que no haya filtraciones!* Esta información no sale de esta sala sin mi autorización personal. Si este asunto llega a la prensa, habrá algunas cabezas sobre mi escritorio. ¿Sí, general?

—Señor Presidente, para poder desarrollar esos planes —dijo Hilton después de volver a sentarse—, tenemos que trabajar a través de nuestros comandantes subordinados y algunos hombres propios de operaciones. Por cierto que necesitaremos al almirante Blackburn —Blackburn era el comandante en jefe del Atlántico.

—Déjeme pensarlo. Le contestaré dentro de una hora. ¿Cuánta gente de la CIA conoce esto?

—Cuatro, señor. Ritter, Greer, Ryan y yo, señor. Nadie más.

—Manténgalo así. —Las filtraciones de seguridad estaban trastornando al Presidente desde hacía meses.

—Sí, señor Presidente.

—Se levanta la sesión.

El Presidente se puso de pie. Moore dio unos pasos alrededor de la mesa para evitar que se fuera de inmediato. El doctor Pelt también se quedó mientras el resto abandonaba la sala. Ryan permaneció de pie del lado de afuera de la puerta.

—Estuvo muy bien. —El general Maxwell le tomó la mano. Esperó hasta que todos los demás se alejaron unos metros antes de seguir—. Creo que usted está loco, hijo, pero ha puesto un erizo en la montura de Dan Foster. No, mejor aún: creo que lo pasó bastante mal —el pequeño general soltó una risita—. Y si conseguimos el submarino, a lo mejor podemos hacer cambiar de idea al Presidente y arreglar las cosas para que la tripulación desaparezca. El juez lo hizo una vez, ¿sabe? —Fue un pensamiento que dejó helado a Ryan mientras observaba a Maxwell que se alejaba contoneándose por el corredor.

—Jack, ¿quiere volver aquí un momento? —llamó la voz de Moore.

—Usted es historiador, ¿no? —preguntó el Presidente, revisando sus anotaciones. Ryan ni siquiera lo había visto con la lapicera en la mano.

—Sí, señor Presidente. Mi título es de esa especialidad. —Ryan le estrechó la mano.

—Usted tiene un agudo sentido para lo dramático, Jack. Habría sido un excelente abogado en los juicios. —El Presidente se había hecho una reputación como inexorable fiscal. A poco de iniciar su carrera pudo sobrevivir en un fracasado intento de asesinato por parte de la mafia, hecho que no afectó en lo más mínimo sus ambiciones políticas—. Muy buena su exposición.

—Gracias, señor Presidente.

Ryan estaba radiante.

—Me dice el juez que usted conoce al comandante de esa fuerza de tareas británica.

Fue como si le hubieran golpeado la cabeza con una bolsa de arena.

—Sí, señor. El almirante White. Yo he salido a cazar con él y nuestras esposas son buenas amigas. Tienen una estrecha relación con la familia real.

—Bien. Alguien tiene que salir en vuelo para dar las explicaciones a nuestros comandantes de la flota, y luego seguir para hablar con los británicos, si conseguimos su portaaviones como espero. El juez dice que deberíamos enviar al almirante Davenport con usted. De modo que usted volará esta noche hasta el *Kennedy*, y después seguirá hasta el *Invincible*.

—Señor Presidente, yo...

—Vamos, doctor Ryan. —Pelt sonreía ligeramente—. Usted es la única persona indicada para hacer esto. Ya tiene acceso a las organizaciones de inteligencia, conoce al comandante británico y es especialista en inteligencia naval. Usted es el más apto. Dígame, ¿hasta dónde cree usted que llegará la ansiedad de la Marina para conseguir ese *Octubre Rojo*?

—Naturalmente, tienen mucho interés en él, señor. Tener la oportunidad de verlo e inspeccionarlo, y mejor aún, de navegarlo, desarmarlo y armarlo y navegarlo una vez más. Sería el golpe de inteligencia de todos los tiempos.

—Eso es cierto. Pero quizás estén un poquito demasiado ansiosos.

—No entiendo qué quiere decir, señor —dijo Ryan, aunque lo entendía perfectamente. Pelt era el favorito del Presidente. No era el favorito del Pentágono.

—Ellos podrían asumir algún riesgo que tal vez nosotros no queramos que corran.

—Doctor Pelt, si usted está diciendo que un oficial uniformado podría...

—Él no está diciendo eso. Por lo menos no exactamente. Lo que está diciendo es que podría ser muy útil para mí tener a alguien allá que estuviera en condiciones de darme un punto de vista independiente y civil.

—Señor, usted no me conoce.

—He leído muchos de sus informes. —El jefe del ejecutivo estaba sonriendo. Se decía que era capaz de conectar y desconectar un deslumbrante encanto como una lámpara eléctrica. Ryan estaba sufriendo el enceguecimiento, lo sabía, y no podía hacer nada al respecto—. Me gusta su trabajo. Tiene buen tacto para las cosas, para los hechos. Buen juicio. Y bien, una de las razones que me han traído adonde estoy es justamente el buen juicio, y creo que usted puede manejar bien lo que tengo en la cabeza. La única duda es, ¿lo hará usted, o no?

—¿Hacer qué exactamente, señor?

—Después que llegue allá, se queda por unos días y me informa directamente a mí. No a través de los canales ordinarios, directamente a mí. Tendrá la cooperación que necesite. Me encargaré de eso.

Ryan no dijo una palabra. Iba a convertirse en un espía, un oficial avanzado, con aval presidencial. Peor, estaría espiando en su propio lado.

—No le gusta la idea de informar sobre su propia gente, ¿verdad? No será así. No, realmente. Como dije antes, quiero una opinión civil e independiente. Preferiríamos enviar un oficial experimentado, pero queremos minimizar el número de personas que intervienen en esto. Si enviáramos allá a Ritter o Greer sería demasiado obvio, mientras que usted, en cambio, es un relativo...

—¿Don nadie? —preguntó Jack.

—En lo que a ellos concierne, sí —replicó el juez Moore—. Los soviéticos tienen un legajo sobre usted, yo he visto partes de él. Piensan que usted es un *play boy* de primera clase, Jack.

«Soy un *play boy* —pensó Ryan—, impasible ante el desafío implícito. En esta compañía, diablos si lo soy.»

—De acuerdo, señor Presidente. Discúlpeme, por favor por, haber dudado. Nunca he actuado como oficial de avanzada.

—Comprendo. —El Presidente se mostraba magnánimo en la victoria—. Otra cosa. Si yo entiendo cómo operan los submarinos, Ramius podría haber zarpado sin decir nada. ¿Por qué avisarles? ¿Por qué la carta? Por lo que yo veo, es contraproducente.

En ese momento le llegó a Ryan el turno para sonreír.

—¿Alguna vez conoció a un submarinista, señor? ¿No? ¿Y a un astronauta?

—Por supuesto, he conocido a varios de los pilotos de la Lanzadera Espacial.

—Son todos de la misma raza, señor Presidente. En cuanto al porqué de haber dejado la carta, la respuesta tiene dos partes. Primero, está probablemente loco por algún motivo, y lo sabremos exactamente cuando lo veamos. Segundo, supone que puede tener éxito sin importarle con qué pretendan detenerlos... y quiere que ellos lo sepan. Señor Presidente, los hombres que se dedican a conducir submarinos como medio de vida son agresivos, seguros de sí mismos y muy, muy astutos. Nada les gusta más que hacer aparecer a otros —un operador de buque de superficie, por ejemplo— como verdaderos idiotas.

—Acaba de anotarse otro punto en su favor, Jack. Los astronautas que he conocido son —en la mayoría de sus cosas— manifiestamente humildes, pero cuando se trata del vuelo creen que son dioses. No lo olvidaré. Jeff, volvamos a trabajar. Jack, manténgame informado.

Ryan volvió a estrecharle la mano. Después de que el Presidente y su asesor se marcharon, se volvió en dirección al juez Moore.

—Juez, ¿qué diablos le dijo sobre mí?
—Solamente la verdad, Jack. —En realidad, el juez había querido que la operación fuera controlada por alguno de los más altos funcionarios especializados de la CIA. Ryan no formaba parte de sus planes, pero es sabido que los presidentes echan a perder a menudo muchos planes cuidadosamente pensados. El juez lo tomó con filosofía—. Éste es un gran paso adelante en su vida, si cumple correctamente su tarea. Diablos, hasta puede ocurrir que le guste.

Ryan estaba seguro de que no sería así, y estaba en lo cierto.

Dirección General de la CIA

No pronunció una palabra en todo el camino de regreso a Langley. El automóvil del director entró en el estacionamiento del subsuelo; allí descendieron del vehículo y tomaron el ascensor privado que los condujo directamente al despacho de Moore. La puerta del ascensor estaba disimulada como uno más de los paneles de la pared; algo que resultaba conveniente aunque un poco melodramático, pensó Ryan. El director general fue de inmediato a su escritorio y levantó el tubo de un teléfono.

—Bob, necesito que venga en seguida. —Echó una ojeada a Ryan, quien aguardaba de pie en el medio del salón—. ¿Está deseando empezar esto, Jack?

—Naturalmente, juez —respondió Ryan sin entusiasmo.

—Comprendo cómo se siente con este asunto de espionaje, pero sucede que todo esto podría evolucionar hacia una situación extremadamente sensible. Debería sentirse tremendamente halagado por el hecho de que se confíe en usted para esto.

Ryan captó el mensaje entre líneas en el momento en que Ritter hacía su entrada como Pedro por su casa.

—¿Qué pasa, juez?

—Vamos a iniciar una operación. Ryan partirá en vuelo hacia el *Kennedy* junto con Charlie Davenport para hacer una exposición ante los comandantes de la flota sobre este asunto del *Octubre*. El Presidente quedó convencido.

—Así lo supuse. Greer salió para Andrews poco antes de que usted llegara. ¿De modo que Ryan irá allá en avión?

—Sí. Jack, su consigna es la siguiente: puede desarrollar su exposición ante el comandante de la flota y Davenport, eso es todo. Lo mismo con respecto a los británicos, únicamente el marinero jefe. Si Bob puede confirmar WILLOW, la información podrá difundirse, pero solamente en cuanto sea absolutamente necesario. ¿Está claro?

—Sí, señor. Supongo que alguien habrá dicho al Presidente que es difícil lograr algo si nadie sabe qué diablos está pasando. Especialmente los tipos que están haciendo el trabajo.

—Yo sé lo que usted dice, Jack. Tenemos que hacer cambiar al Presidente en su forma de pensar sobre esto. Lo haremos, pero entre tanto, recuerde..., él es el que manda. Bob, tendremos que inventar algo en seguida, que quede bien a Jack.

—¿Un uniforme de oficial naval? Hagámoslo capitán de fragata, tres franjas, las cintas de condecoraciones acostumbradas. —Ritter examinó a Ryan—. Digamos un cuarenta y dos grande. Podemos tenerlo vestido en una hora, espero. ¿Tiene algún nombre esta operación?

—Eso es lo que sigue. —Moore levantó de nuevo su teléfono y marcó cinco números—. Necesito dos palabras... Ah, gracias —escribió algunas cosas—. Muy bien, caballeros, esta operación se llamará MANDOLINA. Usted, Ryan, es Magi. Será fácil de recordar, dada la época del año. Vamos a establecer una serie de palabras en clave basadas en ésas mientras lo preparan a usted. Bob, llévelo abajo personalmente. Yo llamaré a Davenport para que él arregle el vuelo.

Ryan siguió a Ritter hasta el ascensor. Las cosas iban progresando con demasiada rapidez; todo el mundo se estaba mostrando demasiado brillante, pensó. Esa operación, MANDOLINA, ya estaba corriendo al frente antes que ellos mismos supieran qué demonios iban a hacer, y mucho menos cómo. Y la elección de su nombre clave le resultó chocante y singularmente inapropiada. Debió ser algo parecido a Halloween.

SÉPTIMO DÍA

Jueves, 9 de diciembre

El Atlántico Norte

Cuando Samuel Johnson dijo que navegar en un barco era como «estar en la cárcel, con la probabilidad de que lo ahogaran», por lo menos tenía el consuelo de viajar hasta su barco en un carruaje seguro, pensó Ryan. En ese momento él estaba en viaje para embarcarse, pero antes de llegar a su buque corría el albur de quedar convertido en pulpa roja en un accidente de aviación. Jack iba sentado, encorvado, en el asiento del lado de babor de un Grumman Greyhound, conocido en la flota sin mayor cariño como COD, un camión volador de reparto. Las butacas —que miraban hacia atrás— estaban demasiado cerca una de otra y las rodillas se proyectaban hacia arriba chocando con la barbilla. La cabina era mucho más adecuada para el transporte de carga que de gente. En la parte posterior había tres toneladas de repuestos de motores y de electrónica acomodados en cajones; estaban allí atrás, sin duda, para que, en caso de accidente del avión, el impacto sobre el valioso equipo fuera amortiguado por los cuatro cuerpos de la sección de pasajeros. La cabina no tenía calefacción. Tampoco había ventanillas. Una delgada lámina de aluminio lo separaba de un viento de doscientos nudos que aullaba a compás con las turbinas de los dos motores. Lo peor era que estaban volando en medio de una tormenta a mil quinientos metros, y el COD brincaba hacia arriba y abajo en saltos de treinta o cuarenta metros como un trencito enloquecido en la montaña rusa. Lo único bueno era la falta de iluminación, pensó Ryan...; por lo menos, nadie podía ver que su cara se había puesto completamente verde. A sus espaldas estaban los dos pilotos que conversaban en voz alta y se los podía oír por sobre el ruido de los motores. ¡Los hijos de puta iban muy divertidos!

El ruido se amortiguó un poco, o, al menos, así pareció. Era difícil decirlo. Lo habían provisto con unos protectores de espuma de goma para los oídos y un salvavidas amarillo inflable. También le habían explicado qué hacer en caso de accidente. La exposición había sido lo suficientemente superficial como para que no quedaran dudas en la estimación de sus probabilidades de sobrevivir a un accidente en una noche como ésa. Ryan odiaba volar. Había sido en cierta época subteniente de infantería de marina, y su carrera activa terminó bruscamente en sólo tres meses, cuando el helicóptero de su pelotón se estrelló en Creta durante un ejercicio de la OTAN. Se había herido en la espalda; estuvo a punto de quedar inválido para el resto de su vida y, desde entonces, consideraba el vuelo como algo que, en lo posible, debía ser evitado. El COD, pensó, se bamboleaba mucho más hacia abajo que hacia arriba. Probablemente significaba que estaban cerca del *Kennedy*. Era mejor no pensar en la alternativa. Se hallaban a sólo noventa minutos de vuelo desde su salida de la Estación Aeronaval de Oceana, en Virginia Beach. Le parecía como un mes, y Ryan juró para sí mismo que nunca más tendría miedo en un avión civil de línea aérea.

La proa cayó unos veinte grados y el avión parecía en ese momento volar directamente hacia algo. Estaban aterrizando, la parte más peligrosa de las operaciones de vuelo en portaaviones. Recordó un estudio efectuado durante la guerra de Vietnam referido a una experiencia hecha con los pilotos de portaaviones; les habían colocado electrocardiógrafos portátiles para registrar los distintos momentos de tensión emocional y había sorprendido a mucha gente comprender que los valores más altos de tensión no se habían producido cuando se encontraban bajo la acción del fuego enemigo sino cuando estaban aterrizando, especialmente de noche.

«Santo Dios, ¡no piensas más que en cosas agradables!», se dijo Ryan. Cerró los ojos. De uno u otro modo, todo habría terminado en pocos segundos más.

La cubierta estaba humedecida por la lluvia y subía y bajaba como un gran agujero negro rodeado por las luces perimetrales. Los aterrizajes en portaaviones son verdaderos choques bajo control. Se necesitan fuertes estructuras en los trenes de aterrizaje y sus amortiguadores para reducir los efectos del fuerte impacto que podría llegar a romper un hueso. El avión saltó hacia adelante hasta que fue bruscamente detenido por el cable de contención. Estaban abajo. Se hallaban a salvo. Tal vez. Después de una breve pausa, el COD empezó a avanzar de nuevo. Ryan oyó ciertos ruidos extraños mientras el avión carreteaba y se dio cuenta de que eran producidos por las alas que se estaban plegando hacia arriba. Ése era un peligro que él no había tenido en cuenta: volar en un avión cuyas alas podían doblarse. Mejor así. Finalmente, el avión se detuvo y la portezuela trasera se abrió.

Ryan se quitó el cinturón de seguridad y se incorporó rápidamente, golpeándose la cabeza contra el techo de la cabina. No esperó a Davenport. Con su valija de lona abrazada contra el pecho se apartó en seguida de la cola del avión. Miró a su alrededor hasta que un auxiliar de cubierta, de camisa amarilla, lo enfrentó en dirección a la estructura de la isla del *Kennedy*. Llovía con intensidad y Ryan sintió —más que vio— que el portaaviones se movía bastante en medio de olas de cinco metros. Corrió hacia una escotilla iluminada y abierta que se encontraba a unos quince metros. Tuvo que esperar a que Davenport lo alcanzara. El almirante no corrió. Caminó con pasos firmes, de ochenta y cinco centímetros cada uno, con la dignidad que debe tener un representante del almirantazgo. Ryan pensó que se sentía probablemente fastidiado por el hecho de que su arribo semisecreto lo privara de la normal ceremonia de rendición de honores con silbatos y marineros formados. Detrás de la escotilla estaba de pie un infante de marina, un cabo, resplandeciente con sus pantalones azules, camisa y corbata color caqui y un cinturón con pistolera de un blanco inmaculado. Saludó, a ambos, dándoles la bienvenida a bordo.

—Quiero ver al almirante Painter, cabo.

—El almirante está en su cámara, señor. ¿Necesita que lo acompañe?

—No, hijo, yo fui comandante de este buque. Venga conmigo, Jack. —Ryan se hizo cargo de las dos valijas.

—Santo Dios, señor, ¿usted realmente acostumbraba a hacer estas cosas? —preguntó Ryan.

—¿Aterrizajes nocturnos en portaaviones? Por supuesto, he hecho alrededor de doscientos. ¿Y qué tiene de extraordinario? —Davenport pareció sorprendido ante el terror de Ryan. Jack hubiera jurado que estaba actuando.

El interior del *Kennedy* era muy parecido al interior del *USS Guam*, el buque de helicópteros de asalto al que Ryan había estado asignado durante su breve carrera militar. Era el habitual laberinto naval de mamparos de acero y tuberías, todo pintado con el mismo color gris cavernoso. Las tuberías tenían algunas bandas de colores e inscripciones en siglas que probablemente significaban algo para los hombres que gobernaban el buque. Para Ryan podrían muy bien haber sido pinturas rupestres del neolítico. Davenport lo condujo a través de un corredor, dio vuelta en una esquina, bajó una escalerilla metálica tan empinada que estuvo a punto de perder el equilibrio, siguió por otro pasaje y dobló en otra esquina. A esa altura, Ryan ya estaba irremisiblemente perdido. Llegaron a una puerta frente a la cual se hallaba de guardia un infante de marina. El sargento hizo un perfecto saludo y les abrió la puerta.

Ryan entró detrás de Davenport... y quedó estupefacto. La cámara del almirante en el *USS Kennedy* parecía transportada en bloque de una mansión de Beacon Hill. Hacia la derecha había un mural que cubría toda la pared y lo suficientemente grande como para decorar un gran living. Sobre las otras paredes, cubiertas íntegramente con costosa *boiserie*, colgaba una media docena de óleos; uno de ellos era un retrato de quien daba nombre al buque, el presidente John Fitzgerald Kennedy. El piso estaba cubierto por una alfombra de lana color carmesí, y los muebles eran de estilo francés, en roble y brocado. Uno hubiera podido imaginar que no se hallaba a bordo de un buque, pero el techo tenía la habitual colección de tuberías, todas pintadas de gris. Era decididamente un extraño contraste con el resto del salón.

—¡Hola, Charlie! —El contraalmirante Joshua Painter salió de la habitación contigua, secándose las manos con una toalla—. ¿Cómo estuvo la entrada?

—Un poco movida —concedió Davenport, estrechándole la mano—. Él es Jack Ryan.

Ryan no había visto nunca personalmente a Painter pero conocía su reputación. Durante la guerra de Vietnam había sido piloto de Phantom y luego había escrito un libro, *Paddystrikes*, sobre la conducción de las campañas aéreas. Un libro honesto y verídico, no de aquellos que hacen ganar amigos. Era un hombre pequeño que no podía pesar más de sesenta kilos. Era también un excelente táctico y un hombre de integridad puritana.

—¿Uno de los tuyos, Charlie?

—No, almirante, yo trabajo para James Greer. No soy oficial naval. Le ruego que acepte mis disculpas. No me gusta simular lo que no soy. El uniforme fue idea de la CIA. —La aclaración hizo que el almirante frunciera el entrecejo.

—¿Qué? Bueno, supongo que eso significa que podrá decirme qué se propone Ivan. Mi Dios, espero que alguien lo sepa. ¿Es la primera vez que está en un portaaviones? ¿Le gustó el viaje de venida?

—Podría ser un buen método para interrogar prisioneros de guerra —dijo Ryan con manifiesta brusquedad. Los dos almirantes lanzaron carcajadas a sus expensas, y Painter llamó para que les llevaran algo de comida.

Unos minutos después se abrieron las puertas dobles que conducían al corredor y entró un par de camareros especialistas en servicio de mesa; uno de ellos llevaba una bandeja con comida, el otro, dos cafeteras. Sirvieron a los tres hombres con la calidad que correspondía a sus jerarquías. La comida, presentada en vajilla con bordes de plata, era simple pero apetitosa para Ryan, que llevaba doce horas sin comer. Se sirvió ensalada de repollo y papas y eligió unas rodajas de corned beef en pan de centeno.

—Gracias. Es todo por ahora —dijo Painter. Los camareros tomaron la posición militar y luego se alejaron—. Muy bien, empecemos a trabajar.

Ryan tuvo que tragar de golpe medio emparedado.

—Almirante, esta información no tiene más de veinte horas. —Sacó las carpetas de su portafolio y las acomodó alrededor. La exposición duró veinte minutos, durante los cuales se las arregló para consumir los dos emparedados y una buena porción de su ensalada de repollo y papas, y ensuciar con un poco de café sus notas manuscritas. Los dos almirantes formaban un perfecto auditorio; no interrumpieron ni una sola vez, aunque lanzaban frecuentes miradas de incredulidad a Ryan.

—Mi Dios —dijo Painter cuando Ryan terminó. Davenport se limitaba a mirar fijamente, con expresión inmutable, mientras consideraba la posibilidad de examinar por dentro un submarino soviético. Jack estimó que sería un adversario formidable jugando a las cartas. Painter continuó—: ¿Usted cree realmente esto?

—Sí, señor, lo creo. —Ryan se sirvió otra taza de café. Hubiera preferido una cerveza, que acompañaba mejor al corned beef. No había sido del todo malo, y el corned beef *kosher* de buena calidad era algo que no había podido encontrar en Londres.

Painter se echó hacia atrás y miró a Davenport.

—Charlie, debes decirle a Greer que dé unas pocas lecciones a este muchacho... Por ejemplo: se supone que un burócrata no debe meter tan hondo su cuello en la guillotina. ¿No crees *tú* que esto es un poco tirado de los pelos?

—Josh, Ryan es el hombre que hizo el informe, en junio, sobre las normas de patrullaje de los submarinos misilísticos soviéticos.

—¿Ah, sí? Ése fue un trabajo muy bueno. Confirmó algo que vengo diciendo desde hace dos o tres años. —Painter se puso de pie y caminó hacia el rincón para observar el mar tormentoso—. Y entonces... ¿qué se supone que hagamos nosotros en relación con todo esto?

—Los detalles exactos de la operación todavía no han sido determinados. Lo que yo espero es que ustedes recibirán instrucciones para localizar al *Octubre Rojo* e intentar establecer comunicación con su comandante. ¿Después de eso? Tendremos que encontrar la forma de hacerlo llegar a un lugar seguro. El Presidente no cree que podamos retenerlo una vez que lo tengamos... si es que logramos tenerlo.

—¿Cómo? —Painter se volvió bruscamente y habló un décimo de segundo antes de que lo hiciera Davenport. Ryan tuvo que explicar durante varios minutos—. ¡Que Dios me ilumine! ¡Ustedes me dan una misión imposible, y después me dicen que si la cumplimos con éxito tenemos que devolverles la maldita cosa!

—Almirante, mi recomendación —el Presidente me pidió que se la diera— fue que conserváramos el submarino. Los jefes militares conjuntos también están de un lado, junto con la CIA. Sin embargo, sucede que si los tripulantes quieren volver a su país, nosotros debemos enviarlos de regreso, y entonces los soviéticos sabrán con seguridad que tenemos el submarino. En la práctica, comprendo el punto de vista del otro lado. La nave vale una pila de dinero, y es de su propiedad. ¿Y cómo podríamos esconder un submarino de treinta mil toneladas?

—Un submarino se esconde hundiéndolo —dijo Painter enojado—. Están diseñados para eso, como usted sabe. «¡Propiedad de ellos!» No estamos hablando de un maldito barco de pasajeros. Esto es algo diseñado para matar gente..., ¡nuestra gente!

—Almirante, yo estoy de su lado —dijo Ryan con calma—. Señor, usted dijo que le habíamos dado una misión imposible. ¿Por qué?

—Ryan, encontrar un submarino misilístico que no quiere que lo encuentren no es la cosa más fácil del mundo. Nosotros practicamos contra nuestros propios submarinos. Y, maldito sea, casi siempre fallamos. El Atlántico es un océano más bien grande, y la señal de ruido de un submarino misilístico es muy débil.

—Sí, señor. —Ryan tomó nota para sí mismo de que tal vez había sido optimista en exceso con respecto a las probabilidades de éxito.

—¿En qué situación estás tú, Josh? —preguntó Davenport.

—Bastante buena, realmente. En el ejercicio que acabamos de hacer, el NIFTY DOLPHIN, todo salió muy bien. Nuestra parte —se corrigió Painter—. El *Dallas* los volvió locos a los del otro lado. Mis tripulaciones de guerra antisubmarina están funcionando muy bien. ¿Qué clase de ayuda van a darnos?

—Cuando dejé el Pentágono, el comandante de operaciones navales estaba comprobando la disponibilidad de P-3 allá en el Pacífico, de manera que no es difícil que veas más de ésos. Todo lo que se mueve está saliendo al mar. El tuyo es el único portaaviones, de manera que tendrás el comando táctico total, ¿no es así? Vamos, Josh, tú eres nuestro mejor operador de guerra antisubmarina.

Painter se sirvió un poco más de café.

—De acuerdo, tenemos un solo portaaviones. El *América* y el *Nimitz* todavía están a más de una semana de distancia. Ryan, usted dijo que iba a volar hasta el *Invincible*. Lo tendremos también, ¿no?

—El presidente está en ello. ¿Querrán?

—Por supuesto. El almirante White tiene buen olfato para la guerra antisubmarina, y sus muchachos realmente tuvieron suerte durante el DOLPHIN. Dejaron fuera de combate a dos de nuestros submarinos de ataque, y a Vince Gallery no le hizo nada de gracia. La suerte es gran parte de este juego. Eso nos daría dos cubiertas de aterrizaje en vez de una. Me pregunto si podríamos conseguir algunos otros S-3. —Painter se refería a los Lockheed Viking, aviones antisubmarinos para portaaviones.

—¿Por qué? —preguntó Davenport.

—Yo puedo enviar a tierra a mis F-18, y eso nos daría espacio para veinte Vikings más. No me gusta perder el poder de fuego, pero vamos a necesitar más mano de obra antisubmarina. Eso significa más S-3. Jack, usted comprende que si está equivocado, esa fuerza rusa de superficie nos va a dar un trabajo tremendo. ¿Usted sabe cuántos misiles superficie-superficie llevan?

—No, señor. —Ryan tuvo la certeza de que eran demasiados.

—Nosotros somos el único portaaviones, y eso nos convierte en el objetivo primario. Si empiezan a tirarnos, nos sentiremos muy solos... y después va a ser todo muy emocionante —sonó el teléfono—. Aquí Painter... Sí, gracias. Bueno, el *Invincible* acaba de dar la vuelta. Muy bueno. Nos lo dan junto con dos latas. El resto de los buques escolta y los tres submarinos de ataque siguen de regreso a casa —frunció el entrecejo—. En realidad, no puedo culparlos por eso. Pero significa que nosotros tendremos que darles algunos escoltas, aunque sigue siendo un buen negocio. Quiero esa cubierta de vuelo.

—¿Podemos enviar a Jack en helicóptero hasta allá? —Ryan se preguntó si Davenport sabía lo que el Presidente le había ordenado hacer a él. El almirante parecía interesado en sacarlo del *Kennedy*.

Painter negó con un movimiento de cabeza.

—Es demasiado lejos para un helicóptero. Tal vez ellos puedan mandar aquí un Harrier a buscarlo.

—El Harrier es un avión de combate, señor —comentó Ryan.

—Tienen una versión experimental de dos plazas, equipada para patrullaje antisubmarino. Parece que opera razonablemente bien más allá del perímetro de sus helicópteros. Así fue como cazaron a uno de nuestros submarinos de ataque; lo agarraron durmiendo la siesta.

Painter bebió el último trago de su café.

—Bueno, caballeros, vamos a la sala de control antisubmarino y tratemos de imaginar cómo cumpliremos este acto de circo. El comandante de la Flota del Atlántico querrá saber qué he pensado. Y creo que será mejor que tome una decisión. También llamaremos al *Invincible* y le pediremos que envíe un pájaro para que lo traslade a usted, Ryan.

Ryan salió del salón detrás de los dos almirantes. Pasó dos horas observando cómo Painter movía buques por todas partes en el océano como un maestro de ajedrez con sus piezas.

El USS Dallas

Hacía más de veinte horas que Bart Mancuso estaba de guardia en el centro de ataque. Sólo había dormido unas pocas horas entre ese período y el anterior, En honor a la variedad, sus cocineros le habían llevado dos tazas de sopa, además de los habituales emparedados y café. Examinó sin mayor entusiasmo la última taza de congelado-desecado.

—¿Comandante? —Se volvió. Era Roger Thompson, su oficial de sonar.

—Sí, ¿qué ocurre? —Mancuso se apartó del tablero de despliegue táctico que ocupaba su atención desde hacía varios días. Thompson se hallaba de pie en el fondo del compartimiento. Junto a él estaba Jones, que sostenía una tablilla sujetapapeles y algo que parecía una máquina para pasar cintas grabadas.

—Señor, Jonesy tiene algo que creo que usted debe ver.

Mancuso no quería que lo molestaran; el tiempo de guardia prolongado siempre abrumaba su paciencia. Pero Jones parecía ansioso y excitado.

—De acuerdo, vengan a la mesa de la carta.

La mesa de la carta del *Dallas* era un nuevo equipo conectado a la BC-10 y que proyectaba sobre una pantalla de vidrio, del tipo de televisión, de forma cuadrada y un metro veinte de lado. La imagen se movía cuando el *Dallas* se movía. Eso convertía en obsoletas las cartas de papel, aunque de todos modos las conservaban y actualizaban. Las cartas no se rompían.

—Gracias, jefe —dijo Jones, más humilde que de costumbre—. Sé que usted está bastante ocupado, pero creo que tengo algo aquí. Ese contacto anómalo que tuvimos hace unos días me ha estado molestando. Tuve que dejarlo cuando los otros submarinos rusos pasaron a toda velocidad metiendo un ruido bárbaro, pero pude recuperarlo tres veces, para asegurarme de que todavía estaba allí. La cuarta vez se había ido, desaparecido. Quiero enseñarle algo que he estado pensando. ¿Puede hacer que volvamos atrás en esa máquina hasta donde estábamos entonces, señor?

La mesa de la carta estaba interconectada, a través de la BC-10, con el sistema de navegación inercial del buque. Mancuso operó personalmente el equipo. Las cosas se estaban poniendo de tal modo que ya no se podía apretar el botón del inodoro sin un comando de computadora... La huella del curso del *Dallas* aparecía como una curva línea roja, con marcas dispuestas a intervalos de quince minutos.

—¡Qué grande! —fue el comentario de Jones—. Nunca había visto eso antes. Así está bien. —Jones sacó un puñado de lápices de su bolsillo trasero—. Ahora bien, la primera vez que tengo el contacto son las 09:15, más o menos, y la marcación era aproximadamente dos-seis-nueve. —Ubicó un lápiz, con el borrador en la posición del *Dallas* y la punta dirigida hacia el blanco, en el oeste—. Después, a las 09:30, la marcación era de dos-seis-cero. A las 09:48, era dos-cinco-cero. Hay algún error en éstos, señor. Era una señal difícil de retener pero los errores deberían promediarse. Fue justo entonces cuando tuvimos toda esa otra actividad y yo tuve que seguirlos, pero volví a encontrarlo a eso de las 10:00, y la marcación era dos-cuatro-dos. —Jones colocó otro lápiz sobre la línea de rumbo este, trazada cuando el *Dallas* se alejaba de la costa de Islandia—. A las 10:15 era dos-tres-cuatro, y a las 10:30 era dos-dos-siete. Las dos últimas son poco firmes, señor. La señal era muy débil y yo no podía retenerla bien. —Jones levantó la mirada. Parecía nervioso.

—Hasta aquí, muy bien. Tranquilo, Jonesy. Encienda si quiere.

—Gracias, señor. —Jones sacó un cigarrillo y lo encendió. Nunca había abordado al comandante de esa manera. Sabía que Mancuso era un hombre tolerante y comprensivo cuando uno tenía algo que decir. No le gustaba que le hicieran perder el tiempo, y con toda seguridad que en ese momento le gustaría menos que nunca—. Muy bien, señor, tenemos que deducir que no puede estar muy lejos de nosotros, ¿cierto? Quiero decir, tiene que estar entre nosotros e Islandia. De manera que... digamos que está a mitad de camino. Eso le daría un rumbo más o menos así. —Jones acomodó otros lápices.

—Un momento, Jones. ¿De dónde viene el rumbo?

—¡Ah, sí! —Jones abrió el anotador de la tablilla—. Ayer a la mañana, o noche, o lo que fuera, después de que salí de guardia, empezó a molestarme, así que usé el movimiento que hicimos mar adentro como línea de base para calcular un pequeño rumbo de trayectoria para él. Yo sé cómo se hace, jefe. Leí el manual. Es fácil, lo mismo que hacíamos en la Universidad Tecnológica de California para los movimientos de las estrellas. Tomé un curso de astronomía en el primer año.

Mancuso contuvo un gruñido. Era la primera vez que oía llamar fácil a eso, pero al mirar las cifras y diagramas de Jones parecía que lo había hecho bien.

—Adelante.

Jones sacó una calculadora científica Hewlitt Packard de su bolsillo y algo que parecía un mapa de National Geographic lleno de marcas y escrituras de lápiz.

—¿Quiere controlar mis cifras, señor?

—Lo haremos, pero por ahora confío en las suyas. ¿Qué es ese mapa?

—Jefe, yo sé que está contra los reglamentos y todo eso, pero yo lo llevo como un registro personal de las rutas que usan esos malditos. No sale del submarino, señor, honestamente. Puedo estar un poco equivocado, pero todo esto lleva a un rumbo de unos dos-dos-cero y una velocidad de diez nudos. Y *eso* lo apunta directamente a la entrada de la Ruta Uno. ¿De acuerdo?

—Continúe. —Mancuso ya lo había pensado. Pero Jonesy tenía algo más.

—Bueno, después de eso yo no podía dormir, así que volví al sonar y saqué la cinta grabada sobre el contacto. Tuve que pasarla varias veces por la computadora para filtrar toda la porquería —ruidos del mar, los otros submarinos, usted sabe—, después volví a grabarla a una velocidad diez veces mayor que la normal. —Apoyó su grabador de cassettes sobre la mesa de la carta—. Escuche esto, jefe.

La cinta era chillona, pero cada tantos segundos había un ruido particular, como un *drom*. Después de escucharla dos minutos les pareció comprobar que se trataba de intervalos regulares de unos cinco segundos. En ese momento, el teniente Mannion estaba mirando por sobre el hombro de Thompson; escuchaba y movía la cabeza como especulando.

—Jefe, eso tiene que ser un ruido hecho por el hombre. Es demasiado regular como para que sea otra cosa. A la velocidad normal no tenía mucho sentido, pero una vez que lo grabé más rápido, lo pesqué al tipo.

—Muy bien, Jonesy, termine ya —dijo Mancuso.

—Señor, lo que usted acaba de oír era la señal acústica de un submarino ruso. Había puesto rumbo a la Ruta Uno, navegando frente a Islandia y próximo a sus costas. Puede apostar dinero a que es así, jefe.

—¿Roger?

—A mí me ha convencido, señor —respondió Thompson.

Mancuso miró una vez más la ruta recorrida, tratando de imaginar una alternativa. No había.

—A mí también, Roger. Jonesy se ha recibido hoy de sonarista de primera clase. Quiero que el trabajo de los papeles esté terminado para el turno de la próxima guardia, junto con una linda carta de recomendación para mi firma. Ron —tocó al sonarista en el hombro—, estuvo muy bien. ¡Pero muy bien hecho!

—Gracias, jefe. —La sonrisa de Jones se estiraba de oreja a oreja.

—Pat, llame por favor al teniente Butler; que venga al centro de ataque.

Mannion se acercó al teléfono para llamar al jefe de máquinas del submarino.

—¿Tiene idea de qué puede ser, Jonesy? —Mancuso se volvió.

El sonarista sacudió la cabeza.

—No es un ruido de hélices. Nunca he oído nada parecido. —Hizo retroceder la cinta y la pasó de nuevo.

Dos minutos más tarde, el teniente de corbeta Earl Butler entró en el centro de ataque.

—¿Me llamó, jefe?

—Escuche esto, Earl. —Mancuso rebobinó la cinta y la pasó por tercera vez.

Butler se había graduado en la Universidad de Texas y en todas las escuelas que tenía la Marina para submarinos y sus sistemas de ingeniería.

—¿Qué se supone que sea eso?

—Jonesy dice que es un submarino ruso. Yo creo que tiene razón.

—¿Qué puede decirme de la cinta? —preguntó Butler a Jones.

—Señor, la velocidad está aumentada diez veces, y la filtré cinco veces en la BC-10. A velocidad normal suena como nada parecido a nada. —Con una modestia nada común, Jones no señaló que para él sí había sonado como algo.

—¿Alguna clase de armónica? Es decir, si fuera una hélice, tendría que tener treinta metros de diámetro, y oiríamos una pala por vez. Los intervalos regulares sugieren alguna clase de armónica —la cara de Butler se arrugó—. ¿Pero una armónica de qué?

—Lo que sea, estaba navegando directamente hacia aquí. —Mancuso dio unos golpecitos con el lápiz sobre Thor's Twins.

—Eso confirma que es un ruso, sin duda —aprobó Butler—. Entonces están usando algo nuevo. Otra vez.

—El señor Butler tiene razón —dijo Jones—. Suena como una armónica de un zumbido. La otra cosa extraña es... bueno, había un ruido de fondo, algo así como agua que corría a través de un caño. No sé. Eso no se registró. Supongo que la computadora lo eliminó al filtrarlo. Era sumamente débil para empezar con... De todos modos, eso está fuera de mi campo.

—Está bien. Ya ha hecho bastante por un día. ¿Cómo se siente? —preguntó Mancuso.

—Un poco cansado, jefe. Hace rato que estoy trabajando en esto.

—Si volvemos a acercarnos a este tipo, ¿cree que puede detectarlo? —Mancuso sabía la respuesta.

—¡Por supuesto, jefe! Ahora que sabemos qué tenemos que oír, ¡puede estar seguro de que voy a cazar a ese zonzo!

Mancuso miró la mesa de la carta.

—Muy bien. Si navegaba con rumbo a los Twins, y luego siguió por la ruta a... digamos veintiocho o treinta nudos, y después volvió a su curso de base y a la velocidad de unos diez nudos más o menos..., tendría que estar ahora aproximadamente aquí. Es muy lejos. Ahora bien, si nosotros navegamos a velocidad máxima..., en cuarenta y ocho horas estaríamos aquí, y así estaríamos delante de él. ¿Pat?

—Parece correcto, señor —coincidió el teniente Mannion—. Usted está calculando que él recorrerá la ruta a velocidad máxima y luego la reducirá... Suena razonable. No necesitaría navegar silenciosamente en ese maldito laberinto. Eso le da libertad para un buen tirón de cuatrocientas o quinientas millas; entonces, ¿por qué no dejar descansar sus máquinas? Eso es lo que yo haría.

—Y eso es lo que trataremos de hacer, entonces. Pediremos permiso por radio para dejar la posición de Toll Booth y rastrear a este sujeto. Jonesy, mientras naveguemos a máxima velocidad los sonaristas no tendrán nada que hacer por un tiempo. Ponga la cinta del contacto en el simulador y asegúrese de que todos los operadores conozcan cómo suena este tipo, pero descanse un poco. Todos ustedes. Quiero que estén al ciento por ciento cuando tratemos de volver a detectar a este tipo. Dense una ducha. Que sea una ducha tipo Hollywood —se la han ganado—, y a dormir. Cuando empecemos a seguir realmente a este sujeto, va a ser largo, largo y muy duro.

—No se preocupe, señor. Vamos a agarrarlo. Puede estar seguro. ¿Quiere quedarse con mi cinta, señor?

—Sí. —Mancuso eyectó la cinta y levantó la mirada sorprendido—. ¿Sacrificó un Bach por esto?

—No era bueno, señor. Tengo una grabación de Christopher Hogwood de esa obra, que es mucho mejor.

Mancuso guardó la cinta en el bolsillo.

—Puede retirarse, Jonesy. Buen trabajo.

—Fue un placer, señor. —Jones salió del centro de ataque calculando el dinero extra que tendría por saltar un grado.

—Roger, asegúrese de que la gente esté descansada durante los próximos dos días. Cuando estemos detrás de este tipo va a ser más duro que el diablo.

—Comprendido, señor.

—Pat, llévenos a profundidad de periscopio. Vamos a llamar a Norfolk ya mismo. Earl, quiero que piense qué es lo que hace ese ruido.

—Muy bien, señor.

Mientras Mancuso escribía el mensaje, el teniente Mannion llevó al *Dallas* a la profundidad de antena de periscopio, colocando los planos de inmersión en un ángulo hacia arriba. En cinco minutos ascendieron de ciento cincuenta metros de profundidad hasta un nivel muy cercano a la superficie del tormentoso mar. El submarino quedó sujeto a la acción de las olas y si bien no era mucho para un buque de superficie, el movimiento no pasó inadvertido para la tripulación. Mannion levantó el periscopio y la antena del equipo electrónico de medidas de apoyo, utilizada para el receptor de banda ensanchada diseñado para detectar posibles emisiones de radar. No había nada a la vista —alcanzaba a divisar hasta un radio de unas cinco millas— y los instrumentos electrónicos tampoco mostraban nada, excepto los equipos de los aviones, que se encontraban demasiado lejos como para que importaran. Luego Mannion levantó otros dos mástiles. Uno era una antena receptora de frecuencias ultraelevadas. El otro era algo nuevo: un transmisor láser. Éste rotaba y se enganchaba con la onda portadora de la señal del Atlantic SSIX, el satélite de comunicaciones usado exclusivamente por submarinos. Con el láser, podían enviar transmisiones de alta densidad sin delatar la posición del submarino.

—Todo listo, señor —informó el radiooperador de guardia.

—Transmita.

El radiooperador apretó un botón. El mensaje, enviado en una fracción de segundo, era recibido por células fotovoltaicas, pasado a un transmisor de ultraalta frecuencia, y enviado así por una antena parabólica hacia la jefatura de comunicaciones de la Flota del Atlántico. En Norfolk, otro radiooperador captaba la recepción y apretaba un botón que transmitía el mismo mensaje al satélite y de vuelta al *Dallas*. Era un método sencillo para detectar errores.

El operador del *Dallas* comparó el mensaje recibido con el que él acababa de enviar.

—Buena recepción, señor.

Mancuso ordenó a Mannion que bajara todo menos las antenas de medidas de apoyo electrónico y de ultraalta frecuencia.

Comunicaciones de la Flota del Atlántico

En Norfolk, la primera línea del despacho reveló la página y la línea del libro —que se usaba una sola vez— donde estaba la secuencia del cifrado. Ésta se grabó en cinta de computadora en la sección de máxima seguridad del complejo de comunicaciones. Un oficial escribió en el teclado los números correspondientes en la terminal de su computadora y, segundos después, la máquina produjo un texto claro. El oficial volvió a controlarlo por si había errores. Satisfecho porque no los había, llevó el impreso al otro lado de la sala, donde un suboficial estaba sentado frente a un télex. El oficial le entregó el despacho.

El suboficial escribió en su máquina la dirección correspondiente y transmitió el mensaje por línea terrestre exclusiva al Comandante de la Fuerza de Submarinos en el Atlántico, Operaciones, que se hallaba a unos quinientos metros de distancia. La línea terrestre era de fibra óptica, colocada en el conductor de acero que corría debajo de una calle pavimentada. Lo controlaban tres veces por semana, por razones de seguridad. Ni siquiera los secretos del rendimiento de las armas nucleares se cuidaban tanto como las comunicaciones tácticas de todos los días.

Comando de la Fuerza de Submarinos en el Atlántico. Operaciones

Cuando el mensaje comenzó a aparecer en la impresora de «urgentes», empezó a sonar una campanilla en la sala de operaciones. Llevaba un prefijo Z, que indicaba prioridad FLASH (extrema urgencia).

Z090414ZDIC
ULTRA SECRETO THEO
DE: USS DALLAS
A: COMSUBLANT (Comando Fuerza Submarina Atlántico)
INFO: CINCLANTFLT (Comando en Jefe Flota del Atlántico)
//NOOOOO//
OPSUB FLOTA ROJA

1. INFORMO CONTACTO SONAR ANÓMALO ALREDEDOR 0900Z 7DIC Y PERDIDO DESPUÉS AUMENTO ACTIVIDAD SUB FLOTA ROJA. CONTACTO SUBSIGUIENTEMENTE EVALUADO COMO SUB MISILÍSTICO FLOTA ROJA TRANSITANDO RUTA PRÓXIMA ISLANDIA HACIA RUTA UNO. RUMBO SUDOESTE VELOCIDAD DIEZ PROFUNDIDAD DESCONOCIDA.

2. CONTACTO EVIDENCIÓ CARACTERÍSTICAS ACÚSTICAS DESCONOCIDAS REPITO DESCONOCIDAS. SEÑAL DIFERENTE CUALQUIER OTRO SUBMARINO FLOTA ROJA CONOCIDO.

3. SOLICITO PERMISO ABANDONAR TOLL BOOTH PARA CONTINUAR E INVESTIGAR. SE CREE ESTE SUBMARINO UTILIZA NUEVO SISTEMA DE IMPULSIÓN CON INSÓLITAS CARACTERÍSTICAS DE SONIDO. SE CREE BUENAS PROBABILIDADES DE LOCALIZARLO E IDENTIFICARLO.

Un teniente de corbeta llevó el despacho a la oficina del vicealmirante Vincent Gallery. El Comandante de la Fuerza de Submarinos en el Atlántico había estado en su puesto desde que los submarinos soviéticos iniciaron sus movimientos. Estaba de pésimo humor.

—Un mensaje prioridad FLASH del *Dallas*, señor.

—Ajá. —Gallery tomó el formulario amarillo y lo leyó dos veces—. ¿Qué le parece que significa esto?

—No podría decírselo, señor. Parece que oyó algo, se tomó un tiempo para descubrir qué era, y quiere tener otra oportunidad. Parecería que piensa que está ante algo insólito.

—Muy bien, ¿qué le digo? Vamos, muchacho. Algún día usted también podría ser almirante y tener que tomar decisiones. —«Bastante poco probable», pensó Gallery.

—Señor, el *Dallas* se encuentra en una posición ideal para cubrir la fuerza roja de superficie cuando llegue a Islandia. Lo necesitamos donde está.

—Es una buena respuesta de libro de texto. —Gallery sonrió al muchacho, preparándose para echarle un balde de agua fría—. Por otra parte, el comandante del *Dallas* es un hombre muy competente que no nos molestaría si no estuviera pensando que tiene realmente algo. No entra en detalles específicos porque sería demasiado complicado para un mensaje táctico FLASH, y además porque piensa que nosotros sabemos que su juicio es suficientemente bueno como para confiar en su palabra. «Un nuevo sistema de impulsión con características acústicas insólitas.» Eso podría ser un cacharro, pero él es el hombre que está en el lugar, y quiere una respuesta. Le diremos que sí.

—Comprendido, señor —dijo el teniente, preguntándose si ese viejo flaco hijo de puta tomaría las decisiones echando al aire una moneda cuando le daba la espalda.

El Dallas

> Z090432ZDIC
> ULTRA SECRETO
> DE: COMSUBLANT
> A: USS DALLAS
> A. USS DALLAS Z090414ZDIC
> B. COMSUBLANT INST 2000.5
> ASIGNACIÓN ÁREA OPER //N04220//
> 1. SOLICITUD REFERENCIA A APROBADA
> 2. ÁREAS BRAVO ECO GOLF REF B ASIGNADAS PARA OPERACIONES IRRESTRICTAS 090500Z HASTA 140001Z. INFORME SEGÚN NECESIDADES.
> ENVÍA VADM GALLERY.

—¡Viejito querido! —rió Mancuso. Eso era una cosa buena de Gallery. Cuando uno le preguntaba algo... ¡vaya si le contestaba! Sí o no, pero lo hacía antes de que uno pudiera bajar la antena. Por supuesto, reflexionó, si resultaba que Jonesy estaba equivocado y eso se convertía en una caza de fantasmas, él tendría que dar algunas explicaciones. Gallery había cortado la cabeza a más de un comandante de submarinos y lo había mandado definitivamente a tierra.

Que era adonde iría él de cualquier manera, como no lo ignoraba Mancuso. Desde su primer año en Annapolis, todo lo que había deseado en su vida había sido comandar su propio submarino. En ese momento lo estaba haciendo, y sabía que el resto de su carrera empezaría a ser cuesta abajo. En el resto de la Marina, un primer comando era sólo eso: un primer comando. Se podía seguir subiendo en la escala y llegar a comandar una flota eventualmente, si se tenía suerte y se lo merecía. No así los submarinistas. Tuviera o no éxito en su desempeño como comandante del *Dallas*, pronto lo perdería. Tenía esa oportunidad y sólo ésa. Y después, ¿qué? Lo mejor que podía esperar era el comando de un submarino misilístico. Ya había prestado servicios en uno de ésos y estaba seguro de que ser su comandante, aunque fuera un nuevo *Ohio*, era tan emocionante como observar pintura y esperar que se secara. La tarea del submarino misilístico era permanecer escondido. Mancuso quería ser el cazador; ése era el aspecto interesante de la especialidad. ¿Y después de comandar un submarino misilistico? Podía lograr un «comando mayor de superficie», tal vez un bonito buque tanque...; sería como cambiar monturas, de Botafogo a una vaca. O quizá lo asignaran a un comando de escuadrón para sentarse en una oficina a bordo de un buque auxiliar, empujando papeles. Lo mejor de esa posición era que saldría al mar una vez al mes, pero su misión principal sería molestar a los capitanes subalternos que no deseaban tenerlo allí. O podía tener un trabajo de escritorio en el Pentágono..., ¡qué divertido! Mancuso comprendía por qué algunos de los astronautas habían perdido la cabeza después de volver de la Luna. También él había trabajado muchos años por ese comando y, en un año más, perdería su submarino. Tendría que entregar el *Dallas* a otra persona. Pero por el momento lo tenía.

—Pat, bajemos todos los mástiles y vamos a sumergirnos a trescientos sesenta metros.

—Comprendido, señor. Bajen los mástiles —ordenó Mannion. Un suboficial accionó las palancas de control hidráulico.

—Los mástiles de ultraalta frecuencia y de medidas de apoyo electrónico, abajo, señor —informó el electricista de guardia.

—Muy bien. Oficial de inmersión, llévenos a trescientos sesenta metros de profundidad.

—Trescientos sesenta metros, comprendido —respondió el oficial de inmersión—. Quince grados de ángulo negativo en los planos.

—Quince grados abajo, comprendido.

—Vamos a movernos, Pat.

—Comprendido, jefe. Todo adelante.

—Todo adelante, comprendido. —El timonel hizo girar el anunciador.

Mancuso observó cómo trabajaba su tripulación. Cumplían sus tareas con precisión mecánica. Pero no eran máquinas. Eran hombres. Los suyos.

En la zona del reactor, hacia popa, el teniente Butler controlaba que sus maquinistas hubieran comprendido lo dispuesto por el comandante e impartía a su vez las órdenes necesarias. Las bombas de enfriamiento del reactor comenzaron a trabajar a velocidad rápida. Una cantidad aumentada de agua caliente y presurizada entraba en el intercambiador, donde su calor se transfería al vapor del circuito exterior. Cuando el refrigerante volvía al reactor estaba más frío que antes y, por lo tanto, más denso. Estando más denso, atrapaba más neutrones en la pila del reactor, incrementando la intensidad de la reacción de fisión y entregando aún más potencia. Más hacia atrás, el vapor saturado en el circuito exterior —no radiactivo— proveniente del sistema intercambiador de calor, emergía a través de varios grupos de válvulas de control para impulsar las paletas de la turbina de alta presión.

Las enormes hélices de bronce del *Dallas* empezaron a girar más rápidamente, impulsando a la nave hacia delante y abajo.

Los maquinistas cumplieron con calma sus tareas. A medida que los sistemas comenzaron a proporcionar más potencia aumentó notablemente el ruido en la zona de máquinas, y los técnicos seguían con atención el proceso controlando continuamente los tableros de instrumentos bajo su responsabilidad. La rutina era silenciosa y exacta. No había conversaciones extrañas, ninguna distracción. Comparada con la zona del reactor de un submarino, la sala de operaciones de un hospital era un antro de libertinaje.

Más adelante, Mannion observaba el indicador de profundidad, que ya marcaba más de ciento ochenta metros. El oficial de inmersión esperaría hasta que alcanzaran los doscientos setenta metros antes de empezar a nivelar, con el propósito de llevar a cero el régimen de descenso exactamente a la profundidad ordenada. El comandante Mancuso quería que el *Dallas* estuviera debajo del gradiente térmico, el borde entre diferentes temperaturas. En el agua existían capas isotérmicas de estratificación uniforme. La zona relativamente plana donde el agua de la superficie cálida se encontraba con agua más profunda y más fría constituía una barrera semipermeable que tenía tendencia a reflejar las ondas sonoras. Aquellas ondas que lograban penetrar esa barrera eran atrapadas en su mayoría debajo de ella. De modo que, aunque el *Dallas* estaba en ese momento desplazándose debajo del gradiente térmico a más de treinta nudos y haciendo tanto ruido como era capaz, sería aun así muy difícil que lo detectaran con un sonar de superficie. Estaría también navegando a ciegas, pero no había mucho allí abajo como para que pudiera chocar.

Mancuso levantó el micrófono de comunicación interna:

—Les habla el comandante. Acabamos de iniciar una corrida a gran velocidad que tendrá una duración de cuarenta y ocho horas. Nos dirigimos a un punto donde esperamos localizar un submarino ruso que pasó cerca de nosotros hace dos días. Es evidente que el ruso está usando un sistema de propulsión nuevo y muy silencioso que nadie ha conocido antes. Vamos a tratar de colocarnos delante de él y rastrearlo cuando vuelva a pasarnos. Ahora sabemos qué tenemos que escuchar, y lograremos tener de él un lindo cuadro, bastante claro. Muy bien, quiero que todo el mundo esté bien descansado en este submarino. Cuando lleguemos allí, va a ser una caza muy larga y dura. Y quiero que todos estén al ciento por ciento. Probablemente esto va a ser muy interesante. —Desconectó el micrófono—. ¿Qué película dan esta noche?

El oficial de inmersión esperó a que el indicador de profundidad dejara de moverse antes de contestar. Como encargado del submarino, tenía también la función de dirigir el sistema de televisión por cable del *Dallas*: tres grabadores de video-cassettes en la cámara de oficiales conectados con televisores en el comedor y otras ubicaciones.

—Jefe, puede elegir. *Regreso del Jedi* o dos partidos de fútbol: Oklahoma-Nebraska y Miami-Dallas. Los dos partidos se jugaron mientras nosotros estábamos en el ejercicio, señor. Sería lo mismo que verlos en vivo. —Se rió—. Con avisos y todo. Los cocineros ya están preparando el *pop-corn*.

—Bueno. Quiero que todos estén contentos y cómodos. —¿Por qué no podrían nunca conseguir cintas grabadas de la Marina?, se preguntó Mancuso. Por supuesto, ese año se había impuesto el Ejército...

—Buenos días, jefe. —Wally Chambers, el oficial ejecutivo, entró en el centro de ataque—. ¿De qué se trata?

—Volvamos a la cámara de oficiales, Wally. Quiero que escuche algo. —Mancuso sacó la cassette del bolsillo de la camisa y condujo a Chambers hacia popa.

El V. K. Konovalov

Doscientas millas al nordeste del *Dallas*, en el Mar de Noruega, el *Konovalov* navegaba hacia el sudoeste a cuarenta y un nudos. El comandante Tupolev estaba sentado solo en la cámara de oficiales releyendo el despacho que había recibido dos días antes. Sus emociones se alternaban entre la ira y la pena. ¡El Maestro había hecho eso! Estaba pasmado.

¿Pero qué se podía hacer? Las órdenes de Tupolev eran explícitas, más aún por el hecho de que —como lo había señalado su *zampolit*— él era un ex alumno del traidor Ramius. También él podía llegar a encontrarse en una posición muy mala. Si el infame tenía éxito.

De modo que Marko se había burlado de todos, no sólo del *Konovalov*. Tupolev había estado dando vueltas como un tonto por el Mar de Barents mientras Marko ponía rumbo hacia otro lado. Semejante traición, semejante desafío diabólico contra la *Rodina*. Era inconcebible... y todo demasiado concebible. Todas las ventajas que tenía Marko. Un departamento de cuatro habitaciones, una dacha, su propio Zhiguli. Tupolev todavía no tenía automóvil de su propiedad. Se había ganado los ascensos hasta comandante, y en ese momento todo quedaba amenazado por... ¡esto! Sería afortunado si podía conservar lo que tenía.

«Tengo que matar a un amigo», pensó. «¿Amigo? Sí», admitió para sus adentros. Marko había sido un buen amigo y un excelente maestro. ¿Dónde se había equivocado?

Natalia Bogdanova.

Sí, tenía que ser eso. Un gran escándalo, por la forma en que había ocurrido. ¿Cuántas veces había ido a cenar con ellos? ¿Cuántas veces se había reído Natalia acerca de sus hijos fuertes, hermosos y grandes? Sacudió la cabeza. Una espléndida mujer asesinada por un maldito e imbécil cirujano incompetente. Nada se pudo hacer, era hijo de un miembro del Comité Central. Era una atrocidad que cosas como ésa siguieran sucediendo, aun después de tres generaciones de construcción del socialismo. Pero nada era suficiente como para justificar esa locura.

Tupolev se inclinó sobre la carta que había traído consigo. Estaría en su posición en cinco días, en menos tiempo si su planta motriz se mantenía en una pieza y

Marko no estaba demasiado apurado... y no lo estaría. Marko era un zorro, no un toro. Los otros *Alfa* llegarían allá antes que el suyo, Tupolev lo sabía, pero no importaba. Eso tenía que hacerlo él personalmente. Se ubicaría delante de Marko y esperaría. Marko intentaría pasar sin ser detectado, y el *Konovalov* estaría allí. Y el *Octubre Rojo* moriría.

El Atlántico Norte

El Sea Harrier FRS.4 británico apareció un minuto adelantado. Se mantuvo volando inmóvil brevemente frente al costado de babor del *Kennedy* mientras el piloto observaba el sitio donde iba a aterrizar, el viento y las condiciones del mar. Manteniendo una velocidad constante de treinta nudos hacia adelante, para compensar la velocidad del portaaviones, deslizó suavemente su avión hacia la derecha y luego lo depositó con delicadeza en el medio del buque, ligeramente adelante de la estructura de la isla y en el centro exacto de la cubierta de vuelo. De inmediato corrieron hacia el avión varios auxiliares de pista; tres de ellos llevaban pesadas calzas metálicas y otro una escalerilla también metálica que apoyó en el costado de la cabina, cuyo techo ya había empezado a abrirse hacia arriba. Otro equipo de cuatro hombres arrastró hacia la máquina una manguera de combustible, ansioso por demostrar la rapidez con que la Marina de los Estados Unidos reabastecía los aviones. El piloto vestía un overol color naranja y llevaba puesto un chaleco salvavidas amarillo. Depositó su casco en el apoyacabezas del asiento delantero y descendió por la escalerilla. Observó fugazmente para asegurarse de que su avión estaba en buenas manos, antes de correr hacia la isla. Se encontró con Jack Ryan en la puerta.

—¿Usted es Ryan? Yo soy Tony Parker. ¿Dónde está el baño? —Jack le dio las indicaciones y el piloto partió velozmente, dejando allí a Ryan de pie con su traje de vuelo, con su maletín y una particular sensación de estupidez. Un casco plástico de vuelo colgaba de su otra mano mientras contemplaba cómo los auxiliares llenaban de combustible al Harrier. Se preguntó si sabrían bien lo que estaban haciendo.

Parker regresó en tres minutos.

—Capitán —dijo—, hay una cosa que jamás ponen en un avión de combate, un maldito inodoro. Lo llenan a uno de café y té y le ordenan salir, y uno no tiene adónde ir.

—Sé lo que se siente. ¿Tiene alguna otra cosa que hacer?

—No, señor. Su almirante conversó conmigo por radio mientras yo venía en vuelo. Parece que sus muchachos ya terminaron de cargar combustible en mi pájaro. ¿Quiere que vayamos?

—¿Qué hago con esto? —Ryan levantó un poco su maletín, pensando que tendría que ponerlo sobre las rodillas. Los papeles para su exposición los llevaba en el traje de vuelo, apretados contra el pecho.

—Lo pondremos en el portaequipaje, naturalmente. Venga, señor.

Parker caminó ágilmente hacia el avión de combate. Era un crepúsculo bastante oscuro. Había una sólida capa de nubes a quinientos o seiscientos metros. No llovía, pero parecía que podía empezar en cualquier momento. El mar, agitado con olas de dos metros y medio, era una superficie gris erizada y coronada con picos de espuma blanca. Ryan sintió el movimiento del *Kennedy*, sorprendido de que algo tan enorme pudiera moverse como lo hacía. Cuando llegaron al Harrier, Parker tomó en una mano el maletín y buscó una manija semioculta en la parte inferior del fuselaje del avión. La hizo girar y tiró de ella, abriendo un alojamiento del tamaño de un pequeño refrigerador. Parker metió allí el maletín, cerró la tapa de un golpe y se aseguró de que la palanca hubiera trabado como correspondía. Un auxiliar de pista, de camisa amarilla, habló algunas palabras con el piloto. Un poco más atrás un helicóptero estaba acelerando el motor y un Tomcat de combate carreteaba hacia la catapulta instalada en el medio del buque. Por sobre todo eso, soplaba un viento de treinta nudos. El ruido era tremendo en el portaaviones.

Parker indicó a Ryan que subiera por la escalerilla. Jack, a quien las escalerillas le gustaban tanto como volar, estuvo a punto de caer en su butaca. Hizo un esfuerzo para acomodarse adecuadamente, mientras un auxiliar de pista le aseguraba las correas de cuatro puntos. El hombre puso el casco sobre la cabeza de Ryan y le señaló la clavija para enchufar en la toma del sistema del intercomunicador. Tal vez los auxiliares norteamericanos supieran realmente algo sobre el Harrier. Junto al enchufe había una llave interruptora. Ryan la movió.

—¿Me oye, Parker?
—Sí, capitán, ¿todo listo?
—Supongo que sí.
—Bien. —La cabeza de Parker giró para controlar las tomas de aire de la turbina—. Voy a poner en marcha el motor.

Los techos de las cabinas permanecían levantados. Tres auxiliares de pista se mantenían cerca con grandes extintores de dióxido de carbono, presumiblemente para el caso de que el motor explotara. Otro doce hombres se hallaban cerca de la isla contemplando al extraño avión, mientras su motor Pegasus aullaba cada vez más fuerte. Luego bajó el techo de la cabina.

—¿Listo, capitán?
—Cuando usted diga.

El Harrier no era un avión de combate de gran tamaño, pero sí con seguridad el más ruidoso. Ryan pudo sentir que el ruido del motor le erizaba todo el cuerpo cuando Parker ajustó los controles de empuje vectorial. La aeronave se levantó un poco bamboleándose, bajó la nariz y luego subió trepidando y tomando altura. Ryan vio un hombre junto a la isla que los señalaba y hacía gestos. El Harrier se desplazó a babor mientras se alejaba de la isla del portaaviones y seguía ganando cada vez más altura.

—No estuvo del todo mal —dijo Parker. Ajustó los controles de empuje y el Harrier comenzó a volar normalmente hacia adelante. La sensación de aceleración no fue muy pronunciada, pero Ryan pudo ver cómo el *Kennedy* se quedaba abajo y atrás rápidamente.

Pocos segundos más tarde ya estaban más allá del círculo interior de escolta.

—Vamos a trepar más arriba de esta porquería —dijo Parker. Llevó hacia atrás la palanca y puso proa a las nubes. Casi en seguida estuvieron dentro de ellas, y en un instante el campo visual de Ryan se redujo de ocho kilómetros a ocho metros.

Jack recorrió con la vista el interior de su cabina, que tenía comandos de pilotaje e instrumental. El velocímetro indicaba ciento cincuenta nudos y en aumento; la altura era de ciento veinte metros. Ese Harrier había sido evidentemente un avión para entrenamiento, pero el panel de instrumentos estaba modificado e incluía en ese momento los indicadores del sensor ubicado en un contenedor especial en la panza del avión. Una forma de hacer las cosas a lo pobre, aunque, según comentarios del almirante Painter, era obvio que el sistema había trabajado sumamente bien. Se imaginó que la pequeña pantalla tipo televisor presentaba la indicación del sensor de calor infrarrojo apuntado hacia adelante. El velocímetro marcaba en ese momento trescientos nudos, y el indicador de ascenso mostraba la actitud del avión en un ángulo de ataque de veinte grados. La sensación era de que fuese mayor.

—Pronto llegaremos al tope de esto —dijo Parker—. ¡Ahora!

El altímetro indicaba siete mil ochocientos metros cuando Ryan se sintió deslumbrado por la luminosidad solar. Una de las cosas referidas al vuelo a la que nunca había podido acostumbrarse era el hecho de que, aunque el tiempo en la superficie fuera horrible, si se volaba lo suficientemente alto siempre se encontraría el sol. La luz era intensa, pero el color del cielo era notablemente más oscuro que el celeste suave que se ve desde tierra. El vuelo adquirió la misma tranquilidad que el de los grandes aviones de líneas aéreas cuando salieron de la zona turbulenta a menor altura. Ryan se acomodó el visor para protegerse los ojos.

—¿Ahora está mejor, señor?

—Muy bueno, teniente. Es mejor de lo que yo esperaba.

—¿Qué quiere decir, señor? —inquirió Parker.

—Me parece que es muy superior a volar en un avión comercial. Se puede ver mucho más. Eso ayuda.

—Lamento que el combustible no nos sobre, si no le podría mostrar un poco de acrobacia. El Harrier puede hacer casi cualquier cosa que uno le pida.

—No importa.

—Y su almirante —siguió Parker con ánimo de conversar— dijo que a usted no le gusta mucho volar.

Las manos de Ryan se aferraron a los apoyabrazos cuando el Harrier realizó tres revoluciones completas antes de recuperar el vuelo nivelado. Se sorprendió riendo.

—¡Ah, el británico sentido del humor!

—Órdenes de su almirante, señor —aclaró Parker en tono de disculpa—. No nos gustaría que usted creyera que el Harrier es otro maldito ómnibus.

«¿Qué almirante?», se preguntaba Ryan. «¿Painter o Davenport?» Probablemente ambos. El tope de las nubes parecía un campo de algodón. Nunca lo había apreciado así antes, cuando miraba a través de una ventanilla de treinta centímetros en un avión de línea. En el asiento posterior se sentía casi como si estuviera sentado afuera.

—¿Puedo hacerle una pregunta, señor?

—Por supuesto.

—¿De qué se trata?

—¿Qué quiere decir?

—Quiero decir, señor, que ordenaron a mi buque dar la vuelta y volver. Después me ordenaron trasladar un VIP, un importante personaje, del *Kennedy* al *Invincible*.

—¡Ah! Está bien. Pero no puedo decírselo, Parker. Estoy llevando ciertos mensajes a su jefe. Yo soy solamente el cartero —mintió Ryan.

—Discúlpeme, capitán, pero es que, ¿sabe?, mi esposa está esperando un hijo, el primero, para poco después de Navidad. Espero estar allí, señor.

—¿Dónde vive?

—En Chatham, eso es...

—Lo sé. Yo también vivo en Inglaterra por el momento. Nuestra casa está en Marlow, río arriba desde Londres. Allí empezó mi segundo hijo.

—¿Nació allí?

—Empezó allí. Mi mujer dice que fue por esas extrañas camas de hotel; siempre le pasa lo mismo. Si yo fuera un hombre apostador, diría que tiene buenas probabilidades, Parker. De todos modos, los primeros hijos siempre se atrasan.

—¿Dijo que vive en Marlow?

—Así es, construimos allí nuestra casa a principios de este año.

—Jack Ryan... ¿John Ryan? ¿La misma persona que...?

—Correcto. No necesita decírselo a nadie, teniente.

—Comprendido, señor. No sabía que usted era oficial naval.

—Es por eso que no tiene que decírselo a nadie.

—Sí, señor. Lamento lo de la acrobacia hace un rato.

—Está bien. Los almirantes deben tener sus pequeñas diversiones. Entiendo que ustedes acaban de hacer un ejercicio con nuestros muchachos.

—Ya lo creo que lo hicimos, capitán. Yo hundí uno de los submarinos de ustedes, el *Tullibee*. Es decir, mi operador de sistema y yo. Lo sorprendimos de noche, cerca de la superficie, con nuestro sensor infrarrojo, y le lanzamos cargas sonoras alrededor. Nadie sabía nada sobre nuestro nuevo equipo. Como usted sabe, todo está dentro de lo permitido. Creo que su comandante se puso terriblemente furioso. Yo esperaba conocerlo en Norfolk, pero no llegó hasta el día en que nosotros partimos.

—¿Lo pasaron bien en Norfolk?

—Sí, capitán. Pudimos participar de un día de caza en la Bahía Chesapeake, en la costa este, como creo que la llaman ustedes.

—¿Ah, sí? Yo solía ir a cazar allí. ¿Qué tal estuvo?

—Bastante bueno. Yo cacé mis tres gansos en media hora. El límite era tres..., una tontería.

—¿Usted llegó y mató tres gansos en media hora en esta época tan avanzada de la temporada?

—Así me gano mi modesta vida, capitán, tirando —comentó Parker.

—Yo estuve cazando codornices con su almirante en septiembre pasado. Me hicieron usar una escopeta de dos caños. Si uno aparece con el arma que yo uso —una Remington automática— lo miran como si fuera una especie de terrorista. Me entorpeció un par de Purdeys que no andaba bien. Cacé quince aves. Me pareció una forma horriblemente perezosa de cazar, con un tipo que cargaba mi arma y otro pelotón de sirvientes que iban conduciendo la partida. Estuvimos a punto de aniquilar toda la población de aves.

—Tenemos más densidad de piezas que ustedes.

—Eso es lo que dijo el almirante. ¿Falta mucho para el *Invincible*?

—Cuarenta minutos.

Ryan observó los indicadores de combustible. Ya marcaban por la mitad. En un automóvil, él ya estaría pensando en cargar para llenar el tanque. Todo ese combustible quemado en media hora. Bueno, Parker no parecía preocupado.

El aterrizaje en el *Invincible* fue diferente de la llegada del COD al *Kennedy*. El vuelo se puso más movido cuando Parker descendió a través de las nubes, y se le ocurrió a Ryan que estaban en el frente de la misma tormenta que había soportado la noche anterior. El techo de la cabina estaba cubierto por la lluvia, y oía el impacto de miles de gotas de agua sobre la estructura del avión... ¿o sería granizo? Observando los instrumentos pudo ver que Parker nivelaba a trescientos metros, mientras se detenían en medio de las nubes, completamente inmóviles, luego empezó a descender más lentamente, saliendo a la zona clara a treinta metros de altura. El *Invincible* era apenas la mitad del *Kennedy*. Ryan lo miró cabecear pronunciadamente entre las olas de casi cinco metros. Parker usó la misma técnica que antes. Se detuvo volando brevemente sobre la banda de babor del portaaviones, después se desplazó hacia la derecha y dejó caer el avión desde unos seis metros, dentro de un círculo pintado. El aterrizaje fue violento pero Ryan lo estaba esperando. El techo de la cabina se levantó de inmediato.

—Puede bajar aquí —dijo Parker—. Yo tengo que carretear hasta el ascensor.

Ya habían colocado la escalerilla. Ryan se quitó las correas y descendió del avión. Un auxiliar de pista sacó el maletín y Ryan lo siguió hasta la isla donde lo esperaba un alférez, un subteniente como llamaban los británicos al grado.

—Bienvenido a bordo, señor. —El joven no podía tener más de veinte años, pensó Ryan—. Permítame que le ayude a quitarse la ropa de vuelo.

El subteniente se mantuvo de pie a su lado mientras Ryan se despojaba del casco, del chaleco Mae West, bajaba el cierre relámpago y se quitaba el overol. Retiró su gorra del maletín. En el proceso se tambaleó y chocó contra el mamparo varias veces. El *Invincible* parecía moverse en espiral en un mar de popa. ¿Viento de proa y mar de popa? En el Atlántico Norte, en invierno, nada era imposible. El oficial le llevó el maletín y Ryan retuvo consigo los papeles de la exposición.

—Vaya usted adelante, subteniente. —Ryan indicó con un movimiento de la mano. El muchacho subió ágilmente una serie de tres escaleras y Ryan quedó atrás, jadeando y lamentando haber suspendido el *jogging*. La combinación del movimiento de la nave y el oído interno afectado por el reciente vuelo lo hizo sentir mareado y avanzaba golpeándose de un lado a otro. ¿Cómo lo hacían los pilotos profesionales?

—Éste es el puente del almirante, señor. —El subteniente mantuvo abierta la puerta.

—¡Hola, Jack! —atronó la voz del vicealmirante John White, octavo conde de Weston. Era un hombre de cincuenta años, alto y de buena constitución física y tez rojiza, acentuada por el pañuelo blanco que llevaba en el cuello. Jack lo había conocido a principios de ese año y, desde entonces, su esposa, Cathy, y la condesa, Antonia, se habían hecho buenas amigas, miembros del mismo círculo de músicos aficionados. Cathy Ryan tocaba música clásica en el piano. Toni White, una mujer atractiva de cuarenta y cuatro años, era dueña de un violín Guarnieri del Jesu. Su marido era un hombre cuya nobleza constituía algo accesorio. Había hecho carrera en la Marina Real exclusivamente por mérito propio. Jack se adelantó para darle la mano.

—Buenos días, almirante.

—¿Cómo estuvo el vuelo?

—Diferente. Nunca había volado en un avión de combate, y mucho menos en uno con pretensiones de imitar a un colibrí. —Ryan sonrió. La calefacción era intensa y el ambiente agradable.

—Magnífico. Vámonos a mi camarote de mar. —White autorizó a retirarse al subteniente, quien entregó el maletín a Jack antes de hacerlo. El almirante enseñó el camino hacia popa a través de un corto pasillo y luego a la izquierda, entrando en un pequeño compartimiento.

Era sorprendentemente austero, considerando que a los ingleses les gustan las comodidades y que White era un noble. Había dos portillas con cortinas, un escritorio y un par de sillas. El único toque humano era un retrato en colores de su esposa. Una de las paredes estaba totalmente cubierta por un mapa del Atlántico Norte.

—Parece cansado, Jack. —White lo invitó a sentarse en una de las sillas.

—Estoy cansado. He estado en movimiento desde las seis de la mañana de ayer. No me he fijado en los cambios de hora, creo que mi reloj está todavía con la hora de Europa.

—Tengo un mensaje para usted. —White sacó del bolsillo un papel y se lo alcanzó a Jack.

Greer a Ryan. WILLOW confirmado, leyó Ryan. *Basil envía saludos. Fin.* Alguien había confirmado a WILLOW. ¿Quién? Tal vez Sir Basil, tal vez Ritter. Ryan no habría podido decirlo. Metió el papel en un bolsillo.

—Son buenas noticias, señor.

—¿Por qué el uniforme?

—No fue idea mía, almirante. Usted sabe para quién trabajo, ¿verdad? Pensaron que llamaría menos la atención así.

—Por lo menos le queda bien. —El almirante levantó un teléfono y ordenó que les enviaran refrescos—. ¿Cómo está la familia, Jack?

—Muy bien, gracias, señor. El día antes de mi partida Cathy y Toni estuvieron tocando en la casa de Nigel Ford. Yo me lo perdí. Si siguen progresando, creo que deberíamos hacerles grabar un disco. No hay muchos violinistas mejores que su esposa.

Llegó un camarero con una fuente llena de emparedados. Jack nunca había podido explicarse el gusto de los británicos para comer pepinos con pan.

—Y bien, ¿de qué se trata?

—Almirante, el mensaje que usted acaba de entregarme significa que puedo informar sobre esto a usted y otros tres oficiales. Es un asunto muy caliente, señor. Usted querrá elegirlos teniendo eso en cuenta.

—Bastante caliente como para hacer regresar a mi pequeña flota. —White pensó por un momento, antes de levantar el teléfono y ordenar que se presentaran en su camarote tres de sus oficiales. Colgó el auricular—. El capitán de navío Carstairs, el capitán de navío Hunter y el capitán de fragata Barclay; son, respectivamente, comandante del *Invincible*, mi oficial de operaciones de la flota y mi oficial de inteligencia de la flota.

—¿El jefe de estado mayor no?

—Viajó en avión de regreso a nuestro país, por duelo en la familia. ¿Algo para el café? —White extrajo de un cajón del escritorio lo que aparentaba ser una botella de coñac.

—Gracias, almirante. —Se sintió agradecido por el coñac. Ese café necesitaba ayuda. Observó que el almirante servía una generosa medida, quizá con el oculto propósito de hacerlo hablar con mayor libertad. White era marino británico desde mucho tiempo antes de conocer a Ryan

Los tres oficiales llegaron juntos, dos de ellos llevaban sillas metálicas plegables.

—Almirante —comenzó Ryan—, tal vez quiera dejar afuera esa botella. Después de que escuchen esta historia, tal vez todos necesitemos un trago. —Hizo a un lado las dos carpetas de exposición que le quedaban y habló de memoria. Su explicación duró quince minutos—. Caballeros —concluyó—. Debo insistir en que esta información tiene que ser mantenida en forma estrictamente confidencial. Por el momento, nadie debe conocerla, fuera de los que estamos en este camarote.

—Qué lástima —dijo Carstairs—. Como historia naval es realmente buena.

—¿Y nuestra misión? —White tenía en sus manos las fotografías. Sirvió a Ryan otra medida de coñac, miró fugazmente la botella y después la guardó otra vez en el escritorio.

—Gracias, almirante. Por el momento, nuestra misión consiste en localizar al *Octubre Rojo*. Después de eso, no estamos seguros. Me imagino que solamente ubicarlo será bastante difícil.

—Una astuta observación, capitán Ryan —dijo Hunter.

—La buena noticia es que el almirante Painter ha solicitado que el Comandante en Jefe del Atlántico asigne a ustedes el control de varios buques de la Armada de Estados Unidos, probablemente tres fragatas clase 1052, y un par deFFG 7 Perrys. Todos ellos llevan uno o dos helicópteros.

—¿Y bien, Geoffrey? —preguntó White.

—Es un comienzo —aprobó Hunter.

—Llegarán en uno o dos días. El almirante Painter me pidió que les expresara su confianza en su grupo y su personal.

—Todo un maldito submarino misilístico ruso... —dijo Barclay como para sí mismo. Ryan rió.

—¿Le gusta la idea, capitán? —Por lo menos ya tenía uno convencido.

—¿Y qué pasa si el submarino pone proa hacia el Reino Unido? ¿Se convierte entonces en una operación británica? —preguntó Barclay enfáticamente.

—Supongo que sí, pero por lo que puedo ver en el mapa, si Ramius estuviera navegando hacia Inglaterra, ya habría llegado allá. Vi una copia de la carta del Presidente a la Primera Ministra. En retribución por la ayuda de ustedes, la Marina Real obtiene acceso a la misma información de que dispongamos, a medida que nuestra gente vaya consiguiéndola. Estamos del mismo lado, caballeros. La pregunta es: ¿podemos hacerlo?

—¿Hunter? —preguntó el almirante.

—Si esta inteligencia es correcta... yo diría que tenemos una buena probabilidad, quizás hasta de un cincuenta por ciento. Por un lado, tenemos un submarino misilístico que intenta evadir la detección. Por el otro, contamos con una cantidad de medios de guerra antisubmarina dispuestos para localizarlo, y su destino será alguno entre unos pocos. Norfolk, por supuesto, Newport, Groton, King's Bay, Port Everglades, Charleston. Un puerto civil como Nueva York es poco probable, creo.

El problema es que, si Ivan está enviando a toda velocidad esos *Alfa* con destino a las costas de ustedes, van a llegar allá antes que el *Octubre*. Puede que ellos hayan pensado en algún puerto específico como blanco. Eso lo sabremos en un día más. De modo que yo diría que tienen las mismas probabilidades. Podrán operar a tal distancia de sus costas que el gobierno de los Estados Unidos no tendrá razones legales viables para objetar cualquier cosa que hagan. En todo caso, yo diría que los soviéticos tienen la ventaja. Tienen ambas cosas: una idea más clara de las capacidades del submarino y una misión general más simple. Eso es suficiente para equilibrar la menor capacidad de sus sensores.

—¿Por qué Ramius no viene más rápido? —preguntó Ryan—. Eso es algo que no puedo explicarme. Una vez que sobrepase las líneas del sistema de control de vigilancia de sonar frente a Islandia no tiene más obstáculos para llegar a la cuenta profunda, entonces... ¿por qué no aprieta el acelerador a fondo y corre hacia nuestra costa?

—Hay por lo menos dos razones —respondió Barclay—. ¿Qué grado de información sobre inteligencia operacional tiene usted?

—Manejo asignaciones individuales. Eso significa que salto mucho de una cosa a otra. Conozco bastante acerca de sus submarinos misilísticos, por ejemplo, pero no tanto sobre los de ataque. —Ryan no necesitaba explicar que pertenecía a la CIA.

—Bueno, usted sabe cómo es de compartimentada la mentalidad de los soviéticos. Probablemente Ramius no sabe dónde están sus submarinos de ataque, no todos ellos. De manera que, si él se pusiera a correr de un lado a otro, correría el albur de encontrarse con un *Victor* aislado y que lo hundiera antes de que él mismo pudiera enterarse. Segundo, ¿qué ocurriría si los soviéticos hubieran solicitado ayuda a los Estados Unidos, diciendo tal vez que una tripulación amotinada de contrarrevolucionarios maoístas se había apoderado de un submarino misilístico... y luego la Marina de ustedes detecta un submarino misilístico navegando a toda velocidad por el Atlántico Norte en dirección a la costa norteamericana? ¿Qué haría el Presidente de los Estados Unidos?

—Sí —asintió Ryan—. Lo haríamos volar en pedazos.

—Así es. Ramius está procediendo cautelosamente, y es probable que quiera aferrarse a lo que conoce —concluyó Barclay—. Afortunada o desafortunadamente, es tremendamente bueno en eso.

—¿Cuánto demoraremos en disponer informes sobre el rendimiento de ese sistema de propulsión silencioso? —quiso saber Carstairs.

—Dentro de dos días, espero.

—¿Adónde quiere el almirante Painter que estemos nosotros? —preguntó White.

—El plan que él presentó a Norfolk los sitúa a ustedes en el flanco derecho. Quiere que el *Kennedy* se mantenga cerca de la costa para enfrentar la amenaza de la fuerza de superficie rusa. Y quiere a la fuerza de ustedes más lejos. Como usted podrá ver, Painter piensa que existe la probabilidad de que Ramius llegue directamente hacia el sur desde el espacio entre Islandia y el Reino Unido, entre en la cuenca atlántica y se mantenga inmóvil por un tiempo. Las probabilidades lo favorecen allí para no ser detectado, y si los soviéticos envían su flota tras él, tiene tiempo y abastecimientos para permanecer quieto por un tiempo mayor que el que pueden ellos mantener una fuerza frente a nuestra costa... tanto por razones técnicas como políticas. Además, quiere tener más afuera la fuerza de choque de ustedes para amenazar el flanco de ellos. Tiene que aprobarlo el comandante en jefe de la Flota del Atlántico, y todavía falta resolver una serie de detalles. Por ejemplo, Painter solicitó algunos E-3 Sentries, para apoyarlos aquí a ustedes.

—¿Un mes en el medio del Atlántico Norte en invierno? —Carstairs frunció el entrecejo. Había sido segundo comandante del *Invincible* durante la guerra de las Malvinas, soportando la violencia del Atlántico Sur varias semanas interminables.

—Alégrense por los E-3 —el almirante sonrió—. Hunter, quiero ver planes para usar todos estos buques que nos dan los yanquis, y cómo podemos cubrir una superficie máxima. Barclay, quiero ver su apreciación sobre qué hará nuestro amigo Ramius. Suponga que sigue siendo el astuto bastardo que hemos llegado a conocer y amar.

—Comprendido, señor. —Barclay se puso de pie junto con los demás.

—Jack, ¿cuánto tiempo se quedará usted con nosotros?

—No lo sé, almirante. Creo que será hasta que vuelvan a llamarme para regresar al *Kennedy*. Desde mi punto de vista, esta operación fue dispuesta demasiado rápido. Nadie sabe realmente qué demonios se supone que hagamos.

—Bueno, ¿por qué no nos deja que nos ocupemos de esto por un rato? Usted parece estar exhausto. Vaya a dormir un poco.

—Es cierto, almirante. —Ryan comenzaba a sentir los efectos del coñac.

—Allí hay un coy en el armario. Haré que alguien se lo prepare y por ahora puede dormir aquí. Si llega algo para usted, lo llamaremos.

—Es muy amable, señor. —El almirante White era un gran tipo, pensó Jack, y su esposa algo muy especial. Diez minutos después Ryan estaba dormido en el coy.

El Octubre Rojo

Cada dos días, el *starpom* recogía las plaquetas de radiación. Eso era parte de una inspección semiformal. Después de controlar que todos los miembros de la tripulación tuvieran los zapatos perfectamente lustrados, que todos los camastros estuvieran bien ordenados y que cada armario se encontrara arreglado de acuerdo con el reglamento, el oficial ejecutivo juntaba las plaquetas usadas durante dos días y entregaba otras nuevas a los marinos, generalmente al mismo tiempo que les impartía algunas recomendaciones para que su comportamiento fuera tal como debía ser el del Nuevo Hombre Soviético. Borodin hacía de ese procedimiento toda una ciencia. Ese día, como siempre, el viaje de un compartimiento a otro le llevó dos horas. Cuando terminó, la bolsa que llevaba sobre la cadera izquierda estaba llena de plaquetas usadas, y la de la derecha, vacía de las nuevas. Llevó las plaquetas a la enfermería de la nave.

—Camarada Petrov, aquí le traigo un regalo. —Borodin apoyó la bolsa de cuero sobre el escritorio del médico.

—Bien —el doctor sonrió al oficial ejecutivo—. Con todos estos jóvenes saludables tengo muy poco que hacer, excepto leer mis libros.

Borodin dejó a Petrov para que realizara su tarea. Primero, el doctor dispuso las plaquetas en orden. Cada una de ellas tenía un número de tres dígitos. El primer dígito identificaba la serie de la plaqueta, de modo que, si se detectaba alguna radiación, se dispondría de una referencia de tiempo. El segundo dígito indicaba el lugar donde trabajaba el marino; el tercero, dónde dormía. Era más fácil trabajar con este sistema que con el antiguo, que utilizaba números individuales para cada hombre.

El proceso de revelado era tan simple como una receta de cocina. Petrov podía cumplirlo sin pensar. Primero, apagaba la luz blanca del techo y encendía una luz roja. Luego cerraba y trababa la puerta de su oficina. A continuación tomaba la rejilla de revelación de su soporte en el mamparo, rompía los armazones plásticos y colocaba las tiras de películas en la rejilla con broches de resorte.

Petrov llevó la rejilla al laboratorio contiguo y la colgó en la manija del gabinete de archivo. Llenó con productos químicos tres grandes bandejas rectangulares. A pesar de ser un médico calificado, había olvidado la mayor parte de sus estudios de química inorgánica, y no recordaba exactamente qué eran las drogas de revelación. La bandeja número uno se llenaba con la botella número uno, y la bandeja número dos con la botella número dos. La bandeja número tres —eso lo recordaba— se llenaba con agua. Petrov no tenía apuro. Faltaban dos horas para la comida del mediodía, y sus tareas eran verdaderamente aburridas. Desde hacía dos días estaba leyendo sobre enfermedades tropicales en sus textos de medicina. El doctor esperaba la visita a Cuba con la misma ansiedad que todos los demás a bordo. Con suerte, algunos de los tripulantes podrían pescarse cierta oscura enfermedad, y, por una vez, él tendría algo interesante en que trabajar.

Petrov reguló el reloj medidor de tiempo del laboratorio en setenta y cinco segundos y sumergió las tiras de película en la primera bandeja mientras apretaba el botón de cuenta del tiempo. Mantuvo en él la vista bajo la luz roja, preguntándose si los cubanos todavía fabricarían ron. Él también había estado allá, hacía años, y se acostumbró a paladear el exótico licor. Como cualquier buen ciudadano soviético amaba la vodka, pero, ocasionalmente, anhelaba algo diferente.

El reloj comenzó a sonar y él levantó la rejilla, sacudiéndola cuidadosamente sobre el tanque. No tenía sentido que la droga —nitrato de plata o algo parecido— le cayera sobre el uniforme. Introdujo la rejilla en la segunda bandeja y reguló otra vez el reloj. Era una lástima que las órdenes hubieran sido tan estúpidamente secretas..., podría haber llevado su uniforme tropical. Iba a transpirar como un cerdo en ese calor de Cuba. Claro que ninguno de aquellos salvajes se molestaba nunca en lavarse. ¿Habrían aprendido algo en los últimos quince años? Lo vería.

El reloj sonó de nuevo y Petrov levantó la rejilla por segunda vez, la sacudió y la metió en la bandeja con agua. Otro aburrido trabajo ya completado. ¿Por qué no se caería algún marinero de una escalerilla y se rompería algo? Quería usar su máquina de rayos X, de Alemania Oriental, en un paciente vivo. No confiaba en los alemanes, marxistas o no, pero lo cierto era que fabricaban buenos equipos médicos, incluida su máquina de rayos, su autoclave y la mayor parte de sus productos farmacéuticos. Tiempo. Petrov levantó la rejilla y la sostuvo en alto contra la pantalla de rayos X, que encendió simultáneamente.

—*Nichevo!* —exclamó Petrov sin aliento. Tenía que pensar. Su plaqueta estaba velada. Su número era 3-4-8: tercera serie, armazón cincuenta y cuatro (la oficina médica, sección cocina), hacia popa, el alojamiento (de oficiales).

Las plaquetas tenían una escala de sensibilidad variable, de dos centímetros a lo ancho. Para cuantificar el nivel de exposición se usaban diez segmentos de columnas verticales. Petrov vio que su plaqueta estaba velada hasta el segmento cuatro. Las de los tripulantes de la sala de máquinas se hallaban veladas hasta el segmento cinco, y el torpedista, que pasaba casi todo su tiempo en proa, mostraba contaminación sólo en el segmento uno.

—Hijo de puta. —Conocía de memoria los niveles de sensibilidad. De todos modos, tomó el manual para controlarlos. Afortunadamente, los segmentos eran logarítmicos. Su exposición era de doce rads. La de los maquinistas, de quince a veinticinco. Doce a veinticuatro rads en dos días, no alcanzaba a ser peligroso. No era realmente una amenaza de pérdida de vida, pero... Petrov volvió a su oficina, dejando cuidadosamente las películas en el laboratorio. Tomó el teléfono.

—¿Capitán Ramius? Aquí Petrov. ¿Podría venir a mi oficina, por favor?

—Voy para allá, camarada doctor.

Ramius se tomó su tiempo. Sabía a qué se refería la llamada. El día antes de la partida, mientras Petrov se encontraba en tierra buscando drogas para su depósito, Borodin había contaminado las plaquetas con la máquina de rayos X.

—¿Sí, Petrov? —Ramius cerró la puerta a sus espaldas.

—Camarada comandante, tenemos una pérdida de radiación.

—Tonterías. Nuestros instrumentos la hubieran detectado de inmediato.

Petrov fue a traer las películas del laboratorio y las mostró al comandante.

—Mire aquí.

Ramius las levantó a la luz, observando de arriba abajo las tiras de película. Frunció el entrecejo.

—¿Quién sabe esto?

—Usted y yo, camarada comandante.

—No lo dirá a nadie..., a nadie. —Ramius hizo una pausa—. ¿Hay alguna probabilidad de que las películas estuvieran..., de que tengan algo mal, de que usted haya cometido un error en el proceso de revelado?

Petrov sacudió enfáticamente la cabeza.

—No, camarada comandante. Solamente usted, el camarada Borodin y yo tenemos acceso a ellas. Como usted sabe, yo probé algunas muestras al azar, de cada lote, tres días antes de que partiésemos. —Petrov, como todos, no habría admitido que había tomado las muestras de la parte de arriba de la caja donde estaban contenidas. No eran realmente al azar.

—La máxima exposición que veo es... ¿diez a veinte? —Ramius dedujo un poco las cifras—. ¿De quiénes son estos números?

—De Bulganin y de Surzpoi. Los torpedistas de allá adelante están todos debajo de los tres rads.

—Muy bien. Lo que tenemos aquí, doctor, es una posible pérdida menor... menor, Petrov, en la sala del reactor. Como máximo una fuga de gas de alguna clase.

Esto ha ocurrido antes, y nadie se ha muerto por ello. Se encontrará la pérdida y será arreglada. Mantendremos este pequeño secreto. No hay motivo para inquietar a los hombres por nada.

Petrov asintió con un movimiento de cabeza, sabiendo que en 1970 habían muerto algunos hombres en un accidente en el submarino *Voroshilov*, y otros en el rompehielos *Lenin*. Ambos accidentes habían ocurrido hacía ya bastante tiempo, sin embargo, y estaba seguro de que Ramius podía manejar las cosas. ¿No era así?

El Pentágono

La galería E del Pentágono era la primera y más grande, y como sus ventanales al exterior ofrecían algo más que una vista de patios sombreados, era allí donde la mayoría de los más altos funcionarios de defensa tenían sus despachos. Uno de ellos era el del director de operaciones de los Jefes del Estado Mayor Conjunto, el J-3. Él no estaba allí. Se encontraba abajo, en una sala situada en un nivel inferior al subsuelo y llamada coloquialmente el Tanque, debido a que sus paredes metálicas tenían distribuidos ciertos elementos electrónicos que producían ruidos y estaban destinados a frustrar cualquier otro equipo electrónico.

Hacía ya veinticuatro horas que se hallaba allí, aunque nadie podría haberlo deducido de su aspecto. Sus pantalones verdes aún estaban bien planchados, la camisa color caqui todavía mostraba los dobleces de la lavandería, el cuello almidonado y rígido como de madera, y la corbata sostenida impecablemente en su sitio por un alfiler de corbata, de oro, del cuerpo de infantería de marina. El teniente general Edwin Harris no era diplomático ni graduado de la academia de servicios, pero estaba haciendo de conciliador. Extraña posición para un infante de marina.

—¡Maldita sea! —Era la voz del almirante Blackburn, Comandante en Jefe del Atlántico. También estaba presente su propio oficial de operaciones, el contraalmirante Pete Stanford—. ¿Ésta es una forma de dirigir una operación?

Los Jefes Conjuntos estaban todos allí, y ninguno de ellos lo aprobaba.

—Mire, Blackie, ya le dije de dónde venían las órdenes. —La voz del general Hilton, presidente de la Junta de Jefes de Estado Mayor, sonaba cansada.

—Yo comprendo eso, general, pero esto es por mucho una operación de submarinos, ¿correcto? Yo tengo que hacer participar de esto a Vincent Gallery, y usted debería tener a Sam Dodge trabajando para eso. Dan y yo somos hombres de combate, Pete es un experto en guerra antisubmarina. Necesitamos un submarinista en esto.

—Caballeros —dijo Harris con calma—, por el momento el plan que debemos llevar al Presidente sólo necesita referirse a la amenaza soviética. Mantengamos en suspenso por ahora esta historia acerca del submarino misilístico desertor, ¿no les parece?

—Yo estoy de acuerdo —asintió Stanford—. Ya tenemos bastante de qué preocuparnos aquí.

La atención de los ocho altos oficiales se volcó hacia la mesa-mapa. Cincuenta y ocho submarinos soviéticos y veintiocho buques de superficie, además de un conjunto de buques tanque y de abastecimiento, se dirigían sin la menor duda hacia la costa de los Estados Unidos. Para enfrentar eso, la Marina norteamericana sólo tenía disponible un portaaviones. El *Invincible*, por sus particulares características, no podía considerarse como un portaaviones clásico. La amenaza era considerable. Entre todos, los buques soviéticos llevaban más de trescientos misiles crucero superficie a superficie. Aunque diseñados principalmente como armas antibuques, la tercera parte de ellos —que se suponía estaban provistos de cabezas nucleares— era suficiente como para devastar las ciudades de la Costa Este. Desde una posición ubicada frente a Nueva Jersey, esos misiles cubrían desde Boston hasta Norfolk.

—Josh Painter propone que mantengamos al *Kennedy* cerca de la costa —dijo el almirante Blackburn—. Quiere dirigir la operación antisubmarina desde su portaaviones, transfiriendo a tierra sus escuadrones livianos de ataque y reemplazándolos con S-3. Quiere que el *Invincible* permanezca alejado, protegiendo su flanco del lado del mar.

—No me gusta —dijo el general Harris. Tampoco le gustaba a Pete Stanford, y todos habían acordado más temprano que el J-3 lanzaría el plan de acción—. Caballeros, si vamos a tener solamente una cubierta en condiciones de uso, no dudo un maldito segundo de que debemos tener un verdadero portaaviones y no una plataforma agrandada para guerra antisubmarina.

—Lo escuchamos, Eddie —dijo Hilton.

—Pongamos al *Kennedy* aquí afuera —movió la ficha hasta una posición situada al oeste de las Azores—. Josh se queda con sus escuadrones de ataque. Movemos el *Invincible* hasta cerca de la costa para manejar la lucha antisubmarina. Para eso lo diseñaron los británicos, ¿no es cierto? Se supone que sean buenos. El *Kennedy* es un arma ofensiva, su misión es amenazarlos. Muy bien, si desplegamos así, él será la amenaza. Desde aquí tiene alcance para atacar a la fuerza soviética de superficie manteniéndose fuera del perímetro de sus misiles superficie-superficie...

—Mejor aún —interrumpió Stanford señalando algunas naves en el mapa—, podrá amenazar a su fuerza de servicios aquí. Si ellos pierden sus buques-tanque, no pueden volver a su casa. Para enfrentar esa amenaza tendrán que modificar su propio despliegue. En principio, tendrán que llevarse hacia afuera al *Kiev*, para que les proporcione cierta defensa contra el *Kennedy*. Podemos usar los S-3 de reserva desde tierra. Siempre pueden patrullar la misma zona. —Trazó una línea a unas quinientas millas de la costa.

—Aunque deja al *Invincible* un poco desnudo —observó el Jefe de Operaciones Navales, almirante Foster.

—Josh había pedido cierta cobertura en E-3 para los británicos. —Blackburn miró al jefe de estado mayor de la Fuerza Aérea, general Claire Barnes.

—Si quiere ayuda, la tendrá —dijo Barnes—. Para mañana al atardecer tendremos un Sentry operando sobre el *Invincible*, y si lo acercan a la costa, podemos mantenerlo las veinticuatro horas. También puedo poner un grupo de F-16, si usted quiere.

—¿Y qué quiere usted en retribución, Max? —preguntó Foster. Nadie lo llamaba Claire.

—Por lo que yo veo, usted tiene el grupo aéreo del *Saratoga* esperando por allí, sin hacer nada. Muy bien, para el sábado tendré quinientos aviones tácticos de combate desplegados desde Dover hasta Loring. Mis muchachos no saben mucho sobre ataque a buques. Tendrán que aprender pronto. Quiero que usted mande a sus chicos a trabajar con los míos, y quiero también sus Tomcats. Me gusta la combinación avión de combate-misil. Que un escuadrón trabaje desde Islandia, y el otro desde Nueva Inglaterra, para rastrear a los Bear que Ivan está empezando a enviar hacia aquí. Voy a endulzar eso. Si usted quiere, enviaremos algunos aviones-tanque a Lajes, para que permitan seguir volando a los pájaros del *Kennedy*.

—¿Blackie? —preguntó Foster.

—Trato hecho —asintió Blackburn—. Lo único que me preocupa es que el *Invincible* no tiene toda esa capacidad antisubmarina.

—Entonces buscaremos más —dijo Stanford—. Almirante, ¿qué le parece si sacamos al *Tarawa* de Little Creek, lo unimos al grupo del *New Jersey*, con una docena de helicópteros antisubmarinos a bordo, y siete u ocho Harriers?

—Me gusta —dijo rápidamente Harris—. Así tendremos dos portaaviones chicos con una apreciable fuerza de choque para esperar de frente a sus grupos, el *Ken-*

nedy hacia el este de ellos, haciendo de tigre al acecho, y en el oeste varios cientos de aviones tácticos de combate. Tienen que meterse en una zona encajonada por tres lados. Eso nos da mayor capacidad de patrullaje antisubmarino que la que tendríamos de otra manera.

—¿El *Kennedy* puede cumplir bien su misión estando solo allá afuera? —preguntó Hilton.

—Puede estar seguro de eso —replicó Blackburn—. Podemos hundir a cualquiera, quizás a dos de esos cuatro grupos en una hora. Los que estén más cerca de la costa serán responsabilidad suya, Max.

—¿Durante cuánto tiempo ensayaron esto, ustedes dos..., artistas? —preguntó a los oficiales de operaciones el general Maxwell, comandante del cuerpo de infantería de marina. Todos rieron.

El Octubre Rojo

El jefe de máquinas Melekhin despejó el compartimiento del reactor antes de comenzar el control para hallar la pérdida. Ramius y Petrov estaban también allí, además de los oficiales de guardia en máquinas y uno de los jóvenes tenientes, Svyadov. Tres de los oficiales tenían contadores Geiger.

La sala del reactor era bastante grande. Tenía que serlo para disponer del espacio que requería el enorme contenedor de acero en forma de tonel. A pesar de hallarse inactivo, el objeto estaba caliente al tacto. En cada rincón de la sala y rodeados por círculos rojos había detectores automáticos de radiación. Otros colgaban de los mamparos anterior y posterior. De todos los compartimientos del submarino, éste era el más limpio. El piso y los mamparos eran de acero cubierto por una inmaculada pintura blanca. La razón era obvia: la más mínima pérdida del refrigerante del reactor debía ser instantáneamente visible, aun cuando todos los detectores fallaran.

Svyadov trepó por una escalerilla de aluminio asegurada al costado del contenedor del reactor, retiró el sensor de su contador y lo hizo pasar repetidas veces sobre todas las juntas soldadas de las tuberías. El pequeño parlante de la caja detectora estaba regulado al máximo volumen, para que todos los que se hallaban en el compartimiento pudieran oírlo, y Svyadov había enchufado un auricular para lograr una mayor sensibilidad. Era un muchacho de veintiún años y estaba nervioso. Sólo un tonto hubiera podido sentirse completamente seguro mientras buscaba una pérdida de radiación. Hay un chiste en la Marina soviética: ¿Cómo se sabe que un marino pertenece a la Flota del Norte? Porque brilla en la oscuridad. Siempre se habían reído mucho en tierra, pero en ese momento no. Él sabía que estaba buscando la pérdida porque era el más joven, el de menor experiencia y más prescindible de los oficiales. Tenía que hacer un esfuerzo para impedir que sus rodillas se le aflojaran mientras se estiraba para alcanzar en todas partes y alrededor de las tuberías del reactor.

El contador no estaba del todo silencioso, y el estómago de Svyadov se encogía a cada *click* producido por el pasaje de alguna partícula aislada a través del tubo de gas ionizado. Cada tantos segundos sus ojos volaban hacia el dial que medía la intensidad. Se mantenía bien dentro de la zona de seguridad, y apenas marcaba algo. La lectura más elevada se produjo junto a una lámpara de luz. Eso hizo sonreír al teniente.

—Todas las lecturas están dentro de lo normal, camaradas —informó Svyadov.

—Comience de nuevo —ordenó Melekhin—, desde el principio.

Veinte minutos después Svyadov, sudando en ese momento por el aire caliente que se juntaba en la parte alta del compartimiento, anunció un idéntico informe. Descendió torpemente, con brazos y piernas cansados.

—Fume un cigarrillo —sugirió Ramius—. Buen trabajo, Svyadov.

—Gracias, camarada comandante. Hace calor allá arriba, por las luces y los caños de enfriamiento. —El teniente entregó el contador a Melekhin. El dial inferior mostraba la cuenta acumulada, bien dentro de la zona de seguridad.

—Probablemente haya algunas plaquetas contaminadas —comentó agriamente el jefe de máquinas—. No sería la primera vez. Algún bromista en la fábrica o en la oficina de abastecimiento del astillero..., algo para que investiguen nuestros amigos de la agencia de inteligencia. ¡Infames! Deberían meterle una bala al que haga una broma como ésta.

—Tal vez. —Ramius sonrió—. ¿Recuerda el incidente en el *Lenin*? —Se refería al rompehielos nuclear que pasó dos años amarrado al muelle, inutilizado por una falla del reactor—. Un cocinero del buque tenía algunas cacerolas con incrustaciones muy duras, y un loco de maquinista le sugirió que usara vapor para limpiarlas. ¡Entonces, el idiota fue al generador de vapor y abrió una válvula de inspección para poner debajo las cacerolas!

Melekhin puso los ojos como para mirar al cielo.

—¡Lo recuerdo! Yo era oficial maquinista en aquella época. El comandante había pedido un cocinero kazakh...

—Le gustaba la carne de caballo con *kasha* —dijo Ramius.

—... y el muy imbécil no sabía lo primero que debe saberse sobre un buque. Murieron él y tres hombres más, y contaminó el maldito compartimiento por veinte meses. El comandante sólo pudo salir del *gulag* el año pasado.

—Claro que el cocinero consiguió limpiar sus ollas, con seguridad —observó Ramius.

—Sin duda, Marko Aleksandrovich..., y hasta pueden volver a ser seguras para usarlas dentro de unos cincuenta años. —Melekhin lanzó una estridente risotada.

Era lo peor que podrían haber dicho delante de un oficial joven, pensó Petrov. Un escape en un reactor no tenía nada, nada de gracioso. Pero Melekhin era bien conocido por su pesado sentido del humor, y el doctor se imaginó que después de veinte años de trabajar con reactores, él y el comandante estaban autorizados para tomar con cierta filosofía los peligros potenciales. Además, había en la historia una lección implícita: nunca se debe dejar entrar en el compartimiento del reactor a nadie ajeno a él.

—Muy bien —dijo Melekhin—, ahora controlaremos las tuberías en la sala del generador. Venga Svyadov, todavía necesitamos sus piernas jóvenes.

El compartimiento siguiente hacia popa, contenía el intercambiador de calor, generador de vapor, turboalternadores y equipo auxiliar. Las turbinas principales estaban en el compartimiento siguiente, inactivas en ese momento mientras operaba la oruga impulsada por energía eléctrica. De cualquier manera, se suponía que el vapor que las hacía girar debía estar limpio. La única radiactividad estaba en la serpentina interior. El refrigerante del reactor, que llevaba una radiactividad de corta vida pero peligrosa, nunca afectaba al vapor. Éste se encontraba en la serpentina exterior y se originaba en agua no contaminada. Las dos fuentes de agua se encontraban, pero nunca se mezclaban, dentro del intercambiador de calor, el sitio en que mayor probabilidad había de una pérdida de refrigerante, debido a las numerosas válvulas y juntas.

Toda esa tubería, mucho más compleja, requirió cincuenta minutos para su control. Las cañerías no estaban tan bien aisladas como las de más adelante. Svyadov estuvo a punto de quemarse dos veces, y cuando terminó el primer barrido tenía la cara bañada en transpiración.

—Las lecturas son todas normales otra vez, camaradas.

—Bien —dijo Melekhin—. Baje y descanse un momento antes de volver a controlar.

Svyadov casi agradece a su jefe, pero no hubiera sido prudente. Como joven y dedicado oficial, miembro del

Komsomol, no había esfuerzo que fuera demasiado grande. Bajó cuidadosamente y Melekhin le dio otro cigarrillo. El jefe de máquinas era un canoso perfeccionista que cuidaba muy bien a sus hombres.

—Bueno..., gracias, camarada —dijo Svyadov.

Petrov llevó una silla plegable.

—Siéntese, camarada teniente, descanse las piernas.

El teniente se sentó de inmediato y estiró las piernas casi acalambradas. Los oficiales de su anterior destino le habían alabado su suerte por el traslado que le habían dado. Ramius y Melekhin eran los dos mejores maestros de la flota, hombres cuyas tripulaciones apreciaban tanto su bondad como su competencia.

—En realidad, deberían aislar esos caños —dijo Ramius. Melekhin sacudió la cabeza.

—Entonces sería muy difícil inspeccionarlos. —Entregó el contador a su comandante.

—Absolutamente seguro —leyó el comandante en el dial acumulativo—. Cualquiera tiene mayor exposición cuidando un jardín.

—Cierto —dijo Melekhin—. Los mineros de carbón tienen más exposición que nosotros, por los desprendimientos de gases en las minas. Plaquetas malas, eso es lo que tiene que ser. ¿Por qué no sacamos una partida completa y la controlamos?

—Yo podría hacerlo, camarada —respondió Petrov—. Pero entonces, como nuestra navegación es tan larga, tendríamos que estar varios días sin ellas. Y eso es contrario a los reglamentos, me temo.

—Tiene razón. De todas maneras, las plaquetas son sólo un complemento de los instrumentos. —Ramius indicó con un gesto los detectores de los círculos rojos que había por todo el compartimiento.

—¿Realmente quiere volver a controlar la tubería? —preguntó Melekhin.

—Creo que deberíamos hacerlo —contestó Ramius.

Svyadov lanzó un juramento para sus adentros, mientras miraba el suelo.

—No hay nada de extraño en la búsqueda de seguridad —Petrov estaba citando la doctrina—. Lo siento, teniente. —El doctor no lo sentía en lo más mínimo. Había estado sinceramente preocupado y en ese momento se sentía mucho mejor.

Una hora más tarde había terminado el segundo control. Petrov llevó hacia proa a Svyadov para darle tabletas de sal y té, a fin de superar la deshidratación. Los oficiales más antiguos se retiraron y Melekhin ordenó que volvieran a poner en marcha la planta del reactor.

Los miembros de la tripulación fueron regresando a sus puestos mirándose unos a otros. Sus oficiales acababan de controlar los compartimientos «calientes» con instrumentos de radiación. Un rato antes, el hombre del cuerpo de sanidad se había puesto pálido y rehusado a decir nada. Más de un auxiliar de máquinas se tocó su plaqueta de radiación y controló en el reloj de pulsera el tiempo que faltaba para terminar su guardia.

OCTAVO DÍA

Viernes, 10 de diciembre

HMS Invincible

Ryan se despertó en la oscuridad. En las dos pequeñas ventanas del camarote estaban corridas las cortinas. Sacudió varias veces la cabeza para despejarla y empezó a calcular qué estaría ocurriendo a su alrededor. Las olas mecían al *Invincible*, pero menos que antes. Se puso de pie para mirar por una de las ventanillas y pudo ver el último resplandor de la puesta de sol. Miró su reloj e hizo algunos torpes cálculos aritméticos mentales, llegando a la conclusión de que eran las seis de la tarde, hora local. Eso significaba unas seis horas de sueño. Después de pensarlo se sintió bastante bien. Un ligero dolor de cabeza debido al coñac —lo que no ayudaba a la teoría de que la buena bebida no deja rastros al día siguiente— y los músculos algo rígidos. Hizo unas cuantas flexiones para aflojar las rodillas.

Había un pequeño cuarto de baño contiguo a la cabina. Ryan se mojó la cara y enjuagó la boca, sin voluntad para mirarse en el espejo. Pero decidió que debía hacerlo. Falso o no, tenía puesto el uniforme de su país y eso lo obligaba a estar presentable. Le llevó un minuto peinarse y poner en orden su uniforme. La CIA había hecho un buen trabajo de sastrería, teniendo en cuenta el escaso tiempo. Cuando terminó, atravesó la puerta para entrar en la sala del almirante.

—¿Se siente mejor, Jack? —El almirante White le señaló una bandeja llena de tazas. Era sólo té, pero era algo para empezar.

—Gracias, almirante. Esas pocas horas realmente me han ayudado. Supongo que estoy a tiempo para la cena.

—Desayuno —lo corrigió White riendo.

—¿Qué?... Bueno, discúlpeme, almirante. —Ryan volvió a sacudir la cabeza. Se sentía todavía un poco confundido.

—Eso es una *salida* de sol, capitán. Hubo un cambio de órdenes y estamos otra vez con rumbo al oeste. El *Kennedy* va hacia el este a toda velocidad, y nosotros ocuparemos la posición cercana a la costa.

—¿Quién lo dijo, señor?

—El Comandante en Jefe del Atlántico. Supongo que Joshua no se sintió demasiado feliz. Usted deberá quedarse con nosotros por el momento y, dadas las circunstancias, lo más razonable me pareció que era dejarlo dormir. Parecía necesitarlo realmente.

«Deben de haber sido dieciocho horas», pensó Ryan. No era de extrañar que se sintiera entumecido.

—Se lo ve mucho mejor —opinó el almirante White desde su sillón tapizado en cuero. Se puso de pie, tomó a Ryan por el brazo y lo llevó hacia popa—. Ahora iremos a tomar el desayuno. Lo estaba esperando. El capitán Hunter le explicará las nuevas órdenes. Me han dicho que el tiempo se mantendrá claro por unos días. Las asignaciones de los buques de escolta están siendo modificadas. Nosotros vamos a operar en conjunto con el grupo de ustedes, del *New Jersey*. Nuestras operaciones antisubmarinas comienzan normalmente dentro de doce horas. Qué bueno que haya podido dormir unas horas más, muchacho. Le hacían mucha falta.

Ryan se pasó la mano por la cara.

—¿Puedo afeitarme, señor?

—Todavía permitimos las barbas. Que espere hasta después del desayuno.

La cámara del almirante en el *Invincible* no era exactamente igual en lujos a la del *Kennedy*... pero no estaba lejos. White disponía de un comedor privado. Un camarero de librea blanca los sirvió a la perfección. Había un tercer lugar dispuesto para Hunter, que apareció pocos minutos después. Cuando empezaron a hablar el camarero se retiró.

—Dentro de dos horas vamos a encontrarnos con dos de las fragatas de ustedes, de la clase *Knox*. Ya las tenemos en el radar. Otras dos 1052, un buque tanque y dos *Perry* se reunirán con nosotros en las próximas treinta y seis horas. Estaban regresando a casa desde el Mediterráneo. Con nuestras propias escoltas, un total de nueve buques de guerra. Una colección respetable, me parece. Trabajaremos hasta quinientas millas de la costa, con la fuerza *New Jersey-Tarawa* a doscientas millas al oeste de nosotros.

—¿El *Tarawa*? ¿Para qué necesitamos un regimiento de infantes de marina? —preguntó Ryan.

Hunter le explicó brevemente.

—No es una mala idea. Lo curioso es que, al enviar al *Kennedy* a toda marcha hacia las Azores, quedamos nosotros como custodios de la costa de los Estados Unidos —sonrió Hunter—. Ésta debe de ser la primera vez que la Marina Real cumple esa misión... Naturalmente, desde la época en que dejó de pertenecer a nosotros.

—¿Contra qué debemos actuar?

—Los primeros de los *Alfas* llegarán a la costa de ustedes esta noche; son cuatro, y vienen a la cabeza de todos los otros. La fuerza de superficie soviética dejó atrás Islandia anoche. Está dividida en tres grupos. Uno está formado alrededor del portaaviones *Kiev*, dos cruceros y cuatro destructores; el segundo, probablemente la fuerza insignia, está integrado por el *Kirov*, con otros tres cruceros y seis destructores; y el tercero está centrado en el *Moskva*, con tres cruceros más y siete destructores. Pienso que los soviéticos querrán usar los grupos del *Kiev* y del *Moskva* más cerca de la costa, mientras el *Kirov* los protege desde mar afuera..., pero el cambio de posición del *Kennedy* hará que vuelvan a considerarlo. De cualquier manera, la fuerza total lleva una cantidad importante de misiles superficie-superficie y, potencialmente, estamos muy expuestos. Para disminuir ese riesgo, su Fuerza Aérea nos envía un E-3 Sentry —que debe llegar dentro de una hora— para practicar con nuestros Harriers, y cuando estemos un poco más al oeste, dispondremos de apoyo aéreo adicional, de unidades con base en tierra. En general, nuestra posición no es nada envidiable, pero la de Ivan lo es menos. ¿Y en cuanto al problema de encontrar al *Octubre Rojo*? —Hunter se encogió de hombros—. Nuestra forma de conducir la búsqueda dependerá de cómo desplieguen los rusos. Por el momento estamos haciendo algunas operaciones de rastreo. El primer *Alfa* está a ochenta millas al noroeste de nosotros, navegando a más de cuarenta nudos, y tenemos un helicóptero que lo vigila... Eso es aproximadamente todo —concluyó el oficial de operaciones de la flota—. ¿Quiere reunirse abajo con nosotros?

—¿Almirante? —Ryan quería conocer el centro de informaciones de combate del *Invincible*.

—Por supuesto.

Treinta minutos más tarde, Ryan se encontraba en una sala silenciosa y oscurecida cuyas paredes estaban formadas por paneles de cristal para ploteo y un compacto grupo de instrumentos electrónicos. El Océano Atlántico estaba lleno de submarinos rusos.

La Casa Blanca

El embajador soviético entró en la Oficina Oval un minuto adelantado, a las diez y cincuenta y nueve de la mañana. Era un hombre bajo, excedido de peso, de cara ancha con facciones eslavas y unos ojos que habrían sido el orgullo de un jugador profesional. No revelaban absolutamente nada. Era un diplomático de carrera, que había actuado en una cantidad de cargos en el mundo occidental, y pertenecía —desde hacía treinta años— al departamento de Relaciones Exteriores del partido Comunista.

—Buenos días, señor Presidente, doctor Pelt. —Alexei Arbatov saludó con una leve inclinación de cabeza a ambos hombres. El Presidente, él lo notó de inmediato, se hallaba sentado detrás de su escritorio. En todas las oportunidades anteriores en que había estado allí, el Presidente se había adelantado para estrecharle la mano, sentándose luego a su lado.

—Sírvase un poco de café, señor embajador —ofreció Pelt. El asesor especial del Presidente para asuntos de seguridad nacional era bien conocido para Arbatov. Jeffrey Pelt era un académico del Centro de Estudios Estratégicos e Internacionales de la Universidad de Georgetown, un enemigo... pero un enemigo *kulturny*, de buenas maneras. A Arbatov le encantaban todas las delicadezas de la conducta formal. Ese día, Pelt se hallaba de pie al lado de su jefe, poco dispuesto a acercarse demasiado al oso ruso. Arbatov no se sirvió café.

—Señor embajador —empezó Pelt—, hemos notado un preocupante aumento de la actividad naval soviética en el Atlántico Norte.

—¿Ah, sí? —Las cejas de Arbatov se dispararon hacia arriba en una muestra de sorpresa que no engañaba a nadie, y él lo sabía—. No tengo conocimiento de eso. Como ustedes saben, nunca he sido marino.

—¿Por qué no nos dejamos de pavadas, señor embajador? —dijo el Presidente. Arbatov no se permitió a sí mismo que la vulgaridad lo sorprendiera. Hacía parecer muy ruso al Presidente norteamericano y, al igual que las autoridades soviéticas, parecía necesitar a su lado a un profesional como Pelt para suavizar las aristas—. Ustedes tienen en este momento cerca de cien naves de guerra operando en el Atlántico Norte o navegando hacia allí. El presidente Narmonov y mi predecesor acordaron hace algunos años que ninguna operación semejante se realizaría sin previa notificación. Como usted sabe, el propósito de ese acuerdo era evitar actos que pudieran parecer indebidamente provocativos para uno u otro lado. Ese acuerdo ha sido respetado... hasta ahora.

»Y bien, mis asesores militares me dicen que lo que está ocurriendo se parece mucho a un ejercicio de guerra y, por cierto, podría ser precursor de una guerra. ¿Cómo podemos saber la diferencia? Sus buques están ahora pasando al este de Islandia, y pronto estarán en una posición desde la cual pueden amenazar nuestras rutas comerciales con Europa. Esta situación es por lo menos inquietante, y, en el otro extremo, una provocación grave y absolutamente injustificada. Todavía no se ha hecho público el alcance de este acto. Pero eso cambiará, y cuando cambie, Alex, el pueblo norteamericano exigirá acción de mi parte. —El Presidente hizo una pausa, esperando una respuesta, pero sólo obtuvo una señal de asentimiento con la cabeza. Pelt continuó en su nombre.

—Señor embajador, a su país le ha parecido conveniente violar un acuerdo que durante años ha sido un modelo de cooperación Este-Oeste. ¿Cómo puede usted esperar que no veamos en esto sino una provocación?

—Señor Presidente, doctor Pelt, honestamente no tenía conocimiento de esto —mintió Arbatov con la mayor sinceridad—. Tomaré contacto de inmediato con Moscú para averiguar los hechos. ¿Desea usted que transmita algún mensaje?

—Sí. Como comprenderán usted y sus superiores en Moscú —dijo el Presidente—, vamos a desplegar nuestros buques y aviones para observar a los de ustedes. La prudencia lo requiere. No tenemos ningún deseo de interferir en ninguna operación legítima en que estén empeñadas sus fuerzas. No es nuestra intención incurrir a la vez nosotros en una provocación, pero según los términos de nuestro acuerdo tenemos derecho a saber qué está pasando, señor embajador. Hasta ese momento estamos imposibilitados de impartir órdenes adecuadas a nuestros hombres. Sería bueno que su gobierno considerara que la circunstancia de tener tantos buques de ustedes y tantos nuestros, aviones de ustedes y aviones nuestros en semejante promiscuidad configura una situación particularmente riesgosa. Pueden ocurrir accidentes. Cualquier acción de uno u otro lado, que en otro momento hubiera parecido inofensiva, puede resultar ahora algo completamente diferente. Así han comenzado algunas guerras, señor embajador. —El Presidente se apoyó en su respaldo para permitir que ese último pensamiento flotara en el aire durante un momento. Al continuar, habló con mayor suavidad—. Por supuesto que veo esa posibilidad como muy remota, pero ¿no es una irresponsabilidad correr semejante riesgo?

—Señor Presidente, usted ha expresado muy bien su punto de vista, como siempre, pero como usted sabe, el mar es libre para el pasaje de todos y...

—Señor embajador —interrumpió Pelt—, considere una simple analogía. El vecino de la casa contigua empieza a patrullar el jardín del frente con una escopeta cargada, mientras los hijos de usted juegan en su propio jardín. En este país, esa acción sería técnicamente legal. Aun así, ¿no sería para usted un motivo de preocupación?

—Sí lo sería, doctor Pelt, pero la situación que usted describe es muy diferente...

En ese momento fue el Presidente quien interrumpió.

—Por cierto que lo es. La situación que se nos ha presentado es por lejos mucho más peligrosa. Es la violación de un acuerdo, y eso es para mí extremadamente inquietante. Yo había confiado en que estaríamos entrando en una nueva era en las relaciones soviético-norteamericanas. Hemos arreglado nuestras diferencias de comercio. Acabamos de concluir un nuevo acuerdo de granos. Usted mismo tuvo una importante participación en eso. Hemos estado progresando, señor embajador... ¿Significa esto el final? —El Presidente sacudió enfáticamente la cabeza—. Espero que no, pero la elección es de ustedes. Las relaciones entre nuestros dos países sólo pueden basarse en la confianza.

»Señor embajador, espero no haberlo alarmado. Como usted sabe, tengo la costumbre de hablar francamente. Personalmente, aborrezco el resbaladizo disimulo de la diplomacia. En momentos como éste, debemos comunicarnos rápida y claramente. Tenemos ante nosotros una situación peligrosa, y debemos trabajar juntos, sin pérdida de tiempo, para resolverla. Mis comandantes militares están tremendamente preocupados, y yo necesito saber —hoy mismo— qué están haciendo las fuerzas navales soviéticas. Espero una respuesta para esta tarde a las siete. De no ser así, me pondré en línea directa con Moscú para exigirla.

Arbatov se puso de pie.

—Señor Presidente, voy a transmitir su mensaje en la próxima hora. Pero, por favor, no olvide la diferencia horaria entre Washington y Moscú.

—Sé que acaba de comenzar el fin de semana, y que la Unión Soviética es el paraíso de los trabajadores, pero confío en que algunas de las autoridades de su país estén todavía en su puesto. De todos modos, no voy a detenerlo más. Buenos días.

Pelt acompañó afuera a Arbatov, luego volvió y se sentó.

—Tal vez fui un poco demasiado duro con él —dijo el Presidente.

—Sí, señor. —Pelt pensaba que había sido extremadamente duro. Sentía muy poco afecto hacia los rusos, pero le gustaban las delicadezas de la diplomacia—. Creo poder decir que tuvo éxito en lograr que su mensaje cumpliera su objetivo.

—Él sabe todo.

—Él sabe todo. Pero no sabe que nosotros lo sabemos.

—Eso creemos —el Presidente hizo una mueca—. ¡Qué maldito juego de locos es éste! Y pensar que yo estaba haciendo una linda y segura carrera metiendo mafiosos en la cárcel... ¿Usted cree que morderá el anzuelo que le puse?

—«¿Operaciones legítimas?» ¿Vio usted cómo se le crisparon las manos al oírlo? Se va a aferrar a eso como un pulpo a su presa. —Pelt caminó unos pasos para servirse media taza de café. Le encantaba que la vajilla tuviera un filete de oro—. Me pregunto cómo van a llamar ellos a esto. ¿Operaciones legítimas?... Probablemente una misión de rescate. Si lo califican como ejercicio de la flota están admitiendo haber violado el protocolo de notificación. Una operación de rescate justifica el nivel de actividad, la velocidad con que fue ordenado todo, y la falta de publicidad. La prensa de ellos jamás informa una cosa como ésta. Tengo el presentimiento de que van a decir que es un rescate, que ha desaparecido un submarino, hasta quizá lleguen al punto de llamarlo submarino misilístico.

—No, no harán eso. No llegarán tan lejos. También tenemos ese acuerdo para mantener a nuestros submarinos misilísticos a quinientas millas mar adentro. Es probable que Arbatov ya tenga instrucciones sobre qué deberá decirnos, pero se tomará todo el tiempo que pueda. También es vagamente posible que no sepa nada de nada. Sabemos cómo mantienen compartimentada la información. ¿Le parece que estamos atribuyéndole una capacidad de ofuscación que realmente no tiene?

—Creo que no, señor. Uno de los principios de la diplomacia —observó Pelt— es que se debe conocer algo de la verdad para poder mentir en forma convincente.

El Presidente sonrió.

—Bueno, han tenido tiempo suficiente como para realizar este juego. Espero que mi reacción tardía no los decepcione.

—No, señor. Hasta cierto punto, Alex debe de haber estado esperando que lo sacara por la puerta de un puntapié.

—Más de una vez me pasó la idea por la cabeza. Su encanto diplomático siempre ha sido inútil para mí. Ésa es una de las cosas de los rusos... ¡Me recuerdan tanto a los cabecillas de la mafia a quienes yo solía acusar! El mismo barniz de cultura y buenos modales y la misma ausencia de moralidad. —El Presidente sacudió la cabeza. Estaba hablando de nuevo como un halcón—. Quédese cerca, Jeff. Dentro de unos minutos voy a recibir a George Farmer, pero quiero que usted esté conmigo cuando vuelva nuestro amigo.

Pelt regresó a su despacho, analizando la afirmación del Presidente. Admitió para sí mismo que era crudamente acertada. El peor insulto para un ruso educado era que lo llamaran *nekulturny*, inculto —el término carecía de una traducción adecuada—; sin embargo, el mismo hombre sentado en un palco de la ópera del Estado de Moscú, llorando al final de una representación de *Boris Godunov*, era capaz de volverse inmediatamente y ordenar el encarcelamiento o ejecución de cien hombres sin pestañear. Un pueblo extraño, hecho aun más extraño por su filosofía política. Pero el Presidente tenía muchas aristas filosas, y Pelt habría deseado que aprendiera a suavizarlas. Una cosa era un discurso frente a la Legión Americana y otra muy diferente una discusión con el embajador de una potencia extranjera.

Dirección General de la CIA

—CARDINAL tiene problemas, juez. —Ritter se sentó.

—No me sorprende. —Moore se quitó los lentes y se restregó los ojos. Algo que Ryan no había visto era la nota de tapa del jefe de estación en Moscú, diciendo que, para sacar su último mensaje, CARDINAL había salteado la mitad de los eslabones de la cadena de correo que unía al Kremlin con la embajada de los Estados Unidos. El agente se estaba poniendo demasiado osado con la edad—. ¿Qué dice exactamente el jefe de estación?

—Se supone que CARDINAL está en el hospital con neumonía. Tal vez sea cierto, pero...

—Se está poniendo viejo, y allá están en el invierno, pero ¿quién cree en coincidencias? —Moore bajó la mirada hacia su escritorio—. ¿Qué cree que harán si lo han descubierto?

—Morirá silenciosamente. Depende de quién lo haya descubierto. Si fue la KGB, tal vez quieran aprovecharlo, especialmente desde que nuestro amigo Andropov se llevó con él mucho del prestigio que tenían cuando se fue. Pero no lo creo. Teniendo en cuenta quién es su protector, eso levantaría demasiado jaleo. Lo mismo si fue la GRU quien lo descubrió. No, lo meterán en la cárcel durante unas pocas semanas, y después, silenciosamente, lo harán desaparecer. Un juicio público sería demasiado contraproducente.

El juez Moore frunció el entrecejo. Parecían médicos que discutían sobre un paciente condenado. Él ni siquiera sabía cómo era CARDINAL físicamente. En algún lugar del archivo existía una fotografía, pero no la había visto nunca. Así era más fácil. Como juez de una corte de apelaciones nunca había tenido que mirar a los ojos de un acusado; se limitaba a revisar la ley en forma independiente. Trató de mantener en su gobierno de la CIA la misma modalidad. Moore sabía que eso podía ser apreciado como cobardía, y no era exactamente lo que la gente esperaba de un director general de la Central de Inteligencia..., pero también los espías envejecen, y los viejos desarrollan conciencias y dudas que difícilmente inquietan a los jóvenes. Era hora de dejar la «Compañía». Casi tres años, era suficiente. Ya había cumplido con lo que se esperaba de él.

—Diga al jefe de estación que se mantenga apartado. Que no haga ningún tipo de investigación referida a CARDINAL. Si está realmente enfermo, pronto volveremos a tener noticias de él. Si no, también lo sabremos, y mucho antes.

—Perfecto.

Ritter había tenido éxito en la confirmación del informe de CARDINAL. Un agente informó que la flota partía con oficiales políticos adicionales; otro, que la fuerza de superficie estaba al comando de un marino académico, amigo incondicional de Gorshkov, que había volado a Severomorsk y abordado el *Kirov* minutos antes de que soltara amarras. El arquitecto naval de quien se creía era el diseñador del *Octubre Rojo* parecía haberse embarcado con aquél. Un agente británico informaba que se había llevado a bordo en forma urgente, desde sus depósitos habituales en tierra, los detonadores para las diversas armas que equipaban a los buques de superficie. Por último, había un informe sin confirmar de que el almirante Korov, comandante de la Flota del Norte, no se hallaba en su puesto de comando; se desconocía su paradero. Toda esa información reunida era suficiente como para confirmar el informe WILLOW, y todavía había más en camino.

La Academia Naval de los Estados Unidos

—¿Skip?

—Ah, hola, almirante. ¿Quiere venir aquí? —Tyler indicó un sillón vacío, del otro lado de la mesa.

—Recibí un mensaje del Pentágono para usted. —El director de la Academia Naval, ex oficial submarinista, se sentó—. Tiene una cita para esta noche a las siete y media. Eso es todo lo que dice.

—¡Formidable! —Tyler estaba terminando su almuerzo. Había estado trabajando casi sin parar desde el lunes en el programa de simulación. La cita significaba que esa noche tendría acceso a la Cray-2 de la Fuerza Aérea. Su programa se hallaba prácticamente listo.

—¿A qué se refiere todo esto?

—Lo siento, señor, no puedo decirlo. Usted sabe cómo son las cosas.

La Casa Blanca

El embajador soviético regresó a las cuatro. Para evitar interferencias de la prensa, lo habían llevado al edificio de la Tesorería, calle por medio con la Casa Blanca, siguiendo luego un túnel de conexión cuya existencia pocos conocían. El Presidente tuvo la esperanza de que eso hubiera resultado inquietante para el diplomático. Pelt se apresuró para estar con él cuando llegara Arbatov.

—Señor Presidente —comenzó a informar Arbatov, colocándose en rigurosa posición militar. El Presidente no sabía que el ruso hubiese tenido experiencia militar—. He recibido instrucciones para presentar a usted las excusas de mi gobierno por no haber tenido tiempo de informarle a usted sobre esto. Uno de nuestros submarinos nucleares ha desaparecido, y es presumible que lo hayamos perdido. Estamos realizando una operación de rescate de emergencia.

El Presidente hizo un sobrio movimiento de cabeza, invitando al embajador a que tomara asiento. Pelt se sentó junto a él.

—Esto es en cierta forma embarazoso, señor Presidente. En nuestra Marina, como en la suya, el servicio en un submarino nuclear es un destino de la mayor importancia y, en consecuencia, los elegidos para tripularlo están entre nuestros hombres mejor formados y confiables. En este caso particular, algunos miembros de la dotación —es decir, oficiales— son hijos de altos funcionarios del partido. Uno de ellos es hijo de un miembro del Comité Central, aunque yo no sé exactamente cuál, por supuesto. El gran esfuerzo de la Marina soviética para encontrar a sus hijos es comprensible, aunque debo admitir, un poco indisciplinado. —Arbatov fingía su turbación a las mil maravillas, hablando como si estuviera confiando un gran secreto de familia—. Por lo tanto, esto se ha convertido en lo que su gente llama una operación de «todo el mundo». Como indudablemente usted lo sabe, fue emprendida virtualmente de un día para otro.

—Comprendo —dijo el Presidente con amabilidad—. Eso me hace sentir un poco mejor, Alex. Jeff, me parece que la hora ya es oportuna. ¿Por qué no nos prepara un trago? ¿Bourbon, Alex?

—Sí, gracias, señor.

Pelt se acercó hasta el gabinete de palo de rosa ubicado junto a la pared. La adornada antigüedad contenía un pequeño bar, completo, con un balde de hielo que se llenaba todas las tardes. Al Presidente le gustaba a veces tomar una o dos copas antes de cenar, otra cosa que hacía acordar a Arbatov y sus compatriotas. El doctor Pelt tenía amplia experiencia para desempeñarse como barman del Presidente. En pocos minutos regresó con tres copas en sus manos.

—Para decirle la verdad, nosotros en realidad sospechábamos que esto era una operación de rescate —dijo Pelt.

—Yo no sé cómo logramos que nuestros jóvenes hagan este tipo de trabajo. —El Presidente bebió un trago de su copa. Arbatov no se limitó tanto en la suya. Con frecuencia había dicho en las reuniones sociales que prefería el bourbon norteamericano a su nativa vodka. Tal vez era verdad—. Nosotros hemos perdido un par de submarinos nucleares, creo. ¿Cuántos ustedes, con éste, tres, cuatro?

—No lo sé, señor Presidente. Yo pienso que su información al respecto es mejor que la mía. —El Presidente notó que acababa de decir la verdad por primera vez ese día—. Por cierto que coincido con usted en que ese trabajo es a la vez exigente y peligroso.

—¿Cuántos hombres llevaba a bordo, Alex? —preguntó el Presidente.

—No tengo idea. Unos cien más o menos, supongo. Jamás he estado a bordo de un buque de guerra.

—En su mayoría serían chicos jóvenes, probablemente, como las dotaciones nuestras. Es ciertamente un triste comentario en ambos países que nuestras mutuas sospechas deban condenar a tantos de nuestros mejores muchachos a semejantes riesgos, cuando sabemos que algunos no regresarán jamás. Pero... ¿acaso puede ser de otra manera? —El Presidente hizo una pausa, volviéndose para mirar hacia afuera por los ventanales. La nieve empezaba a derretirse en el South Lawn. Había llegado el momento para el próximo paso—. Quizá podamos ayudar —ofreció el Presidente con ánimo especulativo—. Sí, tal vez podamos usar esta tragedia como una oportunidad para reducir esas sospechas aunque sea en una pequeña cuota. Tal vez podamos hacer que de esto surja algo bueno, para demostrar que nuestras relaciones realmente han mejorado.

Pelt se volvió, buscando la pipa en sus bolsillos. En sus muchos años de amistad nunca había podido comprender cómo el Presidente era capaz de llorar tanto. Pelt lo había conocido en la Universidad de Washington, donde él realizaba estudios avanzados de ciencias políticas, y el Presidente cursaba los iniciales en leyes. En esos días, el jefe del ejecutivo era presidente de la sociedad dramática. Ciertamente, el teatro de aficionados lo había ayudado en su carrera legal. Se decía que por lo menos a un amo de la mafia lo habían mandado a la cárcel exclusivamente a base de retórica. El Presidente se refería al hecho como su representación sincera.

—Señor embajador, le ofrezco la ayuda y los recursos de los Estados Unidos en la búsqueda de sus compatriotas perdidos.

—Eso es muy amable de su parte, señor Presidente, pero...

El Presidente levantó su mano.

—Ningún pero, Alex. Si no podemos cooperar en algo como esto, ¿cómo podemos esperar una cooperación en asuntos más serios? Si la memoria es útil, el año pasado, cuando uno de nuestros aviones patrulleros de la Armada se estrelló frente a las Aleutianas, uno de sus barcos de pesca —había sido una nave espía— recogió a la tripulación y les salvó la vida. Alex, estamos en deuda con ustedes por aquello, una deuda de honor, y no se ha de decir que los Estados Unidos son ingratos. —Hizo una pausa buscando efecto—. Es probable que ellos estén todos muertos, como usted sabe. No creo que haya más probabilidades de sobrevivir en un accidente de submarino que en uno grave de aviación. Pero al menos las familias de los tripulantes lo sabrán. Jeff, ¿no tenemos nosotros cierto equipo especializado para rescate de submarinos?

—¿Con todo el dinero que le damos a la Marina? Maldito fuera que no lo tuviésemos. Llamaré a Foster para preguntarle.

—Bien —dijo el Presidente—. Alex, es esperar demasiado que nuestras mutuas sospechas se despejen por algo tan minúsculo como esto. La historia de ustedes y la nuestra conspiran contra nosotros. Pero hagamos de esto un pequeño comienzo. Si podemos estrechar las manos en el espacio o sobre una mesa de conferencias en Viena, quizá podamos hacerlo aquí también. Daré a mis comandantes las instrucciones necesarias tan pronto como terminemos aquí.

—Gracias, señor Presidente. —Arbatov ocultaba su inquietud.

—Y, por favor, transmita mis respetos al presidente Narmonov y mis sentimientos de pesar a las familias de los desaparecidos. Aprecio el esfuerzo de él, y el suyo, para que esta información nos haya llegado.

—Sí, señor Presidente. —Arbatov se puso de pie. Se retiró después de estrecharse las manos. ¿Qué se proponían realmente los norteamericanos? Él lo había advertido a Moscú: si dicen que es una operación de rescate, ellos exigirán que se les permita cooperar. Era la época de su estúpida Navidad, y a los norteamericanos les gustan los finales felices. Fue una locura no calificar las operaciones como cualquier otra cosa... Al diablo con el protocolo.

Al mismo tiempo, no pudo menos que admirar al Presidente norteamericano. Un hombre extraño, muy abierto; sin embargo, lleno de astucia. Un hombre amistoso durante la mayor parte del tiempo, pero siempre listo para sacar ventajas. Recordó historias que le había relatado su abuela, sobre cómo cambiaban bebés las gitanas. El Presidente norteamericano era muy ruso.

—Bueno —dijo el Presidente, una vez que las puertas se cerraron—, ahora podemos vigilarlos bien de cerca, y no pueden quejarse. Ellos están mintiendo y nosotros lo sabemos... pero no saben que lo sabemos. Y nosotros estamos mintiendo y ellos seguramente lo sospechan, pero no por qué estamos mintiendo. ¡Mi Dios! ¡Y yo le dije esta mañana que no saber las cosas era peligroso! Jeff, he estado pensando sobre esto. No me gusta el hecho de que tantos efectivos de la Marina roja estén operando frente a nuestras costas. Ryan tenía razón. El Atlántico es nuestro océano. ¡Quiero que la Fuerza Aérea y la Marina los cubran como una maldita manta! Ése es nuestro océano, y por todos los diablos, quiero que ellos lo sepan. —El Presidente terminó su copa—. Sobre el asunto del submarino, quiero que nuestra gente le eche una buena mirada, y a cualquiera de la tripulación que quiera desertar, lo protegeremos. Silenciosamente, por supuesto.

—Por supuesto. En la práctica, tener a los oficiales es un golpe tan grande como tener el submarino.

—Pero aun así la Marina querrá conservarlo.

—Yo no veo cómo podemos hacerlo, quiero decir, sin eliminar a la tripulación, y eso no lo podemos hacer.

—De acuerdo. —El Presidente llamó a su secretaria—. Comuníqueme con el general Hilton.

El Pentágono

El centro de computación de la Fuerza Aérea estaba en el segundo subsuelo del Pentágono. La temperatura del salón se hallaba bastante por debajo de los veinte grados centígrados. Era suficiente como para que Tyler sintiera dolor en la parte de la pierna que estaba en contacto con la prótesis de metal y plástico. Ya estaba acostumbrado a eso.

Tyler se había sentado frente a una consola de control. Acababa de finalizar una corrida de prueba de su programa, denominado MORAY, por la cruel anguila que habita en los arrecifes oceánicos. Skip Tyler estaba orgulloso de su capacidad para programar. Había tomado de los archivos del Laboratorio Taylor el viejo programa dinosaurio, lo adaptó al lenguaje común de computación del departamento de Defensa, ADA —así llamado por Lady Ada Lovelace, hija de Lord Byron—, y luego lo ajustó. Para la mayoría de los especialistas esa tarea habría significado un mes de trabajo. Él lo había hecho en cuatro días, dedicándole casi las veinticuatro horas del día, no sólo porque el dinero era un poderoso incentivo sino también porque el proyecto constituía un desafío profesional. Terminó la tarea con la satisfacción de que aún era capaz de cumplir un plazo imposible con tiempo de sobra. Eran las ocho de la noche. MORAY acababa de pasar la prueba de valor-una-variable sin inconvenientes. Tyler estaba listo.

No había visto nunca una Cray-2, excepto en fotografías, y estaba encantado por tener la oportunidad de usarla. La -2 estaba formada por cinco unidades de pura potencia eléctrica, cada una de ellas de forma aproximadamente pentagonal, de un metro y ochenta de alto y uno veinte de ancho. La unidad más grande era el banco principal de procesamiento. Las otras cuatro eran bancos de memoria, dispuestos en una configuración cruciforme. Tyler oprimió las teclas del comando para cargar sus juegos de variables. Para cada una de las dimensiones del *Octubre Rojo* —largo, ancho, alto— él introdujo diez valores numéricos probables. Luego, seis valores con sutiles diferencias para la forma del casco y sus coeficientes. Había cinco juegos para las dimensiones de los túneles. Todo eso significaba más de treinta mil permutaciones posibles. Después, introdujo dieciocho variables de potencia, para cubrir todo el espectro de posibles sistemas de máquinas. La Cray-2 absorbió esa información y colocó cada cifra en su correspondiente sitio. Estaba lista para operar.

—Muy bien —anunció Tyler al operador del sistema, un sargento mayor de la Fuerza Aérea.

—Entendido. —El sargento marcó «XQT» en su terminal. La Cray-2 empezó a trabajar.

Tyler se acercó a la consola del sargento.

—Es un programa bastante largo el que usted ha metido, señor. —El sargento puso un billete de diez dólares sobre la parte alta de la consola—. Le apuesto a que mi nena puede resolverlo en diez minutos.

—Imposible. —Tyler puso su propio billete junto al del sargento—. Quince minutos, fácil.

—¿Partimos la diferencia?

—Está bien. ¿Dónde hay un baño aquí cerca?

—Saliendo por la puerta, señor, dobla a la derecha, baja al hall y allí está sobre la izquierda.

Tyler avanzó hacia la puerta. Lo irritaba un poco no poder caminar con elegancia, pero después de cuatro años el inconveniente era mínimo. Estaba vivo... y eso era lo que importaba. El accidente había ocurrido en una noche fría y clara en Groton, Connecticut, a sólo una cuadra del portón principal del astillero. Era un viernes, a las tres de la mañana, y conducía su automóvil para volver a su casa después de un día de veinte horas, alistando para salir al mar a la nueva nave bajo su comando. El obrero civil del astillero también había tenido un largo día, y se detuvo en su bar favorito donde bebió un poco demasiado, según estableció después la policía. Se subió a su auto, lo puso en marcha, y partió pasando una luz roja y chocando de costado al Pontiac de Tyler a ochenta kilómetros por hora. Para él, el accidente fue fatal. Skip tuvo más suerte. Era en una esquina y él avanzaba con luz verde; cuando vio la trompa del Ford a treinta centímetros de su puerta izquierda, era demasiado tarde. No recordaba haber entrado por la vidriera de una tienda de empeños, y toda la semana siguiente, mientras luchaba cerca de la muerte en el hospital de Yale-New Haven, estuvo totalmente en blanco. Su más vívido recuerdo era el despertar, ocho días después —lo sabría luego—, y ver a su esposa, Jean, que le sostenía la mano. Hasta ese momento su matrimonio había funcionado con inconvenientes, lo que no era un problema infrecuente para los oficiales de los submarinos nucleares. Su primera visión de su mujer no fue muy lisonjera para ella —tenía los ojos inyectados en sangre y el pelo desarreglado— pero para él nunca había sido tan bueno verla. Nunca había apreciado todo lo importante que ella era. Mucho más importante que media pierna.

—¿Skip? ¡Skip Tyler!

El ex submarinista se volvió torpemente y vio que corría hacia él un oficial naval.

—¡Johnnie Coleman! ¿Cómo diablos te va?

En ese momento era el capitán de navío Coleman, notó Tyler. Habían estado juntos en el mismo destino dos veces, un año en el *Tecumseh* y otro en el *Shark*. Coleman, un experto en armas, había sido comandante en un par de submarinos nucleares.

—¿Cómo está tu familia, Skip?

—Jean está muy bien. Ya tenemos cinco chicos, y viene otro en camino.

—¡Maldito! —se estrecharon las manos con entusiasmo—. Tú siempre fuiste un enano caliente. Oí decir que estás enseñando en Annapolis.

—Sí, y además hago algo de ingeniería.

—¿Qué estás haciendo aquí?

—Estoy procesando un programa en la computadora de la Fuerza Aérea. Controlando una configuración de un buque nuevo, para el Comando de Sistemas Marítimos —era una historia que encubría bastante bien la verdad—. ¿Y qué estás haciendo tú?

—En la oficina del OP-02. Soy jefe de estado mayor del almirante Dodge.

—¿De verdad? —Tyler estaba impresionado. El vicealmirante Sam Dodge era el actual OP-02. El despacho del subjefe de operaciones navales para la guerra submarina tenía el control administrativo de todos los aspectos de las operaciones submarinas—. ¿Tienes mucho trabajo?

—¡Tú lo sabes! Hay mierda por todas partes.

—¿Qué quieres decir? —Tyler no había visto las noticias ni leído un periódico desde el lunes.

—¿Me estás tomando el pelo?

—He estado trabajando en el programa de esta computadora veinte horas por día desde el lunes, y ya no recibo mensajes de operaciones. —Tyler arrugó el entrecejo. Algo había oído unos días antes en la Academia pero no le prestó atención. Era de esa clase de personas que podían enfocar totalmente su cerebro en una sola cosa.

Coleman miró todo el corredor, hacia adelante y atrás. Era un viernes al anochecer, ya tarde, y estaban absolutamente solos.

—Supongo que puedo decírtelo. Nuestros amigos los rusos están desarrollando alguna clase de ejercicio mayor. Toda su Flota del Norte está en el mar, o a punto de salir. Tienen submarinos por todas partes.

—¿Haciendo qué?

—No estamos seguros. Parecería que tuvieran una operación importante de búsqueda y rescate. La duda es, ¿de qué? Tienen en este momento cuatro *Alfas* corriendo a toda marcha hacia nuestra costa, con un grupo de *Victors* y *Charlies* detrás de ellos. Al principio nos preocupaba que quisieran bloquear las rutas comerciales, pero las pasaron a toda velocidad. Se dirigen decididamente hacia nuestra costa, y sea lo que fuere que están haciendo, nos llegan toneladas de informaciones.

—¿Qué tienen en navegación?

—Cincuenta y ocho submarinos nucleares y unos treinta buques de superficie.

—¡Mi Dios! ¡El Comando en Jefe del Atlántico debe de estar enloquecido!

—Tú lo sabes, Skip. La flota está en el mar, toda. Cada submarino nuclear que tenemos está disparando hacia una nueva posición. Cada P-3 Lockheed que se haya fabricado se encuentra sobre el Atlántico, o volando hacia allá. —Coleman hizo una pausa—. Tú estás todavía autorizado para recibir información secreta, ¿no?

—Por supuesto, por el trabajo que hago para el grupo de Crystal City. Tomé parte en la evaluación del nuevo *Kirov*.

—Me pareció que ese trabajo era tuyo. Siempre fuiste un ingeniero muy bueno. ¿Sabes?, el viejo todavía sigue hablando de aquella faena que hiciste para él en el vetusto *Tecumseh*. Tal vez pueda hacerte entrar para que veas lo que está pasando. Sí, se lo pediré.

La primera navegación de Tyler después de graduarse en la escuela nuclear en Idaho había sido con Dodge. Había logrado efectuar entonces una difícil reparación en cierto equipo auxiliar del reactor dos semanas antes de lo estimado, con un poquito de esfuerzo creativo y algunos repuestos conseguidos por vía extraoficial. Eso había significado para él y Dodge una nota de felicitación.

—Apuesto que al viejo le encantaría verte. ¿Cuándo terminarás aquí?

—Tal vez en una media hora.

—¿Sabes dónde encontrarnos?

—¿Han trasladado la OP-02?

—Está en el mismo lugar. Llámame cuando hayas terminado. Mi número interno es 78730. ¿De acuerdo? Ahora tengo que volver.

—Muy bien. —Tyler vio desaparecer a su viejo amigo por el corredor, luego siguió su camino hacia el baño de hombres, preguntándose tras de qué andarían los rusos. Fuera lo que fuese, bastaba para mantener trabajando en una noche de viernes, en época de Navidad, a un almirante de tres estrellas y su capitán de cuatro franjas.

—Once minutos, cincuenta y tres segundos y dieciocho décimas de segundo, señor —informó el sargento, y se metió en el bolsillo los dos billetes.

El impreso de la computadora tenía más de doscientas páginas de datos. La primera página tenía el ploteo de una curva de soluciones de velocidad, y debajo de ella estaba la curva de predicción de ruido. Las soluciones caso-por-caso estaban impresas individualmente en las páginas restantes. Las curvas, como era de esperar, eran confusas. La curva de velocidad mostraba la mayoría de las soluciones en la gama de los diez a doce nudos, y el espectro total cubría de siete a dieciocho nudos. La curva de ruido era sorprendentemente baja.

—Sargento, tiene una máquina bárbara.

—Lo creo, señor. Y confiable. No hemos tenido una falla electrónica desde hace un mes.

—¿Puedo usar un teléfono?

—Por supuesto, señor, elija el que usted quiera.

—Muy bien, sargento. —Tyler tomó el teléfono más cercano—. Ah, y descargue el programa.

—De acuerdo. —Escribió en el teclado ciertas instrucciones—. MORAY... desapareció. Espero que haya guardado una copia, señor.

Tyler asintió y marcó un número en el teléfono.

—OP-02A, capitán Coleman.

—Johnnie, habla Skip.

—¡Qué bueno! Oye, el viejo quiere verte. Ven enseguida.

Tyler guardó el impreso en su portafolio y lo cerró. Agradeció una vez más al sargento antes de salir cojeando por la puerta y echando una última mirada a la Cray-2. Tendría que volver allí otra vez.

No pudo encontrar un ascensor que funcionara y tuvo que esforzarse subiendo una rampa no muy pronunciada. Cinco minutos después encontró a un infante de marina que hacía guardia en el corredor.

—¿Usted es el capitán de fragata Tyler, señor? —preguntó el guardia—. ¿Puedo ver algún documento de identificación, por favor?

Tyler mostró al cabo su pase del Pentágono, preguntándose cuántos oficiales ex submarinistas y cojos podían existir.

—Gracias, capitán. Por favor, siga por el corredor. ¿Usted conoce la oficina, señor?

—Sí, gracias, cabo.

El vicealmirante Dodge estaba sentado sobre una esquina del escritorio, leyendo algunos mensajes impresos en papel transparente. Era un hombre pequeño y agresivo, que se había destacado al comando de tres diferentes submarinos, dedicándose luego a impulsar a través de su largo y lento desarrollo a los submarinos de ataque clase *Los Ángeles*. En ese momento era el «Grand Dolphin», el antiguo almirante que peleaba todas las batallas con el Congreso.

—¡Skip Tyler! ¡Se te ve muy bien, muchacho! —Dodge echó una furtiva mirada a la pierna de Tyler mientras se acercaba para darle la mano—. Me han dicho que estás haciendo un gran trabajo en la Academia.

—Es bastante bueno, señor. A veces hasta me dejan estudiar al adversario en algunos juegos de pelota.

—Huumm, qué lástima que no te dejaron estudiar al equipo de Ejército.

Tyler movió teatralmente la cabeza.

—Lo hice, señor. Pero ocurre simplemente que ellos jugaron demasiado duro este año. Usted ha oído hablar del medio apertura que juega para ellos, ¿no?

—No, ¿qué pasa con él? —preguntó Dodge.

—Eligió blindados como destino de servicio, y lo enviaron anticipadamente a Fort Knox... no para que aprendiera sobre tanques. Para que *fuera* un tanque.

—¡Ja!, ¡ja! —rió Dodge—. Dice Johnnie que tienes una pandilla de chicos nuevos.

—El número seis llegará a fines de febrero —dijo orgullosamente Tyler.

—¿Seis? Tú no eres católico ni mormón, ¿no? ¿Y en qué quedó todo aquello de la incubación de pajaritos?

Tyler echó una torcida mirada a su ex jefe. Jamás había comprendido ese prejuicio en la Marina nuclear. Venía de Rickover, quien había inventado la despreciativa expresión *incubación de pajaritos* al hecho de tener más de un hijo. ¿Qué diablos tenía de malo traer hijos al mundo?

—Almirante, como ya no soy más un «nuclear», tengo que hacer *algo* por las noches y en los fines de semana. —Tyler arqueó lascivamente las cejas—. He oído decir que los rusitos están haciendo de las suyas.

Dodge se puso instantáneamente serio.

—Ya lo creo. Cincuenta y ocho submarinos de ataque, todos los submarinos nucleares de la Flota del Norte, han puesto proa hacia aquí, con un grupo grande de superficie y seguidos por la mayoría de sus fuerzas de servicio.

—¿Haciendo qué?

—Tal vez tú puedas decírmelo. Ven conmigo a mi santuario interior. —Dodge condujo a Tyler a una sala donde vio un nuevo equipo, una pantalla de proyección que mostraba el Atlántico Norte, desde el Trópico de Cáncer hasta el pack de hielo polar. Estaban representados cientos de buques. Los mercantes eran blancos y tenían banderas que identificaban su nacionalidad: las naves soviéticas eran rojas y sus formas definían el tipo de buque; los buques norteamericanos y aliados eran azules. El océano estaba casi atestado.

—Cristo.

—Tienes razón, muchacho.

Tyler movió la cabeza con expresión seria.

—¿Cuál es tu calificación para conocer información secreta?

—Secreto absoluto y algunas cosas especiales, señor. Veo todo lo que ellos tienen de material, y hago muchos trabajos con el Comando de Sistemas Marítimos.

—Dice Johnnie que tú hiciste la evaluación del nuevo *Kirov* que acaban de mandar al Pacífico... No está mal, a propósito.

—¿Esos dos *Alfas* se dirigen a Norfolk?

—Así parece. Y están quemando un montón de neutrones mientras lo hacen —apuntó Dodge—. Ése lleva rumbo al estrecho de Long Island como para bloquear la entrada a New London, y ese otro va hacia Boston, creo. Estos *Victors* vienen detrás y no muy lejos. Ya tienen marcada la mayor parte de los puertos británicos. Para el lunes, tendrán uno o dos submarinos frente a cada uno de nuestros principales puertos.

—No me gusta el color que está tomando esto, señor.

—Tampoco a mí. Como ves, nosotros tenemos casi el ciento por ciento de lo nuestro en el mar. Pero lo que es interesante es que no se ve con claridad qué están haciendo ellos. Yo... —Entró el capitán Coleman.

—Veo que dejó entrar al hijo pródigo, señor —dijo Coleman.

—Pórtate bien con él, Johnnie. Yo no olvido cuando era un excelente submarinista. De todos modos... al principio parecía que iban a bloquear las líneas marítimas de comunicación, pero pasaron de largo. Pero estos *Alfas*... podrían estar tratando de bloquear nuestra costa.

—¿Y qué hay de nuestra costa oeste?

—Nada. Nada absolutamente. Sólo la actividad de rutina.

—Eso no tiene sentido —objetó Tyler—. No se puede hacer caso omiso de la mitad de la flota. Por supuesto, si uno va a la guerra no lo anuncia atacando con la máxima potencia a todos los buques.

—Los rusos son tipos extraños, Skip —señaló Coleman.

—Almirante, si nosotros empezamos a abrir fuego contra ellos...

—Les haríamos grandes daños —dijo Dodge—. Con todo el ruido que están haciendo los tenemos bien localizados a casi todos. Eso también tienen que saberlo ellos. Eso es algo que me hace pensar que no están persiguiendo nada realmente malo. Son lo suficientemente listos como para no mostrarse de manera tan obvia... a no ser que quieran que nosotros pensemos eso.

—¿Han dicho algo? —preguntó Tyler.

—Su embajador dice que han perdido un submarino, y como lleva a bordo un montón de hijos de altos capos, han dispuesto la participación de todo el mundo en una misión de búsqueda y rescate. Por eso tanto esfuerzo.

Tyler dejó su portafolio y se acercó más a la pantalla.

—Yo puedo apreciar el dispositivo para búsqueda y rescate, pero ¿por qué bloquear nuestros puertos? —Hizo una pausa, pensando rápidamente mientras inspeccionaba la parte superior del despliegue—. Señor, no veo ningún submarino misilístico aquí arriba.

—Están en puerto... todos ellos, en ambos océanos. El último *Delta* amarró hace pocas horas. Eso también es extraño —dijo Dodge, mirando otra vez la pantalla.

—¿Todos ellos, señor? —preguntó Tyler tan bruscamente como pudo. Se le acababa de ocurrir algo. La pantalla de despliegue mostraba al *Bremerton* en el Mar de Barents, pero no a su supuesta presa. Esperó la respuesta unos segundos. Como no la obtuvo, se volvió para mirar fijamente a los dos oficiales.

—¿Por qué lo preguntas, hijo? —dijo con calma Dodge. La amabilidad en Sam Dodge podía ser una bandera roja de advertencia.

Tyler lo pensó por unos pocos segundos. Había dado su palabra a Ryan. ¿Podía expresar cuidadosamente su respuesta sin comprometerla y aun así descubrir lo que quería? Sí, decidió. Había en el carácter de Skip Tyler una faz investigativa, y cuando se proponía algo, su psique lo compelía a seguir adelante.

—Almirante, ¿tienen ellos un submarino misilístico en el mar? ¿Uno nuevo?

Dodge se mantuvo rígido de pie. Aun así, tuvo que mirar hacia arriba al hombre más joven. Cuando habló, su voz era glacial.

—¿De dónde exactamente obtuviste esa información, Skip?

Tyler sacudió la cabeza.

—Almirante, lo siento, pero no puedo decirlo. Es compartimentada, señor. Creo que es algo que usted debería saber, y trataré de hacérselo llegar.

Dodge se echó hacia atrás para intentar una táctica diferente.

—Tú trabajaste para mí, Skip. —El almirante no estaba feliz. Había quebrado un reglamento para mostrar algo a su antiguo subordinado, porque lo conocía muy bien y lamentaba que no hubiera logrado el comando que tanto merecía. Tyler era técnicamente un civil, aunque sus ropas fueran todavía de un color azul marino. Lo que le había caído realmente mal era que él mismo sabía algo. Dodge le había dado alguna información, y Tyler no le devolvía ninguna.

—Señor, he dado mi palabra —se disculpó Skip—. Trataré de conseguir esto para usted. Es una promesa, señor. ¿Puedo usar un teléfono?

—En la oficina de afuera —dijo fríamente Dodge. Había cuatro teléfonos allí a la vista.

Tyler salió y se sentó ante el escritorio de una secretaria. Sacó de un bolsillo su libreta de notas y marcó el número escrito en la tarjeta que Ryan le había dado.

—Acres —respondió una voz femenina.

—¿Puedo hablar con el doctor Ryan, por favor?

—El doctor Ryan no está aquí por el momento.

—Entonces... comuníqueme con el almirante Greer, por favor.

—Un momento, por favor.

—¿James Greer? —Dodge estaba detrás de él—. ¿Estás trabajando para él?

—Habla Greer. ¿Su nombre es Skip Tyler?

—Sí, señor.

—¿Tiene esa información para mí?

—Sí, señor, la tengo.

—¿Dónde está usted?

—En el Pentágono, señor.

—Muy bien. Quiero que venga en auto en seguida para aquí. ¿Sabe dónde es? Los guardias del portón principal van a estar esperándolo. Apúrese, hijo. —Greer colgó el teléfono.

—¿Estás trabajando para la CIA? —preguntó Dodge.

—Señor..., no puedo decirlo. Si usted me excusa, señor, tengo que entregar cierta información.
—¿Mía? —preguntó gritando el almirante.
—No, señor. Ya la tenía cuando entré aquí. Es verdad, almirante. Y voy a intentar traérsela de vuelta a usted.
—Llámame —ordenó Dodge—. Estaremos aquí toda la noche.

Dirección General de la CIA

El viaje en automóvil por la avenida George Washington fue más fácil de lo que esperaba. La decrépita autopista estaba colmada de gente que iba de compras, pero el conjunto se movía con continuidad. Bajó del auto frente a la puerta de la derecha y se encontró de golpe con el puesto de guardia sobre la calle principal de entrada a la CIA. La barrera estaba baja.
—¿Su nombre es Tyler, Oliver W.? —preguntó el guardia—. Su identificación, por favor.
Tyler le mostró su pase del Pentágono.
—Muy bien, capitán. Avance con su automóvil hasta la entrada principal. Allí habrá alguien esperándolo.
Fueron otros dos minutos hasta la entrada principal, a través de parques en su mayor parte vacíos y brillantes por el hielo de la nieve derretida del día anterior. El guardia armado que lo estaba esperando trató de ayudarlo a descender del auto. A Tyler no le gustaba que lo ayudaran. Lo rechazó con un gesto. Otro hombre lo estaba esperando bajo el techo de la entrada principal. Ambos pasaron en seguida al ascensor.
Encontró al almirante Greer sentado frente al hogar de su oficina, al parecer, medio dormido. Skip no sabía que el subdirector hacía pocas horas que había regresado de Inglaterra. El almirante se recuperó de inmediato y ordenó al civil de seguridad que se retirara.
—Usted debe de ser Skip Tyler. Venga aquí y siéntese.

—Qué buen fuego tiene aquí, señor.

—No debería tenerlo. Cada vez que lo miro me hace dormir. Claro que en este momento no me viene nada mal un poquito de sueño. Y bien, ¿qué me ha traído?

—¿Puedo preguntar dónde está Jack?

—Puede preguntar. No está aquí.

—Ah. —Tyler abrió su portafolio y sacó de él las hojas impresas por la computadora—. Señor, he procesado un modelo de rendimiento de ese submarino ruso. ¿Puedo preguntar su nombre?

Greer soltó una risita.

—Está bien, eso se lo ha ganado. Su nombre es *Octubre Rojo*. Tendrá que disculparme, hijo. He tenido dos días de mucho trabajo y el cansancio me hace olvidar mis modales. Jack dice que usted es muy inteligente. Lo mismo está escrito en su legajo personal. Ahora bien, dígame. ¿Qué puede hacer esa nave?

—Bueno, almirante, aquí tenemos una serie de posibilidades bastante amplias, y...

—La versión abreviada, capitán. Yo no juego con computadoras, tengo gente que lo hace por mí.

—De siete a dieciocho nudos, y lo más probable es diez o doce. Con ese margen de velocidades, se puede esperar un nivel de irradiación de ruido aproximadamente igual al de un *Yankee* que se desplaza a seis nudos, pero habrá que incluir el factor ruido de la planta del reactor, además. Y otra cosa, las características del ruido serán diferentes de las que estamos acostumbrados a oír. Estos modelos de impulsión múltiple no producen los ruidos de una propulsión normal. Parecen generar una especie de zumbido armónico regular. ¿Le habló de esto Jack? Resulta de una onda de retroceso de la presión en los túneles. Esto se contrapone al flujo de agua y origina el zumbido. Evidentemente, no hay forma de evitarlo. Nuestra gente pasó dos años tratando de encontrar una solución. Lo que obtuvieron fue un nuevo principio de hidrodinámica. El agua actúa casi como el aire en un motor de reacción, en velocidades bajas o de marcha lenta, excepto que el agua no se comprime como lo hace el aire. De manera que nuestra gente podrá detectar algo, pero será diferente. Tendrán que acostumbrarse a una señal acústica absolutamente nueva. Si se agrega a eso la baja intensidad de la señal, tenemos un submarino que será muy difícil de detectar; más que cualquiera de los que tienen en este momento.

—De modo que eso es lo que significa todo esto.

Greer pasaba lentamente las páginas.

—Sí, señor. Usted ha de querer que su propia gente lo revise. El modelo —es decir, el programa— puede ser todavía mejorado un poco. Yo no tuve mucho tiempo. Jack dijo que usted lo quería con urgencia. ¿Puedo hacer una pregunta, señor?

—Puede intentarlo. —Greer se echó hacia atrás, restregándose los ojos.

—¿Está el... ah... *Octubre Rojo* en el mar? Es así, ¿no? ¿Y están tratando en este momento de localizarlo? —preguntó inocentemente Tyler.

—Sí, algo así. No podíamos descubrir qué significado tenían esas puertas. Ryan dijo que usted podría descubrirlo, y supongo que tenía razón. Se ha ganado su paga, capitán. Esta información podría ayudarnos a encontrarlo.

—Almirante, yo creo que el *Octubre Rojo* se propone algo, quizás está tratando de desertar a los Estados Unidos.

La cabeza de Greer dio un pronunciado giro.

—¿Que lo hace suponer eso?

—Los rusos están desarrollando una operación muy importante con la flota. Tienen submarinos por todo el Atlántico, y da la impresión de que estuvieran tratando de bloquear nuestra costa. El cuento dice que se trata de una operación de rescate por un submarino perdido. Muy bien, pero Jack aparece el lunes con las fotografías de un nuevo submarino misilístico... y hoy me entero de que todos los otros submarinos misilísticos rusos han sido llamados de regreso a sus puertos. —Tyler sonrió—.

Todo eso es una especie de juego de extrañas coincidencias, señor.

Greer se volvió y miró fijamente el fuego. Hacía muy poco tiempo que había sido nombrado en la Agencia de Inteligencia de Defensa cuando el Ejército y la Fuerza Aérea efectuaron la osada incursión sobre el campo de prisioneros de Song Tay, treinta y dos kilómetros al oeste de Hanoi. La incursión resultó un fracaso porque los norvietnamitas habían retirado de allí a todos los pilotos capturados unas pocas semanas antes, algo que las fotografías aéreas no pudieron determinar. Pero todo lo demás había funcionado perfectamente. Después de penetrar cientos de kilómetros en terreno enemigo, las fuerzas de la incursión aparecieron completamente de sorpresa y capturaron a muchos de los guardias del campo, literalmente con los pantalones bajos. Los Green Berets cumplieron un perfecto trabajo doctrinario para entrar y salir. En el proceso, mataron varios cientos de soldados enemigos, sufriendo ellos tan sólo una baja: un tobillo fracturado. La parte más impresionante de la misión fue, sin embargo, el secreto que la rodeó. Habían ensayado durante meses la operación KINGPIN y, a pesar de su naturaleza y objetivo, nadie —ni amigos ni enemigos— la había conocido hasta el día en que se inició la incursión. Ese día, un joven capitán de inteligencia, de la Fuerza Aérea, se presentó en el despacho de su general para preguntarle si se había dispuesto una incursión de penetración profunda en Vietnam del Norte, hasta el campo de prisioneros de guerra de Song Tay. Su atónito comandante comenzó a interrogar sin piedad y por largo tiempo al capitán, pero sólo pudo saber que el joven y brillante oficial había visto suficientes piezas sueltas como para armar un cuadro bastante claro de lo que estaba a punto de suceder. Eran hechos como ése los que producían úlceras pépticas a los oficiales de seguridad.

—El *Octubre Rojo* va a desertar, ¿no es así? —insistió Tyler.

Si el almirante hubiera dormido mejor en las horas anteriores podría haber dado una respuesta esquiva. Pero dado el estado en que se hallaba, su contestación fue un error.

—¿Le dijo eso Ryan?

—Señor, no he hablado con Jack desde el lunes. Ésa es la verdad, señor.

—Entonces, ¿de dónde sacó usted toda esta otra información? —espetó Greer.

—Almirante, yo he usado el uniforme azul. La mayoría de mis amigos todavía lo usan. Oigo decir cosas —se evadió Tyler—. El cuadro completo tomó forma hace una hora. Los rusos no han llamado nunca de regreso a puerto a todos sus submarinos misilísticos al mismo tiempo. Lo sé muy bien. Yo solía darles caza.

Greer suspiró.

—Jack piensa como usted. En este momento está allá con la flota. Capitán, si usted habla de esto con cualquier otra persona haré que pongan su otra pierna como un trofeo sobre la chimenea. ¿Me entiende?

—Comprendido, señor. ¿Qué vamos a hacer con él? —Tyler sonrió para sus adentros, pensando que, como consultor superior del Comando de Sistemas Marítimos, era harto seguro que tendría oportunidad de echar una mirada a un genuino submarino ruso.

—Devolverlo. Después de haberlo inspeccionado a fondo, por supuesto, pero puede ocurrir un montón de cosas que nos impidan que lleguemos a verlo en algún momento.

Skip demoró un instante en registrar lo que acababan de decirle.

—¿Devolverlo? ¿Por qué, por amor de Dios?

—Capitán, ¿cuánto cree que puede tener de probable ese libreto? ¿Usted cree que toda la tripulación de un submarino ha decidido venir a entregarse a nosotros al mismo tiempo? —Greer sacudió la cabeza—. Sería apostar sobre seguro que se trata de los oficiales solamente —y no todos ellos— y que están tratando de llegar aquí sin que la tripulación sepa qué se proponen.

—¡Ah! —Tyler consideró el razonamiento—. Supongo que eso tiene sentido... pero, ¿por qué devolverlo? Esto no es Japón. Si alguien aterrizara aquí con un MiG-25 no lo devolveríamos.

—Esto no es lo mismo que retener un avión de combate aislado. Ese submarino vale mil millones de dólares, y más si se cuentan los misiles y las cabezas de guerra. Y legalmente —dice el Presidente— es propiedad de ellos. De manera que, si ellos descubren que nosotros lo tenemos, pedirán que se lo devolvamos, y tendremos que devolvérselo. Muy bien, ¿y cómo sabrán ellos que nosotros lo tenemos? Los miembros de la dotación que no quieran desertar van a pedir regresar a su país. Y a los que lo pidan, los enviaremos.

—Usted sabe, señor, que los que quieran regresar se van a ver envueltos en más problemas que una carrada de mierda... Discúlpeme, señor.

—Una carrada y media. —Tyler no sabía que Greer provenía de las jerarquías más bajas de la Marina, y podía jurar como un verdadero marinero—. Algunos van a querer quedarse, pero la mayoría no. Tienen familias. Ahora usted va a preguntarme si no podríamos hacer que la tripulación desapareciera.

—Ya se me había ocurrido, señor —dijo Tyler.

—También se nos ocurrió a nosotros. Pero no lo haremos. ¿Asesinar a cien hombres? Aunque quisiésemos, no hay forma de que pudiéramos ocultarlo en esta época. Diablos, hasta dudo de que los rusos pudieran hacerlo. Además, sencillamente, esa clase de cosas no se hacen en tiempo de paz. Es una de las diferencias entre ellos y nosotros. Puede poner todas estas razones en el orden que usted quiera.

—De modo que, si no fuera por la tripulación, nos quedaríamos con el submarino...

—Sí, si pudiésemos ocultarlo. Y si un cerdo tuviese alas, podría volar.

—Hay un montón de lugares para ocultarlo, almirante. Estoy pensando en algunos aquí mismo, en la bahía Chesapeake, y si fuera posible llevarlo alrededor del Horn, hay un millón de pequeños atolones que podríamos usar, y todos ellos nos pertenecen.

—Pero la tripulación sabrá, y cuando los enviemos a su país lo informarán a sus amos —explicó pacientemente Greer—. Y Moscú pedirá que lo devolvamos. Claro que, por supuesto, tendremos una semana, más o menos, para realizar inspecciones de... eh, seguridad y cuarentena, para tener la certeza de que no están tratando de introducir cocaína al país. —El almirante rió—. Un almirante británico sugirió que invocáramos el antiguo tratado de comercio de esclavos. Alguien hizo eso durante la Segunda Guerra Mundial para apoderarse de un buque alemán que estaba haciendo bloqueo, poco antes de que nosotros entráramos en ella. De manera que, sea como fuere, obtendremos una tonelada de inteligencia.

—Sería mejor conservarlo, navegarlo y desarmarlo... —dijo Tyler con calma, mientras miraba fijamente las llamas anaranjadas y blancas de los leños de roble. ¿Cómo hacemos para quedarnos con él?, se preguntaba. Una idea empezó a dar vueltas en su cabeza—. Almirante, ¿y si pudiésemos sacar la tripulación sin que supieran que tenemos el submarino?

—¿Su nombre completo es Oliver Wendell Tyler? Bueno, hijo, si le hubieran puesto un nombre en honor de Harry Houdini, en vez de hacerlo por un juez de la Suprema Corte, yo... —Greer miró a los ojos al ingeniero—. ¿Qué está pensando?

Mientras Tyler explicaba, Greer escuchó atentamente.

—Para hacer eso, señor, tendremos que lograr que la Marina empiece de inmediato. Específicamente, necesitaremos la cooperación del almirante Dodge, y si las cifras que yo he calculado para este submarino son más o menos exactas, tendremos que movernos muy rápido.

Greer se levantó y caminó alrededor del sofá unas cuantas veces para estimular su circulación.

—Es interesante. Aunque va a ser casi imposible hacer todo en el tiempo calculado.

—Yo no dije que sería fácil, señor, solamente que podríamos hacerlo.

—Hable a su casa, Tyler. Diga a su esposa que no lo espere. Si yo no duermo nada esta noche, tampoco usted. Hay café detrás de mi escritorio. Primero tengo que llamar al juez, después hablaremos con Sam Dodge.

El USS Pogy

—*Pogy*, aquí Black Gull 4. Nos queda poco combustible. Tenemos que regresar para reabastecernos —informó el coordinador táctico del Orion, desperezándose después de diez horas frente a su consola de control—. ¿Quieren que pidamos algo para ustedes? Cambio.

—Sí..., que nos manden un par de cajas de cerveza —contestó el capitán Wood. Era la broma de costumbre entre las tripulaciones de los aviones P-3C y las de los submarinos—. Gracias por la información. Nos haremos cargo desde aquí. Corto.

En el aire, el Lockheed Orion aumentó la potencia y viró hacia el sudoeste. Cada uno de sus tripulantes levantaría esa noche en la cena uno o dos vasos de cerveza de más, diciendo que era por sus amigos del submarino.

—Señor Dyson, llévelo a sesenta metros. Velocidad un tercio.

El oficial de cubierta transmitió las órdenes correspondientes mientras el capitán Wood se situaba frente a la mesa de ploteo.

El *USS Pogy* se encontraba a trescientas millas al nordeste de Norfolk, esperando la llegada de dos submarinos soviéticos clase *Alfa* que varios aviones de patrullaje antisubmarino venían rastreando, uno después de otro, a lo largo de toda su ruta desde Islandia. El *Pogy* tenía ese nombre por un distinguido submarino de flota de la Segunda Guerra Mundial, al que, a su vez, se lo habían puesto por un pez, parecido al sábalo, que nada tenía de distinguido. Hacía dieciocho horas que se encontraba en el mar, y acababa de salir de una inspección mayor de mantenimiento en el astillero de Newport News. Casi todo lo que había a bordo procedía directamente de fábrica o había sido perfectamente reparado por los hábiles especialistas del río James. No quería decir eso que todo estuviera funcionando como correspondía. Muchas partes habían fallado de uno u otro modo la semana anterior durante las pruebas posteriores a la inspección de mantenimiento, hecho bastante frecuente, aunque lamentable, pensaba el capitán Wood. La dotación del *Pogy* también era nueva. Wood estaba cumpliendo su primer comando después de un año pasado detrás de un escritorio en Washington, y muchos de los tripulantes eran bisoños, recientemente egresados de la escuela de submarinos de New London, y estaban tratando de acostumbrarse en su primera salida en un submarino. Lleva tiempo a los hombres habituados al aire fresco y a los cielos azules adaptarse al régimen que se vive dentro de un tubo de acero de nueve metros de diámetro. Hasta los propios hombres experimentados estaban todavía haciendo ajustes para su nuevo submarino y nuevos oficiales.

En las pruebas posteriores a la inspección general, el *Pogy* había alcanzado una velocidad máxima de treinta y tres nudos. Era bastante para un buque, pero resultaba más lenta que la velocidad de los *Alfas* a los que estaba escuchando. Como todos los submarinos norteamericanos, la principal ventaja del *Pogy* era su característico silencio. Los *Alfas* no tenían forma de saber que estaba allí y que ellos serían blancos fáciles para sus armas, tanto más cuanto que el patrullero Orion había comunicado al *Pogy* las coordenadas exactas, que normalmente lleva tiempo para deducirlas del ploteo de un sonar pasivo.

El capitán de corbeta Tom Reynolds, oficial ejecutivo y coordinador del control de fuego, se instaló despreocupadamente junto a la carta de ploteo táctico.

—Treinta y seis millas al que está más cerca y cuarenta hasta el más lejano. —En el despliegue del ploteo los habían identificado como Anzuelo Pogy 1 y 2. A todos les pareció divertida esa designación.

—¿Velocidad cuarenta y dos? —preguntó Wood.

—Sí, señor. —Reynolds había estado operando el tráfico de radio hasta que Black Gull 4 anunció su intención de regresar a la base—. Están llevando esos submarinos a la máxima velocidad que pueden dar. Eso nos conviene. Tenemos las soluciones[1] sobre los dos... ¿Qué intención le parece que tienen?

—Según el Comando en Jefe del Atlántico, su embajador dice que están en una misión de búsqueda y rescate de un submarino que ha desaparecido. —El tono de su voz indicaba lo que él pensaba con respecto a eso.

—Búsqueda y rescate, ¿eh? —Reynolds se encogió de hombros—. Bueno, tal vez piensan que perdieron un submarino frente a Point Comfort, porque si no reducen pronto la velocidad, van a terminar allí. Nunca supe que los *Alfas* operaran tan cerca de nuestra costa. ¿Y usted, señor?

—No. —Wood arrugó el entrecejo. La particularidad de los *Alfas* era la de ser rápidos y ruidosos. La doctrina táctica soviética parecía destinarlos principalmente a tareas defensivas: como «submarinos interceptores» podían proteger a sus propios submarinos misilísticos, y gracias a su elevada velocidad podían acometer contra los submarinos norteamericanos de ataque y luego evadir el contraataque. Esa doctrina no le parecía muy acertada a Wood, pero a él le convenía.

—A lo mejor quieren bloquear Norfolk —sugirió Reynolds.

---

[1] Se refiere a soluciones a los problemas de cálculo de tiro para lanzamiento de torpedos. *(N. de1 T.)*

—Podría ser que fuera eso —dijo Wood—. Bueno, de cualquier manera, nosotros nos quedaremos en la posición y dejaremos que nos pasen como rayo. Tendrán que disminuir la velocidad cuando crucen la línea de la plataforma continental, y allí estaremos nosotros, detrás de ellos, siguiéndolos despacito y tranquilos.

—Comprendido —dijo Reynolds.

Si tuvieran que abrir fuego, reflexionaban ambos hombres, descubrirían exactamente hasta dónde llegaba la resistencia del *Alfa*. Se había hablado mucho sobre la dureza del titanio que se usaba en el casco, y si realmente aguantaría la fuerza de varios cientos de libras de alto explosivo en contacto directo. Para ese propósito habían diseñado una nueva forma para la cabeza de guerra del torpedo Mark 48, que serviría también para el casco igualmente resistente del *Typhoon*. Ambos oficiales hicieron a un lado sus pensamientos. La misión que tenían asignada era rastrear y seguir.

El E. S. Politovskiy

El Anzuelo Pogy 2 era conocido en la Marina soviética como el *E. S. Politovskiy*. El nombre de ese submarino soviético de ataque clase *Alfa* recordaba a un oficial jefe de máquinas de la flota rusa, que había viajado alrededor de todo el mundo para encontrar su cita con el destino en el estrecho de Tsushima. Evgeni Sigismondavich Politovskiy había servido a la Marina del zar con tanta habilidad y devoción como cualquier otro oficial en la historia, pero en su diario —que fue descubierto años más tarde en Leningrado— el brillante oficial había denunciado en los más violentos términos la corrupción y los excesos del régimen zarista, poniendo de manifiesto una severa contradicción al desinteresado patriotismo demostrado al partir a sabiendas hacia su muerte. Eso lo convirtió en un héroe genuino a ser emulado por los marinos soviéticos, y el Estado, en su memoria, había puesto su nombre a la más extraordinaria realización lograda en materia de ingeniería. Desgraciadamente, el *Politovskiy* no había tenido mejor suerte que la que él corrió frente a los cañones de Togo.

La señal acústica del *Politovskiy* estaba registrada por los norteamericanos como *Alfa* 3. Eso era incorrecto; en realidad, había sido el primero de los *Alfas*. El pequeño submarino de ataque, con forma de huso, había alcanzado cuarenta y tres nudos dentro de las tres horas de iniciadas las primeras pruebas de sus fabricantes. Pero esas pruebas habían quedado interrumpidas sólo un minuto después por un increíble accidente: una ballena de cincuenta toneladas se había interpuesto en su camino y el *Politovskiy* la había chocado de costado. El impacto había destrozado diez metros cuadrados del enchapado de la proa, arrasado el domo del sonar, golpeado y deformado un tubo de torpedo, e inundado parte de la sala de torpedos. No estaba incluido en eso el daño por conmoción sufrido por casi todos los sistemas internos, desde el equipo electrónico hasta la cocina, y se decía que de haber estado al comando cualquier otro que no hubiese sido el famoso maestro de Vilnius, el submarino se habría perdido con toda seguridad. En el club de oficiales de Severomorsk estaba en ese momento en exhibición un segmento de dos metros de una costilla de la ballena, como dramático testimonio de la resistencia de los submarinos soviéticos; en realidad, habían demorado más de un año en reparar los daños, y cuando el *Politovskiy* salió nuevamente a navegar, ya había otros dos *Alfas* en servicio. Dos días después de iniciar otra vez las pruebas, el submarino sufrió un accidente mayor, la falla total de su turbina de alta presión. Reemplazarla había llevado seis meses. Desde entonces se habían producido otros tres incidentes menores, y el submarino quedó marcado para siempre como una nave de mala suerte.

El jefe de máquinas Vladimir Petchukocov era un leal miembro del Partido y un ateo declarado, pero era también un marino y, por lo tanto, profundamente supersticioso. En las viejas épocas, su buque habría sido bendecido al botarlo, y luego, cada vez que partía en navegación. Habría sido una impactante ceremonia, con un barbado sacerdote, nubes de incienso e himnos evocativos. En ese momento habían salido al mar sin nada de eso y se encontraba con que su deseo hubiera sido otro. Necesitaba un poco de suerte. Petchukocov había empezado a tener algunos problemas con su reactor.

La planta del reactor del *Alfa* era pequeña. Tenía que caber en un casco relativamente pequeño. Era, además, poderosa para su tamaño; y llevaba más de cuatro días funcionando al ciento por ciento de su potencia asignada. Estaban navegando a toda marcha hacia la costa norteamericana a cuarenta y dos nudos y un tercio, tan rápido como podía permitirlo esa planta de ocho años de antigüedad. El *Politovskiy* debía entrar en una inspección de mantenimiento mayor: nuevo sonar, nuevas computadoras y una sala de control del reactor rediseñada; todo eso estaba planificado para los próximos meses. Petchukocov pensaba que era una irresponsabilidad —una imprudencia— exigir tanto al submarino, aun en el caso de que todo estuviera funcionando perfectamente. Ninguna planta de un submarino *Alfa* había sido exigida hasta ese punto, ni siquiera las de los nuevos. Y en esa planta las cosas estaban empezando a desarmarse.

La bomba de alta presión del refrigerante del reactor primario estaba empezando a vibrar en forma amenazadora. Eso causaba particular preocupación al jefe de máquinas. Había una reserva, pero la bomba secundaria tenía una potencia asignada menor, y utilizarla significaba perder ocho nudos de velocidad. La planta del *Alfa* no lograba su elevada potencia con un sistema de enfriamiento a base de sodio —como pensaban los norteamericanos— sino operándola a una presión mucho más alta que cualquier otro sistema de reactor marino, y usando un revolucionario sistema de intercambio de calor que incrementaba hasta un cuarenta y uno por ciento la eficiencia térmica total de la planta; eso excedía por mucho la de cualquier otro submarino. Pero el precio de eso era un reactor que, llevado a la máxima potencia, marcaba sobre las líneas rojas de los indicadores de todos los monitores y... en ese caso, las líneas rojas no eran un mero simbolismo. Significaban genuino peligro.

Esa circunstancia, agregada a la vibración de la bomba, tenía seriamente preocupado a Petchukocov; una hora antes había rogado al comandante que redujera la velocidad durante unas pocas horas, de manera que su competente equipo de mecánicos pudiera efectuar las reparaciones necesarias. Era probablemente un cojinete en mal estado y, después de todo, tenían repuestos. El diseño de la bomba permitía que fuera reparada fácilmente. El comandante había vacilado, mostrándose inclinado a aprobar el pedido, pero había intervenido el oficial político señalando que sus órdenes eran a la vez explícitas y urgentes: tenían que llegar a ocupar su posición tan pronto como fuera posible; cualquier otro comportamiento constituiría una falta de «firmeza política». Y asunto terminado.

Petchukocov recordaba con amargura la mirada en los ojos de su comandante. ¿Qué objeto tenía llevar un comandante si cada una de sus órdenes debía ser aprobada por un lacayo político? Petchukocov había sido un comunista leal desde su ingreso a los octubristas cuando era muchacho, pero..., ¡maldito sea!, ¿para qué demonios tener especialistas y mecánicos? ¿Creía realmente el partido que las leyes físicas podían ser modificadas a capricho por cualquier caudillo político con un gran escritorio y una dacha en las afueras de Moscú? El jefe de máquinas lanzó un insulto para sus adentros.

Se hallaba solo y de pie frente al tablero principal de control ubicado en la sala de máquinas, detrás del compartimiento donde estaban el reactor y el intercambiador de calor y generador de vapor, este último colocado exactamente en el centro de gravedad del submarino. El reactor estaba presurizado a veinte kilogramos por centímetro cuadrado; sólo una fracción de esa presión llegaba desde la bomba. La presión más alta causaba un punto de ebullición más alto para el refrigerante. En ese caso, el agua se calentaba a más de novecientos grados Celsius, temperatura suficiente para generar vapor, que se acumulaba en la parte superior del contenedor del reactor: el borbotear del vapor aplicaba presión al agua que tenía debajo, evitando la generación de más vapor. El vapor y el agua se regulaban uno a otro en un delicado equilibrio. El agua era peligrosamente radiactiva, como resultado de la reacción de la fisión que tenía lugar en las barras de uranio combustible. La función de las barras de control era regular la reacción. Una vez más, el control era delicado. Como máximo, las barras podían absorber apenas un poco menos que el uno por ciento del flujo de neutrones, pero eso era suficiente, ya fuera para permitir la reacción o para evitarla.

Petchukocov podía recitar todo ese proceso en sueños. Podía dibujar un diagrama esquemático perfectamente exacto de toda la planta del motor, haciéndolo de memoria, y captar de inmediato el significado del más pequeño cambio de las lecturas de los instrumentos. Estaba parado, muy erguido, frente al tablero de control, sus ojos viajaban por las miríadas de diales y medidores siguiendo un orden establecido, con una mano en reposo sobre la llave de ESCAPE, y la otra sobre los controles del enfriador de emergencia.

Pudo oír la vibración. Tenía que ser un cojinete desgastado, que empeoraba cada vez más a medida que el desgaste se producía de manera no uniforme. Si los cojinetes del cigüeñal se rompían, la bomba se iba a engranar y tendrían que detenerse. Eso sería una emergencia, aunque no realmente peligrosa. Significaría que para reparar la bomba necesitarían días —si es que podían repararla— en vez de horas, consumiendo valiosos repuestos y tiempo. Eso era ya suficientemente malo.

Lo que era peor —y que Petchukocov no lo sabía— era que la vibración estaba generando ondas de presión en el refrigerante.

Para utilizar el recientemente desarrollado intercambiador de calor, la planta del *Alfa* tenía que mover rápidamente el agua a través de muchas serpentinas y tabiques de amortiguación. Eso requería una bomba de alta presión que produjera ciento cincuenta libras del sistema de presión total, casi diez veces lo que se consideraba seguro en los reactores de Occidente. Con una bomba tan poderosa, el complejo total de la sala de máquinas, normalmente muy ruidoso a alta velocidad, era como una fábrica de calderas, y la vibración de la bomba estaba alterando el rendimiento de los instrumentos de los monitores. Estaba haciendo oscilar las agujas en los diales de los medidores. Petchukocov lo notó. Estaba en lo cierto... y también equivocado. Los indicadores de presión estaban realmente oscilando porque las ondas generaban una sobrepresión de treinta libras a través del sistema. El jefe de máquinas no reconoció la verdadera causa de eso. Había permanecido de servicio demasiadas horas.

Dentro del contenedor del reactor, esas ondas de presión se estaban acercando a aquella frecuencia en que una pieza del equipo entró en resonancia. Aproximadamente en la mitad de la superficie interior del contenedor, había una junta de titanio, parte del sistema refrigerante de reserva. En caso de pérdida del elemento enfriador y *después* de un ESCAPE exitoso, se abrían unas válvulas dentro y fuera del contenedor enfriando el reactor, ya fuera con una mezcla de agua y bario, o, en último caso, con agua de mar, que podía ser introducida y extraída del contenedor —con el costo de estropear definitivamente todo el reactor—. Ya eso se había hecho una vez y, aunque había representado un alto costo, la acción de un joven mecánico evitó la pérdida de un submarino de ataque clase *Victor* en una catastrófica fundición.

Ese día, la válvula interior estaba cerrada, junto con la correspondiente junta que atravesaba el casco. Las válvulas estaban hechas de titanio porque debían tener un funcionamiento confiable después de una prolongada exposición a altas temperaturas y, además, porque el titanio era muy resistente a la corrosión: el agua con altísimas temperaturas era mortalmente corrosiva. Lo que no había sido completamente considerado era que el metal también estaba expuesto a una intensa radiación nuclear, y esa particular aleación de titanio no era absolutamente estable ante la acción de un prolongado bombardeo de neutrones. Con los años, el metal se había hecho quebradizo. Las diminutas ondas de presión hidráulica estaban golpeando contra la charnela de la válvula. A medida que la frecuencia de vibración de la bomba fue cambiando, empezó a aproximarse a la frecuencia en que vibraba la charnela. Eso motivó que la charnela se moviera presionando con más y más fuerza contra el aro de retención. El metal de los bordes empezó a quebrarse.

Un *michman* que se encontraba en el extremo anterior del compartimiento fue quien primero lo oyó, un zumbido sordo que llegaba a través del mamparo. Al principio pensó que se trataba de una armónica del parlante de la radio, y esperó demasiado tiempo para controlarlo. La charnela se rompió quedando libre y cayendo del orificio de la válvula. No era muy grande, sólo diez centímetros de diámetro y cinco milímetros de espesor. Ese tipo de junta se denomina válvula mariposa y la charnela tiene una forma muy parecida a la de una mariposa, que está suspendida y gira rápidamente en el flujo del agua. Si hubiera estado fabricada de acero inoxidable podría haber tenido suficiente peso como para caer al fondo del contenedor. Pero estaba hecha de titanio, que era más duro que el acero pero mucho más liviano. La corriente del refrigerante la arrastró hacia arriba, en dirección a la tubería de escape.

El agua que salía llevó a la charnela hasta meterla en el caño, que tenía un diámetro interior de quince centímetros. El caño estaba hecho de acero inoxidable y construido en dos secciones de dos metros cada una, soldadas, para mejor y más fácil reparación en el limitado espacio del recinto. La charnela fue transportada rápidamente hacia el intercambiador de calor. Allí el caño doblaba hacia abajo en un ángulo de cuarenta y cinco grados, y la charnela se atascó momentáneamente. Eso produjo un bloqueo de la mitad del canal del caño y, antes de que la presión en aumento pudiera desalojar a la charnela, fueron muchas las cosas que ocurrieron. El agua en movimiento tenía su propio ímpetu. Al llegar a la parte bloqueada se generó una onda de retroceso dentro del caño. La presión total subió momentáneamente a tres mil cuatrocientas libras. Eso motivó que el caño se flexionara unos pocos milímetros. El aumento de presión, el desplazamiento lateral de una junta soldada, y el efecto acumulado de años de erosión del acero por la alta temperatura, dañaron la junta. Se abrió un orificio del tamaño de la punta de un lápiz. El agua que escapó por allí se convirtió instantáneamente en vapor, activando las alarmas en el compartimiento del reactor y espacios vecinos. Terminó de corroer los restos de la soldadura y la falla se expandió rápidamente, hasta que el refrigerante del reactor surgió como si hubiera salido de una fuente horizontal. Un fuerte chorro de vapor destruyó los conductos adyacentes de los cables de control del reactor.

Lo que acababa de iniciarse era un catastrófico accidente de pérdida de refrigerante.

En tres segundos el reactor estaba totalmente despresurizado. Todos sus galones de refrigerante explotaron convirtiéndose en vapor, que buscó liberarse en el compartimiento que lo rodeaba. Una docena de alarmas sonó de inmediato en el tablero principal de control, y Vladimir Petchukocov, en menos de lo que demora el parpadeo de un ojo, se vio enfrentado a su pesadilla final. La reacción automática del jefe de máquinas, producto de su entrenamiento, fue lanzar su dedo a la llave de ESCAPE, pero el vapor del contenedor del reactor había inutilizado la varilla del sistema de control, y no había tiempo para resolver el problema. Al instante, Petchukocov comprendió que su buque estaba condenado. Entonces abrió los controles del refrigerante de emergencia, admitiendo agua de mar al interior del contenedor del reactor. Eso activó automáticamente las alarmas en todo el casco.

Hacia proa, en la sala de control, el comandante captó de inmediato la naturaleza de la emergencia. El *Politovskiy* estaba navegando a ciento cincuenta metros de profundidad. Tenía que llevarlo inmediatamente a la superficie, y gritó las órdenes para expulsar todo el lastre y colocar los planos de inmersión en la máxima posición hacia arriba.

La emergencia del reactor estaba regulada por leyes físicas. No habiendo refrigerante en el reactor para absorber el calor de las barras de uranio, la reacción nuclear se detuvo prácticamente: no había agua que atenuara el flujo de neutrones. Sin embargo, eso no era solución, ya que el calor residual era suficiente como para fundir todo lo que hubiera en el compartimiento. El agua fría admitida en el contenedor disipó en parte el calor, pero también desaceleró demasiados neutrones, manteniéndolos en el alma del reactor. Eso causó una reacción incontrolada que generó aún más calor, mayor que el que podría haber controlado cualquier cantidad de refrigerante. Lo que había comenzado como un accidente de pérdida-de-refrigerante se transformó en algo peor: un accidente agua-fría. En ese momento era sólo cuestión de minutos antes de que todo el núcleo del reactor se fundiera, y ése era todo el tiempo de que disponía el *Politovskiy* para llegar a la superficie.

Petchukocov se mantenía en su puesto en la sala de máquinas, haciendo lo que podía. Su propia vida —él lo sabía— estaba perdida casi con certeza. Tenía que dar tiempo a su comandante para llevar el submarino a la superficie. Había una mecánica de procedimientos para esa clase de emergencias, y él las vociferaba para hacer cumplir las órdenes. Sólo conseguía empeorar las cosas.

Su electricista de guardia se movió a lo largo de los paneles de control eléctrico cambiando la posición de las llaves interruptoras, de energía principal a emergencia, ya que la fuerza residual del vapor en los turboalternadores desaparecería en pocos segundos más. En un momento, la energía del submarino pasó a depender por completo de las baterías de reserva.

En la sala de control se perdió la energía eléctrica que controlaba las aletas de regulación en el borde de ataque de los planos de inmersión, que automáticamente volvieron a tener control electrohidráulico. Éste gobernaba no solamente las pequeñas aletas de regulación sino también los planos de inmersión. Las superficies de gobierno se colocaron instantáneamente en un ángulo de quince grados hacia arriba... y el submarino aún estaba desplazándose a treinta y nueve nudos. Como el aire comprimido había expulsado toda el agua de los tanques de lastre, el submarino se encontraba sumamente liviano, y se levantó como un avión que toma altura. En pocos segundos, los asombrados tripulantes de la sala de control sintieron que su submarino estaba subiendo inclinado en un ángulo de cuarenta y cinco grados que iba en aumento. En seguida estuvieron demasiado ocupados tratando de permanecer de pie como para intentar comprender el problema. En ese momento el *Alfa* estaba subiendo en posición casi vertical, a cincuenta kilómetros por hora. Todos los hombres y todo elemento no asegurado ya habían caído hacia atrás.

A popa, en la sala de control del motor, un tripulante fue a golpear contra el tablero principal de interruptores eléctricos, produciendo en él un cortocircuito con su cuerpo y provocando la pérdida total de energía eléctrica en todo el submarino. Un cocinero, que había estado confeccionando un inventario de equipo de supervivencia en la sala de torpedos, hizo un esfuerzo para penetrar en el túnel de escape mientras luchaba para ponerse el traje de exposición. A pesar de que sólo tenía un año de experiencia, no tardó en comprender el significado de las ululantes alarmas y los movimientos sin precedentes de su submarino. Abrió de un tirón la escotilla y empezó a realizar las acciones de escape como se las habían enseñado en la escuela de submarinos.

El *Politovskiy* se elevó sobrepasando la superficie del Atlántico como en el salto de una ballena y alcanzando a surgir del agua en tres cuartos de su longitud antes de caer otra vez al mar violentamente.

El USS Pogy

—Sala de control, sonar.

—Aquí sala de control, adelante. Habla el comandante.

—Señor, será mejor que escuche esto. Algo se ha vuelto loco en el Anzuelo 2 —informó el sonarista jefe del *Pogy*. Wood llegó a la sala de sonar en pocos segundos y se colocó los auriculares, que estaban conectados a un grabador de cinta magnética y llevaba dos minutos de funcionamiento. El capitán de fragata Wood oyó un ruido extraño, como de agua que surge a presión. Los ruidos de las máquinas cesaron. Pocos segundos más tarde hubo una explosión de aire comprimido, y un *staccato* de ruidos secos como los que produce el casco de un submarino sujeto a rápidos cambios de profundidad.

—¿Qué está pasando? —preguntó en seguida Wood.

El E. S. Politovskiy

En el reactor del *Politovskiy*, la reacción de la fisión incontrolada había virtualmente aniquilado tanto el agua de mar que entraba como el combustible de barras de uranio. Sus restos se depositaron en la pared posterior del contenedor del reactor. En un minuto se formó un charco de un metro de diámetro de escoria radiactiva, lo suficiente como para integrar su propia masa crítica. La reacción continuó en aumento, atacando esa vez directamente el duro acero inoxidable del contenedor. Nada construido por el hombre puede resistir mucho tiempo cinco mil grados de calor directo. En diez segundos la pared del contenedor cedió. La masa de uranio cayó en libertad contra el mamparo posterior.

Petchukocov supo que estaba muerto. Vio que la pintura del mamparo anterior se ponía negra, y su última impresión fue la de una masa oscura rodeada por un resplandor azulado. Un instante después, el cuerpo del jefe de máquinas se vaporizó, y la masa de escoria cayó hacia el siguiente mamparo en dirección a popa.

A proa, fue disminuyendo el ángulo casi vertical del submarino en el agua. El aire de alta presión que había llenado los tanques de lastre había terminado de salir, y los tanques se llenaban en ese momento de agua, haciendo caer el ángulo del submarino y comenzando a sumergirlo. Cerca de la proa de la nave los hombres gritaban desesperadamente. El comandante hizo un esfuerzo para ponerse de pie, haciendo casi omiso de su pierna izquierda quebrada y tratando de recuperar el control para poder sacar a sus hombres del submarino antes de que fuera demasiado tarde, pero la mala suerte de Evgeni Sigismondavich Politovskiy haría honor a su nombre una vez más. Sólo un hombre pudo escapar. El cocinero abrió la puerta del túnel de escape y salió. Siguiendo lo que había aprendido durante los ensayos, empezó a asegurar la tapa, para que los hombres que se hallaban detrás de él pudieran usarla, pero una ola lo apartó violentamente del casco, a la vez que el submarino se deslizaba hacia atrás.

En la sala de máquinas, el cambio de ángulo derramó el material fundido sobre la cubierta. La masa caliente atacó primero la cubierta de acero, la atravesó y luego hizo otro tanto con el casco de titanio. Cinco segundos más tarde, la sala de máquinas estaba abierta al mar. El más grande de los compartimientos del *Politovskiy* se llenó rápidamente de agua. Eso terminó con la poca flotación que conservaba el buque hasta ese momento, y la nave volvió a adoptar un ángulo agudo hacia abajo. El *Alfa* iniciaba su última inmersión.

Cayó la popa cuando el comandante lograba que la tripulación de la sala de control reaccionara otra vez a sus órdenes. Golpeó con la cabeza la consola de algunos instrumentos. Las débiles esperanzas que pudieron haber tenido sus tripulantes, murieron con él. El *Politovskiy* estaba cayendo hacia atrás y su hélice giraba en sentido contrario mientras el buque se deslizaba hacia el fondo del mar.

El Pogy

—Jefe, yo estaba en el *Chopper*, allá por el sesenta y nueve —dijo el sonarista jefe del *Pogy*, refiriéndose a un horrible accidente sufrido por un submarino diesel.

—Suena como si fuera eso —dijo su comandante. En ese momento estaba escuchando señales que entraban directamente en el sonar. No había posibilidad de error. El submarino se estaba llenando de agua. Habían oído cómo volvían a llenarse los tanques de lastre; eso únicamente podía significar que el agua estaba entrando en los compartimientos interiores. Si hubieran estado más cerca podrían haber oído los gritos de los hombres en ese casco condenado. Wood no podía sentirse feliz. El ruido continuo del agua revuelta era suficientemente aterrador. Estaban muriendo hombres. Rusos, sus enemigos, pero hombres que no eran diferentes de él mismo, y no había nada que se pudiera hacer.

El Anzuelo 1, lo comprobó, continuaba su misión, despreocupado de lo ocurrido a su hermano rastreador.

El E. S. Politovskiy

Nueve minutos tardó el *Politovskiy* en caer los seiscientos metros hasta el fondo del océano. Golpeó violentamente en el duro suelo de arena, sobre el borde de la plataforma continental. Fue un tributo a sus constructores que los mamparos interiores resistieran. Todos los compartimientos, desde la sala del reactor hacia popa, estaban inundados y la mitad de la tripulación murió en ellos, pero los compartimientos de proa estaban secos. Y hasta eso pareció ser una maldición y no otra cosa. Sin poder usar los depósitos de aire de popa y disponiendo solamente de las baterías de emergencia para dar energía a los controles del sistema ambiental, los cuarenta hombres sólo tenían una limitada provisión de aire. Se habían salvado de una rápida muerte causada por el aplastante Atlántico Norte, tan sólo para enfrentar la lenta agonía de la asfixia.

NOVENO DÍA

Sábado, 11 de diciembre

El Pentágono

Una voluntaria de primera clase mantuvo la puerta abierta para que pasara Tyler. Entró y halló al general Harris solo, de pie frente a la enorme mesa de la carta, estudiando la posición de los pequeños modelos de buques.

—Usted debe de ser Skip Tyler. —Harris levantó la mirada.

—Sí, señor. —Tyler se mantenía de pie, en una rígida posición militar hasta donde se lo permitía la prótesis de su pierna. Harris se acercó enseguida para estrecharle la mano.

—Dice Greer que usted jugaba a la pelota.

—Sí, general, jugué en Annapolis. Fueron años muy buenos. —Tyler sonrió, flexionando los dedos. Harris parecía un hombre duro, pero accesible.

—Muy bien, si usted solía jugar al fútbol, puede llamarme Ed. —Harris le apoyó un dedo en el pecho—. Su número era setenta y ocho, y participó con All American, ¿no es así?

—En segunda línea, señor. Es agradable saber que alguien se acuerda.

—Yo estaba en servicio temporario en la Academia en aquella época, por algunos meses, y pude ver un par de partidos. Jamás olvido un buen jugador en el ataque. Yo jugué en All Conference en Montana, hace mucho tiempo. ¿Qué le pasó en la pierna?

—Me chocó un conductor borracho. Yo tuve suerte. El borracho no pudo salvarse.

—Bien hecho, por el hijo de puta.

Tyler asintió moviendo la cabeza, pero recordó que el armador borracho tenía mujer e hijos, según la policía.

—¿Dónde están todos?

—Los jefes están en la reunión normal de inteligencia..., bueno, normal para un día de semana, no para un sábado. Tendrían que bajar dentro de pocos minutos. Así que ahora enseña ingeniería en Annapolis, ¿no?

—Sí, señor. Hace un tiempo obtuve un doctorado en la especialidad.

—Mi nombre es Ed, Skip. ¿Y esta mañana usted va a decir cómo podemos detectar a ese submarino ruso disidente?

—Sí, señor... Ed.

—Hábleme de eso, pero tomemos primero un poco de café. —Los dos hombres se acercaron a una mesa que había en un rincón, con café y donuts. Harris escuchó durante cinco minutos al hombre más joven bebiendo café y devorando un par de donuts con jalea. Hacía falta mucha comida para mantener ese físico—. ¡Hijo de... su madre! —observó el J-3 cuando Tyler terminó. Se acercó caminando a la carta—. Eso es interesante. Su idea depende en gran parte de la destreza con que se realice. Tendremos que mantenerlos alejados del lugar donde se hará esto. ¿Más o menos por aquí, dijo usted? —Dio unos golpecitos en la carta.

—Sí, general. El asunto es que, por la forma en que ellos están operando, podemos hacerlo más adentro en el mar con respecto a ellos...

—Y confundirlos con el engaño. Me gusta. Sí..., me gusta, pero a Dan Foster no le gustará nada perder uno de nuestros submarinos.

—Yo diría que el trueque vale la pena.

—Yo diría lo mismo —concedió Harris—. Pero esos submarinos no son míos. Después de hacer esto, ¿dónde lo escondemos... si lo obtenemos?

—General, hay algunos lugares muy buenos aquí mismo, en la Bahía Chesapeake. En el río York hay un lugar profundo, y otro en el Patuxent; ambos pertenecen a la Marina y ambos están marcados en la carta con un signo que prohíbe el paso. Una cosa buena que tienen los submarinos es que pueden llegar a ser invisibles. Si se encuentra un lugar que tenga la suficiente profundidad y se inundan los tanques. Eso es temporario, por supuesto. Para una permanencia más prolongada, el lugar puede ser en Truk o en Kwajalein, en el Pacífico. Es bonito y se encuentra alejado de todas partes.

—¿Y los soviéticos no se darán cuenta de la presencia de un buque auxiliar para submarinos y trescientos técnicos en ese lugar y de repente? Además, esas islas realmente no nos pertenecen más, ¿recuerda?

Tyler no había esperado que ese hombre fuera un estúpido.

—¿Y qué importa si lo descubren después de unos cuantos meses? ¿Qué pueden hacer? ¿Anunciarlo a todo el mundo? Yo no lo creo. Para cuando llegara ese momento, tendríamos toda la información que queremos, y además, podemos presentar cuando se nos ocurra a los oficiales desertores en una bonita conferencia de prensa. ¿Qué les parecería eso a ellos? De cualquier manera, se supone que, después de haberlo tenido por un tiempo, vamos a desarmarlo. El reactor irá a Idaho para pruebas. Se le quitarán los misiles y las cabezas de guerra. Se llevará a California para pruebas todo el equipo electrónico, y la CIA y la Agencia Nacional de Seguridad se pelearán a tiros por el material y equipos criptográficos. El casco desnudo será llevado a un lindo y profundo lugar y allí será hundido. No quedarán pruebas. No necesitamos mantener el secreto para siempre, solamente por unos pocos meses.

Harris bajó su taza de café.

—Tendrá que perdonarme por hacer de abogado del diablo. Veo que lo tiene bien pensado. Magnífico. Creo que merece un buen estudio. Significa tener que coordinar una cantidad de material, pero en realidad eso no interfiere con lo que ya estamos haciendo. De acuerdo, puede contar con mi voto.

Los Jefes del Estado Mayor Conjunto llegaron tres minutos después. Tyler jamás había visto tantas estrellas en una sola habitación.

—¿Quería vernos a todos nosotros, Eddie? —preguntó Hilton.

—Sí, general. Les presento al doctor Skip Tyler.

El almirante Foster fue el primero que se acercó para darle la mano.

—Usted nos hizo esa información de rendimiento del *Octubre Rojo* que nos estuvieron explicando hace un momento. Buen trabajo, capitán.

—El doctor Tyler piensa que deberíamos retenerlo si podemos agarrarlo —dijo Harris sin expresión alguna—. Y cree tener un método que nos permitirá lograrlo.

—Ya pensamos en matar a la tripulación —dijo el comandante Maxwell—. Pero el Presidente no nos deja.

—Caballeros, ¿qué les parecería si les digo que hay una forma de enviar a su país a la tripulación sin que ellos sepan que tenemos el submarino? Porque ése es el problema, ¿correcto? Tenemos que enviar de regreso a la tripulación a la Madre Rusia. Yo digo que hay una forma de hacerlo, y el problema siguiente es dónde esconderlo.

—Estamos escuchando —dijo Hilton con acento de sospecha.

—Bueno, señor, tenemos que movernos rápidamente para poner todo en su lugar. Necesitamos el *Avalon*, que está en la Costa Oeste. El *Mystic*, que ya está a bordo del *Pigeon*, en Charleston. Los necesitamos a ambos, y necesitamos un viejo submarino misilístico propio, del que podamos prescindir. Ése es el material. Pero la verdadera importancia de la maniobra está en el *timing*, en la correcta coincidencia de los tiempos..., y tendremos que encontrar al submarino. Tal vez ésa sea la parte más difícil.

—Tal vez no —dijo Foster—. El almirante Gallery me informó esta mañana que el *Dallas* puede estar ya detrás de él. Su informe coincide perfectamente con su modelo de ingeniería. En pocos días sabremos más. Continúe.

Tyler lo explicó. Le tomó diez minutos, porque tuvo que responder preguntas y usar la carta para diagramar las precisiones de tiempos y distancias. Cuando terminó, el general Barnes estaba ya al teléfono llamando al titular del Comando Militar de Transporte Aéreo. Foster abandonó el salón para llamar a Norfolk, y Hilton estaba en camino a la Casa Blanca.

El Octubre Rojo

A excepción de los que se encontraban de guardia, todos los oficiales estaban reunidos en la cámara. Sobre la mesa había varias tazas de té, todas sin tocar, y la puerta, una vez más, se hallaba trabada.

—Camaradas —informó Petrov—, el segundo juego de plaquetas estaba contaminado, y peor que el primero.

Ramius notó que Petrov se hallaba muy nervioso y confundido. No se trataba del primer juego de plaquetas ni del segundo. Eran el tercero y el cuarto desde la partida. Había elegido bien al médico de su buque.

—Plaquetas defectuosas —refunfuñó Melekhin—. Algún sinvergüenza hijo de puta en Severomorsk... o tal vez un espía imperialista jugándonos una mala pasada típica del enemigo. Cuando lo agarren a ese maldito, yo mismo voy a pegarle un tiro, ¡sea quien fuere! ¡Esta clase de cosas es traición!

—Los reglamentos exigen que yo informe esto —dijo Petrov—. Aunque los instrumentos muestran niveles de seguridad.

—Su respeto por los reglamentos es evidente, camarada doctor. Usted ha procedido correctamente —dijo Ramius—. Y los reglamentos estipulan que ahora efectuemos otra comprobación todavía. Melekhin, quiero que usted y Borodin la realicen personalmente. Primero controlen los propios instrumentos de radiación. Si están funcionando adecuadamente, tendremos la certeza de que las plaquetas son defectuosas... o las han estropeado a propósito. Si es así, mi informe sobre este incidente habrá de costarle la cabeza a alguien. —No se ignoraba que algunos trabajadores de los astilleros habían sido enviados al *gulag* por encontrarlos ebrios—. Camaradas, en mi opinión no tenemos absolutamente nada por qué preocuparnos. Si hubiera una pérdida, el camarada Melekhin la habría descubierto hace ya varios días. Bueno. Todos tenemos que ir a trabajar.

Media hora más tarde todos habían regresado a la cámara de oficiales. Los tripulantes que pasaban por allí lo notaron, y enseguida comenzaron las murmuraciones.

—Camaradas —anunció Melekhin—, tenemos un problema serio.

Los oficiales, especialmente los más jóvenes, se pusieron algo pálidos. Sobre la mesa había un contador Geiger desarmado en una veintena de pequeñas partes. A su lado, un detector de radiación retirado del mamparo de la sala del reactor; la cubierta de inspección había sido quitada.

—Sabotaje —dijo Melekhin enfatizando la ese. Era una palabra lo suficientemente temible como para hacer temblar a cualquier ciudadano soviético.

El salón quedó mortalmente silencioso, y Ramius notó que Svyadov mantenía su cara bajo rígido control.

—Camaradas, mecánicamente hablando, estos instrumentos son muy sencillos. Como ustedes saben, este contador tiene diez diferentes posiciones. Podemos elegir entre diez escalas de sensibilidad, usando el mismo instrumento para detectar una pérdida menor o cuantificar una que sea mayor. Eso se logra mediante el dial de este selector, que conecta alguna de las diez resistencias eléctricas de valores crecientes. Esto podría diseñarlo un niño, o mantenerlo y repararlo. —El jefe de máquinas dio unos golpecitos en la parte interior del dial selector—. En este caso, han desconectado las resistencias correspondientes y en su lugar han soldado otras. Las posiciones de uno a ocho tienen el mismo valor de impedancias. Todos nuestros contadores fueron inspeccionados tres días antes de nuestra salida por el mismo técnico del astillero. Aquí está su hoja de inspección. —Melekhin la arrojó con desprecio sobre la mesa—. Él y otro espía sabotearon este y todos los otros contadores que he revisado. Para un hombre capacitado no habrá sido un trabajo que le tomara más de una hora. En el caso de este instrumento —el ingeniero dio vuelta el detector fijo— ustedes ven que las partes eléctricas han sido desconectadas, excepto las del circuito de prueba, que fue unido con nuevos cables. Borodin y yo retiramos éste del mamparo anterior. Se trata de un trabajo más delicado; quien lo hizo no es un aficionado. Yo creo que un agente imperialista ha saboteado nuestra nave. Primero inutilizó nuestros instrumentos monitores de radiación, luego probablemente arregló una pérdida de bajo nivel en nuestras tuberías calientes. Al parecer, camaradas, el camarada Petrov estaba en lo cierto. Podemos tener una pérdida. Mis disculpas, doctor.

Petrov movió nerviosamente la cabeza asintiendo. No le resultaba difícil ceder a ese tipo de halagos.

—¿Exposición total, camarada Petrov? —preguntó Ramius.

—La más alta es para los hombres de las máquinas, naturalmente. El máximo es cincuenta rads, para los camaradas Melekhin y Svyadov. Los otros tripulantes maquinistas tienen de veinte a cuarenta y cinco rads, y la exposición acumulada disminuye rápidamente a medida que vamos hacia proa. Los torpedistas tienen sólo cinco rads, más o menos, en general menos. Los oficiales, excluyendo los maquinistas, van de diez a veinticuatro. —Petrov hizo una pausa pensando que debía ser más positivo—. Camaradas, éstas no son dosis letales. En realidad, puede tolerarse una dosis hasta de cien rads sin experimentar ningún efecto fisiológico a corto plazo, y una persona puede sobrevivir hasta varios cientos. Aquí estamos enfrentados a un serio problema, pero todavía no se trata de una emergencia que amenace nuestras vidas.

—¿Melekhin? —preguntó el comandante.

—Es mi planta de potencia, y mi responsabilidad. Todavía no *sabemos* que tenemos una pérdida. Todavía puede ser que las plaquetas sean defectuosas o estén saboteadas. Todo esto puede ser una treta perversa con fines psicológicos que nos ha provocado el enemigo principal para dañar nuestra moral. Borodin me ayudará. Repararemos esto personalmente y efectuaremos una investigación a fondo de todos los sistemas del reactor. Yo soy demasiado viejo como para tener hijos. Por el momento, sugiero que desactivemos el reactor y continuemos con las baterías. La inspección nos tomará como máximo cuatro horas. También recomiendo que reduzcamos a dos horas las guardias en el reactor. ¿De acuerdo, comandante?

—Por cierto, camarada. Sé que no hay nada que usted no pueda reparar.

—¿Me permite, camarada comandante? —intervino Ivanov—. ¿Informaremos esto al comando de la flota?

—Tenemos órdenes de no romper el silencio de radio —dijo Ramius.

—Si los imperialistas fueron capaces de sabotear nuestros instrumentos..., ¿qué ocurriría si conocieran de antemano nuestras órdenes y estuvieran intentando hacernos usar la radio para poder localizarnos? —preguntó Borodin.

—Es una posibilidad —replicó Ramius—. Primero determinaremos si tenemos o no un problema, luego su gravedad. Camaradas, tenemos una excelente dotación y los mejores oficiales de la flota. Nos ocuparemos de nuestros propios problemas, los solucionaremos, y continuaremos con nuestra misión. Todos tenemos una cita en Cuba y yo me propongo cumplirla... ¡Al diablo con las confabulaciones imperialistas!

—Bien dicho —coincidió Melekhin.

—Camaradas, mantendremos esto en secreto. No hay motivos para inquietar a la tripulación por algo que puede no ser nada, y que, en el peor de los casos, es algo que podemos manejarlo solos. —Ramius dio por terminada la reunión.

Petrov estaba menos seguro, y Svyadov hacía enormes esfuerzos para no temblar. Tenía una novia en su país y quería tener hijos algún día. El joven teniente había tenido un entrenamiento abrumador para llegar a comprender todo lo que sucedía en los sistemas de los reactores y para saber qué hacer si las cosas andaban mal. Era un cierto consuelo saber que en su mayoría las soluciones a los problemas de los reactores que se encontraban en los libros estaban escritas por los hombres que se hallaban en ese lugar. Aun así, estaba invadiendo su cuerpo algo que no podía ver ni sentir, y ninguna persona racional podía sentirse feliz en esas condiciones.

Se levantó la reunión. Melekhin y Borodin fueron hacia popa, a los depósitos de máquinas. Un *michman* electricista fue con ellos para buscar los repuestos necesarios. El muchacho notó que estaban leyendo el manual de mantenimiento de los detectores de radiación. Cuando salió de servicio, una hora más tarde, toda la tripulación se enteró de que el reactor había sido detenido otra vez. El electricista conversó con su compañero de litera vecina, un técnico especialista en mantenimiento de misiles. Hablaron sobre la razón de que estuvieran trabajando en media docena de contadores Geiger y otros instrumentos, y la conclusión resultó obvia.

El contramaestre del submarino oyó involuntariamente la conversación y sacó sus propias conclusiones. Hacía diez años que estaba en submarinos nucleares. A pesar de eso, no era un hombre instruido y consideraba toda la actividad en los espacios del reactor como cosas de brujas. Hacía mover el buque... ¿cómo? Él no lo sabía, aunque estaba seguro de que en todo eso había algo profano. En ese momento empezó a preguntarse si los demonios que él nunca había visto en el interior de ese tambor de acero no se habrían liberado. En el término de dos horas, toda la dotación sabía que algo andaba mal y que sus oficiales todavía no habían hallado la forma de resolverlo.

Pudieron apreciar que los cocineros que llevaban comida desde la cocina hacia proa a los sectores de la tripulación, se quedaban allí adelante tanto tiempo como podían. Los hombres que hacían guardia en la sala de control cambiaban el peso del cuerpo de uno a otro pie con mayor asiduidad que nunca, Ramius lo advirtió, y se apuraban hacia proa cuando llegaba el cambio de guardia.

El USS New Jersey

Le había costado un poco acostumbrarse, reflexionaba el comodoro Zachary Eaton. Cuando construyeron su buque insignia, él hacía navegar pequeños submarinos en la bañera. En aquella época los rusos eran aliados, pero aliados por conveniencia, que compartían un enemigo común en vez de un objetivo común. Como hoy los chinos, apreció. El enemigo estaba representado entonces por los alemanes y los japoneses. En sus veintiséis años de carrera había estado muchas veces en ambos países, y su primer comando, un destructor, tenía su base en Yokosuka. Era un mundo extraño.

Su buque insignia tenía varias cosas buenas. Grande como era, su movimiento en olas de tres metros apenas alcanzaba para recordarle que estaba en el mar, y no en un escritorio. La visibilidad era de unas diez millas aproximadamente, y en algún lugar, allá lejos, a unas ochocientas millas de distancia, estaba la flota rusa. Su acorazado iba a encontrarse con ella exactamente como en los viejos tiempos, como si el portaaviones nunca hubiera nacido. Los destructores *Caron* y

Stump estaban a la vista, con cinco millas de separación entre sus respectivas proas. Un poco más adelantados, los cruceros *Biddle* y *Wainwright* iban cumpliendo funciones de piquete de radar. El grupo de acción de superficie estaba haciendo tiempo, en vez de avanzar como él hubiera preferido. Frente a la costa de Nueva Jersey, el buque de helicópteros de asalto *Tarawa* y dos fragatas navegaban a toda máquina para reunirse, llevando diez aviones de combate AV-8B Harrier, de ataque, y catorce helicópteros para guerra antisubmarina; unidades que suplementarían su poder en el aire. Eso era útil, pero no constituía una preocupación crítica para Eaton. El grupo aéreo del *Saratoga* estaba operando en ese momento frente a Maine, junto con una buena colección de pilotos de la Fuerza Aérea, trabajando duro para aprender el tema del ataque aeronaval. El *HMS Invincible* se hallaba a doscientas millas hacia el este, realizando un agresivo patrullaje de guerra antisubmarina, y a ochocientas millas al este de esa fuerza estaba el *Kennedy*, oculto bajo un frente meteorológico cerca de las Azores. El comodoro sentía cierto fastidio por el hecho de que los británicos estuvieran colaborando. ¿Desde cuándo necesitaba ayuda la Marina de los Estados Unidos para defender sus propias costas? Aunque, por otra parte, era innegable que ellos les debían el favor...

Los rusos se habían dividido en tres grupos, con el portaaviones *Kiev* en la posición extrema hacia el este, para enfrentar al grupo de batalla del *Kennedy*. La responsabilidad atribuida al comodoro Eaton estaba referida al grupo del *Moskva*, mientras que el *Invincible* se hacía cargo del tercer grupo, el del *Kirov*. Estaba recibiendo continuamente información sobre los tres, que era digerida por su estado mayor de operaciones, en la sala de ploteo. ¿Qué se proponían los soviéticos?, se preguntó.

Conocía el cuento de que estaban buscando un submarino perdido, pero Eaton lo creía tanto como si hubieran explicado que tenían un puente y querían venderlo. «Probablemente —pensó—, quieran demostrar que son capaces de pasearse desafiantes frente a nuestras costas en el momento en que se les ocurre; mostrar que tienen una verdadera flota de altura y establecer un precedente para hacerlo de nuevo.»

Eso no le gustó a Eaton.

Tampoco le importaba mucho la misión que le habían asignado. Tenía dos tareas que no eran del todo compatibles. Vigilar la actividad de sus submarinos ya sería bastante difícil. A pesar de su solicitud, los Vikings del *Saratoga* no estaban cubriendo su zona, y la mayor parte de los *Orions* estaban todavía más lejos, cerca del *Invincible*. Sus propios efectivos de guerra antisubmarina eran apenas adecuados para la defensa local, pero mucho menos para un ataque activo antisubmarino. El *Tarawa* iba a cambiar esa situación, pero cambiaría también sus requerimientos de cortina. Su otra misión era establecer y mantener contacto por sensores con el grupo del *Moskva*, e informar de inmediato cualquier actividad inesperada al comandante en jefe de la Flota del Atlántico. Eso tenía un cierto sentido. Si los buques soviéticos de superficie hacían algo hostil o adverso, Eaton poseía los medios para vérselas con ellos.

En esos momentos estaban decidiendo hasta qué proximidad debía vigilarlos.

El problema consistía en establecer si debía colocarse lejos o cerca. Cerca significaba veinte millas, el alcance de las baterías. El *Moskva* tenía diez buques escoltas, ninguno de los cuales podría sobrevivir más de dos impactos de sus proyectiles de dieciséis pulgadas (cuarenta centímetros). A veinte millas podía elegir entre disparar salva de calibre completo o de calibre reducido, estas últimas guiadas hacia el blanco por un sistema láser cuyo orientador se hallaba instalado en lo alto de la torre principal de dirección de fuego. Las pruebas realizadas el año anterior habían determinado que podía mantener un ritmo constante de fuego de un disparo cada veinte segundos, mientras el láser cambiaba de uno a otro blanco hasta que no hubiera más. Pero eso expondría al *New Jersey* y sus buques escoltas a los lanzamientos de torpedos y de misiles desde los buques rusos.

Si se alejaba más, aún podría efectuar disparos de grueso calibre desde cincuenta millas, que se podían dirigir hacia el blanco por un orientador de láser instalado en el helicóptero especial de batalla. Pero eso significaría exponer al helicóptero al disparo de misiles superficie-aire y a los helicópteros soviéticos, de los que se sospechaba tenían misiles aire-aire. Para cooperar en ese caso, el *Tarawa* se acercaba llevando un par de helicópteros de ataque Apache, equipados con láser, misiles aire-aire, y sus propios misiles aire-superficie; eran armas antitanque y se esperaba de ellos buenos resultados contra pequeños buques de guerra.

Sus buques estarían expuestos al fuego de misiles, pero él no temía por su buque insignia. A menos que los rusos tuvieran cabezas de guerra nucleares en sus misiles, sus armas comunes antibuque no podrían ocasionar daños graves al *New Jersey*, que tenía una coraza clase B, de más de treinta centímetros. Sin embargo, le ocasionarían terribles problemas con los equipos de comunicaciones de radar y, lo que era peor, serían letales para sus buques escolta de cascos livianos. Sus buques llevaban sus propios misiles antibuque, Harpoons y Tomahawks, aunque no tantos como él hubiera deseado.

¿Y la posibilidad de que un submarino soviético los atacara a ellos? A Eaton le habían dicho que no había ninguna, pero nunca se sabe dónde podía haber alguno escondido. Oh, bueno..., no era posible que se preocupara por todo. Un submarino podía hundir al *New Jersey*, pero no le resultaría nada fácil. Si los rusos andaban realmente tras algo feo, ellos recibirían el primer disparo, pero Eaton tendría suficiente advertencia para lanzar sus propios misiles y efectuar unas cuantas salvas de cañones mientras solicitaba apoyo aéreo..., nada de lo cual iba a suceder, estaba seguro.

Decidió que los rusos estaban en alguna clase de expedición de pesca. Su misión consistía en mostrarles que en esas aguas los peces eran peligrosos.

Estación Aeronaval, North Island, California

El enorme tractor con su remolque trepó a paso de hombre al interior de la bodega de carga del transporte C-5A Galaxy ante la atenta mirada del jefe de cargas de la aeronave, dos oficiales aviadores y seis oficiales navales. Extrañamente, sólo los últimos, ninguno de los cuales tenía insignias de piloto, dominaban a la perfección el procedimiento. El centro de gravedad del vehículo estaba exactamente marcado, y los hombres observaban cómo se iba acercando la marca a cierto número grabado en el piso de la bodega de carga. El trabajo debía realizarse con rigurosa precisión. Cualquier error podía malograr el equilibrio de la aeronave y poner en peligro las vidas de los tripulantes y pasajeros.

—Muy bien, asegúrenlo aquí exactamente —gritó el oficial más antiguo. El conductor se sintió feliz al terminar la tarea. Dejó en su lugar las llaves de contacto, puso a fondo los frenos de estacionamiento y colocó la palanca en velocidad antes de descender. Alguien se encargaría de manejarlo para bajarlo del avión en el otro extremo del país. El jefe de carga y seis auxiliares de pista se pusieron a trabajar enseguida, pasando cables de acero por los anillos de los bulones del tractor y del remolque para asegurar la pesada carga. Un desplazamiento de ésta en el aire era algo que un avión difícilmente sobrevivía, y el C-5A no tenía asientos eyectables.

El jefe de carga verificó que los auxiliares de pista estuvieran efectuando correctamente su trabajo antes de acercarse al piloto. Era un sargento de veinticinco años que amaba los C-5, a pesar de su infamante historia.

—Capitán, ¿qué diablos es esta cosa?

—Se llama vehículo de rescate de sumersión profunda, sargento.

—Atrás dice *Avalon*, señor —señaló el sargento.

—Sí, tiene un nombre. Es una especie de salvavidas para submarinos. Cuando pasa algo, esto va hasta abajo para sacar a la tripulación.

—Ah... —El sargento se quedó pensando. Había transportado en vuelo tanques, helicópteros, carga general, una vez un batallón completo de soldados, en su —él consideraba al avión como suyo— Galaxy, hasta ese momento. Pero ésa era la primera vez que llevaba un buque. Porque si tenía nombre, razonó, era un buque. ¡Diablos, el Galaxy podía hacer cualquier cosa! ¿Adónde lo llevamos, señor?

—A la Estación Aeronaval Norfolk, y yo tampoco he estado nunca allí. —El piloto observó atentamente el proceso de aseguramiento. Ya habían fijado una docena de cables. Cuando pusieran en su lugar otros doce, darían a todos la tensión necesaria para impedir que se aflojaran en lo más mínimo—. Hemos calculado un vuelo de cinco horas y cuarenta y cinco minutos, todo con combustible interior. Hoy tenemos de nuestro lado la corriente jet de viento en altura. Se pronostica tiempo bueno hasta que lleguemos a la costa. Estaremos allá un día y volveremos el lunes por la mañana.

—Sus muchachos trabajan bastante rápido —dijo el oficial naval más antiguo, teniente Ames, que se acercaba.

—Sí, teniente, otros veinte minutos. —El piloto controló su reloj—. Tendríamos que estar despegando a la hora justa.

—No hay apuro, capitán. Si esta cosa se zafa en vuelo, creo que nos estropearía el día completo. ¿Adónde mando a mi gente?

—A la cubierta superior, adelante. Hay sitio para unos quince, más o menos, justo detrás de la cabina de comando. —El teniente Ames lo sabía, pero no lo dijo.

Ames había volado con su vehículo de rescate varias veces a través del Atlántico y una cruzando el Pacífico, siempre en un Galaxy C-5 diferente.

—¿Puedo preguntar de qué se trata este asunto? —preguntó el piloto.

—No lo sé —dijo Ames—. Quieren que vaya a Norfolk con mi bebé.

—¿Es cierto que usted se mete debajo del agua con esa cosita, señor? —preguntó el jefe de carga.

—Para eso me pagan. Me he sumergido con él hasta mil quinientos metros, un kilómetro y medio. —Ames observaba su nave con cariño.

—¿Un kilómetro y medio *debajo* del agua, señor? Cristo..., esteee, disculpe señor, pero, quiero decir, ¿no es un poco peliagudo..., la presión del agua, quiero decir?

—No realmente. Yo me he sumergido hasta seis mil metros en el *Trieste*. Y, de verdad, es bastante interesante allá abajo. Se ven muchas clases de peces extraños. —Aunque Ames era un submarinista calificado, su primer amor era la investigación. Tenía un título en Oceanografía y había comandado o participado en todos los vehículos de inmersión profunda de la Marina, excepto en el *NR-1*, de propulsión nuclear—. Por supuesto, la presión del agua le causaría bastantes inconvenientes si algo anduviera mal, pero todo sería tan rápido que usted jamás llegaría a enterarse. Si ustedes quieren hacer un viajecito de prueba, yo probablemente pueda conseguírselo. Allá abajo es un mundo diferente.

—Está bien, señor. —El sargento volvió a sus tareas y a insultar a sus hombres.

—No lo decía en serio —observó el piloto.

—¿Por qué no? No es nada del otro mundo. Siempre llevamos civiles abajo y, créame, es mucho menos peligroso que volar en esta maldita ballena blanca durante un reabastecimiento de combustible en vuelo.

—Hummm —opinó el piloto en tono de duda. Él había hecho cientos de reabastecimientos. Era algo absolutamente rutinario, y le sorprendía que alguien lo considerara peligroso. Naturalmente, hay que tener cuidado, pero, diablos, también hay que tener cuidado todas las mañanas conduciendo el auto. Estaba seguro de que un accidente en ese submarino de bolsillo no dejaría restos suficientes de un hombre como para dar de comer una vez a un langostino. Tiene que haber de todo, decidió—. Usted no se mete en eso en el mar por sus propios medios, ¿no?

—No, por lo general salimos de un buque de rescate de submarinos, el *Pigeon*, o el *Ortolan*. También podemos operar desde un submarino normal. Ese aparato que usted ve allí en el remolque es nuestro collar de acople. Nosotros nos instalamos sobre el lomo de un submarino a la altura del túnel de escape posterior, y el submarino nos lleva a donde necesitamos ir.

—¿Eso tiene algo que ver con el lío de la Costa Este?

—Es un buen pálpito, pero nadie nos ha comunicado nada oficial. Los papeles dicen que los rusos han perdido un submarino. Si es así, nosotros podríamos bajar a inspeccionarlo, y tal vez a rescatar algunos sobrevivientes. Podemos sacar de veinte a veinticinco hombres por vez; y nuestro anillo de acople está diseñado para ajustarse tan bien a los submarinos rusos como a los nuestros.

—¿Las mismas medidas?

—Suficientemente aproximadas. —Ames levantó una ceja—. Planificamos para cualquier clase de contingencia.

—Interesante.

El Atlántico Norte

El YAK-36 Forger había dejado el *Kiev* media hora antes, guiado al principio por su girocompás y en ese momento por el equipo de ayuda electrónica ubicado en el timón de dirección del avión de combate. La misión del primer teniente Viktor Shavrov no era fácil. Debía aproximarse a los aviones de exploración radar norteamericanos E-3A Sentries, uno de los cuales hacía tres días que estaba siguiendo a su flota. Los aviones AWACS (sistemas de control y advertencia desde el aire) habían tenido cuidado de volar en círculos a mayor distancia que el alcance de los misiles superficie-aire (SAM), pero se habían mantenido lo suficientemente cerca como para no perder el cubrimiento constante de la flota soviética, informando a su base de comando todos sus movimientos y transmisiones de radio. Era como tener un ladrón que estuviese constantemente vigilando el departamento de uno y estar imposibilitado para hacer nada al respecto.

La misión de Shavrov consistía en hacer algo al respecto. No podía abrir fuego, por supuesto. Sus órdenes, recibidas del almirante Stralbo a bordo del *Kirov*, habían sido explícitas en ese sentido. Pero llevaba un par de misiles Atoll, de atracción térmica. Y se aseguraría bien de enseñarlos a los imperialistas. Él y su almirante esperaban que eso les daría una lección: a la Marina soviética no le gustaba tener fisgones imperialistas demasiado cerca, y se sabía de algunos accidentes que habían ocurrido. Era una misión digna del esfuerzo que requería.

Ese esfuerzo era considerable. Para evitar la detección de los radares que operaban desde el aire, Shavrov tenía que volar a la menor altura y velocidad con que su avión pudiera hacerlo; apenas a veinte metros sobre el agitado Atlántico; de esta manera pasaría inadvertido en la respuesta al radar que daba el propio mar. Llevaba una velocidad de doscientos nudos. Con ella contribuía a lograr una excelente economía de combustible ya que su misión estaba al borde mismo de su máxima carga. También contribuía a que el vuelo fuera muy movido, ya que su avión se sacudía y brincaba en el aire turbulento cercano al tope de las olas. Había una niebla rastrera que reducía la visibilidad a muy pocos kilómetros. «Mejor así», pensó. La naturaleza de la misión lo había elegido a él, en vez de ser al revés, como se acostumbra. Era uno de los pocos pilotos soviéticos especializados en vuelo a baja altura. Shavrov no se había formado por sí mismo como marino-piloto. Había empezado volando helicópteros de ataque para la aviación frontal en Afganistán, graduándose de piloto de aviones de ala fija después de un año de sangriento aprendizaje. Shavrov era un experto en «peinar» las irregularidades de la tierra, algo que había aprendido por necesidad cazando bandidos y contrarrevolucionarios que se escondían entre los picos de las montañas como ratas rabiosas. Esa capacidad lo había hecho atractivo para la flota, que lo transfirió al servicio en el mar sin darle mayor oportunidad de opinar. Después de unos pocos meses no tenía ya más quejas; sus privilegios y sus pagas extras eran mucho más atractivos que los recibidos en su anterior base de aviación de apoyo sobre la frontera china. El hecho de ser uno de los pocos cientos de pilotos capacitados para operar desde portaaviones amortiguó un poco el golpe de perder sus posibilidades de volar el nuevo MiG-27, aunque, con suerte —si el nuevo portaaviones de gran tamaño se terminaba alguna vez—, Shavrov tendría alguna probabilidad de volar la versión naval de ese maravilloso pájaro. Tenía tiempo para esperarlo y, si cumplía con éxito unas pocas misiones como la de ese momento, podría alcanzar su comando de escuadrón.

Dejó de soñar despierto, la misión era demasiado exigente como para eso. Eso era volar de verdad. Él nunca lo había hecho contra los norteamericanos, sólo contra las armas que aquellos les daban a los bandidos afganos. Había perdido amigos por acción de esas armas; algunos de ellos, sobrevivientes de la caída de sus aviones, habían muerto en manos de los afganos en formas tales que habrían dado asco hasta a un alemán. Sería bueno dar personalmente una lección a los imperialistas.

La señal del radar se hacía cada vez más fuerte. Debajo de su asiento eyectable había un grabador que estaba registrando en forma continua las características de las señales de los aviones norteamericanos, de manera tal que los científicos pudieran idear una forma de interferir y frustrar el tan ensalzado ojo volador norteamericano. El avión era sólo un 707 convertido, el glorificado avión de pasajeros, ¡y difícilmente un digno adversario para un piloto de combate de primera categoría! Shavrov controló la carta de vuelo. Tendría que encontrarlo pronto. Después controló el combustible. Minutos antes había eyectado el último de sus tanques exteriores, y todo lo que le quedaba en ese momento era el que contenían sus tanques internos. El turbofan estaba tragando el combustible y eso era algo que debía vigilar continuamente. Había calculado que tendría solamente cinco o diez minutos de combustible en sus depósitos cuando regresara a su buque. Eso no lo preocupaba. Ya había hecho más de cien aterrizajes en portaaviones.

¡Allá! Sus ojos de halcón captaron el brillo del sol sobre el metal en dirección a la una del reloj y arriba. Shavrov llevó un poco hacia atrás la palanca y aumentó ligeramente la potencia, poniendo a su Forger en actitud de trepada. Un minuto después estaba a dos mil metros. En ese momento podía ver bien al Sentry, con su pintura azul que resaltaba claramente contra el fondo más oscuro del cielo. Se estaba aproximando desde abajo y atrás y, con suerte, el empenaje lo ocultaría para la antena rotativa del radar. ¡Perfecto! Le haría unas cuantas pasadas cerca, dejando que la tripulación viera sus misiles Atolls, y...

Shavrov demoró unos instantes en comprender que tenía otro avión volando en formación con el suyo.

Dos aviones formados.

A cincuenta metros de distancia hacia la izquierda y la derecha, volaban dos aviones de combate norteamericanos F-15 Eagle. La cara de uno de los pilotos, semioculta por el visor, lo estaba mirando.

—YAK-106, YAK-106, conteste, por favor. —La voz que surgía de su radio de banda lateral única hablaba un impecable ruso. Shavrov no contestó. Habían leído el número pintado en la toma de aire de su motor antes de que él supiera que estaban allí—. 106, 106, aquí el avión Sentry al que usted se está aproximando. Por favor, identifíquese e informe acerca de sus intenciones. Nos ponemos un poquito nerviosos cuando aparece en nuestro camino un avión de combate aislado, por eso hay tres que lo han venido siguiendo en los últimos cien kilómetros.

¿Tres? Shavrov volvió la cabeza hacia todos lados. Un tercer Eagle —con cuatro misiles SparroW— estaba «colgado» de su cola a unos cincuenta metros, su «seis».

—Nuestros hombres lo felicitan por su habilidad para volar bajo y a poca velocidad, 106.

El teniente Shavrov temblaba de ira mientras cruzaba el nivel de los cuatro mil metros, todavía a ocho mil del avión-radar norteamericano. Había controlado su «seis» (la posición seis del cuadrante del reloj) cada treinta segundos cuando venía acercándose. Los norteamericanos debían de haber estado allí atrás, ocultos en la niebla y siguiéndolo por un vector hacia él, informados por el Sentry. Profirió un juramento para sí mismo y mantuvo el rumbo. ¡Daría una lección a ese imperialista!

—Retírese, 106. —La voz era fría, sin emoción, excepto quizá por un dejo de ironía—. 106, si usted no se retira, consideraremos que su misión es hostil. Piénselo, 106. Está más allá del cubrimiento de radar de sus propios buques, y todavía no está dentro del alcance de nuestros misiles.

Shavrov miró hacia su derecha. El Eagle estaba abriéndose, y otro tanto hacía el de la izquierda. ¿Era eso un gesto de buena voluntad para aflojar la presión sobre él, y esperando alguna cortesía como respuesta? ¿O estaban despejando el espacio aéreo para que el que venía de atrás pudiera tirar? Shavrov lo controló: aún estaba allí. No hacía falta decir lo que eran capaces de hacer esos imperialistas criminales; él se hallaba por lo menos a un minuto del borde del alcance de sus misiles. Shavrov no tenía nada de cobarde. Tampoco era un tonto. Movió la palanca virando con su avión unos pocos grados hacia la derecha.

—Gracias, 106 —dijo la voz en respuesta—. Usted debe saber que tenemos algunos operadores alumnos a bordo. Dos de ellos son mujeres, y no queremos que se pongan nerviosas en su primera salida.

De pronto... ya fue demasiado. Shavrov apretó con el pulgar el interruptor de la radio en la palanca.

—¿Quieres que te diga qué puedes hacer con tus mujeres, yanqui?

—Tú eres *nekulturny*, 106 —contestó suavemente la voz—. Tal vez el largo vuelo sobre el agua te ha puesto nervioso. Debes de estar casi en el límite de tu combustible interno. Es un día maldito para volar, con todos estos cambios locos en la dirección del viento. ¿Necesitas que te demos un control de posición? Cambio.

—¡Negativo, yanqui!

—El rumbo de regreso al *Kiev* es uno-ocho-cinco, verdadero. Tienes que tener cuidado si estás usando un compás magnético aquí tan lejos hacia el norte, tú lo sabes. La distancia al *Kiev* es de trescientos dieciocho kilómetros y seiscientos metros. Cuidado, hay un frente frío que se desplaza desde el sudoeste y se mueve con mucha rapidez. Por ese motivo el vuelo va a ser un poco movido dentro de pocas horas. ¿Quieres que te acompañen de regreso al *Kiev*?

—¡Cerdo! —Shavrov volvió a jurar para sus adentros. Cerró el interruptor de su radio, insultándose a sí mismo por su falta de disciplina. Había permitido a los norteamericanos que hirieran su orgullo. Como la mayor parte de los pilotos de combate, sentía que aquello había sido una afrenta.

—106, no recibimos tu última transmisión. Dos de mis Eagles van en esa dirección. Volarán en formación contigo para asegurarse de que llegues a salvo. Que tengas un día feliz, camarada. Sentry-November, cambio y corto.

El teniente norteamericano se volvió hacia su coronel. No pudo mantener la seriedad por más tiempo.

—Mi Dios, ¡creí que me iba a ahogar si seguía hablando así! —Bebió unos tragos de Coca de una taza plástica—. Realmente creía que nos había sorprendido en la aproximación.

—Por si no se dio cuenta, teniente, él logró acercarse a menos de mil seiscientos metros dentro del alcance de Atoll, y nosotros no tenemos autorización para dispararle hasta que él lo haga primero... Podría habernos estropeado el día —gruñó el coronel—. Fue un buen trabajo para ponerlo nervioso, teniente.

—Lo hice con gusto, coronel. —El operador miró la pantalla—. Bueno, ya está regresando a mamá, con los Cobras 3 y 4 detrás de él. ¡Qué mal va a sentirse el rusito cuando llegue a casa! Si es que llega a casa. Aunque haya tenido tanques eyectables, debe de estar cerca del límite de su alcance. —Pensó un momento—. Coronel, si vuelven a hacer esto, ¿qué le parece si nos ofrecemos para llevar al tipo a casa con nosotros?

—¿Llevarnos un Forger? ¿Para qué? Supongo que a la Marina podría gustarle tener uno para jugar; no han recibido muchas cosas de la ferretería de Ivan, pero el Forger es una pieza de chatarra.

Shavrov estaba tentado de acelerar a fondo su motor, pero se contuvo. Ya había mostrado bastante debilidad personal por ese día. Además, su YAK sólo podía quebrar Mach 1 en picada. Esos Eagles podían hacerlo en ascenso vertical, y tenían combustible de sobra. Había visto que ambos llevaban células de combustible Fast-pack. Con ellas podían cruzar cualquier océano de costa a costa. ¡Malditos norteamericanos y su arrogancia! ¡Maldito su propio oficial de inteligencia por informarle que podía sorprender en aproximación al Sentry! Que fueran tras ellos los Backfires con su armamento aire-aire. Ellos podían hacerse cargo de ese condenado ómnibus de pasajeros, y podían llegar a él más rápido que la reacción de sus cazas guardianes.

Los norteamericanos no le habían mentido —pudo verlo— acerca del frente meteorológico. Cuando se aproximaba al *Kiev* había sobre el horizonte una línea de frente frío que avanzaba con rapidez hacia el nordeste. Los Eagles viraron para retirarse cuando avistaron la formación naval. Uno de los pilotos norteamericanos se le puso fugazmente a la par para decirle adiós con la mano. Sacudió la cabeza al ver el gesto con que le respondió Shavrov. Los Eagles se juntaron e iniciaron su vuelo de regreso hacia el norte.

Cinco minutos más tarde estaba a bordo del *Kiev*, todavía pálido de ira. Tan pronto como colocaron las calzas en las ruedas de su avión, saltó a la cubierta del portaaviones y caminó airadamente para ver a su comandante de escuadrón.

El Kremlin

La ciudad de Moscú era famosa con justicia por su sistema de subterráneos. Por una miseria, la gente podía viajar casi a donde quisiera en un sistema de trenes eléctricos modernos, seguros, y llamativamente decorados. En caso de guerra, los túneles subterráneos podían servir como refugio para las bombas a los ciudadanos de Moscú. Ese uso secundario era el resultado de los esfuerzos de Nikita Khrushchev, quien al iniciarse la construcción en la mitad de la década de los años treinta, sugirió a Stalin que el sistema se construyera a gran profundidad. Stalin lo aprobó. El aprovechamiento como refugio había sido una apreciación adelantada en décadas a su tiempo; la fisión nuclear era entonces sólo una teoría, y en la fusión apenas si se pensaba.

En un ramal de la línea que corría de la plaza Sverdlov al antiguo aeropuerto, que pasaba cerca del Kremlin, los obreros habían perforado un túnel que posteriormente fue cerrado con un muro de cemento y acero de diez metros de espesor. El recinto de cien metros de largo se conectó al Kremlin mediante un par de pozos para ascensores y, con el tiempo, había quedado convertido en un centro de comando de emergencia, desde el cual el Politburó podía controlar íntegramente el imperio soviético. El túnel era también un medio conveniente para desplazarse sin ser visto desde la ciudad hasta un pequeño aeropuerto; desde allí, los miembros del Politburó podían ser transportados en vuelo hasta su último reducto, debajo del monolito de granito de Zhiguli. Ninguno de esos puestos de comando era un secreto para Occidente —ambos habían existido durante demasiado tiempo como para eso—, pero la KGB informó confidencialmente que, de los arsenales de Occidente, no había nada que pudiera atravesar los metros de roca que en ambos sitios separaba al Politburó de la superficie. Ese hecho no servía de mayor consuelo al almirante Yuri Ilych Padorin. Se hallaba sentado en el extremo más lejano de una mesa de conferencias de diez metros de largo, mirando las ceñudas caras de los diez miembros del Politburó, el círculo interno que por sí mismo tomaba las decisiones estratégicas que afectaban el destino de su país. Ninguno de ellos era oficial. Los que se hallaban de uniforme dependían de esos hombres. A su izquierda en la mesa estaba el almirante Sergey Gorshkov, quien se había exculpado a sí mismo de ese asunto con habilidad consumada, llegando a presentar una carta en la que se oponía al nombramiento de Ramius como comandante del *Octubre Rojo*. Padorin, como jefe de la Administración Política General, había tenido éxito en impedir la transferencia de Ramius, señalando que el candidato de Gorshkov para ese comando estaba atrasado en el pago de sus obligaciones con el Partido y no hablaba con la asiduidad conveniente para un oficial de su jerarquía en las reuniones políticas. La verdad era que el candidato de Gorshkov no era un oficial tan eficiente como Ramius, a quien Gorshkov quería para su propio estado mayor de operaciones, cargo que Ramius había esquivado con éxito desde hacía años.

El secretario general del Partido y presidente de la Unión de Repúblicas Socialistas Soviéticas, Andre Narmonov, dirigió su mirada a Padorin. La expresión de su rostro no decía nada. Siempre era así, a menos que él lo quisiera, lo que era muy poco frecuente. Narmonov había sucedido a Andropov cuando este último sufrió un ataque al corazón. Había rumores sobre eso, pero en la Unión Soviética siempre había rumores. Desde la época de Laventri Beria, el jefe máximo de seguridad nunca había llegado tan cerca del poder, y los funcionarios más antiguos del Partido se habían permitido olvidarlo. Pero no volverían a olvidarlo. Llevar a la KGB otra vez al lugar que le correspondía había costado un año, pero fue una medida necesaria para asegurar los privilegios de la elite del partido frente a las supuestas reformas de la camarilla de Andropov.

Narmonov era el *apparatchik* por excelencia. Primero había ganado prominencia como gerente de una fábrica, un ingeniero que gozaba de la reputación de cumplir en tiempo sus cuotas, un hombre que producía resultados. Había ido subiendo constantemente, utilizando su propio talento y el de los otros, recompensando a quienes debía hacerlo y pasando por alto a los que podía. Su posición como secretario general del Partido Comunista no estaba del todo firme. No había pasado aún mucho tiempo en su administración del Partido, y dependía de una no muy firme coalición de colegas, no amigos, pues estos hombres no hacían amigos. Su acceso a ese sillón era más el resultado de ataduras dentro de la estructura del Partido que de su habilidad personal, y su posición dependería por años de un gobierno de consenso, hasta el día en que su propia voluntad pudiera dictar la política.

Los oscuros ojos de Narmonov —según podía verlo Padorin— estaban colorados por el humo del tabaco. Allí abajo, el sistema de ventilación nunca había trabajado bien. El secretario general miró de soslayo a Padorin desde el otro extremo de la mesa, mientras decidía qué decir, qué sería agradable a los oídos de los miembros de ese cabildo, esos diez hombres viejos y desapasionados.

—Camarada almirante —empezó con frialdad—, el camarada Gorshkov nos ha informado sobre las probabilidades que existen de encontrar y destruir este submarino en rebelión antes de que pueda completar su inimaginable crimen. Esto no nos gusta. Ni nos gusta el fantástico error de juicio que entregó el comando de nuestro más valioso buque a este gusano. Lo que quiero saber de usted, camarada, es qué pasó con el *zampolit* que viajaba a bordo, ¡y qué medidas de seguridad tomó su oficina para impedir que tuviera lugar esta infamia!

No había miedo en la voz de Narmonov pero Padorin sabía que debía de estar allí. Este «fantástico error» podía en última instancia ser cargado a las espaldas del presidente por ciertos miembros que querían a otro en ese sillón... a menos que, de alguna manera, fuera capaz de desvincularse a sí mismo de aquél. Si esto significaba la piel de Padorin, era problema del almirante. Narmonov había hecho desollar a otros hombres antes que él.

Hacía varios días que Padorin venía preparándose para eso. Era un hombre que había vivido meses de operaciones intensivas de combate y tenía varios submarinos hundidos bajo sus pies. Si bien su cuerpo era en ese momento más blando, no ocurría lo mismo con su mente. Cualquiera fuese su destino, Padorin estaba decidido a enfrentarlo con dignidad. «Si me han de recordar como un tonto..., que sea como un tonto valiente.» En último caso, ya le quedaba poco por vivir.

—Camarada secretario general —comenzó—, el oficial político embarcado en el *Octubre Rojo* era el capitán Ivan Yurievich Putin, un leal e incondicional miembro del partido. No puedo imaginar...

—Camarada Padorin —interrumpió el ministro de Defensa Ustinov—, presumimos que usted tampoco pudo imaginar la increíble traición de este Ramius.

¿Usted espera ahora que confiemos también en su juicio sobre ese hombre?

—Lo más alarmante de todo —agregó Mikhail Alexandrov, el teórico del Partido, reemplazante del fallecido Mikhail Suslov, y hombre más decidido aún que el desaparecido ideólogo a ser auténtico en la doctrina del Partido— es el grado de tolerancia que ha tenido la Administración Política General hacia este renegado. Es asombroso, especialmente en vista de sus esfuerzos obvios para construir el culto a su propia personalidad a través del servicio de submarinos, inclusive en el brazo político, al parecer. Su criminal predisposición para pasar por alto esta... esta *obvia* aberración de la política partidaria, no permite apreciar como muy acertada su capacidad de juicio.

—Camaradas, ustedes están en lo correcto al juzgar que yo me equivoqué cuando aprobé a Ramius para el comando, y también en haberle permitido que eligiera la mayor parte de los oficiales antiguos del *Octubre Rojo*. Por otro lado nosotros resolvimos hace algunos años que las cosas se hicieran así, mantener a los oficiales asignados al mismo buque por muchos años, y dar al comandante amplias atribuciones sobre sus carreras. Éste es un tema operativo y no político.

—Ya hemos considerado eso —replicó Narmonov—. Es cierto que, en este caso, hay suficientes culpas para más de un hombre. —Gorshkov no se movió pero el mensaje era explícito: su esfuerzo para aislarse a sí mismo de ese escándalo había fallado. A Narmonov no le importaba cuántas cabezas debían rodar para afirmarse él en su sillón.

—Camarada presidente —objetó Gorshkov—, la eficiencia de la flota...

—¿Eficiencia? —dijo Alexandrov—. Eficiencia. Este medio lituano está dejando *eficientemente* como imbéciles a los de nuestra flota, con sus oficiales elegidos mientras el resto de nuestros buques anda a tontas y a locas como ganado recién castrado. —Alexandrov aludía a su primer trabajo en una granja del estado. Un adecuado comienzo, se pensaba generalmente, porque el hombre que ostentaba la posición de ideólogo jefe era tan popular en Moscú como la plaga, pero el Politburó tenía que tenerlo, a él o a alguien como él. El cabecilla ideológico era siempre el que ponía a los reyes. ¿Del lado de quién estaba él en ese momento... además del suyo propio?

—La explicación más probable es que Putin fue asesinado —continuó Padorin—. Era el único de los oficiales que dejó atrás una esposa y familia.

—Ése es otro asunto, camarada almirante. —Narmonov captó el tema—. ¿Por qué es que ninguno de estos hombres está casado? ¿Eso no lo hizo pensar en nada? ¿Debemos ser nosotros, los del Politburó, los que supervisemos todo? ¿Acaso son incapaces ustedes de pensar por ustedes mismos?

«Como si quisiera que lo hiciésemos», pensó Padorin.

—Camarada secretario general, la mayor parte de los comandantes de nuestros submarinos prefieren tener hombres jóvenes y solteros en sus cuadros. El servicio en el mar es muy exigente, y los hombres solteros tienen menos distracciones. Además, cada uno de los oficiales antiguos que está a bordo es miembro del Partido, en buena situación y con un legajo admirable. Ramius ha cometido una traición, eso es innegable, y con gusto mataría a ese hijo de puta con mis propias manos... pero ha engañado a más hombres buenos que los que se hallan en esta sala.

—Es cierto —observó Alexandrov—. Y ahora que estamos metidos en este lío, ¿cómo salimos de él?

Padorin suspiró profundamente. Había estado esperando eso.

—Camaradas, tenemos otro hombre a bordo del *Octubre Rojo*, desconocido tanto para Putin como para el capitán Ramius, un agente de la Administración Política General.

—¿Qué? —dijo Gorshkov—. ¿Y cómo yo no estoy enterado de eso?

Alexandrov sonrió.

—Ésta es la primera cosa inteligente que hemos oído hoy. Continúe.

—Este individuo se oculta como hombre de tropa. Depende directamente de nuestra oficina y nos informa a nosotros omitiendo todos los canales operacionales y políticos. Se llama Igor Loginov. Tiene veinticuatro años y...

—¡*Veinticuatro!* —gritó Narmonov—. ¿Usted ha confiado esa responsabilidad a un muchacho?

—Camarada, la misión de Loginov es mezclarse con los tripulantes conscriptos, escuchar conversaciones, identificar probables traidores, espías y saboteadores. En verdad, parece aun más joven. Trabaja junto con hombres jóvenes, y él también debe ser joven. En realidad, es un graduado de la escuela naval superior para oficiales políticos, de Kiev, y de la academia de inteligencia de la GRU. Es hijo de Arkady Ivanovich Loginov, jefe de la planta de acero de Kazan. Muchos de ustedes conocen a su padre. —Narmonov se encontraba entre aquellos que lo confirmaron con un movimiento de cabeza y dejó ver una chispa de interés en sus ojos—. Solamente unos pocos escogidos dentro de una elite desempeñan esta tarea. Yo mismo he conocido y entrevistado a este chico. Sus antecedentes están muy limpios, es un patriota soviético sin duda.

—Conozco a su padre —dijo Narmonov—. Arkady Ivanovich es un hombre honorable que ha criado varios hijos buenos. ¿Cuáles son las órdenes que tiene este chico?

—Como dije, camarada secretario general, sus tareas normales consisten en observar a los tripulantes e informar lo que ve. Ha estado haciéndolo desde hace dos años, y es bueno para eso. No presenta sus informes al *zampolit* a bordo sino solamente en Moscú o a uno de mis representantes. En caso de ocurrir una verdadera emergencia, tiene orden de presentarse al *zampolit*. Si Putin está vivo —y yo no lo creo, camaradas— sería parte de la conspiración, y Loginov sabría que no debe presentarse. De manera que, en una emergencia insalvable, tiene orden de destruir el buque y hacer su maniobra de escape.

—¿Es posible eso? —preguntó Narmonov—. ¿Gorshkov?

—Camaradas, todas nuestras naves llevan poderosas cargas para provocar su hundimiento, especialmente los submarinos.

—Desgraciadamente —dijo Padorin—, por lo general no están armadas, y solamente puede activarlas el comandante. Después del incidente con el *Storozhevoy*, en la Administración Política General tuvimos que aceptar que un accidente como ése era realmente posible, y que su manifestación más perjudicial iba a afectar a un submarino misilístico.

—Ah —observó Narmonov—, el chico es mecánico de misiles.

—No, camarada, es cocinero en la nave —replicó Padorin.

—¡Magnífico! ¡Se pasa todo el día pelando papas! —Las manos de Narmonov volaron al aire; su actitud esperanzada desapareció instantáneamente y quedó reemplazada por una visible cólera—. ¿Está dispuesto a renunciar ya, Padorin?

—Camarada presidente, la tarea encubierta que tiene es mejor de lo que usted puede imaginar. —Padorin no se amedrentó deseando mostrar a esos hombres de qué estaba hecho—. En el *Octubre Rojo* los sectores de los oficiales y la cocina se encuentran a popa. El alojamiento de los tripulantes está a proa —ellos comen allí pues no tienen un comedor separado—, y la sala de misiles está entre ambos sectores. Siendo cocinero, el muchacho debe viajar hacia atrás y adelante muchas veces por día, y su presencia en ningún sitio en particular puede llamar la atención. La congeladora de alimentos está ubicada junto a la cubierta inferior de misiles, adelante. No hemos planeado que deba activar las cargas para hundir la nave. Hemos pensado en la posibilidad de que el comandante las desarme. Camaradas, hemos analizado cuidadosamente estas medidas.

—Continúe —gruñó Narmonov.

—Como explicó antes el camarada Gorshkov, el *Octubre Rojo* lleva veintiséis misiles Seahawk. Son cohetes de combustible sólido, y uno de ellos tiene instalado un paquete-seguro de alcance.

—¿Seguro de alcance? —Narmonov se mostró curioso.

Hasta ese momento, los otros oficiales militares que participaban de la reunión —ninguno de ellos miembro del Politburó— se habían mantenido en silencio. Padorin quedó sorprendido cuando se oyó la voz del general V. M. Vishenkov, comandante de las Fuerzas Estratégicas de Proyectiles Balísticos.

—Camaradas, ese mecanismo fue ideado en mi repartición hace algunos años. Como ustedes saben, cuando efectuamos pruebas con nuestros misiles, les instalamos paquetes de seguridad para hacerlos explotar si se apartan de su curso. De lo contrario, podrían caer en una de nuestras propias ciudades. Pero nuestros misiles operativos no los llevan... por la sencilla razón de que los imperialistas podrían hallar la forma de hacerlos explotar en vuelo.

—Ya veo, nuestro joven camarada hará volar el misil. ¿Y qué ocurrirá con las cabezas de guerra? —preguntó Narmonov. Entrenado en ingeniería, siempre se sentía atraído por una explicación técnica, y siempre lo impresionaba cuando era clara e inteligente.

—Camarada —continuó Vishenkov—, las cabezas de guerra de los misiles son armadas por acelerómetros. Por lo tanto, no pueden armarse hasta que el misil no alcanza la velocidad total programada. Los norteamericanos usan el mismo sistema, y por la misma razón, para impedir el sabotaje. Estos sistemas de seguridad son absolutamente confiables. Se podría lanzar uno de los vehículos de reingreso desde lo alto de la torre de transmisión de televisión de Moscú sobre una plataforma de acero, y no explotaría. —El general se refería a la imponente torre de televisión cuya construcción había supervisado personalmente Narmonov cuando era titular del Directorado Central de Comunicaciones. Vishenkov era un hábil operador político.

—En el caso de un cohete de combustible sólido —continuó Padorin, reconociendo su deuda con Vishenkov, preguntándose qué le pediría en retribución y abrigando la esperanza de vivir lo suficiente como para dárselo—, el paquete-seguro enciende simultáneamente las tres etapas del misil.

—¿De modo que el misil solamente despega? —preguntó Alexandrov.

—No, camarada académico. Podría hacerlo la etapa superior, si pudiera irrumpir a través de la tapa del tubo del misil, y esto inundaría la sala de misiles causando el hundimiento del submarino. Pero aunque eso no sucediera, en cualquiera de las dos primeras etapas hay suficiente energía térmica como para reducir a todo el submarino a una masa de hierro fundido, veinte veces lo necesario para hundirlo. Hemos entrenado a Loginov para que anule el sistema de alarma de la tapa del tubo del misil, active el paquete-seguro, ponga en marcha un medidor de tiempo, y efectúe el escape.

—¿No sólo para destruir la nave? —preguntó Narmonov.

—Camarada secretario general —dijo Padorin—, es demasiado pedir a un hombre joven que cumpla con su deber sabiendo que eso significa para él una muerte segura. No seríamos realistas si esperáramos eso. Debe tener por lo menos la posibilidad de escapar; de lo contrario, la debilidad humana podría llevar todo al fracaso.

—Es razonable —dijo Alexandrov—. Los hombres jóvenes están motivados por la esperanza, no por el miedo. En este caso, el joven Loginov esperará una considerable recompensa.

—Y la tendrá —dijo Narmonov—. Haremos todos los esfuerzos para salvar a ese muchacho, Gorshkov.

—Si es verdaderamente confiable —hizo notar Alexandrov.

—Yo sé que mi vida depende de esto, camarada académico —dijo Padorin con su espalda todavía erguida. No obtuvo una respuesta verbal, sólo cabeceos de asentimiento de la mitad de los presentes. Había enfrentado antes la muerte, y estaba en la edad en que sigue siendo lo último que un hombre necesita enfrentar.

La Casa Blanca

Arbatov entró en la Oficina Oval a las cinco menos diez. Encontró al Presidente y al doctor Pelt sentados en cómodos sillones frente al escritorio del jefe del ejecutivo.

—Acérquese, Alex. ¿Café? —El Presidente señaló una bandeja apoyada en la esquina de su escritorio. Ese día había resuelto no beber, y Arbatov lo notó.

—No, gracias, señor Presidente. Puedo preguntar...

—Creo que hemos encontrado su submarino, Alex —respondió Pelt—. Acaban de traer estos despachos y en este momento estamos controlándolos. —El consejero levantó una carpeta de anillos para formularios de mensajes.

—¿Dónde está, puedo preguntarlo? —La cara del embajador se mantenía inmutable.

—Aproximadamente a unas trescientas millas al nordeste de Norfolk. No lo hemos localizado con exactitud. Uno de nuestros buques registró una explosión submarina en la zona... No, no es así. Había sido grabado en un buque, y cuando controlaron las cintas pocas horas después, creyeron oír a un submarino que explotaba y se hundía. Lo lamento, Alex —dijo Pelt—. No debía haber leído todo esto sin la ayuda de un intérprete. ¿La Marina de ustedes también habla en su propio idioma?

—A los oficiales no les gusta que los civiles los comprendan —sonrió Arbatov—. Sin duda esto ha sido así desde que el primer hombre levantó una piedra.

—De todos modos, en este momento ya tenemos buques y aviones buscando en la zona.

El Presidente levantó la mirada.

—Alex, hablé con el jefe de operaciones navales, Dan Foster, hace unos minutos. Dijo que no había que esperar sobrevivientes. Allí el mar tiene más de trescientos metros de profundidad, y usted sabe cómo es el tiempo. Dicen que está exactamente en el borde de la plataforma continental.

—El Cañón Norfolk, señor —agregó Pelt.

—Estamos realizando una búsqueda minuciosa —continuó el Presidente—. La Marina va a llevar allí cierto equipo especializado en rescate, materiales y toda esa clase de cosas. Si localizan el submarino, haremos bajar a alguien hasta ellos, por la posibilidad de que pudiera haber sobrevivientes. Por lo que me dijo el comandante de operaciones navales, la habría en caso de que las separaciones interiores —mamparos, creo que los llamó— estén intactas. El otro interrogante es su disponibilidad de aire, dijo. Me temo que las horas que pasan empeoran cada vez más su situación. Todo este equipo fantásticamente costoso que les compramos... y ellos no son capaces de localizar un maldito objeto prácticamente frente a nuestra costa.

Arbatov hizo un registro mental de esas palabras. Constituirían un valioso informe de inteligencia. A veces, el Presidente dejaba...

—A propósito, señor embajador, ¿qué estaba haciendo exactamente su submarino en ese lugar?

—No tengo idea, doctor Pelt.

—Espero que no haya sido un submarino misilístico —dijo Pelt—. Tenemos un acuerdo para mantenerlos alejados quinientas millas de las costas. Naturalmente, los restos van a ser inspeccionados por nuestra nave de rescate. Entonces sabremos si es realmente un submarino misilístico, y en ese caso...

—He tomado nota de su observación. Aun así, ésas son aguas internacionales

El Presidente se volvió y habló con suavidad.

—También lo son las del Golfo de Finlandia, Alex, y, si no me equivoco, las del Mar Negro. —Dejó pendiente en el aire su advertencia por un momento—. Sinceramente espero que no estemos volviendo otra vez a esa clase de situaciones. ¿Se trata de un submarino misilístico, Alex?

—Con toda honestidad, señor Presidente, no tengo idea. Por cierto, preferiría saber que no lo es.

El Presidente se dio cuenta de todo el cuidado que había puesto para expresar la mentira. Se preguntaba si los rusos admitirían que había allí un comandante insubordinado al cumplimiento de sus órdenes. No, probablemente dirían que había sido un error de navegación.

—Muy bien. De cualquier manera, nosotros realizaremos nuestras operaciones de búsqueda y rescate. Y sabremos muy pronto de qué clase de nave estamos hablando. —El Presidente pareció repentinamente inquieto—. Otra de las cosas de que habló Foster. Si encontramos cadáveres —perdón por la tosquedad en un sábado por la tarde— supongo que usted deseará que se los lleve de vuelta a su país.

—No he recibido ninguna instrucción en ese sentido —contestó el embajador, esa vez con la verdad, tomado fuera de guardia.

—Me han explicado con lujo de detalles los efectos que causa en los hombres una muerte como ésa. En términos simples, son aplastados por la presión del agua, algo nada agradable de ver, según me dicen. Pero eran hombres, y merecen cierta dignidad aun en la muerte.

Arbatov aceptó la opinión.

—Entonces, si eso es posible, creo que el pueblo soviético va a apreciar ese gesto humanitario.

—Haremos todo lo que podamos.

Y lo mejor que podían los norteamericanos, recordó Arbatov, incluía una nave llamada el *Glomar Explorer*.

Ese famoso buque de exploración había sido construido por la CIA para cumplir el propósito específico de recuperar un submarino soviético misilístico clase *Golf* desde el fondo del Océano Pacífico. Después, había quedado en depósito, esperando sin duda la próxima oportunidad similar. La Unión Soviética no podría hacer nada para impedir la operación, a pocos centenares de millas de la costa norteamericana, y a trescientas millas de la base naval más importante de los Estados Unidos.

—Confío en que serán observados los preceptos de las leyes internacionales, caballeros. Es decir, con respecto a los restos de la nave y los cadáveres de los tripulantes.

—Por supuesto, Alex. —El Presidente sonrió, señalando con un gesto un memorándum que estaba sobre su escritorio. Arbatov luchó para no perder el control. Lo habían llevado por ese camino como a un colegial, olvidando que el Presidente norteamericano había sido un consumado táctico en las cortes —algo para lo que la vida no prepara a los hombres en la Unión Soviética— y conocía todas las triquiñuelas legales. ¿Por qué era tan fácil subestimar a ese bastardo? También el Presidente estaba luchando para autocontrolarse. No era frecuente que pudiera ver a Arbatov nervioso y confundido. Era un adversario astuto, y no resultaba fácil tomarlo desprevenido. Si reía, podría echar a perder todo.

El memorándum del fiscal general había llegado esa mañana. Decía:

Señor Presidente,
De acuerdo con su requerimiento, he solicitado al jefe de nuestro departamento de leyes marítimas que revise el problema de las leyes internacionales referidas a la propiedad de las naves hundidas o abandonadas, y la ley de salvamento referida a esas naves. Existe abundante jurisprudencia sobre el tema. Un simple ejemplo es Dalmas v Stathos *(84FSuff. 828, 1949 A.M.C. 770 [S.D.N.Y. 1949]):*

No surge aquí ningún problema de ley extranjera, ya que está perfectamente establecido que «el salvamento es un hecho que se desprende del jus gentium, y no depende ordinariamente de la ley municipal de países en particular».

La base internacional que lo sustenta es la Convención de Salvamento de 1910 (Bruselas), que codificó la naturaleza transnacional de las leyes marítimas y de salvamento. Esto fue ratificado por los Estados Unidos en el Acta de Salvamento de 1912, 37 Stat. 242, (1912), 46 U.S.C.A. § 727-731; y también en 37 Stat. 1658 (1913).

—Las leyes internacionales van a ser observadas —prometió el Presidente—. En todos sus puntos. —«Y cualquier cosa que obtengamos —pensó— será llevada al puerto más próximo, Norfolk, donde será entregada al receptor de restos de naufragios, un funcionario federal saturado de trabajo. Si los soviéticos quieren que se les devuelva algo, tendrán que iniciar acción en una corte marítima, lo que significa la corte del distrito federal con asiento en Norfolk, donde, si el juicio tuviera éxito —después de determinar el valor de la propiedad salvada, y después que la Marina de los Estados Unidos recibiera adecuados honorarios por su esfuerzo de salvataje, también determinados por la corte—, los restos serían entregados a sus dueños legítimos. Claro que la corte del distrito federal en cuestión tenía, en el último control, once meses de atraso en el tratamiento de casos pendientes.»

Arbatov enviaría un cable a Moscú sobre todo eso. De poco serviría. Estaba seguro de que el Presidente disfrutaría de un perverso placer en manipular el grotesco sistema legal norteamericano en su propia ventaja, señalando durante todo el tiempo que, como presidente, él estaba constitucionalmente impedido de interferir en el trabajo de las cortes.

Pelt miró su reloj. Había llegado casi la hora de la siguiente sorpresa. No podía menos que admirar al Presidente. Un hombre que pocos años antes sólo tenía limitados conocimientos de asuntos internacionales, había aprendido rápido. Ese hombre aparentemente sencillo, que hablaba con calma y en voz baja, tenía sus mejores momentos en las situaciones cara a cara y, después de una experiencia de una vida como fiscal, todavía amaba el juego de la negociación y el intercambio táctico. Parecía capaz de manipular a la gente con una habilidad terriblemente natural. Sonó el teléfono y Pelt lo atendió, exactamente en su momento.

—Habla el doctor Pelt. Sí, almirante... ¿Dónde? ¿Cuándo? ¿Solamente uno? Comprendo... ¿Norfolk? Gracias, almirante, son muy buenas noticias. Informaré de inmediato al Presidente. Por favor, manténganos informados. —Pelt se volvió—. ¡Tenemos uno vivo, Santo Dios!

—¿Un sobreviviente que salió del submarino perdido? —El Presidente se puso de pie.

—Bueno, es un marinero ruso. Lo recogió un helicóptero hace una hora, y ahora lo están llevando al hospital de la base de Norfolk. Lo recogieron a doscientas noventa millas al nordeste de Norfolk, de modo que, al parecer, todo coincide. Los hombres del buque dicen que está muy mal, pero el hospital ya lo está esperando.

El Presidente caminó hacia su escritorio y levantó el teléfono.

—Grace, comuníqueme con Dan Foster de inmediato... Almirante, habla el Presidente. Ese hombre que recogieron, ¿cuánto tardará en llegar a Norfolk? ¿Otras dos horas? —hizo una mueca—. Almirante, llame por teléfono al hospital naval y dígales que yo digo que deben hacer todo lo que puedan por ese hombre. Quiero que lo traten como si fuera mi hijo, ¿está claro? Muy bien. Quiero informes horarios sobre su condición. Quiero en esto la mejor gente que tenemos, la mejor. Gracias, almirante —colgó el tubo—. ¡Muy bien!

—Quizás hemos sido demasiado pesimistas, Alex —dijo Pelt en tono más confiado.

—¿Nos permitirán ver a nuestro hombre? —preguntó de inmediato Arbatov.

—Por supuesto —respondió el Presidente—. Usted tiene un médico en la embajada, ¿no es así?

—Sí, señor Presidente, tenemos uno.

—Llévelo también a él. Tendrá las mismas facilidades que usted. Yo me ocuparé de eso. Jeff, ¿están buscando otros sobrevivientes?

—Sí, señor Presidente. Hay una docena de aviones en la zona en este mismo momento, y otros dos buques en camino.

—¡Bien! —El Presidente juntó sus manos, entusiasmado como un chico en una juguetería—. Bueno, si podemos encontrar algunos otros sobrevivientes, tal vez podamos dar a su país un significativo regalo de Navidad, Alex. Haremos todo lo que podamos, tiene mi palabra en ese sentido.

—Es muy amable de su parte, señor Presidente. Comunicaré de inmediato a mi país estas felices noticias.

—No tan pronto, Alex. —El jefe del ejecutivo levantó una mano—. Yo diría que esto bien vale un trago.

DÉCIMO DÍA

Domingo, 12 de diciembre

Control del SOSUS

En el Control del SOSUS, en Norfolk, el cuadro se estaba poniendo cada vez más difícil. Sencillamente, los Estados Unidos no tenían la tecnología necesaria como para rastrear submarinos en las profundas cuencas oceánicas. Los receptores del SOSUS estaban principalmente desplegados en puntos de estrechamiento de aguas poco profundas, en el fondo de cordilleras submarinas y en las mesetas. La estrategia de los países de la OTAN era consecuencia directa de su limitación tecnológica. En una guerra importante con los soviéticos, la OTAN utilizaría la barrera SOSUS de Groenlandia-Islandia-Reino Unido como un gigantesco cable, un sistema de alarma para ladrones. Los submarinos aliados y los aviones de patrullaje antisubmarino tratarían de descubrir, atacar y destruir a los submarinos soviéticos cuando se aproximaran a la barrera y antes de que pudieran cruzar las líneas.

Sin embargo, nadie había esperado que la barrera pudiera detener más de la mitad de los submarinos atacantes, y los que lograran deslizarse a través de ella tendrían que ser tratados de otra manera. Las profundas cuencas oceánicas eran sencillamente demasiado grandes y demasiado profundas —la profundidad promedio era de más de tres mil metros— como para poder cubrirlas con sensores, como lo estaban los estrechamientos en aguas de poca profundidad. Ese hecho producía un doble efecto. La misión de la OTAN sería mantener el Puente Atlántico y continuar el comercio transoceánico; y la misión soviética obvia sería interferir ese tráfico. Los submarinos tendrían que distribuirse en el enorme océano para cubrir las muchas rutas posibles de los convoyes. De manera que la estrategia de la OTAN detrás de las barreras del SOSUS era reunir grandes convoyes, cada uno de ellos rodeado por destructores, helicópteros y aviones de ala fija. Los elementos de escolta intentarían establecer una burbuja de protección, de unas cien millas de ancho. Los submarinos enemigos no podrían sobrevivir dentro de esa burbuja; en caso de que hubieran entrado les darían caza y los destruirían. De lo contrario serían ahuyentados a bastante distancia como para que el convoy pudiera pasar rápidamente. De manera que, mientras el SOSUS estaba diseñado para neutralizar una enorme y determinada extensión de mar, la estrategia para la cuenca profunda se basaba en la movilidad, una zona de protección móvil para la vital navegación del Atlántico Norte.

En conjunto era una estrategia sensata, pero que no podía probarse bajo condiciones de cierto realismo y, desgraciadamente, inútil por completo en ese momento. Con todos los *Alfas* y *Victors* soviéticos ya cerca de la costa, y los últimos *Charlies*, *Echoes* y *Novembers* apenas llegando a sus posiciones, la pantalla maestra que miraba atentamente el capitán de fragata Quentin ya no estaba llena de discretos puntitos rojos, sino que en ese momento había grandes círculos. Cada punto o círculo señalaba la posición de un submarino soviético. Un círculo representaba una posición estimada, calculada según la velocidad con que el submarino podía moverse sin producir ruido como para que fuera localizado por alguno de los muchos sensores desplegados. Algunos círculos tenían diez millas de ancho, otros llegaban a cincuenta; si se quería volver a localizar el submarino era necesario registrar una zona que podía tener desde setenta y ocho hasta dos mil millas cuadradas. Pero los condenados submarinos eran ya demasiados.

Dar caza a los submarinos era el principal trabajo del P-3C Orion. Cada Orion llevaba sonoboyas, equipos de sonar pasivo y activo que podían desplegarse desde el aire dejándolos caer desde la panza del avión. Al detectar algo, la sonoboya pasaba la información a su avión-madre y luego se hundía automáticamente, para evitar caer en manos enemigas. Las sonoboyas tenían limitada energía eléctrica y, por lo tanto, limitado alcance. Y lo peor: su cantidad era limitada. El inventario de sonoboyas estaba ya reduciéndose en forma alarmante, y pronto habría que cortar su empleo. Además, cada P-3C llevaba un equipo llamado FLIR, exploradores infrarrojos orientados al frente, que podían identificar la señal térmica de un submarino nuclear; y otro denominado MAD, detector de anomalías magnéticas, capaz de localizar las perturbaciones causadas en el campo magnético de la tierra por una gran masa de metal ferroso como un submarino. El equipo MAD sólo podía detectar una perturbación magnética a unos seiscientos metros hacia la derecha e izquierda del curso del avión y, para eso, el avión debía volar a baja altura, consumiendo más combustible y limitando el alcance visual de exploración de los tripulantes. El FLIR tenía aproximadamente las mismas limitaciones.

De manera que la tecnología utilizada para localizar un blanco detectado anteriormente por el SOSUS, o para «despiojar» un discreto sector de océano preparando el pasaje de un convoy, no estaba sencillamente a la altura de lo que se hubiera necesitado para efectuar al azar una búsqueda en el océano profundo.

Quentin se inclinó hacia adelante. Un círculo acababa de convertirse en un punto. Un P-3C había lanzado una carga explosiva de sondeo y localizado un submarino de ataque, clase *Echo*, quinientas millas al sur de Grand Banks. Por una hora tenían una solución de tiro casi exacta sobre ese *Echo*; escribieron su nombre en los torpedos Mark 46 de guerra antisubmarina del Orion.

Quentin bebió un trago de café. Su estómago se rebeló ante la cafeína adicional, recordando el abuso de cuatro meses de espantosa quimioterapia. Si hubiera de producirse una guerra, ésa era una de las formas en que podría iniciarse. Sus submarinos se detendrían, todos al mismo tiempo, quizás exactamente como en ese momento. No andarían rondando para destruir convoyes en el medio del océano, sino que los atacarían más cerca de la costa, como lo habían hecho los alemanes..., y todos los sensores norteamericanos estarían colocados donde no prestaban ninguna utilidad. Una vez que se detenían, los puntos crecían a círculos, cada vez más amplios, haciendo más difícil la tarea de hallar a los submarinos. Con sus máquinas en silencio, los submarinos serían trampas invisibles para las naves mercantes que pasaban y los buques de guerra que navegaban a toda máquina para llevar abastecimientos vitales a los hombres que estaban en Europa. Los submarinos eran como el cáncer. Exactamente iguales a la enfermedad que él apenas había derrotado en parte. Navíos invisibles y malignos que hallaban un lugar, se detenían allí para infectarlo y, en su pantalla, las malignidades crecían hasta que eran atacadas por los aviones que él controlaba desde esa sala. Pero no podía atacarlos en ese momento. Solamente vigilar.

PK EST 1 HORA - ADELANTE —escribió en la consola de su computadora.

—23 —contestó de inmediato la computadora.

Quentin gruñó. Veinticuatro horas antes, PK, probabilidad de una destrucción, había sido de cuarenta... cuarenta destrucciones probables en la primera hora después de obtener una autorización para abrir fuego. En ese momento era apenas la mitad de eso, y esa cifra había que tomarla con pinzas, porque suponía que todo iba a funcionar, feliz estado de cosas que únicamente existe en la ficción. Pronto, apreció, la cifra estaría debajo de diez. Eso no incluía las destrucciones de submarinos amigos que estaban rastreando a los rusos bajo órdenes estrictas de no revelar sus posiciones. Sus ocasionales aliados en los *Sturgeons*, *Permits* y *Los Ángeles* estaban practicando su propio juego de guerra antisubmarina según sus propias reglas. Una raza diferente. Trató de pensar en ellos como amigos, pero nunca funcionó del todo. En sus veinte años de servicio naval, los submarinos habían sido siempre los enemigos. En la guerra serían enemigos útiles, pero en una guerra, estaba ampliamente reconocido que no existía nada semejante a un submarino amistoso.

Un B-52

La tripulación del bombardero sabía exactamente dónde se encontraban los rusos. Desde hacía varios días habían estado vigilándolos los Orions de la Marina y los Sentries de la Fuerza Aérea y, el día anterior, se había dicho, los soviéticos habían enviado un caza armado desde el *Kiev* hasta el Sentry más cercano. Posiblemente una misión de ataque, probablemente no, pero en cualquiera de los casos había sido una provocación.

Cuatro horas más temprano, el escuadrón de catorce aviones había salido en vuelo desde Plattsburg, Nueva York, a las tres y media de la madrugada, dejando atrás las negras estelas del humo de escape, ocultas en la oscuridad previa al amanecer. Cada aeronave llevaba su carga completa de combustible y doce misiles, cuyo peso total era mucho menor que el calculado para la carga completa de bombas del B-52. Esa circunstancia proporcionaba largo alcance a los aviones.

Eso era exactamente lo que necesitaban. Saber dónde estaban los rusos era sólo la mitad de la batalla. Dar con ellos era la otra. El perfil de la misión era simple en concepto, aunque bastante más difícil en su ejecución. Como habían aprendido en algunas misiones sobre Hanoi —en las cuales habían participado los B-52 y recibido daño de misiles SAM, superficie-aire— el mejor método para atacar un blanco bien defendido era converger de todos los puntos del compás al mismo tiempo, «como los brazos envolventes de un oso enfurecido», el comandante del escuadrón lo había explicado en la reunión previa al vuelo, dando rienda suelta a su naturaleza poética. La mitad del escuadrón tuvo entonces rumbos relativamente directos a su blanco; la otra mitad tenía que efectuar un rodeo, teniendo cuidado de mantenerse bastante alejados del cubrimiento efectivo del radar; todos debían virar exactamente a la hora prevista.

Los B-52 habían virado diez minutos antes, por orden del Sentry que apoyaba la misión. El piloto había agregado un desvío. Su rumbo hacia la formación soviética llevó su bombardero al espacio aéreo de una ruta comercial. Al hacer su viraje, cambió la posición del transponder IFF, identificación de amigo o enemigo, de su punto normal a internacional. Estaba cincuenta millas detrás de un 747 comercial, treinta millas delante de otro y en los radares soviéticos, los tres productos Boeing aparecerían exactamente iguales..., inofensivos.

Todavía estaba oscuro en la superficie. No había indicación alguna de que los rusos ya se hubieran alertado. Sus aviones de combate sólo estaban capacitados para vuelo VFR, según los reglamentos para vuelo con visibilidad, y el piloto imaginó que despegar y aterrizar en un portaaviones en la oscuridad era algo sumamente riesgoso, doblemente con mal tiempo.

—Jefe —llamó por el intercomunicador el oficial de guerra electrónica—, estamos recibiendo emisiones de bandas L y S. Están justo donde se suponía que debían estar.

—Entendido. ¿Suficiente para un retorno de nosotros?

—Afirmativo, pero ellos probablemente creen que estamos volando Pan Am. Nada de control de fuego todavía, solamente exploración aérea de rutina.

—¿Distancia al blanco?

—Uno-tres-cero millas.

Ya era casi la hora. El perfil del vuelo era tal que todos iban a alcanzar el círculo de las ciento veinticinco millas en el mismo momento.

—¿Todo listo?

—Seguro, jefe...

El piloto aflojó su tensión un minuto más, esperando la señal del avión de apoyo.

—FLASHLIGHT, FLASHLIGHT, FLASHLIGHT.

—La señal de urgencia llegó a través del canal digital de la radio.

—¡Ahí está! Vamos a hacerles saber que estamos aquí —ordenó el comandante de la aeronave.

—Muy bien. —El oficial de guerra electrónica levantó la cubierta de plástico transparente que protegía el conjunto de interruptores y diales que controlaban los sistemas de contramedidas del avión. Primero conectó la llave que daba energía a los sistemas. Eso llevó unos pocos segundos. Los equipos electrónicos del B-52 eran todos relativamente antiguos, producto de la excelente generación técnica de la década del setenta, de lo contrario el escuadrón no sería parte de la universidad de los jóvenes. Pero eran buenas herramientas de enseñanza, y el teniente esperaba con ansia el traslado a los nuevos B-1B, que ya empezaban a salir de la línea de montaje de Rockwell, en California. Desde hacía diez minutos, los equipos electrónicos de apoyo contenidos en dispositivos externos agregados a la trompa del bombardero y a las puntas de las alas, habían estado grabando las señales de los radares soviéticos, clasificando sus frecuencias exactas, ritmos de repetición de los pulsos, potencias y las características particulares individuales de cada transmisor. El teniente era nuevo en este trabajo. Era un graduado reciente de la escuela de guerra electrónica, primero en su clase. Ante todo consideró qué debía hacer, después eligió un método de contramedida, no el mejor para él, de una variedad de opciones memorizadas.

El Nikolayev

A ciento veinticinco millas de distancia, en el crucero de la clase *Kara Nikolayev*, un *michman* encargado de radar estaba examinando algunos «blips» que parecían hallarse en círculo alrededor de su formación naval. En un instante su pantalla estaba cubierta por veinte manchas fantasmales que trazaban locas trayectorias en diversas direcciones. Dio un grito de alarma, repetido un segundo más tarde, como un eco, por otro camarada operador. El oficial de guardia se acercó rápidamente para controlar la pantalla.

Para cuando él llegó allí, el método de contramedida había cambiado y en ese momento había seis líneas dispuestas como los rayos de una rueda que rotaban lentamente alrededor de un eje central.

—Registre las señales —ordenó el oficial.

En ese momento eran borrones, líneas y chispas.

—Más de un avión, camarada. —El *michman* trataba febrilmente de buscar las frecuencias adecuadas.

—¡Alarma de ataque! —gritó otro *michman*. Su receptor de emisiones especiales acababa de captar las señales de equipos aéreos de radares de búsqueda, del tipo usado para adquirir blancos para los misiles aire-superficie.

El B-52

—Tenemos blancos firmes —informó el oficial de armamento del B-52. Tengo cerrado el cálculo de tiro sobre los tres primeros pájaros.

—Entendido —dijo el piloto—. Mantenga por diez segundos más.

—Diez segundos —replicó el oficial—. Cerrando interruptores... ya.

—Muy bien, corte las contramedidas.

—Contramedidas cortadas.

El Nikolayev

—Los radares de adquisición de misiles se han interrumpido —informó el oficial del centro de informaciones de combate al comandante del crucero, que acababa de llegar desde el puente. Alrededor de ellos, la dotación del *Nikolayev* corría para ocupar sus puestos de combate—. Las contramedidas también han cesado.

—¿Qué está pasando aquí? —preguntó el comandante. Su hermoso y elegante crucero había sido amenazado desde un cielo limpio y claro... ¿y de pronto estaba todo bien?

—Por lo menos ocho aviones enemigos estaban en un círculo alrededor de nosotros.

El comandante examinó la pantalla de búsqueda aérea de banda S, ahora normal. Había numerosos «blips», señales luminosas, en su mayor parte de aeronaves civiles. Sin embargo, el medio círculo de los otros tenía que ser hostil.

—¿Podrían haber disparado misiles?

—No, camarada comandante, los habríamos detectado. Ellos interfirieron nuestros radares de búsqueda durante treinta segundos, y nos iluminaron con sus propios sistemas de búsqueda durante veinte. Después de eso, todo terminó.

—¡Vaya! ¿Nos provocan y ahora pretenden que no ha pasado nada? —gruñó el comandante—. ¿Cuándo estarán dentro del alcance de nuestros SAM?

—Estos dos y este otro entrarán en la zona de alcance dentro de cuatro minutos, si no cambian de rumbo.

—Ilumínelos con nuestros sistemas de control de misiles. Vamos a darles una lección a esos bastardos.

El oficial dio las instrucciones necesarias, preguntándose quién estaba enseñando qué a quién. Seiscientos metros más arriba que uno de los B-52 volaba un EC-135, cuyos sensores electrónicos computarizados estaban grabando todas las señales del crucero soviético y separándolas para estudiar la mejor forma de interferirlas. Era la primera observación buena al nuevo sistema de misiles SA-N-8.

Dos F-14 Tomcats

El número de código doble cero pintado en el fuselaje distinguía al Tomcat como el avión personal del comandante del escuadrón; el as de espadas negro en la cola de doble timón de dirección indicaba su escuadrón, Combate 41, «Los Ases Negros». El piloto era el capitán de fragata Robby Jackson, y su indicativo de llamada por radio era Espada 1.

Jackson volaba al mando de una sección de dos aviones, bajo la dirección de uno de los E-2C Hawkeyes del *Kennedy*. El E-2C era una diminuta versión de la Marina correspondiente a los grandes aviones provistos de radares de advertencia temprana, los AWACS, que usaba la Fuerza Aérea. Era un avión biturbohélice, hermano cercano del COD y cuya protuberancia del radome lo hacía aparecer como un avión aterrorizado por un OVNI. El tiempo estaba malo con una de esas depresiones normales para el Atlántico Norte en diciembre pero esperaban una mejora al volar hacia el oeste. Jackson y su numeral, el teniente de corbeta Bud Sánchez, iban cruzando nubes que parecían casi sólidas y, en cierta forma, habían abierto un poco la formación. La visibilidad era muy reducida y ambos recordaban que cada Tomcat llevaba una tripulación de dos hombres y tenía un precio de más de treinta millones de dólares.

Estaban haciendo lo que mejor hace el Tomcat. Interceptor de todo tiempo, el F-14 tiene alcance transoceánico, velocidad Mach 2, y un sistema de control de fuego operado por radar y computadora que puede detectar y atacar seis blancos por separado con misiles aire-aire de largo alcance Phoenix. Cada avión llevaba en ese momento dos de ellos y un par de AIM-9M Sidewinder buscadores de calor. Su presa era una escuadrilla de YAK-36 Forgers, los malditos caza V/STOL, de despegue y aterrizaje corto, que operaban desde el portaaviones *Kiev*. Después de hostilizar al Sentry el día anterior, Ivan había resuelto acercarse a la fuerza del *Kennedy*, guiado, sin duda, por informaciones de un satélite de reconocimiento. Los aviones soviéticos se habían quedado cortos, ya que su radio de acción era cincuenta millas menor que lo necesario para avistar al *Kennedy*. Washington decidió que Ivan se estaba poniendo un poquito demasiado atrevido sobre ese lado del océano. El almirante Painter había recibido permiso para retribuir el favor, en forma hasta cierto punto amistosa.

Jackson se imaginaba que él y Sánchez podían dominar la situación, aunque los sobrepasaran en número. Ningún avión soviético, y menos que todos el Forger, era equivalente al Tomcat... y con seguridad que no, si estoy yo en los comandos, pensó Jackson.

—Espada 1, su blanco está a las doce del reloj para usted y a su mismo nivel; distancia veinte millas —informó la voz de Hummer 1, el Hawkeye que se encontraba cien millas atrás. Jackson no respondió el habitual comprendido.

—¿Tienes algo, Chris? —preguntó a su oficial interceptor de radar, teniente de fragata Christiansen.

—Algún flash ocasional, pero nada importante.

Ellos buscaban a los Forgers con sistemas pasivos solamente, en ese caso un sensor infrarrojo.

Jackson confiaba en que detectaría a sus blancos con su poderoso radar de control de fuego. Los radares pasivos de los Forgers lo captarían de inmediato, informando a sus pilotos que su sentencia de muerte estaba escrita... Sólo faltaba firmarla.

—¿Y qué hay del *Kiev*?

—Nada. El grupo del Kiev se halla bajo total control de emisión.

—Precioso —comentó Jackson. Estimó que la incursión del Comando Aéreo Estratégico sobre el grupo *Ki-*

rov-Nikolayev les habría enseñado a ser más cuidadosos. Por lo general no se conocía que los buques de guerra se privaran de utilizar sus sistemas de radares, con esa medida de protección llamada EMCON, control de emisión. La razón era que una onda de radar podía ser detectada a varias veces la distancia en que era capaz de generar una señal de retorno a su transmisor, y de esa manera podía decir a un enemigo más de lo que decía a sus propios operadores—. ¿Tú crees que estos tipos pueden encontrar su rumbo de vuelta sin ayuda?

—Si no pueden, tú sabes a quién van a echarle la culpa —dijo Christiansen bromeando.

—Seguro —coincidió Jackson.

—Bueno, tengo imagen infrarroja. Las nubes deben de estar estrechándose un poco. —Christiansen estaba concentrado en sus instrumentos, ajeno a la vista exterior desde su cabina.

—Espada 1, aquí Hummer 1, su blanco está a las doce, a su nivel, alcance ahora diez millas. —El informe llegó a través del circuito seguro de radio.

«No está mal, captar la señal de calor de los Forgers a través de esta "sopa" —pensó Jackson usando la jerga con que se referían a las nubes espesas—, especialmente si se tiene en cuenta que los motores son pequeños e ineficientes.»

—Han encendido los radares, jefe —avisó Christiansen—. El *Kiev* está usando una Banda-S de búsqueda aérea. Seguro que nos tienen a nosotros.

—Correcto. —Jackson apretó la llave de su micrófono—: Espada 2, ilumine los blancos... ya.

—Entendido, jefe —respondió Sánchez. Ya no tenía sentido seguir escondiéndose.

Ambos aviones de combate activaron sus poderosos radares AN/AWG-9.

Sólo faltaban dos minutos para interceptar.

Las señales de radar, recibidas por los detectores de cola de los Forgers, encendieron un tono musical en los auriculares de los pilotos, que debía apagarse manualmente, y se encendía una luz roja de advertencia en los paneles de control.

La Escuadrilla Kingfisher

—Escuadrilla Kingfisher, aquí *Kiev* —llamó el oficial de operaciones aéreas del portaaviones—. Tenemos dos cazas norteamericanos que se les acercan desde atrás a gran velocidad.

—Entendido. —El jefe de escuadrilla ruso miró en su espejo. Había tenido la esperanza de evitar eso, aunque en realidad no lo esperaba. Sus órdenes eran no iniciar ninguna acción a menos que les dispararan a ellos. En ese momento salían de las nubes al cielo claro. Qué lástima, él se habría sentido más seguro entre las nubes.

El piloto del Kingfisher 3, teniente Shavrov, estiró el brazo para armar sus cuatro Atolls. «Esta vez no, yanqui», pensó.

Los Tomcats

—Un minuto, Espada 1, en cualquier momento tendría que tener contacto visual —llamó Hummer 1.

—Entendido... ¡Ahí vamos! —Jackson y Sánchez salieron al cielo claro. Los Forgers estaban adelante, a unas pocas millas, y los doscientos cincuenta nudos de ventaja en la velocidad hacían que la distancia fuera disminuyendo rápidamente. «Los pilotos rusos están manteniendo una bonita formación cerrada —pensó Jackson—, pero cualquiera puede conducir un autobús.»

—Espada 2, vamos a encender los posquemadores cuando le diga. Tres, dos, uno, ¡ya!

Ambos pilotos adelantaron los aceleradores y conectaron los posquemadores, que enviaron combustible crudo a los tubos de cola de los nuevos motores F-110.

Los aviones dieron un salto hacia delante impulsados por el repentino doble empuje, y pasaron rápidamente por Mach 1.

La Escuadrilla Kingfisher

—Kingfisher, alerta, alerta, los *Amerikantsi* han aumentado la velocidad —les avisó el *Kiev*.

El Kingfisher 4 se volvió en su asiento. Vio a los Tomcats atrás, a una milla, con sus formas de flechas dobles avanzando delante de estelas de humo negro. La luz del sol provocó un brillante reflejo sobre una de las cabinas, y produjo un efecto parecido al relámpago de un...

—¡Están atacando!

—¿Qué? —El jefe de la escuadrilla miró otra vez su espejo—. Negativo, negativo... ¡Mantengan la formación!

Los Tomcats rugieron quince metros más arriba, y las explosiones sónicas que venían arrastrando sonaron violentamente. Shavrov actuó obedeciendo exclusivamente al instinto resultante de su entrenamiento de combate. Dio un tirón a la palanca y disparó los cuatro misiles a los aviones norteamericanos que se alejaban.

—Tres, ¿qué hizo? —inquirió el jefe de la escuadrilla rusa.

—Ellos nos atacaron, ¿no lo oyó? —protestó Shavrov.

Los Tomcats

—¡Oh, mierda! ¡Escuadrilla Espada, tiene cuatro Atolls detrás de usted! —dijo la voz del controlador del Hawkeye.

—Dos, ¡rompa a la derecha! —ordenó Jackson—. Chris, activa las contramedidas. —Jackson lanzó su avión en un violento viraje evasivo hacia la izquierda. Sánchez rompió hacia el otro lado.

En el asiento posterior al de Jackson, el oficial de intercepción de radar movía llaves interruptoras para activar los sistemas de defensa del avión. En el mismo momento en que el Tomcat se inclinaba en el viraje, se eyectaban de la sección de cola una serie de bengalas y globos; cada uno de ellos era un señuelo infrarrojo o de radar para los misiles que lo perseguían. Los cuatro estaban regulados para dar en el avión de Jackson.

—Espada 2 está libre, Espada 2 está libre. Espada 1, todavía tiene cuatro pájaros que lo persiguen —dijo la voz del Hawkeye.

—Entendido. —El mismo Jackson se sintió sorprendido ante la calma con que lo tomó. El Tomcat estaba volando a más de ochocientas millas por hora, y en aceleración. Se preguntó qué margen le quedaría al Atoll. La luz de advertencia de su radar de cola se encendió.

—¡Dos, persígalos! —ordenó Jackson.

—Entendido, jefe. —Sánchez trepó bruscamente virando, cayó luego en una media vuelta y se lanzó detrás de los cazas soviéticos que se retiraban.

Cuando Jackson viró, dos de los misiles perdieron el cálculo efectuado anteriormente y mantuvieron un rumbo recto hasta perderse en el aire. Un tercero fue atraído por una de las bengalas de señuelo hasta dar contra ella y explotar sin producir daños. El cuarto mantuvo su cabeza buscadora infrarroja apuntada a los brillantes tubos de cola de Espada 1 hasta alcanzarlos. El misil impactó contra el avión en la base de la deriva de su timón de dirección del lado de estribor. El caza se sacudió quedando completamente fuera de control. La mayor parte de la fuerza explosiva se expandió cuando el misil atravesó la superficie de boro y salió nuevamente al aire libre. La aleta del timón de dirección fue arrancada totalmente, junto con el estabilizador del lado derecho. El timón de dirección izquierdo tenía muchas perforaciones causadas por fragmentos, que alcanzaron y agujerearon la parte posterior del techo de la cabina y golpearon el casco de Christiansen. Todas las luces de alarma de incendio del motor derecho se encendieron al mismo tiempo.

Jackson oyó una especie de quejido por el intercomunicador. Cerró todas las llaves interruptoras del motor derecho y activó el extintor interno. Después cortó la potencia al motor de babor, que todavía tenía aplicado el posquemador. En ese momento, el Tomcat estaba en tirabuzón invertido. Las alas de geometría variable modificaron el ángulo para adoptar la configuración de baja velocidad. Eso dio a Jackson control de alerones, y se empeñó en volver el avión rápidamente a su actitud normal. La altura era de mil doscientos metros. No había mucho tiempo.

—Muy bien, *baby* —dijo a su avión como queriendo calmarlo. Un rápido chorro de motor le devolvió el control aerodinámico, y el ex piloto de pruebas quiso enderezar su avión... con demasiada brusquedad. La máquina efectuó dos toneles completos antes de que él pudiera detener la rotación y ponerla en vuelo nivelador.

—¡Te agarré! ¿Estás conmigo, Chris?

Nada. No había forma de que pudiera mirar hacia atrás, y todavía tenía cuatro cazas hostiles detrás de él.

—Espada 2, aquí el jefe.

—Entendido, jefe. —Sánchez tenía en su puntería a los cuatro Forgers. Ellos acababan de disparar a su comandante.

Hummer 1

En el Hummer 1, el controlador estaba pensando rápido. Los Forgers mantenían la formación, y había un desmesurado parloteo en ruso en el circuito de la radio.

—Espada 2, aquí Hummer 1, retírese, repito, retírese. No haga fuego, repito, no debe hacer fuego. Déme su comprendido, Espada 2, Espada 1 está a sus nueve del

334

reloj, seiscientos metros debajo de usted. —El oficial lanzó un juramento y miró a uno de los suboficiales que trabajaban con él.

—Eso fue demasiado rápido, señor; una lástima..., demasiado rápido. Tenemos cintas grabadas de los rusos. Yo no las comprendo, pero suena como que los del *Kiev* están bastante indignados.

—No son los únicos —dijo el controlador, preguntándose si habría hecho lo correcto al ordenar a Espada 2 que se retirara.

Ésas no habían sido justamente las malditas ganas que tenía.

Los Tomcats

La cabeza de Sánchez se levantó en gesto de sorpresa.

—Comprendido, estoy abriéndome. —Su dedo pulgar se apartó del interruptor—. ¡La gran puta! —Tiró hacia atrás la palanca, metiendo el Tomcat en un violento rizo—. ¿Dónde está, jefe?

Sánchez llevó su avión hasta ponerlo debajo del de Jackson e hizo un lento viraje en círculo para inspeccionar los daños visibles.

—El fuego está apagado, jefe. El timón de dirección y el estabilizador de la derecha desaparecieron. La aleta de dirección de la izquierda..., ¡mierda!, puedo ver a través de ella, pero por ahora parece que no se va a desarmar. Espere un momento, Chris está caído hacia adelante, jefe, ¿puede hablar con él?

—Negativo. Ya lo intenté. Volvamos a casa.

Nada habría complicado más a Sánchez que desintegrar en el aire a los Forgers, y con sus cuatro misiles podría haberlo hecho con toda facilidad. Pero, como la mayoría de los pilotos, era altamente disciplinado.

—Comprendido, jefe.

—Espada 1, aquí Hummer 1; informe su condición, cambio.

—Hummer 1, llegaremos de vuelta, a menos que se caiga algo más. Dígales que tengan a los médicos en espera. Chris está herido. No sé si será grave.

Les tomó una hora regresar al *Kennedy*. El avión de Jackson volaba muy mal y no podía mantener el rumbo en ninguna actitud en que lo colocara. Tenía que ajustar los compensadores constantemente. Sánchez informó que había visto algún movimiento en el asiento posterior. Tal vez sólo fuera que el intercomunicador se había desconectado, pensó Jackson esperanzado.

Ordenaron a Sánchez que aterrizara primero, de manera que la cubierta estuviese despejada para el capitán Jackson. En la aproximación final el Tomcat fue perdiendo cada vez más los comandos. El piloto luchó con su avión hasta lanzarlo con violencia sobre la cubierta y enganchar el cable número uno. De inmediato se metió la pata del lado derecho del tren de aterrizaje, y el magnífico avión de treinta millones de dólares se deslizó de costado hasta que lo contuvo la barrera que habían levantado. Cien hombres corrieron hacia él desde todas direcciones, llevando equipos extintores de fuego.

El techo de la cabina se levantó con el sistema hidráulico de emergencia. Después de quitarse el correaje, Jackson se movió tan rápido como pudo para alcanzar el asiento posterior. Hacía muchos años que eran amigos.

Chris estaba con vida. La parte anterior de su ropa de vuelo estaba embebida en lo que parecía un litro de sangre, y cuando el primer enfermero le quitó el casco pudo ver que todavía brotaba como accionada por una bomba. El segundo enfermero hizo a un lado a Jackson y colocó un collar cervical al herido. Luego lo levantaron suavemente y lo bajaron para depositarlo en una camilla. Los hombres que la llevaban corrieron hacia la isla. Jackson vaciló un momento y luego los siguió.

Centro Médico Naval de Norfolk

El capitán Randall Tait, del Cuerpo Médico Naval, avanzó por el corredor para encontrarse con los rusos. Parecía más joven que los cuarenta y cinco años que tenía porque en toda su cabeza cubierta de pelo negro no había el menor signo de gris. Tait era mormón, educado en la Universidad Brigham Young y en la Escuela de Medicina de Stanford, y había ingresado en la Marina porque quería ver el mundo mejor de lo que se podía desde una oficina al pie de las Montañas Wasatch. Su deseo se había cumplido y, hasta ese día, había podido evitar todo aquello que tuviera algún parecido con el servicio diplomático. Como nuevo jefe del Departamento de Medicina en el Centro Médico Naval de Bethesda, él sabía que aquello no podía durar. Pocas horas antes había volado a Norfolk para hacerse cargo del caso. Los rusos habían viajado en automóvil, y se habían tomado su tiempo para llegar.

—Buenos días, caballeros. Yo soy el doctor Tait.

Todos se dieron las manos y el teniente que los había acompañado se volvió hacia el ascensor.

—Doctor Ivanov —dijo el más bajo—. Soy el médico de la embajada.

—Capitán Smirnov. —Tait sabía que era el agregado naval ayudante, un oficial de carrera especialista en inteligencia. En el viaje de regreso del helicóptero, un oficial de inteligencia del Pentágono —que estaba en ese momento bebiendo café en el comisariato del hospital— se había encargado de dar las explicaciones al doctor.

—Vasily Petchkin, doctor. Yo soy segundo secretario de la embajada. —Este hombre era un oficial de cierta jerarquía de la KGB, un espía «legal» encubierto con un rol de diplomático—. ¿Podemos ver a nuestro hombre?

—Desde luego. ¿Quieren seguirme, por favor? —Tait los condujo a lo largo del corredor. Llevaba veinte horas seguidas de actividad. Ésa era parte de su jurisdicción como jefe de servicio en Bethesda. Todos los casos difíciles le llegaban a él. Una de las primeras cosas que aprende un médico es cómo no dormir.

Todo el piso estaba dedicado a terapia intensiva, ya que el Centro Médico Naval de Norfolk se había construido pensando en los heridos de guerra. La Unidad de Terapia Intensiva Número Tres era una sala rectangular, de unos siete u ocho metros. Las únicas ventanas estaban sobre la pared del corredor y las cortinas se hallaban abiertas. Había cuatro camas, sólo una ocupada por un hombre joven que se encontraba casi totalmente cubierto. Lo único no oculto por la máscara de oxígeno que le tapaba todo el rostro era una revuelta mata de pelo color trigo. El resto del cuerpo estaba completamente envuelto en mantas. Junto a la cama había un soporte para recipientes de vía intravenosa con dos botellas cuyos fluidos se unían mezclándose en una sola línea que desaparecía debajo de las mantas. Al pie de la cama estaba una enfermera vestida como Tait, con ropas color verde quirúrgico; sus ojos, también verdes, parecían clavados en la pantalla del electrocardiógrafo instalado sobre la cabecera del paciente, y sólo bajaban momentáneamente para hacer alguna anotación en su planilla. Del otro lado de la cama había una máquina cuya función no resultaba inmediatamente obvia. El hombre estaba inconsciente.

—¿Su condición? —preguntó Ivanov.

—Crítica —replicó Tait—. Ya es un verdadero milagro que haya llegado aquí con vida. Estuvo por lo menos doce horas en el agua, probablemente casi veinte. Aun teniendo en cuenta que tenía puesto un traje de goma para exposición, con esa temperatura del agua y ese aire ambiente parecería imposible que estuviera vivo. Cuando llegó su temperatura era de 23,8 ° C. —Tait sacudió la cabeza—. He leído sobre peores casos de hipotermia, pero éste es por lejos el peor que he visto.

—¿Pronóstico? —Ivanov miró hacia el interior de la sala.

Tait se encogió de hombros.

—Es difícil decirlo. Tal vez tenga un cincuenta por ciento de probabilidades, tal vez no. Está extremadamente conmocionado. En lo fundamental es una persona de muy buena salud. Ustedes no pueden verlo desde aquí, pero está en un soberbio estado físico, como un atleta. Tiene un corazón particularmente fuerte; eso es probablemente lo que lo mantuvo con vida el tiempo suficiente como para llegar aquí. Ahora ya tenemos la hipotermia, bajo control. El problema es que, junto con la hipotermia se descomponen muchas cosas al mismo tiempo. Tenemos que luchar en una cantidad de batallas separadas pero relacionadas entre sí, contra diferentes enemigos sistemáticos para evitar que destruyan sus defensas naturales. Si algo ha de matarlo, será la conmoción. Para eso lo estamos tratando con electrolitos, como es de rutina, pero va a estar al borde de la muerte durante varios días por lo menos, yo...

Tait levantó la mirada. Otro hombre venía por el hall. Más joven y alto que Tait, tenía puesta una chaqueta blanca de laboratorio sobre sus pantalones verdes. Llevaba un gráfico metálico.

—Caballeros, el doctor-teniente Jameson. Él es el médico que lleva el historial de este caso. Él fue quien recibió al paciente. ¿Qué traes, Jamie?

—La prueba de esputo dio neumonía. Malas noticias. Peor, el análisis de sangre no mejora nada y la cuenta blanca está *cayendo*.

—Vaya. —Tait se apoyó contra el marco de la ventana y dejó escapar un insulto para sus adentros.

—Aquí está la copia impresa del analizador de sangre. —Jameson alcanzó la gráfica.

—¿Puedo ver eso, por favor? —intervino Ivanov.

—Por cierto. —Tait mantuvo abierta la gráfica de manera que todos pudieran verla. Ivanov nunca había trabajado con un analizador de sangre por computadora, y demoró unos segundos en orientarse.

—Esto no es bueno.

—De ninguna manera —coincidió Tait.

—Vamos a tener que atacar fuerte esa neumonía —dijo Jameson—. Este chico tiene problemas con demasiadas cosas. Si esa neumonía realmente se agrava... —Sacudió la cabeza.

—¿Keflin? —preguntó Tait.

—Sí. —Jameson sacó del bolsillo una ampolla—. Tanto como pueda tolerar. Me parece que él ya tenía un caso suave antes de caer en el agua, y he oído que en Rusia se han estado produciendo algunas situaciones de resistencia a la penicilina. Ustedes usan mucho la penicilina allá, ¿no es así? —Jameson miró a Ivanov.

—Correcto. ¿Qué es ese keflin?

—Es algo extraordinario, un antibiótico sintético, que da muy buenos resultados en agotamientos resistentes.

—Ahora mismo, Jamie —ordenó Tait.

Jameson dio la vuelta para entrar en la sala. Inyectó el antibiótico en una botella de 100 cc y la colgó en el soporte.

—Es tan joven... —observó Ivanov—. ¿Trató él a nuestro hombre inicialmente?

—Se llama Albert Jameson. Le decimos Jamie. Tiene veintinueve años, se graduó en Harvard tercero en su clase, y desde entonces ha estado con nosotros. Tiene certificados de especialización en medicina interna y virología. No podría ser mejor. —Tait se dio cuenta de golpe de lo incómodo que se encontraba tratando con los rusos. Su educación y años de servicio naval le habían enseñado que esos hombres eran el enemigo. Eso no importaba. Años atrás había hecho un juramento prometiendo tratar a sus pacientes sin tener en cuenta ninguna otra consideración exterior. ¿Lo creerían ellos?, ¿o pensarían que iba a dejar morir al hombre porque era ruso?—. Caballeros, quiero que comprendan una cosa: estamos dando a este hombre el mejor tratamiento que podemos. No nos quedamos con nada. Si hay una manera de devolvérselo con vida, la encontraremos. Pero no puedo hacer ninguna promesa.

Los soviéticos podían verlo. Mientras esperaban instrucciones de Moscú, Petchkin había estado haciendo averiguaciones sobre Tait, y así pudo saber que, a pesar de ser un fanático religioso, era un médico honorable y eficiente, uno de los mejores al servicio del gobierno.

—¿Ha hablado algo? —preguntó Petchkin despreocupadamente.

—No desde que yo estoy aquí. Jamie dice que en cuanto empezaron a hacerlo entrar en calor recobró en parte el sentido y balbuceó durante unos minutos. Nosotros lo grabamos, por supuesto, e hicimos que lo escuchara un oficial que habla ruso. Algo acerca de una muchacha de ojos marrones, pero no tenía ningún sentido. Probablemente su novia... Él es un chico bien parecido y seguramente tiene una chica en su país. Pero era todo completamente incoherente. Un paciente en sus condiciones no tiene idea de lo que está ocurriendo.

—¿Podemos escuchar la grabación? —dijo Petchkin.

—Desde luego. Haré que se la envíen.

Jameson salió de la sala.

—Listo. Un gramo de keflin cada seis horas. Espero que dé resultado.

—¿Cómo están sus manos y pies? —preguntó Smirnov. El capitán sabía algo acerca del congelamiento.

—No nos preocupa en lo más mínimo —respondió Jameson—. Le hemos puesto algodón alrededor de los dedos para impedir la maceración. Si sobrevive en los próximos días se le formarán ampollas y tal vez haya alguna pérdida de tejido, pero ése es el menor de nuestros problemas. ¿Ustedes saben cómo se llama? —La cabeza de Petchkin giró bruscamente—. No llevaba ninguna tarjeta de identificación cuando llegó. Sus ropas no tenían el nombre del buque. No tenía billetera ni documentos ni siquiera monedas en los bolsillos. No tiene mayor importancia para su tratamiento inicial pero yo me sentiría mejor si ustedes pudieran conseguir sus antecedentes médicos. Sería bueno saber si tiene alguna clase de alergia o secuelas de enfermedades. No queremos que sufra una conmoción por una reacción alérgica al tratamiento.

—¿Qué ropa tenía puesta? —preguntó Smirnov.

—Un traje de goma para exposición —contestó Jameson—. Los tipos que lo encontraron se lo dejaron puesto, gracias a Dios. Yo se lo quité cortándolo cuando llegó. Debajo de eso, camisa, pantalones, pañuelo. ¿Su gente no usa placas de identificación?

—Sí —respondió Smirnov—. ¿Cómo lo encontraron?

—Por lo que yo he oído, fue pura suerte. Un helicóptero de una fragata que estaba patrullando lo vio en el agua. No tenían equipo de rescate a bordo, de manera que marcaron el sitio con tintura y volvieron a su buque. Un contramaestre se ofreció como voluntario para ir a buscarlo. Cargaron en el helicóptero un bote de goma y volaron de regreso hasta el lugar mientras la fragata acortaba distancias. El contramaestre echó al agua el bote de un puntapié y luego saltó él... cayendo encima del bote. Mala suerte. Se rompió ambas piernas, pero pudo meter en el bote al marinero. Una hora después la fragata los recogió y los trajeron aquí directamente en el helicóptero.

—¿Cómo está el hombre de ustedes?

—Se pondrá bien. La pierna izquierda no estaba tan mal, pero la tibia derecha estaba completamente astillada. —Jameson continuó hablando—: Va a recuperarse en unos pocos meses. Aunque no podrá bailar mucho por algún tiempo.

Los rusos pensaban que los norteamericanos habían quitado deliberadamente la identificación del hombre. Jameson y Tait sospechaban que él mismo se la había quitado, posiblemente esperando desertar. Tenía en el cuello una marca roja, como si la placa hubiera sido arrancada con fuerza.

—Si está permitido, me gustaría ver al hombre de ustedes —dijo Smirnov—, para agradecerle.

—El permiso está concedido, capitán. —Tait asintió con la cabeza—. Eso sería muy amable de su parte.

—Es un hombre muy valiente.

—Un marino cumpliendo con su obligación. Su gente haría lo mismo. —Tait se preguntó si eso sería realmente verdad—. Tenemos nuestras diferencias, caballeros, pero al mar esas cosas no le interesan. El mar..., bueno, trata de matarnos a todos, cualquiera sea la bandera que enarbolemos.

Petchkin estaba un poco más atrás, mirando por la ventana y tratando de descubrir la cara del paciente.

—¿Podemos ver sus ropas y efectos personales? —preguntó.

—Por supuesto, pero no les dirá mucho. Es cocinero. Eso es todo lo que sabemos —dijo Jameson.

—¿Cocinero? —Petchkin se volvió.

—El oficial que escuchó la cinta grabada... obviamente era un oficial de inteligencia, ¿verdad? Él miró el número que tenía en la camisa y dijo que según eso era un cocinero. —Los números de tres dígitos indicaban que el paciente había sido miembro de la guardia de babor, y que su puesto de combate estaba en control de averías. Jameson se preguntaba por qué los rusos numeraban a todos sus hombres de tropa. ¿Para estar seguros de que no se pasaran? La cabeza de Petchkin, notó, estaba casi tocando el panel de vidrio.

—Doctor Ivanov, ¿desea usted atender el caso? —preguntó Tait.

—¿Está permitido?

—Así es.

—¿Cuándo lo dejarán en libertad? —inquirió Petchkin—. ¿Cuándo podremos hablar con él?

—¿En libertad? —preguntó Jameson con brusquedad—. Señor, la única forma en que podría salir de aquí antes de un mes sería en un cajón. En cuanto a la recuperación de su conocimiento, nadie puede saberlo con seguridad. Este chico está muy enfermo.

—¡Pero nosotros tenemos que hablar con él! —protestó el agente de la KGB.

Tait tuvo que levantar la mirada hacia el hombre.

—Señor Petchkin, comprendo su deseo de comunicarse con este hombre... pero por ahora él es mi paciente. No haremos nada, le repito *nada*, que pueda interferir con su tratamiento y recuperación. Yo he recibido órdenes de venir aquí en avión para hacerme cargo de esto. Me han dicho que esas órdenes vinieron de la Casa Blanca. Magnífico. Los doctores Jameson e Ivanov serán mis ayudantes, pero ese paciente es ahora de mi responsabilidad, y mi deber es preocuparme para que pueda salir vivo de este hospital, caminando y bien. Todo lo demás es secundario ante ese objetivo. Ustedes serán tratados con toda cortesía. Pero yo soy quien da las órdenes aquí. —Tait hizo una pausa. La diplomacia no era algo en que se considerara bueno—. Le diré una cosa: si ustedes quieren sentarse aquí en turnos, no tengo objeción. Pero tienen que cumplir los reglamentos. Eso quiere decir que tendrán que lavarse y fregarse, cambiarse poniéndose ropa esterilizada, y seguir las instrucciones de la enfermera de turno. ¿Están conformes?

Petchkin asintió con un movimiento de cabeza. «Los doctores norteamericanos se creen que son dioses», se dijo para sí mismo. Jameson, ocupado en un nuevo examen del impreso del analizador de sangre, había hecho caso omiso del sermón.

—Caballeros, ¿pueden ustedes decirnos en qué clase de submarino estaba este hombre?

—No —dijo Petchkin de inmediato.

—¿Qué estás pensando, Jamie?

—La caída en la cuenta blanca y algunas de estas otras indicaciones coinciden con una exposición a la radiación. Los síntomas gruesos habrían estado ocultos por la predominante hipotermia. —De pronto Jameson miró a los soviéticos—. Caballeros, tenemos que saber esto: ¿se hallaba este hombre en un submarino nuclear?

—Sí —respondió Smirnov—, se hallaba en un submarino impulsado por energía nuclear.

—Jamie, lleva esta ropa a radiología. Diles que controlen los botones, cierre automático y todo lo que tenga metálico, buscando signos de contaminación.

—Muy bien. —Jameson fue a buscar los efectos del paciente.

—¿Puede esto comprometernos a nosotros? —preguntó Smirnov.

—Sí, señor —respondió Tait, sin comprender qué clase de personas eran ésas. El tipo había salido de un submarino nuclear, ¿no era así? ¿Por qué no se lo habían dicho ellos de inmediato? ¿No querían que se recuperara?

Petchkin reflexionaba sobre el significado de eso. ¿Acaso no sabían ellos que había salido de un submarino de propulsión nuclear? Por supuesto..., el médico estaba tratando de que Smirnov revelara sin querer que el hombre pertenecía a un submarino misilístico. Estaban tratando de enmascarar el tema con ese asunto de la contaminación. Nada que pudiera hacer daño al paciente, pero algo para confundir a sus enemigos de clase. Astuto. Él siempre había pensado que los norteamericanos eran astutos. Y él debería informar a la embajada antes de una hora... ¿Informar qué? ¿Cómo esperaban que él supiera quién era ese marinero?

Astilleros Navales de Norfolk

El *USS Ethan Allen* estaba muy próximo al fin de su vida útil. En servicio desde 1961, había cumplido con sus tripulaciones y su país durante más de veinte años, llevando los misiles balísticos Polaris —de lanzamiento desde el mar— en interminables patrullajes por mares sombríos. En ese momento había alcanzado ya la edad para botar, y eso era ser muy viejo para un submarino. Hacía ya meses que habían llenado con lastre y sellado los tubos de sus misiles. Conservaba solamente una tripulación simbólica, para mantenimiento, mientras los burócratas del Pentágono discutían su futuro. Se había hablado de un complicado sistema de misiles cruceros donde cumpliría funciones similares a los *Oscars* rusos. Pero se consideró demasiado costoso. *El Ethan Allen* pertenecía a una tecnología de antigua generación. Su reactor S5W era demasiado viejo como para que pudiese tener mucho más uso. La radiación nuclear había bombardeado el contenedor metálico y sus juntas interiores con muchos billones de neutrones. Un reciente examen de las zonas de inspección reveló el cambio del carácter del metal con el tiempo, que se había tornado en ese momento peligrosamente quebradizo. El sistema tenía como máximo otros tres años de vida útil. Un nuevo reactor sería demasiado costoso. El *Ethan Allen* estaba condenado por su senectud.

La dotación de mantenimiento estaba formada por miembros de su última tripulación operativa, en su mayor parte hombres maduros a la espera de sus retiros, y una mezcla de chicos que necesitaban instrucción en especialidades de reparación. El *Ethan Allen* podía servir todavía como escuela, especialmente como una escuela de reparaciones, dado que era muy alta la proporción de su propio equipo que necesitaba repararse.

El almirante Gallery subió a bordo temprano esa mañana. Los suboficiales más antiguos consideraron eso como particularmente amenazador. Había sido su primer comandante muchos años atrás, y, al parecer, los almirantes siempre visitaban los buques de sus primeros comandos... muy poco tiempo antes de que fueran a desguace. Había reconocido a algunos de los suboficiales más antiguos y les preguntó si quedaba todavía algo de vida en el viejo submarino. La contestación unánime fue que sí. Para su dotación un buque es mucho más que una máquina. De cien naves construidas por los mismos hombres en los mismos astilleros y según los mismos planos, cada uno tendrá sus propias características especiales... en su mayoría malas, en realidad, pero una vez que su tripulación se acostumbra a ellas, se las menciona con afecto, especialmente en forma retrospectiva. El almirante había recorrido todo el largo del casco del *Ethan Allen*, deteniéndose para pasar sus manos artríticas sobre el periscopio que él había usado para asegurarse de que existía realmente un mundo fuera de ese casco de acero, para planear el poco frecuente «ataque» contra el buque que estaba tratando de dar caza a su submarino, o un buque tanque que pasaba, nada más que por práctica. Había sido comandante del *Ethan Allen* durante tres años, con distintas tripulaciones alternadas. Aquéllos fueron años buenos, se dijo a sí mismo, mucho mejores que estar sentado frente a un escritorio, rodeado de insípidos ayudantes. Era el juego de la vieja Marina, arriba o afuera: justo cuando alguien tenía una cosa en la que llegaba a ser bueno, una cosa que realmente le gustaba, la perdía. Desde el punto de vista orgánico tenía sentido. Había que hacer lugar para los jóvenes que venían empujando desde abajo... pero, ¡Dios Santo!, ser joven otra vez, tener el comando de uno de esos nuevos, en los que en ese momento apenas tenía oportunidad de dar una vueltita de tanto en tanto: cortesía de ese bastardo viejo flaco de Norfolk.

«Servirá», Gallery lo supo. «Y lo hará bien.» No era el fin que él hubiese preferido para su buque de guerra, pero analizándolo bien, era muy poco frecuente que algún buque de guerra tuviera un final decente. La *Victory* de Nelson, la *Constitution* en el puerto de Boston, el singular acorazado que el estado de su mismo nombre mantenía como momificado; ellos habían tenido un honorable tratamiento. Pero, en su mayoría, los buques de guerra resultaban hundidos al ser usados como blancos, o los deshacían para hojas de afeitar. El *Ethan Allen* iba a morir por un objetivo. Un loco propósito, quizá tan loco como para que funcionara, se dijo el almirante mientras regresaba a la jefatura del Comando de Submarinos en el Atlántico.

Dos horas después llegó un camión al muelle donde el *Ethan Allen* reposaba adormecido. El suboficial de guardia en cubierta observó que el camión procedía de la Estación Aeronaval Oceana. Curioso, pensó. Más curioso todavía, el oficial que bajó del camión no tenía el distintivo de submarinista ni el de aviador. Hizo primero el saludo de práctica y luego saludó al suboficial que estaba a cargo de la cubierta, mientras los dos oficiales que quedaban en el *Ethan Allen* supervisaban un trabajo de reparación en la sala de máquinas. El oficial de la estación aeronaval ordenó que un grupo de hombres cargara en el submarino cuatro objetos en forma de bala, que entraron por las escotillas de cubierta. Eran grandes, pasaban con dificultad por las escotillas de carga de los torpedos y cápsulas, y los hombres debieron esforzarse en manipularlos hasta que estuvieron emplazados. Después cargaron unos colchones plásticos para ponerlos encima y unas abrazaderas metálicas para asegurarlos. «Parecen bombas», pensó el electricista jefe mientras los hombres más jóvenes realizaban el trabajo duro. Pero no podían ser eso; eran demasiado livianos, fabricados obviamente con chapa metálica ordinaria. Una hora más tarde llegó un camión con un tanque presurizado sobre su cama de carga. Hicieron bajar del submarino a todo el personal y lo ventilaron cuidadosamente. Luego, tres hombres enchufaron una manguera a cada uno de los cuatro objetos. Cuando terminaron, ventilaron otra vez el casco y dejaron detectores de gas cerca de cada uno de los objetos. Para entonces —la dotación lo advirtió— su muelle y el próximo estaban custodiados por infantes de marina armados, para impedir que alguien se acercara y pudiera ver lo que estaba ocurriendo en el *Ethan Allen*.

Cuando la carga, o el llenado, o lo que fuera, terminó, uno de los suboficiales bajó para examinar las cápsulas metálicas más cuidadosamente. Escribió en un anotador un conjunto de letras y números marcados en los objetos: PPB76A/J6713. Un suboficial de administración buscó en un catálogo la misma designación, y no le gustó lo que encontró: Pave Pat Blue 76. Pave Pat

Blue 76 era una bomba, y el *Ethan Allen* tenía cuatro de ellas a bordo. Eran mucho menos poderosas que las cabezas de guerra de misiles que alguna vez había llevado el submarino, pero mucho más siniestras, según opinión de los tripulantes. La lámpara de fumar quedó anulada por acuerdo mutuo, antes de que nadie necesitara dar la orden para ello.

Gallery volvió poco después y habló individualmente con todos los hombres más antiguos. Los más jóvenes fueron enviados a tierra con sus equipos personales y la advertencia de que no habían visto, oído ni sentido, ni nada parecido, nada que no fuera lo común y corriente en el *Ethan Allen*. El submarino sería hundido en el mar. Eso era todo. Cierta decisión política de Washington... y si ustedes dicen eso a cualquiera, empiecen a pensar en una gira de unos veinte años en el Estrecho de McMurdo, según lo interpretó uno de los hombres.

Fue un tributo para Vincent Gallery que todos los viejos suboficiales permanecieran a bordo. En parte porque era una oportunidad para realizar un último viaje en el viejo buque, una posibilidad de decir adiós a un amigo. Pero en su mayor parte porque Gallery dijo que era importante, y todos los hombres de aquellos tiempos recordaron que su palabra siempre había tenido valor.

Los oficiales se presentaron a la puesta del sol. El de menor jerarquía entre ellos era un teniente de corbeta. Dos capitanes de cuatro franjas trabajarían en el reactor, junto con tres suboficiales antiguos. Otros dos, de cuatro franjas, se harían cargo de la navegación, y un par de capitanes de fragata de la electrónica. El resto estaría distribuido en diversos puestos para hacerse cargo de la enormidad de tareas especializadas requeridas en la operación de un complejo buque de guerra. El complemento total, ni siquiera la cuarta parte de una tripulación normal, podría haber causado adversos comentarios por parte de los suboficiales antiguos, quienes no habían tenido en cuenta toda la experiencia que tenían los oficiales.

Uno de los suboficiales quedó escandalizado al saber que los planos de inmersión serían comandados por un oficial. Lo comentó con el electricista jefe y éste no le dio la menor importancia. Después de todo, observó, lo más divertido era conducir el submarino, y los oficiales sólo podían hacerlo en New London. Después, todo lo que hacían era caminar de uno a otro lado y mostrarse importantes. «Es verdad —aceptó el suboficial—, ¿pero serán capaces de manejarlo?» Si no lo eran, decidió el electricista, ellos se harían cargo de las cosas... ¿Para qué estaban los suboficiales si no para proteger a los oficiales de sus errores? Después de eso, ambos discutieron amistosamente sobre quién sería el suboficial mayor del submarino. Ambos hombres tenían casi la misma experiencia y antigüedad.

El *USS Ethan Allen* zarpó por última vez a las doce menos cuarto de la noche. No hubo remolcador en la maniobra de alejamiento del muelle. El comandante lo separó con habilidad, valiéndose de suaves variaciones en el régimen de potencia y órdenes al timonel, y suscitando la admiración del suboficial. Él había servido antes con ese comandante, en el *Skipjack* y en el *Will Rogers*.

—Ni remolcadores ni nada —informó más tarde a su compañero—. El viejo conoce bien su paño.

En una hora habían pasado Virginia Capes y estaban listos para sumergirse. Diez minutos después habían desaparecido de la vista. Abajo, con un rumbo de uno-uno-cero, la reducida dotación de oficiales y suboficiales estaba ya dedicada a la exigente rutina de conducir con tan escaso personal el viejo submarino misilístico. El *Ethan Allen* respondía como un campeón, navegando a doce nudos con su vieja maquinaria que apenas hacía algún ruido.

UNDÉCIMO DÍA

Lunes, 13 de diciembre

Un A-10 Thunderbolt

Era mucho más divertido que volar DC-9. El mayor Andy Richardson tenía más de diez mil horas de éstos y solamente seiscientas aproximadamente en su avión de combate de ataque A-10 Thunderbolt II, pero prefería decididamente al más pequeño de los dos bimotores. Richardson pertenecía al Grupo 175 de Combate Táctico, de la Guardia Aérea Nacional de Maryland. Por lo general su escuadrón volaba desde un pequeño aeródromo militar situado al este de Baltimore. Pero dos días antes, cuando activaron su organización, el 175 y otros seis grupos aéreos de la guardia nacional y de la reserva se habían amontonado en la ya activa base de Comando Aéreo Estratégico, la Base Loring de la Fuerza Aérea, en Maine. Habían despegado a medianoche y ya hacía media hora que se habían reabastecido de combustible en vuelo, a mil millas de la costa sobre el Atlántico Norte. En ese momento, Richardson y su escuadrilla de cuatro iban volando a treinta metros sobre las negras aguas y a cuatrocientos nudos.

Cien millas detrás de los cuatro aviones de combate los seguían otros noventa aviones que volaban a nueve mil metros de altura en lo que podía parecer a los soviéticos algo muy semejante a un golpe alfa, una medida misión de ataque de aviones de combate tácticos armados. Era exactamente eso... y también una estratagema. La verdadera misión era la que estaban cumpliendo los cuatro que volaban abajo.

Richardson amaba al A-10. Los hombres que lo volaban lo llamaban con cariño el Warthog, o simplemente el Hog.[1] Casi todos los aviones tácticos tenían agradables líneas, que contribuían a mejorar en combate las necesidades de velocidad y maniobrabilidad. Pero no el Hog, que era posiblemente el avión más feo de los que había tenido la Fuerza Aérea de los Estados Unidos. Sus dos motores turbofan colgaban —como idea de último momento— de una cola de dos timones de dirección que parecía un retorno a los modelos de la década del treinta. Sus alas —que parecían tablas— no tenían el más mínimo ángulo de flecha, y estaban deformadas en el medio para alojar el tosco tren de aterrizaje. Las superficies inferiores de ambas alas tenían varios dispositivos transversales para colgar las cargas externas de armamento. El fuselaje estaba construido alrededor de la que era el arma principal del avión, el GAU-8, un cañón rotativo de treinta milímetros diseñado especialmente para destruir los tanques soviéticos.

Para la misión de esa noche, la escuadrilla de Richardson tenía una carga completa de *slugs*[2] de uranio reducido para sus cañones Avenger y un par de canastas de bombas-racimo Rockeye, armas antitanque adicionales. Directamente debajo del fuselaje estaba el contenedor que alojaba el LANTIRN (sistema infrarrojo para navegación y detección de blancos de noche y a baja altura); de todas las otras estaciones externas para armamento colgaban tanques de combustible.

El 175 había sido el primero de los escuadrones de la guardia nacional que recibió el equipo LANTIRN. Era una pequeña colección de sistemas electrónicos y ópticos que capacitaban al Hog para ver de noche mientras volaba a mínima altura buscando blancos. El sistema proyectaba una imagen (HUD: heads-up display)[3] en el pa-

---

1. Cerdo, chancho. (*N. del T.*)
2. Proyectiles de forma irregular. (*N. del T.*)
3. Imagen de alerta. (*N. del T.*)

rabrisas del avión, logrando el efecto de convertir la noche en día y tornando mucho menos peligrosa la misión. Junto a cada LANTIRN había un objeto más pequeño que, a diferencia de los proyectiles explosivos de los cañones y los Rockeyes, iba a ser usado esa noche.

A Richardson no le importaban —en realidad le gustaban— los peligros de la misión. Dos de sus tres camaradas eran, como él, pilotos de líneas aéreas, el tercero, un fumigador, todos hombres experimentados con mucha práctica de tácticas y de vuelo a baja altura. Y la misión que tenían era muy buena.

La reunión y explicación previa al vuelo, conducida por un oficial de marina, les había llevado más de una hora. Se proponían hacer una visita a la Marina soviética. Richardson había leído en los diarios que los rusos estaban tramando algo, y cuando escuchó en la reunión que habían enviado su flota para pasearse desafiantes frente a la costa norteamericana y tan cerca, lo había conmocionado semejante atrevimiento. Se había enfurecido al saber que uno de sus mediocres cazas diurnos había abierto fuego sobre un Tomcat naval el día anterior, matando casi a uno de sus oficiales. Se preguntó por qué se impedía a la Marina una justa respuesta. La mayor parte del grupo aéreo del *Saratoga* estaba a la vista en las calles de cemento en Loring, junto a los B-52, A-6E Intruders y F-18 Hornets, con los carros de armamento a pocos metros de distancia. Supuso que su misión era sólo el primer acto, la parte delicada. Mientras los ojos soviéticos estuvieran aferrados al golpe alfa, que se mantenía en el límite del alcance de sus misiles SAM, su escuadrilla de cuatro se metería velozmente por debajo de la cobertura de radar hasta llegar al buque insignia de la flota, el crucero nuclear *Kirov*. Para entregar un mensaje.

Era sorprendente que hubieran seleccionado hombres de la guardia para esa misión. Sobre la Costa Este estaban en ese momento movilizados casi mil aviones tácticos, y aproximadamente un tercio de ellos eran reservistas de una u otra clase; Richardson pensó que eso era parte del mensaje. Una operación táctica muy difícil era cumplida por aviadores de segunda línea, mientras los escuadrones regulares permanecían en espera y listos, en las pistas de Loring, y McGuire, y Dover, y Pease, y varias otras bases desde Virginia hasta Maine, abastecidos de combustible, cumplidas las explicaciones previas y completamente listos. ¡Cerca de mil aviones! Richardson sonrió. No habría blancos suficientes para todos.

—Jefe escuadrilla Linebacker, aquí Sentry-Delta. Rumbo al blanco cero-cuatro-ocho, distancia cincuenta millas. Llevan rumbo uno-ocho-cinco, velocidad veinte.

Richardson no contestó la transmisión por el enlace radial codificado. La escuadrilla debía cumplir silencio de radio. Cualquier sonido electrónico podría alertar a los soviéticos. Hasta su radar de búsqueda de blancos estaba apagado, y solamente operaban los equipos pasivos infrarrojos y sensores de televisión. Miró rápidamente a izquierda y derecha. «¡Pilotos de segunda línea, diablos!», se dijo. Cada uno de los hombres de esa escuadrilla tenía por lo menos cuatro mil horas, más de lo que muchos de los pilotos regulares llegarían a tener alguna vez, más que la mayoría de los astronautas, y sus aviones estaban mantenidos por gente que jugaba con ellos porque les gustaba. El hecho era que su escuadrón tenía mejores promedios de disponibilidad de aviones que cualquier escuadrón regular, y había tenido menos accidentes que esos jovencitos que volaron los Warthogs en Inglaterra y en Corea. Les demostrarían eso a los rusitos.

Sonrió para sí mismo. ¡Sin duda eso era mejor que volar su DC-9, de Washington a Providence y Hartford y regresar, todos los días para la línea aérea! Richardson, que había sido piloto de caza de la Fuerza Aérea, había dejado el servicio hacía muchos años porque deseaba el sueldo mucho mayor y el llamativo estilo de vida de los pilotos de líneas aerocomerciales. No había estado en Vietnam, y el vuelo comercial no requería nada parecido a ese grado de habilidad; le faltaba la emoción de pasar zumbando a la altura de las copas de los árboles.

Hasta donde él sabía, nunca se había usado el Hog para misiones de ataque marítimo... Otra parte del mensaje. Su munición antitanque iba a ser efectiva contra buques. Los *slugs* de sus cañones y sus bombas-racimo Rockeye estaban diseñados para destrozar el blindaje de los tanques de batalla, y él no dudaba sobre lo que harían a los delgados cascos de los buques de guerra. Lástima que eso no fuera real. Ya era tiempo de que alguien diera una lección a Ivan.

Una luz del sensor del radar parpadeó en su receptor de alerta; un radar banda-S, probablemente diseñado para búsqueda en superficie, y no era lo suficientemente poderoso como para obtener ya un retorno. Los soviéticos no tenían ninguna plataforma aérea de radar, y los equipos que llevaban en los buques estaban limitados por la curvatura de la tierra. La onda pasaba justo sobre el avión de Richardson; se hallaba en el borde borroso de ella. Podrían haber evitado mejor la detección volando a quince metros en vez de hacerlo a treinta, pero las órdenes no lo permitían.

—Escuadrilla Linebacker, aquí Sentry-Delta. Dispersarse y entrar —fue la orden del AWACS.

Los A-10 comenzaron a separarse desde un intervalo de sólo unos pocos metros hasta una formación extendida de ataque, que dejaba millas entre los aviones. Las órdenes establecían que debían dispersarse hasta treinta millas de distancia. Unos cuatro minutos. Richardson controló su reloj digital; la escuadrilla Linebacker estaba exactamente en horario. Detrás de ellos, los Phantoms y Corsairs que participaban en el ataque alfa estarían virando hacia los soviéticos, como para atraer su atención. Pronto tendría que tenerlos a la vista.

El HUD mostraba pequeñas protuberancias en el horizonte proyectado, la cortina exterior de los destructores, los *Udaloys* y *Sovremennys*. El oficial a cargo de la reunión previa al vuelo les había mostrado fotografías y siluetas de los buques de guerra. *¡Bip!*, chilló su receptor de emisiones que significaban amenaza. Un radar guía de misiles, de banda X, acababa de barrer sobre su avión para perderlo enseguida, y en ese momento estaba tratando de recuperar el contacto. Richardson encendió su equipo ECM (contramedidas electrónicas) para interferir las ondas del enemigo. En ese momento los destructores estaban a cinco millas de distancia solamente. Cuarenta segundos. «Manténganse estúpidos, camaradas», pensó.

Empezó a maniobrar bruscamente con su avión, saltando hacia arriba, abajo, izquierda, derecha, sin seguir un orden particular. Era sólo un juego, pero no tenía sentido hacerles las cosas fáciles a los soviéticos. De haber sido real, sus Hogs estarían resplandecientes detrás de un enjambre de misiles antirradar, y acompañados por aviones Wild Weasel que estarían tratando de desorganizar y destruir el sistema soviético de control de misiles. En ese momento las cosas estaban moviéndose bastante rápido. Uno de los destructores de la cortina se alzó amenazante en su ruta, y él tuvo que patear ligeramente el timón de dirección para pasar por el costado del buque, a unos cuatrocientos metros. Poco más de tres mil metros hasta el *Kirov*... Dieciocho segundos.

El sistema HUD mostraba una imagen intensificada. La estructura piramidal de la torre de radares y mástil del *Kirov* estaba llenando su parabrisas. Alcanzó a ver luces parpadeantes de señales por todas partes en el crucero de batalla. Richardson aplicó más timón de dirección a la derecha. Debían pasar dentro de los trescientos metros del buque, ni más ni menos. Su Hog pasaría como un rayo por la proa, los otros lo harían por la popa y uno a cada lado. No quería cortar distancias. El mayor controló que los comandos de su bomba y su cañón estuvieran en la posición de seguridad. No tenía sentido dejarse llevar más allá de lo debido. Aproximadamente en ese momento —en un ataque real— él dispararía su cañón, y un chorro de proyectiles perforaría el liviano blindaje del depósito de misiles de proa del *Kirov* haciendo explotar los misiles SAM y crucero en una inmensa bola de fuego, y cortando trozos de la superestructura como si fuera papel de diario.

A unos quinientos metros de distancia, el jefe de la escuadrilla estiró el brazo para armar el dispositivo de lanzamiento de las bengalas, instalado junto al LANTIRN.

¡Ya! Movió la llave interruptora y se desprendieron seis bengalas de magnesio de alta intensidad colgando de sus paracaídas. Los cuatro aviones de la escuadrilla Linebacker actuaron con diferencias de pocos segundos. De pronto, el *Kirov* se encontró dentro de una caja de luz de magnesio blanco-azulada. Richardson llevó hacia atrás la palanca e inclinó su avión en un viraje ascendente hasta sobrepasar el crucero de batalla. La brillante luz lo deslumbró, pero pudo ver las elegantes líneas del buque de guerra soviético en momentos en que realizaba un cerrado viraje en un mar de enfurecidas olas, mientras sus hombres corrían por cubierta como hormigas.

Si esto hubiera sido en serio, todos ustedes estarían muertos ahora... ¿Comprenden el mensaje?

Richardson apretó el interruptor de su transmisor.

—Jefe Linebacker a Sentry-Delta —llamó abiertamente—. Robin Hood, repito, Robin Hood. Escuadrilla Linebacker, aquí el jefe, cierren sobre mí la formación. Volvemos a casa.

—Escuadrilla Linebacker, aquí Sentry-Delta. ¡Sobresaliente! —respondió el controlador—. Les informo que el *Kiev* tiene un par de Forgers en el aire, treinta millas al este, y se dirigen hacia ustedes. Tendrán que apurarse para agarrarlos. Les informaremos. Corto.

Richardson hizo rápida y mentalmente algunos cálculos aritméticos. Probablemente no iban a poder alcanzarlos, pero si lo hacían, doce Phantoms del Grupo Interceptor de Combate 107 estaban listos para el caso.

—¡Diablos, jefe! —Linebacker 4, el fumigador, ocupó rápidamente su posición—. ¿Vio cómo nos apuntaban esos pavos? Malditos sean, ¡cómo les movimos la jaula!

—Atentos con los Forgers —los previno Richardson, sonriendo de oreja a oreja dentro de la máscara de oxígeno. *¡Pilotos de segunda línea, al demonio!*

—Déjelos que vengan —replicó Linebacker 4—. Si alguno de esos hijos de puta se me acerca... a mí y a mi treinta, ¡será el último error que cometa en su vida! —El Cuatro era un poco demasiado agresivo para el gusto de Richardson, pero el hombre sabía volar muy bien su Hog.

—Escuadrilla Linebacker, aquí Sentry-Delta. Los Forgers han virado y se vuelven. Ya no tienen problemas. Corto.

—Comprendido y corto. Muy bien, escuadrilla, ahora tranquilos rumbo a casa. Creo que nos hemos ganado la paga del mes. —Richardson miró bien para asegurarse de que estaba en una frecuencia abierta—. Señoras y señores, les habla el comandante José Amistoso —dijo, haciendo la broma que utilizaban en relaciones públicas de su línea aérea, y que se había convertido en tradición en el 175—. Espero que hayan disfrutado de su vuelo, y muchas gracias por haber volado en Warthog Air.

El Kirov

En el *Kirov*, el almirante Stralbo corrió desde el centro de informaciones de combate hasta el puente de mando, demasiado tarde. Habían detectado a los aviones que incursionaban en vuelo bajo a sólo un minuto de la cortina exterior. La caja de luz de las bengalas ya había quedado detrás del crucero de batalla, algunas de ellas aún ardían en el agua. Los tripulantes del puente, pudo verlo, estaban desconcertados.

—Camarada almirante, sesenta o setenta segundos antes de que estuvieran sobre nosotros —informó el comandante del buque—, estábamos siguiendo en los radares a la fuerza de ataque que orbitaba, y estos cuatro —creemos, cuatro— entraron a gran velocidad por debajo de nuestra cobertura de radar. A pesar de las contramedidas electrónicas que utilizaron teníamos a dos de ellos en las computadoras de nuestros misiles.

Stralbo arrugó el entrecejo. Ese desempeño no era suficientemente bueno ni estaba cerca de serlo. Si el ataque hubiera sido real, el *Kirov* habría resultado severamente averiado, como mínimo. Los norteamericanos cambiarían muy contentos un par de aviones de combate por un crucero nuclear. Si todos los aviones norteamericanos atacaban así...

—¡Es fantástica la arrogancia de los norteamericanos! —exclamó indignado el *zampolit* de la flota.

—Fue una estupidez provocarlos —observó Stralbo con amargura—. Yo sabía que iba a ocurrir algo como esto, pero yo lo esperaba del *Kennedy*.

—Aquello fue una equivocación, un error del piloto —replicó el oficial político.

—Ciertamente, Vasily. ¡Pero esto no fue una equivocación! Ellos sólo nos enviaron un mensaje, diciéndonos que estamos a mil quinientos kilómetros de sus costas sin una adecuada cubierta aérea, y que ellos tienen más de quinientos aviones de combate esperando para saltar sobre nosotros desde el oeste. Mientras tanto, el *Kennedy* está en el este acechándonos como un zorro rabioso. La posición en que estamos no es nada atractiva.

—Los norteamericanos no serían tan impetuosos.

—¿Está seguro de eso, camarada oficial político? ¿Seguro? ¿Y qué si alguno de sus aviones comete un «error del piloto» y hunde uno de nuestros destructores? ¿Y qué si el Presidente norteamericano llama a Moscú por línea directa para disculparse, antes de que nosotros podamos siquiera informar el incidente? Ellos juran que fue un accidente y prometen castigar al estúpido piloto... ¿Y después qué? ¿Usted cree que es tan fácil saber lo que piensan los imperialistas estando nosotros tan cerca de sus costas? Yo no. Yo creo que están rezando para tener la más mínima excusa para saltar sobre nosotros. Venga a mi camarote. Debemos considerar esto.

Los dos hombres caminaron hacia popa. El camarote de Stralbo era espartano. La única decoración que había sobre la pared era un grabado de Lenin hablando a los Guardias Rojos.

—¿Cuál es nuestra misión, Vasily? —preguntó Stralbo.

—Dar apoyo a nuestros submarinos, ayudarlos a realizar la búsqueda...

—Exactamente. Nuestra misión es de apoyo, no de conducir operaciones ofensivas. Los norteamericanos no nos quieren aquí. Objetivamente, puedo comprenderlo perfectamente. Con todos nuestros misiles somos una amenaza para ellos.

—Pero nuestras órdenes no son de amenazarlos —protestó el *zampolit*—. ¿Por qué habríamos de querer atacar su país?

—Y, por supuesto, ¡los imperialistas reconocen que nosotros somos pacíficos socialistas! ¡Vamos, Vasily, éstos son nuestros enemigos! Es natural que no confíen en nosotros. Y es *natural* que ellos quieran atacarnos, cuando tengan la menor excusa. Están ya interfiriendo en nuestra búsqueda, simulando que nos ayudan. No nos quieren aquí... y si damos ocasión para que nos provoquen con sus actos agresivos, caemos en su trampa. —El almirante bajó la mirada fijando los ojos en su escritorio—. Y bien, vamos a cambiar eso. Ordenaré a la flota discontinuar cualquier cosa que pueda parecer agresiva en lo más mínimo. Finalizaremos todas las operaciones aéreas que vayan más allá de los patrullajes locales. No acosaremos a las unidades de su flota que estén cerca. Utilizaremos solamente los radares normales de navegación.

—¿Y?

—Y nos tragaremos nuestro orgullo y seremos tan sumisos como los ratones. Y cualquiera sea la provocación que nos hagan, no reaccionaremos ante ella.

—Camarada almirante, algunos llamarán a eso cobardía —advirtió el *zampolit*.

Stralbo lo estaba esperando.

—Vasily, ¿es que no comprende? Simulando que nos atacan, ya nos han convertido en víctimas. Nos obligan a activar nuestros sistemas de defensa más modernos y secretos, de manera que ellos puedan reunir inteligencia sobre nuestros radares y sistemas de control de fuego. Examinan las *performances* de nuestros aviones de combate y helicópteros, la maniobrabilidad de nuestros buques y, lo principal, nuestro comando y control. Pondremos fin a eso. Nuestra misión primaria es demasiado importante. Si continúan provocándonos, actuaremos como si nuestra misión fuera verdaderamente pacífica —como que lo es en cuanto a ellos interesa— y declararemos enérgicamente nuestra inocencia. Y los haremos aparecer a ellos como agresores. Si continúan provocándonos, observaremos para ver cómo son sus tácticas, y no les daremos nada en retribución. ¿O preferiría usted que ellos nos impidan llevar a buen término nuestra misión?

El *zampolit* dio su consentimiento hablando entre dientes. Si fracasaban en su misión, el cargo de cobardía pasaría a ser un asunto de poca importancia. Si encontraban el submarino renegado, serían héroes sin importar cualquier otra cosa que hubiera pasado.

El Dallas

¿Cuánto tiempo hacía que estaba de servicio? Jones se lo preguntaba. Podría haberlo comprobado bastante fácilmente apretando el botón de su reloj digital, pero el sonarista no quería hacerlo. Sería demasiado deprimente. «Yo y mi bocaza... *Puede estar seguro, jefe,* ¡mierda!», juró para sí mismo. Había detectado el submarino a una distancia de unas veinte millas, tal vez, y apenas le había parecido tenerlo... y el maldito Océano Atlántico tenía tres mil millas de ancho, por lo menos sesenta diámetros de huella. En ese momento iba a necesitar más que suerte.

Bueno, por lo menos había conseguido con ello una ducha estilo Hollywood. Ordinariamente, una ducha en un buque pobre en agua potable significaba unos pocos segundos para mojarse y un minuto más o menos para enjabonarse; después seguían unos pocos segundos más para quitarse el jabón. Los hombres quedaban limpios, pero no era muy satisfactorio. A los más viejos les gustaba decir que era todo un adelanto con respecto a otras épocas. Pero en esas épocas, les contestaba Jones, los marinos tenían que tirar de los remos... o correr con diesel y baterías, que era más o menos lo mismo. Una ducha Hollywood es algo en lo que un marino empieza a pensar después de unos cuantos días de navegación. Se deja correr el agua, una larga y continua corriente de agua maravillosamente caliente. El capitán de fragata Mancuso acostumbraba otorgar esa sensual recompensa a quienes cumplían alguna actuación que superaba el nivel normal. Hacía que la gente tuviera algo concreto por qué trabajar. En su submarino era imposible gastar dinero extra, y no había cerveza ni mujeres.

Viejas películas; estaban haciendo un esfuerzo en ese sentido. La biblioteca de la nave no era mala, cuando había tiempo para elegir entre el revoltijo. Y el *Dallas* tenía un par de computadoras Apple y unas docenas de programas de juegos para diversión. Jones era el campeón del submarino en el «Choplifter» y el «Zork». Las computadoras también se usaban con fines de entrenamiento, naturalmente, para práctica de exámenes y aprendizaje programado de textos, lo que consumía la mayor parte del tiempo en uso.

El *Dallas* estaba patrullando en una zona situada al este de los Grand Banks. Cualquier buque que transitara la Ruta Uno tendía a pasar por allí. Estaban navegando a cinco nudos, arrastrando el sonar de remolque BQR-15. Habían tenido toda clase de contactos. Primero, la mitad de los submarinos de la Marina rusa habían pasado velozmente, algunos de ellos rastreados por submarinos norteamericanos. Un *Alfa* los pasó quemando a más de cuarenta nudos y a unos tres mil metros de distancia. Habría sido muy fácil, pensó Jones en ese momento. El *Alfa* hacía tanto ruido que cualquiera podría haberlo oído poniendo un vaso contra el casco, y él había tenido que bajar al mínimo los amplificadores para evitar que el ruido le dañara los oídos. Una lástima que no hubieran podido disparar. El cálculo había sido tan simple, la solución de fuego tan fácil que podría haberlo resuelto un chico con una antigua regla de cálculos. Ese *Alfa* había sido un plato servido. Después llegaron corriendo los *Victors*, luego los *Charlies* y finalmente los *Novembers*. Jones había estado escuchando buques de superficie con rumbo hacia el oeste, muchos de ellos haciendo veinte nudos aproximadamente, produciendo toda clase de ruidos mientras luchaban con las olas. Estaban muy lejos y no le interesaban.

Hacía más de dos días que trataban de detectar ese blanco en particular, y Jones sólo había dormido por el momento menos de una hora. «Bueno, para eso me pagan», reflexionaba sencillamente. No era la primera vez que hacía algo como eso, pero se había sentido feliz al terminarlo.

El dispositivo de remolque de gran abertura estaba en el extremo de un cable de trescientos metros. Jones lo llamaba pesca de ballenas. Además de ser el dispositivo de sonar más sensible con que contaban, protegía al *Dallas* de los incursores que lo siguieran. Ordinariamente, el sonar de un submarino trabaja en cualquier dirección excepto hacia atrás, una zona llamada cono de silencio, o los deflectores. El BQR-15 cambiaba esa situación. Jones había oído con él toda clase de cosas, submarinos y buques de superficie continuamente, aviones en vuelo bajo en alguna ocasión. Cierta vez, durante un ejercicio frente a Florida, oyó un ruido que no pudo identificar y el comandante levantó el periscopio para ver de qué se trataba: eran pelícanos que se zambullían. Otra vez, cerca de Bermuda, habían encontrado ballenas copulando, que hacían un ruido impresionante. Jones tenía una cinta grabada de ese ruido para uso personal en tierra: algunas mujeres lo encontraban muy interesante, desde cierto y pervertido punto de vista. Sonrió para sí mismo.

Había una considerable cantidad de ruidos de superficie. Los procesadores de señales filtraban la mayor parte de ellos, y cada tantos minutos Jones los eliminaba de su canal, para asegurarse de que no estaban filtrando demasiado. Las máquinas eran tontas; Jones se preguntó si el SAPS estaría dejando que algo de esa anómala señal se perdiera dentro de los chips de la computadora. Ése era el problema con las computadoras; en realidad, un problema con la programación: uno le decía a la máquina que hiciera algo, y ella se pondría a hacerlo para algo equivocado. Jones se divertía a veces trabajando en programas. Conocía algunas personas de la universidad que diseñaban programas de juegos para computadoras personales, uno de ellos estaba ganando mucho dinero con Sierra On-Line Systems...

«Soñando despierto otra vez», se reprendió a sí mismo. No era fácil estar horas esperando oír algo que no llegaba. Habría sido una buena idea, pensó, dejar que los sonaristas leyeran mientras estaban de servicio. Su sentido común le decía que no debía siquiera sugerirlo. El señor Thompson podría aceptarlo, pero el comandante y todos los oficiales más antiguos eran tipos ex reactores, con la acostumbrada regla de hierro: Vigilarás en todo momento y con absoluta concentración todos los instrumentos. Jones no creía que eso fuera muy inteligente. Era muy distinto con los sonaristas. Se consumían demasiado fácilmente. Para combatirlo, Jones tenía sus cintas de música y sus juegos. Era capaz de dejarse llevar hasta perderse con cualquier clase de diversión, especialmente el «Choplifter». El hombre debe tener algo donde dejar que su mente se pierda, por lo menos una vez al día. Y en algunos casos en servicio. Hasta los conductores de camiones —personas difícilmente intelectuales— tenían radios y pasacassettes para evitar los efectos hipnóticos. Pero los marinos de un submarino nuclear, que costaba casi mil millones...

Jones se inclinó hacia adelante, apretando con fuerza los auriculares contra sus orejas. Arrancó de su anotador una página de garabatos y apuntó la hora en una nueva página. Después hizo algunos ajustes en sus controles de ganancia —que estaban ya cerca del máximo de la escala— y desconectó otra vez los procesadores. La cacofonía del ruido de superficie casi le saca la cabeza. Jones lo toleró durante un minuto, trabajando con los controles manuales de enmudecimiento para filtrar lo peor del ruido de alta frecuencia «¡Ajá! —se dijo Jones—. Tal vez el SAPS me está confundiendo un poco... Es demasiado pronto para decirlo con seguridad.»

Cuando en la escuela de sonar examinaron por primera vez a Jones con ese equipo, sintió un ardiente deseo de enseñárselo a su hermano, que tenía una licenciatura en ingeniería eléctrica y trabajaba como consultor en la industria de la grabación. Tenía once patentes a su nombre. Los equipos del *Dallas* le habrían hecho saltar los ojos de sus órbitas. Los sistemas de la Marina para digitalizar el sonido estaban años delante de cualquier técnica comercial. Una lástima que fuera todo secreto junto con el equipo nuclear...

—Señor Thompson —dijo Jones con calma, sin mirar a su alrededor—, ¿puede pedirle al comandante si es posible que viremos un poquito más hacia el este y reduzcamos la velocidad uno o dos nudos?

—Jefe. —Thompson salió al corredor para transmitir el pedido. En quince segundos se habían impartido las órdenes sobre nuevo rumbo y reducción de velocidad. Y diez segundos después de eso Mancuso estaba en el sonar.

El comandante había estado ansiando eso. Fue evidente dos días antes que su antiguo contacto no había actuado como se esperaba, no había recorrido la ruta o no había reducido en ningún momento la velocidad. El capitán de fragata Mancuso se equivocó en algo al hacer su apreciación... ¿Se había equivocado también al estimar el rumbo del visitante? ¿Y qué significaba si su amigo no había recorrido la ruta? Jones lo estuvo pensando desde mucho antes. Era un submarino misilístico. Los comandantes de los submarinos misilísticos nunca viajan muy rápido.

Jones estaba sentado como de costumbre, encorvado sobre su mesa, con la mano izquierda levantada pidiendo silencio mientras el equipo de remolque alcanzaba exactamente un azimut este-oeste en el extremo de su cable. Su cigarrillo se quemaba inadvertido en el cenicero. Un grabador de carrete abierto estaba operando continuamente en la sala del sonar; sus cintas se cambiaban cada hora y se guardaban para un posterior análisis en tierra. Junto a él había otro, cuyas grabaciones se usaban a bordo del *Dallas* para reexaminar los contactos. Jones estiró el brazo y lo encendió, después se volvió para ver a su comandante que lo estaba mirando. La cara de Jones se iluminó con una débil y cansada sonrisa.

—Sí —susurró.

Mancuso le señaló el parlante. Jones sacudió la cabeza.

—Es muy débil, señor. Yo apenas pude captarlo. Hacia el norte, en general, según creo, pero necesito un poco más de tiempo para eso. —Mancuso miró la aguja de intensidad, que Jones tocaba con unos golpecitos. Estaban en cero... casi. Cada cincuenta segundos aproximadamente la aguja saltaba un poquito. Jones tomaba notas furiosamente—. ¡¡Los malditos filtros del SAPS están borrando parte de esto!! ¡¡Necesitamos amplificadores más suaves y mejores controles de filtros manuales!! —escribió.

Mancuso pensó que todo eso era casi ridículo. Estaba observando a Jones como había observado a su mujer cuando tuvo a Dominic, y tomando el tiempo entre los saltos de aguja como había tomado el tiempo entre las contracciones de su mujer. Pero esa comparación no era mayormente emocionante. La comparación que él usaba para explicar eso a su padre se refería a la emoción que uno siente el primer día de la temporada de caza, cuando se oye el susurro de las hojas y uno sabe que no es un hombre el que está haciendo el ruido. Pero esto era mejor que aquello. Estaba cazando hombres, hombres como él, en una nave como la suya...

—Se hace más fuerte, jefe. —Jones se echó hacia atrás y encendió un cigarrillo—. Viene hacia aquí. Le calculo un rumbo de tres-cinco-cero, tal vez un poco más, como tres-cinco-tres. Todavía débil, pero es nuestro muchacho. Lo agarramos. —Jones decidió arriesgar una impertinencia. Se había ganado cierta tolerancia—. ¿Lo esperamos, o lo cazamos, señor?

—Lo esperamos. No tiene sentido aparecérsele como un fantasma. Lo dejamos que entre despacito y bien cerca, mientras nosotros hacemos nuestra famosa imitación de un agujero en el agua, después lo seguimos pisándole los talones durante un tiempo. Quiero otra cinta con este dispositivo y quiero que la BC-10 procese un registro del SAPS. Use la instrucción para saltear los algoritmos del procedimiento. Quiero que este contacto se analice, no que se interprete. Procéselo cada dos minutos. Quiero que su marca quede grabada, digitalizada, doblada, afinada y mutilada. Quiero saber todo lo que haya sobre él, sus ruidos de propulsión, la marca que produce su planta, las obras; quiero saber exactamente quién es.

—Es un ruso, señor —observó Jones.

—¿Pero cuál ruso? —sonrió Mancuso.

—Comprendido, jefe —respondió Jones. Estaría de servicio otras dos horas, pero el final estaba a la vista. Casi. Mancuso se sentó y levantó un par de auriculares de reserva, luego robó un cigarrillo a Jones. Hacía un mes que estaba tratando de dejar de fumar. Tendría más suerte en tierra.

HMS Invincible

Ryan tenía puesto en ese momento un uniforme de la Marina Real. Eso era temporario. Otra muestra de la rapidez con que había sido dispuesto ese trabajo era que tenía solamente un uniforme y dos camisas. En ese momento estaban limpiando toda su ropa y entretanto estaba usando unos pantalones ingleses y un suéter. Típico, pensó; nadie sabe siquiera que estoy aquí. Lo habían olvidado. No había mensajes del Presidente —aunque nunca había esperado recibirlos— y Painter y Davenport se sentirían felices de olvidar que él había estado alguna vez en el *Kennedy*. Greer y el juez estarían probablemente dedicados a una u otra maldita tontería, quizá bromeando entre ellos sobre Jack Ryan porque estaba realizando un crucero de placer a expensas del gobierno.

No era un crucero de placer. Jack había vuelto a descubrir su vulnerabilidad para el mareo. El *Invincible* estaba frente a Massachusetts, esperando a la fuerza rusa de superficie y cazando vigorosamente los submarinos rojos en la zona. Navegaban en círculos, en un mar que no se apaciguaba. Todo el mundo estaba ocupado... excepto él. Los pilotos volaban dos veces por día o más, adiestrándose con sus pares de la Marina y la Fuerza Aérea de Estados Unidos que trabajaban desde bases en la costa. Los buques practicaban tácticas de combate de superficie. Como había dicho el almirante White durante el desayuno, las acciones se habían desarrollado hasta convertirse en una buenísima ampliación del NIFTY DOLPHIN. A Ryan no le gustaba ser un supernumerario. Todos eran muy amables, naturalmente. En realidad, la hospitalidad era casi abrumadora. Tenía acceso al centro de comando, y cuando observaba cómo cazaban submarinos los británicos, le explicaban todo con tanto detalle que finalmente comprendía la mitad de las cosas.

Por el momento se encontraba solo y leyendo en el camarote de mar de White, que se había convertido en su hogar permanente a bordo. Con previsión, Ritter había puesto en su maletín un estudio de estado mayor de la CIA. El título era: «Niños extraviados: un perfil psicológico de los desertores del bloque oriental», y consistía en un documento de trescientas páginas redactado por un comité de psicólogos y psiquiatras que trabajaban con la CIA y otras agencias de inteligencia para ayudar a los desertores a establecerse en medio del estilo de vida norteamericano y, Ryan estaba seguro, ayudándoles en la CIA a detectar puntos de riesgo. No porque hubiera muchos de éstos, sino que siempre existían dos lados en todo lo que hacía la Compañía.

Ryan tuvo que admitir para sus adentros que el tema era muy interesante. Él no había pensado nunca en las circunstancias que hacen un desertor, suponiendo que sucedían suficientes cosas del otro lado de la cortina de hierro como para que cualquier persona racional quisiera aprovechar cualquier clase de oportunidad que tuviera para correr al oeste. Pero no era tan simple, leyó, absolutamente nada simple. Cada uno de los que venían era un individuo perfectamente único. Mientras que alguno podía reconocer las iniquidades de la vida bajo el comunismo y anhelar justicia, libertad religiosa, una oportunidad para desarrollarse como persona, otro podía querer simplemente hacerse rico; habiendo leído cómo los codiciosos capitalistas explotan a las masas, decidía que ser un explotador tenía sus ventajas. Ryan encontró eso interesante aunque cínico.

Otro tipo de desertor era el falso, el impostor, alguien plantado en la CIA y como una pieza viviente de desinformación. Pero esa clase de individuos podía resultar un arma de doble filo. Finalmente podía ocurrir que se convirtieran en genuinos desertores. También era posible que los Estados Unidos, sonrió Ryan, fueran bastante seductores para alguien acostumbrado a la vida gris de la Unión Soviética. Pero los «plantados» eran en su mayoría peligrosos enemigos. Por esa razón, jamás se confiaba en un desertor. Jamás. Un hombre que había cambiado de país una vez podría hacerlo otra vez. Hasta los idealistas tenían dudas, grandes remordimientos de conciencia por haber desertado de su madre patria. En una nota de pie de página, un médico comentaba que el castigo más doloroso para Alexander Solzhenitsyn era el exilio. Como patriota, estar con vida lejos de su hogar era un tormento mayor que vivir en un *gulag*. A Ryan eso le pareció curioso, pero suficiente como para ser verdad.

El resto del documento se refería al problema de lograr su definitivo asentamiento. No eran pocos los desertores soviéticos que se habían suicidado después de unos años. Algunos, simplemente porque no habían sido capaces de enfrentarse a la libertad, como el caso de los internados en prisiones por largos períodos, que a menudo fracasan por no tener un cerrado control sobre sus vidas y cometen nuevos delitos con la esperanza de volver a la seguridad de aquel ambiente. Con los años, la CIA había desarrollado un proto-olo para tratar ese problema y un gráfico en uno de los apéndices mostraba que los casos graves de inadaptación iban disminuyendo marcadamente. Ryan se tomó su tiempo para leer. Mientras cursaba su doctorado en historia, en la Universidad de Georgetown, había aprovechado parte de su tiempo libre para asistir a algunas clases de psicología. Salió de allí con la visceral sospecha de que los especialistas no sabían en realidad mucho de nada, que se reunían y coincidían en algunas ideas al azar que luego todos usarían... Sacudió la cabeza. Su mujer también decía eso ocasionalmente. Caroline Ryan, instructora clínica en cirugía oftálmica, en un programa de intercambio en el Hospital St. Guy's, en Londres, opinaba que todo estaba convenido de antemano. Si alguien tenía un ojo enfermo, ella lo arreglaría o no lo arreglaría. Un cerebro era diferente, decidió Jack después de leer por segunda vez el documento, y cada desertor debía ser tratado como un individuo y manejado cuidadosamente por un comprensivo experto designado exclusivamente para el caso y que tuviera tanto el tiempo como la inclinación para dedicarse a él adecuadamente. Se preguntó si él sería bueno para eso.

—¿Aburrido, Jack? —El almirante White entró en el camarote.

—No exactamente, almirante. ¿Cuándo haremos contacto con los soviéticos?

—Esta noche. Sus muchachos, Jack, les han hecho pasar algo más que un mal rato por aquel incidente del Tomcat.

—Bravo. Tal vez la gente se despierte antes de que ocurra algo realmente malo.

—¿Usted cree que se despertarán? —White se sentó.

—Bueno, almirante, si ellos están buscando verdaderamente un submarino perdido, sí. Si no, significa que están aquí con otros propósitos, y yo me he equivocado. Y lo que es peor, creo que tendré que vivir con ese error de juicio... o morir con él.

Centro Médico Naval de Norfolk

Tait ya se sentía mejor. El doctor Jameson se había hecho cargo durante varias horas y eso le había permitido encogerse en un sofá en la sala de médicos por cinco horas. Ésa parecía ser la mayor cuota de sueño que podía disfrutar de costumbre en un solo tirón, pero era suficiente como para que su aspecto fuera indecentemente más compuesto y jovial que el del resto del personal del piso. Hizo un rápido llamado telefónico y le enviaron desde abajo un poco de leche. Siendo mormón, Tait evitaba todo lo que tuviera cafeína —café, té, hasta bebidas cola— y aunque ese tipo de autodisciplina era poco frecuente en un médico, y menos en un oficial uniformado, él apenas pensaba en ello, excepto en raras ocasiones, cuando señalaba los beneficios en materia de longevidad que eso significaba para sus hermanos de práctica. Tait bebió su leche y se afeitó en el cuarto de baño, saliendo de allí listo para enfrentar otro día.

—¿Alguna novedad sobre la exposición de radiación, Jamie?

El laboratorio radiológico había informado.

—Trajeron un oficial especialista en técnicas nucleares y él inspeccionó las ropas. Había una posible contaminación de veinte rads, no suficiente como para producir efectos fisiológicos francos. Pienso que puede haber ocurrido que la enfermera tomó la muestra de sangre de la parte posterior de la mano. Las extremidades todavía podrían haber estado sufriendo la contracción vascular. Eso podría explicar la cuenta blanca reducida. Puede ser.

—¿Cómo está él, además de eso?

—Mejor. No mucho, pero mejor. Creo que tal vez el keflin está actuando. —El doctor abrió la cartilla del paciente—. La cuenta blanca se está recuperando. Hace dos horas le inyecté una unidad de sangre pura. El análisis de sangre está aproximándose a los límites normales. La presión sanguínea es de cien y sesenta y cinco, pulso noventa y cuatro. La temperatura hace diez minutos era de 38,2 º C; ha estado fluctuando durante varias horas. El corazón está muy bien. En realidad, creo que va a salvarse, a menos que surja algo inesperado. —Jameson recordó que en los casos de hipotermia extrema, lo inesperado puede demorar un mes o más en aparecer.

Tait examinó la cartilla, y recordó cómo había sido él años atrás. Un joven y brillante médico, igual que Jamie, convencido de que podía curar el mundo.. Era un buen sentimiento, y resultaba lamentable que la experiencia —en su caso de dos años en Danang— lo hiciera desaparecer. Sin embargo, Jamie tenía razón; allí había suficientes adelantos como para que las posibilidades del paciente se presentaran considerablemente mejor.

—¿Qué están haciendo los rusos? —preguntó Tait.

—Por el momento, Petchkin tiene la guardia. Cuando llegó su turno y tuvo que ponerse la ropa esterilizada... ¿sabe que puso al capitán Smirnov a vigilar sus ropas, como si esperara que le robáramos algo?

Tait explicó que Petchkin era un agente de la KGB.

—¿En serio? A lo mejor tiene un arma escondida —bromeó Jameson—. Si la tiene será mejor que tenga cuidado. Tenemos tres infantes de marina aquí con nosotros.

—¿Infantes de marina? ¿Para qué?

—Olvidé decírselo. Un periodista descubrió que teníamos aquí un ruso y trató de escabullirse hasta el piso. Lo detuvo una enfermera. El almirante Blackburn se enteró y se enloqueció. Todo el piso clausurado. ¿Cuál es el secreto tan importante?

—No lo sé, pero deberá ser así. ¿Qué piensas de este tipo Petchkin?

—No sé. Nunca había conocido a un ruso. No sonríen demasiado. Por la forma en que están haciendo turnos para vigilar al paciente, cualquiera pensaría que esperan que lo matemos.

—¿O tal vez que él diga algo que ellos no quieren que oigamos? —se preguntó Tait—. ¿No tuviste la sensación de que ellos podrían tener interés en que no viva? ¿Recuerdas cuando no querían decirnos qué submarino era el suyo?

Jameson lo pensó.

—No. Se supone que los rusos hacen de todo un secreto, ¿no es así? De cualquier manera, Smirnov lo dijo.

—Ve a dormir un poco, Jamie.

—Comprendido, jefe. —Jameson se alejó caminando hacia la sala de estar.

«Les preguntamos qué clase de submarino era —pensó Tait— queriendo decir si se trataba de uno nuclear o no. ¿No habrán pensado que les preguntábamos si era un submarino misilístico? Eso tiene sentido, ¿no? Sí. Un submarino misilístico frente mismo a nuestra costa, y toda esta actividad en el Atlántico Norte. Tiempo de Navidad. ¡Santo Dios! Si tuvieran intención de hacerlo, lo harían justo ahora, ¿no es cierto?» Caminó por el hall. Una enfermera salió de la habitación con una muestra de sangre para llevar al laboratorio. Lo hacían cada hora, y daba oportunidad a Petchkin para quedar solo con el paciente por unos minutos.

Tait dio la vuelta en la esquina del corredor y vio a Petchkin a través de la ventana, sentado en una silla junto al ángulo de la cama y observando a su compatriota, que estaba todavía inconsciente. Tenía puestas las ropas esterilizadas. Diseñadas para que las vistieran con urgencia, eran reversibles con un bolsillo en cada lado de modo que el cirujano no tuviera que perder tiempo para ver si estaban al derecho o al revés. Mientras Tait lo estaba observando, Petchkin buscó algo metiendo la mano por el borde del cuello que era bajo.

—¡Oh, Dios! —Tait corrió dando vuelta a la esquina y pasó como una bala por la puerta de vaivén. La mirada de sorpresa de Petchkin cambió a una expresión de asombro cuando el doctor le dio un golpe en la mano quitándole un cigarrillo y encendedor; después volvió a cambiar a un gesto de indignación cuando se sintió levantado de la silla y arrojado hacia la puerta. Tait era el más pequeño de los dos, pero su violenta explosión de energía fue suficiente como para eyectar al hombre fuera de la habitación—. ¡Seguridad! —gritó Tait.

—¿Qué significa esto? —preguntó furioso Petchkin. Tait lo mantenía aferrado en un abrazo. En seguida oyó los pasos que corrían hacia el hall.

—¿Qué pasa, señor? —Un cabo infante de marina, sin aliento y con una Colt 45 en la mano derecha, patinó sobre el piso de baldosas hasta detenerse.

—¡Este hombre ha intentado recién matar a mi paciente!

—*¡Qué!* —La cara de Petchkin estaba de color carmesí.

—Cabo, ahora su puesto es junto a esa puerta. Si este hombre intenta entrar en esa habitación, usted se lo impedirá por cualquier medio que sea necesario. ¿Comprendido?

—¡Comprendido, señor! —El cabo miró al ruso—. Señor, ¿quiere separarse por favor de la puerta?

—¡Qué significa este atropello!

—Señor, sepárese de la puerta, ahora mismo. —El infante de marina guardó la pistola en la pistolera.

—¿Qué está ocurriendo aquí? —Era Ivanov, que había captado lo suficiente como para formular la pregunta en voz baja y desde tres metros de distancia.

—Doctor, ¿usted quiere que su marinero viva, o no? —preguntó Tait, tratando de dominarse.

—Qué... Por supuesto, queremos que sobreviva. ¿Cómo puede preguntar eso?

—Entonces, ¿por qué el camarada Petchkin intentó matarlo hace un momento?

—¡Yo no hice semejante cosa! —gritó Petchkin.

—¿Qué fue lo que hizo, exactamente? —preguntó Ivanov.

Antes de que Tait pudiera responder, Petchkin habló rápidamente en ruso, luego cambió a inglés.

—Yo había metido la mano porque tenía deseos de fumar, eso es todo. No tengo ninguna arma. No quiero matar a nadie. Solamente quería sacar un cigarrillo.

—Tenemos avisos de No Fumar en todo el piso, excepto en el hall de entrada... ¿Usted no los vio? Usted estaba en una habitación de terapia intensiva, con un paciente que está recibiendo oxígeno al ciento por ciento. El aire y las ropas de cama están saturados de oxígeno, ¡y usted estaba a punto de encender su maldito encendedor! —El doctor difícilmente juraba—. Oh, seguro, usted se habría quemado un poco, y todo habría parecido un accidente... ¡y ese chico estaría muerto! Yo sé quién es usted, Petchkin, y no creo que sea tan estúpido. ¡Váyase de mi piso!

La enfermera, que había estado observando todo, entró en la habitación del paciente. Salió con un paquete de cigarrillos, dos de éstos sueltos, un encendedor plástico de butano, y una mirada de curiosidad en la cara.

Petchkin estaba pálido.

—Doctor Tait, le aseguro que yo no tenía semejante intención. ¿Qué dice usted que hubiera ocurrido?

—Camarada Petchkin —dijo Ivanov lentamente en inglés—, se habría producido una explosión y un incendio. No se puede poner una llama cerca del oxígeno.

—*Nichevo!* —Petchkin por fin tomó conciencia de lo que había hecho. Había esperado a que la enfermera se marchara; la gente de medicina nunca deja fumar si uno pregunta. Él ignoraba lo primero sobre hospitales, y como agente de la KGB estaba acostumbrado a hacer lo que quería. Empezó a hablar a Ivanov en ruso. El médico soviético parecía un padre escuchando al hijo en su explicación sobre un vidrio roto. Su respuesta fue enérgica.

Por su parte, Tait empezó a preguntarse si no habría tenido una reacción exagerada... Para empezar, cualquiera que fumara era un idiota.

—Doctor Tait —dijo Petchkin finalmente—. Le juro que yo no tenía idea sobre este asunto del oxígeno. Quizá sea un tonto.

—Enfermera —Tait se volvió—, no dejaremos a este paciente sin atención de nuestro personal en ningún momento. Haga venir a un enfermero a buscar las muestras de sangre y cualquier otra cosa. Si usted tiene que ir al baño, consiga primero una reemplazante.

—Sí, doctor.

—No haga más tonterías por aquí, señor Petchkin. Si usted vuelve a vulnerar el reglamento, señor, lo haré retirar del piso definitivamente. ¿Me comprende?

—Será como usted dice, doctor, y permítame, por favor, que me disculpe.

—Usted no se mueve de aquí —dijo Tait al infante de marina. Se alejó caminando y moviendo la cabeza con enojo; furioso con los rusos, avergonzado consigo mismo, deseando estar de vuelta en el Bethesda, adonde pertenecía, y lamentando no saber jurar e insultar en forma coherente. Bajó al primer piso en el ascensor de servicio y pasó cinco minutos buscando al oficial de inteligencia que había volado hasta allí con él. Por último lo encontró en una sala de entretenimientos, jugando al Pac Man. Se reunieron en la oficina vacía del administrador del hospital.

—¿Usted realmente creyó que estaba tratando de matar al tipo? —preguntó incrédulo el capitán de fragata.

—¿Qué otra cosa podría haber pensado? —preguntó Tait—. ¿Qué piensa usted?

—Yo creo que sólo cometió una estupidez. Ellos quieren vivo a ese chico... No, primero quieren que hable, más de lo que le interesa a usted.

—¿Cómo lo sabe?

—Petchkin llama a su embajada a cada hora. Tenemos intervenidos los teléfonos, naturalmente. ¿Qué le parece?

—¿Y si es un truco?

—Si es tan buen actor debería estar en el cine. Usted mantenga vivo a ese chico, doctor, y déjenos el resto. Pero es una buena idea tener cerca al infante. Eso los pondrá un poco nerviosos. Bueno..., ¿cuándo estará consciente?

—Imposible decirlo. Todavía está con un poco de fiebre, y muy débil. ¿Por qué quieren que hable? —preguntó Tait.

—Para saber en qué submarino estaba. El contacto de Petchkin en la KGB lo largó por teléfono... ¡Descuidado! ¡Muy descuidado! Deben de estar realmente preocupados por esto.

—¿Sabemos nosotros qué submarino era?

—Por supuesto —dijo con picardía el oficial de inteligencia.

—Entonces, ¡qué está sucediendo, por amor de Dios!

—No puedo decirlo, doctor. —El capitán de fragata sonrió como si supiera, aunque estaba tanto en la oscuridad como todos los demás.

Astilleros Navales de Norfolk

El *USS Scamp* se hallaba en el muelle. Una enorme grúa alta depositó el *Avalon* en su armazón de apoyo. El comandante observaba con impaciencia desde lo alto de la torreta. Lo habían llamado, con su submarino, cuando estaba cazando un par de *Victors*, y eso no le gustaba en lo más mínimo. El comandante del submarino de ataque sólo había cumplido un ejercicio con el vehículo de rescate de inmersión profunda pocas semanas antes, y justo en ese momento tenía mejores cosas que hacer que jugar a la mamá ballena con ese maldito juguete inútil. Además, el hecho de tener el minisubmarino asentado sobre el pozo de escape de popa le iba a quitar diez nudos de su velocidad máxima. Y habría que alojar y dar de comer a cuatro hombres más. El *Scamp* no era grande como para eso.

Por lo menos, eso les iba a servir para conseguir buena comida. El *Scamp* llevaba afuera cinco semanas cuando llegó la orden de llamada. Su existencia de hortalizas frescas estaba exhausta, y aprovecharon la oportunidad para que les enviaran alimentos frescos al muelle. La gente se cansa rápido de la ensalada de tres porotos. Esa noche tendrían verdadera lechuga, tomates, maíz fresco en vez del de lata. Pero todo eso no compensaba el hecho de que estaban los rusos por allí para preocuparse.

—¿Todo asegurado? —gritó el comandante a la cubierta de popa.

—Sí, señor. Estamos listos cuando usted lo esté —respondió el teniente Ames.

—Sala de máquinas —llamó el comandante por el intercomunicador—, quiero que estén listos al telégrafo en diez minutos.

—Estamos listos ya, jefe.

Un remolcador de puerto esperaba para ayudarlos en la maniobra de separación del muelle. Ames llevaba las órdenes para ellos, otra cosa que disgustaba al comandante. Seguramente no iban a seguir cazando, menos con ese condenado *Avalon* atado allá en la popa.

El Octubre Rojo

—Mire esto, Svyadov —señaló Melekhin—, voy a enseñarle cómo piensa un saboteador.

El teniente se acercó y miró. El jefe de máquinas estaba señalando una válvula de inspección en el intercambiador de calor. Antes de dar cualquier explicación, Melekhin se dirigió al teléfono del mamparo.

—Camarada comandante, habla Melekhin. Lo encontré. Necesito que se detenga el reactor durante una hora. Podemos operar el caterpillar con baterías, ¿no?

—Por supuesto, camarada jefe de máquinas —dijo Ramius—. Proceda.

Melekhin se volvió hacia el oficial ayudante de máquinas.

—Detenga el reactor y conecte las baterías a los motores del caterpillar.

—De inmediato, camarada. —El oficial empezó a operar los controles.

El tiempo transcurrido hasta hallar la pérdida había sido una carga para todos. Una vez hecho el descubrimiento de que los contadores Geiger estaban saboteados y Melekhin y Borodin los habían reparado, comenzó una completa revisión de todos los sectores del reactor, una tarea diabólicamente difícil. Nunca habían tenido ningún problema de una pérdida mayor de vapor, de lo contrario Svyadov habría empezado a buscarla con un palo de escoba; hasta una diminuta pérdida podía con toda facilidad afeitar un brazo. Razonaron que tenía que ser una pequeña pérdida en la parte de baja presión del sistema. ¿O no? Era el no saberlo lo que preocupó a todos.

La inspección hecha por el jefe de máquinas y el oficial ejecutivo duró no menos de ocho horas, durante las cuales habían vuelto a detener el reactor. Eso cortaba la energía eléctrica en todo el buque, excepto las luces de emergencia y los motores del caterpillar. Hasta los sistemas de aire habían dejado de funcionar. Y eso provocaba las murmuraciones de la tripulación, aun para sus adentros.

El problema era que Melekhin aún no podía encontrar la pérdida, y cuando el día anterior revelaron las plaquetas, ¡no había nada en ellas! ¿Cómo era posible eso?

—Venga, Svyadov, dígame lo que ve. —Melekhin volvió al lugar y señaló.

—La válvula de prueba de agua. —Se abría solamente en puerto, cuando el reactor estaba frío, y se usaba para limpiar con chorros el sistema de enfriamiento y para controlar buscando contaminaciones de agua nada frecuentes. La cosa era tosca y nada notable, una válvula resistente con una rueda grande. El conducto debajo de ella, y debajo de la parte presurizada de la tubería, estaba atornillado, en vez de estar soldado.

—Una llave grande, por favor, teniente.

Melekhin ya está montando la lección, pensó Svyadov. Era el más lento de los maestros cuando trataba de comunicar algo importante. Svyadov regresó con una llave de un metro de largo. El jefe de máquinas esperó hasta que la planta estuviera completamente cerrada, luego controló dos veces un manómetro para asegurarse de que las tuberías estaban despresurizadas. Era un hombre cuidadoso. Colocó la llave en la junta y la hizo girar. Salió fácilmente.

—Como usted ve, camarada teniente, los hilos de rosca del caño siguen hacia arriba hasta entrar realmente en la cubierta de la válvula. ¿Por qué se permite esto?

—Los hilos de rosca están en la parte de afuera del caño, camarada. La válvula soporta por sí misma la presión. La junta que está atornillada es simplemente una espita direccional. La naturaleza de la unión no compromete el circuito de presión.

—Correcto, una junta de rosca no es suficientemente fuerte para la presión total de la planta. —Melekhin desenroscó la junta con la mano hasta sacarla. Estaba perfectamente torneada, los hilos de la rosca todavía brillantes desde el trabajo original de la máquina—. Y allí está el sabotaje.

—No comprendo.

—Alguien pensó esto con mucho cuidado, camarada teniente. —La voz de Melekhin mostraba en parte admiración, en parte ira—. Con la presión normal de operación, es decir, a velocidad de crucero, el sistema está presurizado a ocho kilogramos por centímetro cuadrado, ¿correcto?

—Sí, camarada, y a toda potencia la presión es un noventa por ciento mayor. —Svyadov sabía eso de memoria.

—Pero raramente llegamos a la potencia máxima. Lo que tenemos aquí es una sección final de la serpentina de vapor. Pues bien, aquí han perforado un pequeño agujero, menor que un milímetro. Mire. —Melekhin se inclinó para examinarlo él mismo. Svyadov se alegró de mantenerse a distancia—. Ni siquiera un milímetro. El saboteador sacó la junta, perforó el agujero y la puso de nuevo. Ese diminuto agujerito permite escapar una minúscula cantidad de vapor, pero sólo en forma muy lenta. El vapor no puede subir, porque la junta apoya contra el reborde. ¡Mire este trabajo de máquina! ¡Es perfecto, lo ve, perfecto! Por lo tanto, el vapor no puede escapar hacia arriba. Solamente puede forzar su salida a lo largo de los hilos de la rosca, dando una y otra vuelta, para escapar finalmente por el interior del caño. Justo lo suficiente. Lo suficiente como para contaminar este compartimiento en mínima escala. —Melekhin levantó la mirada—. Alguien actuó con mucha inteligencia. La suficiente como para saber exactamente cómo funciona este sistema. Cuando tuvimos que reducir la potencia antes para buscar la pérdida, no había presión suficiente en la serpentina como para forzar el vapor a lo largo de los hilos de la rosca, y no podíamos encontrar la pérdida. Solamente hay presión suficiente a los niveles de potencia normal, pero si se sospecha que hay una pérdida se aumenta la potencia al sistema. Y si nosotros hubiéramos dado potencia máxima, ¿quién puede saber lo que hubiera pasado? —Melekhin sacudió con admiración la cabeza—. Alguien fue muy, muy astuto. Espero encontrarlo. Ah, cómo espero conocer a este astuto individuo. Porque cuando lo conozca, agarraré un buen par de pinzas grandes de acero... —la voz de Melekhin bajó hasta convertirse en un susurro—... ¡y le arrancaré las pelotas! Alcánceme el equipo pequeño de soldadura eléctrica, camarada. Esto puedo arreglarlo yo mismo en pocos minutos.

El capitán de navío Melekhin era tan bueno como su palabra. No dejó a nadie que se acercara a su trabajo. Era su planta, y su responsabilidad. Svyadov, una vez más, se alegraba de eso. Puso un pequeñísimo trozo de acero inoxidable sobre la falla y lo limó con herramientas de joyero, para proteger la rosca. Luego aplicó un sellador a base de goma en los hilos de la rosca y atornilló la junta en su lugar. Todo el procedimiento le llevó veintiocho minutos según el reloj de Svyadov. Como le habían dicho en Leningrado, Melekhin era el mejor ingeniero en submarinos.

—Una prueba de presión estática, ocho kilogramos —ordenó al oficial ayudante de máquinas.

El reactor fue reactivado. Cinco minutos después la presión se había elevado hasta la potencia normal. Melekhin sostuvo un contador debajo de la tubería durante diez minutos... y no hubo ninguna indicación, ni siquiera en la posición número dos. Se dirigió al teléfono para informar al comandante que la pérdida estaba arreglada.

Melekhin hizo volver al compartimiento a los hombres de tropa para colocar las herramientas en sus lugares.

—¿Vio cómo se hace, teniente?

—Sí, camarada. ¿Era suficiente esa pérdida como para causar nuestra contaminación?

—Obviamente.

Svyadov tuvo sus dudas acerca de eso. Los sectores del reactor no eran otra cosa que una colección de tuberías y uniones, y un sabotaje tan pequeño como ése no pudo haber tomado mucho tiempo. ¿Qué pasaría si otras bombas de tiempo como ésa estaban escondidas en el sistema?

—Quizás usted se preocupa demasiado, camarada —dijo Melekhin—. Sí, yo lo he considerado. Cuando lleguemos a Cuba haré hacer una prueba estática a toda potencia para controlar el sistema completo, pero por el momento no creo que sea una buena idea. Continuaremos el ciclo de guardias de dos horas. Existe la posibilidad de que uno de nuestros propios hombres sea el saboteador. Si así fuera no dejaré gente en estos sectores el tiempo suficiente como para cometer más daños. Vigile de cerca a la tripulación.

DUODÉCIMO DÍA

Martes, 14 de diciembre

El Dallas

—*Crazy Ivan!* —gritó Jones con la suficiente fuerza como para que lo oyeran en el centro de ataque—. ¡Virando a estribor!

—¡Jefe! —Thompson repitió la alarma.

—¡Paren máquinas! —ordenó rápidamente Mancuso—. ¡Preparen la nave para ultrasilencio!

Mil metros adelante del *Dallas*, su contacto acababa de iniciar un marcado viraje hacia la derecha. Había estado haciendo lo mismo cada dos horas aproximadamente desde que lograron hacer contacto nuevamente, aunque los giros no eran con intervalos lo suficientemente regulares como para que el *Dallas* pudiera afirmarse siguiendo un cómodo patrón. Quien sea el que está comandando ese misilístico conoce bien su negocio, pensó Mancuso. El submarino misilístico soviético estaba describiendo un círculo completo, de modo que su sonar —montado a proa— pudiera detectar a cualquiera que se escondiera en los ángulos muertos de su popa.

Contrarrestar esa maniobra no era sólo simplemente difícil: era peligroso, especialmente en la forma en que lo hacía Mancuso. Cuando el *Octubre Rojo* cambió de rumbo, su popa, como la de todos los buques, se movió en dirección opuesta a la del giro. Quedó así como una barrera de acero directamente en el camino del *Dallas*, durante todo el tiempo que le llevó moverse en la iniciación del giro; y el submarino de ataque, de siete mil toneladas, empleaba considerable espacio para detenerse.

El número exacto de colisiones ocurridas entre submarinos norteamericanos y soviéticos era un secreto muy bien guardado; pero no en cambio que tales colisiones se habían producido. Una característica táctica rusa para obligar a los norteamericanos a mantener las distancias era un estilizado giro llamado Crazy Ivan en la Marina de los Estados Unidos.

Durante las primeras horas en que siguieron a ese contacto, Mancuso había tenido cuidado de mantener la distancia. Se había dado cuenta de que el submarino no viraba con rapidez. Estaba más bien maniobrando en forma perezosa, y parecía subir de quince a veinticinco metros cuando viraba, inclinándose casi como un avión. Sospechó que el comandante soviético no estaba usando toda su capacidad de maniobra: un recurso inteligente para ser practicado por cualquier comandante, mantener parte de su capacidad en reserva para utilizarla como sorpresa. Esos hechos permitieron que el *Dallas* se acercara mucho en el seguimiento, y dio a Mancuso una oportunidad para disminuir su velocidad y derivar al frente, de manera que apenas esquivaba la popa del ruso. Estaba haciéndolo cada vez mejor..., un poquito demasiado bien, murmuraban sus oficiales. La última vez habían alcanzado a evitar las hélices del ruso por no más de ciento cincuenta metros. El amplio círculo de giro del contacto lo llevaba completamente alrededor del *Dallas*, mientras éste husmeaba el recorrido de su presa.

Evitar la colisión era la parte más peligrosa de la maniobra, pero no la única. Además, el *Dallas* tenía que permanecer invisible para los sistemas pasivos de sonar de su víctima. Para poder lograrlo, los maquinistas debían cortar potencia en su reactor S6G hasta una minúscula fracción de su rendimiento total. Afortunadamente, el reactor podía funcionar con tan baja potencia sin necesidad de usar una bomba de enfriamiento, ya que el refrigerante podía transferirse por circulación de convección normal. Cuando las turbinas de vapor se detenían, todos los ruidos de propulsión cesaban por completo. Además, se acentuaban los procedimientos de estricto silencio en la nave. No se permitía en el *Dallas* ninguna actividad que pudiera generar ruido, y la dotación lo tomaba con tanta seriedad que hasta enmudecían las conversaciones ordinarias en la mesa.

—Velocidad en descenso —informó el teniente de corbeta Goodman. Mancuso decidió que el *Dallas* no sería esa vez parte de una encerrona y se dirigió a popa, hacia el sonar.

—El blanco todavía está virando a la derecha —informó Jones con calma—. Ya debería estar despejado. Distancia a la popa, tal vez doscientos metros, tal vez un poquito menos... Sí, ya está despejado ahora, la marcación cambia más rápidamente. Velocidad y ruido de máquinas son constantes. Un lento giro a la derecha. —Jones captó al comandante con el rabillo del ojo y se volvió para arriesgar una observación—. Jefe, este tipo realmente tiene confianza en sí mismo. *Realmente* confiado.

—Explique —dijo Mancuso, imaginando que sabía la respuesta.

—Señor, él no está reduciendo la velocidad como lo hacemos nosotros, y nosotros viramos mucho más cerrado que esto. Es casi como si... como si estuviera haciendo esto fuera de lo que acostumbra, ¿sabe? Como si estuviera apurado por llegar a alguna parte, y realmente no creyera que nadie pueda seguirlo... Espere... Sí, muy bien, acaba de invertir el rumbo ahora marcación a estribor, a unos ochocientos metros... Todavía girando muy lentamente. Otra vez volverá a pasar alrededor de nosotros. Señor, si él sabe que aquí atrás hay alguien, lo está haciendo con mucha sangre fría. ¿Qué te parece, Frenchie?

El suboficial de sonar Laval sacudió la cabeza.

—Ese tipo no sabe que estamos aquí.

El suboficial no quiso decir nada más. Pensaba que el seguimiento tan cercano de Mancuso era imprudente. El hombre tenía sus pelotas, jugando de esa manera con un 688, pero cualquier pequeño problema y se iba a encontrar en tierra con un balde y una pala.

—Pasando por el lado de estribor. No hace emisiones de sonar. —Jones sacó su calculadora y apretó varios números—. Señor, este régimen angular de giro, a esta velocidad, da una distancia aproximada de mil metros. ¿A usted le parece que este sistema raro de impulsión puede quitar algo de efectividad a sus timones?

—Puede ser. —Mancuso tomó un par de auriculares de reserva y los enchufó para escuchar.

El ruido era el mismo. Una especie de silbido y cada cuarenta o cincuenta segundos un zumbido extraño, de baja frecuencia. A tan poca distancia, podían oír también las pulsaciones y el gorgoteo de la bomba del reactor. Hubo un ruido agudo, tal vez producido por un cocinero que movía una olla sobre una parrilla metálica. No se había dado la orden de silencio completo en ese submarino. Mancuso sonrió para sí mismo. Era como ser un ladrón de balcones, acechando desde tan cerca a un submarino enemigo..., no, no enemigo, no exactamente, oyendo todo. En mejores condiciones acústicas hasta podrían haber oído conversaciones. No lo suficientemente bien como para comprenderlas, por supuesto, sino como ocurre en una reunión social, cuando se oye parlotear a una docena de parejas al mismo tiempo.

—Pasando a popa y todavía en viraje. Su radio de giro debe de ser de unos buenos mil metros —observó Mancuso.

—Sí, jefe, más o menos eso —coincidió Jones.

—No puede estar usando todo el timón y usted tiene razón Jonesy, está actuando con una maldita naturalidad. Hummm, se supone que los rusos son paranoicos... pero este chico no. —«Tanto mejor», pensó Mancuso.

Si en algún momento iba a detectar al *Dallas* sería en ese mismo instante, con el sonar montado en la proa apuntado casi directamente a ellos. Mancuso se quitó los auriculares para escuchar su propio submarino. El *Dallas* era una tumba. Las palabras *Crazy Ivan* habían pasado de unos a otros, y en contados segundos su tripulación había respondido. «¿Cómo se puede recompensar a una tripulación completa?», se preguntó Mancuso. Sabía que a veces les exigía duro, a veces demasiado duro, pero... ¡Santo Dios! ¡Cómo respondían!

—Marcación a babor —dijo Jones—. Exactamente por el través ahora; la velocidad sin cambios, parece navegar un poco más derecho quizá; distancia, unos mil cien, creo. —El sonarista sacó un pañuelo del bolsillo trasero y lo usó para secarse las manos.

Había tensión, sin duda, pero era imposible saberlo al escuchar al muchacho, pensó el comandante. Todo el mundo en su tripulación estaba actuando como un profesional.

—Ya nos pasó. Por el ángulo de proa a babor, y creo que el giro ha cesado. Apostaría a que vuelve a ponerse como estaba, con rumbo uno-nueve-cero. —Jones levantó la mirada con una sonrisa—. Lo hicimos de nuevo, jefe.

—Buen trabajo, muchachos. —Mancuso volvió al centro de ataque. Todos esperaban expectantes. El *Dallas* estaba inmóvil en el agua, derivando lentamente hacia abajo, con un reglaje ligeramente negativo—. Vamos a poner en marcha las máquinas otra vez. Aceleren lentamente hasta trece nudos. —Pocos segundos después comenzó un ruido casi imperceptible cuando la planta del reactor aumentó de potencia. Y un momento más tarde, el indicador de velocidad mostró el incremento. El Dallas se estaba moviendo de nuevo—. Atención, les habla el comandante —dijo Mancuso por el sistema de intercomunicación por sonido. Los parlantes eléctricos estaban apagados, y sus palabras tendrían que ser retransmitidas de compartimiento a compartimiento—. Otra vez describieron un círculo alrededor de nosotros sin detectarnos. Muy bien el desempeño de todos. Ya podemos respirar de nuevo. —Apoyó la bocina en su lugar—. Señor Goodman, volvamos a ponernos en la cola.

—Comprendido, jefe. Timonel, timón izquierda cinco grados.

—Timón izquierda cinco grados, comprendido. —El timonel repitió la orden, girando su rueda mientras lo hacía. Diez minutos después, el *Dallas* había vuelto a situarse a popa de su contacto.

En el director de ataque fijaron una solución constante de control de fuego. Los torpedos Mark 48 apenas tendrían distancia suficiente como para autoarmarse antes de dar contra el blanco, en veintinueve segundos.

Ministerio de Defensa, Moscú

—¿Cómo te sientes, Misha?

Mikhail Semyonovich Filitov levantó la mirada de una gran pila de documentos. Aún se le veía con el rostro encendido y aspecto febril. Dmitri Ustinov, el ministro de defensa, estaba preocupado por su viejo amigo. Debió haberse quedado en el hospital unos días más, como recomendó el doctor. Pero Misha nunca había sido hombre de recibir consejos, sólo órdenes.

—Me siento bien, Dmitri. Siempre que uno sale de un hospital se siente bien... aunque esté muerto. —Filitov sonrió.

—Todavía tienes aspecto de enfermo —observó Ustinov.

—¡Ah! A nuestra edad uno siempre parece enfermo. ¿Una copa, camarada ministro de defensa? —Filitov sacó una botella de vodka Stolychnaya del cajón de un escritorio.

—Bebes demasiado, amigo mío —bromeó Ustinov.

—No bebo lo suficiente. Un poquito más de anticongelante y no me hubiera pescado ese resfrío la semana pasada. —Llenó dos vasos hasta la mitad y tendió uno de ellos a su visitante—. Aquí tienes, Dmitri, hace frío afuera.

Ambos hombres alzaron sus vasos, bebieron un trago del líquido transparente y expelieron el aliento con un explosivo *pah*.

—Ya me siento mejor. —La risa de Filitov surgió ronca—. Dime, ¿qué fue de aquel lituano renegado?

—No estamos seguros —dijo Ustinov.

—¿Todavía no? ¿Puedes decirme ahora qué decía su carta?

Ustinov bebió otro trago antes de explicar. Cuando terminó la historia, Filitov estaba encorvado sobre su escritorio, con una verdadera conmoción.

—¡Madre de Dios! ¿Y todavía no lo han encontrado? ¿Cuántas cabezas?

—El almirante Korov ha muerto. Lo arrestó la KGB, por supuesto, y poco después murió de una hemorragia cerebral.

—Una hemorragia de nueve milímetros, estoy seguro —observó Filitov con frialdad—. ¿Cuántas veces lo he dicho? ¿Para qué nos sirve una maldita Marina? ¿Podemos usarla contra los chinos? ¿O los ejércitos de la OTAN que nos amenazan?... ¡No! ¡Cuántos rublos cuesta construir y abastecer de combustible esos bonitos barcos para Gorshkov! ¿Y qué sacamos de ello...? ¡Nada! Ahora pierde un submarino y toda la condenada flota no puede encontrarlo. Es una gran cosa que Stalin no esté vivo.

Ustinov estuvo de acuerdo. Era lo suficientemente viejo como para recordar qué sucedía en aquella época a cualquiera que presentara resultados inferiores al éxito total.

—En todo caso, Padorin puede haber salvado el pellejo. Hay un elemento de control extra en el submarino.

—¡Padorin! —Filitov bebió otro trago de su vaso—. ¡Ese eunuco! Yo me he encontrado con él solamente... tres veces. Un pobre diablo, hasta para comisario. Nunca se ríe, ni siquiera cuando bebe. ¡Vaya con el ruso que es! ¿A qué se debe, Dmitri, que Gorshkov mantenga alrededor tantos viejos como ése?

Ustinov sonrió con el vaso cerca de sus labios.

—Por la misma razón que lo hago yo, Misha. —Ambos hombres rieron.

—Y bien, ¿cómo hará el camarada Padorin para salvar nuestros secretos y conservar el pellejo? ¿Inventará una máquina del tiempo?

Ustinov explicó a su viejo amigo. No había muchos hombres a quienes el ministro de defensa pudiera hablar y sentirse cómodo. Filitov estaba retirado como coronel de tanques y todavía usaba el uniforme con orgullo. Había enfrentado por primera vez el combate el cuarto día de la Gran Guerra Patriótica, cuando los invasores fascistas avanzaban hacia el este. El teniente Filitov los había encontrado al sudeste de Brest Litovsk con un grupo de tanques T-34/76. Era un buen oficial, que había sobrevivido a su primer encuentro con los panzers de Guderian retirándose en orden y peleando en una constante acción de movilidad durante varios días, antes de que lo atraparan en el gran envolvimiento de Minsk. Había logrado escapar luchando de esa trampa, y más tarde de otra en Vyasma. Luego comandó un batallón que hizo de punta de lanza en el contragolpe de Zhukov desde los suburbios de Moscú. En 1942, Filitov había tomado parte en la desastrosa contraofensiva hacia Kharkov, pero de nuevo pudo escapar, esa vez a pie, conduciendo a los maltrechos restos del regimiento desde aquel espantoso hervidero sobre el Río Dnieper. Más tarde, ese mismo año y con otro regimiento, condujo el avance que destrozó al Ejército italiano sobre el flanco de Stalingrado y rodeó a los alemanes.

Herido dos veces en esa campaña, Filitov adquirió la reputación de ser un comandante a la vez bueno y afortunado. Pero la suerte había desaparecido en Kursk, donde luchó contra las tropas de la división de la SS, *Das Reich*. Mientras conducía a sus hombres en un furioso combate de tanques, Filitov y su vehículo habían avanzado directamente hacia una emboscada de cañones de ochenta y ocho milímetros. Fue un milagro que sobreviviera. Aún tenía en el pecho las cicatrices del incendio de su tanque, y el brazo derecho le quedó casi inutilizado. Eso fue suficiente para retirar a un agresivo comandante táctico que había ganado no menos de tres veces la estrella de oro del Héroe de la Unión Soviética, y una docena de otras condecoraciones.

Después de pasar varios meses cambiando de un hospital a otro, fue nombrado representante del Ejército Rojo ante las fábricas de armamentos trasladadas a los Urales, al este de Moscú. Ese empuje que había hecho de él un soldado combatiente de primera iba a servir aun mejor al Estado detrás de las líneas. Organizador nato, Filitov pronto aprendió a dirigir sin miramientos a los jefes de fábricas para perfeccionar la producción, y logró mediante halagos que los ingenieros de diseño realizaran los pequeños pero a veces cruciales cambios en los productos que eventualmente salvarían tripulaciones y ganarían batallas.

Fue en esas fábricas donde se conocieron Filitov y Ustinov, el aguerrido combatiente veterano y el tosco hombre de empuje destacado por Stalin para producir las herramientas suficientes como para hacer retroceder a los odiados invasores. Después de unos cuantos choques, el joven Ustinov tuvo que reconocer que Filitov era un hombre que nada temía y que no se dejaría intimidar en asuntos referidos a control de calidad o eficiencia para el combate En medio de uno de aquellos desacuerdos, Filitov había arrastrado prácticamente a Ustinov al interior de la torreta de un tanque para llevarlo a realizar un recorrido de entrenamiento de combate, a fin de demostrarle su punto de vista. Ustinov era de aquellos que sólo necesitan aprender algo una sola vez, y pronto se hicieron grandes amigos. No podía dejar de admirar el coraje de un soldado capaz de decir que no al comisario de armamentos del pueblo. Hacia mediados de 1944, Filitov formaba parte de su plana mayor en forma permanente, un inspector especial...; en pocas palabras, un hombre de peso. Cuando había un problema en una fábrica, Filitov se ocupaba de arreglarlo, rápidamente. Las tres estrellas de oro y la muestra de sus heridas eran por lo general suficientes como para persuadir a los jefes de fábricas para que corrigieran sus decisiones...; de lo contrario, Misha tenía la voz tonante y el vocabulario necesario como para asustar a un sargento.

Sin haber sido nunca un alto oficial del partido, Filitov proporcionaba a su jefe un valioso empuje de la gente del llano. Seguía trabajando cerca de los equipos de diseño y producción de tanques, tomaba a menudo un modelo de prototipo o de la línea de producción elegido al azar, y lo llevaba en un recorrido de prueba acompañado por un equipo de veteranos, para comprobar por sí mismo cómo funcionaban las cosas. Con su brazo inválido o no, se decía que Filitov estaba entre los mejores artilleros de la Unión Soviética. Y era un hombre humilde. En 1965, Ustinov pensó en sorprender a su amigo con las estrellas de general y, hasta cierto punto, llegó a enfadarse por la reacción de Filitov: no las había ganado en el campo de batalla, y ésa era la única forma en que un hombre podía ganar estrellas. Una observación nada política, ya que Ustinov usaba el uniforme de mariscal de la Unión Soviética, ganado por el trabajo para su partido y el manejo industrial; sin embargo, el concepto demostraba que Filitov era un verdadero Nuevo Hombre Soviético, orgulloso de lo que era y consciente de sus limitaciones.

Era una desgracia, pensaba Ustinov, que Misha hubiera sido tan desafortunado en otros aspectos. Se había casado con una mujer encantadora, Elena Filitova, que era bailarina de número en el Kirov cuando el joven oficial la conoció. Ustinov la recordaba con cierto dejo de envidia; había sido la perfecta esposa de un soldado. Había dado al Estado dos magníficos hijos. Ambos estaban muertos en ese momento El mayor había muerto en 1956, todavía muchacho, cadete de oficial enviado a Hungría por su confiabilidad política Lo mataron los contrarrevolucionarios antes de su decimoséptimo cumpleaños. Era un soldado y había aceptado la suerte de un soldado. Pero el menor se había matado en un accidente de entrenamiento, destrozado en una explosión del mecanismo defectuoso de una recámara en un tanque T-55 absolutamente nuevo, en 1959. Eso había sido una desgracia. Y Elena había muerto poco después, de pena más que de cualquier otra cosa. Muy triste.

Filitov no había cambiado mucho. Bebía demasiado, como tantos soldados, pero era un bebedor tranquilo. En 1961, más o menos, según recordaba Ustinov, se había dedicado a practicar *cross country* en esquís. Mejoraba su salud y lo dejaba agotado, que era probablemente lo que él quería realmente, junto con la soledad. Todavía era un buen oyente. Cuando Ustinov tenía una nueva idea para exponer ante el Politburó, generalmente la probaba antes con Filitov para ver su reacción. No era un hombre sofisticado, y sí en cambio de una agudeza mental poco frecuente, que tenía además el instinto del soldado para descubrir las debilidades y explotar las fortalezas. Su valor como oficial de enlace era insuperable. Pocos hombres vivientes tenían tres estrellas de oro ganadas en el campo de batalla. Eso le valía la atención de los demás, y todavía motivaba que oficiales mucho más antiguos que él lo escucharan.

—Y bien, Dmitri Fedorovich, ¿tú crees que esto dará resultado? ¿Puede destruir un submarino un solo hombre? —preguntó Filitov—. Tú conoces de cohetes, yo no.

—Ciertamente. Es sólo una cuestión de matemáticas. Hay suficiente energía en un cohete como para fundir el submarino.

—¿Y qué pasará con nuestro hombre? —preguntó Filitov. Soldado combatiente, como siempre, era de los que se preocuparían por un hombre valiente aislado en territorio enemigo.

—Haremos lo mejor que podamos, por supuesto, pero no hay mucha esperanza.

—¡Debe ser rescatado, Dmitri! ¡Debe ser! No olvides, jóvenes como ése tienen un valor que va más allá de sus hechos, no son simples máquinas que cumplen con sus deberes. Son símbolos para nuestros jóvenes oficiales, y con vida valen más que cien nuevos tanques o buques. El combate es así, camarada. Hemos olvidado eso... ¡y mira lo que ha ocurrido en Afganistán!

—Tienes razón, mi amigo, pero... ¿sólo unos pocos cientos de kilómetros de la costa norteamericana, si es que llega a eso?

—¡Gorshkov habla tanto sobre lo que su Marina es capaz de hacer! ¡Que sea él quien haga esto! —Filitov se sirvió otro vaso—. Uno más, creo.

—No vas a ir a esquiar otra vez, Misha. —Ustinov había notado que a menudo se fortificaba antes de viajar conduciendo su automóvil hacia los bosques, al este de Moscú—. No lo permitiré.

—Hoy no, Dmitri, lo prometo..., aunque pienso que me haría bien. Hoy voy a ir al *banya* a tomar vapor y sudar el resto de los venenos de este viejo cuerpo. ¿Quieres venir conmigo?

—Tengo que trabajar hasta tarde.

—El *banya* te hace bien —insistió Filitov. Pero era perder el tiempo y ambos lo sabían. Ustinov era miembro de la «nobleza» y no estaba dispuesto a mezclarse en los baños públicos de vapor. Misha no tenía semejantes pretensiones.

El Dallas

Exactamente veinticuatro horas después de haber vuelto a detectar al *Octubre Rojo*, Mancuso convocó a sus oficiales más antiguos a una reunión en la cámara de oficiales. De alguna manera las cosas se habían estabilizado. Mancuso hasta había podido escurrirse un par de veces para dormir durante cuatro horas, y se sentía de nuevo vagamente humano. En ese momento tenían tiempo para construir una imagen exacta de sonar de la presa, y la computadora estaba afinando una clasificación de las características propias de la señal, que podría distribuirse a los otros submarinos de ataque de la flota en pocas semanas. Gracias al seguimiento, tenían un modelo bastante exacto del ruido particular del sistema de propulsión, y gracias a los círculos que describía cada dos horas habían podido formarse el cuadro del tamaño del buque y de las especificaciones de la planta de poder.

El segundo comandante, Wally Chambers, hacía girar un lápiz entre los dedos como si hubiera sido una batuta.

—Jonesy tiene razón. Es la misma planta de poder que tienen los *Oscars* y los *Typhoons*. Han logrado hacerla un poco menos ruidosa, pero las características propias más gruesas son virtualmente idénticas. El problema es el siguiente: ¿qué está haciendo girar esa planta? Suena como si hubieran canalizado de alguna manera las hélices, o las hubieran cubierto. Una hélice direccional rodeada por un collar, podría ser, o una especie de empuje por un túnel. ¿No lo intentamos nosotros cierta vez?

—Hace mucho tiempo —dijo el teniente de corbeta Butler, el oficial de máquinas—. Oí hablar de eso cuando yo estaba en Arco. No dio buen resultado, pero no recuerdo por qué. Sea lo que fuera realmente ha matado los ruidos de propulsión. Aunque ese zumbido... Es alguna clase de armónica, sí..., ¿pero una armónica de qué? Usted vio, de no haber sido por eso nunca hubiéramos podido detectarlo.

—Puede ser —dijo Mancuso—. Jonesy afirma que los procesadores de señales han mostrado tendencia a filtrar ese ruido y eliminarlo, como si los soviéticos hubieran sabido lo que hace el SAPS, diseñando entonces un sistema de medida para vencerlo. Pero eso es difícil de creer. —Hubo acuerdo general sobre ese punto. Todos conocían los principios sobre los cuales operaba el SAPS, pero probablemente no excedían de cincuenta los hombres del país capaces de explicar todos sus detalles—. ¿Estamos todos de acuerdo en que es un misilístico? —preguntó Mancuso.

Butler movió la cabeza asintiendo.

—No habría forma de acomodar esa planta de poder en un casco de ataque. Y lo que es más importante: actúa como un submarino misilístico.

—Podría ser un *Oscar* —sugirió Chambers.

—No. ¿Por qué enviar un *Oscar* a tanta distancia hacia el sur? El *Oscar* es una plataforma antibuque. No, no, este tipo está conduciendo un misilístico. Él ha recorrido la ruta a la misma velocidad en que lo está haciendo ahora... y eso es actuar como un submarino misilístico —observó el teniente de corbeta Mannion—. Pero la verdadera pregunta es: ¿qué se proponen con toda esta otra actividad? A lo mejor están tratando de llegar furtivamente hasta nuestra costa... solamente para ver si pueden hacerlo. Ya lo han hecho antes, y toda esta otra actividad bien puede ser una diversión táctica de todos los demonios.

Todos consideraron la idea. Era una estratagema que había sido intentada anteriormente por ambos lados. En el hecho más reciente, en 1978, un submarino misilístico soviético de la clase *Yankee* se había acercado hasta el borde de la plataforma continental, frente a la costa de Nueva Inglaterra. El objetivo evidente había sido comprobar si los Estados Unidos podía o no detectarlo. La Marina norteamericana lo habían logrado, y entonces el problema consistió en si debían o no reaccionar y hacérselo saber a los soviéticos.

—Bueno, yo creo que podemos dejar la estrategia en grande a los tipos que están en tierra. Vamos a transmitirles esto. Teniente Mannion, comunique al oficial de cubierta que nos lleve a profundidad de periscopio dentro de veinte minutos. Vamos a intentar alejarnos un poco y volver sin que se dé cuenta. —Mancuso frunció el entrecejo. Eso nunca era fácil.

Media hora más tarde, el Dallas transmitía su mensaje.

>
> Z140925ZDIC
> ULTRASECRETO THEO
> DE: USS DALLAS
> A: COMSUBLANT (Comando Fuerza de Submarinos del Atlántico)
> INFO: CINCLANTFLT (Comando en Jefe Flota del Atlántico)
> A. USS DALLAS Z090414ZDIC
> 1. CONTACTO ANÓMALO DETECTADO NUEVAMENTE 0538Z 13DIC POSICIÓN ACTUAL LAT 420º 35' LONG 49º 12'. RUMBO 194 VELOCIDAD 13 PROFUNDIDAD 600. HEMOS RASTREADO 24 HORAS SIN CONTRADETECCIÓN. CONTACTO EVALUADO COMO SUBMARINO FLOTA ROJA GRAN PORTE, CARACTERÍSTICAS MÁQUINAS INDICATIVAS CLASE TYPHOON. SIN EMBARGO CONTACTO USA NUEVO SISTEMA PROPULSIÓN SIN REPITO SIN HÉLICES. HEMOS ESTABLECIDO PERFIL DETALLADO CARACTERÍSTICAS PROPIAS.
> 2. VOLVEMOS A OPERACIONES RASTREO. SOLICITO ASIGNACIÓN ZONA OPERACIONES ADICIONAL. ESPERO RESPUESTA 1030Z.

Operaciones, Comando Submarinos del Atlántico

—¡Bingo! —exclamó para sí mismo Gallery. Volvió caminando a su oficina, cuidando cerrar la puerta antes de usar la línea codificadora automática con Washington—. Sam, habla Vince. Escucha: el *Dallas* informa que está rastreando un misilístico ruso que tiene un nuevo sistema silencioso de propulsión, a unas seiscientas millas al sudeste de los Grand Banks, rumbo uno-nueve-cuatro, velocidad trece nudos.

—¡Muy bien! ¿Ése es Mancuso? —dijo Dodge.

—Bartolomeo Vito Mancuso, mi apuesta favorita —confirmó Gallery. No había sido fácil darle ese comando debido a su edad. Gallery había intercedido en favor de él—. Te dije que el muchacho era bueno, Sam.

—Cristo, ¿ves qué cerca están del grupo del *Kiev*? —Dodge estaba mirando el despliegue táctico.

—Se están acercando —coincidió Gallery—. Pero el *Invincible* no está demasiado lejos, y yo tengo también allí al *Pogy*. Lo desplazamos de la plataforma cuando llamamos de regreso al *Scamp*. Supongo que el *Dallas* va a necesitar ayuda. El problema es determinar hasta cuánto queremos que sea evidente.

—No mucho. Mira, Vince, tengo que hablar con Dan Foster sobre esto.

—De acuerdo. Yo tengo que contestar al *Dallas* dentro de..., diablos, cincuenta y cinco minutos. Tú sabes cómo es eso. Tiene que romper el contacto para dirigirse a nosotros, y luego escurrirse de nuevo sin que lo detecten. Apresúrate, Sam.

—Correcto, Vince. —Dodge apretó algunos botones en su teléfono—. Habla el almirante Dodge. Necesito comunicarme con el almirante Foster de inmediato.

El Pentágono

—Entre el *Kiev* y el *Kirov*. Qué bien. —El teniente general Harris sacó de su bolsillo un marcador para representar al *Octubre Rojo*. Era un pequeño submarino tallado en madera con un Jolly Roger agregado. Harris tenía un particular sentido del humor—. ¿Dice el Presidente que podemos intentar conservarlo? —preguntó.

—Si podemos llevarlo al lugar que queremos en el momento en que queramos —respondió el general Hilton—. ¿Puede comunicarse con él el *Dallas*?

—Sería bueno, general. —Foster sacudió la cabeza—. Primero lo primero. Vamos a mandar allí al Pogy y al *Invincible* para empezar, después veremos cómo podemos alertarlo. Por la ruta que lleva con este rumbo... Cristo, va directamente hacia Norfolk. ¿Se dan cuenta de las pelotas de este tipo? Si las cosas empeoran, podemos intentar escoltarlo para que entre.

—Entonces tendremos que devolver el submarino —objetó el almirante Dodge.

—Tenemos que tener una posición de retirada, Sam. Si no podemos alertarlo, podemos mandarle un montón de buques que naveguen con él para impedir que Ivan le tire.

—La ley del mar es de su jurisdicción, no de la mía —comentó el general Barnes, jefe de estado mayor de la Fuerza Aérea—, pero desde mi punto de vista, hacer eso podría considerarse cualquier cosa, desde piratería hasta un abierto acto de guerra. ¿No está ya bastante complicado este ejercicio?

—Buena observación, general —dijo Foster.

—Caballeros, creo que necesitamos tiempo para considerar esto. Muy bien, todavía tenemos tiempo, pero por ahora digamos al *Dallas* que se mantenga cerca y rastree al tipo —sugirió Harris—. Y que informe cualquier cambio de rumbo o velocidad. Creo que tenemos unos quince minutos para hacer esto. Después podemos situar al *Pogy* y al *Invincible* sobre la ruta que van a recorrer.

—De acuerdo, Eddie. —Hilton se volvió en dirección al almirante Foster—. Si usted lo aprueba, hagamos eso ya mismo.

—Envíen el mensaje, Sam —ordenó Foster.

—Comprendido. —Dodge se acercó al teléfono y ordenó al almirante Gallery que enviara la respuesta.

Z141030ZDIC
ULTRASECRETO
DE: COMSUBLANT

A: USS DALLAS
A. USS DALLAS Z140925ZDIC
1. CONTINÚE RASTREO. INFORME TODO CAMBIO DE CURSO O VELOCIDAD. AYUDA EN LA RUTA.
2. TRANSMISIÓN «G» EXTRA BAJA FRECUENCIA DESIGNA DIRECTIVA OPERACIONES URGENTES LISTA PARA USTED.
3. SU ÁREA DE OPERACIONES IRRESTRICTA. BRAVO ZULU DALLAS MANTENGA COMO HASTA AHORA. V. ALM GALLERY ENVÍA.

—Bueno, veamos esto —dijo Harris—. Todavía no está resuelto qué se proponen los rusos, ¿verdad?

—¿Qué quieres decir, Eddie? —preguntó el general Hilton.

—La composición de su fuerza, por un lado. La mitad de estas plataformas de superficie son antiaéreas o antisuperficie, y no primordialmente efectivos antisubmarinos. ¿Y para qué traer el *Kirov*? Acepto que es un magnífico buque insignia, pero podrían hacer la misma cosa con el *Kiev*.

—Ya hemos hablado de eso —observó Foster—. Ellos recorrieron la lista de lo que tenían en condiciones de viajar a esta distancia y a alta velocidad de avance, y tomaron todo lo que pudiera navegar. Lo mismo con los submarinos que enviaron, la mitad de ellos son aptos para atacar buques de superficie, pero tienen limitada utilidad contra submarinos. El motivo, Eddie, es que Gorshkov quiere aquí todas las plataformas de que pueda disponer. Un buque de mediana capacidad es mejor que nada. Hasta uno de los viejos *Echoes* podría tener suerte, y es probable que Sergey esté doblando las rodillas todas las noches y rezando para tener suerte.

—Aun así, han dividido sus grupos de superficie en tres fuerzas, cada una con elementos antiaéreos y antisuperficie, y en cambio no tienen mucho en materia de cascos antisubmarinos. Ni han enviado sus aviones antisubmarinos para que operen desde Cuba. Eso es curioso —señaló Harris.

—Pero les haría pedazos su historia de encubrimiento. No se buscan submarinos accidentados con aviones... Bueno, podrían, pero si empezaran a usar grupos de Bears desde Cuba, el Presidente se volvería loco —dijo Foster—. Los acosaríamos en tal forma que jamás lograrían nada. Para nosotros, sería una operación técnica, pero ellos meten el factor político en todo lo que hacen.

—Muy bien, pero eso todavía no explica nada. Todos los buques antisubmarinos y helicópteros que tienen están usando sus sonares activos como locos. Se puede buscar un submarino muerto de esa manera, pero el *Octubre* no está muerto, ¿no es así?

—No comprendo, Eddie —dijo Hilton.

—¿Cómo debe buscarse un submarino aislado, dadas estas circunstancias? —preguntó Harris a Foster.

—No de esa manera —contestó enseguida Foster—. Si usaran sonares activos de superficie alertarían al submarino y escaparía mucho antes de que pudieran lograr un buen contacto. Los submarinos misilísticos tienen buenos sonares pasivos. Los escucharían acercarse y se marcharían lejos de la ruta. Tiene razón, Eddie, es un engaño.

—Entonces, ¿qué demonios es lo que buscan sus buques de superficie? —preguntó Barnes intrigado.

—La doctrina naval soviética establece que deben usarse buques de superficie para apoyar las operaciones submarinas —explicó Harris—. Gorshkov es un táctico teórico decente y, en ocasiones, un caballero afecto a las innovaciones. Hace muchos años dijo que para que los submarinos operaran con eficacia debían tener ayuda del exterior, efectivos aéreos o de superficie, en apoyo directo o cercano. No pueden usar aviones a esta distancia de su país, excepto que utilicen Cuba y, en el mejor de los casos, encontrar un submarino en mar abierto —que no quiere ser encontrado— sería una tarea sumamente difícil.

»Por otra parte, ellos saben adónde se dirige, un número limitado de zonas discretas, y las llenan con cincuenta y ocho submarinos. Por lo tanto, el propósito de las fuerzas de superficie no es participar en la caza propiamente dicha, aunque si tienen suerte no dudarán en hacerlo. El propósito de las fuerzas de superficie es impedir que nosotros causemos interferencias a sus submarinos. Pueden hacerlo situando las fuerzas de superficie en las zonas donde probablemente estemos nosotros, y observando qué hacemos. —Harris hizo una pausa—. Eso es muy hábil. Nosotros tenemos que cubrirlos, ¿correcto? Y como ellos están en una misión de «rescate», tenemos que hacer más o menos lo mismo que están haciendo ellos; entonces usamos también nuestros sonares activos, y ellos pueden utilizar nuestra propia pericia antisubmarina contra nosotros y para sus propios propósitos. Les hacemos perfectamente su juego.

—¿Por qué? —preguntó Barnes otra vez.

—Estamos obligados a ayudar en la búsqueda. Si nosotros encontramos su submarino, ellos estarán lo suficientemente cerca como para descubrirlo, detectarlo, localizarlo y abrirle fuego... ¿Y qué podemos hacer nosotros? Absolutamente nada.

»Como dije, ellos esperan localizarlo y hacer fuego con sus submarinos. Una detección desde superficie sería pura suerte, y no se hacen planes para la suerte. De modo que el objetivo primario de la flota de superficie es vigilar y atraer a nuestras fuerzas lejos de sus submarinos. En segundo lugar, pueden actuar como batidores, que empujan la caza hacia los tiradores y... de nuevo, como nosotros estamos usando el sonar activo, los estamos ayudando. Les estamos proveyendo un pretexto adicional. —Harris sacudió la cabeza con gesto de admiración pese a sí mismo—. No está mal, ¿verdad? Si el *Octubre Rojo* los oye venir, corre un poco más rápido a cualquiera de los puertos que elija el comandante, para entrar justo en una estrecha y bonita trampa. Dan,

¿qué probabilidades hay de que puedan atraparlo entrando en Norfolk, digamos?

Foster bajó la mirada hacia la carta. Los submarinos rusos estaban ocupando posiciones frente a todos los puertos, desde Maine hasta Florida.

—Tienen más submarinos que puertos nosotros. Ahora sabemos que pueden agarrar a este tipo, y que hay solamente una zona limitada para cubrir frente a cada puerto, y hasta fuera de los límites territoriales... Tiene razón, Eddie. Las probabilidades de destruirlo son más que grandes. Nuestros grupos de superficie están demasiado lejos como para hacer nada al respecto. Nuestros submarinos no saben qué está ocurriendo, tenemos órdenes de no decírselo, y aunque pudiésemos, ¿cómo podrían interferir ellos? ¿Disparar contra los submarinos rusos antes de que puedan hacerlo ellos... y comenzar una guerra? —Foster dejó escapar un largo aliento—. Tenemos que advertirle.

—¿Cómo? —preguntó Hilton.

—Sonar, un mensaje por teléfono subácueo tal vez —sugirió Harris.

El almirante Dodge sacudió la cabeza.

—Eso puede oírse a través del casco. Si seguimos suponiendo que solamente los oficiales están en esto..., bueno, la tripulación podría deducir lo que está sucediendo, y es imposible predecir las consecuencias. ¿Creen que podemos usar el *Nimitz* y el *América* para obligarlos a retirarse de las costas? Pronto van a estar cerca como para participar en la operación. ¡Maldición! Yo no quiero que este tipo se acerque tanto, y que luego lo hagan volar en pedazos justo frente a nuestra costa.

—No hay ninguna probabilidad —dijo Harris—. Desde que se hizo la incursión sobre el *Kirov* han estado actuando muy dócilmente. Eso también es muy astuto. Apostaría a que lo han calculado. Saben que el hecho de tener tantos buques de ellos operando frente a nuestra costa tiene forzosamente que provocarnos, entonces hacen la primera jugada, nosotros ponemos nuestra cuota, y ellos simplemente se pliegan... de manera que, si ahora nosotros seguimos presionando sobre ellos, somos los villanos. Ellos sólo están cumpliendo una operación de rescate, sin amenazar a nadie. Esta mañana, el *Post* informó que tenemos un sobreviviente ruso en el hospital naval de Norfolk. De cualquier manera, la noticia buena es que ellos han calculado mal la velocidad del *Octubre*. Estos dos grupos van a pasarlo por la derecha y la izquierda, y con su ventaja de siete nudos van a dejarlo atrás.

—¿Desatender por completo los grupos de superficie? —preguntó Maxwell.

—No —dijo Hilton—, eso les estaría diciendo que ya no creemos en la historia de encubrimiento. Se preguntarán por qué... pero todavía tenemos que cubrir sus grupos de superficie. Son una amenaza, ya sea que estén actuando como honestos mercantes o no.

»Lo que podemos hacer es fingir que prescindimos del *Invincible*. Con el *Nimitz* y el *América* listos para entrar en el juego, podemos mandarlo a su casa. Después de que pasen el *Octubre* podemos usar eso como ventaja para nosotros. Ponemos el *Invincible* hacia mar afuera de sus grupos de superficie como si estuviera navegando hacia su país y lo interponemos en la ruta del *Octubre*. Pero todavía tenemos que encontrar una forma de comunicarnos con él. Sabemos cómo colocar los efectivos en su lugar, pero queda ese obstáculo. Por el momento, ¿estamos de acuerdo en situar el *Invincible* y el *Pogy* para la intercepción?

El Invincible

—¿A qué distancia está de nosotros? —preguntó Ryan.

—Doscientas millas. Podemos estar allá en diez horas. —El capitán de navío Hunter marcó la posición en la carta—. El *USS Pogy* viene desde el este y tendría que estar en posición de encontrarse con el *Dallas* aproximadamente una hora después que nosotros. Eso nos colocará a unas cien millas al este del grupo de superficie cuando llegue el *Octubre*. Maldito sea, el *Kiev* y el *Kirov* están a cien millas al este y al oeste de él.

—¿Supone que su comandante lo sabe? —Ryan miró la carta, midiendo las distancias con los ojos.

—Es poco probable. Él está a mucha profundidad, y los sonares pasivos de ellos no son tan buenos como los nuestros. Además, las condiciones del mar no le son favorables. Un viento de superficie de veinte nudos puede hacer estragos con el sonar, aun a esa profundidad.

—Tenemos que advertirle —el almirante White miraba el despacho de operaciones—, sin usar medios acústicos.

—¿Cómo diablos se hace eso? No se puede alcanzar esa profundidad con una radio —observó Ryan—. Hasta yo sé eso. Santo Dios, este tipo ha venido desde cuatro mil millas, y van a matarlo a la vista de su objetivo.

—¿Cómo comunicarse con un submarino?

El capitán de fragata Barclay se incorporó.

—Caballeros, no estamos tratando de comunicarnos con un submarino, estamos tratando de comunicarnos con un hombre.

—¿Qué está pensando? —preguntó Hunter.

—¿Qué sabemos sobre Marko Ramius? —Los ojos de Barclay se entrecerraron.

—Es un *cowboy*, típico comandante de submarino, cree que puede caminar sobre el agua —dijo el capitán Carstairs.

—Que pasó la mayor parte de su carrera en submarinos de ataque —agregó Barclay—. Marko ha apostado su vida a que podría entrar furtivamente en un puerto norteamericano sin ser detectado por nadie. Tenemos que sacudirle esa confianza para prevenirlo.

—Antes tendremos que hablar con él —dijo Ryan vivamente.

—Y así lo haremos —sonrió Barclay; la idea ya había tomado forma en su cabeza—. Él es un ex comandante de submarinos de *ataque*. Todavía estará pensando cómo atacar a sus enemigos, ¿y cómo hace eso un comandante de submarino?

—¿Y bien? —preguntó Ryan.

La respuesta de Barclay fue obvia. Discutieron la idea durante una hora más, luego Ryan la transmitió a Washington solicitando su aprobación. Siguió después un rápido intercambio de información técnica. El *Invincible* tendría que hacer la reunión a la luz del día, y no había tiempo para eso. La operación fue postergada doce horas. El *Pogy* se reunió en formación con el *Invincible*, actuando como vigilancia de sonar veinte millas hacia el este. Una hora antes de medianoche, el transmisor de frecuencia extrabaja, del norte de Michigan, transmitió un mensaje: «G». Veinte minutos después, el *Dallas* se acercó a la superficie para recibir sus órdenes.

DECIMOTERCER DÍA

Miércoles, 15 de diciembre

El Dallas

—*Crazy Ivan!* —gritó Jones otra vez—, virando a babor.

—Muy bien, paren máquinas —ordenó Mancuso; aún tenía en la mano el mensaje que había estado releyendo desde hacía horas. No estaba contento con él.

—Máquinas detenidas, señor —respondió el timonel.

—Atrás a toda máquina.

—Atrás a toda máquina, señor. —El timonel marcó las órdenes en el comando y se volvió: en su cara se reflejaba la pregunta.

En todo el *Dallas* la tripulación oyó el ruido, demasiado ruido cuando se abrieron las válvulas que enviaban el vapor sobre las palas de la turbina, tratando de hacer girar la hélice en sentido contrario. Instantáneamente se produjeron a popa ruidos de vibraciones y cavitación.

—Timón todo a la derecha.

—Timón todo a la derecha, comprendido.

—Control, aquí sonar, estamos cavitando —dijo Jones por el intercomunicador.

—¡*Muy bien*, sonar! —contestó Mancuso bruscamente. No comprendía sus nuevas órdenes, y las cosas que no comprendía le causaban enojo.

—Velocidad reducida a cuatro nudos —informó el teniente Goodman.

—Timón a la vía, detengan las máquinas.

—Timón a la vía, señor, máquinas detenidas, comprendido —respondió el timonel de inmediato. No quería que el comandante le ladrara—. Señor, el timón está a la vía.

—¡Cristo! —dijo Jones en la sala de sonar—. ¿Qué está haciendo el jefe?

Un segundo después Mancuso estaba en el sonar.

—Todavía virando a babor, señor. Está a popa de nosotros, por ese giro que hicimos —observó Jones con tanta neutralidad como pudo. Se acercaba mucho a una acusación, advirtió Mancuso.

—Nivelando el juego, Jonesy —dijo fríamente Mancuso.

«Usted es el que manda», pensó Jones, con suficiente inteligencia como para no decir nada más. El comandante parecía dispuesto a arrancarle a alguien la cabeza, y Jones acababa de gastar su tolerancia por el valor de un mes. Conectó los auriculares al enchufe del sonar de remolque.

—El ruido de máquinas disminuye, señor. Está reduciendo la velocidad. —Jones hizo una pausa. Tenía que informar la parte siguiente—: Señor, tengo la impresión de que nos ha oído.

—Eso era lo que estábamos buscando —dijo Mancuso.

El Octubre Rojo

—Comandante, un submarino enemigo —dijo con urgencia el *michman*.

—¿Enemigo? —preguntó Ramius.

—Norteamericano. Debe de haber estado siguiéndonos y tuvo que dar hacia atrás cuando nosotros viramos, para evitar una colisión. Es decididamente un norteamericano, por el través de proa, a babor, distancia: menos de un kilómetro, creo. —Entregó sus auriculares a Ramius.

—688 —dijo Ramius a Borodin—. ¡Maldición! Tiene que habernos encontrado de casualidad en las últimas dos horas. Mala suerte.

El Dallas

—Bueno, Jonesy, búsqueda activa ahora. —Mancuso dio la orden para que se utilizara el sonar activo. El *Dallas* se había torcido un poco más sobre su curso antes de detenerse por completo.

Jones dudó un momento, mientras captaba aún el ruido de la planta del reactor con sus sistemas de sonar pasivo. Estirando el brazo, conectó energía a los transductores activos de la esfera principal del BQQ-5, en la proa.

¡Ping! Una onda frontal de energía sónica partió dirigida al blanco.

¡Pong! La onda fue reflejada por el casco de acero y volvió al *Dallas*.

—Distancia al blanco novecientos cincuenta y cinco metros —dijo Jones. Procesaron el pulso de retorno en la computadora BC-10 y pudieron comprobar algunos de los detalles más gruesos—. La configuración del blanco es consistente con un submarino misilístico de la clase *Typhoon*. Ángulo en la proa, setenta, más o menos. No hay *doppler*. Se ha detenido. —Seis impulsos *ping* más lo confirmaron.

—Cierre el sonar activo —dijo Mancuso. Tenía cierta pequeña satisfacción al saber que había evaluado correctamente el contacto. Aunque no mucha.

Jones cortó la energía al sistema. «¿Para qué diablos tuve que hacer eso?», se preguntó. Ya había hecho todo, excepto leer el número pintado en la popa.

El Octubre Rojo

Todos los hombres del *Octubre* sabían en ese momento que los habían encontrado. El chasquido de las ondas del sonar había resonado a través del casco. Era un ruido que a ningún submarinista le gustaba oír. Y menos aún, por cierto, con un reactor que parecía tener problemas, pensó Ramius. Tal vez pudiera hacer uso de eso...

El Dallas

—Hay alguien en la superficie —dijo de pronto Jones—. ¿De dónde diablos salieron? Jefe, hace un minuto no había nada, *nada*, y ahora estoy recibiendo ruido de máquinas. Dos, quizá más..., parecen dos fragatas... y algo más grande. Como si estuvieran quietos allí esperándonos a nosotros. Hace un minuto estaban allí inmóviles. ¡Maldición! No oí *nada*.

El Invincible

—Calculamos el tiempo casi a la perfección —dijo el almirante White.
 —Afortunadamente —observó Ryan.
 —La suerte es parte del juego, Jack.
 El *HMS Bristol* fue el primero en recoger el sonido de los dos submarinos y del giro que había hecho el *Octubre Rojo*. Hasta unas cinco millas era posible oír a los submarinos. La maniobra *Crazy Ivan* había terminado a tres millas de distancia, y los buques de superficie habían podido obtener buenas marcaciones sobre sus posiciones al recibir las emisiones del sonar activo del *Dallas*.
 —Dos helicópteros en ruta, señor —informó el capitán Hunter—. Estarán en su puesto en un minuto más.
 —Comunique al *Bristol* y al *Fife* que se mantengan a barlovento de nosotros. Quiero al *Invincible* entre ellos y el contacto.
 —Comprendido, señor. —Hunter retransmitió la orden a la sala de comunicaciones. Las dotaciones de los destructores de escolta pensarían que era una orden muy extraña: usar un portaaviones para hacer cortina a los destructores.
 Pocos segundos después se detuvieron dos helicópteros Sea King y evolucionaron sobre la superficie a quince metros de altura, bajaron con cables sonares de inmer-

sión mientras se esforzaban por mantenerse en el sitio. Esos sonares eran mucho menos poderosos que los que equipaban los buques y tenían características distintivas. La información que ellos obtenían se transmitía por enlace digital al centro de comando del *Invincible*.

El Dallas

—Limeys —dijo Jones de inmediato—. Es un equipo de helicóptero, el 195, creo. Eso significa que el buque grande que está hacia el sur es uno de sus portaaviones bebé, señor, con una escolta de dos latas.

Mancuso asintió.

—El *HMS Invincible*. Estuvo de nuestro lado del lago cuando hicimos el NIFTY DOLPHIN. Eso es la universidad británica, sus mejores operadores en guerra antisubmarina.

—El más grande se está moviendo en esta dirección, señor. Las vueltas de las hélices indican diez nudos. Los helicópteros —son dos— nos tienen a ambos. No hay otros submarinos cerca, que yo oiga.

El Invincible

—Contacto de sonar positivo —dijo el parlante metálico—. Dos submarinos, distancia dos millas del *Invincible*, marcación cero-dos-cero.

—Ahora viene la parte difícil —dijo el almirante White.

Ryan y los cuatro oficiales de la Marina Real que conocían el tema estaban en el puente de mando, con el oficial de guerra antisubmarina de la flota abajo, en el centro de comando, mientras el *Invincible* navegaba lentamente hacia el norte, ligeramente a la izquierda del rumbo directo a los contactos. Los cinco barrían la zona de contacto con poderosos binoculares.

—Vamos, capitán Ramius —dijo Ryan en voz baja—. Se supone que eres un tipo hábil. Pruébalo.

El Octubre Rojo

Ramius había vuelto a la sala de control y estaba examinando la carta. Un *Los Ángeles* norteamericano aislado que se encontrara casualmente con él era una cosa, pero en ese momento se había metido dentro de una pequeña fuerza de tareas. Con buques ingleses, además. ¿Por qué? Probablemente un ejercicio. Los norteamericanos y los ingleses trabajaban juntos a menudo, y por accidente y nada más, el *Octubre* había caído justo donde estaban ellos. Bueno. Tendría que evadirse antes de poder seguir adelante con lo que se había propuesto. Era así de simple. ¿O no? Un submarino de caza, un portaaviones y dos destructores detrás de él. ¿Qué más? Tendría que averiguar si iba a perderlos a todos. Eso le llevaría casi todo un día. Pero en ese momento tendría que ver contra qué estaba. Además, les demostraría que tenía confianza, que él podía cazarlos a ellos si quería.

—Borodin, lleve el buque a profundidad de periscopio. Puestos de combate.

El Invincible

—Vamos, Marko, sube —urgió Barclay—. Tenemos un mensaje para ti, viejo.

—Helicóptero tres informa que el contacto está subiendo —dijo el parlante.

—¡Muy bien! —Ryan dejó caer la mano pesadamente sobre la barandilla.

White levantó un teléfono.

—Vuelva a llamar a uno de los helicópteros.

La distancia al *Octubre Rojo* era en ese momento de una milla y media. Uno de los Sea King se elevó y describió un círculo, recogiendo el mecanismo de su sonar.

—La profundidad del contacto es de ciento cincuenta metros, ascendiendo lentamente.

El Octubre Rojo

Borodin estaba bombeando agua lentamente de los tanques de compensación del *Octubre*. El submarino aumentó la velocidad a cuatro nudos; la mayor parte de la fuerza requerida para cambiar de profundidad era proporcionada por los planos de inmersión. El *starpom* actuaba con cuidado para llevar lentamente la nave hacia arriba, y Ramius había hecho poner proa directamente al *Invincible*.

El Invincible

—Hunter, ¿se acuerda del Morse? —preguntó el almirante White.

—Creo que sí, almirante —contestó Hunter. Todo el mundo empezaba a entusiasmarse. ¡Qué oportunidad era ésa!

Ryan tragó con dificultad. En las pocas horas pasadas, mientras el *Invincible* se había mantenido sin cambiar de posición en un mar bastante movido, se había sentido realmente mal del estómago. Las píldoras que le dio el médico de a bordo algo habían ayudado, pero en ese momento, la emoción estaba empeorando las cosas. Había una altura de veinticinco metros desde el puente de mando hasta la superficie del mar. Bueno, pensó, si tengo que vomitar no hay nada en el camino.

El Dallas

—El casco está haciendo ruidos, señor —dijo Jones—. Creo que está subiendo.

—¿Subiendo? —Mancuso dudó por un segundo—. Sí, eso encaja perfectamente. El tipo es un *cowboy*. Quiere ver qué hay allá arriba en su contra, antes de intentar evadirse. Encaja perfectamente. Apuesto que no sabe dónde hemos estado estos dos últimos días. —El comandante marchó hacia proa, al centro de ataque.

—Parece que está subiendo, jefe —dijo Mannion, observando el director de ataque—. Estúpido.

Mannion tenía su propio concepto sobre los comandantes de submarinos que dependían de los periscopios. Eran muchos los que se pasaban demasiado tiempo mirando al mundo hacia afuera. Se preguntaba cuánto había en eso de reacción implícita al obligado confinamiento del submarinista, algo como para asegurarse al menos de que allá arriba realmente había un mundo, para asegurarse de que los instrumentos marcaban correctamente. Absolutamente humano, pensó Mannion, pero puede hacerlo a uno vulnerable...

—¿Nosotros también subimos, jefe?

—Sí, lento y suave.

El Invincible

El cielo estaba semicubierto de nubes blancas como vellones de lana, aunque grises por debajo como amenazando lluvia. Soplaba desde el sudoeste un viento de veinte nudos, y el mar tenía olas de dos metros, oscuras y con blancos copetes. Ryan vio que el *Bristol* y el *Fife* mantenían sus posiciones a barlovento. Sus comandantes, sin duda, estarían murmurando algunas palabras elegidas, contra esa disposición. Los escoltas norteamericanos, que se habían separado el día anterior, estaban en ese momento navegando para reunirse con el *New Jersey*.

White estaba hablando de nuevo por el teléfono.

—Capitán, quiero que me informen al instante cuando tengamos un retorno de radar desde la zona del blanco. Dirijan todos los equipos que tenemos a bordo hacia ese sector de océano. También quiero saber sobre cualquier, repito, cualquier señal de sonar procedente de esa zona... Correcto. ¿Profundidad del blanco? Muy bien. Llame al segundo helicóptero, quiero que ambos estén en posición hacia barlovento.

Habían acordado todos que el mejor método para pasar el mensaje sería mediante el uso de un destellador de señales luminosas. Solamente quien estuviese situado sobre la línea de mira directa podría ver la señal. Hunter se acercó al destellador, llevando en la mano una hoja de papel que Ryan le había dado. Los tripulantes que normalmente estaban en esos puestos no se hallaban allí en ese momento.

El Octubre Rojo

—Treinta metros, camarada comandante —informó Borodin. Se instaló la guardia de combate en el centro de control.

—Periscopio —dijo Ramius con calma. El aceitado tubo de metal se deslizó hacia arriba impulsado por la presión hidráulica. El comandante entregó su gorra al joven oficial de guardia cuando se inclinó para mirar por el ocular—. Bueno, aquí tenemos tres buques imperialistas. *HMS Invincible*. ¡Qué nombre para un buque! —dijo, mofándose, a quienes lo escuchaban—. Dos escoltas, el *Bristol* y un crucero de la clase County.

El Invincible

—¡Periscopio por la proa a estribor! —anunció el parlante.

—¡Lo veo! —La mano de Barclay salió disparada para señalar—. ¡Allá está!

Ryan se esforzó para encontrarlo.

—Lo tengo. —Era como un palo de escoba detenido verticalmente en el agua, a una milla aproximadamente de distancia. A medida que pasaban las olas, la parte inferior visible del periscopio brillaba fugazmente.

—Hunter —dijo White en voz baja. Hacia la izquierda de Ryan, el capitán comenzó a mover con la mano la palanca que controlaba las persianas de cierre del destellador.

El Octubre Rojo

Al principio Ramiu$ no lo vio. Estaba describiendo un círculo completo sobre el horizonte, controlando si había otros buques o aviones. Cuando terminó el circuito, la luz intermitente captó su atención. Rápidamente trató de interpretar el mensaje. Le llevó un momento darse cuenta de que estaba apuntado exactamente a él.

AAA AAA AAA OCTUBRE ROJO OCTUBRE ROJO PUEDE RECIBIR ESTO PUEDE RECIBIR ESTO POR FAVOR USE SONAR ACTIVO LANCE UNA SOLA SEÑAL PING SI RECIBE ESTO POR FAVOR USE SONAR ACTIVO LANCE UNA SOLA SEÑAL PING SI RECIBE ESTO AAA AAA AAA OCTUBRE ROJO OCTUBRE ROJO PUEDE RECIBIR ESTO PUEDE RECIBIR ESTO...

El mensaje seguía repitiéndose. La señal era torpe y nerviosa pero Ramius no se dio cuenta de eso. Tradujo el mensaje en inglés en su cabeza, pensando al principio que era una señal para el submarino norteamericano. Los nudillos de sus dedos se pusieron blancos sobre la empuñadura del periscopio cuando terminó de traducir mentalmente el mensaje.

—Borodin —dijo por último, después de interpretar por cuarta vez el mensaje—, vamos a hacer una práctica de solución de tiro sobre el *Invincible*. Maldito sea, el telémetro del periscopio se traba. Envíe un solo *ping*, camarada. Sólo uno, para distancia.

¡Ping!

El Invincible

—Un *ping* de la zona de contacto, señor, suena soviético —informó el parlante.

White levantó su teléfono.

—Gracias. Manténganos informados. —Volvió el teléfono a su lugar—. Bueno, caballeros...

—¡Lo hizo! —cantó Ryan—. ¡Manden el resto, por amor de Dios!

—De inmediato. —Hunter sonreía como un loco.

OCTUBRE ROJO OCTUBRE ROJO TODA SU FLOTA LO PERSIGUE PARA DARLE CAZA TODA SU FLOTA LO PERSIGUE PARA DARLE CAZA SU RUTA ESTÁ BLOQUEADA POR NUMEROSAS NAVES NUMEROSOS SUBMARINOS DE ATAQUE LO ESPERAN PARA ATACARLO REPITO NUMEROSOS SUBMARINOS DE ATAQUE LO ESPERAN PARA ATACARLO DIRÍJASE A PUNTO DE ENCUENTRO 33N 75W TENEMOS ALLÍ BUQUES QUE LO ESPERAN REPITO DIRIJASE A PUNTO DE ENCUENTRO 33N 75W TENEMOS ALLÍ BUQUES QUE LO ESPERAN SI COMPRENDIÓ Y ESTÁ DE ACUERDO POR FAVOR ENVÍENOS OTRA VEZ UNA SOLA SEÑAL PING.

El Octubre Rojo

—¿Distancia al blanco, Borodin? —preguntó Ramius, deseando haber tenido más tiempo, mientras el mensaje se repetía una y otra vez.

—Dos mil metros, camarada comandante. Un hermoso y gordo blanco para nosotros si... —La voz del *starpom* se fue perdiendo cuando vio la mirada de su comandante.

Conocen nuestro nombre, estaba pensando Ramius, *¡conocen nuestro nombre! ¿Cómo puede ser eso? Sabían* *dónde encontrarnos... ¡exactamente! ¿Cómo? ¿Qué pueden tener los norteamericanos? ¿Cuánto tiempo hace que nos viene siguiendo el* Los Ángeles? *¡Decide! ¡... debes decidir!*

—Camarada, un *ping* más hacia el blanco, sólo uno.

El Invincible

—Un *ping* más, almirante.

—Gracias. —White miró a Ryan—. Bueno, Jack, parecería que su estimación de inteligencia era realmente correcta. Bravo.

—¡Bravo un cuerno, milord conde! ¡Yo tenía razón! *¡Hijo de puta!* —Las manos de Ryan volaban por el aire, completamente olvidado su mareo. Se calmó. La ocasión requería más decoro—. Discúlpeme, almirante. Tenemos varias cosas que hacer.

El Dallas

Toda su flota lo persigue para darle caza... Diríjase a 33N 75W. ¿Qué diablos estaba ocurriendo?, se preguntó Mancuso, que había captado el final del segundo mensaje.

—Control, sonar. Recibo ruidos de casco del blanco. Está cambiando su profundidad. Ruido de máquinas en aumento.

—Abajo el periscopio. —Mancuso levantó el teléfono—. Muy bien, sonar. ¿Algo más, Jones?

—No, señor. Los helicópteros se han ido, y no hay ninguna emisión de los buques de superficie. ¿Qué pasa, señor?

—No lo sé. —Mancuso sacudió la cabeza mientras Mannion volvía a poner el *Dallas* en persecución del *Octubre Rojo.* ¿Qué demonios estaba sucediendo?, se preguntó el comandante. ¿Por qué estaba enviando mensajes un portaaviones británico a un submarino soviético, y por qué lo estaba enviando a un punto de encuentro frente a las Carolinas? ¿*De quién* eran los submarinos que estaban bloqueando su ruta? No podía ser. No había forma. No podía ser...

El Invincible

Ryan estaba en la sala de comunicaciones del *Invincible*. «MAGI A OLYMPUS», escribió en el apartado especial de codificación que le había dado la CIA. «HOY TOQUÉ MI MANDOLINA. SONÓ BASTANTE BIEN. ESTOY PLANEANDO UN PEQUEÑO CONCIERTO, EN EL SITIO ACOSTUMBRADO. ESPERO BUENAS CRÍTICAS. AGUARDANDO INSTRUCCIONES.» Ryan se había reído antes por las palabras del código que debía usar. Estaba riendo en ese momento, por un motivo diferente.

La Casa Blanca

—Bueno —observó Pelt—, Ryan espera que la misión tendrá éxito. Todo está saliendo de acuerdo con el plan, pero no usó el grupo del código para indicar éxito seguro.

El Presidente se echó hacia atrás poniéndose cómodo.

—Es honesto. Las cosas siempre pueden salir mal. Pero debe admitir sin embargo que realmente parecen andar bien.

—Este plan con que salieron los jefes militares es una locura, señor.

—Tal vez, pero ya hace varios días que usted está tratando de hacerle un agujero, y no lo ha logrado. Todas las piezas caerán muy pronto en su lugar.

Pelt comprendió que el Presidente era astuto. Le gustaba ser astuto.

El Invincible

«OLYMPUS A MAGI. ME GUSTA LA MÚSICA ANTIGUA DE MANDOLINA. CONCIERTO APROBADO», decía el mensaje.

Ryan se arrellanó en el sillón, bebiendo un trago de coñac.

—Bueno, todo está bien. Me pregunto cuál será el próximo paso del plan.

—Espero que Washington nos lo hará saber. Por el momento —dijo el almirante White—, tendremos que movernos otra vez hacia el oeste para interponernos entre el *Octubre* y la flota roja.

El Avalon

El teniente Ames observó la escena a través de la minúscula ventanilla en la proa del *Avalon*. El *Alfa* se hallaba en el lado de babor. Era evidente que había chocado primero de popa y con violencia. Una de las palas estaba desprendida de la hélice, y la parte inferior de la aleta del timón estaba destrozada. Quizá toda la popa se había partido y desprendido con el golpe; era difícil saberlo, por la baja visibilidad.

—Adelante lentamente —dijo, ajustando los controles. Detrás de él, un alférez y un suboficial mayor controlaban el instrumental y preparaban la operación para desplegar el brazo manipulador conectado antes de la partida y equipado con una cámara de televisión y poderosos reflectores. Eso le proporcionaba un campo visual ligeramente mayor que el que permitían las ventanillas de navegación. El vehículo de rescate avanzó a un nudo. La visibilidad era inferior a veinte metros, a pesar de los millones de bujías de los reflectores de proa.

En ese lugar, el fondo del mar estaba formado por una traicionera pendiente de sedimentos aluvionales tachonada de fragmentos rocosos. Al parecer, lo único que había impedido que el *Alfa* siguiera deslizándose hacia abajo era su torreta, calzada como una cuña en el fondo.

—¡Santo Dios! —El suboficial fue el primero que lo vio. Había una grieta en el casco del *Alfa*... ¿Podía ser?

—Accidente del reactor —dijo Ames, con voz firme y tono de diagnóstico—. Algo quemó el casco hasta atravesarlo. ¡Mi Dios, y eso es *titanio*! Quemado de lado a lado, desde adentro hacia afuera. Hay otra allá; dos quemaduras. Ésta es más grande; parece un metro, más o menos, de ancho. No hay ningún misterio sobre cuál fue la causa del hundimiento, muchachos. Esos dos compartimientos quedaron abiertos al mar. —Ames echó un vistazo al indicador de profundidad: quinientos sesenta y cuatro metros—. ¿Están grabando todo esto?

—Afirmativo, jefe —respondió el electricista de primera clase—. Qué horrible manera de morir. Pobres tipos.

—Sí, dependiendo de qué era lo que se proponían. —Ames maniobró con el *Avalon* alrededor de la proa del *Alfa*, trabajando cuidadosamente con la hélice direccional y ajustando los compensadores para bajar por el otro lado después de cruzar la parte más alta del submarino accidentado—. ¿Ven alguna evidencia de fractura en el casco?

—No —contestó el alférez—, solamente las dos quemaduras. Me pregunto qué fue lo que falló.

—Un Síndrome de China real. Finalmente le sucedió a alguien. —Ames sacudió la cabeza. Si había algo que la Marina predicaba sobre reactores, era la seguridad—. Pongan el transductor contra el casco. Veremos si hay alguien con vida allí adentro.

—Comprendido. —El electricista manipuló los controles del brazo mecánico mientras Ames trataba de mantener el *Avalon* absolutamente inmóvil. Ninguna de las dos tareas era fácil. El vehículo de rescate estaba suspendido, casi apoyado sobre la torreta. Si había sobrevivientes, tenían que estar en la sala de control o más adelante. No podía haber vida hacia popa.

—Ya he hecho contacto.

Los tres hombres escuchaban ansiosamente, esperando algo. Su misión era búsqueda y salvamento y —como submarinistas que eran ellos mismos— lo tomaban muy en serio.

—Puede ser que estén dormidos. —El alférez conectó el sonar localizador. Las ondas de alta frecuencia resonaron en ambas naves. Era un ruido como para despertar a los muertos, pero no hubo respuesta. La provisión de aire en el *Politovskiy* se había terminado el día anterior.

—No hay nada que hacer —dijo en voz baja Ames. Maniobró hacia arriba mientras el electricista operaba con el brazo manipulador buscando sitio para colocar un transponder de sonar. Volverían allí otra vez cuando el tiempo fuera mejor más arriba. La Marina no dejaría pasar esa oportunidad de inspeccionar un *Alfa*, y el *Glomar Explorer* estaba inmovilizado sin uso en algún lugar de la Costa Oeste. ¿Irían a activarlo? Ames no se opondría a que lo hicieran.

—*Avalon, Avalon*, aquí *Scamp*... —la voz en el radioteléfono subácueo sonó distorsionada pero legible—... Regrese de inmediato. Déme su comprendido.

—*Scamp*, aquí *Avalon*. Estoy en camino.

El *Scamp* acababa de recibir un mensaje por extrabaja frecuencia, subiendo brevemente a profundidad de periscopio donde pudo captar una orden operativa FLASH: «DIRÍJASE A MEJOR VELOCIDAD A 33N 75W». El mensaje no decía por qué.

Dirección General de la CIA

—CARDINAL está todavía con nosotros —dijo Moore a Ritter.

—Gracias a Dios por eso. —Ritter se sentó.

—Hay un mensaje en ruta. Esta vez no trató de suicidarse para hacérnoslo llegar. Tal vez el hecho de estar en el hospital lo asustó un poco. Voy a formularle otro ofrecimiento para sacarlo.

—¿Otra vez?

—Bob, tenemos que hacer el ofrecimiento.

—Lo sé. Yo mismo le hice llegar uno hace unos pocos años, usted lo sabe. Es que ese viejo maldito simplemente no quiere renunciar. Usted sabe cómo es, hay personas que se sienten mejor en la acción. O tal vez todavía no ha descargado toda su rabia... Acabo de recibir un llamado del senador Donaldson. —Donaldson era el presidente del Comité de Selección de Inteligencia.

—¿Y?

—Quiere saber qué sabemos nosotros sobre lo que está sucediendo. No cree en la historia de la misión de rescate, y piensa que nosotros sabemos algo diferente.

El juez Moore se echó hacia atrás.

—Me gustaría saber quién le metió esa idea en la cabeza.

—Sí. Yo tengo una pequeña idea que podríamos intentar. Creo que ya es tiempo, y ésta es una hermosa oportunidad.

Los dos altos ejecutivos discutieron el tema durante una hora. Antes de que Ritter saliera hacia el Congreso, habían logrado la autorización del Presidente.

Washington, D.C.

Donaldson hizo esperar a Ritter durante quince minutos en la oficina exterior mientras él leía el diario. Quería que Ritter supiera cuál era su lugar. Algunas de las observaciones del subdirector de Inteligencia referidas a filtraciones originadas en el Congreso habían producido cierta tirantez con el senador por Connecticut, y era importante que los funcionarios nombrados en el servicio civil comprendieran la diferencia entre ellos y los representantes elegidos por el pueblo.

—Lamento haberlo hecho esperar, señor Ritter. —Donaldson no se puso de pie ni le tendió la mano.

—Está muy bien, señor. Tuve oportunidad de leer una revista. Generalmente no puedo hacerlo, por todas las tareas que tengo. —La esgrima entre uno y otro comenzó desde el primer momento.

—Bueno, ¿qué se proponen los soviéticos?

—Senador, antes de referirme a ese tema debo decirle lo siguiente: tuve que pedir autorización al Presidente para efectuar esta reunión. Esta información es exclusivamente para usted, nadie más puede oírla, señor. Nadie. Eso viene de la Casa Blanca.

—Hay otros hombres en mi comité, señor Ritter.

—Señor, si no cuento con su palabra, como caballero —agregó Ritter con una sonrisa—, no revelaré esta información. Ésas son mis órdenes. Yo trabajo para la rama ejecutiva, senador. Recibo órdenes del Presidente.

Ritter confiaba en que su pequeño grabador estuviera registrando todo eso.

—De acuerdo —dijo Donaldson de mala gana. Estaba enojado por esas tontas restricciones, pero complacido porque iba a enterarse del tema—. Continúe.

—Con toda franqueza, señor, no estamos seguros sobre qué está ocurriendo exactamente —dijo Ritter.

—Oh, ¿de modo que me ha hecho jurar mantener el secreto para que no pueda decir a nadie que, una vez más, la CIA no sabe qué diablos está pasando?

—Dije que no sabemos exactamente qué está ocurriendo. Pero sí sabemos unas pocas cosas. Nuestra información proviene principalmente de los israelíes, y parte, de los franceses. Por ambos canales nos hemos enterado de que algo muy malo ha ocurrido con la Marina soviética.

—Eso ya lo sabía. Han perdido un submarino.

—Por lo menos uno, pero no es eso lo que está ocurriendo. Alguien, creemos, ha jugado una mala pasada a la dirección de operaciones de la Flota del Norte Soviética. Yo no puedo afirmarlo, pero creo que han sido los polacos.

—¿Y por qué los polacos?

—No estoy seguro de que sea así, pero tanto los franceses como los israelíes están bien conectados con los polacos, y los polacos hace tiempo que sostienen quejas contra los soviéticos. Yo sí sé —por lo menos creo que lo sé— que cualquier cosa que sea esto, no ha venido de una agencia de inteligencia de Occidente.

—Bueno, ¿y qué está sucediendo? —preguntó Donaldson.

—Nuestra mejor estimación es que alguien ha elaborado por lo menos una falsificación, y posiblemente lleguen a tres, todas ellas apuntadas a desatar un infierno en la Marina soviética..., pero cualquier cosa que haya sido, está ahora fuera de todo control. Un montón de gente tiene que hacer grandes esfuerzos para cubrirse el trasero, según dicen los israelíes. Dentro de las suposiciones, creo que lograron cambiar las órdenes operativas de un submarino; luego falsificaron una carta de su comandante en la que amenazaba con disparar sus misiles. Lo más asombroso es que los soviéticos fueron a buscarlo. —Ritter arrugó el entrecejo—. Aunque puede ser que tengamos todo al revés. Lo único que sabemos realmente con seguridad es que alguien, probablemente los polacos, ha jugado una fantástica mala pasada a los rusos.

—¿No nosotros? —preguntó Donaldson con marcada intención.

—¡No, señor, absolutamente no! Si nosotros intentáramos algo como eso —aun cuando tuviésemos éxito, lo que es poco probable—, ellos podrían intentar lo mismo con nosotros. Podría iniciarse una guerra de esa manera, y usted sabe que el Presidente jamás lo autorizaría.

—Pero a alguien de la CIA podría no importarle lo que piense el Presidente.

—¡No en mi departamento! Podría costarme la cabeza. ¿Usted cree realmente que podríamos montar una operación como ésta y luego ocultarla con éxito? Diablos, senador. ¡Ojalá pudiésemos!

—¿Por qué los polacos, y por qué son ellos capaces de hacerlo?

—Hace tiempo que venimos oyendo sobre una facción disidente dentro de su comunidad de inteligencia, facción que no ama especialmente a los soviéticos. Hay una cantidad de razones sobre el porqué. Una de ellas es la enemistad histórica fundamental, y los rusos parecen olvidar que los polacos primero son polacos, y después comunistas. Mi apreciación personal es que se trata de este asunto con el Papa, aún más que el tema de la ley marcial. Nosotros sabemos que nuestro viejo amigo Andropov inició una nueva puesta en escena de aquello de Enrique II/Beckett. El Papa ha dado gran prestigio a Polonia, y ha hecho cosas por el país que satisfacen hasta a los propios miembros del partido. Ivan fue y escupió en todo el país cuando él hizo eso... ¿y usted se pregunta por qué están enojados? Y en cuanto a su eficacia, la gente parece subestimar la capacidad que siempre ha tenido su servicio de inteligencia. Ellos son los que hicieron la ruptura Enigma en 1939, no los británicos. Son condenadamente efectivos, y por la misma razón que los israelíes. Tienen enemigos hacia el este y hacia el oeste. Esa clase de cosas desarrolla buenos agentes. Sabemos con seguridad que tienen un montón de gente en Rusia, trabajadores visitantes que pagan a Narmonov el apoyo económico que da a su país. También sabemos que muchos ingenieros polacos están trabajando en los astilleros soviéticos. Admito que es curioso, ninguno de los dos países tiene tradición marítima, pero los polacos construyen muchos de los buques mercantes soviéticos. Sus astilleros son más eficientes que los rusos, y últimamente han estado proporcionándoles ayuda técnica, especialmente en control de calidad a los astilleros navales.

—Así que... el servicio de inteligencia polaco ha jugado una mala pasada a los soviéticos —sintetizó Donaldson—. Gorshkov es uno de los tipos más duros en la política de intervención, ¿no es así?

—Es cierto, pero probablemente sólo es un blanco de oportunidad. El verdadero objetivo de esto tiene que ser crear una situación embarazosa a Moscú. El hecho de que esta operación ataca a la Marina soviética no tiene ningún significado en sí mismo. El propósito es provocar un alboroto en los altos canales militares, y todos se juntan en Moscú. Mi Dios, ¡cómo me gustaría saber qué estuvo realmente sucediendo! Por el cinco por ciento que sabemos, esta operación tiene que ser una verdadera obra maestra, la clase de cosas que dan origen a las leyendas. Estamos trabajando en esto, tratando de descubrirlo. Otro tanto están haciendo los británicos, y los franceses, y los israelíes; Benny Herzog, del Mossad, se está volviendo loco. Los israelíes *sí* practican esta clase de estratagemas con sus vecinos, regularmente. En forma oficial, dicen que no saben nada más que lo que no han informado. Puede ser. O puede ser que hayan dado alguna ayuda técnica a los polacos..., es difícil decirlo. Por cierto, la Marina soviética es una amenaza estratégica para Israel. Pero necesitamos más tiempo para eso. La conexión israelí parece un poco demasiado convincente en este punto.

—Pero usted no sabe qué está ocurriendo, sólo el cómo y el porqué.

—Senador, no es tan fácil. Dénos un poco de tiempo. Por el momento tal vez ni siquiera queramos saber. Para sintetizar, alguien ha montado un elemento colosal de desinformación en la Marina soviética. Probablemente sólo fue apuntado a producirles un sacudón, pero resulta claro que se les fue de las manos. Cómo y por qué ocurrió, no lo sabemos. Sin embargo, puede estar seguro de que quien haya iniciado esta operación está trabajando mucho para cubrir sus rastros. —Ritter quería que el senador comprendiera eso perfectamente—. Si los soviéticos descubren quién lo hizo, su reacción va a ser terrible, cuente con ello. Dentro de pocas semanas tal vez sepamos más. Los israelíes nos deben unas pocas cosas, y eventualmente nos interiorizarán.

—Por un par más de F-15 y una compañía de tanques —observó Donaldson.

—El precio sería barato.

—Pero si nosotros no estamos comprometidos en esto, ¿por qué el secreto?

—Usted me dio su palabra, senador —le recordó Ritter—. Por una cosa: si la información se filtrara, ¿creerían los soviéticos que nosotros no estábamos comprometidos? ¡Es muy improbable! Nosotros estamos tratando de civilizar el juego de la inteligencia. Quiero decir..., todavía somos enemigos, pero tener en conflicto los distintos servicios de inteligencia requiere demasiados efectivos, y es peligroso para ambos lados. Por otra: bien, si descubrimos alguna vez cómo ocurrió todo esto, podríamos querer usarlo nosotros.

—Esas razones son contradictorias.

Ritter sonrió.

—Así es el juego de la inteligencia. Si descubrimos quién hizo esto, podemos usar esa información para ventaja nuestra. De todos modos, senador, usted me dio su palabra, y yo informaré eso al Presidente cuando regrese a Langley.

—Muy bien. —Donaldson se levantó. La entrevista había terminado—. Confío en que nos mantendrá informados sobre los hechos futuros.

—Eso es lo que debemos hacer, señor. —Ritter se puso de pie.

—Ciertamente. Gracias por venir. —Tampoco esa vez se dieron las manos.

Ritter salió al hall sin pasar por la oficina contigua. Se detuvo para observar el atrio del edificio Hart. Le recordó al Hyatt local. Contra su costumbre, bajó a la planta baja por la escalera en vez del ascensor. Con suerte, acababa de marcar un buen puntaje. Afuera lo esperaba el automóvil, e indicó al conductor que se dirigiera al edificio del FBI.

—¿No es una operación de la CIA? —preguntó Peter Henderson, el ayudante principal del senador.

—No. Le creo —dijo Donaldson—. No es lo suficientemente inteligente como para hacer una jugada así.

—No sé por qué el Presidente no se deshace de él —comentó Henderson—. Por supuesto, por la clase de persona que es, tal vez sea mejor que sea incompetente.
—El senador estuvo de acuerdo.

Cuando volvió a su oficina, Henderson graduó la persiana de su ventana aunque el sol estaba del otro lado del edificio. Una hora más tarde, el conductor de un taxi Black & White que paseaba, miró la ventana y tomó nota mentalmente.

Henderson trabajó hasta tarde esa noche. El edificio Hart estaba casi vacío, la mayor parte de los senadores se hallaba fuera de la ciudad. Donaldson estaba allí solamente por razones personales y para mantener un ojo vigilante sobre las cosas. Como presidente del Comité de Selección de Inteligencia, tenía más trabajo que el que hubiera deseado a esa altura del año. Henderson tomó el ascensor para bajar al hall principal de entrada, con todo el aspecto —hasta el último centímetro— del alto funcionario del Congreso: traje gris con chaleco, un costoso *attaché* de cuero, el pelo cuidadosamente cortado, y el paso airoso cuando salía del edificio. Un taxi Black & White dio vuelta en la esquina y se detuvo para que bajara un pasajero. Luego subió Henderson.

—Watergate —dijo. Y hasta que el taxi no hubo recorrido varias cuadras no volvió a hablar.

Henderson tenía un modesto departamento de un dormitorio en el complejo Watergate, una ironía que él mismo había considerado muchas veces. Cuando llegó a destino, no dio propina al taxista. Mientras él caminaba hacia la entrada principal, una mujer ocupó el mismo automóvil. En Washington los taxis trabajan mucho en las primeras horas de la noche.

—Universidad de Georgetown, por favor —dijo la muchacha, una bonita joven de pelo castaño rojizo.

—¿Escuela Nocturna? —preguntó el chofer, mirando por el espejo.

—Exámenes —respondió la muchacha, con cierta inquietud en su voz—. Psicología.

—Lo mejor que puede hacer con los exámenes es tranquilizarse —aconsejó el taxista.

La agente especial Hazel Loomis quiso acomodar torpemente sus libros. La cartera cayó al piso del auto.

—Oh, diablos. —Se inclinó para recogerla, y mientras lo hacía retiró un grabador miniatura que otro agente había colocado debajo del asiento del conductor.

Demoraron quince minutos en llegar a la universidad. El costo del viaje fue de tres dólares con ochenta y cinco. Loomis dio al hombre un billete de cinco dólares y le dijo que guardara el vuelto. Caminó atravesando el *campus* y subió a un Ford que la llevó directamente al Edificio J. Edgar Hoover. Era mucho el trabajo que había costado eso... ¡y había sido tan fácil!

—Siempre lo es, cuando el oso se pone en la mira.

—El inspector que había estado llevando el caso dobló a la izquierda entrando en la avenida Pennsylvania—. El problema es, ante todo, encontrar el maldito oso.

El Pentágono

—Caballeros, los hemos citado aquí porque cada uno de ustedes es un oficial de inteligencia de carrera y poseedor de conocimientos prácticos sobre submarinos e idioma ruso —dijo Davenport a los cuatro oficiales sentados en su oficina—. Necesito oficiales que reúnan esas condiciones. Se trata de una designación a cumplir en forma voluntaria. Podría significar un considerable elemento de riesgo; no podemos estar seguros por ahora. Una sola cosa más puedo decirles, y es que ésta será la tarea ideal para un oficial de inteligencia... aunque también será de aquellas que nunca podrán revelar a nadie. Todos estamos acostumbrados a eso, ¿verdad?

—Davenport aventuró una rara sonrisa—. Como dicen en las películas, si quieren participar, muy bien; si no, pueden retirarse en este momento y nadie habrá dicho nada. Es mucho pedir, esperar que haya hombres que entren en una tarea potencialmente peligrosa completamente a ciegas.

Naturalmente, nadie se retiró; los hombres que habían sido citados allí no eran cobardes. Además, algo se diría, y Davenport tenía buena memoria. Ésos eran oficiales profesionales. Una de las compensaciones por usar un uniforme y ganar menos dinero que el que puede ganar en el mundo real un hombre del mismo talento, es la remota posibilidad de perder la vida.

—Gracias, caballeros. Creo que van a encontrarse con algo que vale la pena. —Davenport se puso de pie y entregó a cada hombre un sobre de papel madera—: Pronto van a tener la oportunidad de examinar un submarino misilístico soviético... por dentro.

Cuatro pares de ojos parpadearon al unísono.

33N 75W

Habían pasado ya más de treinta horas y el *USS Ethan Allen* seguía en la posición. Estaba navegando en un círculo de ocho kilómetros y a una profundidad de sesenta metros. No había apuro. El submarino llevaba apenas la velocidad suficiente como para poder mantener el comando de dirección; su reactor producía sólo el diez por ciento de su potencia. Un suboficial principal estaba ayudando en la cocina.

—Es la primera vez que hago esto en un submarino —dijo uno de los oficiales del *Allen* que estaba actuando como cocinero del buque, mientras agitaba una *omelette*.

El suboficial suspiró imperceptiblemente. Tendrían que haber zarpado con un cocinero apropiado, pero el de ellos era un chico, y todos los hombres de tripulación que se encontraban en ese momento a bordo tenían más de veinte años de servicio. Los suboficiales eran todos técnicos, excepto el principal de cubierta, que podía manejar una tostadora en un día de buen tiempo.

—¿Cocina mucho en su casa, señor?

—Algo. Mis padres tenían un restaurante en Pass Christian. Ésta es la *omelette* Cajun especial, como la hacía mi mamá. Es una lástima que no tengamos róbalo. Puedo hacer cosas muy buenas con róbalo y un poco de limón. ¿Usted pesca mucho, suboficial?

—No, señor. —El pequeño complemento de oficiales y suboficiales antiguos estaba trabajando en una atmósfera informal, y ese suboficial era un hombre acostumbrado a la disciplina y a los límites de la jerarquía—. Señor, ¿puedo preguntarle qué diablos estamos haciendo?

—Quisiera saberlo, suboficial. En general, estamos esperando algo.

—¿Pero qué, señor?

—Que me condene si lo sé. ¿Quiere alcanzarme esos cubos de jamón? ¿Y podría controlar el pan en el horno? Ya debería estar casi listo.

El New Jersey

El comodoro Eaton estaba perplejo. Su grupo de batalla se mantenía a veinte millas al sur de los rusos. De no haber sido de noche, podría haber visto en el horizonte la elevada superestructura del *Kirov*, desde su puesto en el puente de mando. Sus escoltas formaban una sola línea delante del crucero de batalla, con sus sonares activos en busca de submarinos.

Desde el ataque simulado que había puesto en escena la Fuerza Aérea, los soviéticos habían estado actuando como ovejas. Eso no era nada característico, por decir lo menos. El *New Jersey* y sus escoltas mantenían bajo constante observación a la formación soviética, y un par de aviones Sentry contribuía a la vigilancia. El cambio de despliegue de los rusos había pasado la responsabilidad de Eaton hacia el grupo del *Kirov*. Eso le convenía. Las torres de sus principales baterías no estaban en posición, pero los cañones estaban cargados con proyectiles guiados de ocho pulgadas y las estaciones de control de fuego se hallaban equipadas con su personal al completo. El *Tarawa* se encontraba treinta millas al sur, con su fuerza de ataque de Harriers lista para actuar con cinco minutos de aviso. Los soviéticos tenían que saber eso, aunque sus helicópteros de guerra antisubmarina no se hubieran acercado a menos de cinco millas de un buque norteamericano en los dos últimos días. Los bombarderos Bear y Backfire que pasaban a gran altura en vuelos de ida y vuelta a Cuba —sólo unos pocos, que regresaban a Rusia tan rápido como podían— debían necesariamente informar lo que veían. Las naves norteamericanas estaban en formación extendida de ataque; los misiles del *New Jersey* y de sus escoltas recibían constante información desde los sensores de los buques. Y los rusos no les prestaban atención. Sus únicas emisiones electrónicas eran las de los radares de navegación de rutina. Extraño.

El *Nimitz* estaba en ese momento dentro del alcance de los aviones, después de una corrida de cinco mil millas desde el Atlántico Sur. El portaaviones y sus escoltas de propulsión nuclear, el *California*, el *Bainbridge* y el *Truxton*, se encontraban en ese momento a sólo cuatrocientas millas hacia el sur, con el grupo de batalla del *América* medio día detrás de ellos. El *Kennedy* estaba a quinientas millas en dirección al este.

Los soviéticos debían de haber considerado el peligro que significaban tres grupos aéreos de los portaaviones a sus espaldas, y cientos de aviones de la Fuerza Aérea con base en tierra, que gradualmente se desplazaban hacia el sur de una base a otra. Tal vez eso explicaba su docilidad.

Los bombarderos Backfire iban acompañados por relevos en toda la ruta desde Islandia; primero por los

Tomcats navales del grupo aéreo *Saratoga*, después por Phantoms de la Fuerza Aérea que operaban en Maine, los cuales a su vez entregaban las aeronaves soviéticas a los Eagles y Fighting Falcons, mientras volaban a lo largo de la costa y hacia el sur, llegando casi a Cuba. No quedaban muchas dudas sobre la seriedad con que los Estados Unidos estaban tomando eso, si bien las unidades norteamericanas habían dejado de hostilizar activamente a los rusos. Eaton se alegraba de que no lo hiciesen. Ya no podían ganar nada más con el hostigamiento y, de cualquier modo, si era necesario, ese grupo de batalla podía pasar de la paz al pie de guerra en aproximadamente dos minutos.

Los departamentos Watergate

—Discúlpeme. Acabo de mudarme a este sector y todavía no me han conectado el teléfono. ¿Me permitiría hacer una llamada?

Henderson tomó la decisión con bastante rapidez. Un metro cincuenta y ocho más o menos, pelo castaño rojizo, ojos grises, buena figura, una deslumbrante sonrisa y muy bien vestida.

—Por supuesto, bienvenida al Watergate. Entre.

—Gracias. Soy Hazel Loomis. Mis amigos me llaman Sissy —le tendió la mano.

—Pete Henderson. El teléfono está en la cocina. Le enseñaré. —Las cosas se estaban presentando bien. Acababa de terminar una larga relación con una de las secretarias del senador. Había sido duro para ambos.

—No estoy molestando, ¿no? No hay nadie más aquí, ¿no?

—No, solamente yo y el televisor. ¿Es nueva en Washington? La vida nocturna no es demasiado activa. Por lo menos, no lo es cuando uno debe ir a trabajar al día siguiente. ¿Para quién trabaja usted...? Entiendo que es soltera.

—Así es. Trabajo para DARPA, como programadora de computación. Me temo que no puedo hablar mucho sobre ello.

Toda clase de buenas noticias, pensó Henderson.

—Aquí está el teléfono.

Loomis miró rápidamente alrededor, como evaluando el trabajo hecho por el decorador. Metió la mano en su bolso y sacó diez centavos, que quiso dar a Henderson. Él rió.

—La primera llamada es gratis, y créame, puede usar el teléfono todas las veces que quiera.

—Yo sabía —dijo ella, pulsando los botones— que esto sería más lindo que vivir en Laurel. Hola, ¿Kathy? Sissy. Acabo de mudarme, todavía no tengo conectado mi teléfono... Ah, un vecino fue tan amable que me ha dejado usar el suyo... Muy bien, te veré mañana para almorzar. Hasta luego, Kathy.

Loomis volvió a mirar alrededor.

—¿Quién se lo decoró?

—Lo hice yo mismo. Estudié arte en Harvard, y conozco algunas buenas tiendas en Georgetown. Pueden encontrarse cosas baratas si uno sabe dónde buscarlas.

—Oh, ¡me *encantaría* arreglar mi departamento como éste! ¿Me puede mostrar el resto?

—Claro, ¿el dormitorio primero? —Henderson rió para demostrar que no tenía intenciones ocultas..., que, por supuesto, sí tenía, aunque en esos asuntos era un hombre paciente. El recorrido, que duró varios minutos, aseguró a Loomis que el departamento estaba verdaderamente vacío. Un minuto después oyó un golpe en la puerta. Henderson gruñó suavemente mientras iba a contestar.

—¿Peter Henderson? —El hombre que hacía la pregunta estaba vestido con traje de negocios. Henderson tenía puesto unos vaqueros y camisa sport.

—¿Sí? —Henderson retrocedió, sabiendo qué debía de ser eso. Pero lo que siguió le provocó una verdadera sorpresa.

—Queda arrestado, señor Henderson —dijo Sissy Loomis, mostrando su tarjeta de identificación—. El cargo es espionaje. Tiene derecho a permanecer callado, tiene derecho a hablar con su abogado. Si renuncia al derecho a permanecer callado, todo lo que diga será grabado y podrá ser usado contra usted. Si no tiene abogado o no puede pagar uno, nosotros nos ocuparemos para que se nombre un abogado que lo represente. ¿Entiende estos derechos, señor Henderson? —Era el primer caso de espionaje de Sissy Loomis. Durante cinco años se había especializado en investigaciones de robos de Bancos, trabajando a menudo como informante, con un revólver Magnum .357 en el cajón de su caja—. ¿Quiere usted renunciar a esos derechos?

—No, no renuncio. —La voz de Henderson era gangosa.

—Oh, lo hará —observó el inspector—. Lo hará —se volvió hacia los tres agentes que lo habían acompañado—. Revisen esto a fondo caballeros, y en silencio. No queremos despertar a nadie. Usted, señor Henderson, vendrá con nosotros. Puede cambiarse primero. Podemos hacer por las buenas, o de otra manera. Si usted promete cooperar, no habrá esposas. Pero si trata de escapar... créame, usted no quiere hacerlo... —El inspector había estado en el FBI durante veinte años, y nunca había sacado siquiera su revólver de servicio en un momento de furia, mientras que Loomis ya había disparado y matado a dos hombres. Él era ya viejo en el FBI, y no podía dejar de preguntarse qué pensaría de eso el señor Hoover; y ni qué mencionar al nuevo director judío.

El Octubre Rojo

Ramius y Kamarov conferenciaron sobre la carta durante varios minutos, trazando diferentes rutas alternativas antes de ponerse de acuerdo en una de ellas. Los tripulantes no prestaron atención. Nunca se los había alentado a conocer de cartas. El comandante caminó hacia el mamparo posterior y levantó el teléfono.

—Camarada Melekhin —ordenó, esperando unos segundos—. Camarada, habla el comandante. ¿Han surgido otras dificultades con los sistemas del reactor?

—No, camarada comandante.

—¡Excelente! Mantenga las cosas como están por otros dos días. —Ramius colgó. Faltaban treinta minutos para el siguiente cambio de guardia.

Melekhin y Kirill Surzpoi, el oficial ayudante de máquinas, cumplían su turno en la sala de máquinas. Melekhin operaba las turbinas y Surzpoi estaba a cargo de los sistemas del reactor. Cada uno de ellos tenía un *michman* y tres conscriptos a sus órdenes. Los maquinistas habían tenido un crucero muy ocupado. Al parecer, todos los indicadores y monitores del sector de máquinas habían sido inspeccionados, y algunos de ellos completamente reconstruidos por los dos oficiales más antiguos, ayudados por Valintin Bugayev, el oficial de electrónica y genio de a bordo, que también se había hecho cargo de las clases de adoctrinamiento político para los tripulantes. Los hombres de la sala de máquinas eran los más nerviosos a bordo de la nave. La supuesta contaminación ya era conocida por todos; los secretos no tienen larga vida en un submarino. Para aliviarles la carga, estaban suplementando las guardias en máquinas con conscriptos comunes. El comandante consideraba eso como una buena oportunidad para realizar el adiestramiento cruzado, en el que él creía. La dotación pensaba que era una buena forma de envenenarse. La disciplina se mantenía, por supuesto. Eso se debía en parte a la confianza que los hombres tenían en su comandante, en parte a su entrenamiento, pero más que todo a su conocimiento de lo que iba a ocurrir si ellos fallaban en cumplir sus órdenes de inmediato y con entusiasmo.

—Camarada Melekhin —llamó Surzpoi—. Hay una fluctuación de la presión en la serpentina principal, manómetro número seis.

—Voy. —Melekhin se apresuró y apartó de su sitio al *michman* cuando llegó al tablero maestro de control—. ¡Más instrumentos malos! Los otros indican normal. Nada importante —dijo el jefe de máquinas suavemente pero asegurándose de que todos lo oyeran. Toda la guardia del compartimiento vio que el jefe de máquinas susurraba algo al oído de su ayudante. El más joven sacudió lentamente la cabeza mientras dos pares de manos trabajaban afanosamente en los controles.

Comenzó a sonar intensamente un zumbador de dos fases, completando la alarma con una luz roja rotativa.

—¡CORTE la pila! —ordenó Melekhin.

—CORTANDO. —Surzpoi lanzó un dedo al botón maestro de cierre.

—¡Ustedes, hombres, váyanse adelante! —ordenó luego Melekhin. No hubo dudas—. ¡Usted, no, conecte potencia de baterías a los motores caterpillar, rápido.

El suboficial mayor corrió hacia atrás para conectar las llaves correspondientes, maldiciendo el cambio de órdenes. Le llevó cuarenta segundos.

—¡Listo, camarada!

—*¡Váyase!*

El suboficial mayor fue el último hombre que salió del compartimiento. Se aseguró de que las escotillas quedaran perfectamente cerradas y trabadas antes de correr a la sala de control.

—¿Cuál es el problema? —preguntó Ramius con calma.

—¡Alarma de radiación en la sala de intercambio de calor!

—Muy bien, vaya a proa y dése una ducha con el resto de su guardia. Contrólese. —Ramius dio al *michman* unos golpecitos en el brazo—. Hemos tenido antes estos problemas. Usted es un hombre adiestrado. Los tripulantes buscan su liderazgo.

Ramius levantó el teléfono. Pasó un momento antes de que contestaran desde el otro extremo.

—¿Qué ha sucedido, camarada? —Los tripulantes que estaban en la sala de control observaron a su comandante mientras escuchaban la respuesta. No pudieron menos que admirar su calma. Las alarmas de radiación habían sonado en todo el casco—. Muy bien. No nos quedan muchas horas de energía en las baterías, camarada. Debemos subir a profundidad de *schnorkel*.[1] Quede atento para activar el diesel. Sí.

Ramius colgó el tubo.

—Camaradas, escúchenme. —La voz de Ramius estaba completamente bajo control—. Se ha producido una falla menor en los sistemas de control del reactor. La alarma que ustedes oyeron no era una pérdida mayor de radiación, sino más bien una falla en los sistemas de control en las varillas del reactor. Los camaradas Melekhin y Surzpoi ejecutaron con éxito un corte de emergencia del reactor, pero no podemos operar apropiadamente el reactor sin los controles primarios. Por lo tanto, completaremos nuestra navegación con motores diesel. Para asegurarnos contra cualquier *posible* contaminación de radiación, los sectores del reactor han sido aislados, y todos los compartimientos, los de máquinas primero, serán ventilados con aire de superficie cuando usemos el *schnorkel*. Kamarov, usted irá a popa para operar los controles de ambiente. Yo tomaré el comando.

—¡Comprendido, camarada comandante! —Kamarov partió hacia popa.

Ramius levantó el micrófono para informar esas novedades al resto de la tripulación. Todos esperaban algo. A proa, algunos de los hombres murmuraron entre ellos que *menor* era una palabra que sufría exceso de uso, que los submarinos nucleares no navegaban impulsados por diesel ni ventilaban con aire de superficie y que maldito fuera todo eso.

Terminado su lacónico anuncio, Ramius ordenó que aproximaran el submarino a la superficie.

---

1. Mecanismo que permite aspirar aire exterior. (*N. del T.*)

El Dallas

—Esto puede más que yo, jefe. —Jones sacudió la cabeza—. Los ruidos del reactor han cesado, las bombas están cortadas, pero está navegando a la misma velocidad, igual que antes. Con baterías, supongo.

—Debe de ser un sistema de baterías de todos los diablos para impulsar algo tan grande a esta velocidad —observó Mancuso.

—Estuve sacando algunos cómputos sobre eso, hace unas horas —Jones levantó su anotador—. Esto está basado en el casco tipo *Typhoon*, con el coeficiente de un casco liso y pulido, de modo que probablemente es conservador.

—¿Dónde aprendió a hacer esto, Jonesy?

—El señor Thompson me hizo la parte hidrodinámica. El componente eléctrico es bastante sencillo. Podría tener algo exótico..., células de combustible, puede ser. Si no, si está funcionando con baterías comunes, tiene suficiente energía eléctrica como para hacer arrancar todos los autos de Los Ángeles.

Mancuso sacudió la cabeza.

—No puede durarle para siempre.

Jones levantó un poco la mano.

—Crujidos de casco... Suena como si estuviera subiendo un poco.

El Octubre Rojo

—Suba el *schnorkel* —dijo Ramius. Mirando a través del periscopio verificó que el *schnorkel* estaba arriba—. Bueno, no hay otros buques a la vista. Eso es una buena noticia. Creo que hemos perdido a nuestros cazadores imperialistas. Levante la antena de medidas de apoyo electrónico. Vamos a asegurarnos de que ningún avión enemigo anda rondando con sus radares.

—Está claro, camarada comandante. —Bugayev estaba a cargo del panel de ayudas electrónicas—. Nada, ni siquiera equipos de aviones comerciales.

—Bueno, realmente hemos perdido a nuestra jauría de ratas. —Ramius levantó de nuevo el teléfono—. Melekhin, ya puede abrir la inducción principal y ventilar los sectores de máquinas, luego ponga en marcha el diesel. —Un minuto después todos a bordo sintieron la vibración cuando el arrancador del enorme motor diesel del *Octubre* empezó a girar impulsado por la energía de las baterías. Instantáneamente se produjo la aspiración de todo el aire de los sectores de máquinas, su reemplazo por aire tomado a través del *schnorkel*, y la eyección del aire «contaminado» al mar.

El motor de arranque continuó girando durante dos minutos, y a lo largo de todo el casco los hombres esperaron el ruido sordo que habría indicado el acople del motor y que ya podía generar potencia para que funcionaran los motores eléctricos. Pero no arrancó. Después de otros treinta segundos, el motor de arranque se detuvo. Se oyó el zumbador del teléfono de la sala de control. Ramius levantó el tubo.

—¿Qué sucede con el diesel, camarada jefe de máquinas? —preguntó secamente el comandante—. Comprendo. Enviaré hombres a popa... Oh. Espere. —Ramius miró a su alrededor. El oficial ayudante de máquinas, Svyadov, se hallaba de pie en la parte posterior del compartimiento—. Necesito un hombre que conozca de motores diesel para que ayude al camarada Melekhin.

—Yo crecí en una granja del Estado —dijo Bugayev—. Empecé a jugar con motores de tractores cuando era un chico.

—Hay un problema adicional...

Bugayev asintió con la cabeza, indicando conocer de qué se trataba.

—Comprendo, camarada comandante, pero necesitamos el diesel, ¿verdad?

—No olvidaré esto, camarada —dijo Ramius con calma.

—Entonces puede comprarme un poco de ron en Cuba, camarada —sonrió animosamente Bugayev—. Quiero conocer nuevos camaradas en Cuba, preferiblemente una con cabello largo.

—¿Puedo acompañarlo, camarada? —preguntó Svyadov. Había estado el camino para entrar de guardia, acercándose a la escotilla del compartimiento del reactor, cuando lo apartaron violentamente los hombres que escapaban.

—Primero vamos a establecer la naturaleza del problema —dijo Bugayev, mirando a Ramius como pidiendo confirmación.

—Sí, tenemos mucho tiempo. Bugayev, infórmeme usted personalmente dentro de diez minutos.

—Comprendido, camarada comandante.

—Svyadov, hágase cargo del puesto del teniente. —Ramius señaló el panel de control de ayudas electrónicas—. Aproveche para aprender cosas nuevas.

El teniente hizo lo que le ordenaban. El comandante parecía muy preocupado. Svyadov nunca lo había visto así.

DECIMOCUARTO DÍA

Jueves, 16 de diciembre

Un Super Stallion

Estaban volando a ciento cincuenta nudos y a seiscientos metros sobre el mar totalmente oscurecido. El helicóptero Super Stallion era viejo. Construido hacia el final de la guerra de Vietnam, había entrado en servicio para despejar de minas la bahía de Haiphong. Ésa había sido su tarea principal, arrastrar un trineo de mar y cumplir las funciones de un barreminas. En ese momento, el gran Sikorski se usaba con otros propósitos, principalmente para misiones de largo alcance y con carga pesada. Las turbinas de los tres motores instalados en la parte superior del fuselaje producían una considerable potencia total y podía llevar a gran distancia una sección de hombres de tropa, combatientes y con su armamento.

Esa noche, además de su tripulación de vuelo normal compuesta por tres hombres, llevaba cuatro pasajeros y una pesada carga de combustible en tanques exteriores. Los pasajeros iban amontonados en la parte posterior del sector de carga, conversando entre ellos, o tratando de hacerlo por encima de la barahúnda de los motores. La conversación era animada. Los oficiales de inteligencia habían descartado el peligro implícito en su misión —no tenía sentido seguir pensando en eso— y especulaban sobre qué podrían encontrar a bordo de un auténtico submarino ruso. Cada uno de los hombres consideraba los relatos que podían surgir y decidieron que era una lástima que jamás pudieran referirse a ellos. Ninguno expresó su pensamiento en voz alta, sin embargo. En el mejor de los casos, un puñado de personas conocería eventualmente la historia completa; los otros sólo verían fragmentos desconectados que más tarde se considerarían como partes de cualquier número de operaciones diversas. Cualquier agente soviético que intentara determinar qué había sido su misión, se encontraría en un laberinto con docenas de paredes sin sentido.

El perfil de la misión era ajustado. El helicóptero estaba volando sobre una ruta determinada hacia el *HMS Invincible*, desde donde continuarían el vuelo hasta el *USS Pigeon* a bordo de un Sea King de la Marina Real. La desaparición del Stallion de la Estación Aeronaval de Oceana, por unas pocas horas solamente, aparecería como un simple vuelo de rutina.

Las turbinas de los motores del helicóptero, funcionando a la máxima velocidad de crucero, estaban consumiendo mucho combustible. La aeronave se encontraba en ese momento a cuatrocientas millas de la costa de los Estados Unidos y aún le faltaba cubrir otras ochenta millas. Su vuelo al *Invincible* no era directo; lo habían hecho siguiendo segmentos quebrados, con la intención de despistar a quienquiera pudiese haber detectado su salida con radar. Los pilotos estaban cansados. Cuatro horas es mucho tiempo para permanecer sentado en una incómoda cabina, y las aeronaves militares no se distinguen por el confort que ofrecen a sus pilotos. Los instrumentos de vuelo se destacaban iluminados en un color rojo mate. Ambos hombres ponían especial cuidado en observar el horizonte artificial; una sólida capa de nubes les impedía tomar un punto fijo de referencia en lo alto, y el vuelo de noche y sobre el agua puede producir efectos hipnóticos. Sin embargo, de ninguna manera podía considerársela una misión fuera de lo común. Los pilotos habían hecho eso muchas veces, y su preocupación no era muy diferente de la que puede sentir un conductor experimentado en una carretera resbaladiza. Los peligros eran reales, pero de rutina.

—Juliet 6, la marcación de su blanco es cero-ocho-cero; distante setenta y cinco millas —llamó el Sentry.

—¿Creerá que estamos perdidos? —se preguntó el capitán de fragata John Marcks por el intercomunicador.

—Fuerza Aérea —replicó su copiloto—. No saben mucho acerca del vuelo sobre agua. Creen que uno se pierde si no tiene caminos para seguir.

—Ajá —rió Marcks—. ¿Quién te gusta en el partido de los Eagles esta noche?

—Oilers por tres y medio.

—Seis y medio. El fullback de Phillys todavía está lesionado.

—Cinco.

—De acuerdo, que sean cinco. No quiero apretarte mucho —sonrió Marcks. Le encantaba jugar. Al día siguiente de la ocupación de las Malvinas por la Argentina, apostó en contra de ésta por siete a uno.

Pocos centímetros arriba de sus cabezas y hacia atrás, los motores funcionaban a miles de revoluciones por minuto, haciendo girar engranajes para producir la rotación del principal rotor de siete palas. No tenían forma de saber que se había iniciado una fractura en la caja de transmisión, cerca de la puerta de inspección de fluidos.

—Juliet 6, su blanco acaba de lanzar un caza para que los acompañe en la entrada. Se encontrará con ustedes en ocho minutos. Se aproximará desde las once del reloj, altura tres.

—Muy amables —dijo Marcks.

Harrier 2-0

El teniente Parker estaba volando el Harrier que habría de acompañar al Super Stallion. El asiento posterior del avión naval estaba ocupado por un subteniente. En realidad, su propósito no era acompañar al helicóptero hasta el *Invincible*, sino efectuar un último control en busca de algún submarino ruso que pudiera detectar al helicóptero en vuelo y preguntarse qué estaba haciendo.

—¿Alguna actividad en el agua? —preguntó Parker.

—Ni el menor indicio. —El subteniente estaba trabajando con el equipo de búsqueda infrarroja, que barría a izquierda y derecha de su ruta. Ninguno de los dos hombres sabía qué estaba ocurriendo, aunque ambos habían especulado bastante incorrectamente sobre qué podía ser que su portaaviones estaba cazando en el máldito océano.

—Trate de encontrar al helicóptero —dijo Parker.

—Un momento... Allí. Un poco al sur de nuestra ruta. —El subteniente apretó el botón y la representación apareció en la pantalla del piloto. La imagen térmica era principalmente de los motores montados en la parte superior de la aeronave, dentro de la luminosidad más débil verde mate, de las puntas calientes del rotor.

—Harrier 2-0, aquí Sentry Echo. Su objetivo está a la una de su reloj, distancia veinte millas, cambio.

—Comprendido, lo tenemos en nuestro infrarrojo. Gracias. Corto —dijo Parker—. Son condenadamente útiles esas cosas..., esos Sentries.

—El Sikorski está volando con toda su potencia. Mire la señal infrarroja de ese motor.

El Super Stallion

En ese momento se produjo la fractura total de la caja de transmisión. Instantáneamente los galones de aceite lubricante se convirtieron en una nube grasosa detrás del cubo del rotor, y los delicados engranajes empezaron a romperse unos a otros. En el panel de comando se encendió una luz intermitente de alarma. Marcks y el copiloto de inmediato tendieron las manos para cortar la potencia a los tres motores. No hubo tiempo suficiente.

La transmisión pareció inmovilizarse, pero la potencia de los tres motores la destrozó. Los pedazos irregulares atravesaron sus alojamientos de seguridad y desgarraron la parte anterior de la aeronave. El momento del rotor hizo girar sin control el fuselaje del Stallion, mientras caía rápidamente. Dos de los hombres ubicados atrás, que habían soltado sus cinturones de seguridad, fueron desprendidos de sus asientos y rodaron hacia adelante.

—MAYDAY MAYDAY MAYDAY,[1] aquí Juliet 6 —llamó el copiloto. El cuerpo del capitán Marcks estaba caído sobre los comandos, con una mancha oscura en la parte posterior del cuello—. Nos caemos, nos caemos. MAYDAY MAYDAY MAYDAY.

El copiloto estaba tratando de hacer algo. El rotor principal seguía girando lentamente sin potencia, demasiado lentamente. El desacople automático, que debió haberle permitido efectuar la autorrotación y con eso lograr un vestigio de control, había fallado. Sus comandos eran prácticamente inútiles, y estaba a punto de tener una abrupta caída en el océano negro. El impacto se produjo veinte segundos después. Luchó antes con lo poco que tenía de comandos en el rotor de cola para hacer girar el helicóptero. Lo consiguió, pero era demasiado tarde.

Harrier 2-0

No era la primera vez que Parker veía morir hombres. Él mismo había quitado una vida después de lanzar un misil Sidewinder hacia un caza Dagger argentino. No había sido agradable. Eso fue peor. Mientras observaba, el grupo motor en la corcova del Super Stallion estalló en una lluvia de chispas. No hubo fuego como tal, lo que

---

1. Llamado internacional de pedido de auxilio por radio. (*N. del T.*)

ciertamente no les sirvió de mucho. Parker miraba e intentó transmitir su voluntad para que la nariz del Stallion subiera, y así fue, pero no lo suficiente. La aeronave golpeó con fuerza en el agua. El fuselaje se quebró por la mitad. La parte frontal se hundió de inmediato, pero la posterior pareció flotar durante unos pocos segundos como una bañera, hasta que empezó a llenarse de agua. Según la imagen presentada por el equipo infrarrojo, nadie logró salir antes de que se hundiera.

—Sentry, Sentry, ¿vio eso?, cambio.

—Recibido, visto, Harrier. Estamos llamando a búsqueda y rescate en este momento. ¿Puede orbitar?

—Afirmativo, podemos quedarnos aquí. —Parker controló el combustible—. Nueve-cero minutos. Quedo atento. —Parker bajó la nariz de su avión y encendió las luces de aterrizaje. Se encendió también el sistema de TV de luz baja—. ¿Vio eso, Ian? —preguntó al subteniente.

—Creo que se movió.

—Sentry, Sentry, tenemos un posible sobreviviente en el agua. Comunique al *Invincible* que envíe aquí de inmediato un Sea King. Voy a bajar más para investigar. Le informaré.

—Comprendido eso, Harrier 2-0. Su comandante informa que ya está saliendo un helicóptero. Cambio y corto.

El Sea King de la Marina Real llegó en veinticinco minutos. Un paramédico, vestido con traje de goma, saltó al agua para poner una cuerda alrededor del único sobreviviente. No había otros, tampoco restos del helicóptero, sólo una mancha de combustible para jet, que se evaporaba lentamente en el aire frío. Un segundo helicóptero continuó la búsqueda mientras el primero volaba rápidamente hacia el portaaviones.

El Invincible

Ryan observaba desde el puente cuando los enfermeros llevaron la camilla al interior de la isla. Otro tripulante apareció un momento más tarde, con un portafolio.

—Tenía esto, señor. Es un teniente de fragata, de nombre Dwyer. Una pierna y varias costillas rotas. Se encuentra mal, almirante.

—Gracias. —White tomó el portafolio—. ¿Alguna posibilidad de que haya otros sobrevivientes?

El marino sacudió la cabeza.

—No hay posibilidad, señor. El Sikorski se debe de haber hundido como una piedra. —Miró a Ryan—. Lo siento, señor.

—Gracias —dijo Ryan con un movimiento de cabeza.

—Norfolk está en la radio, almirante —dijo un oficial de comunicaciones.

—Vamos, Jack. —El almirante White le entregó el portafolio e indicó el camino hacia la sala de comunicaciones.

—El helicóptero cayó al mar. Tenemos un sobreviviente al que están atendiendo en este momento —dijo Ryan por la radio. Hubo un momento de silencio.

—¿Quién es?

—El nombre es Dwyer. Lo llevaron directamente a la enfermería, almirante. No podrá actuar por un tiempo. Infórmelo a Washington. Cualquiera haya sido la operación planeada, tendremos que pensarla de nuevo.

—Comprendido. Corto —dijo el almirante Blackburn.

—Cualquier cosa que decidamos hacer —observó el almirante White—, tendrá que ser rápida. Tenemos que sacar nuestro helicóptero hacia el *Pigeon* en dos horas para que pueda regresar antes del amanecer.

Ryan comprendió exactamente qué significaría eso. Sólo había cuatro hombres en el mar que cumplían los dos requisitos: saber lo que estaba ocurriendo y encontrarse lo suficientemente cerca como para hacer algo. Entre ellos, él era el único norteamericano. El *Kennedy* se encontraba demasiado lejos. El *Nimitz* estaba cerca, pero para usarlo deberían transmitirle por radio toda la información, y Washington no se mostraba muy entusiasta en ese sentido. Quedaba una sola alternativa: armar y despachar un nuevo equipo de inteligencia. No había tiempo para otra cosa.

—Hagamos abrir este portafolio, almirante. Necesito ver cómo es el plan.

En el camino al camarote de White llamaron a un marinero maquinista. El hombre demostró ser un excelente cerrajero.

—¡Santo Dios! —exclamó Ryan sin aliento, cuando leyó el contenido del portafolio—. Será mejor que vea esto.

—Bueno —dijo White unos minutos después—, es realmente astuto.

—Sí, es muy listo —dijo Ryan—. Me pregunto quién fue el genio que lo planeó. Yo sé que tendré que participar en esto. Pediré permiso a Washington para llevar conmigo algunos oficiales.

Diez minutos más tarde estaban de vuelta en comunicaciones. White hizo despejar el compartimiento. Después Jack habló por el canal de voz criptográfica. Ambos confiaban en que el equipo mezclador funcionara bien.

—Lo oigo muy bien, señor Presidente. Usted sabe lo que sucedió con el helicóptero.

—Sí, Jack, una verdadera desgracia. Necesito que usted sea uno de los relevos.

—Sí, señor, ya lo había previsto.

—No se lo puedo ordenar, pero usted sabe cuáles son los intereses. ¿Lo hará?

Ryan cerró los ojos.

—Afirmativo.

—Lo aprecio, Jack.

«Seguro que lo aprecia...»

—Señor, necesito su autorización para llevar conmigo alguna ayuda, unos pocos oficiales británicos.

—Uno —dijo el Presidente.
—Señor, necesito más que eso.
—Uno.
—Entendido, señor. Nos pondremos en marcha dentro de una hora.
—¿Usted sabe lo que se espera que ocurra?
—Sí, señor. El sobreviviente tenía con él las órdenes de operaciones. Ya las he leído.
—Buena suerte, Jack.
—Gracias, señor. Corto. —Ryan desconectó el canal del satélite y se volvió hacia el almirante White—. Ofrézcase una vez como voluntario, sólo una vez, y vea lo que sucede.
—¿Asustado? —White no pareció divertido.
—Que me condene si no lo estoy. ¿Puedo pedirle prestado un oficial? Un tipo que hable ruso, si es posible. Usted sabe cómo puede evolucionar esto.
—Veremos. Venga.

Cinco minutos más tarde estaban de vuelta en el camarote de White esperando la llegada de cuatro oficiales. Todos ellos resultaron ser tenientes de corbeta, y todos menores de treinta años.

—Caballeros —comenzó el almirante—, les presento al capitán de fragata Ryan. Necesita un oficial para que lo acompañe, en forma voluntaria, en una misión de cierta importancia. Se trata de una misión secreta y poco común, y puede significar algún peligro. Se ha llamado a ustedes cuatro por su conocimiento de ruso. Eso es todo lo que puedo decirles.

—¿Van a ir a hablar a un submarino soviético? —preguntó con entusiasmo el mayor de ellos—. Yo soy su hombre. Tengo un título en el idioma, y mi primer destino fue a bordo del *HMS Dreadnought.*

Ryan consideró el aspecto ético de aceptar al hombre antes de decirle de qué se trataba. Asintió con un movimiento de cabeza, y White hizo retirar a los otros.

—Me llamo Jack Ryan. —Le tendió la mano.
—Owen Williams. Bueno, ¿qué vamos a hacer?

—El submarino se llama *Octubre Rojo*...

—*Krazny Oktyabr* —dijo Williams sonriendo.

—Y está intentando desertar a los Estados Unidos.

—¿De veras? Así que era por eso que hemos andado dando vueltas. Un tipo decente su comandante. ¿Y qué certeza tenemos de esto?

Ryan dedicó varios minutos a detallar la información de inteligencia.

—Le transmitimos con destello ciertas instrucciones, y él pareció aceptarlas. Pero no lo sabremos con seguridad hasta que estemos a bordo. Se sabe de desertores que han cambiado de idea, sucede mucho más de lo que usted puede imaginar. ¿Todavía quiere venir?

—¿Perder una oportunidad como ésta? Exactamente, ¿cómo llegamos a bordo, capitán?

—Mi nombre es Jack. Soy de la CIA, no marino. —Luego siguió explicando el plan.

—Excelente. ¿Tengo tiempo de recoger algunas cosas?

—Vuelva aquí en diez minutos —dijo White.

—Comprendido, señor. —Williams saludó en posición militar y salió.

White tomó el teléfono.

—Envíe al teniente de corbeta Sinclair que venga a verme. —El almirante explicó que era el comandante del destacamento de infantes de marina del *Invincible*—. Tal vez necesite llevar con usted otro amigo.

El otro amigo era una pistola automática FN de nueve milímetros, con un cargador de repuesto y una pistolera de hombro que desapareció completamente debajo de su chaqueta.

Las órdenes para la misión fueron cortadas en pedazos y quemadas antes de que se fueran.

El almirante White acompañó a Ryan y Williams a la cubierta de vuelo. Se detuvieron junto a la escotilla, observando al Sea King mientras sus motores chillaban cobrando vida.

—Buena suerte, Owen. —White estrechó la mano del joven, quien saludó militarmente y se retiró.

—Mis saludos a su esposa, almirante. —Ryan le dio la mano.

—Cinco días y medio hasta Inglaterra. Usted probablemente la vea antes que yo. Tenga cuidado, Jack.

Ryan sonrió con una mueca tortuosa.

—Es mi apreciación de inteligencia, ¿no es así? Si estoy en lo cierto, sólo será un crucero de placer... suponiendo que el helicóptero no se me caiga encima.

—Le queda bien el uniforme, Jack.

Ryan no había esperado eso. Se puso en posición militar y saludó como le habían enseñado en Quantico.

—Gracias, almirante. Hasta luego.

White lo observó cuando entraba en el helicóptero. El jefe de la tripulación deslizó la puerta para cerrarla y un momento más tarde aumentaba la potencia de los motores del Sea King. El helicóptero se levantó unos pocos metros y luego su nariz bajó hacia babor y comenzó un viraje en ascenso en dirección al sur. Sin las luces de posición la silueta oscura se perdió de vista en menos de un minuto.

33N 75W

El *Scamp* se reunió con el *Ethan Allen* pocos minutos después de medianoche. El submarino de ataque tomó posición a menos de mil metros a popa del viejo submarino misilístico, y ambos navegaron en un amplio círculo mientras sus operadores de sonar escuchaban la aproximación de un buque impulsado a diesel, el *USS Pigeon*. Tres de las piezas estaban ya en su lugar. Tres más iban a venir.

El Octubre Rojo

—No hay alternativa —dijo Melekhin—. Debo continuar trabajando en el diesel.

—Vamos a ayudarlo —dijo Svyadov.

—¿Y qué sabe usted de bombas de combustible diesel? —preguntó Melekhin, con voz cansada pero amable—. No, camarada. Surzpoi, Bugayev y yo podemos manejarlo solos. No hay motivo para exponerlo también a usted. Yo informaré otra vez dentro de una hora.

—Gracias, camarada. —Ramius cerró el parlante—. Este viaje ha tenido un montón de problemas. Sabotaje. ¡Nunca me había sucedido algo así en toda mi carrera! Si no podemos arreglar el diesel... Tenemos solamente unas pocas horas más de energía en las baterías, y el reactor necesita una inspección general y de seguridad. Les juro, camaradas, que si encontramos al hijo de puta que nos hizo esto...

—¿No deberíamos llamar pidiendo ayuda? —preguntó Ivanov.

—¿Tan cerca de la costa norteamericana, y quizá con un submarino imperialista todavía en nuestra cola? ¿Qué clase de «ayuda» podríamos conseguir, eh? Camaradas, tal vez nuestro problema no es accidente, ¿han considerado eso? Tal vez nos hemos convertido en peones de un juego fatal —movió la cabeza de un lado a otro—. No, no podemos arriesgar esto. ¡Los norteamericanos no deben poner sus manos en este submarino!

Dirección General de la CIA

—Gracias por venir en tan corto tiempo, senador. Le pido disculpas por hacerlo levantar tan temprano. —El juez Moore recibió a Donaldson en la puerta y lo hizo entrar en su espacioso despacho—. Usted conoce al director Jacobs, ¿no?

—Desde luego, ¿y qué han juntado al alba las cabezas del FBI y de la CIA? —preguntó Donaldson con una sonrisa. Eso tenía que ser bueno. Ser presidente del Comité de Selección era más que un trabajo, era diversión, verdadera diversión por ser una de las pocas personas que estaban realmente al tanto de las cosas.

La tercera persona que estaba en la habitación, Ritter, ayudó a una cuarta persona a levantarse de un sillón de respaldo alto que lo había ocultado a la vista. Era Peter Henderson y Donaldson quedó sorprendido al verlo. El traje de su ayudante estaba ajado, como si hubiese pasado la noche levantado. De pronto, se había acabado totalmente la diversión.

El juez Moore dominó su furia con tono afectuoso:

—Usted conoce al señor Henderson, por supuesto.

—¿Qué significa esto? —preguntó Donaldson, con una voz más reprimida que lo esperado por todos.

—Usted me mintió, senador —dijo Ritter—. Me prometió que no revelaría lo que le dije ayer, sabiendo en todo momento que le diría a este hombre...

—Yo no hice semejante cosa.

—... quien luego se lo dijo a un individuo agente de la KGB —continuó Ritter—. ¿Emil?

Jacobs apoyó su café.

—Hemos andado detrás del señor Henderson desde hace algún tiempo. Era su contacto lo que nos tenía desconcertados. Ciertas cosas son tan sólo demasiado obvias. Mucha gente en Washington toma regularmente un taxi. El contacto de Henderson era un chofer de taxi. Finalmente lo atrapamos.

—La forma en que pusimos en descubierto a Henderson fue a través de usted, senador —explicó Moore—. Hace pocos años teníamos en Moscú un agente muy bueno, un coronel de sus Fuerzas de Cohetes Estratégicos. Durante cinco años nos había estado dando buena información, y estábamos a punto de sacarlo junto con su familia. Intentamos hacerlo; es imposible tener agentes para siempre, y realmente estábamos en deuda con este hombre. Pero yo cometí el error de revelar su nombre a su comité. Una semana más tarde había desaparecido. Eventualmente lo fusilaron, por supuesto. Enviaron a Siberia a su mujer y tres hijas. Nuestra información nos revela que están viviendo en un aserradero al este de los Urales. Uno de esos lugares típicos, sin agua corriente, comida asquerosa, sin instalaciones médicas disponibles, y como son las familias de un traidor condenado, no es difícil imaginar la clase de infierno que deben de estar soportando. Un hombre bueno, muerto, y una familia destruida. Trate de pensar en eso, senador. Esta historia es verídica, y esta gente es de la vida real.

»Al principio no sabíamos quién había pasado la información. Tenía que ser usted, o alguno de otros dos, de manera que empezamos a hacer correr información a miembros individuales del comité. Tardamos seis meses, pero su nombre surgió tres veces. Después de eso, hicimos que el director Jacobs controlara a todas las personas integrantes de su plana mayor. ¿Emil?

—Cuando Henderson era editor asistente en el *Crimson* de Harvard, en 1970, lo enviaron al estado de Kentucky para hacer una crónica sobre el tiroteo. Ustedes recuerdan aquel asunto de los «Días de Ira», después de la incursión en Camboya, y el terrible enfrentamiento con la guardia nacional. Quiso la suerte que yo también estuviese allí. Evidentemente, Henderson sintió asco, lo que era comprensible. Pero no su reacción. Cuando se graduó y pasó a formar parte de su personal, senador, empezó a hablar sobre su trabajo con sus viejos amigos activistas. Esto lo llevó a un contacto con los rusos, y ellos pidieron cierta información. Eso fue durante el bombardeo de Navidad... Realmente eso no le gustó a Henderson. Entregó lo que le pedían. Al principio eran cosas de bajo nivel, nada que no hubieran podido leer en el *Post* unos días más tarde. Así es como funciona. Ellos ofrecieron el anzuelo, y él lo mordió. Pocos años más tarde, naturalmente, clavaron el anzuelo con fuerza y él ya no pudo librarse. Todos sabemos cómo funciona este juego.

»Ayer instalamos un grabador en su taxi. Se sorprenderían si supieran qué fácil fue hacerlo. Los agentes también se ponen perezosos, como el resto de nosotros. Para no alargar la historia, lo tenemos a usted en una cinta grabada prometiendo no revelar la información a nadie, y lo tenemos a Henderson volcando esa misma información, menos de tres horas después, a un conocido agente de la KGB, también en cinta grabada. Usted no ha violado ninguna ley, senador, pero el señor Henderson sí. Fue arrestado anoche a las nueve. El cargo es espionaje, y nosotros tenemos las pruebas para que la acusación tenga efecto.

—Yo no tenía absolutamente ningún conocimiento de esto —dijo Donaldson.

—No habíamos pensado en lo más mínimo que usted lo tuviera —dijo Ritter.

Donaldson enfrentó a su ayudante.

—¿Qué tiene usted que decir en su favor?

Henderson no dijo nada. Pensó decir cuánto lo sentía, pero ¿cómo explicar sus emociones? La sucia sensación de ser un agente de una potencia extranjera, yuxtapuesta con el excitante placer de burlar a toda una legión de personeros del gobierno. Cuando lo atraparon, esas emociones cambiaron, convirtiéndose en miedo por lo que habría de ocurrirle, y alivio porque todo había pasado.

—El señor Henderson ha accedido a trabajar para nosotros —dijo Jacobs amablemente—. Es decir, tan pronto como usted abandone el Senado.

—¿Qué significa eso? —preguntó Donaldson.

—Usted ha estado en el Senado... ¿cuánto? Trece años, ¿no es así? Usted fue originalmente nombrado para llenar un período que no había expirado, si mi memoria es buena —dijo Moore.

—Podría intentar ver cuál es mi reacción ante el chantaje —observó el senador.

—¿Chantaje? —Moore levantó ambos brazos—. Por Dios, senador; el director Jacobs ya le ha dicho que usted no ha violado ninguna ley, y tiene mi palabra que de la CIA no saldrá nada de esto. Ahora bien, que el Departamento de Justicia decida juzgar al señor Henderson o no, es algo que no está en nuestras manos. «Ayudante de Senador Acusado de Traición: el Senador Donaldson Afirma Desconocer Actividades de Ayudante.»

Jacobs continuó:

—Senador, la Universidad de Connecticut le ha ofrecido el decanato en su escuela de gobierno, desde hace varios años. ¿Por qué no la acepta?

—O Henderson va a la cárcel. ¿Quiere cargar eso en mi conciencia?

—Es obvio que no puede seguir trabajando para usted, y será igualmente obvio que si es despedido después de tantos años de servicios ejemplares en su oficina, no pasará inadvertido. Si, en cambio, usted decide abandonar la vida pública, no sería demasiado sorprendente que él no pudiera obtener un trabajo del mismo nivel con otro senador. Entonces, conseguiría un bonito empleo en la Oficina de la Contaduría General, donde todavía tendrá acceso a toda clase de secretos. Sólo que de ahora en adelante —dijo Ritter— nosotros decidiremos cuáles serán los secretos que pase.

—No hay ningún estatuto de limitaciones sobre espionaje —señaló Jacobs.

—Si los soviéticos lo descubren... —dijo Donaldson, y se interrumpió. En realidad no le importaba, ¿no? No por Henderson, no por el ficticio ruso. Él tenía una imagen que salvar, debía cortar por lo sano—. Gana usted, juez.

—Yo pensé que lo vería a nuestra manera. Lo comunicaré al Presidente. Gracias por venir, senador. El señor Henderson llegará esta mañana un poquito tarde a la oficina. No sea muy severo con él, senador. Si juega a la pelota con nosotros, en unos pocos años quizá lo dejemos desprenderse del gancho. Ha sucedido antes, pero tendrá que ganárselo. Buenos días, señor.

Henderson iba a jugar para ese mismo lado. Su alternativa era vivir en una penitenciaría de máxima seguridad. Después de escuchar la cinta grabada de su conversación en el taxi, había hecho su confesión frente a una dactilógrafa de la corte y una cámara de televisión.

El Pigeon

La travesía hasta el *Pigeon* había sido misericordiosamente tranquila. La nave de rescate, con su casco catamarán, tenía a popa una pequeña plataforma para helicópteros, y el helicóptero de la Marina Real había evolucionado manteniéndose inmóvil a sesenta centímetros sobre ella, permitiendo que Ryan y Williams saltaran. Los llevaron inmediatamente al puente mientras el helicóptero zumbaba hacia el nordeste de regreso a su base.

—Bienvenidos a bordo, caballeros —dijo el comandante con amabilidad—. Dice Washington que ustedes tienen órdenes para mí. ¿Café?

—¿Tiene usted té? —preguntó Williams.

—Es probable que podamos encontrar un poco.

—Vayamos a algún lugar donde podamos hablar en privado —dijo Ryan.

El Dallas

El *Dallas* estaba ya al tanto del plan. Alertado por otra transmisión en onda de extrabaja frecuencia, Mancuso había colocado el submarino en profundidad de antena durante un corto tiempo por la noche. El extenso mensaje SECRETO fue descifrado a mano en su camarote. Esa tarea no era el punto fuerte de Mancuso. Le llevó una hora, mientras Chambers conducía el *Dallas* nuevamente al seguimiento de su contacto. Un tripulante que pasó junto al camarote del comandante pudo oír claramente un contenido ¡maldito! a través de la puerta. Cuando Mancuso reapareció, no podía evitar que sus labios dibujaran una sonrisa. Él tampoco era un buen jugador de cartas.

El Pigeon

El Pigeon era uno de los dos modernos buques de la Marina, diseñado y equipado para rescate submarino, que podía localizar y alcanzar un submarino nuclear hundido con la suficiente rapidez como para salvar a su dotación. Estaba provisto de toda clase de elementos y sistemas sofisticados, el principal entre ellos era el Vehículo de Rescate de Sumersión Profunda. Ese pequeño navío estaba colgado entre los dos cascos gemelos, tipo catamarán, del *Pigeon*. Había también un sonar de tres dimensiones operando a baja potencia, más que todo como una baliza, mientras el *Pigeon* describía círculos lentamente, pocas millas al sur del *Scamp* y del *Ethan Allen*. Dos fragatas clase *Perry* se hallaban al norte, a veinte millas, operando en conjunto con tres Oriones, para limpiar la zona.

—*Pigeon*, aquí *Dallas*, prueba de radio, cambio.

—*Dallas*, aquí *Pigeon*. Lo recibo fuerte y claro, cambio —contestó usando el canal de seguridad el comandante del buque de rescate.

—El paquete está aquí. Cambio y corto.

—Capitán, en el *Invincible* un oficial envió el mensaje con un destellador. ¿Puede usted manejar el destellador? —preguntó Ryan.

—¿Para ser parte de esto? ¿Está bromeando?

El plan era bastante simple, sólo un poquito demasiado audaz. Estaba claro que el *Octubre Rojo* quería desertar. Hasta era posible que todos los que estaban a bordo lo quisieran, pero muy poco probable. Entonces iban a sacar del *Octubre Rojo* a todos los que quisieran regresar a Rusia, y luego simularían que hacían volar la nave con una de las poderosas cargas que se sabía que llevaban los submarinos rusos para ese propósito. Los tripulantes evacuados serían llevados en su buque hacia el noroeste, entrando en el Estrecho Pamlico, donde esperarían a la flota soviética para regresar a su casa, seguros de que el *Octubre Rojo* había sido hundido y con una tripulación que probaría el hecho. ¿Qué era posible que saliera mal? Mil cosas.

El Octubre Rojo

Ramius miró a través de su periscopio. El único buque a la vista era el *USS Pigeon*, aunque su antena de medios electrónicos de apoyo le informaba que había actividad de radares de superficie hacia el norte, un par de fragatas haciendo guardia en el horizonte. De manera que ése era el plan. Observó la luz del destellador, traduciendo mentalmente el mensaje.

Centro Médico Naval de Norfolk

—Gracias por venir, doctor. —El oficial de inteligencia se había hecho cargo de la oficina del ayudante de administración del hospital—. ¿Entiendo que nuestro paciente se ha despertado?

—Hace una hora —le confirmó Tait—. Estuvo consciente por unos veinte minutos. Ahora está dormido.

—¿Quiere decir eso que se salvará?

—Es un signo positivo. Estuvo razonablemente coherente, de manera que no hay evidencias de daño cerebral. Yo estaba un poco preocupado por eso. Tendría que decir que las probabilidades están a su favor ahora, pero estos casos de hipotermia muchas veces se deterioran rápidamente. Ese chico está enfermo, y eso no ha cambiado. —Tait hizo una pausa—. Yo tengo que hacerle una pregunta a usted, capitán: ¿Por qué no están contentos los rusos?

—¿Qué le hace pensar eso?

—Es difícil no darse cuenta. Además, Jamie encontró entre el personal un médico que comprende el ruso, y lo hemos puesto en la atención del caso.

—¿Por qué no me lo dijeron?

—Los rusos tampoco lo saben. Fue un juicio médico, capitán. Tener cerca un médico que hable el idioma del paciente es simplemente una buena práctica médica. —Tait sonrió, satisfecho consigo mismo por haber planeado su propia estratagema de inteligencia mientras que, a la vez, cumplía los reglamentos navales y se ajustaba a la ética médica. Sacó una tarjeta de su bolsillo—. De cualquier manera, el nombre del paciente es Andre Katyskin. Es cocinero, como pensamos, y de Leningrado. El nombre de su buque era *Politovskiy*.

—Mis felicitaciones, doctor. —El oficial de inteligencia registró la maniobra de Tait, aunque se preguntó por qué sería que los aficionados resultaban tan condenadamente hábiles cuando se entrometían en cosas que no eran de su incumbencia.

—Entonces, ¿por qué no están contentos los rusos? —Tait no obtuvo respuesta—. ¿Y por qué no tiene *usted* un tipo allá arriba? Usted ya lo sabía todo, ¿no es así? Usted sabía de qué buque había escapado, y usted sabía por qué se hundió... Entonces, si ellos más que todo querían saber de qué buque venía, y si no les gustaron las noticias que obtuvieron..., ¿significa que tienen otro submarino desaparecido allá en el océano?

Dirección General de la CIA

—¡James, usted y Bob vengan de inmediato! —dijo Moore por el teléfono.

—¿Qué ocurre, Arthur? —preguntó Greer un minuto después.

—Lo último de CARDINAL —Moore les tendió copias xerox del mensaje a ambos hombres—. ¿Cuánto es lo más rápido que podemos transmitirles esto?

—¿A esa distancia? Significa un helicóptero, un par de horas por lo menos.

—Tenemos que hacer llegar esto más rápido —urgió Greer.

—No podemos poner en peligro a CARDINAL, punto. Escriban un mensaje y ordenen que la Marina o la Fuerza Aérea lo entreguen en mano. —A Moore no le gustaba, pero no tenía otra alternativa.

—¡Llevará demasiado tiempo! —objetó Greer subiendo la voz.

—A mí también me gusta el muchacho, James. Pero hablar de eso no ayuda. Muévanse.

Greer abandonó la habitación profiriendo insultos como el marinero de cincuenta años que era.

El Octubre Rojo

—Camaradas. Oficiales y tripulantes del *Octubre Rojo*, les habla el comandante. —La voz de Ramius sonaba apagada, notaron en seguida los hombres. El incipiente pánico que había comenzado unas pocas horas antes los había llevado al borde mismo del amotinamiento—. Los esfuerzos para reparar nuestros motores han fracasado. Nuestras baterías están casi exhaustas. Estamos demasiado lejos de Cuba como para recibir ayuda, y no podemos esperar ayuda de la *Rodina*. No tenemos suficiente energía eléctrica como para operar siquiera nuestro sistema de control de ambiente por unas pocas horas más. No tenemos otra posibilidad, debemos abandonar la nave.

»No es por accidente que un buque norteamericano se encuentra ahora cerca de nosotros, ofreciéndonos ayuda. Voy a decirles lo que ha sucedido, camaradas. Un espía imperialista ha saboteado nuestra nave y, de alguna manera, ellos sabían cuáles eran nuestras órdenes. Estaban esperándonos, camaradas, esperando y deseando poner sus sucias manos en nuestro buque. Pero no lo harán. Sacaremos a la tripulación. ¡Ellos no se apoderarán de nuestro *Octubre Rojo*! Los oficiales antiguos y yo nos quedaremos atrás para disponer las cargas de autodestrucción. El agua tiene aquí una profundidad de cinco mil metros. No van a apropiarse de nuestra nave. Todos los tripulantes, excepto los que están de guardia, deberán reunirse en sus alojamientos. Eso es todo. —Ramius paseó su mirada por la sala de control—. Hemos perdido, camaradas. Bugayev, transmita los mensajes necesarios a Moscú y al buque norteamericano. Después vamos a sumergirnos a cien metros. No correremos ningún riesgo de que se apoderen de nuestro buque. Yo asumo totalmente la responsabilidad por esta... ¡desgracia! Recuerden esto muy bien, camaradas. La culpa es solamente mía.

El Pigeon

—Mensaje recibido: «SSS» —informó el radiooperador.

—¿Alguna vez estuvo en un submarino, Ryan? —preguntó Cook.

—No. Espero que sea más seguro que volar —Ryan trató de hacer una broma. Estaba profundamente asustado.

—Bueno, vamos a mandarlo abajo, al *Mystic*.

El Mystic

El Vehículo de Rescate de Sumersión Profunda no era más que tres esferas metálicas soldadas juntas, con una hélice atrás y algún blindaje alrededor para proteger las partes presurizadas del casco. Ryan fue el primero que atravesó la escotilla, después de Williams. Encontraron asientos y aguardaron. Una tripulación de tres estaba ya trabajando.

El *Mystic* se hallaba listo para operar. Cuando se dio la orden, los cabrestantes del *Pigeon* lo hicieron descender hasta las aguas calmas de abajo. Se sumergió de inmediato con sus motores eléctricos, que apenas hacían algún ruido. Su sistema de sonar de baja potencia en seguida captó el submarino ruso, a media milla de distancia y a una profundidad de cien metros. A los tripulantes les habían dicho que ésa era una real y sencilla operación de rescate. Eran expertos. El *Mystic* no demoró más de diez minutos en ubicarse suspendido sobre el tubo de escape anterior del submarino misilístico. Las hélices direccionales los colocaron cuidadosamente en la posición apropiada y un suboficial se aseguró de que el tubo de unión se ajustara con seguridad.

El agua que quedó en el interior del tubo, entre el *Mystic* y el *Octubre Rojo*, fue soplada como una explosión hacia una cámara de baja presión en el primero. Eso estableció una firme unión hermética entre las dos naves, y el agua residual fue eliminada con bombas.

—Ahora le toca a usted, supongo. —El teniente llevó a Ryan hasta la escotilla que había en el piso del segmento intermedio.

—Supongo. —Ryan se arrodilló junto a la escotilla y golpeó varias veces con la mano. No hubo respuesta. Luego intentó con una herramienta. Un momento después, como un eco, se oyeron tres golpes metálicos, y Ryan hizo girar la rueda de cierre del centro de la escotilla. Cuando la tiró hacia arriba, se encontró con otra que ya había sido abierta desde abajo. Finalmente, había aún otra escotilla perpendicular que estaba cerrada. Ryan aspiró profundamente y comenzó a descender por la escalerilla del cilindro pintado de blanco, seguido por Williams. Cuando llegó al fondo, Ryan golpeó con la mano en la más baja de las escotillas.

El Octubre Rojo

Se abrió de inmediato.

—Caballeros, soy el capitán de fragata Ryan, de la Marina de los Estados Unidos. ¿Podemos ayudarlos en alguna forma?

El hombre a quien habló era más bajo y corpulento que él. Llevaba tres estrellas en las paletas sobre los hombros, una amplia colección de condecoraciones en el pecho, y una ancha cinta dorada en la manga. De modo que ése era Marko Ramius...

—¿Habla usted ruso?

—No, señor, no lo hablo. ¿De qué naturaleza es su emergencia, señor?

—Tenemos una fuga mayor en el sistema del reactor. La nave está contaminada desde la sala de control hacia popa. Debemos evacuarla.

Ante las palabras *fuga* y *reactor*, Ryan sintió un escalofrío. Recordó qué seguro había estado de que su libreto era el correcto. En tierra, a novecientas millas de distancia, en una cálida y agradable oficina, rodeado de amigos..., bueno, no enemigos. Las miradas que le estaban lanzando los veinte hombres que se hallaban en ese compartimiento eran letales.

—¡Santo Dios! Muy bien, entonces empecemos a movernos. Podemos sacar veinticinco hombres por vez, señor.

—No tan rápido, capitán Ryan. ¿Qué será de mis hombres? —preguntó Ramius en alta voz.

—Serán tratados como nuestros huéspedes, por supuesto. Si necesitan atención médica la tendrán. Serán devueltos a la Unión Soviética tan pronto como podamos arreglarlo. ¿Creyó que íbamos a ponerlos en prisión?

Ramius gruñó y se volvió para hablar con los otros en ruso. En el vuelo desde el *Invincible*, Ryan y Williams habían decidido mantener en secreto por un tiempo los conocimientos de este último sobre ruso, y Williams estaba en ese momento vestido con un uniforme norteamericano. Ninguno de ellos pensó que un ruso podría distinguir sus diferentes acentos.

—Doctor Petrov —dijo Ramius—, usted se llevará al primer grupo de veinticinco. ¡Mantenga el control de los hombres, camarada doctor! No permita que los norteamericanos les hablen individualmente, y no deje a ningún hombre que se aleje del grupo. Usted se comportará con corrección, ni más ni menos.

—Comprendido, camarada comandante.

Ryan observó a Petrov mientras contaba a los hombres al pasar por la escotilla y subir la escala. Cuando terminaron de hacerlo, Williams cerró primero la escotilla del *Mystic* y luego la del tubo de escape del *Octubre*. Ramius ordenó a un *michman* que la controlara. Oyeron desconectarse al vehículo de rescate y luego el zumbido de su motor que se alejaba.

El silencio que siguió fue tan largo como incómodo. Ryan y Williams se mantuvieron de pie en un rincón del compartimiento; Ramius y sus hombres, en el opuesto. Le recordó a Ryan los bailes de la escuela secundaria, cuando los muchachos y las chicas se agrupaban separadamente, y quedaba en el medio una tierra de nadie. Cuando un oficial sacó un cigarrillo, trató de romper el hielo.

—¿Puede darme un cigarrillo, señor?

Borodin hizo un rápido movimiento hacia arriba con el paquete y un cigarrillo surgió hasta la mitad. Ryan lo tomó, y Borodin lo encendió con un fósforo de papel.

—Gracias. Yo he dejado de fumar, pero debajo del agua, en un submarino con un reactor descompuesto, no creo que sea demasiado peligroso, ¿no le parece? —La primera experiencia de Ryan con un cigarrillo ruso no fue nada feliz. El fuerte tabaco negro lo hizo sentir mareado, a lo que había que agregar el olor acre en el aire que los rodeaba, ya espeso con el hedor a sudor, aceite de máquina y repollo.

—¿Cómo es que estaban ustedes aquí? —preguntó Ramius.

—Navegábamos hacia la costa de Virginia, comandante. Un submarino soviético se hundió allá la semana pasada.

—¿Ah sí? —Ramius admiró la historia supuestamente inventada—. ¿Un submarino soviético?

—Sí, comandante. El submarino era de los que nosotros llamamos un *Alfa*. Eso es todo lo que sé con seguridad. Recogieron un sobreviviente que está en el Hospital Naval de Norfolk. ¿Puedo preguntarle su nombre, señor?

—Marko Aleksandrovich Ramius.

—Jack Ryan.

—Owen Williams.

Todos se estrecharon las manos.

—¿Tiene usted familia, capitán Ryan? —preguntó Ramius.

—Sí, señor. Esposa, un hijo y una hija. ¿Usted, señor?

—No, no tengo familia. —Se volvió para dirigirse en ruso a un joven oficial—. Tome usted el próximo grupo. ¿Oyó mis instrucciones al doctor?

—¡Sí, camarada comandante! —dijo el joven.

Oyeron sobre sus cabezas los motores eléctricos del *Mystic*. Un momento después sonó el ruido metálico del aro de contacto al unirse al tubo de escape. Había tardado cuarenta minutos, pero les había parecido una semana. «Dios, ¿qué pasaría si el reactor estaba realmente descompuesto?», pensó Ryan.

El Scamp

A dos millas de distancia, el *Scamp* se había detenido a unos pocos cientos de metros del *Ethan Allen*. Ambos submarinos estaban intercambiando mensajes con sus radioteléfonos subácueos. Los sonaristas del *Scamp* habían captado el pasaje de los tres submarinos una hora más temprano. El *Pogy* y el *Dallas* estaban en ese momento entre el *Octubre Rojo* y los otros dos submarinos norteamericanos, y sus operadores de sonar escuchaban intensamente para captar cualquier interferencia, cualquier nave que pudiera ponerse en su camino. La zona de transferencia estaba lo suficientemente alejada de la costa como para evitar el tráfico costero de los buques mercantes y petroleros, pero eso no impedía que encontraran algún buque aislado procedente de otro puerto.

El Octubre Rojo

Cuando salió el tercer grupo de hombres bajo el control del teniente Svyadov, un cocinero que estaba al final de la fila se apartó, explicando que quería recuperar su aparato pasacassettes, para el cual había tenido que ahorrar durante meses. Nadie se dio cuenta cuando no regresó, ni siquiera Ramius. Sus tripulantes, aun los experimentados suboficiales mayores, se empujaban unos a otros para salir del submarino. Sólo faltaba evacuar un grupo.

El Pigeon

En el *Pigeon*, llevaron a los soviéticos al comedor de la tripulación. Los marinos norteamericanos observaban detenidamente a sus contrapartes soviéticos, pero no pronunciaban palabra. Los rusos encontraron las mesas preparadas con una merienda de café, tocino, huevos y tostadas. Petrov se alegró al verlo. No había ningún problema para mantener el control de los hombres mientras comían como lobos. Un joven oficial actuó como intérprete y así pudieron pedir —y obtuvieron— considerables cantidades de tocino adicional. Los cocineros tenían órdenes de servir a los rusos toda la comida que pudieran comer. Eso mantenía ocupados a todos, mientras un helicóptero que llegaba desde tierra aterrizó con veinte nuevos hombres, uno de los cuales corrió hacia el puente.

El Octubre Rojo

—El último grupo —murmuró para sí mismo Ryan. El *Mystic* se unió de nuevo. El último viaje de ida y vuelta había insumido una hora. Cuando las dos escotillas quedaron abiertas, bajó el teniente del vehículo de rescate.

—El próximo viaje se va a demorar, caballeros. Nuestras baterías ya están casi descargadas. Nos llevará noventa minutos recargarlas. ¿Algún problema?

—Será como usted diga —respondió Ramius. Tradujo lo dicho a sus hombres y luego ordenó a Ivanov que se hiciera cargo del grupo siguiente—. Los oficiales más antiguos quedarán atrás. Tenemos trabajo a realizar. —Ramius tomó la mano del joven oficial—. Si algo sucede, dígales allá en Moscú que hemos cumplido nuestro deber.

—Lo haré, camarada comandante. —Ivanov casi se ahoga al responder.

Ryan observó a los marinos que se iban. Cerraron la escotilla del tubo de escape del *Octubre Rojo*, y luego la del *Mystic*. Un minuto después se oyó el ruido metálico cuando el minisubmarino se liberó y comenzó a ascender. Oyó desvanecerse el sonido de los motores eléctricos y sintió cómo se iban cerrando sobre él los mamparos pintados de verde. Estar en un avión le provocaba temor, pero al menos el aire no amenazaba triturarlo a uno. Allí estaba él, debajo del agua, a trescientas millas de la costa, en el submarino más grande del mundo, con diez hombres solamente a bordo que sabían cómo operarlo.

—Capitán Ryan —dijo Ramius, tomando la posición militar—, mis oficiales y yo solicitamos asilo político en los Estados Unidos... y les traemos este pequeño obsequio —Ramius señaló con un gesto los mamparos de acero.

Ryan había pensado ya su respuesta.

—Comandante, en nombre del Presidente de los Estados Unidos, tengo el honor de concederles su solicitud. Bienvenidos a la libertad, caballeros.

Nadie sabía que el sistema de intercomunicadores del compartimiento había sido encendido. Horas antes habían desenchufado la luz indicadora. Dos compartimientos más adelante el cocinero escuchó, diciéndose a sí mismo que había hecho bien en quedarse atrás y deseando haber estado equivocado. «Ahora, ¿qué haré?», se preguntó. Su deber. Eso sonaba bastante fácil... pero ¿recordaría cómo llevarlo a cabo?

—No sé qué decirles sobre ustedes mismos. —Ryan estrechó otra vez las manos a todos—. Lo lograron. ¡Realmente lo lograron!

—Discúlpeme, capitán —dijo Kamarov—. ¿Habla usted ruso?

—Lo siento, el teniente Williams lo habla, pero yo no. Esperábamos que un grupo de oficiales que hablaban ruso estuvieran aquí ahora en mi lugar, pero su helicóptero se estrelló anoche en el mar. —Williams tradujo eso. Cuatro de los oficiales no tenían conocimientos de inglés.

—¿Y qué ocurre ahora?

—Dentro de pocos minutos, a dos millas de aquí va a explotar un submarino misilístico. Uno de los nuestros; uno antiguo. Supongo que usted dijo a sus hombres que iban a hacer volar a este submarino... Cristo, espero que no les haya dicho lo que realmente estaban haciendo...

—¿Y tener una guerra a bordo de mi buque? —Ramius rió—. No, Ryan. ¿Y luego qué?

—Cuando todo el mundo piense que el *Octubre Rojo* se ha hundido, nosotros pondremos rumbo al noroeste, hacia la ensenada Ocracoke, y allí esperaremos. El *USS Dallas* y el *Pogy* nos escoltarán. ¿Pueden operar la nave estos pocos hombres?

—¡Estos hombres pueden operar cualquier nave del mundo! —Ramius lo dijo en ruso primero. Sus hombres sonrieron—. ¿De modo que usted cree que nuestros hombres no sabrán lo que ha ocurrido con nosotros?

—Correcto. El *Pigeon* verá una explosión submarina. Ellos no tienen forma de saber que ése no es el lugar exacto, ¿verdad? ¿Sabe usted que su Marina tiene en este momento muchos buques operando frente a nuestras costas? Cuando ellos se vayan, bueno, entonces resolveremos dónde guardar este obsequio en forma permanente. Yo no sé dónde será eso. Ustedes, señores, serán nuestros huéspedes, naturalmente. Mucha gente nuestra querrá hablar con ustedes. Por el momento, pueden estar seguros de que serán tratados muy bien..., mejor de lo que pueden imaginar. —Ryan estaba seguro de que la CIA daría a cada uno una considerable suma de dinero. No se lo dijo; no quería insultar esa clase de valor. Lo había sorprendido saber que los desertores rara vez esperan recibir dinero y casi nunca lo piden.

—¿Y qué hay de la educación política? —preguntó Kamarov.

Ryan rió.

—Teniente, en algún momento y lugar en el proceso, alguien lo llevará consigo para explicarle cómo funciona nuestro país. Eso le tomará unas dos horas. Después de eso, usted puede empezar de inmediato a decirnos qué hacemos mal... Todo el resto del mundo lo hace, ¿por qué no usted? Pero yo no puedo hacerlo ahora. Créame, le encantará, probablemente más que a mí. Yo nunca he vivido en un país que no fuera libre, y tal vez no aprecio mi hogar tanto como debiera. Por el momento, supongo que usted tiene que cumplir alguna tarea.

—Correcto —dijo Ramius—. Vengan, mis nuevos camaradas, los pondremos también a ustedes a trabajar.

Ramius condujo a Ryan hacia popa, atravesando una serie de puertas-estanco. En pocos minutos se hallaban en la sala de misiles, un amplio compartimiento donde veintiséis tubos de color verde oscuro se elevaban a través de dos pisos. La razón de ser de un submarino misilístico, con más de doscientas cabezas de guerra termonucleares. La amenaza existente en esa sala fue suficiente como para erizar el pelo en la nuca de Ryan. No se trataba de abstracciones académicas, ésos eran reales. El piso superior, sobre el que estaban caminando, era de rejilla. El inferior, que Ryan podía ver, era sólido. Después de pasar por este y otro compartimiento, llegaron a la sala de control. En el interior del submarino había un silencio fantasmal; Ryan comprendió por qué los marinos son supersticiosos.

—Usted se sentará aquí —Ramius señaló a Ryan el puesto del timonel, en el lado de babor del compartimiento. Había un volante tipo avión y una serie de instrumentos.

—¿Qué hago? —preguntó Ryan, sentándose.

—Usted dirigirá la nave, capitán. ¿Nunca lo ha hecho?

—No, señor. Nunca había estado en un submarino.

—Pero usted es un oficial de marina.

Ryan sacudió la cabeza.

—No, capitán. Trabajo para la CIA.

—¿CIA? —Ramius silbó la sigla como si fuera venenosa.

—Ya sé, ya sé. —Ryan apoyó la cabeza sobre el volante—. Nos llaman Las Fuerzas Oscuras. Capitán, ésta no es una Fuerza Oscura que probablemente va a mojar sus pantalones antes de que hayamos terminado aquí. Yo trabajo en un escritorio, y créame por lo menos esto, aunque sea lo único: no existe nada que pueda desear más que estar en este momento en mi casa junto a mi mujer y mis hijos. Si tuviera cerebro, me habría quedado en Annapolis y seguiría escribiendo mis libros.

—¿Libros? ¿Qué quiere decir?

—Soy historiador, capitán. Hace algunos años me pidieron que ingresara en la CIA como analista. ¿Sabe usted qué es eso? Los agentes traen su información, y yo aprecio y evalúo qué significa. Yo me vi metido en este lío por error...; mierda, usted no me cree pero es verdad. De cualquier manera, yo solía escribir libros sobre historia naval.

—Dígame cuáles son sus libros —ordenó Ramius.

—*Options and Decisions*, *Doomed Eagles*, y uno nuevo que saldrá el próximo año, *Fighting Sailor*, una biografía del almirante Halsey. Mi primer libro se refería a la Batalla del Golfo de Leyte. Fue reproducido en *Morskoi Sbornik*, creo. Trataba sobre la naturaleza de las decisiones tácticas tomadas bajo condiciones de combate. Se supone que haya una docena de ejemplares en la biblioteca Frunze.

Ramius guardó silencio por un momento.

—Ah, yo conozco ese libro. Sí, he leído partes de él. Usted estaba equivocado, Ryan. Halsey actuó estúpidamente.

—Usted tendrá éxito en mi país, capitán Ramius. Ya es un crítico literario. Capitán Borodin, ¿puedo molestarlo por un cigarrillo?

Borodin le dio un paquete completo y fósforos. Ryan encendió uno. Era horrible.

El Avalon

El cuarto regreso del *Mystic* fue la señal para que el *Ethan Allen* y el *Scamp* actuaran. El *Avalon* salió de su inmovilidad y avanzó los pocos cientos de metros hasta el viejo submarino misilístico. Su comandante ya estaba reuniendo los hombres en la sala de torpedos. En todos los rincones del submarino habían abierto las escotillas, puertas y tabiques. Uno de los oficiales avanzaba hacia proa para reunirse con los otros. Detrás de él corría un cable negro que llegaba hasta cada una de las bombas puestas a bordo. Conectó el extremo del cable a un mecanismo de regulación a tiempo.

—Todo listo, señor.

El Octubre Rojo

Ryan observó a Ramius cuando ordenaba a sus hombres que ocuparan sus puestos. La mayor parte de ellos fue a popa, para operar los motores. Ramius tuvo la cortesía de hablar en inglés, repitiendo luego, él mismo, en ruso para aquellos que no comprendían su nuevo idioma.

—Kamarov y Williams, ustedes irán a proa y ajustarán todas las escotillas. —Ramius explicó en beneficio de Ryan—: Si algo anda mal —no será así, pero si ocurre— no tenemos suficientes hombres como para hacer reparaciones. Por lo tanto, sellamos todo el buque.

A Ryan le pareció razonable. Instaló un vaso vacío sobre el pedestal de control para que hiciera las veces de cenicero. Él y Ramius estaban solos en la sala de control.

—¿Cuándo vamos a partir? —preguntó Ramius.

—Cuando usted esté listo, señor. Tenemos que llegar a la Ensenada de Ocracoke con la marea alta, unos ocho minutos después de la medianoche. ¿Podemos lograrlo?

Ramius consultó su carta de navegación.

—Fácilmente.

Kamarov guió a Williams a través de la sala de comunicaciones, adelante de la de control. Dejaron allí abierta la puerta-estanco, siguieron luego hacia la sala de misiles, descendieron por una escalerilla hasta el piso inferior y caminaron hacia adelante en dirección al mamparo anterior de la sala de misiles. Cruzaron la portezuela y entraron en el compartimiento de depósito, controlando cada escotilla a medida que pasaban. Cerca de la proa, subieron por otra escalerilla hasta la sala de torpedos, apretando la escotilla detrás de ellos, y continuaron, en ese momento hacia atrás, a través del depósito de torpedos y los sectores para tripulantes. Ambos hombres experimentaron la extraña sensación de encontrarse a bordo de un buque donde no había tripulación, y se tomaron su tiempo. Williams torcía la cabeza para mirar todo y hacía preguntas a Kamarov. El teniente se sentía feliz de poder contestarlas en su idioma natal. Ambos hombres eran oficiales competentes, y compartían una romántica vocación por la profesión que habían adoptado. Por su parte, Williams se sintió profundamente impresionado por el *Octubre Rojo*, y lo dijo en repetidas oportunidades. Había puesto toda su atención hasta en los menores detalles. La cubierta tenía baldosas. Las escotillas estaban revestidas con espesas juntas de goma. Apenas hacían ruido cuando se desplazaban de un lado a otro controlando el perfecto estado de la estanqueidad, y era obvio que habían pagado algo más que jarabe de pico para lograr que ese submarino fuera completamente silencioso.

Williams estaba traduciendo al ruso una de sus historias navales favoritas cuando abrieron la escotilla que conducía al piso superior de la sala de misiles. Cuando pasó a través de la escotilla detrás de Kamarov, recordó que las brillantes luces del techo habían quedado encendidas. ¿No era así?

Ryan estaba tratando de relajarse pero no lo conseguía. El asiento era incómodo, y recordó el chiste ruso sobre cómo estaban dando forma al Nuevo Hombre Soviético... con asientos de avión de línea aérea, que provocaban en un individuo contorsiones para adoptar toda clase de formas imposibles. A popa, la tripulación de la sala de máquinas había empezado a dar potencia al reactor. Ramius estaba hablando por el teléfono intercomunicador con su jefe de máquinas cuando comenzó a aumentar el ruido del movimiento del refrigerante del reactor, para generar vapor para los turboalternadores.

Ryan levantó la cabeza. Fue como si hubiera percibido el ruido antes de oírlo. Sintió un frío que le recorría la nuca mientras el cerebro le decía qué tenía que ser ese ruido.

—¿Qué fue eso? —dijo automáticamente, sabiendo ya lo que era.

—¿Qué? —Ramius se hallaba tres metros más atrás, y en ese momento estaban girando los motores del caterpillar. Un extraño rumor reverberaba en todo el casco.

—Oí un tiro..., no, varios tiros.

Ramius parecía divertido cuando caminó unos pasos hacia delante.

—Creo que usted oyó el ruido de los motores del caterpillar, y comprendo que es su primera vez en un submarino, como usted dijo. La primera vez es siempre difícil. También lo fue para mí.

Ryan se puso de pie.

—Puede ser eso, capitán, pero yo conozco un disparo cuando lo oigo. —Desabrochó su chaqueta y sacó su pistola.

—Tendrá que darme eso —Ramius estiró la mano—. ¡Usted no puede tener una pistola en mi submarino!

—¿Dónde están Williams y Kamarov? —vaciló Ryan.

Ramius se encogió de hombros.

—Se están demorando, sí, pero este buque es muy grande.

—Voy a ir a proa a controlar.

—¡Usted se quedará en su puesto! —ordenó Ramius—. ¡Hará lo que yo diga!

—Capitán, acabo de oír algo que sonaba como disparos de pistola, y voy a ir a proa a controlar. ¿Alguna vez ha recibido usted un tiro? Yo sí. Tengo las cicatrices en el hombro para probarlo. Será mejor que tome usted el volante, señor.

Ramius levantó un teléfono y apretó un botón. Habló en ruso durante unos segundos y luego cortó la comunicación.

—Voy a ir, para demostrarle que en mi submarino no hay almas..., fantasmas, ¿eh? Fantasmas, no hay fantasmas. —Hizo un gesto señalando la pistola—. Y usted no es espía, ¿eh?

—Capitán, créame lo que quiera creer. Es una larga historia y algún día se la contaré. —Ryan esperó el relevo que evidentemente Ramius había llamado. El retumbar del empuje a través del túnel hacía que el submarino sonara como el interior de un tambor.

Entró en la sala de control un oficial cuyo nombre no recordaba. Ramius dijo algo que provocó risa... interrumpida bruscamente cuando el oficial vio la pistola de

Ryan. Era obvio que ninguno de los rusos se sentía feliz ante el hecho de que él la tuviera.

—¿Con su permiso, capitán? —Ryan señaló hacia proa.

—Adelante, Ryan.

La puerta-estanco entre control y el siguiente compartimiento había quedado abierta. Ryan entró en la sala de radio lentamente, moviendo los ojos a izquierda y derecha. No había nada. Avanzó hasta la puerta de la sala de misiles, que estaba cerrada y ajustada. La puerta —de un metro veinte más o menos de alto y unos sesenta centímetros de ancho— estaba calzada y trabada en su lugar mediante una rueda central. Ryan hizo girar la rueda con una mano. Estaba bien aceitada. Lo mismo las bisagras. Abrió muy despacio la puerta y espió desde los bordes de la escotilla.

—Oh, mierda. —Ryan respiró hondo, indicando al capitán que avanzara. El compartimiento de misiles tenía sus buenos sesenta metros de largo, y estaba alumbrado por sólo seis u ocho pequeñas luces difusas. ¿No había estado antes brillantemente iluminado? En el extremo opuesto había una mancha de luz brillante y junto a la escotilla opuesta, sobre el enrejado del piso, se veían dos formas caídas. Ninguna de las dos se movía. La luz que Ryan vio cerca de ellos parpadeaba junto al tubo de un misil.

—¿Fantasmas, capitán? —susurró.

—Es Kamarov. —Ramius dijo algo más en ruso, conteniendo el aliento.

Ryan tiró hacia atrás la corredera de su automática FN para asegurarse de que había un proyectil en la recámara. Luego se quitó los zapatos.

—Será mejor que me deje manejar esto. Hace mucho tiempo fui teniente infante de marina. —«Y mi entrenamiento en Quantico —pensó para sí mismo— no tenía un cuerno que ver con esto.» Ryan entró en el compartimiento.

La sala de misiles era casi un tercio del largo total del submarino, y tenía dos cubiertas —o pisos— de altura. El piso inferior era metálico sólido. El de arriba estaba hecho con rejillas metálicas. En los submarinos misilísticos norteamericanos llamaban Bosque de Sherwood a ese lugar. La expresión era bastante exacta. Los tubos de los misiles, de unos dos metros y medio de diámetro y pintados con un color verde más oscuro que el resto de la sala, parecían los troncos de árboles enormes. Tiró de la escotilla a sus espaldas para cerrarla y se movió hacia la derecha. La luz parecía provenir del tubo de misil más lejano, del lado de estribor, en la cubierta superior de misiles. Ryan se detuvo para escuchar. Algo estaba sucediendo allá. Podía oír un ruido muy bajo, como un roce o un crujido, y la luz se movía como si surgiera de una lámpara manual de trabajo. El sonido parecía moverse a lo largo de los pulidos costados de las chapas interiores del casco.

—¿Por qué yo? —susurró para sus adentros. Tendría que sobrepasar trece tubos de misiles para llegar a la fuente de esa luz, cruzar más de sesenta metros de cubierta abierta.

Rodeó el primero, con la pistola en la mano derecha, a la altura de la cintura, y la mano izquierda siguiendo el metal frío del tubo. Ya estaba transpirando las cachas a cuadros, de goma dura, de la pistola. «Es por eso que las hacen a cuadros», se dijo. Quedó entre el primero y el segundo tubo, mirando a babor para asegurarse de que no había nadie allí, y se aprestó a moverse hacia delante. Faltaban doce.

La rejilla del piso estaba formada por barras metálicas soldadas, de un espesor de tres milímetros y medio. Sus pies ya le dolían por caminar sobre ella. Moviéndose lenta y cuidadosamente alrededor del siguiente tubo circular, se sintió como un astronauta que orbita la Luna y cruza un horizonte continuo. Excepto que en la Luna no había nadie esperando para matarlo.

Sintió una mano sobre el hombro. Ryan dio un salto girando en el aire. Ramius. Tenía algo que decirle, pero Ryan puso la punta de sus dedos sobre los labios del ruso y sacudió la cabeza. El corazón de Ryan estaba latiendo tan ruidosamente que podría haberlo usado para transmitir en código Morse, y podía oír su propia respiración... Entonces, ¿por qué diablos no había oído a Ramius?

Ryan indicó con un gesto su intención de pasar alrededor de cada misil por el lado de afuera. Ramius indicó que él lo haría por el lado de adentro. Ryan asintió. Decidió abotonarse la chaqueta y doblar el cuello hacia arriba. Quedaría así menos visible como blanco. Mejor una forma oscura que otra con un triángulo blanco. El tubo siguiente.

Ryan vio que en los tubos había palabras pintadas, además de otras inscripciones grabadas en el metal. Las letras eran del alfabeto cirílico, y probablemente decían «No fumar» o Lenin Vive, o algo igualmente inútil. Veía y oía todo con gran agudeza, como si alguien hubiera pasado papel de lija por todos sus sentidos para ponerlos fantásticamente alertas. Pasó alrededor del tubo siguiente, flexionando nervioso los dedos sobre la empuñadura de la pistola y sintiendo deseos de enjugar la transpiración sobre los ojos. No había nada allí; el lado de babor estaba *okay*. El siguiente...

Le llevó cinco minutos llegar hasta la mitad del compartimiento, entre el sexto y el séptimo tubo. El ruido proveniente del extremo anterior del compartimiento se había hecho más pronunciado en ese momento. Decididamente la luz se movía. No era mucho, pero la sombra del tubo número uno se bamboleaba aunque muy ligeramente. Tenía que ser una lámpara de trabajo, portátil, conectada a un enchufe en la pared, o como diablos llamaran a eso en un buque. ¿Qué estaba haciendo? ¿Trabajando en un misil? ¿Había más de un hombre? ¿Por qué Ramius no contó uno por uno a sus tripulantes cuando subieron al vehículo de rescate?

«¿Por qué no lo hice yo?» Ryan se insultó a sí mismo. Seis tubos más.

Cuando iba rodeando el tubo siguiente, indicó a Ramius que en el extremo de la sala había probablemente un hombre. Ramius asintió secamente; él ya había llegado a la misma conclusión. Por primera vez se dio cuenta de que Ryan se había quitado los zapatos y, pensando que era una buena idea, levantó el pie izquierdo para sacarse el suyo. Sus dedos estaban entumecidos y torpes y lo dejaron caer. El zapato cayó sobre una parte suelta de la rejilla y produjo un ruido. En ese instante Ryan se encontraba descubierto. Quedó paralizado. La luz del extremo cambió de posición, después no se movió más. Ryan saltó hacia su izquierda y miró por el borde del tubo. Faltaban cinco todavía. Vio parte de una cara... y un resplandor.

Oyó el disparo y se encogió al tiempo que la bala daba en el mamparo posterior con un *clang*. Luego se echó hacia atrás buscando dónde cubrirse.

—Cruzaré al otro lado —susurró Ramius.

—Espere hasta que le diga. —Ryan apretó el antebrazo de Ramius y volvió al costado de estribor del tubo, con la pistola al frente. Vio la cara y esa vez él disparó primero, sabiendo que iba a errar. Al mismo tiempo empujó a Ramius hacia la izquierda. El capitán corrió al otro lado y se agachó detrás de uno de los tubos.

—Ya lo tenemos —dijo Ryan en voz muy alta.

—No tienen nada. —Era una voz joven, joven y muy asustada.

—¿Qué está haciendo? —preguntó Ryan.

—¿Qué cree usted, yanqui? —Esa vez el sarcasmo fue más efectivo.

«Probablemente tratando de encontrar una forma para hacer explotar una de las cabezas de guerra», decidió Ryan. Un pensamiento feliz.

—Entonces usted morirá también —dijo Ryan. ¿Acaso la policía no intentaba razonar con los sospechosos que se parapetaban? ¿No dijo una vez en televisión un policía de Nueva York: «tratamos de aburrirlos a muerte»? Pero ésos eran delincuentes. ¿Con quién estaba negociando Ryan? ¿Un marinero que se había quedado atrás? ¿Uno de los propios oficiales de Ramius que se había arrepentido? ¿Un agente de la KGB? ¿Un agente de la GRU encubierto como tripulante?

—Entonces moriré —aceptó la voz. La luz se movió. Estaba tratando de volver a su ocupación, cualquiera que fuese.

Ryan disparó dos veces mientras rodeaba el tubo. Faltaban cuatro. Sus balas sonaron ineficaces contra el mamparo anterior. Había una remota probabilidad de que un tiro de carambola... No. Miró a la izquierda y vio que Ramius estaba todavía con él, ocultándose sobre el lado de babor de los tubos. No tenía arma. ¿Por qué no había conseguido una?

Ryan respiró profundamente y saltó alrededor del tubo siguiente. El tipo estaba esperando eso. Ryan se arrojó al suelo y el proyectil le erró.

—¿Quién es usted? —preguntó Ryan levantándose sobre las rodillas mientras se apoyaba contra el tubo para recuperar el aliento.

—¡Un patriota soviético! ¡Usted es el enemigo de mi país, y no van a apoderarse de esta nave!

Estaba hablando demasiado, pensó Ryan. Eso era bueno. Probablemente.

—¿Tiene un nombre?

—Mi nombre no interesa.

—¿Y una familia? —preguntó Ryan.

—Mis padres estarán orgullosos de mí.

Un agente de la GRU. Ryan estaba seguro.~No era el oficial político. Su inglés era demasiado bueno. Quizás una especie de respaldo del oficial político. Así que estaba enfrentado a un oficial de campo perfectamente entrenado. Maravilloso. Un agente entrenado y, como él mismo lo dijo, un patriota. No era un fanático, sino un hombre que trataba de cumplir con su deber. Estaba asustado, pero lo haría.

Y hará volar todo este maldito buque, conmigo adentro.

Ryan sabía que aún contaba con una ventaja. El otro individuo tenía algo por hacer. Ryan sólo tenía que detenerlo o demorarlo el tiempo suficiente. Fue hacia el lado de estribor del tubo y miró por el borde con el ojo derecho solamente. No había ninguna luz al final del compartimiento..., otra ventaja. Ryan podía verlo con mayor facilidad que él podía ver a Ryan.

—Usted no tiene necesariamente que morir, mi amigo. Con sólo bajar el arma... —¿Y qué? ¿Terminar en una prisión federal? O más probablemente desaparecer. Moscú no podía saber que los norteamericanos tenían su submarino.

—Y la CIA no me matará, ¿eh? —dijo la voz, temblorosa pero con desprecio—. No soy ningún tonto. Si tengo que morir, ¡será cumpliendo mi propósito, mi amigo!

Entonces se apagó la luz. Ryan se había preguntado cuánto tiempo llevaría hacerlo. ¿Significaba que ya había terminado, cualquier cosa que fuera lo que estaba haciendo? Si era así, en un instante habrían terminado todos. O tal vez era sólo que el tipo se daba cuenta de que la luz lo hacía muy vulnerable. Oficial de campo entrenado, o no, era un chico, un chico asustado, y probablemente tenía tanto que perder como Ryan. «Diablos —pensó Ryan—, tengo una esposa y dos hijos, y si no llego pronto a él, voy a perderlos sin ninguna duda.»

Feliz Navidad, chicos, su papito acaba de volar. Lamento que no haya ningún cuerpo que enterrar, pero es que... Se le ocurrió rezar brevemente... ¿pero para qué? ¿Para recibir ayuda en matar a otro hombre? *Señor, sucede que...*

—¿Todavía conmigo, capitán? —gritó Ryan.

—*Da*.

Eso daría al agente de la GRU algo en que preocuparse. Ryan esperaba que la presencia del capitán obligaría al hombre a protegerse más hacia el lado de babor de su tubo. Ryan se agachó y corrió por el lado de babor del suyo. Faltaban tres. Ramius lo siguió enseguida de su lado. El hombre hizo un disparo, pero Ryan pudo oír que había errado.

Tenía que detenerse, que descansar. Había sido teniente de infantería de marina —durante tres meses completos, antes de que se estrellara el helicóptero— ¡y se suponía que él debía saber qué hacer! Había *conducido* hombres. Pero era mucho más fácil conducir cuarenta hombres con fusiles que pelear él solo.

¡Piensa!

—Tal vez podamos hacer un trato —sugirió Ryan.

—Ah, sí, podemos decidir por cuál oreja va a entrar el tiro.

—Tal vez le guste ser norteamericano.

—Y mis padres, yanqui, ¿qué pasará con ellos?

—Tal vez podamos sacarlos —dijo Ryan desde el lado de estribor de su tubo, moviéndose hacia la izquierda mientras esperaba una respuesta. Saltó de nuevo. Sólo quedaban dos tubos de misiles que lo separaban de su amigo de la GRU, quien estaría probablemente tratando de activar las cabezas de guerra y lograr con eso que un gigantesco espacio oceánico se convirtiera en plasma.

—Venga, yanqui, moriremos juntos. Ahora solamente nos separa un *puskatel*.

Ryan pensó rápidamente. No pudo recordar cuántas veces había disparado pero la pistola cargaba trece proyectiles. Tendría suficientes. El cargador extra era inútil. Podría arrojarlo hacia un lado y moverse él hacia el otro, creando una diversión táctica. ¿Daría resultado? ¡Mierda! En las películas funcionaba bien. Y podía estar condenadamente seguro de que si no hacía nada no iba a lograr ningún resultado mejor.

Ryan tomó la pistola con la mano izquierda y buscó con la derecha el cargador de repuesto en el bolsillo de su chaqueta. Se puso el cargador en la boca mientras cambiaba de mano la pistola. Hizo el cambio como un pobre salteador de caminos... Tomó el cargador de repuesto en la mano izquierda. Bien. Tenía que arrojar el cargador hacia la derecha y él moverse a la izquierda. ¿Daría resultado? Bueno o malo, no era mucho el tiempo que le quedaba.

En Quantico le habían enseñado a leer mapas, evaluar el terreno, pedir ataques de artillería y de aviación, maniobrar con sus secciones y abrir fuego con precisión... ¡y aquí estaba en ese momento, atrapado en un condenado caño de acero, cien metros debajo del agua, tiroteándose con pistolas en una sala donde había doscientas bombas de hidrógeno!

Era hora de hacer algo. Sabía qué tenía que hacer... pero Ramius se movió primero. Con el rabillo del ojo captó la silueta del capitán que corría hacia el mamparo anterior. Ramius saltó contra el mamparo y movió la llave de luz logrando encenderla, al mismo tiempo que el enemigo le hacía fuego. Ryan arrojó el cargador a la derecha y corrió hacia delante. El agente se volvió sobre su izquierda para ver qué era el ruido, seguro de que habían planeado un movimiento en conjunto.

Mientras Ryan cubría la distancia entre los dos últimos tubos de misiles, vio caer a Ramius. Ryan se zambulló por el costado del tubo de misil número uno. Aterrizó sobre su lado izquierdo sin prestar atención al terrible dolor, que le quemó el brazo cuando rotaba en el suelo para apuntar a su blanco. El hombre estaba volviéndose en el momento en que Ryan disparó seis veces. Ryan no se oyó a sí mismo mientras gritaba. Dos balas habían dado en el blanco. Los impactos levantaron del suelo al agente y lo hicieron girar media vuelta en el aire. La pistola se desprendió de su mano y el hombre cayó fláccido al suelo.

El temblor que sacudía a Ryan era demasiado fuerte como para que pudiera levantarse en seguida. La pistola, apretada todavía en la mano, estaba apuntada al pecho de su víctima. Respiraba con dificultad y el corazón le latía intensamente. Ryan cerró la boca e intentó tragar varias veces; tenía la boca seca como algodón. Se puso lentamente de rodillas. El agente estaba todavía vivo, acostado de espaldas, con los ojos abiertos y aún respirando. Ryan tuvo que ayudarse con la mano para ponerse de pie.

Entonces vio las dos heridas que tenía el hombre, una en la parte superior del pecho, del lado izquierdo, y la otra más abajo, a la altura del hígado y el bazo. La herida de más abajo era un círculo rojo y húmedo que las manos del hombre oprimían. Tenía poco más de veinte años, y sus ojos celestes estaban fijos hacia arriba mientras intentaba decir algo. Había rigidez en su expresión de dolor y quería decir algunas palabras, pero todo lo que salía de su boca era un gorgoteo ininteligible.

—Capitán —llamó Ryan—, ¿está bien?
—Estoy herido, pero creo que viviré, Ryan. ¿Quién es?
—¿Cómo diablos voy a saberlo?

Los ojos celestes se fijaron en la cara de Jack. Quienquiera que fuese, sabía que la muerte se acercaba para él. El gesto de dolor en la cara fue reemplazado por otra cosa. Tristeza, una infinita tristeza... Todavía estaba tratando de hablar. En las comisuras de los labios se formaba espuma rosada. Tiro en el pulmón. Ryan se acercó más, pateó la pistola lejos y se arrodilló junto a él.

—Podríamos haber hecho un trato —dijo en voz baja.

El agente intentó decir algo, pero Ryan no pudo entenderlo. ¿Un insulto? ¿Un llamado a su madre? ¿Algo heroico? Jack nunca lo sabría. Los ojos se abrieron muy grandes una última vez por el dolor. El último aliento silbó a través de las burbujas y las manos que tenía en el vientre cayeron sin fuerzas. Ryan quiso tomarle el pulso en el cuello. No había.

—Lo siento. —Ryan bajó la mano para cerrar los ojos de su víctima. Lo sentía. ¿Por qué? Brotaron en su frente pequeñas gotas de sudor, y la energía que había tenido durante el cambio de disparos desapareció casi de golpe. Lo dominó una repentina sensación de náusea—. Santo Dios, voy a... —Se dejó caer sobre manos y rodillas y vomitó violentamente a través de la rejilla del piso y hasta la cubierta inferior tres metros más abajo. Durante un minuto siguió sintiendo arcadas aunque su estómago ya estaba vacío. Tuvo que escupir varias veces para quitarse de la boca el mal gusto antes de ponerse de pie.

Algo mareado por la tensión y el litro de adrenalina bombeado en su sistema, sacudió la cabeza repetidas veces, mirando todavía al hombre que tenía a sus pies. Era hora de volver a la realidad.

Ramius estaba herido en el muslo. Estaba sangrando. Había puesto ambas manos cubiertas de sangre sobre la herida, pero no parecía tan grave. Si se hubiera cortado la arteria femoral, el capitán ya habría muerto.

El teniente Williams había sido herido en la cabeza y en el pecho. Todavía respiraba, pero estaba inconsciente. La herida de la cabeza era sólo un raspón. La del pecho, cerca del corazón, producía un ruido como de aspiración. Kamarov no había tenido tanta suerte. Un solo disparo le había entrado por el nacimiento de la nariz, y la parte posterior de la cabeza era una masa sangrienta e informe.

—¡Mi Dios, por qué no vino nadie a ayudarnos! —dijo Ryan cuando pasó la idea por su cabeza.

—Las puertas de los mamparos están cerradas, Ryan. Allí está el... ¿cómo se dice?

Ryan miró en la dirección que señalaba Ramius. Era el sistema del intercomunicador.

—¿Cuál botón?

Ramius levantó dos dedos.

—Sala de Control, habla Ryan. Necesito ayuda aquí, su comandante está herido.

La respuesta llegó en un excitado ruso, y Ramius respondió en voz muy alta para hacerse oír. Ryan miró el tubo del misil. El agente había estado usando una lámpara de trabajo, igual a las norteamericanas, una lamparita eléctrica en un portalámparas metálico y protegida por alambre en la parte anterior. En el tubo del misil había una portezuela que estaba abierta. Después, más adentro, una pequeña escotilla, también abierta, que evidentemente llegaba al propio misil.

—¿Qué estaba haciendo? ¿Tratando de hacer explotar las cabezas de guerra?

—Imposible —dijo Ramius, con un gesto de dolor—. Las cabezas de los cohetes... nosotros lo llamamos seguro especial. Las cabezas no pueden... no pueden explotar.

—Entonces, ¿qué estaba haciendo? —Ryan se acercó al tubo del misil. Sobre el piso había una especie de vejiga de goma—. ¿Qué es esto? —Levantó en la mano el aparato. Estaba hecho de goma, o tela engomada, con una armazón de metal o plástico en el interior, y una boquilla metálica en un extremo—. Estaba haciendo algo al misil, pero tenía un mecanismo de escape para salir del submarino —dijo Ryan—. ¡Cristo! Un mecanismo de tiempo. —Se agachó para levantar la lámpara portátil y la encendió, luego se echó hacia atrás y miró dentro del compartimiento del misil—. Capitán, ¿qué hay aquí?

—Eso es... el compartimiento de orientación. Tiene una computadora que dice al cohete cómo debe volar. La puerta... —la respiración de Ramius se hacía cada vez más difícil—... es una escotilla para el oficial.

Ryan espió dentro de la escotilla. Encontró una masa de cables multicolores y tableros de circuitos conectados en una forma que él no había visto nunca. Tanteó entre los cables, con una media esperanza de encontrar un reloj despertador en marcha, conectado a algunas barras de dinamita. No encontró nada.

Y en ese momento, ¿qué debería hacer? El agente había estado tratando de hacer algo..., ¿pero qué? ¿Había terminado? ¿Cómo podía saberlo Ryan? No podía. Una parte de su cerebro le gritaba que hiciera algo, la otra parte le advertía que sería loco si lo intentaba.

Ryan se puso entre los dientes el mango forrado de goma de la lámpara portátil y metió ambas manos dentro del compartimiento. Agarró una buena cantidad de cables y tiró hacia fuera. Sólo unos cuantos se desprendieron. Soltó un manojo de cables y se concentró en el otro. Logró soltar un conjunto de cables plásticos y de cobre. Hizo lo mismo con el otro manojo.

—¡Aaah! —jadeó, al recibir un golpe eléctrico. Siguió un momento eterno mientras esperaba volar en pedazos. Pasó. Había más cables de donde tirar. En menos de un minuto había cortado y sacado todos los cables que tenía a la vista junto con media docena de pequeños tableros. Después golpeó la lámpara contra todo lo que podía romperse, hasta que el compartimiento pareció la caja de juguetes de su hijo: llena de fragmentos inútiles.

Oyó que entraba gente corriendo en la sala de misiles. Borodin iba al frente. Ramius le hizo señas para que se acercara a Ryan y al agente muerto.

—¿Sudetes? —dijo Borodin—. ¿Sudetes? —Miró a Ryan—. Éste es cocinero.

Ryan levantó del suelo la pistola.

—Aquí está su archivo de recetas. Yo creo que era un agente de la GRU. Estaba tratando de hacernos volar en pedazos. Capitán Ramius, ¿qué le parece si lanzamos este misil...? Solamente echar al mar la maldita cosa, ¿de acuerdo?

—Una buena idea, creo. —La voz de Ramius se había convertido en un ronco murmullo—. Primero cierre la escotilla de inspección, después podemos... disparar desde la sala de control.

Ryan usó sus manos para barrer los fragmentos separándolos de la escotilla del misil, y la puerta se deslizó limpiamente otra vez a su lugar. La escotilla del tubo era diferente. Estaba diseñada para soportar presiones y era por lo tanto mucho más pesada. La mantenían en su lugar dos pestillos con resortes. Ryan intentó cerrarla de un golpe tres veces. Dos de las veces rebotó, pero la tercera quedó en su sitio.

Borodin y otro oficial ya estaban llevando a Williams hacia popa. Alguien había puesto un cinturón sobre la herida de la pierna de Ramius. Ryan lo ayudó a levantarse y a caminar. Ramius gruñía de dolor cada vez que tenía que mover su pierna izquierda.

—Se arriesgó tontamente, capitán —observó Ryan.

—Éste es mi buque... y no me gusta la oscuridad. ¡Fue culpa mía! Tendríamos que haber contado con más cuidado cuando salió la tripulación.

Llegaron a la puerta-estanco.

—Bueno, yo pasaré primero. —Ryan cruzó al otro lado, se volvió y ayudó a Ramius a hacerlo. El cinturón se había aflojado y la herida estaba sangrando otra vez.

—Cierre la escotilla y trábela —ordenó Ramius.

Se cerró fácilmente. Ryan hizo girar la rueda tres veces, después volvió a ubicarse debajo del brazo de Ramius. Otros seis metros y entraron en la sala de control. El teniente que se hallaba al timón estaba pálido. Ryan sentó a Ramius en un sillón sobre el lado de babor.

—¿Tiene un cuchillo, señor?

Ramius metió la mano en el bolsillo del pantalón y sacó un pequeño cuchillo plegable y algo más.

—Tome esto, es la llave para las cabezas de guerra de los cohetes. No se pueden disparar si no se usa esto. Guárdela usted. —Trató de reír. Después de todo, la llave había sido de Putin.

Ryan se la colgó del cuello, abrió el cuchillo y cortó hasta arriba los pantalones de Ramius. La bala había pasado limpia a través de la parte carnosa del muslo. Tomó de su bolsillo un pañuelo limpio y lo aplicó sobre la herida de entrada. Ramius le dio otro pañuelo. Ryan lo puso sobre la herida de salida, que tenía más de un centímetro. Después colocó el cinturón de manera que cubriera ambas heridas, y lo ajustó todo lo que pudo.

—Mi esposa podría no aprobarlo, pero esto tendrá que servir.

—¿Su esposa? —preguntó Ramius.

—Es doctora, cirujana de ojos, para ser exacto. El día en que me hirieron ella me hizo esto a mí. —La parte inferior de la pierna de Ramius se estaba poniendo pálida. El cinturón estaba demasiado ajustado, pero Ryan no quería aflojarlo todavía—. Y bien, ¿qué hay del misil?

Ramius dio una orden al teniente que estaba en la rueda, quien la repitió a través del intercomunicador. Dos minutos después entraron tres oficiales a la sala de control. Redujeron la velocidad del submarino a cinco nudos, lo que llevó varios minutos. Ryan estaba preocupado por el misil y por la duda sobre si habría o no destruido cualquier clase de trampa cazabobos que hubiera instalado el agente. Cada uno de los tres oficiales recién llegados se quitó del cuello una llave. Ramius hizo lo mismo, dando a Ryan su segunda llave. Señaló en dirección al lado de estribor del compartimiento.

—Control de cohetes.

Ryan pudo haberlo deducido. Dispuestos en toda la sala de control había cinco paneles, cada uno de ellos tenía tres filas de veintiséis luces y una ranura para insertar una llave debajo de cada conjunto.

—Ponga su llave en el número uno, Ryan. —Jack lo hizo, y los otros también metieron sus llaves. Se encendió la luz roja y comenzó a sonar un zumbador.

El panel del oficial de misiles era el más complicado. Hizo girar una llave de contacto para inundar el tubo del misil y abrir la escotilla número uno. Las luces rojas del panel empezaron a parpadear.

—Dé vuelta su llave, Ryan —dijo Ramius.

—¿Eso dispara el misil? Cristo, ¿y si realmente sucede? —preguntó Ryan.

—No no. El cohete tiene que ser armado por el oficial de misiles. Esa llave hace explotar la carga de gas.

¿Podría creerle Ryan? Por cierto que era un buen tipo y todo eso, ¿pero cómo podía saber Ryan si estaba diciendo la verdad?

—¡Ahora! —ordenó Ramius. Ryan hizo girar su llave al mismo tiempo que los demás. La luz ámbar ubicada sobre la luz roja parpadeó. La que se hallaba debajo de la cubierta verde permaneció apagada.

El *Octubre Rojo* se estremeció cuando el SS-N-20 número uno salió hacia arriba eyectado por la carga de gas. El ruido fue similar al del freno de un camión. Los tres oficiales retiraron sus llaves. El oficial de misiles cerró de inmediato la escotilla del tubo.

El Dallas

—¿Qué? —dijo Jones—. Sala de control, aquí sonar; el blanco acaba de inundar un tubo... ¿Un tubo de misil? ¡Santo Dios! —Por su propia iniciativa, Jones conectó la energía al sonar de uso bajo hielo y comenzó a emitir impulsos *ping* en alta frecuencia.

—¿Qué diablos está haciendo? —preguntó Thompson. Mancuso llegó un segundo después.

—¿Qué pasa? —exclamó bruscamente el comandante. Jones señaló su pantalla indicadora.

—El submarino acaba de lanzar un misil, señor. Mire, dos blancos. Pero se ha quedado allí colgado, no ha habido ignición en el misil. ¡Dios!

El Octubre Rojo

¿Flotará?, se preguntaba Ryan.

No flotó. La carga de gas impulsó al misil Seahawk hacia arriba y a estribor. Se detuvo a quince metros de su cubierta mientras el *Octubre* pasaba por abajo. La escotilla de orientación que había cerrado Ryan no estaba herméticamente apretada. El agua llenó el compartimiento e inundó la cabeza de guerra. De todos modos, el misil tenía una considerable flotación negativa, y la masa agregada en la nariz lo tumbó. El reglaje resultante, de nariz pesada, le dio una trayectoria excéntrica, y comenzó a describir espirales hacia abajo como esas semillas que caen girando de los árboles. A tres mil metros de profundidad la presión del agua aplastó el sello sobre los conos de explosión del misil, pero el Seahawk, intacto en todo el resto, retuvo su forma mientras seguía cayendo hasta llegar al fondo.

El Ethan Allen

Lo único que seguía funcionando era el dispositivo de tiempo. Lo habían graduado en treinta minutos, dando a la tripulación tiempo suficiente como para abordar el *Scamp*, que en ese momento se alejaba de la zona a diez nudos. El viejo reactor había quedado completamente apagado. Absolutamente frío. Sólo quedaban encendidas algunas pocas luces de emergencia, con la energía residual de las baterías. El dispositivo de tiempo tenía tres circuitos de fuego de reaseguro, que entraban en contacto con una diferencia de un milisegundo entre uno y otro, enviando una señal por los cables de los detonadores.

Habían puesto cuatro bombas Pave Pat Blue en el *Ethan Allen*. La Pave Pat Blue era una bomba del tipo combustible-aire. La eficacia de su explosión era aproximadamente cinco veces mayor que la de un explosivo químico común. Cada bomba tenía un par de válvulas de escape de gas, y sólo una de las ocho válvulas falló. Cuando se abrieron bruscamente, el propano presurizado que había en el cuerpo de la bomba se expandió violentamente hacia afuera. En un instante, la presión atmosférica en el viejo submarino se triplicó y hasta el último de sus rincones quedó saturado con una mezcla explosiva de aire-gas. Las cuatro bombas llenaron al *Ethan Allen* con el equivalente de veinticinco toneladas de TNT, uniformemente distribuido en todo el casco.

Los detonadores actuaron en forma casi simultánea, y los resultados fueron catastróficos: el fuerte casco de acero del *Ethan Allen* explotó como si hubiera sido un globo. El único ítem que no resultó destruido totalmente fue el contenedor del reactor, que se desprendió libre de los restos informes y cayó rápidamente hasta el fondo del océano. El casco propiamente dicho fue separado por la explosión en una docena de partes, todas desfiguradas hasta tomar formas surrealistas. El equipo interior originó una nube metálica dentro del casco en destrucción, y todo fue formando ondas que se agitaban cayendo y expandiéndose en una amplia zona durante el descenso de cinco mil metros hasta el duro fondo de arena.

El Dallas

—¡A la gran puta! —Jones se quitó los auriculares de un manotazo y bostezó para abrir sus oídos. Los relés automáticos del sistema de sonar protegieron sus oídos de la fuerza total de la explosión, pero lo que se transmitió fue suficiente como para hacerle sentir que le habían martillado la cabeza hasta dejarla plana. Todos los que estaban a bordo, en cualquier lugar del casco, oyeron la explosión.

—Atención a todo el mundo, les habla el comandante. Lo que ustedes acaban de oír no es nada que deba preocuparlos. Eso es todo lo que les puedo decir.

—¡Qué bárbaro, jefe! —dijo Mannion.

—Sí, volvamos al contacto.

—Comprendido, señor. —Mannion echó una mirada de curiosidad a su comandante.

La Casa Blanca

—¿Pudo avisarle a tiempo? —preguntó el Presidente.

—No, señor. —Moore se desplomó en su sillón—. El helicóptero llegó unos pocos minutos tarde. Tal vez no sea nada como para alarmarse. Es de esperar que el comandante sepa lo suficiente como para sacar a todos del submarino, excepto su propia gente. Estamos preocupados, naturalmente, pero no hay nada que podamos hacer.

—Yo le pedí personalmente que hiciera esto, juez. Yo.

«Bienvenido al mundo real, señor Presidente», pensó Moore. El jefe del ejecutivo había sido afortunado...

Nunca había tenido que enviar hombres a la muerte. Moore reflexionaba que era algo fácil de considerar en forma anticipada, pero mucho menos fácil acostumbrarse a ello. Él había declarado firmes sentencias de muerte desde su asiento en un tribunal de apelaciones, y eso no había sido fácil... ni siquiera para hombres merecedores con creces de sus destinos.

—Bueno, sólo nos queda esperar y ver, señor Presidente. La fuente de donde viene esta información es más importante que cualquier operación.

—Muy bien. ¿Y qué hay del senador Donaldson?

—Accedió a nuestra sugerencia. Ese aspecto de la operación ha salido realmente muy bien.

—¿Usted espera de verdad que los rusos lo crean? —preguntó Pelt.

—Hemos dejado un lindo anzuelo, y tiramos un poquito de la línea para lograr su atención. En uno o dos días veremos si lo muerden. Henderson es una de sus estrellas —su nombre clave es Cassius— y su reacción a esto nos dirá hasta qué clase de desinformación podemos pasar a través de él. Podría resultarnos muy útil, pero tendremos que vigilarlo. Nuestros colegas de la KGB tienen un método muy directo para arreglar cuentas con los «dobles».

—No le permitiremos salir del gancho a menos que se lo gane —dijo con frialdad el Presidente.

Moore sonrió.

—Oh, se lo ganará. El señor Henderson es nuestro.

DECIMOQUINTO DÍA
Viernes, 17 de diciembre

Ensenada Ocracoke

No había luna. La procesión de las tres naves entró en la ensenada a cinco nudos, pocos minutos después de medianoche para aprovechar la marea extraalta. El *Pogy* conducía la formación por ser el de menor calado, y el *Dallas* seguía al *Octubre Rojo*. Las estaciones de guardacosta sobre ambos lados de la ensenada estaban ocupadas por oficiales navales que relevaron al personal de rutina.

Ryan había obtenido permiso para navegar en la parte superior de la torreta, un gesto humanitario de Ramius que él supo apreciar. Después de dieciocho horas adentro del *Octubre Rojo*, Jack se había sentido confinado, y era bueno ver el mundo... aunque no fuera más que un espacio oscuro y vacío. El *Pogy* sólo mostraba una tenue luz roja que desaparecía si se la miraba durante más de unos pocos segundos. Jack pudo ver los copetes de espuma en el agua, y las estrellas que jugaban a las escondidas a través de las nubes. El viento del oeste parecía salir del agua con sus severos veinte nudos.

Borodin daba órdenes concisas, monosilábicas, mientras comandaba el submarino subiendo por un canal que tenía que ser dragado con mucha frecuencia a pesar de la enorme escollera construida hacia el norte. El recorrido era fácil, las olitas de medio o un metro no afectaban en lo más mínimo a la enorme masa de treinta mil toneladas del submarino misilístico. Ryan estaba agradecido por eso. Las negras aguas se calmaron, y cuando entraron en la rada apareció un bote de goma tipo Zodiac que zumbaba hacia ellos.

—¡Ah del *Octubre Rojo*! —gritó una voz en la oscuridad. Ryan apenas podía distinguir la forma gris y romboidal del Zodiac. Estaba delante de un pequeño sector de espuma formada por el ruidoso motor fuera de borda.

—¿Puedo contestar, capitán Borodin? —preguntó Ryan. Borodin aprobó con un movimiento de cabeza—. Yo soy Ryan. Tenemos dos heridos a bordo. Uno de ellos está grave. ¡Necesitamos de inmediato un médico y un equipo de cirugía! ¿Me comprendió?

—Dos heridos y necesita un médico, está bien. —Ryan creyó ver un hombre que sostenía algo contra su cara y le pareció que oía el débil fondo quebradizo de una radio. Era difícil decirlo por el ruido del viento—. De acuerdo. Enseguida les mandaremos un médico en vuelo, *Octubre*. El *Dallas* y el *Pogy* tienen ambos servicio médico a bordo. ¿Los quieren?

—¡Más que urgente! —replicó Ryan de inmediato.

—Muy bien. Sigan al *Pogy* dos millas más y esperen. —El Zodiac partió velozmente en el rumbo opuesto y desapareció en la oscuridad.

—Gracias a Dios por eso —suspiró Ryan.

—¿Usted es creyente? —preguntó Borodin.

—Sí, claro. —Ryan no debió haberse sorprendido por la pregunta—. Diablos, uno tiene que creer en algo.

—¿Y eso por qué, capitán Ryan? —Borodin estaba examinando al *Pogy* a través de anteojos para visión nocturna, de gran tamaño.

Ryan dudaba cómo contestar.

—Bueno, porque si uno no cree en nada, ¿qué sentido tiene la vida? Eso significaría que Sartre y Camus y todos esos personajes tenían razón: todo es caos, la vida no tiene ningún significado. Yo me niego a creer eso. Si usted quiere una respuesta mejor, conozco un par de sacerdotes que tendrán mucho gusto en conversar con usted.

Borodin no respondió. Dio una orden por el micrófono del puente, y cambiaron el rumbo unos pocos grados hacia estribor.

El Dallas

Media milla más atrás, Mancuso sostenía cerca de los ojos un visor nocturno luminoso de aumento. Mannion se asomaba sobre su hombro esforzándose para ver.

—Cristo Santo —murmuró Mancuso.

—Lo entendió bien, jefe —dijo Mannion, estremeciéndose dentro de su chaqueta—. Yo tampoco estoy seguro de si debo creerlo. Aquí viene el Zodiac. —Mannion entregó a su comandante la radio portátil que se usaba para entrar a puerto.

—¿Recibe bien?

—Aquí Mancuso.

—Cuando se detenga nuestro amigo, quiero que transfiera a él diez hombres, incluyendo su médico. Informan que tienen dos heridos que necesitan atención médica. Elija buenos hombres, capitán, ellos van a necesitar ayuda para comandar el submarino... Asegúrese solamente de que sean hombres que no hablen.

—Comprendido. Diez hombres incluyendo el médico. Cambio y corto. —Mancuso observó la lancha que volvía velozmente hacia el *Pogy*—. ¿Quiere venir, Pat?

—Puede apostar el culo, estehh..., señor. ¿Usted está planeando ir? —preguntó Mannion.

Mancuso pensó juiciosamente.

—Creo que Chambers está en condiciones de comandar el *Dallas* por uno o dos días, ¿no le parece?

Sobre la costa, un oficial naval hablaba por teléfono con Norfolk. La estación guardacosta estaba llena de gente, casi todos oficiales. Una cabina de fibra de vidrio estaba junto al teléfono, de manera que pudieran comunicarse con el Comandante en Jefe del Atlántico en secreto. Sólo llevaban allí dos horas y pronto se marcharían. Nada podía parecer fuera de lo ordinario. En el exterior, un almirante y un par de capitanes de navío observaban las sombras oscuras a través de visores nocturnos. Estaban tan solemnes como hombres dentro de una iglesia.

Cherry Point, North Carolina

El capitán de fragata Ed Noyes descansaba en el salón de estar para los médicos, del hospital naval de la Base Aérea de la Infantería de Marina de los Estados Unidos, Cherry Point, en Carolina del Norte. Era un calificado cirujano de vuelo y estaría de guardia durante las tres noches siguientes, de manera de tener libres cuatro días para Navidad. Había sido una noche tranquila. Pero eso estaba a punto de cambiar.

—¿Doctor?

Noyes levantó la mirada y vio a un capitán de infantería de marina con uniforme de policía militar. El doctor lo conocía. La policía militar manejaba muchos casos de accidentes. Dejó a un lado su *Diario de Medicina de Nueva Inglaterra*.

—Hola, Jerry. ¿Ha ocurrido algo?

—Doctor, tengo órdenes de decirle que prepare todo lo que necesite para cirugía de emergencia. Tiene dos minutos, luego lo llevaré al aeropuerto.

—¿Para qué? ¿Qué clase de cirugía? —Noyes se puso de pie.

—No lo dijeron, doctor; solamente que usted tiene que ir en vuelo a alguna parte, solo. Las órdenes vienen de muy arriba, eso es todo lo que sé.

—Maldito sea, Jerry. ¡Yo tengo que saber de qué clase de cirugía se trata para saber qué tengo que llevar!

—Entonces lleve todo, señor. Yo tengo que llevarlo al helicóptero.

Noyes juró y se dirigió a la sala de primeros auxilios. Otros dos infantes de marina estaban esperando allí. Él les entregó cuatro conjuntos esterilizados, en bandejas de instrumentos empaquetadas con anterioridad. Se preguntó si necesitaría algunas drogas y decidió llevar todo lo que podía en sus manos, además de dos unidades de plasma. El capitán lo ayudó a ponerse su abrigo y juntos caminaron hacia la puerta y salieron para subir a un jeep que esperaba. Cinco minutos más tarde se embarcaron en un Sea Stallion cuyos motores ya estaban aullando.

—¿De qué se trata? —consultó Noyes en el interior a un coronel de inteligencia, preguntándose dónde estaba el jefe de la tripulación.

—Vamos a salir para dirigirnos al estrecho —explicó el coronel—. Tenemos que bajarlo a usted sobre un submarino que tiene algunos heridos a bordo. Allí encontrará un par de ayudantes, y eso es todo lo que sé, ¿de acuerdo? —Tenía que estar de acuerdo. No había otra alternativa en el asunto.

El Stallion despegó de inmediato. Noyes había volado en ellos bastante a menudo. Tenía doscientas horas como piloto de helicópteros, y otras trescientas en aviones de ala fija. Noyes era de esa clase de médicos que habían descubierto demasiado tarde que el vuelo era una vocación tan atrayente como la medicina. Volaba en cuanta oportunidad tenía, y a veces daba a los pilotos atención médica especial para sus dependientes, para que lo llevaran a volar en el asiento posterior de un F-4 Phantom. El Sea Stallion —notó— no estaba haciendo un vuelo de crucero. Los estaba llevando a la máxima velocidad.

Estrecho de Pamlico

El *Pogy* detuvo su marcha aproximadamente al mismo tiempo que el helicóptero abandonaba Cherry Point. El *Octubre* alteró otra vez su rumbo hacia estribor y se detuvo paralelo a él, hacia el norte. El *Dallas* hizo otro tanto. Un minuto después, el bote Zodiac reapareció junto a la banda del *Dallas* y luego se aproximó lentamente al *Octubre Rojo*, semihundido con su carga de hombres.

—¡Ah del *Octubre Rojo*!

Esa vez fue Borodin quien respondió. Tenía cierto acento, pero su inglés era comprensible.

—Identifíquese.

—Soy Bart Mancuso, comandante del *USS Dallas*. Tengo a bordo al representante médico de nuestro buque, y algunos otros hombres. Solicito permiso para subir a bordo, señor.

Ryan vio el gesto en el rostro del *starpom*. Por primera vez Borodin tenía realmente que enfrentar lo que estaba ocurriendo, y no habría sido humano si lo hubiese aceptado sin cierta clase de lucha.

—Permiso conce... sí.

El Zodiac arrimó justo en la curva del casco. Un hombre saltó a bordo con una cuerda para asegurar el bote de goma. Diez hombres cruzaron al submarino, y uno de ellos se separó para subir por la torreta.

—¿Comandante? Yo soy Bart Mancuso. Entiendo que tiene unos hombres heridos a bordo.

—Sí —asintió Borodin—, el comandante y un oficial británico, ambos con heridas de pistola.

—¿Heridas de pistola? —Mancuso se mostró sorprendido.

—Preocúpese más tarde por eso —dijo Ryan—. Pongamos a trabajar a su médico con ellos. ¿De acuerdo?

—Por supuesto. ¿Dónde está la escotilla?

Borodin habló por el micrófono del puente y pocos segundos después apareció un círculo de luz en la cubierta, al pie de la torreta.

—Nosotros no tenemos un doctor en medicina, tenemos un hombre de sanidad contratado. Es muy bueno, y el hombre del *Pogy* estará aquí en un par de minutos. A propósito, ¿quién es usted?

—Es un espía —dijo Borodin con evidente ironía.

—Jack Ryan.

—¿Y usted, señor?

—Capitán de fragata Vasily Borodin. Yo soy el... primer oficial, ¿sí? Venga, entre en el puesto, capitán. Por favor, discúlpeme, estamos todos muy cansados.

—Ustedes no son los únicos. —No había tanto espacio. Mancuso tuvo que acomodarse sobre la brazola—. Capitán, quiero que sepa que nos hizo pasar un tiempo de todos los diablos para poder seguirlo. Debe ser felicitado por su habilidad profesional.

El halago provocó una anticipada respuesta de Borodin.

—¿Usted pudo seguirnos? ¿Cómo?

—Lo traje conmigo, usted puede conocerlo.

—¿Y qué tenemos que hacer?

—Las órdenes de tierra consisten en esperar que llegue el médico y sumergirnos. Luego nos quedamos inmóviles hasta recibir órdenes de movernos. Puede ser un día, pueden ser dos. Creo que todos podemos aprovechar el descanso. Después de eso, lo llevamos a un bonito lugar seguro, y yo personalmente lo invitaré a comer la mejor comida italiana que haya visto en su vida. —Mancuso sonrió—. ¿Tienen comida italiana en Rusia?

—No, y si usted está acostumbrado a la buena comida, tal vez la del *Krazny Oktyabr* no le guste mucho.

—Tal vez pueda arreglar eso. ¿Cuántos hombres hay a bordo?

—Doce. Diez soviéticos, el inglés y el espía. —Borodin miró de reojo a Ryan con una leve sonrisa.

—Muy bien. —Mancuso buscó en su abrigo y sacó la radio—. Aquí Mancuso.

—Aquí estamos, jefe —replicó Chambers.

—Junten un poco de comida para nuestros amigos. Seis comidas para veinticinco hombres. Manden un cocinero también. Wally, quiero mostrar a estos hombres un poco de buen *chow*. ¿Comprendido?

—Entendido, jefe. Cambio y corto.

—Tengo algunos cocineros muy buenos, capitán. Una lástima que esto no haya sido la semana pasada. Tuvimos lasañas, exactamente iguales a las que hacía mi mamá. Lo único que faltaba era el Chianti.

—Ellos tienen vodka —observó Ryan.

—Sólo para espías —dijo Borodin. Dos horas después del tiroteo, Ryan había sentido temblores, y Borodin le había enviado unos tragos de los depósitos médicos—. Nos han dicho que sus hombres submarinistas son sumamente mimados.

—Puede que sea así —asintió Mancuso—. Pero nos mantenemos embarcados durante sesenta o setenta días por vez. Eso es bastante duro, ¿no le parece?

—¿Por qué no vamos abajo? —sugirió Ryan. Todos estuvieron de acuerdo. Estaba poniéndose frío.

Borodin, Ryan y Mancuso bajaron, encontrándose con los norteamericanos sobre uno de los lados de la sala de control y los soviéticos en el otro, tal como había sucedido la primera vez. El capitán norteamericano rompió el hielo.

—Capitán Borodin, éste es el hombre que los encontró. Acérquese, Jonesy.

—No fue nada fácil, señor —dijo Jones—. ¿Puedo ponerme a trabajar? ¿Puedo ver su sala de sonar?

—Bugayev... —Borodin hizo una seña llamando al oficial de electrónica del buque. El capitán de corbeta condujo hacia popa al sonarista.

Jones echó una ojeada al equipo y murmuró:

—Chatarra.

Las placas frontales tenían todas rejillas para disipar el calor. «Dios, ¿usarían lámparas de vacío?», se preguntó Jones. Sacó del bolsillo un destornillador para averiguarlo.

—¿Habla usted inglés, señor?

—Sí, un poco.

—¿Puedo ver los diagramas de los circuitos de este equipo, por favor?

Bugayev parpadeó. Ningún hombre de tripulación, y sólo uno de sus *michmanyy*, le había hecho nunca semejante pedido. Luego tomó la carpeta de diseños de su estante en el mamparo anterior.

Jones comparó el número de código del equipo que estaba controlando con la correspondiente sección de la carpeta. Desplegó el diagrama y notó con alivio que ohms eran ohms en todo el mundo. Empezó a deslizar el dedo a lo largo de la página y luego quitó el panel de cubierta para mirar adentro del equipo.

—¡Chatarra, megachatarra al máximo! —Jones estaba tan impresionado como para cometer el desliz de usar la jerga naval.

—Disculpe, ¿qué es eso de «chatarra»?

—Oh, perdóneme, señor. Ésa es una expresión que usamos en la Marina. No sé cómo se dice en ruso. Lo siento. —Jones forzó una sonrisa mientras volvía a los esquemas—. Señor, éste es un equipo de baja potencia y alta frecuencia, ¿no? ¿Lo usan para minas y otros empleos diversos?

Era el turno de Bugayev para impresionarse.

—¿Usted ha recibido adiestramiento sobre equipos soviéticos?

—No, señor, pero con seguridad he oído hablar mucho de él. —¿Acaso no era obvio?, se preguntó Jones—. Señor, éste es un equipo de alta frecuencia, pero no tiene mucha potencia. ¿Para qué otra cosa puede servir? Un equipo de baja potencia FM se usa para minas, para trabajos debajo del hielo y para entrar a puerto, ¿verdad?

—Correcto.

—¿Tienen un «gertrude», señor?

—¿«Gertrude»?

—Teléfono subácueo, señor, para hablar a otros submarinos. —¿Pero ese tipo no sabía nada?

—Ah, sí, pero está instalado en control, y se halla fuera de servicio.

—Ajá. —Jones volvió a inspeccionar el diagrama—. Creo que puedo ponerle un modulador a este bebé, entonces, y convertirlo en un «gertrude» para usted. Puede ser útil. ¿No cree que su comandante puede quererlo, señor?

—Lo preguntaré, —Confiaba en que Jones iba a quedarse en el lugar, pero el joven sonarista no se despegó de él cuando fue a la sala de control. Bugayev explicó la sugerencia a Borodin mientras Jones hablaba con Mancuso.

—Tienen un pequeño equipo FM que se parece mucho a los viejos «gertrudes» de la escuela de sonar. En los depósitos tenemos un modulador de repuesto, y probablemente pueda conectarlo en treinta minutos, sin problemas —dijo el sonarista.

—Capitán Borodin, ¿usted está de acuerdo? —preguntó Mancuso.

Borodin tuvo la sensación de que lo estaban empujando demasiado rápido, aunque la sugerencia era perfectamente aceptable.

—Sí, que su hombre lo haga.

—Jefe, ¿cuánto tiempo vamos a estar aquí? —preguntó Jones.

—Uno o dos días, ¿por qué?

—Señor, este buque no tiene muchas comodidades para la gente, ¿sabe? ¿Qué le parece si me consigo un televisor y un grabador? Que tengan algo para mirar, usted me comprende, como para darles una rápida mirada a los Estados Unidos.

Mancuso rió. Querían saber todo lo que pudieran sobre ese submarino, pero tenían tiempo de sobra para eso, y la idea de Jones parecía una buena forma de aliviar las tensiones. Por otra parte, no quería incitar un amotinamiento en su propio submarino.

—De acuerdo, tome el de la cámara de oficiales.

—Comprendido, jefe.

El Zodiac llegó unos minutos después llevando al médico del *Pogy*, y Jones aprovechó el bote para volver al *Dallas*. Gradualmente los oficiales estaban empezando a conversar entre ellos. Dos rusos intentaban hablar con Mannion y observaban su cabello. Nunca habían visto a un negro.

—Capitán Borodin, tengo órdenes de sacar algo de la sala de control que identifique..., quiero decir, algo que sea propio de este submarino —dijo Mancuso—. ¿Puedo tomar ese indicador de profundidad? Puedo hacer que uno de mis hombres instale un sustituto. —El indicador tenía un número.

—¿Por qué razón?

—No lo sé, pero ésas son mis órdenes.

—Sí —respondió Borodin.

Mancuso ordenó a uno de los suboficiales que cumpliera la tarea. El suboficial tomó de su bolsillo una herramienta y retiró la tuerca que mantenía en su sitio el dial y la aguja.

—Éste es un poco más grande que los nuestros, jefe, pero no mucho. Creo que tenemos uno de repuesto. Puedo colocar la parte de atrás para adelante y grabarle las marcas, ¿de acuerdo?

Mancuso le alcanzó la radio.

—Llame enseguida y dígale a Jones que traiga con él el repuesto.

—Comprendido, jefe. —El suboficial puso de nuevo la aguja en su lugar después de apoyar el dial en el suelo.

El Sea Stallion no intentó aterrizar, aunque el piloto estuvo tentado. La cubierta era casi lo suficientemente grande como para probar. Finalmente, el helicóptero evolucionó a muy poca altura sobre la cubierta de misiles, y el doctor saltó a los brazos de dos marineros. Un momento después le arrojaron las cosas que había llevado consigo. El coronel permaneció en la parte posterior del helicóptero y deslizó la puerta para cerrarla. La aeronave viró lentamente para volver hacia el sudoeste; su enorme rotor levantaba espuma de las aguas del Estrecho Pamlico.

—¿Era eso lo que yo creo que era? —preguntó el piloto por el intercomunicador.

—¿No estaba mirando hacia atrás? Yo creía que los submarinos misilísticos tenían los misiles a popa de la torreta. Ésos estaban delante de la torreta, ¿no es así? Quiero decir, ¿no era el timón eso que se alzaba detrás de la torreta? —respondió el copiloto lleno de dudas.

—¡Era un submarino ruso! —dijo el piloto.

—¿Qué? —Era demasiado tarde para ver, ya estaban a dos millas de distancia—. Esos tipos que estaban en cubierta eran de los nuestros. No eran rusos.

—¡Hijo de puta! —juró el mayor perplejo. Y no podía decir absolutamente nada. El coronel de la división de inteligencia había sido condenadamente claro acerca de eso: «Usted no ve nada, no oye nada, no piensa nada, y por todos los demonios más vale que nunca diga nada».

—Soy el doctor Noyes —dijo el capitán de fragata a Mancuso en la sala de control No había estado nunca en un submarino, y cuando miró a su alrededor vio un compartimiento lleno de instrumentos, todos en idioma extranjero—. ¿Qué buque es éste?

—*Krazny Oktyabr* —dijo Borodin acercándose. En la parte central del frente de su gorra había una brillante estrella roja.

—¿Qué diablos está pasando aquí? —preguntó Noyes con firmeza.

—Doctor —Ryan lo tomó del brazo—, tiene dos pacientes a popa. ¿Por qué no nos preocupamos por ellos?

Noyes lo siguió hacia popa hasta la enfermería.

—¿Qué está pasando aquí? —insistió un poco más calmo.

—Los rusos acaban de perder un submarino —explicó Ryan—, y ahora nos pertenece. Y si usted dice algo a alguien...

—Le entiendo, pero no le creo.

—No tiene que creerme. ¿Qué clase de cirujano es usted?

—Torácico.

—Magnífico. —Ryan dio vuelta para entrar en la enfermería—. Tiene un herido de bala que lo necesita con urgencia.

Williams estaba acostado desnudo sobre la mesa. Entró un marinero con los brazos cargados de elementos de sanidad y los dejó sobre el escritorio de Petrov. El armario médico del *Octubre* tenía cierta cantidad de plasma, y los dos hombres de sanidad ya habían colocado dos unidades al teniente. Le habían insertado un tubo en el pecho, que drenaba hacia una botella de vacío.

—Tenemos una herida de nueve milímetros en el pecho de este hombre —dijo uno de ellos presentándose y haciendo otro tanto con su compañero—. Me dicen que hace diez horas que tiene puesto el tubo en el pecho. La cabeza parece peor de lo que está. La pupila derecha está un poco dilatada, pero no mucho. El pecho está mal, señor. Será mejor que lo ausculte.

—¿Vitales? —Noyes pescó en su maletín buscando un estetoscopio.

—Pulso ciento diez con arritmia. La presión sanguínea, ocho y cuatro.

Noyes movió el estetoscopio por el pecho de Williams, frunciendo el entrecejo.

—El corazón está fuera de su lugar. Tenemos un neumotórax con tensión de la izquierda. Debe de haber un litro de fluido allí, y suena como si estuviera por producirse un espasmo congestivo. —Noyes se volvió hacia Ryan—. Ahora salga usted de aquí. Tengo que abrir un pecho.

—Cuídelo bien, doctor. Es un buen hombre.

—¿Y no lo son todos? —observó Noyes, mientras se quitaba la chaqueta—. Vamos a lavarnos, muchachos.

Ryan se preguntó si una oración ayudaría. Noyes parecía un cirujano y hablaba como tal. Ryan esperó que lo fuera. Fue hacia popa, al camarote del comandante, donde Ramius dormía gracias a las drogas que le habían dado. La pierna ya no sangraba, y era evidente que uno de los hombres de sanidad se había ocupado de él. Noyes podía dedicarse a él más tarde. Ryan se dirigió a proa.

Borodin tenía la sensación de que había perdido el control, y no le gustaba, aunque era en parte un alivio. Dos semanas de tensión constante más el irritante cambio en los planes habían conmocionado al oficial en mayor grado del que él hubiera creído. En ese momento la situación no era nada agradable... Los norteamericanos estaban tratando de ser corteses, ¡pero eran más dominantes que el demonio! Al menos, los oficiales del *Octubre Rojo* no estaban en peligro.

Veinte minutos después el Zodiac estaba de regreso otra vez. Dos marineros se ocuparon de descargar más de cien kilos de alimentos congelados y luego ayudaron a Jones con sus materiales electrónicos. Les llevó varios minutos acomodar todo lo que habían descargado y el marinero que llevó hacia proa la comida volvió tembloroso después de haber encontrado dos cuerpos rígidos y un tercer cadáver congelado sólido. No había habido tiempo para mover a los dos últimos muertos.

—Conseguí todo, jefe —informó Jones. Entregó al suboficial el dial de indicación de profundidad.

—¿Qué es todo esto? —preguntó Borodin.

—Capitán, traje el modulador para hacer el «gertrude» —Jones le mostró una pequeña caja—. Estas otras cosas son un pequeño televisor en color, un grabador de video cassette y algunas cintas grabadas con películas. El jefe pensó que todos ustedes, caballeros, podrían querer algo para relajarse y para llegar a conocernos un poco, ¿me comprenden?

—¿Películas? —Borodin sacudió la cabeza—. ¿Películas de cine?

—Desde luego. —Mancuso soltó una risita—. ¿Qué trajo, Jonesy?

—Bueno, señor, conseguí *E. T., Star Wars, Big Jake* y *Hondo*. —Era evidente que Jones había querido ser cuidadoso en cuanto a qué partes de los Estados Unidos presentaba primero a los rusos.

—Mis disculpas, capitán. Mi sonorista tiene el gusto limitado con respecto a películas.

Por el momento a Borodin la habría gustado ver *El Acorazado Potemkin*. La fatiga lo estaba atacando intensamente.

El cocinero entró apresuradamente con las manos llenas de comestibles.

—Traeré café en un minuto, señor —dijo a Borodin cuando ya se volvía a la cocina.

—Me gustaría comer algo. Ninguno de nosotros ha comido en todo el día —dijo Borodin.

—¡Comida! —gritó Mancuso hacia la cocina.

—Comprendido, jefe. Déjeme estudiar un poco esta cocina.

Mannion controló su reloj.

—Veinte minutos, señor.

—¿Tenemos a bordo todo lo que necesitamos?

—Sí, señor.

Jones hizo un bypass en el control de pulso del amplificador del sonar y empalmó allí el modulador. Fue aún más fácil de lo que había esperado. Junto con todo lo demás, Jones había llevado un micrófono de radio del *Dallas* y lo conectó al equipo del sonar antes de encenderlo. Tenía que esperar a que el aparato se calentara. Jones no había vuelto a ver tantas lámparas desde que salía a reparar televisores con su padre, y eso había sido hacía ya mucho tiempo.

—*Dallas*, aquí Jonesy, ¿me recibe?

—Afirmativo. —La respuesta se oyó chillona, como la radio de un taxi.

—Gracias. Corto. —Apagó el equipo—. Funciona. Fue bastante fácil, ¿no es cierto?

«¡Recluta, diablos! ¡Y ni siquiera adiestrado con equipo soviético!», pensó el oficial de electrónica del *Octubre*. No se le ocurrió que esa parte del equipo era casi una copia de un sistema norteamericano obsoleto de FM.

—¿Cuánto tiempo hace que es sonarista?

—Tres años y medio, señor. Desde que dejé la universidad.

—¿Usted aprendió todo esto en tres años? —preguntó vivamente el oficial.

—¿Qué tiene de extraño, señor? —Jones se encogió de hombros—. Yo he jugado con radios y materiales desde que era un chico. ¿Le importa si pongo un poco de música, señor?

Jones había decidido ser especialmente amable. Sólo tenía una cinta de un compositor ruso, la suite *Casca-*

nueces, y la había traído junto con cuatro Bachs. A Jones le gustaba escuchar música mientras rezaba sobre los diagramas de los circuitos. El joven sonarista estaba a sus anchas. Hacía tres años que venía escuchando esos equipos rusos... y en ese momento tenía sus diagramas, sus aparatos, y el tiempo para conocerlos a fondo. Bugayev continuaba observando asombrado mientras los dedos de Jones seguían el ballet en las páginas del manual con la música de Tchaikovsky.

—Es hora de sumergirse, señor —dijo Mannion en control.

—Muy bien. Con su permiso, capitán Borodin, yo voy a ayudar con los venteadores. Todas las escotillas y aberturas están... cerradas. —Mancuso observó que el tablero de inmersión usaba la misma disposición de luces que los submarinos norteamericanos.

Mancuso hizo un inventario de la situación por una última vez. Butler y sus cuatro suboficiales más antiguos estaban ya dedicados a la tetera nuclear, a popa. La situación parecía bastante buena, en medio de todo. Lo único que podía andar realmente mal sería que los oficiales del *Octubre* cambiaran sus ideas. El *Dallas* estaría manteniendo al submarino misilístico bajo constante observación de sonar. Si se movía, el *Dallas* tenía una ventaja de diez nudos en la velocidad y con eso podría bloquear el canal.

—Por lo que yo veo, capitán, estamos en condiciones de inmersión —dijo Mancuso.

Borodin asintió con un movimiento de cabeza, e hizo sonar la alarma de inmersión. Era un zumbador, exactamente igual al de los submarinos norteamericanos. Mancuso, Mannion y un oficial ruso trabajaron con los complejos controles de venteo. El *Octubre Rojo* inició su lento descenso. En cinco minutos estaba descansando en el fondo, con veinte metros de agua sobre la parte superior de su torreta.

La casa Blanca

Eran las tres de la mañana y Pelt hablaba por teléfono a la embajada soviética.

—Alex, habla Jeffrey Pelt.

—¿Cómo está, doctor Pelt? Debo expresarle mi reconocimiento y el del pueblo soviético por su intervención para salvar a nuestro marinero. Hace pocos minutos he sido informado de que ahora ya está consciente, y que se espera su total recuperación.

—Sí, también yo acabo de enterarme de eso. A propósito, ¿cuál es su nombre? —Pelt se preguntó si habría despertado a Arbatov. No parecía que fuera así.

—Andre Katyskin, un suboficial cocinero, de Leningrado.

—Qué bien, Alex, me han informado que el *USS Pigeon* ha rescatado a casi toda la tripulación del otro submarino soviético, cerca de las Carolinas. Su nombre, evidentemente, era *Octubre Rojo*. Ésa es la buena noticia, Alex. La mala es que la nave explotó y se hundió antes de que pudiésemos sacarlos a todos. Han desaparecido la mayor parte de los oficiales, y dos de nuestros oficiales.

—¿Cuándo ocurrió eso?

—Ayer a la mañana, muy temprano. Lamento la demora, pero el *Pigeon* tuvo problemas con la radio, como resultado de la explosión submarina, dicen. Usted sabe cómo puede ocurrir esa clase de cosas.

—Por cierto... —Pelt tuvo que admirar la respuesta, sin el más mínimo matiz de ironía—. ¿Dónde están ellos ahora?

—El *Pigeon* está navegando hacia Charleston, Carolina del Sur. Desde allí haremos que los tripulantes soviéticos sean llevados en vuelo directamente a Washington.

—¿Y ese submarino explotó? ¿Está usted seguro?

—Sí, uno de los tripulantes dijo que tuvieron un accidente mayor con el reactor. Fue nada más que buena suerte que el *Pigeon* estuviera allí. Se dirigía a la costa de Virginia para inspeccionar el otro submarino que perdieron ustedes. Creo que su Marina necesita un poco de trabajo, Alex —observó Pelt.

—Informaré todo esto a Moscú, doctor —respondió secamente Arbatov—. ¿Puede decirnos dónde sucedió?

—Puedo hacer algo mejor que eso. Tenemos un buque que llevará un sumergible de investigación en inmersión profunda para que descienda e inspeccione los restos. Si usted quiere, puede comunicar a su Marina que envíen un hombre a Norfolk por avión, y nosotros lo llevaremos al lugar para que él inspeccione para ustedes. ¿Le parece bien?

—¿Usted dijo que perdieron dos oficiales? —Arbatov buscaba ganar tiempo, sorprendido por el ofrecimiento.

—Sí, ambos eran gente de rescate. Pero pudimos sacar cien hombres, Alex —dijo Pelt a la defensiva—. Eso es algo.

—Por cierto que lo es, doctor Pelt. Enviaré un cable a Moscú pidiendo instrucciones. Yo lo llamaré después. ¿Usted está en su despacho?

—Correcto. Hasta luego, Alex. —Colgó y miró al Presidente—. ¿Estoy aprobado, jefe?

—Trabaje un poquito más en la sinceridad, Jeff. —El Presidente estaba tendido en un sillón de cuero, con una bata sobre el pijama—. ¿Morderán?

—Morderán. Es más seguro que el diablo que quieren confirmar la destrucción del submarino. El asunto es: ¿podemos engañarlos?

—Foster parece pensar que sí. Suena bastante plausible.

—Hummm. Bueno, pero ya lo tenemos, ¿no? —observó Pelt.

—Sí. Pienso que esa historia acerca del agente de la GRU estaba equivocada, de lo contrario lo eliminaron de un puntapié con todos los demás. Quiero ver a ese capitán Ramius. ¡Vaya! Lanzar una alarma en un reactor. ¡Con razón sacó a todo el mundo del buque!

El Pentágono

Skip Tyler estaba en el despacho del Jefe de Operaciones Navales tratando de relajarse en un sillón. La estación guardacosta de la ensenada había hecho una toma de televisión con luz baja y enviado la cinta en helicóptero a Cherry Point, y desde allí, en un jet Phantom a Andrews. En ese momento estaba en las manos de un correo cuyo automóvil se acercaba a la entrada principal del Pentágono.

—Tengo un paquete para ser entregado en propias manos al almirante Foster —anunció un alférez pocos minutos después.

La secretaria de Foster le señaló la puerta.

—¡Buenos días, señor! ¡Esto es para usted, señor! —El alférez entregó a Foster la cassette envuelta.

—Gracias. Puede retirarse.

Foster insertó la cassette en el aparato de video que tenía sobre el televisor de su oficina. El equipo ya estaba encendido, y la imagen apareció en pocos segundos.

Tyler estaba de pie junto al Jefe de Operaciones mientras éste graduaba el foco.

—Ajá.

—Ajá —coincidió Foster.

La imagen era asquerosa; no había otra palabra para calificarla. El sistema de televisión con luz baja no daba una imagen muy nítida dado que amplificaba igualmente toda la luz ambiental. Eso producía una tendencia a borrar muchos detalles. Pero lo que vieron fue suficiente: un submarino misilístico muy grande, cuya torreta estaba mucho más hacia atrás que las torretas de cualquier nave construida en Occidente. El *Dallas* y el *Pogy* parecían muy pequeños a su lado. Contemplaron la pantalla durante los quince minutos siguientes sin decir una palabra. De no ser por el bamboleo de la cámara, la imagen era casi tan viviente como un patrón de prueba.

—Y bien —dijo Foster cuando terminó la cinta—, nos conseguimos el misilístico ruso.

—¿Qué le parece? —sonrió Tyler.
—Skip, usted estaba calificado para el comando de un *Los Ángeles*, ¿no?
—Sí, señor.
—Estamos en deuda con usted por esto, capitán, le debemos mucho. Estuve averiguando algunas cosas el otro día. Un oficial afectado físicamente en acto de servicio no tiene necesariamente que retirarse, a menos que se demuestre que está incapacitado para el servicio. Un accidente cuando regresaba de trabajar en su submarino es un acto de servicio, me parece, y hemos tenido algunos comandantes de buques a quienes le faltaba una pierna. Iré personalmente a ver al Presidente por esto, hijo. Significará un año de trabajo para estar otra vez en forma, pero si todavía quiere su comando, por Dios, yo se lo conseguiré.

Tyler se sentó al oírlo. Significaría que tendrían que prepararlo para una nueva pierna, algo que él estaba considerando desde hacía meses; y unas pocas semanas para acostumbrarse a ella. Después un año —un buen año— volviendo a aprender todo lo que necesitaba saber antes de que pudiera salir al mar... Sacudió la cabeza.

—Gracias, almirante. Usted no sabe lo que eso significa para mí..., pero no. Ya estoy pasado de eso ahora. Tengo una vida diferente, y diferentes responsabilidades, y estaría ocupando un puesto que corresponde a otro. Pero voy a pedirle una cosa, que me permita echar una ojeada a ese misilístico, y estamos a mano.

—Eso puedo garantizárselo. —Foster había abrigado la esperanza de que respondiera de esa manera; había estado casi seguro de eso. Sin embargo, era una lástima. Tyler, pensó, hubiera sido un buen candidato para su propio comando, excepto por el problema de la pierna. Bueno, nadie dijo nunca que el mundo fuera justo.

El Octubre Rojo

—Ustedes parecen tener todas las cosas bajo control —observó Ryan—. ¿Le importa a alguien si me voy a roncar a alguna parte?

—¿Roncar? —preguntó Borodin.

—Dormir.

—Ah, tome el camarote del doctor Petrov, frente a la enfermería.

Mientras caminaba hacia popa, Ryan buscó en el camarote de Borodin y encontró la botella de vodka que había sido liberada. No tenía mucho gusto, pero era bastante suave. El camastro de Petrov no era ni muy ancho ni muy blando. Pero a Ryan ya no le importaba. Tomó un largo trago y se acostó con su uniforme, tan sucio y grasiento que ya estaba más allá de toda esperanza. En cinco minutos estaba dormido.

El Sea Cliff

El sistema purificador de aire no estaba funcionando correctamente, pensó el teniente Sven Johnsen. Si su resfrío y sinusitis hubieran durado unos días más, podría no haberse dado cuenta. El *Sea Cliff* estaba pasando apenas los tres mil metros, y no podían tratar de reparar los sistemas hasta que no volvieran a la superficie. No era nada peligroso —el sistema de control ambiental tenía muchas cosas superfluas incorporadas como la Lanzadera Espacial—. Sólo una molestia.

—Nunca he estado a tanta profundidad —dijo en tono de comentario el capitán Igor Kaganovich. Llevarlo a él hasta allí había sido complicado. Había requerido un helicóptero Helix desde el *Kiev* hasta el *Tarawa*, luego un Sea King de la Marina de Estados Unidos hasta Norfolk. Otro helicóptero lo había llevado al *USS Austin*, que navegaba a veinte nudos en dirección al punto 33N 75W. El *Austin* era un buque de desembarco y muelle flotante, una nave bastante grande cuya popa era un pozo cubierto. Se lo usaba generalmente para desembarco, pero ese día llevaba el *Sea Cliff*, un sumergible para tres hombres, que había sido transportado en vuelo desde Woods Hole, Massachusetts.

—Hace falta un poco de acostumbramiento —estuvo de acuerdo Johnsen—, pero cuando se lo conoce bien, cien metros, tres mil metros, no significan ninguna diferencia. Una fractura en el casco lo mataría a uno con la misma rapidez, lo único que aquí abajo quedarían menos residuos para que el submarino siguiente tratara de recuperarlos.

—Siga firme con esos pensamientos alegres, señor —dijo el maquinista de primera clase Jesse Overton—. ¿Nada todavía en el sonar?

—Nada, Jess. —Johnsen había trabajado con el maquinista durante los dos últimos años. El *Sea Cliff* era su bebé; un pequeño y robusto submarino de investigación que se utilizaba principalmente para tareas oceanográficas, incluyendo el emplazamiento y reparación de sensores del Control de Vigilancia de Sonar. En el pequeño sumergible para tres personas había poco lugar para mantener una rígida disciplina. Overton no era muy bien educado o capaz de expresarse con propiedad..., al menos con cierta cortesía. Pero su habilidad para maniobrar el minisubmarino era insuperable, y Johnsen se sentía feliz cuando podía dejarle a él esa tarea. El teniente tenía la responsabilidad de manejar la misión completa.

—El sistema de aire necesita algo de trabajo —observó Johnsen.

—Sí, los filtros han cumplido ya casi el tiempo para reemplazo. Iba a hacerlo la semana que viene. Pude haberlo hecho esta mañana pero pensé que el encablado del control de retroceso era más importante.

—Creo que en eso tengo que estar de acuerdo con usted. ¿Se comporta bien?

—Como una virgen. —La sonrisa de Overton se reflejó en la gruesa porta Lexan para visión al exterior, frente al asiento de control. El desmañado diseño del *Sea Cliff* lo hacía difícil de maniobrar. Era como si supiera qué quería hacer, pero no exactamente cómo quería hacerlo—. ¿Qué tamaño tiene la zona del blanco?

—Bastante amplia. El *Pigeon* dice que después de la explosión los pedazos se esparcieron desde el cielo hasta el infierno.

—Lo creo. A casi cinco mil metros de profundidad y con una corriente que lo habrá arrastrado de un lado a otro.

—¿El nombre del submarino es *Octubre Rojo*, capitán? ¿Un submarino de ataque de la clase *Victor*, dijo usted?

—Ése es el nombre que ustedes dan a la clase —dijo Kaganovich.

—¿Y cómo los llaman ustedes? —preguntó Johnsen. No obtuvo respuesta. ¿Cuál sería el misterio?, se preguntó. ¿Qué le importaba a nadie el nombre de la clase?—. Encendiendo el localizador sonar. —Johnsen activó varios sistemas, y el *Sea Cliff* latió con el sonido del sonar de alta frecuencia montado en la panza—. Allí está el fondo. —La pantalla amarilla mostraba los contornos del fondo en blanco.

—¿No hay nada que se levante del fondo, señor? —preguntó Overton.

—Hoy no, Jess.

Un año antes se hallaban operando a pocas millas de ese sitio y casi quedaron enganchados en el mástil de un buque Liberty, hundido en 1942 por un submarino alemán. El viejo buque había quedado en el fondo con cierto ángulo, apoyado en un enorme repliegue. Esa casi colisión habría resultado fatal con toda seguridad, y había enseñado a ambos hombres a actuar con precaución.

—Bueno, estoy empezando a captar algunos retornos. Directamente al frente, abierto como un abanico. Otros quince metros hasta el fondo.

—Correcto.

—Hummm. Allí hay algo muy grande, de unos diez metros de largo, más o menos tres o cuatro de ancho, a las once del reloj, a trescientos metros. Iremos a ver ésos primero.

—Cayendo a la izquierda, encendiendo las luces, ya.

Se encendieron seis reflectores de alta intensidad, rodeando en el acto al sumergible en un globo de luz. No penetraba más de unos diez metros en el agua, que consumía toda la energía eléctrica.

—Allí está el fondo, exactamente donde usted dijo, señor Johnsen —dijo Overton. Detuvo el descenso controlado y ajustó los comandos para flotación. Casi exactamente neutral, bien—. Esta corriente va a ser difícil con potencia de baterías.

—¿Qué fuerza tiene?

—Un nudo y medio, a lo mejor más cerca de dos, dependiendo del relieve del suelo. Lo mismo que el año pasado. Calculo que podremos maniobrar una hora, o una hora y media, máximo.

Johnsen estuvo de acuerdo. Los oceanógrafos estaban todavía intrigados por esa corriente de profundidad, que parecía cambiar de dirección de tanto en tanto, sin seguir un patrón determinado. Extraño. Había un montón de cosas extrañas en el océano. Fue por eso que Johnsen quiso obtener su título de oceanógrafo, para desvelar algunos de esos misterios. Era seguramente mucho mejor que trabajar para vivir. Estar a cinco mil metros de profundidad no era trabajo, al menos no para Johnsen.

—Veo algo, un reflejo desde el fondo, justo frente a nosotros. ¿Quiere que intente agarrarlo?

—Si puede...

Todavía no podían verlo en ninguno de los tres monitores de televisión del *Sea Cliff*, que miraban directamente al frente, y cuarenta y cinco grados a la izquierda y derecha de la proa.

—Muy bien. —Overton metió la mano derecha en el control de los brazos mecánicos extensibles. Era en eso en lo que se destacaba.

—¿Puede ver qué es? —preguntó Johnsen, jugueteando con el televisor.

—Alguna clase de instrumento. ¿Puede apagar el reflector número uno, señor? Me está encandilando.

—Un segundo. —Johnsen se inclinó hacia adelante para cerrar la llave correspondiente. El reflector número uno proporcionaba iluminación para la cámara de proa, que quedó instantáneamente en blanco.

—Bueno, bebé, ahora... a quedarnos quietitos...

La mano izquierda del maquinista trabajaba en los controles de la hélice direccional; su mano derecha estaba en el control de los brazos mecánicos extensibles. En ese momento, él era el único que podía ver el blanco. El reflejo de Overton sonreía a sí mismo. Su mano derecha se movía rápidamente.

—¡Te tengo! —dijo. El brazo extensible tomó el dial indicador de profundidad que un hombre rana había fijado magnéticamente a la proa del *Sea Cliff* antes de la salida del dique embarcado del *Austin*—. Puede encender la luz otra vez, señor.

Johnsen lo hizo y Overton acomodó su captura frente a la cámara de proa.

—¿Puede ver qué es?

—Parece un indicador de profundidad. Pero no es uno de los nuestros —observó Johnsen—. ¿Usted puede reconocerlo, capitán?

—*Da* —dijo de inmediato Kaganovich. Dejó escapar un largo suspiro, tratando de aparecer apenado—. Es uno de los nuestros. No puedo leer el número, pero es soviético.

—Póngalo en la cesta, Jess —dijo Johnsen.

—Correcto. —Maniobró el brazo mecánico, colocando el dial en un canasto soldado en la proa; luego movió el brazo mecánico hasta su posición de descanso—. Estamos levantando algo de sedimento. Subamos un poco.

Cuando el *Sea Cliff* se acercó demasiado al fondo, la turbulencia de sus hélices revolvió el sedimento aluvional fino. Overton aumentó la potencia para volver a una altura de seis metros.

—Así está mejor. ¿Ve lo que nos está haciendo la corriente, señor Johnsen? Dos buenos nudos. Nos va a reducir el tiempo en el fondo. —La corriente estaba haciendo derivar la nube hacia babor, bastante rápidamente—. ¿Dónde está el blanco grande?

—Exactamente al frente, a unos cien metros. Vamos a asegurarnos de ver qué es eso.

—Correcto. Derecho al frente... Allí hay algo que parece un cuchillo de carnicero. ¿Lo queremos?

—No, sigamos adelante.

—Muy bien, ¿distancia?

—Sesenta metros. Tendríamos que verlo pronto.

Los dos oficiales lo vieron al mismo tiempo que Overton, ellos en la pantalla de televisión. Al principio pareció una imagen espectral, se desvanecía luego por momentos y finalmente volvía.

Overton fue el primero en reaccionar.

—¡Maldita sea!

Tenía más de diez metros de largo y parecía perfectamente circular. Se acercaron desde atrás y vieron el círculo principal y, dentro de él, cuatro conos menores que sobresalían unos treinta centímetros, más o menos.

—Eso es un misil, jefe, ¡todo un maldito misil nuclear ruso!

—Mantenga la posición, Jess.

—Comprendido. —Llevó hacia adelante los controles de potencia.

—Usted dijo que era un *Victor* —dijo Johnsen al soviético.

—Yo estaba equivocado. —La boca de Kaganovich hizo una mueca.

—Vamos a verlo más de cerca, Jess.

El *Sea Cliff* avanzó un poco, siguiendo el costado del cuerpo del misil. Las letras cirílicas eran inequívocas, aunque estaban demasiado lejos como para distinguir los números de serie. Era un nuevo tesoro para Davey Jones, un SS-N-20 Seahawk, con sus ocho vehículos autónomos de reingreso, de quinientos kilotones.

Kaganovich tuvo buen cuidado de registrar mentalmente las marcas que tenía el misil en su cuerpo. Le habían dado una apresurada explicación sobre el Seahawk inmediatamente antes de volar desde el *Kiev*. Como oficial de inteligencia, normalmente sabía más sobre las armas norteamericanas que sobre las propias.

«Qué conveniente», pensó. Los norteamericanos le habían permitido descender en uno de sus más avanzados buques de investigación, cuyas características internas él ya había memorizado, y ellos habían cumplido la misión para él. El *Octubre Rojo* había muerto. Todo lo que tenía que hacer era llevar esa información al almirante Stralbo, en el *Kirov*, y la flota podría abandonar ya la costa norteamericana. ¡Que vinieran ellos al Mar de Noruega a practicar sus juegos sucios! ¡Verían quién ganaba allá arriba!

—Control de posición, Jess. Márcalo al fulano.

—Comprendido. —Overton apretó un botón para desplegar un transponder sonar, que sólo respondería a una señal codificada norteamericana. Eso los llevaría de vuelta al misil. Regresarían más tarde con el material necesario como para amarrar el misil y llevarlo hasta la superficie.

—Eso es propiedad de la Unión Soviética —señaló Kaganovich—. Está en... bajo aguas internacionales. Pertenece a mi país.

—¡Entonces pueden venir a buscarlo y llevárselo a la misma mierda! —estalló el marinero norteamericano. «Debe de ser un oficial disfrazado», pensó Kaganovich—. Lo siento, señor Johnsen.

—Nosotros volveremos a buscarlo —dijo Johnsen.

—Nunca podrán levantarlo. Es demasiado pesado —objetó Kaganovich.

—Supongo que tiene razón —sonrió Johnsen.

Kaganovich concedió a los norteamericanos su pequeña victoria. Podía haber sido peor. Mucho peor.

—¿Continuaremos buscando más restos?

—No, pienso volver atrás y a la superficie —decidió Johnsen.

—Pero sus órdenes...

—Mis órdenes, capitán Kaganovich, consistían en buscar los restos de un submarino de ataque de la clase *Victor*. Hemos encontrado la tumba de un submarino misilístico. Usted nos mintió, capitán, y nuestra cortesía hacia usted finaliza en este punto. Usted ya tiene lo que quería, creo. Más tarde nosotros regresaremos para buscar lo que queremos. —Johnsen levantó el brazo y tiró de la manija de suelta del lastre de hierro. El bloque metálico cayó libre, dando al *Sea Cliff* quinientos kilos de flotación positiva. Ya no había forma de permanecer abajo, ni siquiera aunque lo hubieran querido—. A casa, Jess.

—Comprendido, jefe.

El viaje de regreso hasta la superficie fue absolutamente silencioso.

El USS Austin

Una hora después, Kaganovich subió al puente del *Austin* y solicitó permiso para enviar un mensaje al *Kirov*. Se había convenido anticipadamente sobre eso; de lo contrario, el comandante del *Austin* se habría negado. La noticia sobre la identidad del submarino hundido se había difundido rápido. El oficial soviético transmitió una serie de palabras en código, acompañadas por los números de serie del dial indicador de profundidad. La respuesta con el comprendido llegó de inmediato.

Overton y Johnsen observaron al ruso cuando subía al helicóptero, llevándose el dial del indicador de profundidad.

—No me gustó mucho, señor Johnsen. Pero lo embaucamos, jefe, ¿verdad?

—Recuérdeme que nunca juegue con usted a las cartas, Jess.

El Octubre Rojo

Después de seis horas de sueño, Ryan se despertó con una música que le pareció vagamente familiar. Se quedó acostado en el camastro durante un minuto tratando de ubicarla, luego metió los pies en los zapatos y se dirigió a la cámara de oficiales.

Era *E. T.* Ryan llegó justo a tiempo para ver los títulos de finalización en la pantalla de trece pulgadas del televisor instalado en el extremo anterior de la mesa de la cámara de oficiales. La mayoría de los oficiales rusos y tres norteamericanos habían estado viéndola. Todos los rusos se restregaban los ojos todavía. Jack se sirvió una taza de café y se sentó al final de la mesa.

—¿Les gustó?

—¡Fue magnífica! —proclamó Borodin.

—Tuvimos que pasarla dos veces —dijo riendo el teniente Mannion.

Uno de los rusos empezó a hablar rápidamente en su propio idioma. Borodin se encargó de traducir.

—Pregunta si todos los chicos norteamericanos actúan con tanta... Bugayev, ¿*svobodno*?

—Libre —tradujo Bugayev, incorrectamente pero bastante cerca. Ryan rió.

—Yo nunca lo hice, pero esta película fue hecha en California... y la gente allá es un poquito chiflada. La verdad es que, no, los chicos no actúan así... Por lo menos yo nunca lo he visto, y yo tengo dos. Al mismo tiempo, nosotros sí criamos a nuestros hijos para que sean más independientes que lo que se acostumbra en la Unión Soviética.

Borodin tradujo, y luego dio la respuesta del ruso.

—¿De manera que no todos los chicos norteamericanos son tan pillos?

—Algunos lo son. América no es perfecta, caballeros. Cometemos muchos errores. —Ryan había decidido decir la verdad hasta donde él pudiera hacerlo.

Borodin tradujo otra vez. Las reacciones alrededor de la mesa fueron ligeramente dudosas.

—Les he dicho que esta película es una historia para niños y no debe ser tomada demasiado en serio. ¿No es así?

—Sí, señor —dijo Mancuso, que entraba en ese momento—. Es una historia para chicos, pero yo la he visto cinco veces. Bienvenido de vuelta, Ryan.

—Gracias, capitán. Entiendo que usted tiene todo bajo control.

—Sí, creo que todos necesitábamos la posibilidad de desenganchar un rato. Tendré que escribir otra carta de recomendación para Jonesy. Ésta fue realmente una buena idea. —Hizo un gesto hacia el televisor—. Tenemos muchas oportunidades para estar serios.

—¿Cómo está Williams? —preguntó Ryan a Noyes, que acababa de entrar.

—Se salvará. —Noyes llenó su taza—. Lo tuve abierto durante tres horas y media. La herida de la cabeza era superficial... muy sangrienta, pero las heridas de la cabeza son así. Pero la del pecho era profunda. La bala no tocó el pericardio por un pelo. Capitán Borodin, ¿quién dio los primeros auxilios a ese hombre?

El *starpom* señaló al teniente.

—No habla inglés.

—Dígale que Williams le debe la vida. Haberle puesto ese tubo en el pecho hizo la diferencia. Sin él, hubiera muerto.

—¿Está seguro de que se salvará? —insistió Ryan.

—Por supuesto que sí, Ryan. Haciendo esto me gano la vida. Estará delicado por un tiempo, y yo estaría más tranquilo si estuviera en un verdadero hospital, pero está todo bajo control.

—¿Y el capitán Ramius? —preguntó Borodin.

—Ningún problema. Todavía está durmiendo. Me tomé bastante tiempo para coserlo. Pregúntele dónde aprendió primeros auxilios.

Borodin lo hizo.

—Dice que le gusta leer libros de medicina.

—¿Qué edad tiene?

—Veinticuatro.

—Dígale que si alguna vez quiere estudiar medicina, yo le diré cómo empezar. Si sabe hacer la cosa justa en el momento justo, podría ser lo suficientemente bueno como para vivir de eso.

El joven oficial se sintió complacido por los comentarios, y preguntó cuánto dinero podía ganar un doctor en América.

—Yo soy militar, de manera que no gano mucho. Cuarenta y ocho mil por año, contando el suplemento de vuelo. Podría ganar mucho más en la vida civil.

—En la Unión Soviética —señaló Borodin—, los doctores cobran más o menos lo mismo que los obreros de las fábricas.

—Tal vez eso explique por qué sus médicos no son buenos —observó Noyes.

—¿Cuándo podrá reasumir el comando el capitán? —preguntó Borodin.

—Hoy voy a mantenerlo en reposo todo el día —dijo Noyes—. No quiero que empiece a sangrar de nuevo. Puede comenzar a moverse un poco mañana, con cuidado. No quiero que se apoye demasiado en esa pierna. Se pondrá muy bien, caballeros. Un poquito débil por la pérdida de sangre, pero se recuperará completamente. —Noyes expresaba sus pronunciamientos como si hubiera estado citando leyes físicas.

—Le agradecemos, doctor —dijo Borodin.

Noyes se encogió de hombros.

—Para eso es que me pagan. Y ahora, ¿puedo hacer una pregunta? ¿Qué demonios está pasando aquí?

Borodin lanzó una carcajada y tradujo la pregunta a sus camaradas.

—Todos nosotros nos haremos ciudadanos norteamericanos.

—Y se traen con ustedes un submarino, ¿eh? ¡Bravo! Por un momento creí que esto era una especie de..., no sé, algo. Esto sí que es algo para contar. Aunque supongo que no puedo decir nada a nadie...

—Correcto, doctor —sonrió Ryan.

—Qué lástima —murmuró Noyes mientras se dirigía de nuevo a la enfermería.

Moscú

—Entonces, camarada almirante, ¿usted nos informa que ha tenido éxito? —preguntó Narmonov.

—Así es, camarada secretario general —asintió Gorshkov, explorando la mesa de conferencias en el centro subterráneo de comando.

Todos los del círculo interior estaban allí, junto con los jefes militares y el director de la KGB.

—El oficial de inteligencia de la flota del almirante Stralbo, el capitán Kaganovich, gracias a los norteamericanos, pudo ver los restos del submarino desde uno de sus vehículos de rescate de sumersión profunda. Recuperaron un fragmento de entre los restos, un dial de indicador de profundidad. Estos objetos tienen un número, que fue transmitido de inmediato a Moscú. Era positivamente del *Octubre Rojo*. Kaganovich también inspeccionó un misil liberado del submarino al explotar. Era decididamente un Seahawk. El *Octubre Rojo* ha muerto. Nuestra misión ha sido cumplida.

—Por casualidad, camarada almirante, no por designio —señaló Mikhail Alexandrov—. Su flota fracasó en su misión de *localizar* y destruir el submarino. Creo que el camarada Gerasimov tiene alguna información para nosotros.

Nikolay Gerasimov era el nuevo director de la KGB. Había dado ya su informe a los miembros políticos de ese grupo, y estaba ansioso por revelarlo ante esos pavos reales de uniforme. Quería ver sus reacciones. La KGB tenía muchas cuentas que arreglar con esos hombres. Gerasimov sintetizó el informe que él había recibido de su agente Cassius.

—¡Imposible! —saltó Gorshkov.

—Tal vez —concedió gentilmente Gerasimov—. Existe una fuerte probabilidad de que ésta sea una pieza de desinformación sumamente hábil. Nuestros agentes de campo la están investigando ahora. Sin embargo, hay algunos detalles interesantes que sostienen esta hipótesis. Permítame repasarlos, camarada almirante.

»Primero, ¿por qué permitieron los norteamericanos que nuestro hombre subiera a bordo de uno de sus más sofisticados submarinos de investigación? Segundo, ¿por qué no retener a nuestro hombre, usarlo, y disponer de él? ¿Sentimentalismo? No lo creo. Tercero, al mismo tiempo que recogen a este hombre, sus unidades aéreas y de la flota estaban hostigando a nuestra flota en la forma más agresiva y descarada. Eso cesó de repente, y un día después estaban atropellándose en sus esfuerzos para colaborar en nuestra «búsqueda y rescate».

—Porque Stralbo, sabiamente y con valor, decidió contenerse de reaccionar ante sus provocaciones —replicó Gorshkov.

Gerasimov asintió de nuevo cortésmente.

—Puede ser que sea así. Fue una decisión inteligente por parte del almirante. No debe de ser fácil para un oficial uniformado tragarse así su orgullo. Por otra parte, yo especulo con que es también posible que, aproximadamente en ese momento, los norteamericanos recibieron esta información que Cassius nos pasó. Y aún más, especulo que los norteamericanos temieron nuestra reacción en caso de que nosotros sospecháramos que ellos habían montado todo este asunto como una operación de la CIA. Sabemos ahora que varios servicios de inteligencia imperialistas están averiguando la causa de esta operación de la flota.

»Desde hace dos días hemos estado haciendo algunos rápidos controles por nuestra cuenta. Encontramos —Gerasimov consultó sus notas— que hay veintinueve ingenieros polacos en el astillero de submarinos de Polyarnyy, especialmente en puestos de control de calidad y de inspección; que el correo y los procedimientos de entrega de mensajes son muy lentos, y que el capitán Ramius —a diferencia de su supuesta amenaza en su carta al camarada Padorin— no condujo su submarino hacia el puerto de Nueva York, sino que se hallaba en posición a mil kilómetros al sur cuando el submarino fue destruido.

—Ésa fue una evidente pieza de desinformación de parte de Ramius —objetó Gorshkov—. Ramius estaba a la vez mostrándonos el anzuelo y despistándonos deliberadamente. Por esa razón desplegamos nuestra flota hacia todos los puertos norteamericanos.

—Y nunca lo encontraron —anotó en voz baja Alexandrov—. Continúe camarada.

Gerasimov continuó:

—Cualquiera fuese el puerto al que supuestamente se dirigía, él se encontraba a más de quinientos kilómetros de cualquiera de ellos, y estamos seguros de que pudo haber alcanzado el que quisiera, siguiendo un rumbo directo. En realidad, camarada almirante, como usted informó en su explicación inicial, él pudo haber alcanzado la costa norteamericana dentro de los siete días después de haber abandonado el puerto.

—Hacer eso, como expliqué detalladamente la semana pasada, habría significado viajar a máxima velocidad. Los comandantes de submarinos misilísticos prefieren no hacerlo —dijo Gorshkov.

—Lo comprendo perfectamente —observó Alexandrov—, teniendo en cuenta el destino del *Politovskiy*. Pero podía esperarse de un traidor a la *Rodina* que corriera como un ladrón.

—Hacia la trampa que le tendimos —replicó Gorshkov.

—Que fracasó —comentó Narmonov.

—Yo no pretendo que esta historia sea verdadera, ni siquiera que tenga visos de posibilidad —dijo Gerasimov, manteniendo una voz de tono objetivo y profesional—, pero existen suficientes evidencias circunstanciales en su apoyo, y debo recomendar una investigación en profundidad por el Comité de Seguridad del Estado, que cubra todos los aspectos de este asunto.

—La seguridad en mis astilleros es responsabilidad naval y de la GRU —dijo Gorshkov.

—Ya no lo es más —anunció Narmonov la decisión tomada dos horas antes—. La KGB va a investigar este vergonzoso asunto siguiendo dos líneas. Un grupo investigará la información de nuestro agente en Washington. El otro procederá sobre la suposición de que la carta de —supuestamente de— Ramius era genuina. Si esto fue una traicionera conspiración, sólo ha podido ser posible porque Ramius —de acuerdo con las actuales regulaciones y prácticas— pudo elegir a sus propios oficiales. El Comité de Seguridad del Estado nos informará sobre la conveniencia o no de continuar esta práctica, sobre el actual grado de control que tienen los comandantes de los buques en las carreras de sus oficiales, y sobre el control que ejerce el Partido en relación con la flota. Creo que vamos a comenzar nuestras reformas permitiendo que los oficiales sean transferidos de un buque a otro con mayor frecuencia. Si los oficiales permanecen demasiado tiempo en un lugar, es obvio que puedan desarrollar confusiones en cuanto a sus debidas lealtades.

—¡Lo que usted sugiere destruirá la eficacia de mi flota! —exclamó Gorshkov golpeando sobre la mesa. Fue un error.

—La flota del pueblo, camarada almirante —corrigió Alexandrov—. La flota del Partido. —Gorshkov sabía de dónde venía esa idea. Narmonov todavía tenía el apoyo de Alexandrov. Eso hacía segura la posición del camarada secretario general, y significaba que las de otros hombres alrededor de esa mesa no lo eran tanto. ¿Cuáles hombres?

La mente de Padorin se rebeló ante la sugerencia de la KGB. ¿Qué sabían esos espías hijos de puta sobre la Marina? ¿O el Partido? Eran todos oportunistas corruptos. Andropov lo había demostrado, y el Politburó estaba permitiendo en ese momento que ese aprendiz de brujo de Gerasimov atacara a las Fuerzas Armadas, que salvaguardaban a la nación contra los imperialistas, la habían salvado de la camarilla de Andropov, y nunca habían sido otra cosa que los incondicionales servidores del Partido. «Pero todo coincide, ¿no es así?», pensó. Así como Krushchev había depuesto a Zhukov, el hombre que hizo posible su sucesión cuando Beria fue retirado, así esos bastardos pondrían en ese momento la KGB contra los hombres de uniforme que, ante todo, habían dado seguridad a sus posiciones...

—En cuanto a usted, camarada Padorin —continuó Alexandrov.

—Sí, camarada académico. —No había salida aparente para Padorin. La Administración Política Principal había pasado la aprobación final sobre el nombramiento de Ramius. Si Ramius era verdaderamente un traidor, Padorin estaría condenado por su grave error de juicio, pero si Ramius había sido un peón inocente, tanto Padorin como Gorshkov habían sido engañados e inducidos a emprender una acción descabellada.

Narmonov tomó el pie que le había dado Alexandrov.

—Camarada almirante, consideramos que sus previsiones secretas para salvaguardar la seguridad del submarino *Octubre Rojo* fueron llevadas a cabo con éxito... a menos que el capitán Ramius fuera intachable y él mismo hundiera el buque junto con sus oficiales y los norteamericanos que, sin duda, estaban tratando de robarlo. En cualquiera de los dos casos, y quedando pendiente la inspección de la KGB de las partes recuperadas del siniestro, parecería que el submarino no cayó en manos del enemigo.

Padorin parpadeó varias veces. El corazón le latía aceleradamente y hasta podía sentir una ligera puntada en la zona izquierda del pecho. ¿Estaban liberándolo de responsabilidades? ¿Por qué? Sólo le llevó un segundo comprenderlo. Después de todo, él era el oficial político. Si el Partido estaba buscando restablecer el control político sobre la flota —no, reafirmar algo que no había sido perdido nunca—, el Politburó no podía afrontar el hecho de destituir al representante del Partido en el alto comando. Eso lo convertiría en vasallo de esos hombres, Alexandrov especialmente. Padorin decidió que la situación lo favorecía.

Y eso hizo extremadamente vulnerable la posición de Gorshkov. Aunque llevaría varios meses, Padorin estaba seguro de que la flota rusa iba a tener un nuevo jefe, alguien cuyo poder personal no fuera suficiente como para hacer política sin la aprobación del Politburó. Gorshkov había llegado a ser demasiado grande, demasiado poderoso, y a los caudillos del Partido no les gustaba que hubiera en el alto comando un hombre con tanto prestigio personal.

«He conservado la cabeza», pensó Padorin, asombrado por su buena suerte.

—El camarada Gerasimov —continuó Narmonov— pasará a trabajar con la sección de seguridad política de su oficina, para revisar sus procedimientos y ofrecerle sugerencias de mejoramientos.

«Entonces, ¿ahora él se convertía en el espía de la KGB en el alto comando?» Bueno, había conservado la cabeza y tenía su oficina, su dacha, y su pensión dentro de dos años. El precio a pagar era pequeño. Padorin estaba más que contento.

DECIMOSEXTO DÍA

Sábado, 18 de diciembre

La Costa Este

El *USS Pigeon* llegó al muelle en Charleston a las cuatro de la mañana. Los tripulantes soviéticos, alojados en el comedor de la tripulación, se habían convertido en motivo de preocupación para todos. Si bien los oficiales rusos se habían esforzado para limitar el contacto entre sus hombres y los rescatadores norteamericanos, en realidad no lo habían logrado en ningún momento. Para decirlo sencillamente, habían sido incapaces de bloquear el llamado de la naturaleza. El *Pigeon* había atiborrado a sus huéspedes con un buen *chow* al estilo naval, y el retrete más cercano se hallaba a unos metros de distancia hacia popa. En el camino de ida y venida a y de los baños, los tripulantes del *Octubre Rojo* se encontraban con marineros norteamericanos, algunos de los cuales eran oficiales que hablaban ruso, disfrazados de tripulantes; otros eran especialistas en idioma ruso tomados de las listas de revista y llevados en avión justo cuando llegaba a bordo la última tanda de soviéticos. El hecho de que se encontraran a bordo de un buque reputado como hostil y se encontraran con hombres amistosos y que hablaban en ruso había resultado determinante para muchos de los jóvenes marineros conscriptos. Habían registrado sus observaciones en grabadores ocultos para que las examinaran más tarde en Washington. Petrov y los tres oficiales jóvenes habían demorado en darse cuenta, y cuando lo hicieron adoptaron la costumbre de acompañar al retrete a cada hombre, turnándose entre ellos, como padres protectores. Pero hubo algo que no pudieron impedir: un oficial de inteligencia, con uniforme de contramaestre, que les hacía una oferta de asilo; cualquiera que deseara quedarse en los Estados Unidos sería autorizado a hacerlo. En menos de diez minutos la información se había diseminado entre los tripulantes.

Cuando llegó la hora en que debían comer los tripulantes norteamericanos, los oficiales rusos apenas pudieron impedir los contactos; los propios oficiales casi no pudieron comer, tan ocupados estaban patrullando las mesas de los tripulantes. Ante la sorpresa de sus contrapartes norteamericanas, se vieron obligados a rechazar repetidas invitaciones a la cámara de oficiales del *Pigeon*.

El *Pigeon* amarró cuidadosamente. No había apuro. Cuando terminaron de colocar en su sitio la planchada, una banda ubicada en el muelle tocó una selección de aires soviéticos y norteamericanos, para marcar la naturaleza de cooperación de la misión de rescate. Los soviéticos habían esperado que su llegada fuese completamente silenciosa, dada la hora del día. Se equivocaron en eso. Cuando el primer oficial soviético había descendido la mitad de la planchada, quedó encandilado por cincuenta reflectores de televisión, de gran intensidad, y los gritos con preguntas que le formulaban los periodistas televisivos, sacados de la cama para ir a esperar al buque de rescate y disponer así de una interesante noticia —en esa época de Navidad— para las redes de difusión de la mañana. Los rusos jamás se habían encontrado con algo parecido a un periodista de occidente, y la colisión cultural resultante fue un caos total. Los hombres de televisión identificaron a los oficiales y les interrumpieron el paso, ante la desesperación de los infantes de marina que trataban de mantener el control de las cosas. Con uno de los periodistas, los oficiales pretendieron no saber una palabra de inglés, y se encontraron con que el muchacho había llevado con él a un profesor de ruso de la Universidad de Carolina del Sur en Columbia. Petrov se encontró balbuceando inseguro algunos lugares comunes políticamente aceptables frente a media docena de cámaras, y deseando que todo el maldito asunto no fuera otra cosa que una pesadilla. Pasó una hora antes de que todos los marinos rusos estuvieran sobre los tres ómnibus fletados ex profeso y pudieran partir hacia el aeropuerto. A lo largo del camino siguieron junto a los ómnibus y automóviles llenos de periodistas que continuaron molestando a los soviéticos con las luces de las cámaras y las preguntas que nadie podía comprender. En el aeropuerto la escena no fue muy diferente. La Fuerza Aérea había enviado un transporte VC-135, pero antes de que los rusos pudieran abordarlo tuvieron que abrirse camino otra vez en medio de un mar de periodistas. Ivanov se encontró enfrentado con un experto en lenguas eslavas, cuyo ruso estaba desfigurado por un acento horrible. Para subir al avión demoraron otra media hora.

Una docena de oficiales de la Fuerza Aérea hizo sentar a todos y los invitó con cigarrillos y miniaturas de licores. Para cuando el transporte VIP alcanzó los seis mil metros de altura, todos sus pasajeros estaban disfrutando de un vuelo feliz. Un oficial les habló por el intercomunicador para explicarles qué iba a suceder. Se les iba a efectuar a todos un control médico. La Unión Soviética iba a mandar un avión al día siguiente para buscarlos, pero todos esperaban que pudieran quedarse uno o dos días más, de manera que pudieran vivir a fondo la hospitalidad norteamericana. La tripulación del avión se excedió, informando a sus pasajeros la historia de cuanta cosa se veía en la ruta: ciudades, aldeas, cruces de rutas, autopistas interestatales y hasta paradas de ómnibus y camiones, proclamando a través del intérprete el deseo de todos los norteamericanos de unas pacíficas y amistosas relaciones con la Unión Soviética, expresando la admiración profesional de la Fuerza Aérea de los Estados Unidos por el coraje de los marinos soviéticos, y lamentando la muerte de los oficiales que valientemente se habían quedado atrás, permitiendo que sus hombres salieran primero. Todo el asunto fue una obra maestra de doble intención, apuntada a abrumarlos, y empezó a surtir efecto.

La aeronave voló a baja altura sobre los suburbios de Washington mientras se aproximaba a la Base Aérea de Andrews. El intérprete les explicó que estaban volando sobre hogares de clase media que pertenecían a trabajadores del gobierno y la industria local. En tierra los esperaban otros tres ómnibus y, en vez de tomar el camino de cintura que rodea Washington D.C., los ómnibus cruzaron directamente la ciudad. Los oficiales norteamericanos que viajaban en cada ómnibus se disculparon por los embotellamientos de tránsito, informando a los pasajeros que casi todas las familias norteamericanas tenían un automóvil, muchas de ellas dos o más, y que la gente sólo usaba el transporte público para evitar la molestia de conducir. La *molestia* de conducir su propio automóvil, pensaron asombrados los marinos soviéticos. Sus oficiales políticos podrían más tarde decirles que todo eso era una absoluta mentira, pero ¿quién podía negar los miles de automóviles que había en las calles y avenidas? ¿Acaso podía todo eso ser un fraude montado en pocos minutos para beneficio de unos pocos marineros? Cuando atravesaron el sudeste de la ciudad notaron que los negros tenían sus autos propios... ¡y que apenas había lugar para estacionarlos a todos! Los ómnibus continuaron por el Mall, mientras los intérpretes seguían expresando la esperanza de que pudieran ver todos los museos que se abrían al público en general. Mencionaron que el Museo del Aire y del Espacio tenía una roca de la Luna, traída por los astronautas de la Apolo... Los soviéticos vieron la gente haciendo *jogging* en el Mall, y miles de personas que caminaban paseando. Hablaron atropelladamente entre ellos mientras los ómnibus doblaban ya hacia el norte, en dirección a Bethesda, cruzando las más bonitas secciones del noroeste de Washington.

En Bethesda los recibieron los equipos de televisión que transmitían en directo a través de las tres redes, y los sonrientes y amistosos médicos y enfermeros de la Marina de los Estados Unidos que los invitaron a entrar en el hospital para los controles médicos.

Se encontraban allí diez funcionarios de la embajada, preguntándose cómo controlar el grupo, pero políticamente impedidos de protestar por las atenciones dadas a sus hombres dentro del espíritu de la *détente*. Habían llevado médicos desde Walter Reed y otros hospitales del gobierno para efectuar a cada hombre un rápido y completo examen médico, especialmente para controlar posibles envenenamientos por radiación. A lo largo del procedimiento, cada hombre se encontró solo con un oficial de la Marina de los Estados Unidos quien le preguntaba amablemente si podría desear quedarse en los Estados Unidos, señalándole que cada hombre que tomara esa decisión sería requerido de informar su intención personalmente a un representante de la embajada soviética... pero que si estaba dispuesto a hacerlo, se le permitiría permanecer. Ante la furia de los funcionarios de la embajada, cuatro hombres tomaron la decisión; uno de ellos se retractó después de una confrontación con el agregado naval. Los norteamericanos habían tenido la precaución de registrar cada entrevista en videotape, de modo que cualquier eventual acusación de intimidación pudiera ser refutada de inmediato. Cuando se completaron los exámenes médicos —afortunadamente los niveles de exposición a la radiación habían sido muy bajos— todos los hombres comieron otra vez y los llevaron a dormir.

Washington D.C.

—Buenos días, señor embajador —dijo el Presidente. Arbatov notó que el doctor Pelt estaba otra vez de pie junto a su jefe, detrás del enorme escritorio antiguo. No había esperado que esa entrevista fuera agradable.

—Señor Presidente, estoy aquí para protestar por el intento de secuestro de nuestros marinos por parte del gobierno de los Estados Unidos.

—Señor embajador —respondió vivamente el Presidente—, ante los ojos de un ex fiscal del distrito, el secuestro es un delito vil y repugnante, y no se puede acusar al gobierno de los Estados Unidos de América de semejante cosa... ¡y menos aún en esa oficina! ¡No hemos secuestrado a nadie, ni acostumbramos a hacerlo ni jamás lo haremos! ¿Está eso claro para usted, señor?

—Además de lo cual, Alex —dijo Pelt con menos énfasis—, los hombres a quienes usted se refiere no estarían con vida si no hubiera sido por nosotros. Y perdimos dos buenos hombres en el rescate de sus marinos. Usted podría al menos expresar cierto reconocimiento por nuestros esfuerzos para salvar esa tripulación, y tal vez tener un gesto de condolencia para los norteamericanos que perdieron sus vidas en el proceso.

—Mi gobierno aprecia el heroico esfuerzo de sus dos oficiales, y desea expresarle su agradecimiento y el del pueblo soviético por el rescate. Aun así, caballeros, se han hecho deliberados esfuerzos para tentar a algunos de esos hombres para que traicionaran a su país.

—Señor embajador, cuando el año pasado su buque pesquero rescató la tripulación de nuestro avión patrullero, algunos oficiales de las Fuerzas Armadas soviéticas ofrecieron a nuestros hombres dinero, mujeres y otras tentaciones para que dieran información o aceptaran quedarse en Vladivostok, ¿correcto? No me diga que usted no sabe nada de eso. Usted sabe muy bien que ésas son las reglas del juego. En aquel momento, nosotros no presentamos ninguna objeción por eso, ¿verdad? No, estábamos lo suficientemente agradecidos por el hecho de que esos seis hombres estuvieran todavía con vida, y ahora, por supuesto, todos ellos han vuelto a su trabajo. Hemos quedado muy reconocidos por la humanitaria preocupación de su gobierno con respecto a las vidas de ciudadanos norteamericanos comunes. En este caso, a cada oficial y tripulante se le dijo que podía permanecer aquí si lo deseaba. No se usó ninguna fuerza de ninguna clase. Cada hombre que deseara quedarse aquí debía encontrarse, a nuestro requerimiento, con un funcionario de su embajada, como para darles a ustedes una justa oportunidad de explicarle el error que estaba cometiendo. No hay duda de que esto ha sido justo, señor embajador. No hicimos ningún ofrecimiento de dinero ni mujeres. Nosotros no compramos gente, y maldito sea si alguna vez hemos secuestrado gente. A los secuestradores los pongo en la cárcel. Y hasta logré que ejecutaran a uno. No vuelva usted a acusarme jamás de eso —concluyó indignado el Presidente.

—Mi gobierno insiste en que todos nuestros hombres sean devueltos a su país —insistió Arbatov.

—Señor embajador, todas las personas que se encuentran en los Estados Unidos, sin importar su nacionalidad ni la forma de su llegada, tienen derecho a la total protección de nuestra ley. Nuestras cortes se han expedido sobre esto en muchas oportunidades, y bajo nuestra ley ningún hombre o mujer puede ser obligado a hacer algo contra su voluntad sin proceso debido. El tema queda terminado. Ahora tengo que hacerle una pregunta. ¿Qué estaba haciendo un submarino de misiles balísticos a trescientas millas de la costa norteamericana?

—¿Un submarino misilístico, señor Presidente?

Pelt levantó una fotografía del escritorio del Presidente y la entregó a Arbatov. Tomada del grabador de cinta del *Sea Cliff*, mostraba el misil balístico de lanzamiento desde el mar SS-N-20.

—El nombre del submarino es —era— *Octubre Rojo* —dijo Pelt—. Explotó y se hundió a trescientas millas de la costa de Carolina del Sur. Alex, tenemos un acuerdo entre nuestros dos países para que ningún navío de esas características se aproxime a menos de quinientas millas —ochocientos kilómetros— de distancia de sus respectivas costas. Queremos saber qué estaba haciendo allí ese submarino. No intente decirnos que ese misil es alguna clase de fraude... Aunque hubiésemos querido hacer semejante tontería, no hubiéramos tenido tiempo. Ése es uno de sus misiles, señor embajador, y el submarino llevaba diecinueve más iguales a ése. —Pelt citó deliberadamente un número falso—. Y el gobierno de los Estados Unidos pregunta al gobierno de la Unión Soviética cómo fue que estaba allí, en violación de nuestro acuerdo, mientras tantos otros de sus buques se encuentran tan cerca de nuestra costa atlántica.

—Ése tiene que ser el submarino perdido —arriesgó Arbatov.

—Señor embajador —dijo suavemente el Presidente—, el submarino no estuvo perdido hasta el jueves, siete días después de que usted nos informó sobre él. En síntesis, señor embajador, su explicación del último viernes no coincide con los hechos que hemos comprobado físicamente.

—¿Qué acusación está usted haciendo? —saltó erizado Arbatov.

—Pero, ninguna, Alex —dijo el Presidente—. Si ese acuerdo ya no está en vigencia... pues no está más en vigencia. Creo que hablamos de esa posibilidad la semana pasada. El pueblo norteamericano conocerá hoy, un poco más tarde, cuáles son los hechos. Usted está familiarizado con nuestro país lo suficiente como para imaginar su reacción. Yo tendré una explicación. Por el momento, no veo otras razones para que su flota permanezca frente a nuestra costa. El «rescate» ha finalizado con éxito, y la presencia ulterior de la flota soviética sólo puede ser una provocación. Quiero que usted y su gobierno consideren lo que me están diciendo en este momento mis comandantes militares... o, si lo prefiere, lo que sus comandantes estarían diciendo al Secretario General Narmonov si la situación fuera a la inversa. Yo tendré una explicación. Sin ella, sólo puedo llegar a una de otras pocas conclusiones... y son otras conclusiones de las que preferiría no tener que elegir. Envíe ese mensaje y dígale a su gobierno que, como algunos de sus hombres han optado por quedarse aquí, probablemente descubriremos a muy corto plazo lo que realmente ha estado ocurriendo. Buenos días.

Arbatov dejó la oficina doblando a la izquierda para salir por la entrada oeste. Un infante de marina, de guardia, mantuvo la puerta abierta en un gesto de amabilidad. El chofer del embajador, que esperaba afuera en una limusina Cadillac, era el jefe de la sección de inteligencia política de la KGB, en la estación de Washington de la organización.

—Y bien —dijo, controlando el tránsito en la avenida Pennsylvania antes de doblar a la izquierda.

—Y bien, la entrevista resultó exactamente de acuerdo con lo que yo había previsto, y ahora podemos estar absolutamente seguros de que sabemos por qué están secuestrando a nuestros hombres —respondió Arbatov.

—¿Y por qué es, camarada embajador? —lo invitó a continuar el conductor. No dejó que se notara su irritación. Muy pocos años antes, ese esclavo del Partido ni se hubiera atrevido a contemporizar con un oficial de alta jerarquía de la KGB. Era una desgracia lo que había sucedido al Comité para la Seguridad del Estado después de la muerte del camarada Andropov. Pero las cosas volverían a ponerse en su lugar. Él estaba seguro de eso.

—El Presidente prácticamente nos acusó de enviar deliberadamente el submarino hacia su costa en violación a nuestro protocolo secreto de 1979. Están reteniendo a nuestros hombres para interrogarlos, para trabajarles la cabeza hasta que puedan averiguar qué órdenes tenía el submarino. ¿Cuánto tiempo puede llevarle eso a la CIA? ¿Un día? ¿Dos? —Arbatov sacudió la cabeza enojado—. Tal vez lo sepan ya... Unas pocas drogas, una mujer quizá, para aflojarles la lengua. ¡El Presidente también invitó a Moscú a que imaginara lo que lo están incitando a pensar esos exaltados del Pentágono! Y lo que le están proponiendo que haga. En eso no hay ningún misterio, ¿no? ¡Dirán que estábamos ensayando un ataque nuclear sorpresivo... o quizás ejecutándolo! ¡Como si nosotros no estuviéramos trabajando más que ellos para lograr la coexistencia pacífica! Imbéciles desconfiados, están con miedo por lo que ha sucedido, y aún más furiosos.

—¿Acaso puede culparlos, camarada? —preguntó el chofer, mientras asimilaba todo, lo registraba y analizaba para componer su informe independiente al Centro de Moscú.

—Y dijo que ya no había motivo para que nuestra flota permaneciera frente a sus costas.

—¿Cómo dijo eso? ¿Fue una exigencia?

—Sus palabras fueron suaves. Más suaves de lo que yo esperaba. Eso me preocupa. Están planeando algo, creo. Agitar un sable hace ruido, desenvainarlo no. Exige una explicación por todo el asunto completo. ¿Qué le digo? ¿Qué estaba sucediendo?

—Sospecho que nunca lo sabremos. —El importante agente sí lo sabía..., conocía la historia original, tan increíble como lo era. Le había causado asombro que la Marina y la GRU pudieran permitir que tuviera lugar semejante error fantástico. La historia del agente Cassius era apenas un poco menos loca. El chofer la había pasado personalmente a Moscú. ¿Era posible que los Estados Unidos y la Unión Soviética fueran ambos a la vez víctimas de un tercero? ¿Una operación que fracasa, y los norteamericanos tratando de saber quién fue el responsable y cómo lo hicieron, de manera que pudieran intentar hacerla ellos mismos? Esa parte de la historia tenía sentido, pero ¿y el resto? Frunció el entrecejo por el tránsito. Tenía órdenes del Centro de Moscú: si se trataba de una operación de la CIA, él debería descubrirlo de inmediato. No creía que lo fuera. De lo contrario, la CIA había logrado una poco habitual eficacia para cubrirla. ¿Era posible cubrir esa operación tan compleja? No lo creía. Sin embargo, él y sus colegas tendrían que trabajar durante varias semanas para penetrar cualquier cubierta existente, para averiguar qué se decía en Langley y en el campo, mientras otras secciones de la KGB hacían lo mismo en todo el mundo. Si la CIA había penetrado el alto comando de la Flota del Norte, él lo descubriría. De eso estaba seguro. Hasta casi deseaba que lo hubieran hecho. La GRU sería responsable del desastre, y entraría en desgracia después de haberse beneficiado de la pérdida de prestigio de la KGB en los últimos años. Si él estaba analizando correctamente la situación, el Politburó estaba soltando a la KGB sobre la GRU y los militares, permitiendo que el Centro de Moscú iniciara su investigación propia e independiente del asunto. Sin perjuicio de lo que se descubriera, la KGB saldría al frente y desacreditaría a las Fuerzas Armadas. De una u otra forma, su organización descubriría qué había ocurrido, y si eso causaba daño a sus rivales, tanto mejor...

Cuando la puerta se cerró a espaldas del embajador soviético, el doctor Pelt abrió una puerta lateral de la Oficina Oval. Entró el juez Moore.

—Señor Presidente, hacía mucho tiempo que no me veía obligado a hacer cosas como esta de esconderse en un armario.

—¿Realmente espera que esto funcione? —dijo Pelt.

—Sí, ahora sí. —Moore se instaló confortablemente en un sillón de cuero.

—¿No es un poquito alarmante todo esto, juez? —preguntó Pelt—. Me refiero al hecho de dirigir una operación tan compleja.

—En eso está su belleza, doctor; nosotros no estamos dirigiendo nada. Los soviéticos lo harán por nosotros. Bueno, claro, tendremos un montón de gente nuestra dando vueltas por Europa Oriental y haciendo muchas preguntas. Otro tanto harán los hombres de Sir Basil. Los franceses y los israelíes ya están haciéndolo, porque nosotros les hemos preguntado si saben lo que está ocurriendo con el submarino misilístico aislado. La KGB va a enterarse enseguida y se preguntará por qué las cuatro principales agencias de inteligencia de occidente están todas haciendo las mismas preguntas... en vez de encerrarse en sí mismas como sería de esperar si esta operación fuera nuestra.

»Ustedes tienen que apreciar el dilema que enfrentan los soviéticos: una elección entre dos libretos a cada cual menos atractivo. Por una parte, pueden elegir el de creer que uno de sus más confiables oficiales profesionales cometió alta traición en una escala sin precedentes. Ustedes han visto nuestro legajo sobre el capitán Ramius. Es la versión comunista de un águila exploradora, un genuino Nuevo Hombre Soviético. Agreguemos a eso el hecho de que una conspiración de deserción compromete necesariamente a cierto número de oficiales igualmente fiables. Los soviéticos tienen un bloqueo mental que les impide creer que individuos de este tipo puedan abandonar alguna vez el Paraíso de los Trabajadores. Eso parece paradójico, debo admitirlo, teniendo en cuenta los extenuantes esfuerzos que hacen para evitar que la gente se vaya de su país, pero es verdad. Perder un bailarín de ballet o un agente de la KGB es una cosa... Perder al hijo de un miembro del Politburó, un oficial con casi treinta años de servicios impecables, es otra completamente distinta. Más aún, un capitán naval tiene un montón de privilegios; su deserción podría considerarse como el equivalente a la decisión de un *self made* millonario de dejar Nueva York para irse a vivir a Moscú. Ellos simplemente no lo creerán.

»Por otra parte, pueden creer la historia que les planteamos a través de Henderson, que tampoco tiene nada de atractiva, pero está sostenida por una buena cantidad de evidencias circunstanciales, especialmente nuestros esfuerzos para tentar a sus tripulantes para que desertaran. Usted vio cómo se enfurecieron a raíz de eso. Con su forma de pensar, esto es una grave violación de las reglas de conducta civilizada. La fuerte reacción del Presidente ante nuestro descubrimiento de que se trataba de un submarino misilístico es otra evidencia que favorece la historia de Henderson.

—Entonces, ¿para qué lado se inclinarán? —preguntó el Presidente.

—Eso, señor, es una cuestión de psicología más que de cualquier otra cosa y la psicología soviética es bastante difícil de comprender para nosotros. Si tienen que elegir entre la traición colectiva de diez hombres y una conspiración exterior, mi opinión es que preferirían la última. Si ellos creyeran que esto fue realmente una deserción..., bueno, los obligaría a reexaminar sus propias creencias. ¿A quién le gusta hacer eso? —Moore hizo un gesto grandilocuente—. La última alternativa significa que su seguridad ha sido violada por alguien de afuera, pero ser víctima es más aceptable que tener que reconocer las contradicciones intrínsecas de su propia filosofía de gobierno. Por encima de todo, tenemos el hecho de que la KGB será quien dirija la investigación.

—¿Por qué? —preguntó Pelt, atrapado por los argumentos del juez.

—En cualquiera de los casos, una deserción o una penetración de la seguridad naval operacional, la GRU sería la responsable. La seguridad de las fuerzas navales y militares es su jurisdicción, más aún con el daño hecho a la KGB después de la partida de nuestro amigo Andropov. Los soviéticos no pueden tener una organización que se investiga a sí misma... ¡No en su comunidad de inteligencia! Por lo tanto, la KGB estará buscando apartar su servicio rival. Desde la perspectiva de la KGB, la instigación desde el exterior es una alternativa mucho más atrayente; significa una operación mucho más grande. Si confirman la historia de Henderson y convencen a todos de que es verdad —y lo harán, por supuesto—, los hace aparecer a ellos en una posición mucho mejor, por haberla descubierto.

—¿Ellos confirmarán la historia?

—¡Desde luego que lo harán! En el negocio de la inteligencia, si uno busca algo con ansias suficientes, lo encuentra, sea que esté realmente allí o no. Santo Dios, debemos a este personaje Ramius mucho más de lo que él sabrá alguna vez. Una oportunidad como ésta sólo se presenta una vez en una generación. Simplemente no podemos perder.

—Pero la KGB saldrá de esto fortalecida —observó Pelt—. ¿Es bueno eso?

Moore se encogió de hombros.

—Es inevitable que ocurra eventualmente. Derribar y posiblemente matar a Andropov dio demasiado prestigio a las Fuerzas Armadas, tal como ocurrió con Beria en la década del cincuenta. Los soviéticos dependen del control político de sus Fuerzas Armadas tanto como nosotros... Más. Haciendo que la KGB se encargue de apartar a los altos comandos se quitan de encima el trabajo sucio. De todos modos tenía que suceder, así que viene bien que nosotros nos beneficiemos con ello. Quedan solamente unas pocas cosas más que tenemos que hacer.

—¿Como qué? —preguntó el Presidente.

—Dentro de aproximadamente un mes, nuestro amigo Henderson hará trascender información diciendo que nosotros teníamos un submarino que siguió al *Octubre Rojo* en toda su ruta desde Islandia.

—¿Pero por qué? —objetó Pelt—. Entonces sabrán que estábamos mintiendo, que todo el escándalo sobre el submarino misilístico era mentira.

—No exactamente, doctor —dijo Moore—. Tener un submarino misilístico tan cerca de nuestra costa sigue siendo una violación del acuerdo, y desde el punto de vista de ellos, nosotros no tenemos forma de saber por qué estaba allí... hasta que interroguemos a los tripulantes que quedaron atrás, quienes probablemente no nos dirán mucho de valor. Los soviéticos esperarán que no hayamos sido absolutamente sinceros con ellos en este asunto. El hecho de que estuvimos siguiendo su submarino y de que nos hallábamos listos para destruirlo en cualquier momento les da la evidencia de nuestra duplicidad que estarán buscando. Diremos también que el

Dallas registró en el sonar el incidente del reactor, y eso explicará la proximidad de nuestro buque de rescate. Ellos saben..., bueno, ciertamente sospechan, que hemos ocultado algo. Esto los inducirá a error sobre qué era lo que realmente ocultábamos. Los rusos tienen un dicho para esto. Lo llaman carne de lobo. Y lanzarán una amplia operación para penetrar nuestra operación, sea lo que fuere. Pero no encontrarán nada. La única gente de la CIA que sabe lo que realmente está sucediendo somos Greer, Ritter y yo. Nuestra gente de operaciones tiene órdenes de *descubrir* qué estaba ocurriendo, y eso es todo lo que podría trascender.

—¿Qué hay con respecto a Henderson, y cuánta gente nuestra sabe acerca del submarino? —preguntó el Presidente.

—Si Henderson vuelca algo hacia ellos, estará firmando su propia sentencia de muerte. La KGB es sumamente severa con los agentes dobles, y no creerá que nosotros lo hemos engañado para que transmita falsa información. Él lo sabe, y nosotros lo tendremos estrictamente vigilado de cualquier manera. ¿Cuánta de nuestra gente sabe sobre el submarino? Unos cien, quizá, y el número va a aumentar en cierta forma..., pero recuerden que ellos creen que ahora tenemos dos submarinos hundidos frente a nuestras costas, y pueden creer razonablemente que cualquier equipo de submarino soviético que aparezca en nuestros laboratorios ha sido recuperado del fondo del océano. Nosotros vamos a reactivar al *Glomar Explorer* con ese exclusivo propósito, naturalmente. Tendrían sospechas si no lo hiciésemos. ¿Por qué decepcionarlos? Tarde o temprano podrían llegar a reconstruir toda la verdadera historia, pero para entonces, el casco desnudo estará ya en el fondo del mar.

—Entonces, ¿no podemos mantener el secreto para siempre? —preguntó Pelt.

—Para siempre es un largo tiempo. Tenemos que planificar la posibilidad. En un futuro inmediato, el secreto estará bastante bien guardado, con unas cien personas al tanto. En un mínimo de un año, más probablemente dos o tres, ellos pueden haber acumulado suficiente información como para sospechar lo que ha sucedido, pero para esa época no habrá mucha evidencia física que puedan señalar. Más aún, si la KGB descubre la verdad, ¿estarán *dispuestos* a informarla? Si fuera la GRU quien la descubriera, ellos sí que lo harían, y el caos resultante en la comunidad de inteligencia soviética redundaría también en nuestro beneficio. —Moore sacó un cigarro de un estuche de cuero—. Como dije antes, Ramius nos ha dado una fantástica oportunidad en varios niveles. Y la hermosura de todo esto es que nosotros no tenemos que hacer mucho en ningún aspecto. Los rusos serán quienes se tomen todo el trabajo, buscando algo que no está allí.

—¿Y con respecto a los desertores, juez? —preguntó el Presidente.

—De ellos nos ocuparemos, señor Presidente. Sabemos cómo hacerlo, y es muy difícil que tengamos alguna queja sobre la hospitalidad de la CIA. Nos tomaremos algunos meses para interrogarlos y, al mismo tiempo, estaremos preparándolos para la vida en este país. Tendrán nuevas identidades, reeducación, cirugía estética si es necesario, y nunca tendrán que trabajar ni un día más mientras vivan... pero ellos querrán trabajar. Casi todos ellos lo quieren. Espero que la Marina encuentre puestos para ellos, consultores rentados para su departamento de guerra submarina, esa clase de cosas.

—Yo quiero conocerlos —dijo impulsivamente el Presidente.

—Eso puede arreglarse, señor, pero tendrá que ser discreto —advirtió Moore.

—Camp David; eso debe de ser suficientemente seguro. Y sobre Ryan, juez, quiero que lo cuiden.

—Comprendido, señor. Ya lo estamos trayendo bastante rápido. Tiene un gran futuro con nosotros.

Tyuratam, URSS

La causa por la cual se había ordenado al *Octubre Rojo* que se sumergiera mucho antes del amanecer estaba orbitando la tierra a una altura de ochocientos kilómetros. El Albatross 8, del tamaño de un ómnibus Greyhound, había sido lanzado al espacio hacía once meses, desde el cosmódromo de Tyuratam, impulsado por un poderoso cohete secundario. El enorme satélite, designado como un RORSAT, satélite radar de reconocimiento oceánico, estaba específicamente diseñado para exploración marítima.

El Albatross 8 pasó sobre el estrecho de Pamlico a las 11:31, hora local. Su programación de a bordo estaba preparada para rastrear emisiones térmicas sobre el horizonte visible, interrogando todo lo que estuviera a la vista y ajustándose a cualquier emisión calórica que estuviera dentro de los parámetros de adquisición programados. Cuando en la continuación de su órbita pasó sobre elementos de la flota de Estados Unidos, los equipos de interferencia del *New Jersey* estaban apuntando hacia arriba para confundir su señal. Los sistemas grabadores de cintas del satélite registraron eso debidamente. La interferencia diría algo a los operadores sobre los sistemas de guerra electrónica de los Estados Unidos. Cuando el Albatross 8 cruzó el polo, el plato parabólico que llevaba al frente enganchó la onda portadora de otro pájaro, el *Iskra*, satélite de comunicaciones.

Cuando el satélite de reconocimiento localizó a su primo —que volaba a mayor altura—, un emisor lateral láser transmitió el contenido del banco de cintas del Albatross. El *Iskra* lo retransmitió de inmediato a la estación terrestre de Tyuratam. También recibió la misma señal la antena-plato de quince metros ubicada en China occidental y operada por la Agencia Nacional de Seguridad en Fort Meade, Maryland. Casi al mismo tiempo, la señal digital era examinada por dos equipos de expertos separados entre sí por más de ocho mil kilómetros de distancia.

—Tiempo claro —protestó un técnico—. *¡Ahora* tenemos tiempo claro!

—Disfrútalo mientras puedes, camarada. —Su vecino, en la consola siguiente, estaba observando la información de un satélite meteorológico geosincrónico que vigilaba el hemisferio occidental. Conocer el estado del tiempo sobre una nación hostil puede tener gran valor estratégico—. Hay otro frente frío que se aproxima a su costa. El invierno que han tenido ellos ha sido como el nuestro. Espero que lo estén disfrutando.

—No será nada bueno para nuestros hombres en el mar. —El técnico se estremeció mentalmente ante la idea de estar embarcado en una tormenta severa. Había efectuado un crucero por el Mar Negro el verano anterior sufriendo un terrible mareo—. ¡Ajá! ¿Qué es esto? ¡Coronel!

—¿Sí, camarada? —El coronel que supervisaba la guardia se acercó rápidamente.

—Mire aquí, camarada coronel. —El técnico pasó un dedo sobre la pantalla de televisión—. Esto es el estrecho de Pamlico, en la costa central de los Estados Unidos. Fíjese aquí, coronel. —La imagen térmica del agua en la pantalla era negra, pero cuando el técnico ajustó los controles, cambió a verde con dos manchas blancas, una más grande que la otra. Dos veces, la mayor se dividió en dos segmentos. La imagen era de la superficie del agua, y parte de ésta se hallaba medio grado más caliente que lo que debía haber estado. La diferencia no era constante, pero se repetía lo suficiente como para demostrar que algo estaba agregando calor al agua.

—¿Luz de sol, quizá? —preguntó el coronel.

—No, camarada, el cielo claro da luz pareja a toda la zona —dijo el técnico con tono tranquilo. Siempre se mostraba calmo cuando pensaba que tenía algo entre manos—. Dos submarinos, tal vez tres, a treinta metros debajo del agua.

—¿Está seguro?

El técnico movió una llave para ampliar la imagen, y se vio sólo la textura aterciopelada de las olas.

551

—No hay nada *sobre* el agua que genere ese calor, camarada coronel. Por lo tanto, debe de ser algo *debajo* del agua. Ésta no es época de reproducción de ballenas. Sólo puede tratarse de submarinos nucleares, probablemente dos, quizá tres. Yo supongo, coronel, que los norteamericanos se han asustado lo suficiente, por el despliegue de nuestra flota, como para buscar refugio para sus submarinos misilísticos. Su base de submarinos misilísticos está solamente a unos pocos kilómetros hacia el sur. A lo mejor uno de sus submarinos clase *Ohio* se ha refugiado aquí y lo está protegiendo un submarino de ataque, como hacemos con los nuestros.

—Entonces va a salir pronto. Ya han llamado de regreso a nuestra flota.

—Qué lástima; sería bueno seguirlo. Es una oportunidad poco frecuente, camarada coronel.

—Ya lo creo. Bien hecho, camarada académico.

Diez minutos después, la información había sido transmitida a Moscú.

Alto Comando Naval Soviético, Moscú

—Vamos a aprovechar esta oportunidad, camarada —dijo Gorshkov—. Hemos ordenado el regreso de nuestra flota, pero dejaremos que algunos submarinos se queden atrás para reunir inteligencia electrónica. Los norteamericanos probablemente perderán algo durante los cambios de posición.

—Es probable —dijo el jefe de operaciones de la flota.

—El *Ohio* viajará hacia el sur, probablemente hacia su base de submarinos en Charleston o Kings Bay. O hacia el norte, a Norfolk. En Norfolk tenemos al *Konovalov*, y frente a Charleston está el *Shabilikov*. Ambos permanecerán en posición durante varios días, creo. Debemos hacer algo bueno para demostrar a los políticos que tenemos una verdadera Marina. Si fuésemos capaces de seguir al *Ohio* sería un buen comienzo.

—Haré que las órdenes salgan en quince minutos, camarada. —El jefe de operaciones pensó que era una buena idea. No le había gustado el informe sobre la reunión del Politburó, que recibió a través de Gorshkov..., aunque si Sergey estuviera por abandonar el cargo, él estaría en buena posición para asumirlo...

El New Jersey

El mensaje RED ROCKET había llegado a las manos de Eaton hacía pocos minutos: Moscú acababa de transmitir una larga orden operacional, vía satélite, a la flota soviética. Los rusos estaban en ese momento verdaderamente encerrados, pensó el comodoro. Alrededor de ellos había tres grupos de batalla, de los portaaviones *Kennedy*, *América* y *Nimitz*, todos ellos bajo el comando de Josh Painter. Eaton los tenía a la vista, y tenía además control operacional sobre el *Tarawa*, para aumentar su propio grupo de acción de superficie. El comodoro apuntó los binoculares al *Kirov*.

—Capitán, coloque el grupo en sus puestos de combate.

—Comprendido. —El oficial de operaciones del grupo levantó el micrófono de la radio táctica—. Muchachos Azules, aquí Rey Azul. Luz Ámbar, ejecuten. Cambio y corto.

Eaton esperó cuatro segundos hasta que empezó a sonar la alarma general del *New Jersey*. La dotación corrió a sus cañones.

—¿Distancia al *Kirov*?

—Treinta y siete mil seiscientas yardas, señor. Lo hemos estado comprobando con un telémetro láser a cada momento. Los ajustes están hechos, señor —informó el oficial de operaciones del grupo—. Las torres de las baterías principales todavía están cargadas con sabots, y los artilleros han estado actualizando el cálculo de tiro cada treinta segundos.

Sonó un teléfono junto al sillón de comando de Eaton, en el puente de mando.

—Eaton.

—Todas las posiciones ocupadas y listas, comodoro —informó el comandante del acorazado. Eaton miró su cronómetro.

—Bien hecho, comandante. Realmente, tenemos a los hombres bien entrenados.

En el centro de informaciones de combate del *New Jersey*, las presentaciones numéricas mostraban la distancia exacta al mástil principal del *Kirov*. El primer blanco lógico es siempre el buque insignia enemigo. La única duda era cuánto castigo podía absorber el *Kirov*... y qué lo destruiría primero: los proyectiles de los cañones o los misiles Tomahawk. Lo más importante —había estado diciendo desde hacía días el oficial de artillería— era destruir al *Kirov* antes de que pudiera interferir ningún avión. El *New Jersey* nunca había hundido un buque exclusivamente por sus propios medios. Cuarenta años era un tiempo muy largo para esperar.

—Están virando —dijo el oficial de operaciones del grupo.

—Sí, veamos cuánto.

La formación del *Kirov* había estado llevando un rumbo general oeste cuando llegó el mensaje. Todos los buques del dispositivo circular cayeron a estribor, al mismo tiempo. Sus giros se detuvieron cuando alcanzaron el rumbo cero-cuatro-cero.

Eaton guardó los binoculares en su estuche.

—Se vuelven a su casa. Vamos a informarlo a Washington, y mantenga a los hombres por un rato en los puestos de combate.

Aeropuerto Internacional Dulles

Los soviéticos se excedieron en su empeño por sacar a sus hombres de los Estados Unidos. Retiraron del servicio internacional regular un Aeroflot Illyushin IL-62 y lo enviaron directamente de Moscú a Dulles. Aterrizó a la puesta del sol. La aeronave de cuatro motores, casi una copia del británico VC-10, carreteó para cargar combustible hasta la zona de reaprovisionamiento más retirada. Junto con algunos otros pasajeros —que no descendieron del avión ni siquiera para estirar las piernas—, habían llevado una tripulación completa de reemplazo, de manera que la máquina pudiera volver inmediatamente a su país. Dos clásicos ómnibus de aeropuerto se trasladaron desde la estación terminal, a tres mil metros de distancia, hasta la aeronave que aguardaba. Desde su interior, los tripulantes del *Octubre Rojo* miraron el paisaje nevado, sabiendo que ésa era su última mirada a los Estados Unidos. Iban en silencio; los habían levantado apresuradamente de la cama en Bethesda y llevado en ómnibus a Dulles sólo una hora antes. Esa vez no sufrieron ataque de los periodistas.

Los cuatro oficiales, nueve *michmanyy*, y el resto de los tripulantes fueron separados en grupos definidos cuando subieron a bordo. Llevaron cada grupo a un sitio distinto del avión. Cada oficial y *michman* tenía su propio interrogador de la KGB, y las preguntas comenzaron en cuanto la aeronave inició la carrera de despegue. Para el momento en que el Illyushin alcanzaba la altura de crucero, la mayoría de los tripulantes se estaban preguntando a sí mismos por qué no habrían optado por quedarse atrás junto con sus traidores compatriotas. Las entrevistas eran decididamente desagradables.

—¿Actuó extrañamente el capitán Ramius? —preguntó un mayor de la KGB a Petrov.

—¡Desde luego que no! —respondió con rapidez Petrov, a la defensiva—. ¿Usted no sabía que sabotearon nuestro submarino? ¡Tuvimos suerte de escapar con vida!

—¿Saboteado? ¿Cómo?

—Los sistemas del reactor. No debería preguntarme a mí sobre eso, yo no soy ingeniero, pero fui yo quien detectó las fugas. Como usted sabe, las plaquetas de película para radiación mostraron contaminación, pero los instrumentos de la sala de máquinas no. No solamente estropearon el reactor, sino que inutilizaron todos los instrumentos medidores de radiación. Yo lo vi personalmente. El jefe de máquinas Melekhin tuvo que reconstruir varios de ellos para localizar la tubería del reactor donde estaba la fuga. Svyadov puede informarle esto mejor. Él mismo lo vio.

El oficial de la KGB garabateaba notas continuamente.

—¿Y qué estaba haciendo su submarino tan cerca de la costa de Estados Unidos?

—¿Qué quiere decir? ¿No sabe usted cuáles eran nuestras órdenes?

—¿Cuáles eran sus órdenes, camarada doctor? —El oficial de la KGB clavó la vista en los ojos de Petrov.

El doctor lo explicó, concluyendo:

—Yo vi las órdenes. Las colocaron para que todos las vieran, como es lo normal.

—¿Firmadas por quién?

—El almirante Korov. ¿Qué otro podía ser?

—¿No le parecieron un poco extrañas esas órdenes? —preguntó fastidiado el mayor.

—¿Usted cuestiona sus órdenes, camarada mayor? —le espetó Petrov—. *Yo* no.

—¿Qué le pasó a su oficial político?

En otro lugar, Ivanov estaba explicando cómo habían detectado al *Octubre Rojo* los buques norteamericanos y británicos.

—¡Pero el capitán Ramius los evadió brillantemente! Lo habríamos logrado de no haber sido por ese maldito accidente del reactor. Ustedes deben descubrir quién nos hizo eso, camarada capitán. ¡Yo quisiera verlo muerto!

El oficial de la KGB no se mostró impresionado.

—¿Y qué fue lo último que le dijo a usted el comandante?

—Me ordenó que mantuviera el control de mis hombres, que no los dejara hablar con los norteamericanos más de lo imprescindible, y dijo que los norteamericanos jamás pondrían sus manos sobre nuestra nave. —Los ojos de Ivanov soltaron lágrimas al pensar en su comandante y su buque, ambos perdidos. Era un orgulloso y privilegiado joven soviético, hijo de un académico del Partido—. Camarada, usted y su gente deben encontrar al bastardo que nos hizo esto.

—Fue muy astuto —relataba Svyadov a pocos pasos de distancia—. El propio camarada Melekhin sólo pudo encontrar el daño en el tercer intento, y juró vengarse de los hombres que lo provocaron. Yo mismo lo vi —dijo el teniente olvidando que, en realidad, nunca lo había visto. Dio una explicación en detalle hasta el punto de dibujar un diagrama de cómo lo habían hecho—. No sé nada sobre el accidente final. En ese momento estaba entrando de guardia. Melekhin, Surzpoi y Bugayev trabajaron durante horas tratando de conectar los sistemas de energía auxiliares —sacudió la cabeza—. Yo quise unirme a ellos, pero el capitán Ramius lo prohibió. Intenté de nuevo, contra las órdenes, pero el camarada Petrov me lo impidió.

Cuando llevaban dos horas de vuelo sobre el Atlántico, los interrogadores de mayor jerarquía de la KGB se reunieron en la parte posterior del avión para comparar sus notas.

—Pues bien, si este capitán estaba actuando, fue diabólicamente bueno —sintetizó el coronel a cargo de los interrogatorios iniciales—. Sus órdenes a los hombres fueron impecables. Las órdenes de la misión se anunciaron y exhibieron como es lo normal...

—Pero entre todos esos hombres, ¿quién conoce la firma de Korov? Y no podemos ahora ir a preguntarle a Korov, ¿verdad? —dijo un mayor. El comandante de la Flota del Norte había muerto de una hemorragia cerebral a las dos horas de iniciado su primer interrogatorio en Lubyanka, ante la decepción de todos—. En último caso, pudo haber sido falsificada. ¿Tenemos una base secreta de submarinos en Cuba? ¿Y qué decir de la muerte del *zampolit*?

—El doctor está seguro de que fue un accidente —contestó otro mayor—. El capitán creyó que se había golpeado la cabeza, pero en realidad se había quebrado el cuello. Pero pienso que hubieran debido informarlo por radio pidiendo instrucciones.

—Una orden de silencio de radio —dijo el coronel—. Yo lo comprobé. Eso es completamente normal para los submarinos misilísticos. ¿Tenía conocimiento de artes marciales este capitán Ramius? ¿Pudo él haber asesinado al *zampolit*?

—Es una posibilidad —murmuró el mayor que había interrogado a Petrov— No estaba entrenado en esas cosas, pero no es difícil hacerlo.

El coronel no supo si estar o no de acuerdo.

—¿Tenemos alguna evidencia de que la tripulación pensara que se estaba intentando una deserción? —Todas las cabezas se movieron en gesto de negación—. En todos los demás aspectos, ¿fue normal el comportamiento operativo de la nave?

—Sí, camarada coronel —dijo un joven capitán—. El oficial de navegación sobreviviente, Ivanov, dice que la evasión de las fuerzas submarinas y de superficie imperialistas se efectuó perfectamente..., tal como lo establecen los procedimientos doctrinarios, pero ajustados en forma brillante por este individuo Ramius durante un período de doce horas. Yo no he sugerido siquiera que pueda haber estado presente la traición. Todavía. —Todos sabían que esos marinos tendrían que cumplir un tiempo en Lubyanka hasta que cada una de sus cabezas hubiera quedado absolutamente limpia.

—Muy bien —dijo el coronel—, ¿hasta este punto no tenemos indicación alguna de traición por parte de los oficiales del submarino? Yo creo que no. Camaradas, van a continuar los interrogatorios en forma suave hasta que lleguemos a Moscú. Permitan un cierto aflojamiento.

Gradualmente, la atmósfera en el avión fue haciéndose más agradable. Se sirvieron emparedados y vodka, para soltar las lenguas y alentar un mejoramiento amistoso con los oficiales de la KGB, que estaban tomando agua. Todos los hombres sabían que irían a prisión por cierto tiempo, y aceptaban ese destino con lo que en occidente sería considerado como un sorprendente fatalismo. La KGB seguiría trabajando durante varias semanas para reconstruir todo lo ocurrido en el submarino, desde el momento en que soltó su última amarra en Polyarnyy hasta el momento en que el último hombre entró en el *Mystic*. Otros grupos de agentes estaban ya trabajando en todo el mundo para averiguar si lo ocurrido con el *Octubre Rojo* era el resultado de un plan de la CIA o de algún otro servicio de inteligencia. La KGB encontraría su respuesta, pero el coronel a cargo del caso estaba empezando a pensar que la respuesta no estaba en esos marinos.

El Octubre Rojo

Noyes autorizó a Ramius a caminar bajo supervisión los cinco metros que separaban la enfermería de la cámara de oficiales. El aspecto del paciente no era muy bueno, aunque eso se debía mayormente a que necesitaba lavarse y afeitarse, como todos los demás que estaban a bordo. Borodin y Mancuso lo ayudaron a sentarse a la cabecera de la mesa.

—Y bien, Ryan, ¿cómo está usted hoy?

—Bien, gracias, capitán Ramius. —Ryan sonrió por encima de su café. La verdad era que se sentía enormemente aliviado desde que varias horas antes había podido delegar el asunto de dirigir el submarino en manos de los hombres que sabían realmente cómo hacerlo. Aunque no dejaba de contar las horas hasta que pudiera salir del *Octubre Rojo*, por primera vez en dos semanas no estaba mareado ni aterrorizado—. ¿Cómo está su pierna, señor?

—Dolida. Debe servirme de lección para no dejarme herir otra vez. No recuerdo si le dije que le debo mi vida, como todos nosotros.

—Se trataba de mi vida también —respondió Ryan, algo turbado.

—Buenos días, señor. —Era el cocinero—. ¿Puedo prepararle el desayuno, capitán Ramius?

—Sí, tengo mucha hambre.

—¡Mejor! Un desayuno estilo Marina de los Estados Unidos. Voy a traerle un poco de café también. —Desapareció por el corredor. Treinta segundos después volvía con café y un juego de cubiertos para Ramius—. Diez minutos más y le traeré el desayuno, señor.

Ramius se sirvió una taza de café. Había un pequeño sobre en el platillo

—¿Qué es esto?

—*Coffee Mate* —dijo Mancuso sonriendo—. Es crema para el café, capitán.

Ramius abrió el pequeño sobre, y miró con aire de desconfianza en su interior antes de verter el contenido en la taza y revolverlo.

—¿Cuándo nos vamos?

—Mañana, en algún momento —contestó Mancuso. El *Dallas* se situaba periódicamente a profundidad de periscopio para recibir órdenes operativas y retransmitirlas al *Octubre* mediante el teléfono submarino—. Hace pocas horas supimos que la flota soviética ha puesto rumbo al nordeste. Lo sabremos con seguridad hacia la puesta del sol. Nuestra gente está vigilándolos atentamente.

—¿Adónde vamos? —preguntó Ramius.

—¿Adónde les dijo usted que se proponía ir? —quiso saber Ryan—. ¿Qué decía exactamente su carta?

—Usted sabe lo de la carta... ¿Cómo?

—Sabemos..., es decir, yo sé que existió una carta, pero eso es todo lo que puedo decir, señor.

—Le dije al Tío Yuri que íbamos a navegar a Nueva York para obsequiar este buque al Presidente de los Estados Unidos.

—Pero usted no se dirigió a Nueva York —objetó Mancuso.

—Por supuesto que no. Yo quería entrar en Norfolk. ¿Por qué ir a un puerto civil cuando hay una base naval tan cerca? ¿Usted dice que debí haber escrito la verdad a Padorin? —Ramius sacudió la cabeza—. ¿Por qué? La costa de ustedes es tan grande...

«Querido almirante Padorin, me voy a Nueva York... ¡No es de extrañar que se hayan vuelto locos!», pensó Ryan.

—¿Vamos a Norfolk o Charleston? —preguntó Ramius.

—Norfolk, creo —dijo Mancuso.

—¿No sabía que enviarían toda la flota detrás de usted? —preguntó Ryan—. ¿Para qué enviar la carta, después de todo?

—Para que supieran —respondió Ramius—. Para que supieran. Yo pensaba que nadie iba a localizarnos. En eso ustedes nos sorprendieron.

El comandante norteamericano trató de no sonreír.

—Lo detectamos frente a la costa de Islandia. Fue más afortunado de lo que se imagina. Si hubiéramos partido de Inglaterra en el momento previsto, habríamos estado quince millas más cerca de la costa y lo habríamos detectado antes. Lo siento, capitán, pero nuestros sonares y operadores de sonar son muy buenos. Más tarde podrá conocer al hombre que primero lo localizó. En este momento está trabajando con su hombre Bugayev.

—*Starshina* —dijo Borodin.

—¿No es oficial? —preguntó Ramius.

—No, sólo un muy buen operador —dijo Mancuso sorprendido. ¿Por qué habría de querer alguien oficial para hacer guardia en un equipo de sonar?

Volvió a entrar el cocinero. Su idea de desayuno estándar de la Marina de los Estados Unidos consistía en un enorme plato con una gruesa tajada de jamón, un par de huevos fritos, una porción de carne picada y verduras, cuatro tostadas y jalea de manzana.

—Dígame si quiere más, señor —dijo el cocinero.

—¿Éste es un desayuno normal? —preguntó Ramius a Mancuso.

—Perfectamente normal. Yo prefiero *waffles*. Los norteamericanos comen abundantes desayunos. —Ramius ya estaba atacando el suyo. Después de dos días sin una comida normal y con toda la pérdida de sangre de su herida en la pierna, el cuerpo le pedía comida a gritos.

—Dígame, Ryan —Borodin estaba encendiendo un cigarrillo—. ¿Qué es lo que más nos asombrará en Estados Unidos?

Jack señaló el plato del capitán.

—Los supermercados.

—¿Supermercados? —preguntó Mancuso.

—Mientras esperaba en el *Invincible*, leí un informe de la CIA sobre personas que se habían pasado a nuestro lado. —Ryan no quiso decir desertores. En cierta forma, la palabra sonaba degradante—. Aparentemente, lo primero que sorprende a la gente, gente de su parte del mundo, es entrar y atravesar un supermercado.

—Hábleme de ellos —ordenó Borodin.

—Un edificio del tamaño de una cancha de fútbol..., bueno, tal vez un poco más chico que eso. Usted entra por la puerta del frente y toma un carrito para sus compras. A la derecha están las frutas y verduras frescas, y así, poco a poco, va recorriendo el camino por la izquierda a través de los otros departamentos. Yo vengo haciéndolo desde que era un chico.

—¿Dijo frutas y verduras frescas? ¿Y cómo hacen ahora en el invierno?

—¿Qué problema hay con el invierno? —dijo Mancuso—. Tal vez cuesten un poquito más, pero siempre se pueden conseguir productos frescos. Ésa es una de las cosas que echamos de menos en los submarinos. Nuestra disponibilidad de productos frescos y leche sólo nos dura una semana más o menos.

—¿Y la carne? —preguntó Ramius.

—Lo que usted quiera —respondió Ryan—. De vaca, de cerdo, cordero, pavo, pollo. Los granjeros norteamericanos son muy eficientes. Los Estados Unidos se abastecen de alimentos a sí mismos y tienen un importante excedente. Usted lo sabe, la Unión Soviética nos compra granos a nosotros. Diablos, pagamos a los granjeros para que no cultiven, para poder mantener los excedentes bajo control. —Los cuatro rusos parecían dudar.

—¿Qué otra cosa? —preguntó Borodin.

—¿Qué otra cosa los sorprenderá? Casi todo el mundo tiene un automóvil. La mayor parte de la gente es dueña de su casa. Si usted tiene dinero, puede comprar prácticamente cualquier cosa que desee. En los Estados Unidos, la familia promedio gana algo así como veinte mil dólares por año, creo. Todos estos oficiales ganan más que eso. Lo cierto es que en nuestro país si usted tiene algo de cerebro —y todos ustedes lo tienen— y si está dispuesto a trabajar —y todos ustedes lo están— podrá llevar una vida confortable, aun sin ayuda. Además, pueden estar seguros de que la CIA se ocupará muy bien de ustedes. No quisiéramos que nadie se quejara de nuestra hospitalidad.

—¿Y qué será de mis hombres? —preguntó Ramius.

—No puedo decírselo con exactitud, señor, dado que nunca he intervenido antes en esta clase de cosas. Yo supongo que a usted lo llevarán a un lugar seguro para descansar y reponerse. La gente de la CIA y de la Marina querrá conversar largamente con usted. Eso no es ninguna sorpresa, ¿verdad? Se lo dije antes. Dentro de un año estará haciendo cualquier cosa que usted mismo elija hacer.

—Y cualquiera que desee realizar un crucero con nosotros será muy bien recibido —agregó Mancuso.

Ryan se preguntó hasta dónde sería cierto eso. La Marina no estaría dispuesta a permitir que algunos de esos hombres subieran a bordo de un submarino clase 688. Podría darle a alguno de ellos información lo suficientemente valiosa como para posibilitarle el regreso a casa y conservar la cabeza.

—¿Cómo se convierte en espía de la CIA un hombre simpático y amable? —preguntó Borodin.

—Yo no soy espía, señor —dijo otra vez Ryan. No podía culparlos por no creerle—. Cuando cursaba la escuela de graduados conocí a un tipo que mencionó mi nombre a un amigo suyo de la CIA, el almirante James Greer. Hace unos pocos años me pidieron que integrara un equipo de académicos que había sido convocado para controlar ciertas apreciaciones de inteligencia de la CIA. En ese momento yo estaba muy feliz dedicándome a escribir libros sobre historia naval. En Langley —estuve allí por dos meses durante el verano—, escribí un documento sobre terrorismo internacional. A Greer le gustó, y hace dos años me pidió que fuera a trabajar allí con horario completo. Yo acepté. Fue un error —dijo Ryan, sin pensarlo realmente. ¿O sí lo hizo?—. El año pasado me transfirieron a Londres para trabajar en un equipo conjunto de evaluación de inteligencia con el Servicio Secreto Británico. Mi trabajo normal es sentarme frente a un escritorio y analizar el material que envían los agentes de campo. Me vi envuelto en esto porque aprecié qué era lo que usted se proponía, capitán Ramius.

—¿Su padre fue espía? —preguntó Borodin.

—No, papá era oficial de policía de Baltimore. Él y mi madre murieron en un accidente de aviación hace diez años.

Borodin le expresó sus sentimientos.

—¿Y usted, capitán Mancuso, por qué se hizo marino?

—Yo quise ser marino desde chico. Papá es peluquero. Y decidí elegir submarinos en Annapolis, porque me pareció que era interesante.

Ryan estaba contemplando algo que no había visto nunca, hombres de diferentes lugares y diferentes culturas tratando de encontrar puntos comunes. Ambas partes estaban ofreciendo lo suyo, buscando similitudes de carácter y experiencia, construyendo los cimientos para una mejor comprensión. Era más que interesante, era conmovedor. Ryan se preguntaba cómo sería de difícil para los soviéticos. Probablemente más duro que nada de lo hecho por él hasta ese momento... Habían quemado sus naves. Se habían lanzado lejos de todo lo conocido, confiando en que habrían de hallar algo mejor. Ryan tenía esperanzas de que triunfaran y realizaran su transición del comunismo a la libertad. En los dos últimos días había podido darse cuenta del enorme coraje que necesitaban los hombres para desertar. Enfrentar una pistola en una sala de misiles no era nada comparado con la decisión de dejar atrás toda su vida. Era extraño ver con cuánta facilidad los norteamericanos daban por sentada su libertad. ¿Cómo sería de difícil para esos hombres que habían arriesgado sus vidas adaptarse a algo que hombres como Ryan tan raramente apreciaban? Era gente como ésa la que había construido el Sueño Americano, y gente como ésa la que se necesitaba para mantenerlo. Era extraño que esos hombres vinieran de la Unión Soviética. O tal vez no tan extraño, pensó Ryan, oyendo la conversación que se desarrollaba frente a él.

DECIMOSÉPTIMO DÍA

Domingo, 19 de diciembre

El Octubre Rojo

—Ocho horas más —susurró Ryan para sí mismo. Eso era lo que le habían dicho. Una corrida de ocho horas a Norfolk. Había vuelto a los controles del timón y los planos de inmersión a su propio pedido. Operarlos era lo único que sabía hacer, y tenía que hacer algo. Todavía era muy poca la gente que estaba en el *Octubre*. Casi todos los norteamericanos se hallaban colaborando en el reactor y los sectores de máquinas, a popa. Solamente Mancuso, Ramius y él estaban en la sala de control. Bugayev, con la ayuda de Jones, controlaba el equipo de sonar a pocos metros de distancia, y la gente de sanidad aún estaba ocupándose de Williams en la enfermería. El cocinero iba y venía con emparedados y café, que Ryan encontró decepcionantes, probablemente mal acostumbrado por los de Greer.

Ramius estaba medio sentado en el riel que rodeaba el pedestal del periscopio. La herida de la pierna no sangraba, pero debía de estar doliéndole más de lo que él admitía, dado que dejaba a Mancuso controlar los instrumentos y dirigir la navegación.

—Timón al través —ordenó Mancuso.

—Través. —Ryan giró la rueda hacia la derecha hasta centrarla, controlando el indicador del ángulo del timón—. Timón al través, rumbo uno-dos-cero.

Mancuso frunció el entrecejo mientras consultaba la carta, nervioso por tener que pilotear el enorme submarino en forma tan poco ortodoxa.

—Hay que tener cuidado por aquí. La barra de arena crece continuamente por el arrastre del litoral sur, y tienen que dragarla con mucha frecuencia. Las tormentas que han estado produciéndose en esta zona no pueden haber ayudado mucho. —Mancuso volvió a mirar por el periscopio.

—Me han dicho que ésta es una zona peligrosa —dijo Ramius.

—El cementerio del Atlántico —confirmó Mancuso—. Muchos barcos han terminado su vida en los Bancos Exteriores. El tiempo y las corrientes son bastante malos. Parece ser que los alemanes lo pasaron muy mal aquí durante la guerra. Las cartas no lo muestran, pero hay cientos de restos de buques en el fondo. —Volvió a la mesa de la carta—. De todos modos, evitamos el lugar con un amplio rodeo, y no viramos al norte hasta no llegar aquí. —Trazó una línea en la carta.

—Éstas son sus aguas —accedió Ramius.

Se hallaban en una formación suelta para los tres submarinos. El *Dallas* iba adelante, hacia mar abierto; el *Pogy* cerraba la formación. Los tres submarinos navegaban semisumergidos, con las cubiertas casi a flor de agua y sin que nadie ocupara las posiciones del puente. Toda la navegación visual se hacía por periscopio. No operaba ningún equipo de radar. Ninguno de los tres submarinos producía ruido electrónico alguno. Ryan miró distraídamente la mesa de la carta. Habían salido ya de la ensenada, pero la carta estaba marcada con barras de arena durante varias millas más.

Tampoco estaban usando el sistema de impulsión caterpillar del *Octubre Rojo*. Había resultado ser casi exactamente lo que había predicho Skip Tyler. Había dos juegos de impulsores en los túneles: un par, a un tercio aproximadamente de la proa hacia atrás, y tres más, cerca de la mitad de la nave, ligeramente hacia popa. Mancuso y sus ingenieros habían examinado los planos con gran interés y comentaron luego largamente las características del diseño del caterpillar.

Por su parte, Ramius no había querido creer que lo hubieran detectado tan pronto. Finalmente, Mancuso tuvo que llamar a Jones, quien se presentó con su mapa personal para mostrar el curso estimado del *Octubre* frente a Islandia. Aunque no coincidía exactamente con el libro de navegación del buque, las millas de diferencia eran tan pocas que no podía haber sido una coincidencia.

—El sonar que ustedes tienen debe de ser mejor de lo que esperábamos —gruñó Ramius, muy cerca de la posición de Ryan.

—Es bastante bueno —concedió Mancuso—. Pero mejor aún es Jonesy... Es el mejor sonarista que he tenido.

—Tan joven y tan eficiente.

—Recibimos muchos jóvenes así —sonrió Mancuso—. Nunca tantos como nos gustaría, por supuesto, pero nuestros muchachos son todos voluntarios. Saben bien en qué se están metiendo. Somos cuidadosos para elegirlos y después los adiestramos hasta lo imposible.

—Control, aquí sonar. —Era la voz de Jones—. El *Dallas* se está sumergiendo, señor.

—Muy bien. —Mancuso encendió un cigarrillo mientras caminaba hacia el teléfono intercomunicador. Apretó el botón de la sala de máquinas—. Digan a Mannion que lo necesitamos adelante. Vamos a sumergirnos dentro de pocos minutos. Sí. —Colgó el tubo y volvió a la carta.

—¿Y luego los tienen por más de tres años? —preguntó Ramius.

—Ah, sí. Diablos, de lo contrario estaríamos dejándolos que se fueran cuando están completamente entrenados, ¿no?

¿Por qué la Marina soviética no podía obtener y retener gente en esa forma?, pensó Ramius. Él sabía muy bien la respuesta. Los norteamericanos alimentaban decentemente a sus hombres, les daban comedores e instalaciones apropiadas, les pagaban lo que correspondía, y confiaban en ellos... Todas las cosas por las cuales él había luchado veinte años.

—¿Me necesita para operar las válvulas? —dijo Mannion, entrando.

—Sí, Pat, nos sumergimos dentro de uno o dos minutos.

Mannion echó una rápida mirada a la carta cuando se dirigía al múltiple de venteo.

Ramius cojeó hacia la carta.

—Nos dicen que ustedes eligen a sus oficiales en las clases burguesas para controlar a los marineros rasos de las clases trabajadoras.

Mannion deslizó sus manos sobre los controles de venteo. Eran realmente muchos. El día anterior había pasado dos horas para comprender el complejo sistema.

—Es verdad, señor. Nuestros oficiales proceden sin duda de las clases dirigentes. Fíjese en mí —dijo Mannion imperturbable. Su piel era del color de los granos de café; su acento, puro de Bronx Sur.

—Pero usted es un hombre negro —objetó Ramius, sin darse cuenta de la ironía.

—Por supuesto; el nuestro es un submarino verdaderamente étnico. —Mancuso volvió a mirar por el periscopio—. Un comandante de Guinea, un navegador negro y un sonarista loco.

—¡Eso lo oí, señor! —gritó Jones a través del intercomunicador—. Mensaje del *Dallas* por el radioteléfono submarino. Todo parece bien. Están esperándonos. Último mensaje del «gertrude» por un rato.

—Control, comprendido. Por fin estamos en mar abierto. Podemos sumergirnos cuando usted quiera, capitán Ramius —dijo Mancuso.

—Camarada Mannion, ventee los tanques de lastre —ordenó Ramius. El *Octubre* no había emergido a la superficie por completo en ningún momento y estaba todavía con los comandos regulados para inmersión.

—Comprendido, señor. —El teniente hizo girar la fila superior de llaves maestras en los controles hidráulicos.

Ryan se estremeció. El ruido lo hizo pensar en la descarga de un millón de inodoros al mismo tiempo.

—Cinco grados abajo en los planos, Ryan —dijo Ramius.

—Cinco grados abajo, comprendido. —Ryan empujó el volante—. Planos cinco grados abajo.

—Es lento para sumergirse —comentó Mannion, observando el indicador de profundidad pintado a mano con que habían reemplazado el original—. Tan condenadamente grande.

—Sí —dijo Mancuso. La aguja pasaba por los veinte metros.

—Planos a cero —dijo Ramius.

—Planos a ángulo cero, comprendido. —Ryan tiró del volante. Pasaron treinta segundos antes de que el submarino se estabilizara. Parecía muy lento para responder a los controles. Ryan había creído que los submarinos respondían igual que los aviones.

—Póngalo un poco más liviano, Pat. Lo suficiente como para que necesite un grado abajo para mantenerlo a nivel —dijo Mancuso.

—Ajá. —Mannion frunció el entrecejo, controlando el indicador de profundidad. Los tanques de lastre estaban en ese momento completamente inundados, y la maniobra de equilibrado debió haber sido efectuada con los tanques de compensación, mucho más pequeños. Necesitó cinco minutos para obtener el nivelado correcto—. Lo siento, caballeros. Me temo que es demasiado grande para hacerlo más rápido —dijo, turbado.

Ramius estaba impresionado, pero demasiado incómodo como para demostrarlo. Había esperado que el capitán norteamericano demorara mucho más tiempo para desempeñarse solo. Compensar y nivelar un submarino extraño en forma tan eficiente en su primer intento...

—Muy bien, ahora ya podemos caer al norte —dijo Mancuso. Habían sobrepasado dos millas la última barra registrada en la carta—. Recomiendo que el nuevo rumbo sea de cero-cero-ocho, capitán.

—Ryan, timón a la izquierda diez grados —ordenó Ramius—. Hasta cero-cero-ocho.

—Comprendido, timón diez grados izquierda —respondió Ryan, manteniendo un ojo en el indicador del timón y el otro en el repetidor del girocompás—. Llegando a cero-cero-ocho.

—Cuidado, Ryan. Vira lentamente, pero cuando está virando debe usar mucho timón atrás...

—Opuesto —corrigió amablemente Mancuso.

—Sí, timón opuesto para detenerlo en el rumbo deseado.

—Correcto.

—Capitán, ¿tiene problemas de timón? —preguntó Mancuso—. Cuando íbamos siguiéndolo nos pareció que su círculo de viraje era muy amplio.

—Con el caterpillar lo es. El flujo de los túneles incide muy fuerte sobre el timón, y trepida si se usa demasiado timón. En nuestras primeras pruebas de mar sufrimos daños a causa de esto. Se produce por —¿cómo se dice?— la concurrencia de los dos túneles del caterpillar.

—¿Afecta eso las operaciones con las hélices? —preguntó Mannion.

—No, sólo con el caterpillar.

A Mancuso no le gustaba eso. En realidad no importaba. El plan era simple y directo. Los tres submarinos harían una corrida recta hacia Norfolk. Los dos submarinos norteamericanos de ataque se adelantarían alternativamente a treinta nudos para «olfatear» las aguas al frente, mientras el *Octubre* avanzaba a una velocidad constante de veinte nudos.

Ryan empezó a quitar timón cuando la proa estaba por llegar. Esperó demasiado. A pesar de los cinco grados de timón a la derecha, la proa se pasó del rumbo deseado, y el repetidor del girocompás fue marcando acusador cada tres grados hasta que se detuvo en cero-cero-uno. Pasaron otros dos minutos para volver al rumbo exacto.

—Lo siento. Ahora estamos en cero-cero-ocho —informó finalmente.

Ramius se mostró tolerante.

—Aprende pronto, Ryan. Tal vez algún día llegará a ser un verdadero marino.

—¡No, gracias! Si hay una cosa que he aprendido en este viaje es que ustedes se ganan muy bien hasta el último centavo que les dan.

—¿No le gustan los submarinos? —rió Mannion.

—No hay lugar para trotar.

—Es cierto. Señor, si usted no me necesita voy a volver a popa. En la sala de máquinas el personal es muy escaso —dijo Mannion.

Ramius asintió. ¿Era él de la clase dirigente?, se preguntó el capitán.

El V.K. Konovalov

Tupolev había puesto rumbo al oeste de nuevo. La orden de la flota dio instrucciones a todo el mundo, excepto su *Alfa* y otro más, para que regresaran a su país a veinte nudos. Tupolev debía moverse hacia el oeste durante dos horas y media. En ese momento se encontraba siguiendo el rumbo recíproco a cinco nudos, aproximadamente la máxima velocidad a la cual el *Alfa* podía desplazarse sin producir mucho ruido. La idea era que su submarino se perdiera en medio del intenso movimiento. Y bien, había un *Ohio* que se dirigía a Norfolk, o a Charleston más probablemente. En cualquiera de los dos casos Tupolev iba a describir círculos silenciosamente y a observar. El *Octubre Rojo* estaba destruido. Hasta allí él lo sabía por la orden de operaciones. Tupolev sacudió la cabeza. ¿Cómo pudo haber hecho semejante cosa Marko? Cualquiera fuese la respuesta, había pagado su traición con la vida.

El Pentágono

—Me sentiría mejor si tuviéramos un poco más de cubierta aérea —dijo el almirante Foster, apoyándose contra la pared.

—De acuerdo, señor, pero no podemos ponernos tan en evidencia, ¿no es cierto? —preguntó el general Harris.

Dos P-3B estaban barriendo en ese momento la ruta entre Hatteras y Virginia Capes, como si se hallasen en una misión de rutina de entrenamiento. La mayor parte de los otros Oriones se encontraba mucho más lejos dentro del mar. La flota soviética ya estaba a cuatrocientas millas de la costa. Los tres grupos de superficie habían vuelto a reunirse y se hallaban en ese momento rodeados por sus submarinos. El *Kennedy*, el *América* y el *Nimitz* estaban a quinientas millas de ellos hacia el este, y el *New Jersey* y había iniciado el regreso. Los rusos quedarían bajo vigilancia durante todo el viaje de vuelta a su país. Los grupos de batalla de los portaaviones los seguirían todo el camino hasta Islandia, conservando una discreta distancia y manteniendo grupos aéreos en el borde de la cobertura de los radares soviéticos tan sólo para que supieran que los Estados Unidos todavía estaban alertas. El resto del viaje navegarían seguidos por aviones con base en Islandia.

El *HMS Invincible* estaba en ese momento fuera de la operación y aproximadamente a mitad de camino hacia su país. Los submarinos norteamericanos de ataque habían vuelto a sus operaciones normales de patrullaje, y se informaba que todos los submarinos soviéticos se encontraban lejos de la costa, aunque esa información era superficial. Estaban navegando en grupos aislados y el ruido que generaban hacía difícil el seguimiento por los patrulleros Oriones, que tenían cantidades limitadas de sonoboyas. Con todo, la operación estaba prácticamente finalizada, a juicio del J-3.

—¿Usted va a viajar a Norfolk, almirante? —preguntó Harris.

—Pensé que podría reunirme con el Comandante en Jefe del Atlántico, para una conferencia postoperaciones, usted comprende.

—Entendido, señor —dijo Harris.

El New Jersey

Navegaba a doce nudos, con un destructor a cada lado. El comodoro Eaton estaba en el cuarto de navegación. Había terminado todo y no había pasado nada, gracias a Dios. Los soviéticos se hallaban ya cien millas adelante, dentro del alcance de los Tomahawk, pero bastante más allá del de todas las demás cosas. En general, estaba satisfecho. Su fuerza había operado exitosamente con el *Tarawa*, que navegaba en ese momento hacia el sur, con destino a Mayport, Florida. Esperaba que pudieran volver a hacer esto pronto. Hacía mucho tiempo que un comandante de fuerza de tareas, a bordo de un acorazado, no tenía un portaaviones a sus órdenes. Habían mantenido bajo continua vigilancia a la fuerza del *Kirov*. De haberse producido una batalla, Eaton estaba convencido de que se habrían impuesto a Ivan. Y lo más importante, estaba seguro de que Ivan lo sabía. Todo lo que esperaban en ese momento era la orden para regresar a Norfolk. Sería bueno estar de vuelta en casa para Navidad. Consideraba que sus hombres se lo habían ganado. Muchos de los tripulantes del acorazado eran hombres de los viejos tiempos, y casi todos tenían familia.

El Octubre Rojo

Ping...

Jones anotó la hora en su libro y gritó:

—Señor, acabo de recibir un *ping* del *Pogy*.

El *Pogy* estaba en ese momento diez millas delante del *Octubre* y el *Dallas*. La idea era que, después de situarse al frente y escuchar durante diez minutos, transmitiría un simple *ping* con su sonar activo, para significar que las diez millas hasta el *Pogy* y las veinte o más a su frente, se encontraban despejadas. El *Pogy* se desplazaría lentamente para confirmar eso y, a una milla al este del *Octubre*, el *Dallas* avanzaría a toda velocidad para adelantarse diez millas al otro submarino de ataque.

Jones estaba experimentando con el sonar ruso. El equipo activo, acababa de descubrirlo, no era tan malo. Pero con respecto a lo sistemas pasivos... prefería no pensar. Mientras el *Octubre Rojo* esperaba inmóvil en el estrecho de Pamlico, le había resultado imposible detectar a los submarinos norteamericanos. También ellos estaban inmóviles —sus reactores sólo hacían girar a los generadores— pero no se hallaban a más de una milla de distancia. Jones estaba decepcionado, pues no había podido localizarlos.

El oficial que estaba con él, Bugayev, era un tipo bastante simpático y amistoso. Al principio se había mostrado un poquito frío como con aires de superioridad —«como si él fuera un lord y yo un siervo», pensaba Jones— hasta que vio cómo lo trataba el comandante. Eso sorprendió a Jones. Por lo poco que él sabía del comunismo, había esperado que todos fueran absolutamente iguales. «Bueno —decidió—, eso es lo que saco con leer *Das Kapital* en un primer curso de la universidad.» Tenía mucho más sentido mirar lo que construían los comunistas. Basuras, en su mayor parte. Los tripulantes reclutados ni siquiera tenían su propio comedor. ¿No era eso una mierda? ¡Tener que comer en la propia cucheta!

Jones se había tomado una hora —en que se suponía que estaba durmiendo— para explorar el submarino. Mannion se había unido a él. Comenzaron en el dormitorio. Los armarios bajos individuales no cerraban con llave —probablemente para que los oficiales pudieran revisarlos—. Eso fue justamente lo que hicieron Jones y Mannion. No había nada de interés. Hasta el material pornográfico de los marineros era pésimo. Las poses eran estúpidas, y las mujeres..., bueno, Jones se había criado en California. Basura. No le resultaba nada difícil comprender por qué los rusos querían desertar.

Los misiles habían sido interesantes. Mannion y él habían abierto la escotilla de inspección de uno de ellos para examinar el interior del misil. No tenía tan mal aspecto, pensaron. Tal vez un ligero exceso de cables sueltos, pero eso probablemente facilitaba las inspecciones. Esos misiles parecían terriblemente grandes. «De modo —pensó— que esto es con lo que los muy bastardos nos han estado apuntando.» Se preguntó si la Marina se quedaría con unos cuantos de ésos. Si alguna vez era necesario mandarle algunos al viejo Ivan, podrían muy bien incluir un par de los propios de ellos. «Qué idea *tonta*, Jonesy», se dijo a sí mismo. No quería que esas malditas cosas volaran alguna vez. Pero una cosa era segura: todo lo que había adentro de ese balde sería retirado, probado, separado, probado de nuevo... y él era el experto número uno de la Marina en materia de sonares rusos. Tal vez él estuviera presente durante el análisis... Podría valer la pena quedarse unos pocos meses más en la Marina. Jones encendió un cigarrillo.

—¿Quiere uno de los míos, señor Bugayev? —Tendió su paquete al oficial de electrónica.

—Gracias, Jones. ¿Usted estuvo en la universidad? —El capitán tomó el cigarrillo norteamericano que había estado deseando pero no había querido pedir por orgullo. Comenzaba a comprender, aunque muy lentamente, que ese tripulante reclutado era su equivalente técnico. Aunque no estaba calificado como oficial de guardia en sonar, Jones podía operar y mantener los equipos tan bien como cualquiera de los que él conocía.

—Sí, señor. —Nunca estaba de más llamar «señor» a los oficiales, Jones lo sabía. Especialmente a los más estúpidos—. En el Instituto de Tecnología de California.

Cinco semestres completos, calificación promedio A. Pero no terminé.

—¿Por qué abandonó?

Jones sonrió.

—Bueno, señor, usted tendría que comprender que el Técnico de California es..., bueno..., una especie de lugar divertido. Yo le hice una pequeña broma a uno de mis profesores. Estaba trabajando con luz estroboscópica para fotografía de alta velocidad, y preparé una pequeña llave para conectar el estroboscopio con las luces de la habitación. Desgraciadamente se produjo un cortocircuito en la llave, y se inició un incendio eléctrico.

—Había quemado íntegro un laboratorio, destruyendo la información de tres meses y quince mil dólares en equipos—. Eso violó los reglamentos.

—¿Qué estudiaba, Jones?

—Estaba encaminado para obtener el título en ingeniería electrónica, con algunas asignaturas secundarias en cibernética. Me faltaban tres semestres. Pero lo obtendré, y luego el de master; después el doctorado, y finalmente volveré a trabajar en la Marina como civil.

—¿Por qué es operador de sonar? —Bugayev se sentó. Nunca había hablado en esa forma con un recluta.

—¡Diablos, señor, es divertido! Cuando se está produciendo algo —usted sabe, un juego de guerra, el seguimiento de otro submarino, cosas como ésas— *yo* soy el comandante. Todo lo que hace él es responder a la información que le doy yo.

—¿Y a usted le gusta su comandante?

—¡Naturalmente! Es el mejor que he tenido... y he tenido tres. Mi jefe es un buen tipo. Si usted hace bien su trabajo, él no lo molesta. Si usted tiene algo que decirle, él sabe escucharlo.

—Usted dice que volverá a la universidad. ¿Cómo la paga? Nos han dicho que solamente los hijos de las clases dirigentes van a la universidad.

—Eso es mentira, señor. En California, si usted tiene la inteligencia suficiente como para ir, usted va. En mi caso, he estado ahorrando dinero... No se gasta mucho en un submarino, ¿verdad?, y la Marina también contribuye. Ya tengo lo suficiente como para hacer toda mi carrera hasta el master. ¿Qué título tiene usted?

—Yo concurrí a una escuela naval superior. Como la de Annapolis de ustedes. Me gustaría obtener un título verdadero en electrónica —dijo Bugayev, confesando su sueño.

—No hay ningún problema. Yo puedo ayudarlo. Si usted es lo suficientemente bueno para el Técnico de California, yo puedo decirle a quién tiene que hablar. Le gustará California. Es el mejor lugar para vivir.

—Y quiero trabajar con una verdadera computadora —continuó Bugayev pensativo.

Jones se rió suavemente.

—Entonces, cómprese una.

—¿Comprar una computadora?

—Por supuesto, en el *Dallas* tenemos un par de las más pequeñas, Apples. Le cuestan más o menos... unos dos mil dólares los buenos sistemas. Eso es mucho menos que lo que cuesta un auto.

—¿Una computadora por dos mil dólares? —Bugayev pasó de pensativo a desconfiado, seguro de que Jones estaba engañándolo.

—O menos. Por tres mil se puede conseguir un equipo realmente bueno. Diablos, si usted les dice a los de Apple quién es, probablemente le regalarían una, o tal vez lo hiciera la Marina. Si no le gustan las Apple, están las Commodore, las TRS-80 y las Atari. Hay de todo. Depende de cuál es el uso que usted quiere darle. Fíjese, solamente una compañía, la Apple, ha vendido más de un millón de máquinas. Son pequeñas, es cierto, pero son verdaderas computadoras.

—Nunca había oído hablar de esa... ¿Apple?

—Sí, Apple. Dos tipos fundaron la compañía cuando yo estaba en la escuela secundaria. Desde entonces han vendido más o menos un millón, como le dije..., ¡y ahora vaya si son ricos! Yo no tengo una propia —no hay lugar en un submarino—, pero mi hermano tiene la suya, una IBM-PC. Usted todavía no me cree, ¿no es cierto?

—¿Un trabajador con su computadora propia? Es difícil de creer. —Aplastó el cigarrillo. El tabaco norteamericano era un poquito demasiado suave, pensó.

—Bueno, señor, entonces puede preguntarle a cualquier otra persona. Como le dije, en el *Dallas* hay un par de Apples, para que las use la tripulación. Hay otro material para control de fuego, navegación y sonar, por supuesto. Pero usamos las Apples para los juegos... A usted van a *encantarle* los juegos de computadoras con toda seguridad. Usted no sabrá lo que es divertirse hasta que haya probado el «Choplifter»... y otras cosas, programas educativos, cosas como ésas. En serio, señor Bugayev, puede entrar en casi cualquiera de los centros comerciales y encontrará un lugar donde comprar una computadora. Lo verá.

—¿Cómo usa una computadora con el sonar?

—Eso llevaría un tiempo para explicarlo, señor, y probablemente tendría que pedir autorización al comandante. —Jones se recordó a sí mismo que ese tipo todavía era el enemigo, o algo así.

El V. K. Konovalov

El *Alfa* navegaba lentamente sobre el borde de la plataforma continental, a unas cincuenta millas al sur de Norfolk. Tupolev ordenó reducir la planta del reactor a aproximadamente cinco por ciento de su potencia total, lo suficiente como para operar los sistemas eléctricos y poco más. Eso también permitía que su submarino fuera casi totalmente silencioso. Las órdenes se transmitían verbalmente, de boca en boca. El *Konovalov* estaba cumpliendo estrictamente un ejercicio de buque silencioso. Hasta el uso normal de la cocina había sido prohibido. Cocinar significaba mover ollas metálicas sobre hornallas y rejillas metálicas. Hasta nueva orden, la dotación estaba a dieta de emparedados de queso. Hablaban susurrando, cuando era imprescindible hacerlo. Cualquiera que hiciese ruido atraería la atención del comandante, y todos a bordo sabían lo que eso significaba.

Control del SOSUS (Control de Vigilancia de Sonar)

Quentin estaba revisando información enviada por enlace digital desde los Oriones. Un submarino misilístico con averías, el *USS Georgia*, navegaba rumbo a Norfolk después de una falla parcial de turbinas, escoltado por un par de submarinos de ataque. Habían estado manteniéndolo apartado, dijo el almirante, debido a toda la actividad de los rusos en la costa, y había llegado el momento de hacerlo entrar, repararlo y sacarlo nuevamente, tan pronto como fuera posible. El *Georgia* llevaba veinticuatro misiles Trident, una considerable fracción de la fuerza disuasiva total del país. Repararlo era un ítem de alta prioridad ahora que los rusos se habían ido. Hacerlo entrar era seguro, pero querían que primero controlaran los Oriones y vieran si algún submarino soviético se había quedado atrás, aprovechando la confusión general.

Un P-3B estaba volando a doscientos setenta metros de altura, a unas cincuenta millas al sudeste de Norfolk. El sensor infrarrojo de búsqueda frontal no mostraba nada, no había señales de temperatura en la superficie, y el detector magnético de anomalías tampoco comprobaba alteraciones considerables en el campo magnético de la Tierra, aunque el recorrido de vuelo de uno de los aviones lo llevó a menos de cien metros de la posición del *Alfa*. El casco del *Konovalov* estaba construido con titanio antimagnético. Una sonoboya que cayó a siete millas al sur de su posición también falló en la captación del sonido de la planta de su reactor. Continuamente estaban transmitiendo la información a Norfolk, donde el estado mayor de operaciones de Quentin la recibía y alimentaba con ella la computadora. El problema era que no todos los submarinos soviéticos habían podido ser comprobados.

«Bueno —pensó el capitán de fragata—, eso lo tenemos en cuenta.» Algunos de los submarinos habían aprovechado la oportunidad para escabullirse de sus posiciones registradas. Existía una lejana probabilidad —él lo había informado— de que uno o dos submarinos aislados estuvieran todavía allí, pero no había evidencias de eso. Se preguntaba qué tenía entre manos el Comandante en Jefe del Atlántico. Ciertamente se había mostrado sumamente complacido por algo, casi eufórico. La operación contra la flota soviética se había manejado bastante bien, lo que él había visto de ella, y allá afuera había quedado ese *Alfa* hundido. ¿Cuánto faltaría para que el *Glomar Explorer* saliera de la naftalina y fuera a recuperarlo? Se preguntó si él tendría la posibilidad de inspeccionar los restos. ¡Qué oportunidad!

Nadie estaba tomando demasiado en serio la operación actual. Era lógico. Si el *Giorgia* estaba realmente entrando con fallas en la máquina, estaría navegando lentamente, y un *Ohio* lento hacía tanto ruido como una ballena virgen resuelta a conservar su estado. Y si el Comando en Jefe de la Flota del Atlántico estuviera tan preocupado por él, no habría encomendado la operación de limpieza a un par de P-3 piloteados por reservistas. Quentin levantó el tubo del teléfono y marcó en el dial Operaciones del Comando, para informarles una vez más que no había indicaciones de actividad hostil.

El Octubre Rojo

Ryan controló el reloj. Ya habían pasado cinco horas. Un tiempo largo para estar sentado en un sillón, y de acuerdo con la mirada que echó de reojo a la carta parecía que la estimación de ocho horas había sido bastante optimista... o él no les había entendido bien. El *Octubre*

Rojo iba recorriendo la línea de la plataforma continental, y pronto comenzaría a modificar su rumbo hacia el oeste, en busca de Virginia Capes. Tal vez demoraría otras cuatro horas. No podía ser demasiado rápido. Ramius y Mancuso parecían bastante cansados. Todos estaban cansados. Probablemente los hombres de la sala de máquinas más que el resto... No, el cocinero. Llevaba y traía emparedados y café para todo el mundo. Los rusos parecían especialmente hambrientos.

El Dallas/*El* Pogy

El *Dallas* pasó al *Pogy* a treinta y dos nudos, para ocupar de nuevo la posición de frente, dejando al *Octubre* unas millas atrás. Al capitán de corbeta Wally Chambers, que se encontraba al mando, no le gustaba avanzar a ciegas durante la corrida de treinta y cinco minutos, a pesar de la palabra del *Pogy* de que todo estaba despejado.

El *Pogy* captó su pasaje y viró para que su dispositivo lateral pudiera controlar al *Octubre Rojo*.

—Bastante ruidoso a veinte nudos —dijo el suboficial de sonar del *Pogy* a sus compañeros—. El *Dallas* hace menos ruido a treinta.

El V. K. Konovalov

—Siento un ruido hacia el sur —dijo el *michman*.

—¿Qué, exactamente? —Tupolev había estado rondando la puerta durante horas, amargando la vida del sonarista.

—Es demasiado pronto como para decirlo, camarada comandante. Pero la marcación no cambia. Viene hacia aquí.

Tupolev volvió a la sala de control. Ordenó reducir más aún la potencia del sistema del reactor. Pensó en detener por completo la planta, pero los reactores llevan tiempo para volver a arrancar, y hasta ese momento no había indicación sobre la distancia a que podía estar el contacto. El comandante fumó tres cigarrillos antes de ir nuevamente a la sala de sonar. No hubiera sido bueno poner nervioso al *michman*. Ese hombre era su mejor operador.

—Una hélice, camarada comandante, un norteamericano, probablemente un *Los Ángeles*, haciendo treinta y cinco nudos. La marcación sólo ha cambiado dos grados en quince minutos. Va a pasar cerca de aquí, y..., espere..., ha detenido los motores. —El sonarista, un hombre de cuarenta y cinco años, apretó los auriculares contra las orejas. Podía oír cómo disminuía la cavitación, y luego se detuvo completamente, con lo que el contacto se desvaneció hasta desaparecer del todo—. Se ha detenido para escuchar, camarada comandante.

Tupolev sonrió.

—No nos oirá, camarada. Corre y se detiene. ¿No puede oír nada más? ¿Podría estar escoltando algo?

El *michman* escuchó de nuevo en sus auriculares e hizo ciertos ajustes en el panel.

—Quizás... Hay mucho ruido de superficie, camarada, y yo... Espere. Parece que hay algún ruido. La última marcación de nuestro blanco era uno-siete-uno y este ruido nuevo está a... uno-siete-cinco. Muy débil, camarada comandante, un *ping*, un solo *ping* de sonar activo.

—Bien. —Tupolev se apoyó contra el mamparo—. Buen trabajo, camarada. Ahora debemos tener paciencia.

El Dallas

El suboficial Laval declaró despejada la zona. Los sensibles receptores del BQQ-5 no revelaron nada, ni siquiera después de haber usado el sistema de procesamiento algorítmico de la señal. Chambers maniobró la proa para que el *ping* único saliera hacia el *Pogy*, quien a su vez disparaba su propio *ping* hacia el *Octubre Rojo* para asegurarse de que recibía la señal. Todo estaba despejado en las próximas diez millas. El *Pogy* se adelantó a treinta nudos, seguido por el más nuevo de los submarinos misilísticos de la Marina de los Estados Unidos.

El V. K. Konovalov

—Dos submarinos más. Uno de una sola hélice, el otro de doble hélice, creo. Todavía débil. El submarino de la hélice única se mueve mucho más rápido. Camarada comandante, ¿los norteamericanos tienen submarinos de dos hélices?

—Sí, creo que sí. —Tupolev se preguntó si era realmente así. La diferencia en las características de la señal no era tan pronunciada. En todo caso, ya lo verían. El *Konovalov* apenas se movía a dos nudos y a ciento cincuenta metros de profundidad. Cualquier cosa que fuera lo que venía, parecía estar dirigiéndose exactamente hacia ellos. Bueno, él enseñaría algo a los imperialistas después de todo.

El Octubre Rojo

—¿Puede reemplazarme alguien en la rueda? —preguntó Ryan.

—¿Necesita estirarse un poco? —preguntó Mancuso, acercándose.

—Sí. Y podría hacerme un viajecito al baño también. El café está por dañarme los riñones.

—Yo lo relevaré, señor. —El capitán norteamericano se instaló en el asiento de Ryan. Jack se fue hacia popa, hasta el baño más cercano. Dos minutos después se sentía mucho mejor. De vuelta a la sala de control hizo algunas flexiones de rodillas para normalizar la circulación de la sangre en sus piernas y luego miró brevemente la carta. Parecía extraño, casi siniestro, ver la costa de los Estados Unidos marcada en ruso.

—Gracias, capitán.

—De nada. —Mancuso se puso de pie.

—Se ve que usted no es marino, Ryan. —Ramius había estado observándolo sin decir una palabra.

—Nunca pretendí serlo, capitán —dijo Ryan amablemente—. ¿Cuánto falta para Norfolk?

—Bueno..., otras cuatro horas, máximo —dijo Mancuso—. La idea es llegar cuando esté oscuro. Tienen algo para hacernos entrar sin ser vistos, pero yo no sé qué.

—Dejamos el estrecho con luz de día. ¿No podría habernos visto alguien? —preguntó Ryan.

—Yo no vi nada, pero si allí había alguien, todo lo que pudo haber visto fue tres torretas de submarinos sin ningún número en ellas. —Habían salido con luz de día para aprovechar un «claro» en la cobertura del satélite soviético.

Ryan encendió otro cigarrillo. Su mujer le habría hecho un escándalo por eso, pero estaba tenso todavía dentro de ese submarino. Sentado allí en el puesto del timonel no le quedaba otra cosa que hacer que vigilar continuamente ese puñado de instrumentos. Mantener el submarino a nivel era más fácil de lo que había esperado y el único giro pronunciado que debió realizar mostró la fuerte tendencia del submarino para apartarse del rumbo hacia cualquier otra dirección. Más de treinta mil toneladas de acero, pensó, no es extraño.

El Pogy/*El* Octubre Rojo

El *Pogy* pasó como tromba al *Dallas* a treinta nudos y continuó así durante veinte minutos, deteniéndose once millas más allá de él... y a tres millas del *Konovalov*, cuyos tripulantes apenas si respiraban en ese momento. El sonar del *Pogy*, aunque carecía del nuevo sistema de procesamiento de la señal BC-10/SAPS, era sin embargo sumamente eficiente, pero resultaba imposible oír algo que no hacía absolutamente ningún ruido, y el *Konovalov* estaba silencioso.

El *Octubre Rojo* pasó al *Dallas* a las tres de la tarde, después de recibir la última señal de zona despejada. Su tripulación se hallaba muy cansada y deseando llegar a Norfolk, dos horas después de la puesta del sol. Ryan se preguntaba con cuánta rapidez podría volar de regreso a Londres. Temía que la CIA quisiera interrogarlo por un tiempo prolongado. Mancuso y los tripulantes del *Dallas* se preguntaban si llegarían para ver a sus familias. Contaban con ello.

El V K. *Konovalov*

—Sea lo que fuere, es grande, muy grande, creo. Si sigue su rumbo pasará a menos de cinco kilómetros de nosotros.

—Un *Ohio*, como dijo Moscú —comentó Tupolev.

—Suena como un submarino de dos hélices, camarada comandante —dijo el *michman*.

—El *Ohio* tiene una sola hélice. Usted lo sabe.

—Sí, camarada. De cualquier manera, estará con nosotros dentro de veinte minutos. El otro submarino de ataque se está moviendo a más de treinta nudos. Si mantienen el procedimiento, se adelantará unos quince kilómetros más allá de nosotros.

—¿Y el otro norteamericano?

—Unos pocos kilómetros en dirección a mar abierto, moviéndose muy lentamente, como nosotros. No tengo la medición de distancia exacta. Podría medirla con sonar activo, pero eso...

—Conozco las consecuencias —le espetó Tupolev.

El comandante volvió a la sala de control.

—Informe a los maquinistas que estén listos para responder al telégrafo. ¿Todos los hombres están en los puestos de combate?

—Sí, camarada comandante —replicó el *starpom*—. Tenemos una excelente solución de fuego sobre el submarino de ataque norteamericano..., es decir, el que se mueve. La manera en que se desplaza, a toda velocidad, nos lo hace más fácil. Al otro podemos localizarlo en pocos segundos.

—Bien, para variar —sonrió Tupolev—. ¿Ve lo que podemos hacer cuando las circunstancias nos favorecen?

—¿Y qué vamos a hacer?

—Cuando el más grande nos pase, vamos a acercarnos y vamos a agrandarle el agujero del culo. Ellos han hecho sus juegos. Ahora nosotros vamos a hacer los nuestros. Ordene a los maquinistas que aumenten la potencia. Pronto vamos a necesitar toda la potencia.

—Eso hará ruido, camarada —previno el *starpom*.

—Es cierto, pero no tenemos otra salida. Diez por ciento de potencia. Es imposible que el *Ohio* oiga eso, y tal vez el submarino de ataque más cercano tampoco lo oiga.

El Pogy

—¿De dónde vino eso? —El jefe de sonar hizo algunos ajustes en su tablero—. Control, aquí sonar, tengo un contacto, marcación dos-tres-cero.

—Control, recibido —contestó de inmediato el capitán de fragata Wood—. ¿Puede clasificarlo?

—No, señor. Apareció de repente. Una planta de reactor y ruidos de vapor, muy débil, señor. No puedo identificar realmente la señal característica de la planta... —Deslizó al máximo los controles de ganancia—. No es uno de los nuestros, jefe, creo que a lo mejor tenemos un *Alfa* aquí.

—¡Ahh, fantástico! ¡Haga un mensaje al *Dallas* ya mismo!

El suboficial lo intentó, pero el *Dallas*, corriendo a treinta y dos nudos, no captó los cinco rápidos *pings*. El *Octubre Rojo* se hallaba en ese momento a ocho millas de distancia.

El Octubre Rojo

Los ojos de Jones se abrieron de pronto muy grandes.

—Señor Bugayev, diga al comandante que acabo de oír un par de *pings*.

—¿Un par?

—Más de uno, pero no pude contarlos.

El Pogy

El capitán de fragata Wood tomó la decisión. La idea había consistido en enviar las señales de sonar en forma altamente direccional y con muy baja potencia, como para minimizar las posibilidades de revelar la propia posición. Pero el *Dallas* no las había captado.

—Máxima potencia, suboficial. Golpee al *Dallas* con todo.

—Comprendido. —El suboficial movió los controles de potencia al tope. Pasaron algunos segundos hasta que el sistema estuvo en condiciones de emitir una explosión de energía de cien kilovatios. ¡*Ping ping ping ping ping*!

El Dallas

—¡Uyuyyy! —exclamó el suboficial Laval—. ¡Control, sonar, señal de peligro del *Pogy*!

—¡Paren máquinas! —ordenó Chambers—. Silencio en el buque.

—Paren máquinas. —El teniente Goodman retrasmitió las órdenes un segundo después. A popa, la guardia del reactor redujo la entrada de vapor, aumentando la temperatura en el reactor. Eso permitió que los neutrones escaparan de la pila, retardando rápidamente la reacción de la fisión.

—Cuando la velocidad llegue a cuatro nudos, pasen a una velocidad de un tercio —dijo Chambers al oficial de cubierta mientras él iba hacia popa, a la sala de sonar—. Frenchie, necesito información urgente.

—Todavía vamos demasiado rápido, señor —dijo Laval.

El Octubre Rojo

—Capitán Ramius, creo que deberíamos reducir la velocidad —dijo prudentemente Mancuso.

—La señal no se repitió —contestó Ramius en desacuerdo. La segunda señal direccional no había sido captada por ellos, y el *Dallas* no había retransmitido todavía el mensaje de peligro porque estaba navegando demasiado rápido como para localizar al *Octubre* y pasarlo.

El Pogy

—Señor, El *Dallas* ha disminuido la potencia.

Wood se mordió el labio inferior.

—Muy bien, vamos a encontrar a ese bastardo. A buscar con todo, suboficial, máxima potencia en el sonar. —Volvió a la sala de control—. A ocupar los puestos de combate. —Dos segundos más tarde comenzó a sonar la alarma. El *Pogy* ya estaba en alerta desde antes y, en menos de cuarenta segundos, todos los puestos de combate estaban ocupados. El segundo comandante, capitán de corbeta Tom Reynolds actuaba como coordinador de control de fuego. Su equipo de oficiales y técnicos estaba esperando los datos para alimentar la computadora de control de fuego Mark 117.

El domo del sonar, en la proa del *Pogy*, lanzaba verdaderas explosiones de energía sónica en el agua. Quince segundos después de haber comenzado, las primeras señales de retorno aparecieron en la pantalla del suboficial Palmer.

—Control, sonar, tenemos un contacto positivo, marcación dos-tres-cuatro, distancia seis mil metros. Clasificación probable clase *Alfa*, por la señal característica de su planta —dijo Palmer.

—¡Déme una solución! —dijo Wood con tono de urgencia.

—Comprendido. —Reynolds observó cómo introducían los datos mientras otro equipo de oficiales hacía un ploteo con papel y lápiz sobre la mesa de la carta. Computadora o no, tenía que haber un respaldo.

Los datos desfilaron por la pantalla. Los cuatro tubos de torpedos del *Pogy* contenían un par de misiles antibuque Harpoon, y dos torpedos Mark 48. Solamente los torpedos eran útiles en el momento. El Mark 48 era el torpedo más poderoso en existencia: guiado por cable y capaz de llegar a su blanco gracias a su propio sonar activo, corría a más de cincuenta nudos y llevaba una cabeza de guerra de media tonelada.

—Jefe, tenemos una solución para los dos pescados. Tiempo de corrida cuatro minutos, treinta y cinco segundos.

—Sonar, cierre el *pinging* —dijo Wood.

—Comprendido. *Pinging* cerrado, señor. —Palmer cortó la energía a los sistemas activos—. Ángulo de elevación-depresión del blanco es casi cero, señor. Está a nuestra misma profundidad, más o menos.

—Muy bien, sonar. Manténgase sobre él. —Wood tenía en ese momento la posición de su blanco. Seguir enviando *pings* sólo habría servido para indicar mejor al otro su propia posición.

El Dallas

—El *Pogy* estaba enviando señales *ping* a algo. Tuvieron un retorno, con una marcación uno-nueve-uno, aproximadamente —dijo el suboficial Laval—. Hay otro submarino allí. No sé bien qué. Puedo captar cierta planta y ruidos de vapor, pero no lo suficiente como para identificarlo.

El Pogy

—El misilístico todavía se está moviendo, señor —informó el suboficial Palmer.

—Jefe —Reynolds levantó la mirada desde los ploteos de ruta—, el rumbo que tiene lo va a traer entre nosotros y el blanco.

—Bárbaro. Todo adelante un tercio, timón veinte grados izquierda. —Wood fue a la sala de sonar mientras se cumplían sus órdenes—. Suboficial, aumente la potencia y esté listo para enviar fuertes *pings* al misilístico.

—Entendido, señor. —Palmer trabajó en sus controles—. Listo, señor.

—Envíele las señales directas y con fuerza. No quiero que deje de captarlas esta vez.

Wood observó el indicador de dirección del equipo de sonar y vio que se estaba produciendo un giro. El *Pogy* viraba rápidamente, pero no tan rápidamente como él quería. El *Octubre Rojo* —sólo él y Reynolds sabían que era ruso, aunque los tripulantes estaban especulando como locos— se acercaba demasiado rápido.

—Listo, señor.

—Envíele.

Palmer operó el control de impulso.

¡*Ping ping ping ping ping*!

El Octubre Rojo

—Jefe —gritó Jones—. ¡Señal de peligro!

Mancuso saltó hacia el anunciador sin esperar a que Ramius reaccionara. Hizo girar el dial hasta la posición Paren Máquinas. Después miró a Ramius.

—Lo siento, señor.

—Está bien. —Ramius miró la carta frunciendo el entrecejo. Un momento después se oyó el zumbador del teléfono. Lo tomó y habló en ruso durante varios segundos antes de volver a colgar—. Les dije que teníamos un problema pero no sabemos qué es.

—Absolutamente cierto. —Mancuso se unió a Ramius frente a la carta. Los ruidos de máquinas iban disminuyendo, aunque no con la rapidez que hubiera deseado el norteamericano. El *Octubre* era silencioso para ser un submarino ruso, pero eso era todavía demasiado ruidoso para él.

—Vea si su sonarista puede localizar algo —sugirió Ramius.

—Bien. —Mancuso dio unos pasos atrás—. Jonesy, averigüe qué hay allí.

—Comprendido, jefe, pero no va a ser fácil con este equipo. —Él ya tenía los dispositivos sensores trabajando en dirección a los dos submarinos de ataque que los escoltaban. Jones ajustó la regulación de sus auriculares y empezó a trabajar con los controles de amplificación. ¡No tenía procesadores de señales ni sistema de procesamiento algorítmico, y los transductores no servían para nada! Pero ése no era momento para enfurecerse. Los sistemas soviéticos tenían que operarse electromecánicamente, a diferencia de los controlados por computadoras a los que él estaba acostumbrado. Lenta y cuidadosamente alteró los dispositivos direccionales del receptor, en el domo del sonar, a proa, con la mano derecha retorciendo un paquete de cigarrillos y los ojos cerrados y apretados. No se dio cuenta de que Bugayev estaba sentado junto a él, escuchando el mismo impulso.

El Dallas

—¿Qué sabemos, suboficial? —preguntó Chambers.

—Tengo una marcación y nada más. El *Pogy* lo tiene perfectamente ubicado, pero nuestro amigo redujo completamente su máquina después que lo detectaron, y a mí se me desvaneció. El *Pogy* tuvo un fuerte retorno de él. Probablemente esté bastante cerca, señor.

Chambers había sido promovido a su puesto de segundo comandante hacía sólo cuatro meses. Era un brillante y experimentado oficial, y candidato seguro para tener su propio comando, pero tenía solamente treinta y tres años y no había estado en submarinos más que esos cuatro meses. Antes de eso, durante un año y medio, había sido instructor de reactores, en Idaho. El rigor que mostraba como parte de su trabajo —era el principal encargado de la disciplina a las órdenes de Mancuso— ocultaba más inseguridad que la que le hubiera gustado admitir. En ese momento, su carrera estaba en un punto crucial. Sabía exactamente cómo era de importante esa misión. Su futuro dependería de las decisiones que estaba por adoptar.

—¿Puede localizar con un solo *ping*?

El suboficial de sonar lo pensó durante un segundo.

—No es suficiente como para una solución de tiro, pero nos daría algo.

—Un *ping*, hágalo.

—Comprendido. —Laval trabajó brevemente en su tablero, poniendo en funcionamiento los elementos activos.

El V. K. Konovalov

Tupolev hizo una mueca. Había actuado demasiado rápido. Debió haber esperado hasta que hubieran pasado... aunque entonces, si él hubiese esperado tanto, habría tenido que moverse, y en ese momento tenía a los tres rondando muy cerca, casi inmóviles.

Los cuatro submarinos sólo se desplazaban a la velocidad mínima para mantener el control de profundidad. El *Alfa* ruso estaba orientado hacia el sudeste, y los cuatro se hallaban formando casi una figura aproximadamente trapezoidal, con el extremo abierto en dirección al mar. El *Pogy* y el *Dallas* se encontraban hacia el norte del *Konovalov*; el *Octubre Rojo* estaba al sudeste de él.

El Octubre Rojo

—Alguien acaba de enviarle una señal *ping* —dijo Jones con calma—. La marcación es más o menos noroeste, pero no está haciendo ruido suficiente como para que podamos captarlo. Señor, si tuviera que apostar, yo diría que está bastante cerca.

—¿Cómo sabe eso? —preguntó Mancuso.

—Oí el pulso directo..., sólo un *ping* para obtener una medición de distancia, creo. Fue hecho por un BQQ-5. Después oímos salir el eco desde el blanco. Las matemáticas darían un par de posibilidades diferentes, pero le robaría la apuesta si le dijera que está entre nosotros y nuestra gente, y un poco hacia el oeste. Comprendo que esto no es muy exacto, señor, pero es lo mejor que tenemos.

—Distancia diez kilómetros, tal vez menos —comentó Bugayev.

—Eso tampoco es muy sólido, pero no es malo como para comenzar. No son muchos los datos, jefe. Lo siento. Es lo mejor que podemos hacer —dijo Jones.

Mancuso asintió con la cabeza y volvió a la sala de control.

—¿Qué pasa? —preguntó Ryan. Los controles de los planos debían mantenerse a fondo hacia adelante para conservar la profundidad. Ryan no había captado el significado de lo que estaba ocurriendo.

—Hay un submarino hostil por aquí cerca.

—¿Qué información tenemos? —preguntó Ramius.

—No mucha. Hay un contacto al noroeste, distancia desconocida, pero probablemente no muy lejos. Sé con seguridad que no es uno de los nuestros. Norfolk dijo que esta zona estaba despejada. Eso deja una sola posibilidad. ¿Derivamos?

—Derivamos —dijo Ramius como un eco, levantando el teléfono. Impartió unas pocas órdenes.

Las máquinas del *Octubre* estaban dando potencia como para mover el submarino a muy poco más de dos nudos, apenas lo suficiente como para mantener la dirección, pero no lo suficiente como para mantener la profundidad. Con una flotación ligeramente positiva, el *Octubre* estaba derivando hacia arriba a razón de unos pocos metros por minuto, a pesar de la colocación de los planos.

El Dallas

—Volvamos otra vez hacia el sur. No me gusta la idea de que ese *Alfa* esté más cerca de nuestro amigo que nosotros. Caiga a la derecha a uno-ocho-cinco, a dos tercios —dijo finalmente Chambers.

—Comprendido —dijo Goodman—. Timonel, quince grados a la derecha, nuevo rumbo uno-ocho-cinco. Todo adelante dos tercios.

—Timón a la derecha quince grados, comprendido. —El timonel hizo girar la rueda—. Señor, mi timón está quince grados a la derecha, para nuevo rumbo de uno-ocho-cinco.

Los cuatro tubos de torpedos del *Dallas* estaban cargados con tres Mark 48 y un señuelo, un costoso simulador submarino móvil. Uno de sus torpedos se hallaba dirigido al *Alfa*, pero la solución de fuego era algo vaga. El «pescado» tendría que efectuar parte del seguimiento por sí mismo. Los dos torpedos del *Pogy* estaban orientados en una puntería casi perfecta.

El problema era que ninguno de los dos submarinos tenía autorización para disparar. Ambos submarinos de ataque se hallaban operando con las reglamentaciones normales para empeño. Podían disparar en defensa propia solamente y defender al *Octubre Rojo* mediante la astucia y el engaño únicamente. La duda era si el *Alfa* sabía lo que era el *Octubre Rojo*.

El V. K. Konovalov

—Ponga rumbo al *Ohio* —ordenó Tupolev—. Lleve la velocidad a tres nudos. Debemos ser pacientes, camaradas. Ahora que los norteamericanos saben dónde estamos no nos enviarán más *pings*. Nos apartaremos despacio de nuestra posición.

La hélice de bronce del *Konovalov* giró más rápidamente. Cerrando sistemas eléctricos no esenciales, los maquinistas pudieron aumentar la velocidad sin necesidad de aumentar la potencia que entregaba el reactor.

El Pogy

En el *Pogy*, el más próximo de los submarinos de ataque, el contacto se desvanecía, desviando un poco la marcación direccional. El capitán de fragata Wood dudó si debía obtener otra marcación con el sonar activo, pero decidió no hacerlo. Si utilizaba el sonar activo, su situación sería como la de un policía que busca un ladrón en un edificio oscuro con una linterna encendida. Los *ping* del sonar seguramente iban a informar a su blanco más de lo que le informaban a él. En casos como ése, la rutina normal consistía en usar el sonar pasivo.

El suboficial Palmer informó el paso del *Dallas* por el lado de babor. Tanto Wood como Chambers decidieron no usar el teléfono subácueo para comunicarse. No podían arriesgarse a producir ningún ruido en ese momento.

El Octubre Rojo

Ya llevaban derivando una media hora. Ryan fumaba un cigarrillo tras otro en su puesto; tenía transpiradas las palmas de las manos y luchaba por mantener la compostura. Ésa no era la clase de combate para la cual había sido adiestrado: estar allí encerrado en un caño de acero, incapacitado para ver ni oír nada. Sabía que por allí afuera andaba un submarino soviético, y sabía también qué órdenes tenía. Si su comandante se daba cuenta de quiénes eran ellos... ¿qué pasaría? Los dos comandantes, pensó, estaban asombrosamente tranquilos.

—¿Pueden protegernos sus submarinos? —preguntó Ramius.

—¿Disparar contra un submarino ruso? —Mancuso sacudió la cabeza—. Solamente si él dispara primero... contra ellos. De acuerdo con las reglas normales, nosotros no contamos.

—¿*Qué*? —Ryan estaba pasmado.

—¿Quiere iniciar una guerra? —Mancuso sonrió, como si le pareciera divertida la situación—. Eso es lo que sucede cuando los buques de guerra de dos naciones empiezan a intercambiar disparos. Tenemos que ingeniarnos para salir de esto.

—Quédese tranquilo, Ryan —dijo Ramius—. Éste es nuestro juego habitual. El submarino cazador trata de encontrarnos, y nosotros tratamos de que no nos encuentre. Dígame, capitán Mancuso, ¿a qué distancia nos escucharon frente a Islandia?

—No he revisado detenidamente su carta, capitán —murmuró Mancuso—. Tal vez a veinte millas, unos treinta kilómetros más o menos.

—Y entonces nosotros navegábamos a trece nudos... El ruido aumenta más que la velocidad. Creo que podemos movernos hacia el este, lentamente, sin ser detectados. Usamos el caterpillar y nos movemos a seis nudos. Como usted sabe, el sonar soviético no es tan eficaz como el norteamericano. ¿Está de acuerdo, capitán?

Mancuso movió la cabeza asintiendo.

—El submarino es suyo, señor. ¿Puedo sugerirle nordeste? Eso tendría que situarnos detrás de nuestros submarinos de ataque dentro de una hora, tal vez menos.

—Sí. —Ramius cojeó hasta el tablero de control para abrir las escotillas de los túneles, después volvió al teléfono. Dio las órdenes necesarias. En un minuto los motores del caterpillar quedaron conectados y la velocidad fue creciendo lentamente.

—Timón a la derecha, diez, Ryan —dijo Ramius—. Y afloje los controies de los planos.

—Timón a la derecha diez, señor, aflojando los planos, señor. —Ryan cumplió las órdenes, alegrándose de estar haciendo algo.

—Su rumbo es cero-cuatro-cero, Ryan —dijo Mancuso desde la mesa de la carta.

—Cero-cuatro-cero, cayendo a la derecha por tres-cinco-cero. —Desde el asiento del timonel podía oír el agua que circulaba por el túnel de babor. Cada minuto aproximadamente se oía un extraño e intenso rumor que duraba tres o cuatro segundos. El indicador de velocidad, que tenía frente a él, pasó por los cuatro nudos.

—¿Tiene miedo, Ryan? —bromeó Ramius.

Jack juró para sus adentros. Le había vacilado la voz.

—Estoy un poco cansado, también.

—Sé que es difícil para usted. Lo está haciendo muy bien, para ser un hombre nuevo, sin ningún entrenamiento. Llegaremos tarde a Norfolk, pero llegaremos, ya lo verá. ¿Usted ha estado en un submarino misilístico, Mancuso?

—Oh, seguro. Quédese tranquilo, Ryan. Esto es lo que hacen los misilísticos. Alguien viene a buscarnos, y nosotros desaparecemos. —El capitán de fragata norteamericano levantó la mirada de la carta. Había colocado monedas en las posiciones estimadas de los otros tres submarinos. Pensó marcarlos mejor, pero decidió no hacerlo. Había algunas anotaciones muy interesantes en esa carta costera..., por ejemplo, posiciones programadas de disparo de misiles. Inteligencia de la flota se enloquecería con esa clase de información.

El *Octubre Rojo* estaba navegando en ese momento hacia el noroeste, a seis nudos. El *Konovalov* se desplazaba hacia el sudeste, a tres nudos. El *Pogy* se dirigía hacia el sur, a dos, y el *Dallas*, hacia el sur, a quince. Los cuatro submarinos se encontraban en ese instante dentro de un círculo de seis millas de diámetro, y todos convergían aproximadamente hacia el mismo punto.

El V. K. Konovalov

Tupolev estaba divertido. Por alguna razón los norteamericanos habían preferido asumir una táctica conservadora que él no esperaba. La actitud inteligente, pensó, habría sido que uno de los submarinos de ataque se le aproximara y lo hostilizara, permitiendo que el submarino misilístico pasara tranquilo con la otra escolta. Bueno, en el mar nada era dos veces exactamente igual. Bebió de su taza de té y eligió un emparedado.

El *michman* de su sonar notó un extraño sonido en su equipo. Sólo duró unos pocos segundos, luego desapareció. Algún rumor sísmico lejano, pensó al principio.

El Octubre Rojo

Habían ascendido un poco, debido a la compensación positiva del *Octubre Rojo*, y en ese momento Ryan había puesto cinco grados de ángulo hacia abajo en los planos de inmersión, para recuperar la profundidad de cien metros. Oyó que los capitanes comentaban la ausencia de gradiente térmico. Mancuso explicó que no era extraño en la zona, particularmente después de tormentas violentas. Convinieron en que era mala suerte. Una capa térmica hubiera facilitado la evasión.

Jones estaba en la entrada posterior de la sala de control, frotándose las orejas. Los auriculares rusos no eran muy cómodos.

—Jefe, estoy recibiendo algo hacia el norte, viene y se va. No he podido hacer una marcación sobre él.

—¿De quién? —preguntó Mancuso.

—No puedo decirlo, señor. El sonar activo no es tan malo, pero el material pasivo no está a la altura de las circunstancias. No estamos ciegos, pero no falta mucho.

—De acuerdo, si oye algo, grite.

—Comprendido, señor. ¿Tiene un poco de café aquí? El señor Bugayev me envió a buscarlo.

—Haré que les lleven una cafetera.

—Bien. —Jones volvió a su trabajo.

El V. K. Konovalov

—Camarada comandante, tengo un contacto, pero no sé qué es —dijo el *michman* a través del teléfono.

Tupolev volvió a la sala de sonar masticando su emparedado. Los rusos habían detectado tan pocas veces a los *Ohio* —tres veces para ser exactos, y en cada caso habían perdido la presa antes de pocos minutos— que nadie tenía mayor experiencia para captar sus características.

El *michman* entregó al comandante un par de auriculares de repuesto.

—Puede demorar unos minutos, camarada. Viene y se va.

Las aguas frente a la costa norteamericana, aunque casi isotérmicas, no eran del todo perfectas para los sistemas de sonar. Muchas corrientes menores y remolinos establecían paredes móviles que reflejaban la energía sónica en forma aleatoria. Tupolev se sentó y escuchó pacientemente. Pasaron cinco minutos antes de que volviera la señal. La mano del *michman* se agitó.

—Ahora, camarada comandante.

El comandante se había puesto pálido.

—¿Marcación?

—Demasiado débil, y muy corta la señal para atraparla..., pero tres grados en cada proa, uno-tres-seis a uno-cuatro-dos.

Tupolev arrojó sobre la mesa los auriculares y se marchó hacia proa. Agarró del brazo al oficial político y lo llevó rápidamente a la cámara de oficiales.

—¡Es el *Octubre Rojo*!

—Imposible. El comando de la Flota dice que su destrucción quedó confirmada por inspección visual de los restos. —El *zampolit* agitó la cabeza con énfasis.

—Nos han engañado. La señal acústica del caterpillar es única, camarada. Lo tienen los norteamericanos, y está allí afuera. ¡Debemos destruirlo!

—No. Debemos tomar contacto con Moscú y pedir instrucciones.

El *zampolit* era un buen comunista, pero por ser un oficial de buques de superficie no estaba acostumbrado a los submarinos, pensó Tupolev.

—Camarada *zampolit*, tardaríamos varios minutos en acercarnos a la superficie, quizá diez o quince para enviar un mensaje a Moscú, treinta más para que Moscú nos respondiera... ¡y luego pedirían *confirmación*! ¿Una hora en total, o dos, o tres? Para ese momento, el *Octubre Rojo* ya se habría ido. Nuestras órdenes originales son operativas todavía, y no hay tiempo para tomar contacto con Moscú.

—¿Pero qué ocurrirá si usted está equivocado?

—¡No estoy equivocado, camarada! —exclamó el comandante—. Voy a anotar mi informe de contacto en el libro de navegación y mis recomendaciones. Si usted lo prohíbe, ¡anotaré también eso! Yo estoy en lo cierto, camarada. Será su cabeza, no la mía. ¡Decida!

—¿Está completamente seguro?

—*¡Absolutamente!*

—Muy bien. —El *zampolit* pareció desinflarse—. ¿Cómo lo hará?

—Tan pronto como sea posible, antes de que los norteamericanos tengan la posibilidad de destruirnos a nosotros. Vaya a su puesto, camarada. —Los dos hombres volvieron a la sala de control. Los seis tubos de torpedos de proa del *Konovalov* estaban cargados con torpedos guiados por cable Mark C 533. Todo lo que necesitaban era que se les dijese adónde debían dirigirse—. Sonar, ¡busque adelante con todos los sistemas activos! —ordenó el comandante.

El *michman* apretó el botón.

El Octubre Rojo

—*Ouch* —la cabeza de Jones se volvió bruscamente—. Jefe, nos están enviando *pings*. Lado de babor, mitad del buque, tal vez un poco hacia delante. No es uno de los nuestros, señor.

El Pogy

—Control, sonar, ¡el *Alfa* detectó al misilístico! La marcación del *Alfa* es uno-nueve-dos.

—Todo adelante dos tercios —ordenó Wood inmediatamente.

—Todo adelante dos tercios, comprendido.

Las máquinas del *Pogy* explotaron a la vida, y pronto su hélice estaba sacudiendo las negras aguas.

El K V. Konovalov

—Distancia siete mil seiscientos metros. Ángulo de elevación cero —informó el *michman*. «Así que éste es el submarino que los habían enviado a cazar», pensó. Acababa de ponerse unos auriculares que le permitían informar al comandante y al oficial de control de fuego.

El *starpom* era el supervisor de control de fuego. Rápidamente alimentó la computadora con los datos. Era un sencillo problema de geometría de blancos.

—Tenemos la solución para los torpedos uno y dos.

—Prepárese para abrir fuego.

—Inundar los tubos. —El *starpom* movió personalmente las llaves, estirando el brazo por sobre el suboficial—. Puertas exteriores de los tubos abiertas.

—¡Comprueben la solución de tiro! —dijo Tupolev.

El Pogy

El suboficial encargado de sonar del *Pogy* fue el único hombre que oyó el fugaz ruido.

—Control, sonar, el contacto *Alfa*... ¡acaba de inundar tubos, señor! Marcación del blanco, uno-siete-nueve.

El V. K. Konovalov

—Solución confirmada, camarada comandante —dijo el *starpom*.

—Disparen uno y dos —ordenó Tupolev.

—Fuego el uno..., fuego el dos. —El *Konovalov* se estremeció dos veces cuando las cargas de aire comprimido eyectaron los torpedos de propulsión eléctrica.

El Octubre Rojo

Jones lo oyó primero.

—¡Hélices de alta velocidad a babor! —dijo con voz muy alta y clara—. ¡Torpedos en el agua a babor!

—*Ryl nalyeva!* —ordenó automáticamente Ramius.

—¿*Qué*? —preguntó Ryan.

—¡Izquierda, timón a la izquierda! —Ramius golpeó con el puño en el pasamanos.

—¡Todo a la izquierda, rápido! —dijo Mancuso.

—Timón todo a la izquierda, comprendido. —Ryan hizo girar la rueda hasta el tope y la mantuvo allí. Ramius estaba girando el anunciador a velocidad de flanco.

El Pogy

—Dos pescados corriendo —dijo Palmer—. La marcación cambia de derecha a izquierda. Repito, marcación de los torpedos cambiando rápidamente de derecha a izquierda en ambos pescados. Están apuntados al submarino misilístico.

El Dallas

El *Dallas* también los oyó. Chambers ordenó velocidad de flanco y giro a babor. Con los torpedos en carrera sus opciones estaban limitadas, y hacía en ese momento lo que enseñaba la práctica norteamericana, poner rumbo a otra parte... y muy rápido.

El Octubre Rojo

—¡Necesito un rumbo! —dijo Ryan.

—¡Jonesy, déme una marcación! —gritó Mancuso.

—Tres-dos-cero, señor. Dos pescados vienen hacia aquí —respondió Jones de inmediato, trabajando en sus controles para fijar la marcación. No era momento para confusiones.

—Rumbo tres-dos-cero, Ryan —ordenó Ramius—, si es que podemos virar tan rápido.

«Muchas gracias», pensó fastidiado Ryan, observando el girocompás que pasaba en ese momento por tres-cinco-siete. El timón estaba aplicado al máximo, y con el repentino aumento de potencia de los motores del caterpillar, pudo sentir en la rueda la agitación producida por el retroceso del empuje.

—Dos pescados en esta dirección, marcación tres-dos-cero!, repito, la marcación es constante —informó Jones, con mayor frialdad que la que realmente sentía—. Allá vamos, muchachos...

El Pogy

Su ploteo táctico mostraba al *Octubre*, al *Alfa* y a los dos torpedos. El *Pogy* estaba cuatro millas al norte de donde se desarrollaba la acción.

—¿Podemos abrir fuego? —preguntó el segundo comandante.

—¿Al *Alfa*? —Wood sacudió enfáticamente la cabeza—. No, maldito sea. De todos modos no habría ninguna diferencia.

El V. K. Konovalov

Los dos torpedos Mark C avanzaban a cuarenta y un nudos, una velocidad baja para esa distancia, a fin de que pudieran ser guiados más fácilmente por los sistemas de sonar del *Konovalov*. Tenían una corrida proyectada de seis minutos, y ya habían completado un minuto.

El Octubre Rojo

—De acuerdo, pasando por tres-cuatro-cinco, aflojando el timón —dijo Ryan.

Mancuso se mantuvo en silencio. Ramius estaba usando una táctica que a él particularmente no le gustaba: virar para enfrentar al pescado. Presentaba el mínimo perfil del blanco, pero les daba a los atacantes una solución de intercepción geométrica más simple. Presumiblemente, Ramius sabía lo que podían hacer los pescados rusos. Así lo esperaba Mancuso.

—Firme en tres-dos-cero, comandante —dijo Ryan, con los ojos clavados en el repetidor del girocompás, como si eso importara. Una vocecita en el cerebro lo estaba felicitando por haber ido al baño una hora antes.

—Ryan, abajo, abajo al máximo en los planos de inmersión.

—Abajo al tope. —Ryan empujó la rueda a fondo. Estaba aterrorizado, pero más temeroso aún de ensuciarse encima. Tenía que suponer que ambos comandantes sabían lo que estaban haciendo. Nada podía decidir él. Bueno, pensó, sí sabía una cosa. A los torpedos guiados se los puede engañar. Como las señales de radar que se apuntan a la tierra, los pulsos de sonar se pueden interferir, especialmente cuando el submarino que ellos están tratando de localizar se encuentra cerca del fondo o de la superficie, zonas donde los pulsos tienden a reflejarse. Si el *Octubre* se sumergía más, podía perderse en un campo de opacidad... suponiendo que llegara allí con la suficiente rapidez.

El V. K. Konovalov

—El aspecto del blanco ha cambiado, camarada comandante. Ahora el blanco es más pequeño —dijo el *michman*.

Tupolev consideró la información. Sabía todo lo que había sobre doctrina soviética de combate... y sabía que Ramius había escrito gran parte de ella. Marko iba a hacer lo que nos enseñó a todos que debía hacerse, pensó Tupolev. Virar para hacer frente a los proyectiles que se acercaban, a fin de minimizar la sección transversal del blanco, y hundirse hasta el fondo para perderse en la confusión de sonidos reflejados.

—El blanco intentará sumergirse hasta el campo de captura del fondo. Estén alertas.

—Comprendido, camarada. ¿Puede alcanzar el fondo lo suficientemente rápido? —preguntó el *starpom*.

Tupolev atormentó su cerebro para recordar las características de maniobra del *Octubre*.

—No, no puede sumergirse a esa profundidad en tan poco tiempo. Lo tenemos. —«Lo siento, viejo amigo, pero no tengo alternativa», pensó.

El Octubre Rojo

Ryan se encogía cada vez que el impacto del sonar atravesaba el doble casco.

—¿No pueden interferir eso... o algo parecido? —preguntó.

—Paciencia, Ryan —dijo Ramius. Nunca se había visto enfrentado a ojivas de guerra verdaderas, pero había practicado ese problema cientos de veces en su carrera—. Primero lo dejaremos creer que ya nos tiene.

—¿No lleva aquí señuelos? —preguntó Mancuso.

—Cuatro, en la sala de torpedos, a proa; pero no tenemos torpedistas.

Ambos comandantes estaban rivalizando en frialdad, notó Ryan amargamente desde el interior de su aterrorizado pequeño mundo. Ninguno quería mostrar miedo ante su par. Pero ambos estaban entrenados para eso.

—Jefe —llamó Jones—, dos pescados, marcación a tres-dos-cero... Acaban de entrar en actividad. Repito, los pescados ahora están activados... ¡Mierda! Suenan como los 48. Jefe, suenan como los pescados Mark 48.

Ramius había estado esperando eso.

—Sí, nosotros les robamos a ustedes el sonar del torpedo hace cinco años pero no los motores de sus torpedos. ¡Bugayev!

En la sala de sonar, Bugayev había conectado energía al equipo de interferencia acústica tan pronto como supo que habían lanzado los torpedos. En ese momento, reguló cuidadosamente el intervalo de sus pulsos de interferencia para que coincidieran con los de los torpedos que se acercaban. La regulación del tiempo tenía que ser exacta. Enviando ecos de retorno distorsionados, podía crear blancos fantasmas. Ni demasiados, ni demasiado apartados. Apenas unos pocos, cercanos, y podría confundir a los operadores de control de fuego del *Alfa* atacante. Movió cuidadosamente con el pulgar la llave de disparo, mientras mordía un cigarrillo norteamericano.

El V. K. Konovalov

—¡Maldito! Nos están interfiriendo. —El *michman*, al notar un par de nuevos *pips*, mostró sus primeras señales de emoción. El *pip* del verdadero contacto se iba desvaneciendo y quedaba en ese momento acompañado por otros dos nuevos, uno al norte y muy cerca, el otro al sur y un poco más lejos—. Comandante, el blanco está usando equipo soviético de interferencia.

—¿Ha visto? —dijo Tupolev al *zampolit*—. Con cuidado ahora —ordenó a su *starpom*.

El Octubre Rojo

—Ryan, ¡todo arriba con los planos! —gritó Ramius.

—Todo arriba —repitió Ryan, tirando con fuerza la rueda contra el estómago y esperando que Ramius supiera qué diablos estaba haciendo.

—Jones, dénos tiempo y distancia.

—Comprendido. —La interferencia les daba una imagen de sonar ploteada—. Dos pescados, marcación tres-dos-cero. Distancia al número uno es dos mil metros; al número dos, dos mil trescientos... ¡Tengo un ángulo de depresión en el número uno! El pescado número uno se está yendo un poco abajo, señor. —Tal vez Bugayev no era tan tonto después de todo, pensó Jones. Pero tenían que aguantarse dos pescados...

El Pogy

El comandante del *Pogy* estaba enfurecido. Las condenadas reglas de empeño le impedían hacer una condenada cosa... excepto, quizás...

—¡Sonar, envíele *pings* a ese hijo de puta! ¡Máxima potencia! ¡Hágalo reventar al maldito!

El BQQ-5 del *Pogy* comenzó a lanzar frentes de ondas de energía reguladas en tiempo, que castigaron al *Alfa*. El *Pogy* no podía abrir fuego, pero a lo mejor el ruso no lo sabía, y tal vez ese castigo podría interferir el sonar de búsqueda de blancos.

El Octubre Rojo

—Ahora en cualquier momento... uno de los pescados tiene captura, señor. No sé cuál de ellos. —Jones se quitó los auriculares de una oreja y levantó la mano, lista para quitarse los de la otra con un golpe. El sonar de orientación de uno de los torpedos lo estaba dirigiendo en ese momento hacia ellos. Malas noticias. Si ésos eran como los Mark 48... Jones sabía demasiado bien que esas cosas no erraban mucho. Oyó funcionar los mecanismos de cambio de las hélices cuando pasaron debajo del *Octubre Rojo*—. Uno erró, señor. El número uno pasó por debajo de nosotros. El número dos viene hacia aquí; los intervalos entre los *pings* se hacen cada vez menores. —Estiró el brazo y dio unos golpecitos en el hombro de Bugayev. A lo mejor era realmente el genio de a bordo que los rusos decían que era.

El V. K. Konovalov

El segundo torpedo Mark C se abría paso en el agua a cuarenta y un nudos. Eso componía una velocidad de acercamiento del torpedo al blanco de cincuenta y cinco nudos aproximadamente. El circuito de guía y definición era sumamente complejo. Incapaces de imitar el sistema de orientación por computadora del Mark 48, los soviéticos hacían que el sonar de orientación al blanco que llevaba el torpedo informara a la nave que lo había lanzado, a través de un cable aislado. El *starpom* podía elegir la información de sonar que deseara para dirigir los torpedos: la del sonar montado en el submarino o la de los propios torpedos. En el caso del primer torpedo, la interferencia lo había burlado al crear imágenes fantasmas que habían duplicado las recibidas por el sonar del torpedo en esa frecuencia. Para el segundo, el *starpom* estaba usando el sonar de proa, de más baja frecuencia. El primer torpedo había errado al pasar muy bajo, él lo sabía en ese momento. Eso significaba que el blanco era el *pip* del medio. El *michman* hizo un rápido cambio de frecuencia que despejó la imagen del sonar por unos pocos segundos antes de que la interferencia pudiera actuar. Fríamente y con destreza, el *starpom* dirigió el segundo torpedo para que eligiera el blanco central. Hacia allí fue, directo y exacto.

La cabeza de guerra de doscientos cincuenta kilos dio en el blanco con un golpe oblicuo, poco más atrás de la mitad del buque, inmediatamente delante de la sala de control. Explotó una milésima de segundo después.

El Octubre Rojo

La fuerza de la explosión arrojó de su asiento a Ryan, que golpeó con la cabeza en la cubierta. Después de un momento de inconsciencia volvió en sí en la oscuridad y con fuertes zumbidos en los oídos. La conmoción producida por la explosión había causado cortocircuitos en varios tableros de llaves eléctricas, y pasaron algunos segundos antes de que se encendieran las luces rojas de combate. Atrás, Jones se había quitado de un golpe los auriculares justo a tiempo pero Bugayev, intentando engañar al torpedo hasta el último segundo, no lo había hecho. Estaba en el suelo, revolcándose de dolor, totalmente sordo, con un tímpano destrozado.

En la sala de máquinas los hombres se esforzaban para ponerse de pie. Allí las luces habían permanecido encendidas, y el primer acto de Melekhin fue mirar el tablero de situación de control de averías.

La explosión había tenido lugar en el casco exterior, un recubrimiento de acero liviano. Dentro de él había un tanque de lastre lleno de agua, un panal de deflectores celulares de dos metros de espesor. Ubicados después del tanque había botellones de aire comprimido de alta presión. Después venía el banco de baterías del *Octubre* y el casco interior presurizado. El torpedo había golpeado en el centro de una chapa de acero del casco exterior, a varios metros de cualquiera de las uniones soldadas. La fuerza de la explosión había hecho un agujero de tres metros y medio de diámetro; destrozó los deflectores interiores del tanque de lastre, y despedazó media docena de botellones de aire, pero mucha de su fuerza ya se había disipado. El daño final fue soportado por treinta de las enormes baterías de níquel-cadmio. Los ingenieros soviéticos las habían ubicado allí deliberadamente. Sabían que esa posición dificultaría el mantenimiento y la recarga y, lo peor, las expondría a la contaminación del agua de mar. Habían aceptado todo eso en beneficio del segundo propósito, que era el de servir de blindaje adicional para el casco. Las baterías del *Octubre* lo salvaron. De no haber sido por ellas, la fuerza de la explosión habría actuado sobre el casco. En cambio, quedó en gran parte reducida por el sistema defensivo de varias capas que no tenía ningún submarino de occidente. Se había producido una fisura en una junta soldada del casco interior, y una lluvia de agua penetraba en la sala de radio, aunque no alcanzaba a afectar la seguridad del casco.

En la sala de control, Ryan volvió en seguida a su puesto y trató de determinar si sus instrumentos todavía funcionaban. Alcanzaba a oír el ruido del agua que penetraba en el compartimiento anterior. No sabía qué hacer. Sabía que no era el momento para dejarse llevar por el pánico, aunque su cerebro le pedía a gritos que dejara de contenerse.

—¿Qué debo hacer?

—¿Todavía con nosotros? —La cara de Mancuso tenía un aspecto satánico con las luces rojas.

—No, maldito sea, estoy muerto... ¿Qué debo hacer?

—¿Ramius? —Mancuso vio que el comandante sostenía una linterna que había retirado de un soporte en el mamparo posterior.

—Abajo, sumérjase hasta el fondo. —Ramius llamó a la sala de máquinas para ordenar que detuvieran los motores. Melekhin ya había dado la orden.

Ryan empujó hacia adelante los controles. «¡En un maldito submarino que tiene una maldita pinchadura, le dicen a uno que tiene que ir al *fondo*!», pensó.

El V. K. Konovalov

—Un impacto sólido, camarada comandante —informó el *michman*—. Detuvo los motores. Oigo ruidos de crujidos en el casco y está cambiando la profundidad. —Intentó algunos *pings* adicionales, pero no logró nada. La explosión había causado grandes perturbaciones en el agua. Había ecos que retumbaban de la explosión inicial y continuaban reverberando en el mar. Se habían formado trillones de burbujas, creando alrededor del blanco una «zona insonorizada» que lo oscureció rápidamente. Los *pings* activos se reflejaban en las nubes de burbujas y la capacidad de escucha pasiva se reducía por los rumores recurrentes. Todo lo que él sabía con seguridad era que uno de los torpedos había hecho impacto, probablemente el segundo. Era un hombre experimentado que trataba de diferenciar cuáles eran ruidos y cuáles señales, pero que había reconstruido correctamente la mayor parte de los hechos.

El Dallas

—Anoten un tanto a favor de los bandidos —dijo el suboficial de sonar. El *Dallas* estaba navegando demasiado rápido como para poder utilizar con propiedad su sonar, pero era imposible dejar de oír la explosión. Toda la tripulación la oyó a través del casco.

En el centro de ataque, Chambers estimó su posición a dos millas de donde había estado el *Octubre*. El resto de los hombres que se hallaban en el compartimiento miró el instrumental sin mostrar emociones. Diez de sus camaradas del buque acababan de sufrir un ataque exitoso, y el enemigo estaba del otro lado de la pared de ruido.

—Reduzca a un tercio —ordenó Chambers.

—Todo adelante un tercio —repitió el oficial de cubierta.

—Sonar, consígame alguna información —dijo Chambers.

—Estoy trabajando en eso, señor. —El suboficial Laval se esforzaba por dar algún sentido a lo que oía. Pasaron algunos minutos hasta que el *Dallas* redujo su velocidad a menos de diez nudos—. Control, sonar, el misilístico recibió un impacto. No siento sus motores... pero no hay ruidos de desintegración. Repito, señor, no hay ruidos de desintegración.

—¿Puede oír al *Alfa*?

—No, señor, el agua está demasiado enrarecida.

La cara de Chambers se arrugó en una mueca. Eres un oficial, se dijo, te pagan para pensar. Primero, ¿qué está pasando? Segundo, ¿qué haces al respecto? Piénsalo bien, después actúa.

—¿Distancia estimada del blanco?

—Algo así como nueve mil metros, señor —dijo el teniente Goodman, leyendo la última solución de la computadora de control de fuego—. Estará en la parte más alejada de la zona insonorizada.

—Vamos a tomar ciento ochenta metros de profundidad. —El oficial de inmersión retransmitió la orden al timonel. Chambers consideró la situación y decidió cuál sería su curso de acción. Deseaba que Mancuso y Mannion hubieran estado allí. El comandante y el navegador eran los otros dos miembros de lo que pasaba por ser el comité de conducción táctica del *Dallas*.

Necesitaba intercambiar ideas con otros oficiales de experiencia... pero no había ninguno.

—Escuchen. Vamos a descender. Las perturbaciones de la explosión van a mantenerse bastante estacionarias. Si se mueven algo irán hacia arriba. Muy bien, nosotros iremos debajo de ellas. Primero, queremos localizar el misilístico. Si no está allí quiere decir que se ha ido al fondo. Aquí hay solamente trescientos metros, de manera que puede estar en el fondo con su tripulación con vida. Esté o no en el fondo, tenemos que situarnos entre él y el *Alfa*. —«Además —continuó pensando—, si el *Alfa* dispara en ese momento, voy a hacer pedazos a ese canalla, y que las reglas de empeño se vayan a la mierda.» Tenían que burlar a ese tipo. ¿Pero cómo? ¿Y dónde estaba el *Octubre Rojo*?

El Octubre Rojo

Se sumergía más rápido que lo esperado. La explosión había dañado también un tanque de compensación y eso causaba una flotación negativa mayor que la original.

La entrada de agua en la sala de radio era bastante seria, pero Melekhin había advertido la inundación en su tablero de control de daños y reaccionó de inmediato. Cada compartimiento tenía su propia bomba eléctrica. La bomba de la sala de radio, completada con otra bomba del sector que también había sido activada por Melekhin, estaba logrando, a duras penas, impedir que la inundación se agravara. Las radios ya estaban destruidas, pero nadie pensaba enviar ningún mensaje.

—Ryan, todo arriba y timón a fondo a la derecha —dijo Ramius.

—Timón a fondo a la derecha, todo arriba en los planos —dijo Ryan—. ¿Vamos a golpear el fondo?

—Trate de que no ocurra —dijo Mancuso—. Podría abrir más la fisura.

—Magnífico —contestó Ryan en un gruñido.

El *Octubre* comenzó a descender más lentamente, virando hacia el este, debajo de la zona insonorizada. Ramius quería mantenerla entre él y el *Alfa*. Mancuso pensó que —después de todo— tal vez lograran sobrevivir. En ese caso tendría que inspeccionar mejor los planos de ese submarino.

El Dallas

—Sonar, envíe dos *pings* de baja potencia al misilístico. No quiero que los oiga nadie más, suboficial.

—Comprendido. —El suboficial Laval efectuó los ajustes apropiados y envió las señales—. ¡Ya está! ¡Control, sonar, lo tengo! Marcación dos-cero-tres, distancia dos mil metros. No está, repito, *no* está en el fondo, señor.

—Timón izquierda quince grados, rumbo a dos-cero-tres —ordenó Chambers.

—¡Timón izquierda quince grados comprendido! —cantó el timonel—. Nuevo rumbo dos-cero-tres. Señor, mi timón está a la izquierda quince grados.

—¡Suboficial, infórmeme sobre el misilístico!

—Señor, tengo... ruido de bombas, creo..., y se está moviendo un poco, la marcación es ahora dos-cero-uno. Puedo seguirlo con el pasivo, señor.

—Thompson, plotee el curso del misilístico. Señor Goodman, ¿todavía tenemos el señuelo listo para el lanzamiento?

—Así es, señor —respondió el oficial torpedista.

El V. K. Konovalov

—¿Lo destruimos? —preguntó el *zampolit*.
—Probablemente —contestó Tupolev—. Debemos acercarnos para estar seguros. Adelante lento.
—Adelante lento.

El Pogy

—El *Pogy* estaba en ese momento a menos de dos mil metros del *Konovalov*, y seguía aún enviándole fuertes *pings* despiadadamente.
—Se está moviendo, señor. Ahora ya puedo recibirlo con el pasivo —dijo el suboficial sonarista Palmer.
—Muy bien, termine señales *ping* —dijo Wood.
—Comprendido, señales *ping* terminado.
—¿Tenemos una solución de tiro?
—Asegurada en firme —respondió Reynolds—. Tiempo de corrida es de un minuto dieciocho segundos. Ambos pescados listos.
—Todo adelante un tercio.
—Todo adelante un tercio, comprendido. —El *Pogy* disminuyó la velocidad. Su comandante se preguntaba qué excusa podría encontrar para abrir fuego.

El Octubre Rojo

—Jefe, ese sonar que nos envió *pings* es de los nuestros, hacia el noroeste. *Ping* de baja potencia, señor, debe de estar cerca.
—¿Cree que puede alcanzarlo con el teléfono subácueo?
—¡Sí, señor!
—¿Comandante? —preguntó Mancuso—. Permiso para comunicarme con mi buque.
—Sí.

—Jones, llámelo ya mismo.
—Comprendido. Aquí Jonesy llamando a Frenchie, ¿me recibe? —El sonarista frunció el entrecejo ante el parlante—. Frenchie, contésteme.

El Dallas

—Control, sonar, tengo a Jonesy en el teléfono subácueo.

Chambers levantó el teléfono «gertrude» de la sala de control.

—Jones, aquí Chambers. ¿Cuál es su condición?

Mancuso tomó el micrófono que tenía su sonarista.

—Wally, aquí Bart —dijo—. Recibimos uno a mitad del buque, pero se mantiene bien. ¿Puedes enviar interferencias para nosotros?

—¡Comprendido! Comienzo en este instante, cambio y corto. —Chambers volvió a poner el teléfono en su soporte—. Goodman, inunde el tubo del señuelo. Vamos a entrar detrás del señuelo. Si el *Alfa* le dispara, lo sacamos. Regúlenlo para que corra en línea recta por dos mil metros; después, que vire al sur.

—Listo. Puerta exterior abierta, señor.
—Disparen.
—Señuelo disparado, señor.

El simulador de torpedo corrió hacia adelante a veinte nudos durante dos minutos para alejarse del *Dallas*, después disminuyó la velocidad. Tenía un cuerpo de torpedo; su porción anterior llevaba un poderoso transductor de sonar que activaba un grabador de cinta y emitía el sonido grabado de un submarino clase 688. Cada cuatro minutos cambiaba de operación normal a silenciosa. El *Dallas* siguió al señuelo unos mil metros, situándose algunas decenas de metros debajo de su trayectoria.

El *Konovalov* se acercó a la pared de burbujas con precaución, mientras el *Pogy* se desplazaba hacia el norte.

—Dispárale al señuelo, hijo de puta —dijo Chambers en voz baja. Los tripulantes que ocupaban el centro de ataque lo oyeron, y asintieron con gesto severo.

El Octubre Rojo

Ramius apreció que la zona insonorizada estaba en ese momento entre él y el *Alfa*. Ordenó que volvieran a poner en marcha los motores, y el *Octubre Rojo* continuó avanzando con rumbo hacia el noroeste.

El V. K. Konovalov

—Timón a la izquierda diez grados —ordenó Tupolev con tranquilidad—. Vamos a rodear por el norte la zona muerta y veremos si está todavía con vida cuando viremos para volver. Primero debemos depejar el ruido.

—Nada todavía —informó el *michman*—. No hay impacto contra el fondo ni ruidos de colapso... Nuevo contacto, marcación uno-siete-cero... Sonido diferente, camarada comandante, una hélice... Suena como norteamericano.

—¿Qué rumbo?

—Sur, me parece. Sí, sur... El sonido está cambiando. Es norteamericano.

—Un submarino norteamericano que ha lanzado un señuelo. Vamos a pasarlo por alto.

—¿Pasarlo por alto? —dijo el *zampolit*.

—Camarada, si usted estuviera navegando con rumbo norte y resultara torpedeado, ¿viraría entonces al sur? Sí, usted lo haría... pero no Marko. Es demasiado evidente. Este norteamericano ha lanzado un señuelo para tratar de alejarnos de él. No ha sido demasiado astuto. Marko lo habría hecho mejor. Y él continuará hacia el norte. Yo lo conozco, sé cómo piensa. Ahora está navegando hacia el norte, tal vez al nordeste. Ellos no lanzarían un señuelo si estuviera destruido. Ahora sabemos que está todavía con vida, aunque lisiado. Lo encontraremos y acabaremos con él —dijo tranquilamente Tupolev, atrapado en todos sus sentidos para la caza del *Octubre Rojo*, recordando todo lo que le habían enseñado. En ese momento probaría que él era el nuevo maestro. Su conciencia estaba en paz. Tupolev estaba cumpliendo su destino.

—Pero los norteamericanos...

—No abrirán fuego, camarada —dijo el comandante con una fina sonrisa—. Si ellos pudieran disparar ya habría acabado con nosotros el que está al norte. No pueden disparar sin permiso. Tienen que *pedir* permiso, igual que nosotros..., pero nosotros ya tenemos el permiso, y la ventaja. Ahora estamos en el lugar donde recibió el torpedo, y cuando salgamos de la perturbación lo encontraremos de nuevo. Entonces lo tendremos.

El Octubre Rojo

No podían usar el caterpillar. Uno de los lados estaba deshecho por el impacto del torpedo. El *Octubre* se estaba moviendo a seis nudos, impulsado por sus hélices, que hacían más ruido que el otro sistema. Eso era muy parecido al empleo de la táctica normal para proteger un submarino misilístico. Pero el ejercicio presuponía siempre que los submarinos de ataque que hacían de escoltas podían disparar para ahuyentar a los bandidos...

—Timón a la izquierda, rumbo recíproco —ordenó Ramius.

—¿Qué? —Mancuso estaba pasmado.

—Piense, Mancuso —dijo Ramius, mirando para asegurarse de que Ryan materializara la orden.

Ryan lo hizo, sin saber por qué.

—Piense, capitán Mancuso —repitió Ramius—. ¿Qué ha sucedido? Moscú ordenó que un submarino de ataque se quedara atrás, probablemente uno de la clase *Poli-*

tovskiy... Ustedes lo llaman *Alfa*. Yo conozco a todos sus comandantes. Son todos jóvenes y todos... estee... ¿agresivos? Sí, agresivos. Él debe de saber que no estamos destruidos. Si lo sabe, nos perseguirá. Entonces, nos volvemos atrás como un zorro y lo dejamos pasar.

A Mancuso no le gustó. Ryan hubiera podido decirlo sin necesidad de mirarlo.

—Nosotros no podemos disparar. Sus hombres no pueden disparar. No podemos escapar de él..., él tiene más velocidad. No podemos escondernos..., su sonar es mejor. Él se desplazará hacia el este, usará su velocidad para atajarnos y su sonar para localizarnos. Si nosotros nos vamos al oeste, tenemos la mejor probabilidad de escapar. Él no esperará eso.

A Mancuso todavía no le gustaba, pero debió admitir que era astuto. Condenadamente astuto. Volvió a bajar la mirada hacia la carta. No era su submarino.

El Dallas

—Ese bastardo pasó de largo. O pasó por alto el señuelo o simplemente no lo oyó. Está por el través de nosotros, pronto estaremos en el sector de sus ángulos muertos —informó el suboficial Laval.

Chambers juró silenciosamente.

—Vaya con la idea. Timón quince grados a la derecha. —Por lo menos no había oído al *Dallas*. El submarino respondió rápidamente a los controles—. Vamos a ponernos detrás de él.

El Pogy

El *Pogy* estaba en ese momento a una milla de distancia del *Alfa*, en su cuarto de babor. Tenía al *Dallas* en su sonar y notó el cambio de rumbo. El capitán de fragata Wood no sabía sencillamente qué hacer en ese momento. La solución más fácil era disparar, pero no podía. Consideró la posibilidad de abrir fuego sin autorización. Todo su instinto le decía que lo hiciera. El *Alfa* estaba dando caza a norteamericanos... Pero no podía ceder a su instinto. El deber estaba primero.

No había nada peor que el exceso de confianza, reflexionó. La suposición asumida para la operación era que no iba a haber nadie en la zona, y que, en caso de haberlo, los submarinos de ataque podrían alertar al misilístico con bastante anticipación como para que pudiera escapar. Había una lección en eso, pero Wood no quiso ponerse a pensar en ella justo en ese momento.

El V. K. Konovalov

—Contacto —dijo el *michman* por el micrófono—. Al frente, casi exactamente al frente. Usando hélices y viajando a baja velocidad. Marcación cero-cuatro-cuatro, distancia desconocida.

—¿Es el *Octubre Rojo*? —preguntó Tupolev.

—No puedo decirlo, camarada comandante. Podría ser un norteamericano. Viene en esta dirección, creo.

—¡Maldición! —Tupolev paseó la vista por la sala de control. ¿Sería posible que hubieran pasado al *Octubre Rojo*? ¿Podrían haberlo destruido ya?

El Dallas

—¿Sabe que estamos aquí, Frenchie? —preguntó Chambers al suboficial Laval al regresar a la sala de sonar.

—No tiene forma de saberlo, señor. —Laval sacudió la cabeza—. Estamos directamente detrás de él. Espere un momento... —el suboficial frunció el entrecejo—. Otro contacto, del otro lado del *Alfa*. Ése tiene que ser nuestro amigo, señor. ¡Cristo! Creo que viene hacia aquí. Y está usando las ruedas, no esa cosa rara.

—¿Distancia al *Alfa*?

—Menos de tres mil metros, señor.

—¡Adelante dos tercios! ¡Caiga a la izquierda diez grados! —ordenó Chambers—. Frenchie, envíele pings, pero use el sonar para debajo de hielo. Puede que no sepa qué es eso. Hagámosle pensar que somos el misilístico.

—¡Comprendido, señor!

El V. K. Konovalov

—¡Señales *ping* de alta frecuencia a popa! —gritó el *michman*. No suena como un sonar norteamericano, camarada.

Tupolev quedó de pronto desconcertado. ¿Era un norteamericano hacia el lado de mar afuera? El otro, en su cuarto de babor, era ciertamente un norteamericano. Tenía que ser el *Octubre*. Marko seguía siendo zorro. ¡Se había quedado inmóvil, dejándolos pasar, de manera que pudiera abrir fuego contra ellos!

—¡Todo adelante, máxima velocidad; timón todo a la izquierda!

El Octubre Rojo

—¡Contacto! —cantó fuerte Jones—. Directo al frente. Espere... ¡Es un *Alfa*! ¡Está cerca! Parece que está virando. Alguien le está mandando *pings* desde el otro lado. Cristo, está *realmente* cerca. Jefe, el *Alfa* ya no es fuente puntual. Estoy recibiendo señales separadas entre el motor y la hélice.

—Capitán —dijo Mancuso. Los dos comandantes se miraron y comunicaron uno a otro el mismo pensamiento, como por telepatía. Ramius asintió.

—Déme la distancia.

—Jonesy, mándele *pings* al sinvergüenza. —Mancuso corrió atrás.

—Comprendido. —Dio la máxima potencia a los sistemas. Luego disparó un solo *ping* para medir la distancia—. Distancia mil quinientos metros. Ángulo de elevación cero, señor. Estamos al mismo nivel que él.

—Mancuso, ¡haga que su hombre nos siga dando distancia y marcación! —Ramius retorció el mango del telégrafo salvajemente.

—Muy bien, Jonesy, usted es nuestro control de fuego. Sígala a mamá.

El V. K. Konovalov

—Un *ping* de sonar activo a estribor, distancia desconocida, marcación cero-cuatro-cero. El blanco del lado de mar abierto acaba de tomar distancia a nosotros —dijo el *michman*.

—Déme una distancia —ordenó Tupolev.

—Está demasiado atrás del través, camarada. Lo estoy perdiendo hacia atrás.

Uno de ellos era el *Octubre*... ¿pero cuál? ¿Podía él arriesgarse a abrir fuego contra un submarino norteamericano? ¡No!

—¿Solución para el blanco del frente?

—No es buena —replicó el *starpom*—. Está maniobrando y aumentando la velocidad.

El *michman* se concentró en el blanco del oeste.

—Comandante, el contacto al frente no es, repito, no es soviético. El contacto al frente es norteamericano.

—¿Cuál? —chilló Tupolev.

—El del oeste y el del noroeste son ambos norteamericanos. El blanco del este desconocido.

—Mantenga timón a fondo.

—Timón está a fondo —respondió el timonel.

—El blanco está detrás de nosotros. Debemos fijar el cálculo de tiro y abrir fuego cuando viremos. Maldición, vamos demasiado rápido. Disminuya la velocidad a un tercio.

El *Konovalov* viraba normalmente con gran rapidez, pero la reducción de potencia hizo que la hélice actuara como un freno, retardando la maniobra. Con todo, Tupolev estaba haciendo lo correcto. Tenía que apuntar los tubos de sus torpedos cerca de la marcación del blanco, y tenía que desacelerar lo bastante rápido como para que su sonar pudiera darle una exacta información de tiro.

El Octubre Rojo

—El *Alfa* continúa su giro, ahora está yendo de derecha a izquierda... Los ruidos de propulsión han bajado un poco. Acaba de reducir la potencia —dijo Jones, observando la pantalla. Su cerebro trabajaba furiosamente para computar rumbo, velocidad y distancia—. Ahora la distancia es de mil doscientos metros. Todavía está virando. ¿Hacemos lo que estoy pensando?

—Parece que sí.

Jones colocó el sonar activo en la posición de envío automático de señales *ping*.

—Tenemos que ver para qué hace ese giro, señor. Si es astuto se dirigirá hacia el sur para escaparse primero.

—Entonces recemos para que no sea astuto —dijo Mancuso desde el pasillo—. ¡Mantenga el rumbo!

—Mantengo el rumbo —dijo Ryan, preguntándose si el próximo torpedo los mataría a todos.

—Continúa el giro. Ahora nosotros estamos por su través de babor, tal vez a babor de su proa. —Jones levantó la mirada—. Va a dar la vuelta primero. Aquí vienen los *pings*.

El *Octubre Rojo* aceleró a dieciocho nudos.

El V. K. Konovalov

—Lo tengo —dijo el *michman*—. Distancia mil metros, marcación cero-cuatro-cinco. Ángulo cero.

—Preparen —ordenó Tupolev a su ejecutivo.

—Tendrá que ser un tiro de ángulo cero. Estamos virando demasiado rápido —dijo el *starpom*. Preparó el tiro tan rápido como pudo. Los submarinos estaban acercándose en ese momento a más de cuarenta nudos—. ¡Listo para el tubo cinco solamente! Tubo inundado, puerta... abierta. ¡Listo!

—¡Fuego!

—¡Fuego al cinco! —El *starpom* apoyó su dedo en el botón de disparo.

El Octubre Rojo

—Distancia disminuye a novecientos metros..., ¡hélices de alta velocidad directamente al frente! Tenemos un torpedo en el agua directamente al frente. ¡Un pescado viene justo hacia aquí!

—¡Olvídelo, siga al *Alfa*!

—Comprendido, marcación al *Alfa* dos-dos-cinco. Tenemos que caer un poco a la izquierda, señor.

—Ryan, caiga a la izquierda cinco grados; su rumbo es ahora dos-dos-cinco.

—Timón cinco izquierda, cayendo a dos-dos-cinco.

—El pescado se acerca rápidamente, señor —dijo Jones.

—¡Déjelo! ¡Siga al *Alfa*!

—Comprendido. La marcación sigue siendo dos-dos-cinco. La misma que para el pescado.

La suma de velocidades devoró rápidamente la distancia entre los submarinos. El torpedo se acercaba al *Octubre* con mayor velocidad aún, pero tenía un dispositivo de seguridad. Para impedir que pudieran volar sus propias plataformas de lanzamiento, los torpedos no podían armarse hasta no haber alcanzado de quinientos a mil metros de distancia del submarino que los había disparado. Si el *Octubre* se acercaba al *Alfa* con la suficiente rapidez, no podía sufrir ningún daño.

El *Octubre* estaba en ese momento pasando los veinte nudos.

—Distancia al *Alfa* es setecientos metros, marcación dos-dos-cinco. El torpedo está cerca, señor, unos pocos segundos más. —Jones se encogió mirando la pantalla con los ojos muy abiertos.

¡Klonk!

El torpedo hizo impacto en el *Octubre Rojo* exactamente en el centro de su proa hemisférica. El cierre de seguridad necesitaba todavía unos cien metros de corrida para activarse. El impacto lo partió en tres pedazos, que rebotaron hacia un costado del submarino misilístico lanzado en plena aceleración.

—¡No explotó! —rió Jones—. ¡Gracias, Dios! La marcación al blanco sigue siendo dos-dos-cinco, distancia seiscientos cincuenta metros.

El V. K. Konovalov

—¿No hubo explosión? —preguntó Tupolev.

—¡Los cierres de seguridad! —juró el *starpom*. Había tenido que efectuar la preparación demasiado rápido.

—¿Dónde está el blanco?

—Marcación cero-cuatro-cinco, camarada. La marcación es constante —respondió el *michman*—, acercándose rápidamente.

Tupolev palideció.

—¡Timón todo izquierda; flanco todo adelante!

El Octubre Rojo

—Virando, ¡virando de izquierda a derecha! —dijo Jones—. La marcación es ahora dos-tres-cero, abriéndose un poco. Necesitamos un poquito de timón a la derecha, señor.

—Ryan, caiga a la derecha cinco grados.

—Timón está cinco a la derecha —respondió Jack.
—No. Timón diez a la derecha —rectificó Ramius la orden. Había estado siguiendo una trayectoria con papel y lápiz. Y él conocía el *Alfa*.
—A la derecha diez grados —dijo Ryan.
—Efecto de campo cercano, distancia disminuye a cuatrocientos metros; marcación es dos-dos-cinco al centro del blanco. El blanco se reparte ahora a izquierda y derecha, la mayor parte a la izquierda —dijo Jones rápidamente—. Distancia... trescientos metros. Ángulo de elevación es cero; estamos al mismo nivel con el blanco. Distancia doscientos cincuenta, marcación dos-dos-cinco al centro del blanco. No podemos errar, jefe.
—¡Vamos a chocar! —gritó Mancuso.
Tupolev debió haber cambiado la profundidad. Como estaba la situación, él dependía de la maniobrabilidad y aceleración del *Alfa*, olvidando que Ramius sabía exactamente cuáles eran.
—El contacto se agranda como todos los diablos... ¡Retorno instantáneo, señor!
—¡Prepárense para impacto!
Ramius había olvidado la alarma de colisión. Tiró de ella sólo unos segundos antes del impacto.
El *Octubre Rojo* chocó con el *Konovalov* un poco más atrás de la mitad de la nave, en un ángulo de treinta grados. La fuerza de la colisión partió el casco presurizado de titanio del *Konovalov* y arrugó la proa del *Octubre* como si hubiera sido una lata de cerveza.
Ryan no se había afirmado lo suficiente. Se sintió lanzado hacia adelante y dio con la cara en el panel de instrumentos. A popa, Williams fue catapultado de su cama y recogido por Noyes antes de que su cabeza golpeara contra el piso. Los sistemas de sonar de Jones quedaron inutilizados. El submarino misilístico se encaramó sobre la parte superior del *Alfa*, arrasando con la quilla la cubierta superior de la nave más pequeña, mientras la inercia lo impulsaba hacia arriba y adelante.

El V. K. Konovalov

El *Konovalov* había estado en condiciones de estanqueidad absoluta. Pero eso no significó diferencia alguna. Dos compartimientos quedaron instantáneamente abiertos al mar, y el mamparo que separaba la sala de control del resto de los compartimientos de popa se destrozó un momento más tarde por deformación del casco. Lo último que pudo ver Tupolev fue una cortina de espuma blanca que llegaba desde el lado de estribor. El *Alfa* se volcó hacia babor arrastrado por la fricción de la quilla del *Octubre*. En pocos segundos el submarino estaba cabeza abajo. A lo largo de todo su casco los hombres y los equipos caían y rodaban como dados. La mitad de la dotación ya se estaba ahogando. En ese momento terminó el contacto con el *Octubre*, mientras los compartimientos inundados del *Konovalov* lo hacían caer de popa hacia el fondo. El último acto consciente del oficial político fue tirar de la manija de la radiobaliza de auxilio para desastres, pero no sirvió de nada: el submarino estaba invertido, y el cable se enredó en la torreta. Lo único que quedó marcando la tumba del *Konovalov* fue un conglomerado de burbujas.

El Octubre Rojo

—¿Estamos vivos todavía? —La cara de Ryan sangraba profusamente.

—¡Arriba, arriba con los planos! —gritó Ramius.

—¡Arriba hasta el tope! —Ryan tiró el comando con la mano izquierda, aplicando la derecha sobre las heridas.

—Informe de daños —dijo Ramius en ruso.

—El sistema del reactor está intacto —contestó en seguida Melekhin—. El tablero de control de daños muestra una inundación en la sala de torpedos... creo. Yo he enviado aire a alta presión hacia allí, y la bomba está activada. Recomiendo que salgamos a la superficie para comprobar los daños.

—*Da!* —Ramius cojeó hasta el múltiple de aire y sopló todos los tanques.

El Dallas

—Santo Dios —dijo el suboficial del sonar—, alguien chocó a alguien. Tengo ruidos de rupturas que se van hacia abajo y ruidos de crujidos de casco que van subiendo. No puedo decir cuál es cuál, señor. Ambos motores están detenidos.

—¡Vamos a profundidad de periscopio, rápido! —ordenó Chambers.

El Octubre Rojo

Eran las dieciséis y cincuenta y cuatro —hora local— cuando el *Octubre Rojo* rompió la superficie del Océano Atlántico por primera vez, cuarenta y siete millas al sudeste de Norfolk. No había ningún otro buque a la vista.

—El sonar está inutilizado, jefe. —Jones estaba cortando la energía de sus cajas—. No sirve más. Tenemos unos hidrófonos laterales que no sirven de mucho. Nada de material activo, ni siquiera el «gertrude».

—Vaya hacia proa, Jonesy. Buen trabajo.

Jones sacó el último cigarrillo del paquete.

—En cualquier momento, señor..., pero pienso irme el próximo verano, puede estar seguro.

Bugayev lo siguió hacia proa, todavía ensordecido y aturdido por la explosión del torpedo.

El *Octubre* estaba inmóvil sobre la superficie, algo hundido de proa y escorado veinte grados a babor, por los tanques de lastre inundados.

El Dallas

—¡Qué le parece! —dijo Chambers. Levantó el micrófono—. Habla el capitán Chambers. ¡Destruyeron el Alfa! Nuestros hombres están a salvo. Vamos a subir ahora a la superficie. ¡Prepárese el equipo de incendio y salvamento!

El Octubre Rojo

—¿Usted está bien, capitán Ryan? —Jones le torció cuidadosamente la cabeza—. Parece que rompió algún vidrio de un golpe, señor.

—No se preocupe hasta que deje de sangrar —dijo Ryan algo mareado.

—Supongo que sí. —Jones puso un pañuelo sobre las heridas—. Pero realmente me imagino que no conducirá siempre tan mal, señor.

—Capitán Ramius, ¿permiso para subir al puente a comunicarme con mi buque? —solicitó Mancuso.

—Vaya, podemos necesitar ayuda por los daños.

Mancuso se puso su chaqueta, cerciorándose de que su pequeña radio de entrada a puerto estuviera todavía en el bolsillo en que la había dejado. Treinta segundos más tarde se encontraba en lo alto de la torreta. Cuando recorrió con la vista el horizonte, el *Dallas* estaba emergiendo a la superficie. El cielo nunca le había parecido tan hermoso.

No pudo reconocer la cara, a casi cuatrocientos metros de distancia, pero tenía que ser Chambers.

—*Dallas*, aquí Mancuso.

—Jefe, aquí Chambers. ¿Están todos bien?

—¡Sí! Pero podemos necesitar algo de ayuda. La proa está dañada y recibimos un torpedo en el medio del buque.

—Lo veo muy bien, Bart. Mire hacia abajo.

—¡Cristo! —El agujero, de bordes dentados irregulares, estaba a flor de agua, y el submarino tenía bastante hundida la proa. Mancuso se preguntó cómo podía estar todavía a flote, pero no era el momento de averiguar por qué—. Acérquese, Wally, y saquen el bote.

—Vamos para allá. Incendio y salvamento está alistado, yo... Ahí está el otro amigo nuestro —dijo Chambers.

El *Pogy* salió a la superficie a trescientos metros, directamente detrás del *Octubre*.

—El *Pogy* dice que la zona está despejada. Aquí no hay nadie más que nosotros. ¿Oyó decir eso antes? —Chambers lanzó una risita con cierto dejo de tristeza—. ¿Qué le parece si llamamos a tierra?

—No, primero veamos si podemos manejarnos bien. —El *Dallas* se aproximaba al *Octubre*. En pocos minutos el submarino habitualmente comandado por Mancuso se hallaba a setenta metros a babor, y diez hombres en un bote luchaban con el oleaje. Hasta ese instante, sólo un puñado de los hombres del *Dallas* sabía lo que estaba ocurriendo. En ese momento todos lo sabían. Mancuso podía ver a sus hombres que señalaban y conversaban. ¡Qué historia tenían!

Los daños no eran tan graves como habían temido. La sala de torpedos no se había inundado... Un sensor, dañado por el impacto, había dado una falsa lectura. Los tanques de lastre delanteros estaban abiertos al mar, pero el submarino era tan grande y sus tanques de lastre estaban tan divididos que la nave sólo se hallaba hundida unos dos metros y medio a proa. La escora a babor no era más que una molestia. En dos horas lograron cerrar la fisura que permitía entrar agua a la sala de radio, y después de una larga conversación entre Ramius, Melekhin y Mancuso, decidieron que podían sumergirse otra vez si mantenían baja la velocidad y no sobrepasaban los treinta metros de profundidad. Iban a llegar a Norfolk más tarde de lo previsto.

DECIMOCTAVO DÍA

Lunes, 20 de diciembre

El Octubre Rojo

Ryan se encontró de nuevo en lo alto de la torreta gracias a Ramius, quien opinaba que se lo había ganado. En retribución por el favor, Jack había ayudado al capitán a subir por la escalerilla hasta el puente. Mancuso estaba con ellos. En ese momento había una tripulación norteamericana abajo en la sala de control, y el complemento de la sala de máquinas estaba ya reforzado, de modo que contaban con algo parecido a una normal guardia de navegación. La filtración en la sala de radio no había sido totalmente contenida, pero se hallaba por encima de la línea de flotación. Mediante el uso de bombas pudieron desagotar el compartimiento, y la escora del *Octubre* había disminuido a quince grados. Aún se hallaba un poco hundido de proa, lo que fue parcialmente compensado cuando soplaron y secaron los tanques intactos. La proa desfigurada daba al submarino una estela decididamente asimétrica, apenas visible bajo un cielo plomizo y sin luna. El *Dallas* y el *Pogy* estaban todavía sumergidos, a cierta distancia a popa, husmeando por si había nuevas interferencias, a medida que se acercaban a los cabos Henry y Charles.

Un poco más lejos, a popa, un barco de transporte de gas licuado se aproximaba al pasaje, que la guardia costera había cerrado a todo tráfico normal a fin de que esa bomba flotante pudiera viajar sin interferencias hasta la terminal de carga de gas licuado en Cove Point, Maryland... Al menos eso era lo que se decía. Ryan se preguntaba cómo habría persuadido la Marina al patrón del barco para que simulara problemas de máquinas o demorara de cualquier forma su llegada. Ellos estaban atrasados seis horas. La Marina debía de haber estado con los nervios a la miseria hasta que finalmente emergieron a la superficie hacía cuarenta minutos y fueron avistados inmediatamente por un patrullero Orion.

Las luces roja y verde de las boyas parpadeaban bailando entre las olas. Al frente, Ryan alcanzó a ver las luces del Puente -Túnel sobre la Bahía Chesapeake, pero no había faros de automóviles en marcha. Probablemente la CIA había puesto en escena algún tremendo accidente para cerrar la ruta. Tal vez un trailer de tractores o un camión lleno de huevos o de nafta. Algo creativo.

—Usted no había venido antes a América —dijo Ryan, como para conversar algo.

—No, nunca a un país occidental. Vine a Cuba una sola vez, hace muchos años.

Ryan miró hacia el norte y el sur. Descubrió que ya estaban adentro de los cabos.

—Bueno, bienvenido a casa, capitán Ramius. Hablando por lo que a mí respecta, señor, estoy más contento que el diablo de que usted esté aquí.

—Y más contento aún por estar usted aquí —observó Ramius.

Ryan lanzó una carcajada.

—Puedo apostar hasta el trasero sobre eso. Muchas gracias otra vez por permitirme subir aquí.

—Usted se lo ha ganado, Ryan.

—Mi nombre es Jack, señor.

—Diminutivo de John, ¿no es así? —preguntó Ramius—. John es lo mismo que Ivan, ¿no?

—Sí, señor, creo que es así. —Ryan no comprendió por qué la cara de Ramius rompió en una sonrisa.

—Se acerca el remolcador —señaló Mancuso.

El capitán norteamericano tenía una vista extraordinaria. Ryan no vio la embarcación con sus binoculares durante un minuto más. Era una sombra, más oscura que la noche, a una milla quizá de distancia.

—*Sceptre*, aquí remolcador *Paducah*. ¿Me recibe? Cambio.

Mancuso tomó su radio portátil del bolsillo.

—*Paducah*, aquí *Sceptre*. Buenos días, señor. —Hablaba con acento británico.

—Por favor, ubíquese detrás de mí, comandante, y síganos para entrar.

—Magnífico, *Paducah*. Así lo haremos. Cambio y corto.

HMS Sceptre era el nombre de un submarino de ataque inglés. «Debe de estar en algún lejano lugar», pensó Ryan, patrullando las Malvinas o en alguna otra posición igualmente remota, de modo que su llegada a Norfolk sería simplemente otro hecho de rutina, nada extraño y difícil de refutar. Evidentemente, pensaban en la posibilidad de que algún agente sospechara por la llegada de un submarino extraño.

El remolcador se acercó hasta unos cien metros y luego viró para hacerlos entrar dirigiéndolos a cinco nudos. Sólo se veía una luz roja en la popa.

—Espero que no demos con algún tráfico civil —dijo Mancuso.

—Pero usted dijo que la entrada al puerto estaba cerrada —objetó Ramius.

—Podría haber por allí algún tipo en un pequeño velero. El público tiene paso libre a través del astillero hasta el Canal Dismal Swamp, y son prácticamente invisibles por el radar. Se meten muchas veces.

—Están locos.

—Es un país libre, capitán —dijo suavemente Ryan—. Le llevará algún tiempo comprender lo que significa realmente libre. A menudo se usa mal la palabra, pero en poco tiempo verá que su decisión fue muy sabia.

—¿Usted vive aquí, capitán Mancuso? —preguntó Ramius.

—Sí, mi escuadrón está basado en Norfolk. Mi casa está en Virginia Beach, en aquella dirección. Probablemente no llegaré muy pronto. Enseguida van a mandarnos afuera otra vez. Es lo único que pueden hacer. Así que... me pierdo otra Navidad en casa. Es parte del trabajo.

—¿Tiene familia?

—Sí, capitán. Esposa y dos hijos. Michael, de ocho, y Dominic, de cuatro. Están acostumbrados a que su papito esté lejos.

—¿Y usted, Ryan?

—Un varón y una nena. Creo que estaré en casa para Navidad. Lo siento, capitán. ¿Sabe? Por un momento, cuando estábamos allá tuve mis dudas. Después de que las cosas se estabilicen un poco, me gustaría reunir a todo este grupo en algo especial.

—Una cuenta para un gran banquete —bromeó Mancuso.

—Lo cargaré a la CIA.

—¿Y qué hará la CIA con nosotros? —preguntó Ramius.

—Como le dije, capitán, dentro de un año ustedes estarán viviendo sus propias vidas, dondequiera que deseen vivir, haciendo lo que quieran hacer.

—¿Así no más?

—Así no más. Nos enorgullecemos de nuestra hospitalidad, señor, y si alguna vez vuelven a trasladarme desde Londres, usted y sus hombres serán bienvenidos a mi casa en cualquier momento.

—El remolcador está virando a babor —indicó Mancuso. La conversación estaba tomando un giro demasiado sensiblero para él.

—Dé usted la orden, capitán —dijo Ramius. Después de todo, era el puerto de Mancuso.

—Timón cinco grados a la izquierda —dijo Mancuso por el micrófono.

—Timón cinco grados a la izquierda, comprendido —respondió el timonel—. Señor, mi timón está cinco grados a la izquierda.

—Muy bien.

El *Paducah* viró entrando en el canal principal, pasó cerca del *Saratoga*, amarrado debajo de una inmensa grúa, y puso proa hacia la línea de muelles de una milla de largo del Astillero Naval de Norfolk. El canal estaba completamente vacío, sólo el *Octubre* y el remolcador. Ryan se preguntaba si el *Paducah* tendría su normal dotación de personal reclutado o una tripulación totalmente formada por almirantes. No habría apostado en favor de una u otra posibilidad.

Norfolk, Virginia

Veinte minutos después estaban en su destino. El Dique Ocho-Diez era un nuevo dique seco, construido para proporcionar servicios a los submarinos de misiles balísticos de la flota, clase *Ohio*, una inmensa caja de cemento armado de más de doscientos cincuenta metros de largo, más grande de lo que realmente se necesitaba, cubierto por un techo de acero para que los satélites espías no pudieran ver si estaba o no ocupado. Se hallaba en la sección de máxima seguridad de la base, y había que pasar varias barreras de seguridad, con guardias armados —infantes de marina, no la usual guardia de empleados civiles—, para llegar cerca del dique; no hace falta decir lo que se necesitaba para entrar.

—Paren máquinas —ordenó Mancuso.

—Parar máquinas, comprendido.

El *Octubre Rojo* había ido disminuyendo su velocidad desde hacía varios minutos, pero pasaron otros doscientos metros hasta que se detuvo totalmente. El *Paducah* dio una vuelta hasta estribor para empujarlo de proa. Ambos comandantes hubieran preferido gobernar el buque con su propia potencia para hacerlo entrar, pero la proa dañada dificultaba las maniobras. El remolcador, con sus máquinas diesel, demoró cinco minutos para ubicar adecuadamente la proa enfilada hacia el interior de la caja llena de agua. Ramius dio personalmente la orden a la sala de máquinas, la última en su submarino. El *Octubre* se adelantó sobre las negras aguas y pasó lentamente debajo del amplio techo. Mancuso ordenó a sus hombres situados en cubierta que tomaran los cabos lanzados por un puñado de marineros que estaban en el borde del dique, y el submarino se detuvo exactamente en el centro. El gran portón que acababa de pasar ya se estaba cerrando, y a lo ancho de él corrían una cubierta de lona del tamaño de la vela principal de un clipper. Sólo cuando terminaron de asegurar en su sitio la lona se encendieron las luces del techo. Y de repente, un grupo de unos treinta o más oficiales empezó a gritar como hinchas de fútbol. Lo único que faltaba era la banda.

—Terminado con los motores —dijo Ramius en ruso a la tripulación del cuarto de maniobras, después pasó al inglés y dijo con una sombra de tristeza en su voz—: Bueno, aquí estamos.

El guinche que se desplazaba sobre sus cabezas se acercó y detuvo para levantar la planchada, que apoyó cuidadosamente en la cubierta de misiles, delante de la torreta. La planchada estaba apenas en su lugar cuando dos oficiales que tenían cintas doradas hasta casi los codos, caminaron —corrieron— subiendo por ella. Ryan reconoció al que marchaba adelante. Era Dan Foster.

El jefe de operaciones navales saludó reglamentariamente al llegar al extremo de la planchada, luego miró hacia la torreta.

—Solicito permiso para subir a bordo, señor.

—Permiso...

—Concedido —apuntó Mancuso.

—Permiso concedido —dijo Ramius en voz alta.

Foster saltó a bordo y se apresuró para llegar a la escalerilla exterior de la torreta. No era fácil, porque la nave aún tenía una evidente escora a babor. Foster resoplaba cuando llegó a la estación de control.

—Capitán Ramius, soy Dan Foster. —Mancuso ayudó al comandante para pasar sobre la brazola del puente. La estación de control quedó de pronto llena de gente. El almirante norteamericano y el capitán de navío ruso se estrecharon las manos, luego Foster saludó igualmente a Mancuso y por último a Jack—. Parece que el uniforme necesita un poco de cuidado, Ryan. Y lo mismo ocurre con su cara.

—Sí, bueno, tuvimos algunos problemas.

—Ya lo veo. ¿Qué sucedió?

Ryan no esperó la explicación. Se fue hacia abajo sin excusarse. No pertenecía a esa fraternidad. En la sala de control, los hombres permanecían de pie intercambiando sonrisas, pero guardaban silencio, como si temiesen que la magia del momento desapareciera demasiado rápido. Para Ryan eso ya había ocurrido. Miró buscando la escotilla de la cubierta y subió a través de ella, llevando consigo todo lo que había traído a bordo. Caminó por la planchada en sentido contrario al tránsito. Nadie pareció fijarse en él. Pasaron dos enfermeros del hospital llevando una camilla y Ryan resolvió esperar en el muelle hasta que sacaran a Williams. El oficial británico había estado ajeno a todo lo que sucedía; sólo había recobrado el conocimiento hacía tres horas. Mientras aguardaba, Ryan fumó su último cigarrillo ruso. Apareció la camilla con Williams atado a ella. Noyes y el personal de sanidad de los submarinos lo acompañaban.

—¿Cómo se siente? —Ryan caminó junto a la camilla en dirección a la ambulancia.

—Vivo —dijo Williams, pálido y delgado—. ¿Y usted?

—Siento bajo mis pies cemento sólido. ¡Gracias a Dios por eso!

—Y lo que va a sentir él es una cama de hospital. Mucho gusto de verlo Ryan —dijo secamente el médico—. Vamos, muchachos. —Los enfermeros cargaron la camilla en la ambulancia estacionada junto al lado interior de los enormes portones. Un minuto después había desaparecido.

—¿Usted es el capitán Ryan, señor? —preguntó un sargento infante de marina después de saludar. Ryan devolvió el saludo.

—Sí.

—Tengo un automóvil que lo está esperando, señor. ¿Quiere seguirme, por favor?

—Adelante, sargento.

El auto era un Chevy color gris de la Marina, que lo llevó directamente a la Base Aeronaval de Norfolk. Allí Ryan abordó un helicóptero. Para ese entonces, estaba tan cansado que le hubiera dado lo mismo un trineo tirado por renos. Durante los treinta y cinco minutos de vuelo hasta la Base Andrews de la Fuerza Aérea, Ryan viajó sentado solo en la parte posterior, con la mirada fija en el espacio. En la base lo esperaba otro automóvil que lo condujo directamente a Langley.

Dirección General de la CIA

Eran las cuatro de la mañana cuando Ryan entró finalmente en la oficina de Greer. Allí estaba el almirante, junto con Moore y Ritter. El almirante le sirvió algo de beber. No era café, sino whisky bourbon Wild Turkey. Los tres oficiales superiores le dieron la mano.

—Siéntese, muchacho —dijo Moore.

—Muy bien hecho todo —sonrió Greer.

—Gracias. —Ryan bebió un largo trago de whisky—. ¿Y ahora qué?

—Ahora lo interrogaremos —respondió Greer.

—No, señor. Ahora volaré a casa lo antes que pueda.

Los ojos de Greer centellaron mientras sacaba un sobre del bolsillo de su abrigo y lo arrojaba sobre las rodillas de Ryan.

—Tiene una reserva para salir de Dulles a la siete y cinco de la mañana. Es el primer vuelo a Londres. Y en realidad debería lavarse, cambiar de ropa y recoger la Barbie con esquís.

Ryan bebió de un trago el resto del whisky. Sintió los ojos acuosos, pero pudo contener el deseo de toser.

—Parece que ese uniforme recibió bastante mal trato —observó Ritter.

—Y lo mismo ocurrió con el resto de mi persona. —Jack buscó en el interior de la chaqueta y sacó la pistola automática—. Esto también tuvo cierto uso.

—¿El agente de la GRU? ¿No lo sacaron con el resto de la tripulación?

—¿Ustedes sabían sobre él? ¡Ustedes sabían y no me avisaron nada, por amor de Dios!

—Tranquilícese, hijo —dijo Moore—. Por media hora no pudimos conectarnos. Fue mala suerte, pero usted lo logró. Eso es lo que cuenta.

Ryan estaba demasiado cansado como para gritar, como para hacer nada de nada. Greer tomó un grabador y un anotador amarillo lleno de preguntas.

—Williams, el oficial británico, no está nada bien —dijo Ryan, dos horas más tarde—. Pero el médico dice que se salvará. El submarino no irá a ninguna parte. La proa está toda aplastada, y tiene un bonito agujero donde nos impactó el torpedo. Tenían razón sobre el *Typhoon*, almirante, los rusos construyeron muy fuerte a ese bebé, a Dios gracias. ¿Sabe usted?, puede haber todavía gente con vida en ese *Alfa*...

—Es una pena —dijo Moore.

Ryan movió lentamente la cabeza asintiendo.

—Lo imaginaba. Es algo que no me gusta, señor, dejar que mueran así.

—Tampoco a nosotros —dijo el juez Moore—, tampoco a nosotros, pero si rescatáramos a alguien de allí, bueno, todo lo que hemos..., todo lo que ustedes han pasado no tendría ninguna utilidad. ¿Usted querría eso?

—De cualquier manera, es una probabilidad en mil —dijo Greer.

—No sé —repuso Ryan, terminando su tercer trago, y sintiéndolo. Esperaba que a Moore no le interesara inspeccionar el *Alfa* para buscar signos de vida. Pero Greer lo había sorprendido. De modo que el viejo marino había sido corrompido por ese asunto —o simplemente por estar en la CIA— como para olvidar el código del marino. ¿Y qué decía eso con respecto a Ryan?—. Realmente no lo sé.

—Es una guerra, Jack —dijo Ritter, con más amabilidad que lo habitual—, una verdadera guerra. Usted lo hizo muy bien, muchacho.

—En una guerra, las cosas se hacen bien cuando uno vuelve a casa con vida. —Ryan se puso de pie—. Y eso es lo que me propongo hacer en este mismo momento.

—Sus cosas están en el baño. —Greer controló el reloj—. Tiene tiempo para afeitarse, si quiere.

—Oh, casi lo olvido. —Ryan metió la mano en el cuello para sacar la llave. La entregó a Greer—. No parece mucho, ¿verdad? Pero usted puede matar cincuenta millones de personas con eso. «Mi nombre es Ozymandias, ¡rey de reyes! ¡Mirad mis obras, poderosos, y desesperad!» —Ryan se dirigió al cuarto de baño, sabiendo que debía de estar borracho para citar a Shelley.

Lo miraron hasta que desapareció. Greer detuvo el grabador y miró la llave que tenía en la mano.

—¿Todavía quieren llevarlo a ver al Presidente?

—No, no es una buena idea —dijo Moore—. Ese muchacho está medio deshecho, y no lo culpo en lo más mínimo. Póngalo en el avión, James. Mañana o pasado enviaremos un equipo a Londres para que terminen el interrogatorio.

—Muy bien. —Greer miró su vaso vacío—. Es un poco temprano todavía para esto, ¿no?

Moore terminó el tercero.

—Supongo que sí. Pero es que ha sido un día bastante bueno, y ni siquiera ha salido el sol todavía. Vamos, Bob. Tenemos una operación pendiente.

Astillero Naval de Norfolk

Mancuso y sus hombres abordaron el *Paducah* antes de amanecer y los trasladaron de vuelta al *Dallas*. El submarino de ataque, clase 688, partió de inmediato y ya estaba otra vez sumergido antes de que saliera el sol. El *Pogy*, que en ningún momento había entrado a puerto, se aprestaba a completar su despliegue, sin el hombre de sanidad que debía llevar a bordo. Ambos submarinos tenían órdenes de permanecer afuera otros treinta días, durante los cuales sus tripulantes serían alentados a olvidar todo lo que habían visto, oído o especulado sobre el asunto.

El *Octubre Rojo*, custodiado por veinte infantes de marina armados, estaba solo en el interior del dique seco, que se iba vaciando a su alrededor. La custodia no era de extrañar en el Dique Ocho-Diez. Un grupo de ingenieros y técnicos elegidos ya lo estaba inspeccionando. Los primeros elementos retirados del submarino fueron sus libros y máquinas de cifrado. Antes de mediodía estarían ya en la Jefatura de la Agencia Nacional de Seguridad, en Fort Meade.

Ramius, sus oficiales y elementos personales fueron llevados en ómnibus al mismo aeropuerto que había usado Ryan. Una hora más tarde se encontraban en una casa de seguridad de la CIA en las colinas del sur de Charlottesville, Virginia. Se fueron de inmediato a la cama, menos dos hombres que permanecieron despiertos contemplando televisión por cable, asombrados ya por lo que veían de la vida en los Estados Unidos.

Aeropuerto Internacional Dulles

Ryan se perdió el amanecer. Abordó un 747 de TWA, que salió de Dulles en horario, a las siete y cinco de la mañana. El cielo estaba cubierto, y cuando la aeronave rompió la capa de nubes surgiendo a la luz del sol, Ryan hizo algo que jamás había hecho antes. Por primera vez en su vida, Jack Ryan se quedó dormido en un avión.